感谢中山大学学科建设经费对本书出版的资助

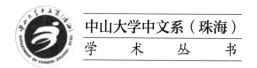

中山大学中文系（珠海）
学术丛书

陈祚明及其
诗学思想研究

张伟 著

上海三联书店

中山大学中文系（珠海）学术丛书　出版前言

　　简称为"中文系"的"中国语言文学系"的称谓与实质到了新的世纪，尤其是 21 世纪以来似乎也有了新的指涉，如果我们不能及时更新中文系的更宏阔边界与崭新内涵认知，似乎也就变成了冬烘。这里的"中国"显然已经不是单纯的政治、地理限囿，更该是文化涵容；而语言显然也不是单纯靠纯粹性作为唯一的指标，正如中国性（Chineseness）的载体与呈现不单纯是中文一样，我们既关注普通话、方言，同时也关涉可能的混杂及其历史语境中的文化演绎；而"文学"的边界也在日益拓展，从传统的文体研读到经典的流行歌词介入，从对文字书写的文本细读到图文并茂的视觉转向，其间的变异令人耳目一新也呼唤新的解读与研究。

　　创建于 2015 年 10 月的中文系（珠海）学术丛书的现实依据是因应中山大学建设世界一流大学的战略目标，珠海市提升其城市"软实力"、参与"一带一路"倡议实施的需要；而从学理上看，"中文系"的当代包含日益扩大，也日新月异，因此一个国际化、现代化、特色化、跨学科的中文系也势在必行：我们既要建设一个传统意义上完整丰厚的中文系，同时又要特色鲜明引领可能的新传统。

　　我们朝气蓬勃却又秉承丰厚传统，我们锐意创新却也兼容并蓄，我们"迈步从头越"却也互补融合、错位承接。我们努力打造中山大学珠海校区的人文旗舰系，假以时日必然特色明显、教研俱佳，我们持之以恒开拓奋斗，期冀无愧于中山大学的光荣历史，也助益学校的辉煌未来！

　　不必多说，我们必须从方方面面建设好我们的新平台，而学术发展与学科建设自然是题中应有之义，中文系（珠海）学术丛书就是基于此目的应运而生，我们期冀经由此道，一方面可以助益我们（年轻）同事的学术成长，另一方面也可以向社会汇报我们的逐步壮大和感恩各种各样的关爱。

朱崇科

2018 年盛夏

目录

前言

　　明清诗坛掀起了一股评选古诗的小高潮。这一时期明代古诗选本有王夫之《古诗评选》、陆时雍《古诗镜》、李攀龙《古今诗删》、钟惺、谭元春合编《古诗归》；清代古诗选本有吴淇《六朝选诗定论》、陈祚明《采菽堂古诗选》、王士禛《古诗选》（闻人倓为其作注，成《古诗笺》）、沈德潜《古诗选》等。其中吴淇《六朝选诗定论》基于"非优不录"原则，仅选取《文选》中四百余首诗。陈祚明评选的《采菽堂古诗选》基于"有美即录"原则，以《诗纪》为底本，选取先秦至隋古诗四千余首。与其他选本侧重于选而略于评不同，《采菽堂古诗选》包含了十余万字的评点。

　　陈祚明（1623—1674），字胤倩、允倩，原籍山阴，号稽留山人，诗书满腹，然怀宝不售。明亡后弃诸生，奉母隐居于西溪河渚十年，后因家贫北上京师卖文授馆。在京期间与宋琬、施闰章等人诗歌酬唱，为"燕台七子"成员之一，以复古为职志。陈祚明在选诗与评诗的过程中，渗透了以六朝诗为唐诗源头、提振六朝诗地位、建构宏观诗史的意图。

　　本书以陈祚明的生平考证、《采菽堂古诗选》及其诗学思想为主要研究对象，试图从多角度给予这位诗论家以客观而清晰的评价。

本书第一、二、三章考证陈祚明生平、交游等。在第一章中，笔者依据地方志、史书、别集等相关资料，对陈祚明的生卒年、寄籍地与原籍进行了深入分析，勾勒了陈祚明的交游情形。在第二章中，笔者从陈祚明门人、友人的相关著述中整理了陈祚明的已刻和未刻书目，并以《国门集初选》序言及韩、陈二人的活动时间为依据，探讨了陈祚明与该书的关系，辩驳了《国门集初选》为韩诗与陈祚明共选的观点。在第三章中，笔者结合《稽留山人集》相关记载及现代医学的成就，推测陈祚明中寿而卒与家族遗传病史有关；此外，根据陈祚明的诗文及相关史料，笔者发现陈祚明之父陈肇以忠孝治家的理念对其出处选择、为人处世及诗文批评产生了深远影响。

第四、五、六章主要就《采菽堂古诗选》的命名与成书过程、版本与收藏、结构、主旨与影响进行研究。在第四章中，笔者通过研究《采菽堂古诗选》的早期版本，发现此书原名并非《采菽堂古诗选》，而是《汉魏六朝古诗》，现书名乃陈祚明弟子翁嵩年再刻时以先师书斋号为之命名。陈祚明之所以以"采菽"为书斋命名，与陶渊明归隐的心态有关。《采菽堂古诗选》的评选时间应不晚于顺治十二年（1655）夏，止于陈祚明的生命终点，即康熙十三年（1674）春。在第五章中，笔者根据现存的古籍善本书目及实地寻访所得，对《采菽堂古诗选》出版和收藏的情况进行了较为细致的梳理。在第六章中，本文分析了《采菽堂古诗选》的结构、主旨和影响。通过对比《采菽堂古诗选》与《先秦汉魏晋南北朝诗》各时代收录篇目比例，发现两者的结构和趋势十分相似，并尝试进行了解释，指出陈祚明评选《采菽堂古诗选》的根本动机是提供一个使学诗者得以抛开门户之见，以一种多元主义和历史主义的审美观游息于全景式的诗史之间，进而达到"诗工"之目的的典范。陈祚明的选诗原则是"有美必录"。关于其影响，主要从接受史的角度进行了说明，阐述《古诗选》与《采菽堂古诗选》的关系。

第七、八、九、十章就陈祚明对《文选》《诗品》的批评进行研究。第七章主要阐述陈祚明对《文选》的批评。针对清代诗歌评选和创作过程中的实际情况，陈祚明指出《文选》在分类原则、选录标准和情辞关系上存在的问题，并在评选《采菽堂古诗选》时进行了针对性的修正。陈祚明的选诗实践与诗学观是高度一致的。以时代为大类、以作者为导向的分类标准体现了他构建宏观诗学史的意图。第八、九章阐述《采菽堂古诗选》对《诗品》的批评。《诗品》诞生的诗学语境与南朝文学审美风气的转向密不可分，而在陈祚明所处的时代，《诗品》与永明体针锋相对的硝烟早已散去，凝定为温吞的诗学批评经典。陈祚明对《诗品》的接受跳脱了六朝的诗学语境，转为对当下诗坛的关注。诗学语境的变迁是导致异质性批评的重要因素。第十章从具体评论和诗学思想两个角度讨论了《采菽堂古诗选》对《古诗源》的影响。

第十一、十二、十三、十四章重点探讨陈祚明的诗学观念。在第十一章中，笔者从诗的本体、诗的创造、诗的演化三个方面阐述陈祚明的诗学思想体系；在第十二章中，笔者通过"设以身处其时与地，思其所欲言""寻河得源，顺流而下至溟渤"、以意象法解诗和悬置礼义道德这四个层面来阐述陈祚明的诗学批评方法。在第十三章中，笔者针对陈祚明的选陶、评陶，对陈祚明的作家论进行了批评，指出陈祚明结合自己处于易代之际的人生遭际和心路历程，对陶渊明人格的多重性做出了辩证性的评价，并从审美价值、诗史地位等角度对陶诗的价值给予了高度肯定。他的批评独具手眼，尽管偶有穿凿，但为今天的陶渊明批评提供了一个全新的视角。在第十四章中，笔者简述了陈祚明与明末清初诗学之关系。

附录分为三个部分：诗文辑佚、年谱和相关资料汇编。诗文辑佚部分收录文两篇，诗六首。由于陈祚明的作品在其去世之后大部分未曾刊刻，故现存作品仅为其全部作品之极小部分。笔者在《国门集初选》《且园近集》（《四库全书存目丛书补编》）中搜集到陈祚明的两篇书序。陈祚明的诗词集《稽留山人集》入选《四库全书存目丛书》，该书以南开大学图书馆藏清雍正刻本为底本，原书缺卷九第六页。本书据国家图书馆藏康熙十五年刻本予以补录。年谱以《稽留山人集》中的诗作为依据，刻画陈祚明的生平。资料汇编涉及他人为陈祚明所作之序、与陈祚明的诗歌酬唱、他人文集中所收录的与陈祚明相关的资料及地方志、史传中涉及陈祚明及其家人、友人的相关文献等。这些都是笔者在写作时查找到的资料，对于研究陈祚明乃至清初诗学的同道或有裨益。故笔者在附录中列出目录，方便读者查找，以免翻检之劳。

本书是在博士论文《〈采菽堂古诗选〉研究》与博士后出站报告《陈祚明及其诗学思想研究》的基础上增删而成。限于时间和学力，谬误之处在所难免，祈请方家指正！

绪论

一、研究背景及意义

选本批评是诗文批评的重要门类。明末清初能够较好地融入旧说而有新见的古诗选本，当数陈祚明（1623—1674）评选的《采菽堂古诗选》。该书评论之精，令人折服。然而该书的相关研究较为沉寂，直到上个世纪，它才渐渐引起学界的关注。近年来，蒋寅、李金松、陈斌、景献力等学者解决了陈祚明诗学的若干问题，但对于陈祚明生平的相关研究还有不少模糊之处，他与明末清初诗学的关系也有较多挖掘空间。本书将文献考证与诗学史的材料相结合，研究陈祚明及其诗学思想，具有以下理论价值：

第一，文献学的价值。本书从地方志、史书及陈祚明旧友的诗文出发，考证陈祚明的生卒年、籍贯、家学渊源、中寿而卒的原因等，探究《采菽堂古诗选》的编撰过程、版本源流、收藏情况，整理年谱，汇编相关资料。以上工作前人未曾深究，这些研究具有文献学的价值。

第二，诗学史的价值。学界前辈对陈祚明情辞并举、择辞而归雅的诗学观已多有研究，但对某些问题仍有所忽略，如《采菽堂古诗选》对《文选》有何批评与修正，《采菽堂古诗选》对陆机、潘岳、陶渊明等人的评点为何与《诗品》不同等，本书力求对以上问题做出切合实际的结论。

总而言之，通过对陈祚明的生平交游、诗学思想的相关研究，有助于了解其人及诗学思想，填补清初诗学史为人所忽视的环节。

二、研究的历史与现状

陈祚明及其诗学思想的相关研究可分为三个阶段。

第一阶段集中于清代中晚期，主要是记录、整理、批点相关文献资料。孙治的《亡友陈祚明传》《仁和县志》《钱塘县志》《明史》等记录了陈祚明及其家族成员的相关信息。朱彝尊的《明诗综》、卓尔堪的《明遗民诗》《国朝杭郡诗辑》、邓汉仪的《诗观初集》收录了不同数目的陈诗。其中《诗观初集》卷三录入陈祚明之诗 15 首，且有批注；《采菽堂古诗选》的批点本，现仅存广西文人、涵通楼主人唐岳和中国首任外交官黎庶昌的批点版。唐岳批点的《采菽堂古诗选》残本被中山大学第一任校长邹鲁收购，现藏于中山大学图书馆古籍部；黎庶昌批点的《采菽堂古诗选》乾隆刻本现藏于四川省图书馆。此外，引用《采菽堂古诗选》条目较多的，当属沈德潜的《古诗源》。该书摘引了《采菽堂古诗选》的相关条目而不加以说明。王士禛编、弟子闻人倓笺注的《古诗笺》也引用了《采菽堂古诗选》的不少批评，均说明来源。张之洞的《书目答问》将《采菽堂古诗选》列入"大雅者""不俗谬者"。

第二阶段从清末一直持续到 20 世纪 90 年代早期。这一时期，学界对陈祚明的研究以简介和引用《采菽堂古诗选》的相关评点为主。陈田的《明诗纪事》对陈祚明的籍贯加以简单介绍，录入陈诗三首；邓之诚的《清诗纪事初编》对陈祚明生平做了较为详细的介绍，录入陈诗三首；钱仲联的《清诗纪事·明遗民卷》搜集了诸多陈祚明的相关资料，对《皇姑行》的所咏对象进行了推测，录入陈诗二首；袁行云的《清人诗集叙录》对陈祚明的生平叙述最为详细。引用资料文献中影响最大的是《两汉文学史参考资料》《魏晋南北朝文学史参考资料》。黄节先生注汉魏六朝诗，也引用了不少陈祚明的观点。但这一时期对陈祚明及其诗学思想的重视显然不够，朱自清在《诗文评的发展》中提到大家都忽略了清代的几部书，其中"陈祚明的《古诗选》，对入选作家依次批评，以辞与情为主，很多精到的意思"，对《采菽堂古诗选》的批评给予了很高的评价。但是他的言论没有引起广泛关注，陈祚明相关研究依然十分寂寥。

第三阶段从20世纪90年代末持续到现在，侧重于诗学思想、交游和个案研究。

这一时期研究陈祚明诗学思想的有张健、马大勇、李金松、蒋寅、黄妍和徐国荣。1999年，张健的《清代诗学研究》提炼出陈祚明的诗学观点，阐述了陈祚明力图综合明七子与竟陵派的诗学理论，为进一步研究《采菽堂古诗选》奠定了良好的基础。此后，马大勇在其博士论文《清初金台诗群研究》中简要论述了陈祚明的诗学观与诗歌创作。李金松、陈建新从陈祚明的家庭环境与人生历程、《采菽堂古诗选》评点的价值及其影响三个部分进行研究，对陈祚明的诗学理论价值给予了充分肯定。该文的主体内容后挪用为《采菽堂古诗选》点校本前言。2011年，蒋寅先生发表论文《一个有待于重新认识的批评家——陈祚明的先唐诗歌批评》，后收入其《清代诗学史》（第一卷）[1]。该文将《采菽堂古诗选》置于古代诗歌批评史的背景之中，从诗美学的视域重新发掘了《采菽堂古诗选》的价值，从多个角度肯定了陈祚明的诗学贡献。黄妍、徐国荣的《论〈采菽堂古诗选〉对庾信的推崇》指出，陈祚明认为庾信是"情辞并重"的诗学思想的典范，强调庾信乃杜甫的前代之师。陈祚明之所以极力推崇庾信，既跟他的身世经历和诗学思想有关，也是他为六朝诗正名以及建构六朝诗史的一种手段。[2]

研究陈祚明"情"为主的诗学观的主要有陈斌、景献力和曾毅。2006年，陈斌分析了陈祚明对《古诗十九首》的评点，指出陈祚明对抒情艺术有独特的

---

[1] 蒋寅：《一个有待于重新认识的批评家——陈祚明的先唐诗歌批评》，《中国社会科学院研究生院学报》，2011年，第3期。

[2] 黄妍、徐国荣：《论〈采菽堂古诗选〉对庾信的推崇》，《安徽大学学报》（哲社版），2014年，第1期。

眼光，认为陈祚明的相关评点"也为解读《古诗十九首》提供了一条新思路"①。2007 年，景献力将陈祚明重情的诗学主张与明清人普遍的"泛情化"倾向结合起来分析，认为这是他们清醒地认识到文学的抒情特质后的一种理论自觉，也是文学日益深入人心的一个表现。该文虽篇幅不大，却分析透彻，鞭辟入里，引人深思。2010 年，曾毅的《陈祚明西晋诗歌批评论略》指出，陈祚明以"情"为根本，对西晋诗歌的创作成就和艺术特色多有肯定，提出了与自中唐以来一直持续的、特别是明七子派的否定批评大为不同的新观点。他的观点既可以视为对明七子的纠正，也为清初诗学重张"诗主性情"助长了声势。②

研究陈祚明编选目的和过程的有陈斌的《陈祚明交游及〈采菽堂古诗选〉编选意图考论》。该文指出陈祚明的诗学倾向受到交游对象周容的影响，其编选意图是针对当时的宗宋诗风。笔者也有专文探讨《采菽堂古诗选》的命名与成书过程。③

研究陈祚明的诗学与沈德潜诗学关系的有王宏林的《沈德潜诗学思想研究》。该书从讨论沈德潜诗学的角度，专门分析了《古诗源》与《采菽堂古诗选》的关系。虽然该书的重点在沈德潜而不在陈祚明，但如此全面地阐述《采菽堂古诗选》的影响的论述，却是第一次出现；④笔者的《论〈古诗源〉对〈采菽堂古诗选〉诗学思想的承袭》⑤指出《古诗源》袭用了《采菽堂古诗选》的诸多观点。

研究清初"燕台七子"的成员构成主要是江增华的《"燕台七子"考辨》⑥。该文从诸书的成书时间、著作的权威性和可见的留存于世的文稿三个角度，论

---

① 陈斌：《论清初陈祚明对〈古诗十九首〉抒情艺术的发微》，《中国韵文学刊》，2006 年，第 4 期。

② 曾毅：《陈祚明西晋诗歌批评论略》，《绵阳师范学院学报》，2011 年，第 10 期。

③ 参见张伟：《〈采菽堂古诗选〉的命名与成书过程研究》，《汕头大学学报》（人文社会科学版），2014 年，第 1 期。

④ 王宏林：《沈德潜诗学思想研究》，北京：人民出版社，2010 年，第 19—21 页。

⑤ 张伟：《论〈古诗源〉对〈采菽堂古诗选〉诗学思想的承袭》，《中国韵文学刊》，2013 年，第 4 期。

⑥ 江增华：《"燕台七子"考辨》，《贵州大学学报》，2013 年，第 6 期。

证了"燕台七子"的成员构成。此外，李静和陈凯玲也对"燕台七子"成员进行了相关辨析。

《采菽堂古诗选》的相关学位论文有大陆硕士张欢①、台湾硕士陈可馨②的学位论文，笔者的博士学位论文《〈采菽堂古诗选〉研究》（2012年）③及浙江大学人文学院宋雪玲的博士学位论文《陈祚明〈采菽堂古诗选〉研究》（2012年），该学位论文于2016年由社会科学文献出版社出版。

海外学者侧重于比较与个案研究。台湾学者吕光华以《采菽堂古诗选》和《古诗评选》为中心，研究清初诗学对《诗品》接受与批评；④郑婷尹分析了陈祚明的情辞观及其对谢灵运诗中之情的评点；⑤日本学者铃木俊哉探讨了《采菽堂古诗选》的采录标准与诗学观、该书的编撰与七子派的关系；⑥今场正美则分析了陈祚明对沈约的评价。⑦

总而言之，除蒋寅、曾毅、吕光华、铃木俊哉等少数学者外，学界倾向于把陈祚明诗学当成个案研究，对他与明末清初诗学的关系尚未展开细致的专门研究，他的生平、心态与批评的关系等问题有待更加深入的研究。

---

① 张欢：《陈祚明与〈采菽堂古诗选〉研究论略》，漳州师范学院硕士学位论文，2012年。
② 陈可馨：《陈祚明〈采菽堂古诗选〉研究》，台湾政治大学硕士学位论文，2013年。
③ 张伟：《〈采菽堂古诗选〉研究》，武汉大学博士学位论文，2012年。
④ 吕光华：《论清人古诗选集对钟嵘〈诗品〉的接受和批评——以王夫之〈古诗评选〉和陈祚明〈采菽堂古诗选〉为例》，《彰化师大国文学志》，第二十四期，2012年6月。
⑤ 郑婷尹：《陈祚明之情辞观及其评谢灵运诗中之情》，《成大中文学报》，第四十一期，2013年6月。
⑥ ［日］铃木俊哉：《陳祚明〈採菽堂古詩選〉の採録とその文學觀》，研究会が立命館大学文学部中国文学専攻共同研究室にて行われました，2009年8月7日。铃木俊哉：《〈采菽堂古詩選〉編纂と七子派批判との関係性》，研究会が立命館大学国際平和ミュージアム会議室にて行われました，2011年4月24日。
铃木俊哉：《〈采菽堂古詩選〉における七子批判》，研究会が立命館大学国際平和ミュージアム会議室にて行われました，2011年9月25日。
⑦ 今场正美：《陳祚明の沈約評價》，研究会が立命館大学文学部中国文学専攻共同研究室にて行われました，2010年10月16日。

三、主要内容

本书的研究对象是陈祚明及其诗学思想。就陈祚明生平研究而言，笔者搜集了大量资料，整理了陈祚明年谱和陈祚明资料汇编。在翔实的资料基础上，笔者有若干新的发现。比如通过计东的《陈胤倩寿诗集序》，加上《稽留山人集》中的相关资料，可以将陈祚明的生辰具体到明天启三年（1623）10月25日；结合纪映钟《戆叟诗钞·二哀诗》其一及孙治、朱彝尊、王崇简之诗可知，陈祚明应卒于1674年2月。虽然这只是很小的一个发现，但却能够纠正《康熙仁和县志》《雍正浙江通志》和《国朝杭郡诗辑》等早期记载关于陈祚明"年五十卒"的错误。此外还有关于其家族的其他发现。

就诗学思想而言，笔者着重从《采菽堂古诗选》的相关评点之中发掘陈祚明的诗学思想。

就诗歌本体论和创作论而言，《采菽堂古诗选》阐述了同有之情与自有之诗之间的辩证关系。同有之情不是作者营营小我之得与失，而是人人皆可共感的大我之得与失。陈祚明把最为普遍的人类情感作为诗的本体，从而把诗歌当作可以沟通自我与他者的桥梁。通过对同有之情、普遍之情的把握和阐释，自我与他者之间的裂缝得以弥合，作者与读者之间达到无间的默契。一个人能够对自己的同时代人的呼告有所回应，今天的读者能够对已然作古的作者有所会心，全仰赖这种普遍化的得失之心。在陈祚明看来，诗人的首要任务就是要写出这种本体，唤醒其他人的本体意识。

就诗歌批评的方法论而言，《采菽堂古诗选》系统地展示了古诗阐释中最为常用的几种方法：知人论世法、以意逆志法、溯流追源法以及意象批评法。陈祚明在运用这些方法时，全面贯彻了他所提出的悬置礼仪道德的方法论思想，排除了道德判断对于诗歌批评的干扰，维护了文艺审美的独立性和自主性。

就诗歌演化史观而言，陈祚明以极大的热情关注了历来不甚受人礼重的南北朝诗，尤其是齐、梁以后诗。陈祚明所评选的《采菽堂古诗选》之有别于其他古诗选本，其关键就在于：陈祚明在该书中以一种广大包容而又富于辨别力的历史精神观照了从汉魏至于隋的诗歌历史，并认为南北朝这一段通常为人所忽视的诗歌既是汉魏诗歌的余响，也孕育了初盛唐及以后诗歌的胚胎。

陈祚明生于晚明时期，他的诗学观念不可避免受到了来自晚明与清初两方面的影响。因此，本书也将关注他与晚明清初诗学之关系，从诗学批评史的角度对这位遗民批评家进行清晰定位。

第一章　陈祚明生平考辨

第一节　生卒年考述

　　陈祚明是明末清初"燕台七子"之一。他才思敏捷，为公卿条奏中外利弊时政得失，所报辄可，被誉为"白衣台省"。其传世之作有《采菽堂古诗选》和《稽留山人集》。目前，学界在《采菽堂古诗选》上着力较多，对评选者陈祚明的生卒年、籍贯及生平细节则不甚关注，对相关记载中存在的分歧、谬误也未加深究。本章将对陈祚明的相关记载加以辨析，考述其生卒年、籍贯、生平及交游情况，以期对陈祚明的生平研究做出一点微薄的贡献。

　　陈祚明，字胤倩，一字允倩[①]，号稽留山人。关于他的生卒年，古今说法不一。《康熙仁和县志》《雍正浙江通志》均载陈祚明"年五十卒"[②]。《国朝杭郡诗辑》云陈祚明"年止五十，可哀也已"[③]，邓之诚《清诗纪事初编》载"（陈祚明）没在康熙十三年，年五十二"[④]。张健《清代诗学研究》记载陈祚明生卒年为1623—1674年[⑤]，李金松、蒋寅、陈斌均与张健持相同看法。上述诸

---

① 《康熙钱塘志》载陈祚明字颖倩，《明遗民诗》载陈祚明字嗣倩。分别参见（清）丁丙：《武林坊巷志》（第5册），杭州：浙江人民出版社，1986年，第367页；（清）卓尔堪：《明遗民诗》，北京：中华书局，1961年，第567页。
② （清）丁丙：《武林坊巷志》，第365页。
③ （清）吴颢辑，吴振棫补辑：《国朝杭郡诗辑》，武汉大学图书馆藏同治甲戌刻本，第19页。
④ 邓之诚：《清诗纪事初编》，北京：中华书局，1965年，第260页。
⑤ 张健：《清代诗学研究》，北京：北京大学出版社，1999年，第213页。

说中，与陈祚明时代相距较近的《国朝杭郡诗辑》及《康熙仁和志》《雍正浙江通志》均认为其年止五十岁，而按照邓之诚、张健等人的看法，陈祚明应有五十二岁。上述记载均未指出根据所在。

笔者在《稽留山人集》和计东《改亭集》中找到了可推算陈祚明出生年的内证。《稽留山人集》① 有《壬子十月下浣五十贱诞邸门诸先生四方高贤乡里同学赠贻为寿漫成志谢》（卷十九，页 658）。壬子年为康熙十一年（1672）。古人所记年龄多为虚岁，其时陈祚明当为 49 周岁。下浣即下旬的别称。以此诗为据逆推，陈祚明应生于明天启三年 10 月下旬（1623）。与此诗相对应的是计东的《陈胤倩寿诗集序》。序末云："今月之二十五日先生方举五十之觞，予且喜且祝，将集同人为寿之诗以前进于先生，而予先为之序如左。"② 该序提及陈祚明即将五十大寿，因此其作序与陈祚明作诗的时间应大体重合。结合陈祚明之诗与该序可推知，陈祚明出生的确切时间为明天启三年（1623）10 月25 日。

关于陈祚明卒年的确切时间，可从内外两方面加以寻绎。从内证方面来说，《稽留山人集》以甲子编年，始于乙未夏，止于癸丑除夕。诗集收录的最后一首诗是《除夕燕山旅舍示大侄伯长》。癸丑为康熙十二年（1673）。在此之前，陈祚明自知大限将至，作《自挽诗》三章。因此，陈祚明的卒年应不早于癸丑除夕。

陈祚明好友的相关诗文记载可作旁证。孙治《亡友陈祚明传》谓"先生以亥年生，五行中火乐木，故今以寅年终"③，意为陈祚明生于癸亥年（1623），卒于甲寅年（1674）。朱彝尊《曝书亭集》卷九有《王尚书（崇简）招同钱

---

① 本书引用《稽留山人集》处较多，引文除此处外，均不特别注明版本，直接于文中标明卷数和页码。

（清）陈祚明撰：《稽留山人集》//《四库全书存目丛书》（第 233 册），济南：齐鲁书社，1997 年。

② （清）计东：《改亭集》，《续修四库全书》（第 1408 册），第 168 页。

③ （清）丁丙：《武林坊巷志》（第 5 册），第 367 页。

（澄之）毛（会建）陆（元辅）陈（祚明）严（绳孙）计（东）宴集丰台药圃四首》①，这组诗记载了朱彝尊于该年春与陈祚明等人宴集丰台药圃之事。该诗系年为阏逢摄提格，即甲寅年（1674）。王崇简《青箱堂诗集》卷二十七《挽陈胤倩》云："哭君莫恸屡吞声，四十年来老弟昆……肠断不堪酬唱处，春风习习月黄昏。"② 该诗作于甲寅年，末联"春风"表明春天时陈祚明已经去世。纪映钟《戆叟诗钞·二哀诗》其一《陈处士祚明字胤倩仁和人》亦明确指出陈祚明去世时间为二月："哀哉斯人亡，薄海同悲喷……二月春已深，雪花乱行陌。魂气无不之，珍重慎归宅。"③ 综合孙治、朱彝尊、王崇简与纪映钟之诗可知，陈祚明应卒于1674年2月。

综上所论，《康熙仁和县志》《雍正浙江通志》和《国朝杭郡诗辑》的记载较早，但与事实不符。邓之诚、张健等人的看法无误，但未指出凭据。据笔者考证，陈祚明应生于明天启三年（1623）10 月 25 日，卒于康熙十三年（1674）2 月，终年五十一周岁，五十二虚岁。

① （清）朱彝尊：《曝书亭集》，上海：世界书局，民国二十六年，第113页。
② （清）王崇简：《青箱堂诗集》，《清代诗文集汇编》（第16、17册），第599页。
③ （清）纪映钟：《戆叟诗钞》，《清代诗文集汇编》（第30册），第39页。

第二节　籍贯考述

关于陈祚明的籍贯，就笔者目前所掌握的材料（包括间接材料）来看，共有三种说法：一、浙江钱塘（今杭州市内）人；二、浙江仁和（今杭州市内）人；三、仁和人，原籍山阴（今绍兴市）。

持钱塘说的有《康熙钱塘县志》《雍正浙江通志》《乾隆府志》《国朝杭郡诗辑》和《四库全书总目提要》。李金松在《采菽堂古诗选》点校版前言中采纳了这一说法："陈祚明，字胤倩，浙江钱塘人。"① 这一观点有若干旁证。如《清一统志》《海东逸史》记载陈祚明之长兄陈潜夫为钱塘人，《康熙钱塘县志》还记载了祚明之弟陈晋明及祚明侧室徐氏、小女陈氏之事②，均可由此知陈祚明为钱塘人。

持仁和说的有《康熙仁和县志》《康熙府志》《明遗民诗》《明诗综》《南疆绎史》及邓之诚、钱仲联、张健、蒋寅、陈斌等。《康熙仁和县志》卷十八《文苑》记载了陈祚明的事迹。③《康熙府志》《明遗民诗》《明诗综》和《南疆

---

① （清）陈祚明著，李金松点校：《采菽堂古诗选》，上海：上海古籍出版社，2008年，第1页。

② （清）魏源修，裘琏等纂：《康熙钱塘县志》，《中国地方志集成·浙江府县志辑》（第四册），上海：上海书店出版社，2000年版，第419、507、481页。

③ （清）赵世安修，顾豹文、邵远平纂：《康熙仁和县志》，《中国地方志集成·浙江府县志辑》（第五册），上海：上海书店出版社，2000年版，第380页。

绎史》均记载陈祚明长兄陈潜夫为仁和人，可间接推知陈祚明为仁和人。邓之诚在《清诗纪事初编》中指出"陈祚明，字胤倩，仁和人"①。钱仲联于《清诗纪事·明遗民卷》亦云："陈祚明，字胤倩，浙江仁和人。"②

持第三种看法的为《崇祯丙子同年录》。其书云："陈潜夫，仁和人，原籍山阴小赭。"③《嘉靖山阴县志》卷十四《乡贤》记录了该则资料。陈潜夫为陈祚明长兄。由此可间接推知陈祚明为仁和人，原籍山阴小赭村。

虽然前两种说法较为通行，但就时间的先期性和材料证据的可信度而言，笔者认为最有价值的材料当属《崇祯丙子同年录》。关于同年录的史料价值，陈长文有专文论述：

> 明代同年录的编刊者通常为该科进士或举人……初刻本同年录的编刊往往源于同年会。……同年录通常会重刻，甚至三刻以上，以纪实历。……同年录保存了大量明代科举出身的各类人物原始传记资料。它详载进士的姓名、籍贯、所习经典、字号、行第、出生年月、三代名讳及其官阶、母姓、兄弟、子孙名及其官阶、妻姓、乡试、会试及廷试名次等情况。作为第一手的传记资料，这些方面的记载又较正史及他书为详。因此，它对明代进士出身的各类人物的订补有着重要的价值。④

同年录作为原始档案，详细记载了陈潜夫的姓名、籍贯、排行等信息，可信度最高，由此可推知陈祚明的籍贯信息。因此，笔者认为陈祚明当为仁和人，原

---

① 邓之诚：《清诗纪事初编》，第260页。
② 钱仲联：《清诗纪事》（明遗民卷），南京：江苏古籍出版社，1987年，第736页。
③ 转引自（清）翁洲老民《海东逸史》（外三种），杭州：浙江古籍出版社，1985年，第489页。
④ 陈长文：《简评明代进士同年录》，《延安大学学报社科版》，2007年，第4期，第87—93页。

籍山阴小赫村。

这一说法有史料相印证。《康熙府志》记载："鲁王出亡。潜夫归山阴，抵小赫村。……潜夫整衣服，拜祖、父像已，拜别其母与弟，携二夫人至化龙桥，皆沉于河。"[1]《明史》亦云："顺治三年五月晦，江上师尽溃。潜夫走至山阴化龙桥，偕妻妾两孟氏同赴水死，卒年三十七。"[2]《嘉靖山阴县志》卷五："（山阴）县北……四十里曰化龙桥（明太仆陈忠襄潜夫并妻妾两孟氏殉节处）。"[3] 忠襄（一说为忠节）是乾隆四十一年所赐谥号。以上三则史料均表明陈潜夫兵败后归山阴小赫村，于化龙桥自沉，说明该地对其有重要意义。小赫村有陈潜夫祖、父之像，且其母与弟均居住于此，与《崇祯丙子同年录》中"原籍山阴小赫"的说法不谋而合。由此可推知陈祚明之原籍应为山阴。

令人不解的是，王崇简云："忆昔省亲武林，与其兄玄倩定交，胤倩方髫龄，余亦未及壮时，明之崇祯庚辰仲夏也。"（《稽留山人集序》，页438）明崇祯庚辰（1640），陈祚明17岁，已居住在杭州。《稽留山人集》题名"武水陈祚明胤倩甫著"（页1）亦令人生疑。《浙江通志》记载："杭州旧称武林，以山得名。汉《地理志》云：'武林山，武林水所出。'"[4] "武林"为武林山，"武水"为武林山所出之水，即西湖。武水人，意即杭州人。陈祚明回忆青年时期的生活也时常提及西湖："昔年拔俊西子湖，凤城载笔来群儒。"（《投赠李庚生大司马》，卷一，页458）"昔年西子湖头水，与君恸哭秋草里。"（《酬刘石生兼送其游山左》，卷一，页471）"昔时定交西子湖，到门俊及倾顾厨。"（《酬明农山人方尔止》，卷三，页481）这些材料在时间与地点上均与《康熙

---

① （清）丁丙：《武林坊巷志》（第5册），第363页。

② （清）张廷玉等《明史》，北京：中华书局，1974年版，第7106页。

③ （清）徐元梅等修，朱文翰等辑：《嘉庆山阴县志》，《中国地方志丛书》（581号），台湾：成文出版社，1983年，第82页。

④ 民国《浙江通志》（光绪二十年重刊），上海：商务印书馆，民国二十三年，第150页。

府志》和《明史》的记载有所冲突。陈潜夫于化龙桥沉河时（1646），陈祚明23岁，居住在籍贯地山阴。那么，他少年及青年时怎么会居住在杭州，且诸多文献均记载陈祚明或为钱塘人，或为仁和人呢？

根据王崇简《归途赠别陈玄倩并令弟胤倩》"异母之弟幼失养，远方归来出至情。丈夫立身自有本，能孝能友百行生"①可知，陈潜夫与陈祚明为同父异母的兄弟。陈祚明自幼失养，在祖籍山阴生活，长大后方来到杭州与陈潜夫团聚。后因陈潜夫反清复明，为免遭清军屠戮，全家又迁回祖籍山阴避难。陈潜夫殉明之后，山阴亦无处容身，陈祚明只得携母及弟迁至河渚隐居。《云蠖斋诗话》云："允倩，明侍御潜夫弟。侍御既殉难，允倩偕弟康侯住家河渚。"②此后，直到陈祚明入京，其家人仍在钱塘境内。陈祚明《寿严太君》云："在昔与贤子，同里如弟舅……小人亦有母，河渚一水间。"（卷一，页471）严太君即严沆之母，河渚即今浙江西溪河渚。自南宋至明清，河渚均在钱塘县境内。陈祚明于此隐居，久而久之，遂使人误以为其籍贯也在钱塘。

康熙壬寅（1662），陈祚明自京返乡，为避兵祸，于近市之处花费五百金购得三间极为简陋的小屋。《卜居吴山之麓漫成六首时壬寅七月》云："不广三重屋，偏昂五百金。质犹亏半值，来遂伴孤岑。"（卷八，页535）康熙丙午（1666），家人在仁和县威乙巷靠河之处购得新宅，陈祚明在京师遥作《知予家买宅威乙巷当迁赋以志喜》。诗云："攘攘居无定，江山数十迁。封书来冀北，买宅驻河边。"（卷十二，页576）《嘉靖仁和县志》云："威乙巷，虎之威，骨曲如乙字，此巷之曲类此。"③这或许是他被称作仁和人的由来。

笔者认为，后世之所以对陈祚明为仁和人或钱塘人的记载存在分歧，除去他行踪不定的原因外，也有历史和地理两方面的原因。钱塘与仁和在清朝时同

① （清）王崇简：《青箱堂诗集》，第369页。

② 转引自钱仲联：《清诗纪事》（明遗民卷），第736页。

③ 《嘉靖仁和县志》，《四库全书存目丛书》（史部第194册），济南：齐鲁书社，1996年，第15页。

属杭州府，历史上又多次同为杭州府治，容易造成误解。从历史渊源上来说，钱塘自秦汉时已建县，而仁和自五代时始设为钱江县，直到北宋太平兴国四年（979），才改为仁和县。它与钱塘县在很长一段历史时期内同为地方行政中心所在地。从地理角度来说，钱塘与仁和均属杭州管辖，两县仅一街之隔，容易使人混淆。杭州府治位于丰宁坊竹园山，仁和县治位于杭州府治左，钱塘县治位于杭州府治右。[①] 钱塘县与仁和县仅一街之隔。《嘉靖仁和县志·骆家跳塘》载："武林门外一直大街，自南抵北新桥，俱属钱塘县界，其街东巷内属仁和。"[②] 这两个县紧邻，人口杂居。"武林门外自南往北大街，俱在钱塘境内。凡有牌坊，多系仁和人。犹仁和县治亦寓钱塘。"[③] 然而，无论钱塘还是仁和，均仅为陈祚明的寄籍地，他真正的祖籍在山阴（绍兴）小赭村。

再往上推，《稽留山人集》卷三《燕山遥哭二小侄》"吾家谱系宋南渡，远祖名留永乐年"（卷三，页 482），表明陈氏家族实为北人，宋末南渡至山阴。不过，究竟陈氏远祖从北方何处南渡，由于家谱不存，也就不得而知了。

---

① 民国《浙江通志》（光绪二十年重刊），第 745—747 页。
② 《嘉靖仁和县志》，第 16 页。
③ 《嘉靖仁和县志》，第 19 页。

第三节　生平及交游考述

陈祚明自号稽留山人，其诗集名《稽留山人集》，又名《敝帚集》。稽留乃山名。《康熙浙江通志》卷六载："稽留峰，在下天竺寺西，或云许由、葛洪皆隐此，因号稽留。"[1]孙治《亡友陈祚明传》曰："先生……又自称稽留山人，世传许由避尧之所。然不可信。然要之，武林山也。上有塔，为北高峰。"[2]陈祚明青年时期隐居于此，闭关读书。30 年后，在写给故交朱尔迈（字人远，浙江海宁人）的诗中，陈祚明以饱含深情的笔墨回忆了昔日在稽留峰读书的情形："昔我年十七，下帷如董生。闭关稽留峰，鹫岭当窗横。西涧穿石落，前山飞来清。夜月卷帘坐，晴日绕树行。"（卷十一，页 563）这是陈祚明一生中最为快乐的时光，给他留下了非常美好的印象。他自号稽留山人，不仅寄寓了不婴世务的隐世之志，亦是对那段快乐生活的留恋与感怀。

陈祚明的一生大体可分为三个阶段：（一）幼时至青年求学时期（1623—1646）；（二）隐居河渚时期（1646—1655）；（三）入京为塾师、幕僚时期（1655—1674）。下面分别加以论述。

---

[1] （清）王国安等修，（清）黄宗羲、张衡纂：《康熙浙江通志》，《中国地方志集成》，上海：上海书店出版社，2000 年，第 176 页。

[2] （清）丁丙《武林坊巷志》（第 5 册），第 367 页。

（一）幼时至青年求学时期

幼时，陈祚明在理学宿儒父亲陈肇的教导下，饱读四书九经，出口成章。《荧惑不见歌》自述："五岁诗书略上口，八岁九经通训诂。小时咏兔叶宫商，大来赋鹊成篡组。"（卷四，页 501）晚年所作《偶吟十二首》云："庭下曾闻礼，求为君子儒。"（卷二十，页 667）陈祚明 15 岁参加童子试，学使者以为倩人代笔，面试，拔置第一，被誉为"江夏黄童"，从此一鸣惊人。事见《康熙钱塘县志》："年十五就试学使者。学使者阅其文，惊异之，曰：'汝倩人耶？'祚明曰：'奈何倩人？当面试。'面试拔置第一，时有江夏黄童之目。"① "江夏黄童"即二十四孝中"扇枕温衾"的黄香。《后汉书·文苑列传》记载："黄香字文彊，江夏安陆人也。……博学经典，究精道术，能文章，京师号曰'天下无双，江夏黄童'。"② 宋苏轼《送杨孟容》诗亦云："后生多高才，名与黄童双。"黄香为历史上著名的大孝子、大才人。可见少年时陈祚明已名重一时。

17 岁时，陈祚明居西湖畔稽留峰中闭关读书。18、19 岁时居杭州东城，与潘新弹（潘沐，癸丑进士，官翰林）、柴虎臣、吴应侯等人总揽古今，研经义、拟诗赋、以变雅为职志。《荧惑不见歌》云："性情娴雅颂，道术综三五。载籍揽极博，作歌思太古。"（卷四，页 501）《潘新弹母李太君八袠寿》云："昔我十八九，东城读书处。……灯青书帷下，昼永研席布。非惟研经义，亦或拟诗赋。卓荦论古今，披豁见真素。悠悠世上儿，白眼不一顾。高堂各具庆，饘粥无不具。何知有生计，曾不娴世务。"（卷十七，页 622）《哀柴虎臣处士》云："畴昔行吟地，东城委巷间。学诗吾变雅，求志尔真顽。"（卷十七，页 621）《赠吴应侯》云："昔年尔我各有兄，两家同里交相善。西湖画舫柳边

① （清）魏源修，裘琏等纂：《康熙钱塘县志》，第 416 页。
② （南朝宋）范晔：《后汉书》，北京：中华书局，1999 年，第 1763—1764 页。

行，吴山草堂花下宴。少年颜色美如玉，才子声名人所羡。华馆笙歌百不忧，由来只道黄金贱。"（卷十四，页 596）据此可知陈祚明青年时家境优渥、声名大振，不问世事，睥睨群雄，一副少年名士派头，与后来卖文为生、穷愁潦倒之状形成鲜明对比。

崇祯庚辰（1640），王崇简回宛平省亲。途经杭州，与杭州名士、诗人多有唱和。陈潜夫、严渡约同王崇简、胡思皇游金园。王崇简同李乔之、陈祚明至嘉兴访钱嘉征，泛舟烟雨楼。离别之时，王崇简作《归途赠别陈玄倩并令弟胤倩》称赞陈祚明的文采："君家季弟方年少，雄文奇句神鬼惊。"[1] 陈祚明入京之后，王崇简追忆陈祚明当年意气风发、才华横溢的情形："时胤倩甫弱冠而意气泓深，发言恢瞻。……曩日之胤倩，才识茂硕，方将摄云衢、驾蜿汉，垂嘉名于竹帛。"（《陈胤倩拟古诗序》）[2]

崇祯癸未（1643），21 岁的陈祚明与处士方文（字尔止，号明农山人）于西子湖畔定交。俩人一见倾心，谈古论今，诗酒唱和。《酬明农山人方尔止》云："草亭末席坐小弟，往往许与皆吾徒。丈夫意气何航髒，生才何必争瑜亮。经纶各有千古心，乘风欲破万里浪。灌园抱瓮羞隐沦，区区肯作蓬蒿人。"（卷三，页 481）从此诗来看，陈祚明与方文其时均有乘风破浪之心与经天纬地之志。

（二）隐居河渚时期

顺治三年（1646）5 月 30 日，陈潜夫与妻妾于山阴化龙桥沉江殉明。陈祚明只身携榇以归，弃诸生，与仲兄陈丽明、季弟陈晋明奉母迁至钱塘县西溪河渚隐居。关于弃诸生的原因，陈祚明向座师李庚生解释为"诛求或恐多深文"。见《投赠李庚生大司马》："诸生求隐亦辛勤，岂休请告辞纷纭。掉头归去竟不顾，诛求或恐多深文。"（卷一，页 458）从字面意思来看，陈祚明担心

---

① （清）王崇简：《青箱堂诗集》，第 369 页。
② （清）王崇简：《青箱堂诗集》，第 17 页。

长兄陈潜夫的忠烈之举或将给陈家带来意想不到的灾难。翁嵩年认为其师陈祚明归隐的原因是"有老母在，山人奉之偕隐河渚。教授生徒以资甘旨之养"①。笔者以为从"求为君子儒"的志向及三次选陶诗，直至将陶诗全部录入《采菽堂古诗选》的行为来看，效仿陶渊明坚守遗民气节，不事新朝才是陈祚明归隐的重要原因。然而无论哪种原因，放弃举业、兵乱加上一家八口的生计，使得陈祚明生活极其窘迫，时常断炊。

陈祚明隐居期间的主要收入来源是"教授生徒"。翁嵩年即在此期间所授生徒之一。授馆之余，他独自行吟河畔，吟诗作赋："昔我河上居，固穷悲屡空。炊突长不火，游鱼生釜中。有时发商歌，徙倚临秋风。其声出金石，无人知我工。"(《己亥暮春颢亭请假葬亲余不得偕遣舍弟附舟南下赋别》，卷四，页494)"昔者贫家徐破壁，十年匿影卧空村。孤吟若个怜哀响，《九辩》虚教溅泪痕。"(《冬日喜逢宋荔裳先生招饮寓园漫赋》，卷十八，页644)陈祚明虽"匿影""孤吟"，但并未与世隔绝。顺治十六年，其所作《送王仲昭归里兼寄丽京、梯霞、虎臣、宇台、际叔、世臣、甸华、驰黄诸子》云："词赋甘泉贱，烟霞郑谷迷。因君寄诸子，泪作数行啼。"(卷五，页509)显然陈祚明隐居期间与陆垍、柴绍炳、孙治、陈廷会等"西泠十子"成员来往较为频繁。遗憾的是，由于早年诗作已散佚，关于陈祚明隐居河渚期间的情形，笔者仅能通过其晚年的追忆加以补充，不免有些单薄。②

（三）入京为塾师、幕僚时期

顺治十二年（1655）夏，陈祚明 33 岁，因家贫应故人严沆之招赴燕京就

---

① 翁嵩年：《采菽堂古诗选序》，（清）陈祚明著，李金松点校：《采菽堂古诗选》，第 1 页。

② 陈祚明二兄陈丽明所作《稽留山人集跋》云："即吾弟二十年以前其所为诗、古文，已无虑数千首。"据此可知，陈祚明在隐居期间应创作了大量诗歌和古文，但《稽留山人集》仅收录其入京后的诗歌，故陈祚明隐居期间所创作的诗歌和古文都未能得到流传。由于陈祚明入京后的诗歌、古文多为应酬之作，艺术性有限，不妨推知其隐居期间所作诗歌、古文当更具有隐者的情怀，其艺术价值也应更高一些。

馆。《稽留山人集》以入京途中所作《北征杂诗十首》为起点。卓尔堪《明遗民诗》选录了其四。入京后，陈祚明的诗才与政治才华迅速引起了轰动。《康熙钱塘县志》谓："行文如长江大河，一泻千里，笔不加点。诗律工细，在岑、楼、沈、宋间，京师巨公闻其名，争礼聘之。山阴胡兆龙、宛平王崇简引为布衣昆弟交，命子若侄俱北面受业焉。凡条奏中外利弊时政得失，祚明为属草，明鬯剀切，辄报可。以故朝贵促迫，暨丐笔墨者，户外屡常满。刘穆之目览手答、耳行听受、口并酬应，世多不信有其人，得祚明其左证已。"① 东晋刘穆之以博览多通、才思敏捷、决断如流闻名于世，世人多不信，诸公见陈祚明乃信真有其人，无怪乎《武林先雅》称其为"白衣台省"②。

陈祚明入京后收入颇丰，"公卿载酒论文，黄金满床"③。然其性情豪爽，倜傥非常，视名利若浮云，急公好义，挥金如土，若当世李太白。《康熙钱塘县志》载："（陈祚明）岁入修脯可数千金，而性豪爽，一切客游长安者，知与不知，生馆死殡，胥于祚明是赖。"④ 如此庞大的社交支出，加之肩负家庭重担，使得陈祚明入不敷出。"家故贫，营葬兄嫂及抚遗孤侄及孤侄子女，各各婚娶，食指凡五百余，势不能息肩归里，卒客死京师。"⑤ 毋庸讳言，在沉重的生活重压下，陈祚明的确曾多次违心干谒公卿。初入都时，陈祚明所作《赠朱遂初都谏》就以平直之笔描述了干谒之窘状，语调却不卑不亢："祚也奔走衝泥途，曳裾却望公门驱。短衣至骭寒踯躅，负墙落日胡为乎？愿分末席陈区区，天下谁人识龙剑，握中敢说有灵珠？"（卷四，页458）

入京之初，陈祚明受到故人韩诗的赏识，与之篝灯浮白，抗论得失。韩诗

---

① （清）魏源修，裘琏等纂：《康熙钱塘县志》，第416—417页。
② （清）丁丙《武林坊巷志》（第5册），第365页。
③ （清）丁丙《武林坊巷志》（第5册），第365页。
④ （清）魏源修，裘琏等纂：《康熙钱塘县志》，第417页。
⑤ （清）魏源修，裘琏等纂：《康熙钱塘县志》，第417页。

出其所编《国门集初选》千余首，属以校雠之役。顺治十四年（1657），韩诗于杭州刊刻该书，陈祚明为之作序。该年八月，严沆典试山东，陈祚明随之作幕，游历大名湖、北极祠、趵突泉、白雪楼等名胜古迹，写下一系列诗篇。此时施闰章、王士禛均在山左。顺治十二年至十四年间（1655—1657），陈祚明与宋琬、施闰章、严沆、张文光、赵宾等人酬唱密切，时称"燕台七子"。《公卿间行述》云："（施闰章）官京师，与谯明张公、菊溪许公、锦帆赵公、颢亭严公、飞涛丁公、胤倩陈公有燕台七子诗。"[①] 顺治十八年（1661），严沆之兄严津纂辑此七人之诗，人各一卷，为《燕台七子诗刻》。《康熙仁和县志》称："陈祚明……走燕山，客游诸名公卿间，与张谯明、赵锦帆、宋荔裳、严颢亭、丁药园为诗歌，号'燕台七子'。然非祚明所好也。"[②]《仁和县志》的纂者顾豹文为陈祚明生前好友，曾为《稽留山人集》作序。顾豹文能充分理解陈祚明以布衣之身乞食于公卿的尴尬酸楚，因而对其入选"燕台七子"的感受较为深刻，"非祚明所好也"，看似唐突，实则道出了陈祚明的心声。

除与名公巨卿交游之外，陈祚明与抗清志士阎尔梅、朱全古等人也有所往来，体现了他心怀故国的一面。康熙六年（1677），陈祚明与阎尔梅等人雅集，作《和甫草赠绎堂座上客十二首》。康熙七年（1678）正月十三日夕，陈祚明偕张彦若、吴兴公、李条侯及表侄诸骏男邀请阎尔梅等人集米园。4月，陈祚明与阎尔梅共饮西河徐家水亭。

在清初文字狱的高压之下，陈祚明与受江南科场案牵连的老友陆庆曾也来往频繁。陆庆曾，华亭人，字子玄，明嘉靖礼部尚书陆树声之孙。因以老名宿身份参与丁酉顺天乡试，受舞弊案牵连，被流配至尚阳堡。康熙六年（1667），陆庆曾已被发配辽阳十年，年逾六旬，自辽阳诣陈祚明燕山邸舍。陈祚明惭愧

---

① （清）施念曾编：《施愚山先生年谱》，北京图书馆藏珍本年谱丛书，北京：北京图书馆出版社，1999年，第366页。

② （清）赵世安修，顾豹文、邵远平纂：《康熙仁和县志》，第380页。

当年无钱将其赎回，留饮感赋。是年除夕，陈祚明与之小饮赋诗送年。正月，陈祚明邀其赏花。人日，置酒赋诗与之唱和。后陆庆曾复归辽东，陈祚明赠诗六首。康熙九年（1670），陈祚明与陆庆曾再次唱和。与戴罪之人来往如此频繁，在文网密布的清初无疑是危险之举，极有可能惹祸上身。陈祚明对此全然不顾，足见他待人之厚，对旧日情谊的眷念之深。此外，陈祚明与名士纪映钟、方文、柴绍炳、周容等感情笃厚，均有诗歌酬唱。

在京期间，陈祚明先后依附严沆、韩诗、胡兆龙、龚鼎孳、王崇简、胡振音等，以卖文、教馆为生。旅居燕京十九年间，他仅于顺治十八年（1661）南归故里，以五百金置办三间小屋，旋因家贫之故于康熙二年（1663）再次北征。

康熙九年（1670）秋，陈祚明应山东巡抚袁九叙之邀赴济南作幕。这段幕僚经历十分短暂。次年，袁九叙死于背疮。十月，陈祚明准备离开济南，适逢严沆北上，遂与之同返燕京。

康熙十二年（1672），龚祖锡兵金分巡通永，陈祚明出为记事。七夕，陈祚明抱疾淹久，身患不治之症，来日无多。他益发厌倦乞食生活，期盼归里与妻孥入山采芝，行园剪韭，过平淡而恬静的生活。中秋，他向好友乞金营葬兄嫂及为儿陈曾薮娶妇。九月，陈祚明辞去记事之职，龚祖锡为之治装赠金。康熙十二年腊月，陈祚明自知来日无多，含泪写下《自挽诗》三首。康熙十三年（1673）二月的阴冷春日，陈祚明在大侄陈伯长陪伴下，于燕京邸舍中离开人世，终年52岁。陈祚明死后囊无一钱，架上唯有敝书数十百卷，墨淋漓而笔纵横，令人唏嘘不已。

陈祚明生前笔耕不辍，著有《拟李长吉诗》三卷、《前集》十卷、《床头集》文二十卷，诗十卷、《评选战国策》十二卷、《采菽堂古诗选》三十八卷、补遗四卷、《李崆峒诗选》十二卷、《何大复诗选》四卷、《边华泉诗选》二卷、《王元美正集诗选》四卷、《王元美续集诗选》二卷、《谢茂秦诗选》二卷、《评谢茂秦〈诗家直说〉一百七十七则》《元人杂剧二种》《燕台七子诗刻·稽留诗选》一卷、《说诗》卷数不详。

除《燕台七子诗刻·稽留诗选》《稽留山人集》（又名《敝帚集》）《评选战国策》和《采菽堂古诗选》之外，其余均未刊刻，后遂不知所终。诸书中唯有《稽留山人集》入选《四库全书存目丛书》，邓汉仪《诗观初集》卷三录入其中 15 首，并有批注。《采菽堂古诗选》于乾隆三十九年（1774）入选《浙江采集遗书》。该书直溯唐诗之源，于评选中蕴含独特细腻的审美情趣与宏大的诗史观，批评与鉴赏均有新意，为后世治先唐诗歌的重要参考选本。《书目答问》将该书列入"大雅者"[1]、"不俗谬者"[2]。朱自清论及中国对作家和作品的批评的系统著作时，提到大家都忽略了清代的几部书，其中对《采菽堂古诗选》给予很高的评价："陈祚明的《古诗选》，对入选作家依次批评，以辞与情为主，很多精到的意思。"[3]《采菽堂古诗选》有康熙初刻本、重印本和乾隆后印本三个系统，共印刷六次。比较常见的版本有《续修四库全书》本和上海古籍出版社出版的李金松点校本（2008 年出版）。

综上所论，陈祚明生于 1623 年 10 月 25 日，卒于 1674 年 2 月。原籍山阴小赫村，青年时隐居杭州西湖畔稽留峰，在东城闭关读书，明亡后隐居于钱塘县西溪河渚。33 岁时应严沆之招入京，此后长达十九年内以卖文授馆为生，最终客死燕京。他著作等身，却唯有《采菽堂古诗选》流传较广，聊以慰藉其孤寂穷愁之一生。

---

① （清）张之洞撰，范希增补正，《书目答问补正》，上海：上海古籍出版社，2008 年，第 209 页。
② （清）张之洞撰，范希增补正，《书目答问补正》，第 218 页。
③ 朱自清：《诗文评的发展》，《朱自清全集》卷三，南京：江苏教育出版社，1988 年，第 27 页。

第二章　陈祚明著述考

陈祚明客游京师十九年，黄金满床，然"性豪爽，一切客游长安者，知与不知，生馆死殡，胥于祚明是赖。家故贫，营葬兄嫂及抚遗孤侄及孤侄子女，各各婚娶，食指凡五百余，势不能息肩归里，卒客死京师"①。（《康熙钱塘志》）陈祚明死后唯有架上散书数十百卷，大部分手稿已随着岁月的流逝湮没无闻，已刊刻著述仅为其全部著述的冰山一角。笔者从《稽留山人集》及陈祚明诗友之作中勾稽出他的著述，加以详述。

---

① 《康熙钱塘县志》卷二十二《文苑》，第 14—15 页。

第一节　已刊刻著述

（一）陈祚明于顺治十二年（1655）夏离家入京。顺治十三年夏（1656），他"端忧遘疾，衷情无聊，遂取《古诗十九首》读之，悲不能自止。"① 遂作《拟古诗十九首》《后拟古诗十九首》。两组诗均有小序说明作序缘由及诗学观点。王崇简《青箱堂文集》卷四《陈胤倩拟古诗序》云："胤倩以渊雅之才，好沉雄之学……久之乃有拟古之作。吟烈悲酸，融微旨雅，而绵邈清退，盖多不得志之音矣！……予非能知诗者，读拟古之篇，而悲其志。"② 王崇简的序虽然并不能确切表明前后拟古诗十九首曾单独刊行，但至少该诗曾经在诗友间广泛传播，并获得高度评价。

（二）《国门集初选》载陈祚明诗十七首及自序一篇。该书刊刻时间为顺治十四年（1657）。孙殿起《贩书偶记》云："《国门集初选》六卷，西湖陈祚明、关中韩诗同选，顺治间刊。"③ 邓之诚《国门集初选跋》云："此集不脱声气标榜之习，所选未必精当。且以己作杂厕其间（韩诗九十四为最多，陈祚明十七

---

① （清）陈祚明著：《稽留山人集》，《四库全书存目丛书》（第 233 册），南开大学图书馆藏清雍正刻本，齐鲁书社，1997 年版，第 464 页。

② （清）王崇简撰：《青箱堂文集》卷四，《清代诗文集汇编》（第 17 册），上海：上海古籍出版社，2010 年，第 17—18 页。

③ （清）孙殿起撰：《贩书偶记》卷十九，上海：上海古籍出版社，1999 年，第 518 页。

首），从来无此体例。"① 谢正光先生《清初人选清初诗汇考》亦认为陈祚明与韩诗共选此集。笔者认为陈祚明仅对该书进行了校雠，只是挂名的选者，韩诗才是真正的编选者和刊行者，理由将于第三节详述。

（三）《中国丛书综录》录清代严津选《燕台七子诗刻》，其中有陈祚明撰《稽留诗集》一卷。② 此书刊于顺治十八年（1661）。列入《燕台七子诗刻》的还有施闰章的《愚山诗选》、严沆的《灏亭诗选》、张文光的《斗斋诗选》、宋琬的《安雅堂诗选》、赵宾的《学易庵诗选》和丁澎的《信美轩诗选》各一卷。

（四）康熙十三年二月，陈祚明因病去世，留下数十百卷遗书。康熙十五年秋，同人捐资为之刊刻《稽留山人集》。该书本名《敝帚集》，又称《采菽堂诗集》《采菽堂别集》，选入《四库全书存目丛书》及《浙江巡抚采集遗书》，收录陈祚明诗 20 卷，共计 1521 首，词 1 卷。《明别集版本志》记载陈祚明及仲兄陈丽明均著有《采菽堂诗集》。陈祚明之作刻于康熙十五年，十行二十二字，白口，左右双边，无鱼尾，版心上镌"采菽堂敝帚集"。该书现藏于南京图书馆。《稽留山人集》是康熙十五年《采菽堂诗集》的印本，版心上镌"敝帚集"（铲去其上原刻之"采菽堂"三字）。卷端题"武水陈祚明胤倩甫著"。该书前有康熙丙辰王崇简、严沆、顾豹文、陆嘉淑所作之序，后有康熙丙辰陈丽明跋。③ 但《四库全书存目丛书·稽留山人集》并无陈丽明跋，或为影印时遗漏。

（五）陈祚明于康熙十三年（1673）二月病逝于燕京客舍。康熙四十五年（1706）陈祚明门生翁嵩年编辑评定其评选古诗的遗稿，以《采菽堂定本·汉魏六朝诗钞》之名首次出版印刷；康熙四十八年（1709）翁嵩年改订讹误，增添小注，第 2 次印刷；乾隆十三年（1748），在当湖好古之士屈以伸主持下，

---

① 谢正光、佘汝丰撰：《清初人选清初诗汇考》，南京：南京大学出版社，1998 年，第 46 页。

② 上海图书馆编：《中国丛书综录》（第 2 册），北京：中华书局，1961 年，第 1397 页。

③ 参见崔建英订，贾卫民、李晓亚参订：《明别集版本志》，北京：中华书局，2006 年，第 847 页。

该书增添杭世骏序，再次重印。乾隆二十三年（1759），传万堂重印《采菽堂古诗选》。乾隆三十九年（1774），乾隆皇帝下诏搜集天下遗书，浙江巡抚三宝将《采菽堂古诗选》上贡，录入《浙江采集遗书总录》。2003年，《续修四库全书》据天津图书馆藏康熙重印版影印《采菽堂古诗选》。2008年，上海古籍出版社出版李金松先生点校之《采菽堂古诗选》。此书以情、辞为职志，"有美必录"，评语极有见地，为后世治汉魏六朝古诗的重要参考选本。

（六）陈祚明去世之后，其生前好友孙治作《沧溟诗选序》。序云："此陈子胤倩评诗遗书，实古今诗家之龟鉴也。……胤倩天才卓发，学力深湛，肆力于诗者三十有余稔。间以暇日取李何王李诸家一一辨定。众所曹好，有丑者必摘；众所曹恶，有美者必扬。辨味于淄渑之间，衡相于灭没之外。考部辨体，析微论宗。开千古生面。起九原以厌心，此非余之私言矣！其兄仲子先取沧溟一编行世。"① 这段话表明陈祚明生前对前后七子之诗进行了一一辨定，《沧溟诗选》仅为陈祚明遗集之一。陈祚明仲兄（陈丽明，又称陈丽）在其去世之后将该书付梓，具体刊刻时间不详。此书特别之处在于陈祚明以30年作诗经验衡诗，其选诗观点与世俗迥异，多独到之见。该书现已不存。

（七）陈祚明辑《采菽堂评选战国策》12卷。该书又名《评选战国策》，康熙四十八年（1709）刊刻。《康熙钱塘志》指出陈祚明有《评选战国策》行世。然而除上海图书馆有藏本外，大陆各大高校均无藏本，海外流传情况不详。

笔者还从其他作品中勾稽陈祚明的佚文两篇，分别为《国门集初选自序》②和《且园近诗序》③。《国门集初选自序》的作序时间为顺治十四年；《且园近诗集》为陈祚明生前好友王岱诗集。陈祚明作序时间应为去世前不久，即1674年之前。

---

① （清）孙治撰：《孙宇台集》，《四库禁毁丛刊》（集部第148册），第700页。
② 谢正光、余汝丰撰：《清初人选清初诗汇考》，第43—44页。
③ （清）王岱撰：《且园近诗五卷且园近集四卷》，《四库全书存目丛书补编》（第52册），中国科学院图书馆藏清康熙刻本，第3页。

第二节　未刊刻著述

笔者从相关文献中勾稽到陈祚明未刊刻著述如下，并一一加按语辨析：

（一）《康熙杭州府志》卷38："《采菽堂别集》二十四卷，陈祚明著。"[①]
按，《采菽堂别集》即《稽留山人集》。据陈丽明跋可知，陈祚明去世之后不久，同人计划为其刊刻诗文词集二十四卷，后文集三卷因故未曾刊刻。因此《采菽堂别集》二十四卷应该指的是尚未刊刻的手稿。

（二）《康熙钱塘志》卷22："（陈祚明）所著有《采菽堂诗集》二十卷，词一卷，又《采菽堂古诗选》《评选战国策》行世。未刻有《采菽堂文集》三十卷、《床头集》十六卷。"[②] 按，据《稽留山人未刻书目》可知，《床头集》应为文二十卷、诗十卷，其记载与《康熙钱塘志》的记载有出入。何者为是，囿于原始资料匮乏，只能待考。

（三）《乾隆杭州府志》卷94："（陈祚明）所著诗二十卷，词一卷，古文犹富。"[③] 同书卷59："《采菽堂集》二十四卷、《敝帚集》二十卷，诸生钱塘陈祚明允倩撰。一作《采菽堂诗集》二十卷，《文集》三十卷"。[④] 按，《采菽堂集》

---

① （清）马如龙、杨鼐等纂修，李铎等增修：《康熙杭州府志》，浙江省图书馆稀见方志丛刊（第19册），第38页。
② 《康熙钱塘志》卷二十二《文苑》，第14—15页。
③ （清）邓沄修，邵晋涵纂：《乾隆杭州府志》，《续修四库全书》（第702册），第409页。
④ （清）邓沄修，邵晋涵纂：《乾隆杭州府志》，第478页。

与《敝帚集》实际为同一本书。三十卷《采菽堂文集》的可能性有两种：一是三卷之误，为《稽留山人集》未刻稿；一是三十卷，符合"古文犹富"的说法。

（四）《采菽堂古诗选·凡例》云："归二年，癸卯夏，复走燕山。会胡先生移疾家居，多暇日，以稍差次旧牍。于是汉、魏、六朝古诗，三唐诗，及明李献吉、何景明、边华泉、李于鳞、王元美、谢茂秦诸集，即渐评阅并竟。"①据此可知，陈祚明至少应编选了《古诗选》《三唐诗》及李献吉、何景明、边华泉、李于鳞、王元美、谢茂秦诸人之集。

（五）《稽留山人集·未刻书目》②：

名	所含书名	卷数
《敝帚集》	《拟李长吉诗》	三卷
	《前集》	十卷
《床头集》		文二十卷，诗十卷
《骈拇集》	《评选战国策》	十二卷
	《古诗选》	三十八卷
	《李崆峒诗选》	十二卷
	《何大复诗选》	四卷
	《边华泉诗选》	二卷
	《王元美正集诗选》	四卷
	《王元美续集诗选》	二卷
	《谢茂秦诗选》	二卷
	《□诗集》	不详
	《评谢茂秦〈诗家直说〉》	一百七十七则
《掷米集》	《元人杂剧二种》	不详

---

① （清）陈祚明著，李金松点校：《采菽堂古诗选》，第13页。
② 见《未刻目录》。（清）陈祚明著：《稽留山人集》，第456页。

按，《古诗选》即《采菽堂古诗选》三十八卷，还有补遗四卷。此书于康熙四十五年刊刻。《□诗集》有缺字，疑为《说诗集》。陈祚明在评王籍的《入若耶溪》时引用《说诗》的评语，前标"祚"字，表明此书为己所著。评语先引用王世贞《艺苑卮言》"'鸟鸣山更幽'，虽逊古质，亦是僬语。第合上句读之，遂不成章耳。又有可笑者，'鸟鸣山更幽'，本是反不鸣山幽之意，王介甫何缘取其本意而反之，且'一鸟不鸣山更幽'，有何意趣？"接着引《说诗》加以阐发，"祚《说诗》中曰：'鸟鸣则有声矣，顾不闻万籁，唯有鸟声，山之深静，缘斯愈见。故曰更若'一鸟不鸣'，幽可知矣。'更'字之义，又复何归？'"①由此注可知，陈祚明著有《说诗》一书，但并未出版。从陈祚明自引之评语来看，该书当以诗歌评论为主。加之《骈拇集》所选之作均为诗歌选本或诗话，符合《说诗》所引评语的内容。因此，笔者认为《□诗集》为《说诗集》的可能性极大。

（六）邓之诚《清诗纪事》指出："（陈祚明）撰《稽留山人集》二十一卷。诗起顺治十二年，本名《敝帚集》。前于此者，有《拟李长吉诗》三卷，《前集》十卷及《床头集》文二十卷、诗十卷。皆未刻。"②按，邓之诚先生所引未刻书来自《稽留山人集·未刻书目》，但不完全。

（七）袁行云《清人诗集叙录》云："据书中《未刻目录》，尚有《拟李长吉诗》《床头集诗文》《评选战国策》《古诗选》《明诗选》《元人杂剧选》，俱无力梓行。"③按，袁行云先生以《评选战国策》《古诗选》《明诗选》代替《骈拇集》，然而漏掉了《评谢茂秦〈诗家直说〉一百七十七则》。

上述记载除《采菽堂文集》三十卷、《床头集》十六卷与《稽留山人集·未刻书目》有出入外，其余均未超出《未刻书目》的范畴。鉴于《评选战国

---

① （清）陈祚明著，李金松点校：《采菽堂古诗选》，第 856 页。
② 邓之诚著：《清诗纪事初编》卷二，第 260 页。
③ 袁行云著：《清人诗集叙录》卷七（第 1 册），北京：文化艺术出版社，1994 年版，第 212 页。

策》和《古诗选》已刊刻，应排除；而《三唐诗》有《凡例》为证，应加入。因此，笔者认为应在《未刻书目》的基础上增入《三唐诗》和《陈祚明文集》三十卷，删除《评选战国策》和《古诗选》，将《□诗集》补为《说诗集》。

第三节 《国门集初选》与陈祚明的关系

　　孙殿起、邓之诚、谢正光等认为《国门集初选》由陈祚明和韩诗共选，但邓、谢二先生对此书评价不高。笔者认为，此书由韩诗独自选编，陈祚明只是受邀校雠及作序，实际上相当于挂名的选者。理由如下：

　　其一，此集所选对象大多为达官贵人，如张缙彦、魏象枢、杨思圣等，而客游京师者仅有胡介、黄澍、函可等少数几人，"不脱声气标榜之习"，且"无一首感慨沧桑"。本朝人选本朝诗，或奉承权贵，或有意冷落某些与己意不符者，以自立门户、标榜声气，本是常态；粉饰太平，更是御用文人的"职责所在"。这些显然都与陈祚明清狂傲俗的本性和对沧桑巨变的感怀相悖。尽管昔日故交不忘友情，但他仍然宁愿穿布衣、食糙米也不愿逢迎于人，其入京途中所作《北征杂诗》"浊酒贫交态，高官故友情。不须矜脱粟，吾已厌逢迎"[1]已表明了这一点。入京之后，陈祚明虽与严沆、丁澎等人酬唱，被称为"燕台七子"之一，然"非祚明所好也"[2]。他写给江南旧友的诗中说："我自清狂多暇日，谁看白眼送长年。"白眼之典出自《晋书·阮籍传》。试想，陈祚明以本性清狂、视礼法若仇雠的阮籍自居，又怎会编选此书以阿谀达官贵人？至于集中

---

① （清）陈祚明著：《稽留山人集》，《四库全书存目丛书》（第233册），南开大学图书馆藏清雍正刻本，齐鲁书社，1997年版，第457页。
② 《康熙仁和县志》卷十八，第380页。

"无一首感慨沧桑"，显然韩诗在编选时有意排除了陈祚明感慨沧桑之作。实际上，《稽留山人集》中此类诗篇比比皆是。如《燕山杂兴》其六写忠臣碧血洒尽，只留下为前明帝王守衣冠冢的宫监，感慨兴亡；《送张宗绪表兄之江南》写前明时期七叶簪缨的大族张家宅院被清军占领，张家人均沦为布衣。燕京相见，唯有挥泪而已；《燕中见李中悦有赠》写故交十二年后重逢，愁情满怀，先从乱离说起："干戈树营门，盾墨渍坚铁……悲凉庾信赋，惨淡嵇绍血。"《拟古诗十九首》托典言志，王崇简称之为"吟烈悲酸、融微旨雅而绵邈清遐，盖多不得志之音"①……倘若陈祚明之诗皆为歌舞升平之作，《稽留山人集》恐怕是另一番模样。

其二，此书的体例混乱，与陈祚明已编纂《采菽堂古诗选》多年的经历不符。混乱之处体现在三个方面：（1）选者之诗杂入选本之列。为了编选的体现客观性，选者大多不会将自己的作品列入选本之中。而《国门集初选》中竟有韩诗之诗九十四首，陈祚明之诗十七首，实在是令人大跌眼镜。邓之诚先生云："以己作杂厕其间，从来无此体例。"②（2）分类标准不一。选本不是对诗歌的简单排列和无序组合，选哪些诗歌，如何排列，都需要审慎的考虑和精密的策略。该书选录了350人的数千首诗歌，除去重复仅有百人，只能算是小规模版本。该书按照文体划分为乐府、五七言古、律、绝、排律等九体，"一体之中，一人之作，先后互见，尤为陵猎"③，体现出编选者的逻辑思维不严密，编选态度欠严谨。翁嵩年在《采菽堂古诗选序》中提及他幼时受教于陈祚明时，曾"见先生手抄古体，自《卿云》《击壤》至六朝，凡若干篇，悉自注释"④。可见陈祚明入京之前已将三十八卷的《采菽堂古诗选》基本编纂完成，

---

① （清）王崇简撰：《青箱堂文集》卷四，《清代诗文集汇编》第17册，第17—18页。
② 谢正光、佘汝丰撰：《清初人选清初诗汇考》，第46页。
③ 谢正光、佘汝丰撰：《清初人选清初诗汇考》，第46页。
④ （清）陈祚明著：《采菽堂古诗选》，第1页。

积累了丰富的编纂经验。倘若由他来编纂《国门集初选》，当不至于犯下如此初级的错误。（3）选诗之多寡无定例。受客观条件的限制，任何选者无法保证亲阅所有作品，但选者应尽力保证选本的参照范围能够覆盖绝大部分诗歌，以便从中挑选出经典之作。而《国门集初选》的参照范围仅为韩诗个人12年来收到的千余篇投赠之作，正如韩诗《凡例》所言："至于篇之多寡，或以诗名世，而不得一二章，或余所信服，而未能窥其全豹。"① 面对这种多寡无定的选诗标准，韩诗云："少许多许，又何心焉？"② 反映出他的选诗标准是宽松，甚至是随意的。这也是体例上的重大缺陷之一。因此，邓之诚先生在跋中毫不客气地说："乃类悬之国门，谬矣！"③

其三，陈祚明仅担任了《国门集初选》校雠的工作，并未参与编选。陈祚明《自序》云："圣秋出其年岁差次诸名公卿诗稿，及凡客游过长安道上者投赠篇什，共选为《国门集》，得诗千余首，属予以雠校之役。"④ "共选为《国门集》"并非指韩诗与陈祚明共同编选《国门集》，而是韩诗将得诸名公卿和客游过长安的处士等人的千余篇诗稿"共选为《国门集》"。换句话说，在陈祚明与韩诗见面之前，《国门集》就已经选好了。陈祚明只是应韩诗之邀，参与了收尾的校雠部分。顺治十四年（1657），韩诗将书稿带往杭州刊刻。此选问世之际，陈祚明远在燕京为文遥祝："圣秋归至武林，且梓是选以问世。予乃酌酒遥祝，为文以序之。"

其四，从《国门集初选》的两篇序和《凡例》来看，归属权明显属于韩诗。张缙彦之序开头即点名此书为韩诗编选："《国门集》者，圣秋韩子所定

---

① 谢正光、佘汝丰撰：《清初人选清初诗汇考》，第45页。
② 谢正光、佘汝丰撰：《清初人选清初诗汇考》，第45页。
③ 谢正光、佘汝丰撰：《清初人选清初诗汇考》，第46页。
④ 谢正光、佘汝丰撰：《清初人选清初诗汇考》，第44页。

也。"末云："韩子珥笔，金闺庙堂，寤寐旁求，采新声而肆诸太常。"① 全文从头到尾只字未涉陈祚明编选之事。陈祚明《自序》云："予尝谓诗之靡者……得是意而读圣秋是选，于丹铅本怀，定当不至河汉。"② "读圣秋是选"言外之意，此书编选者为韩诗，而非自己。韩诗《凡例》云："先生复予《国门集》，再一读之，佳甚。"③ 明确将《国门集》的编选归于己有。

其五，此书的审美标准与陈祚明相去甚远。韩诗标榜喜好"其声调性情，与古人合者"，但实际的情形却是排除所谓"靡靡之音"，以"正声"为主基调。正如张缙彦所言："圣天子敷教于上，百尔有位，唱和应之。如四始六义，三百汉魏者，不可谓非千古一盛也。……所与皆彻侯将相，魁奇名硕，竟以正声相切磋，类聚而群分，得若干首，非旦夕而致也。"④《国门集》虽然也有少数处士的作品，但其整体诗学审美倾向是饱含富贵福泽的"正声"，是粉饰太平之音。陈祚明则在《自序》中批判济南竟陵两派互相讥弹、水火不容、径道狭窄的诗学倾向，强调选诗应取径旷远、不辞细流，主张情之真与辞之雅，与《采菽堂古诗选》的诗学标准完全一致。虽然他对该选给予了"无体不备、无径不该""本情选义，披风则雅"的高度赞美，但无补于该书以"正声"为主的格局。

笔者认为，韩诗之所以在刊刻《国门集初选》之时将陈祚明放在自己名字之前，有三个方面原因。一是因为俩人私交笃厚，韩诗不忘旧谊；二是因为陈祚明长兄陈潜夫为前明御使，明末忠烈殉国，陈祚明家声甚好；当然，最重要的原因是陈祚明入京之后为诸多达官贵人代写奏章，有"白衣台省"之称，名满京城，借他的名望可抬高此书的声誉。

---

① 谢正光、佘汝丰撰：《清初人选清初诗汇考》，第42—43页。
② 谢正光、佘汝丰撰：《清初人选清初诗汇考》，第44页。
③ 谢正光、佘汝丰撰：《清初人选清初诗汇考》，第45页。
④ 谢正光、佘汝丰撰：《清初人选清初诗汇考》，第43页。

不可否认，《国门集初选》虽然存在这样那样的不足，但它也的确有一定的价值。一方面，它具有辑佚的功能。如邓之诚先生指出"诸诗有无集及不见本集者，未尝不可观览"①；另一方面，它对于还原清初诗坛生态，具有较大的参考意义。正如谢正光先生所说："然欲窥清初十数年间文事之盛，则《国门集》当在必读之列，可无疑矣。"②

综上，陈祚明的已刻著述有《拟古诗十九首》《后拟古诗十九首》《国门集初选自序》《稽留诗刻》《采菽堂古诗选》《稽留山人集》《且园集序》《采菽堂评选〈战国策〉》。未刻著述有《拟李长吉诗》《前集》《李崆峒诗选》《何大复诗选》《边华泉诗选》《王元美正集诗选》《王元美续集诗选》《谢茂秦诗选》《□诗集》（应为《说诗集》）《评谢茂秦〈诗家直说〉》《元人杂剧二种》《三唐诗选》《采菽堂文集》（或为《床头集》文二十卷和《前集》十卷的总称）。此外，陈祚明仅担任校雠工作并未参与编选《国门集初选》。

① 谢正光、佘汝丰撰：《清初人选清初诗汇考》，第43页。
② 谢正光、佘汝丰撰：《清初人选清初诗汇考》，第46页。

第三章 论家族对陈祚明的影响

《采菽堂古诗选》是先唐诗歌的重要选本，但评选者陈祚明的个人生活却极少被学术界关注。实际上，沉睡于地方志、笔记及《稽留山人集》中的相关记载对探讨陈祚明的生平，尤其是家族对他的影响具有很大的助益。本节试图从这些材料着手，细致辨析陈祚明中寿而卒与家族遗传的关系、父亲忠孝治家理念对其出处选择、为人处世及诗文批评的影响。

第一节　中寿而卒的原因

关于陈祚明家族的研究，仅有马大勇的《清初金台诗群研究》和李金松、陈建新的《陈祚明〈采菽堂古诗选〉考述》简略交代了陈祚明的父亲与兄弟的事迹。实际上，《稽留山人集》及《明史》《国朝杭郡诗辑》中关于陈祚明家族情况的记载并不鲜见，尤以《稽留山人集》中的《燕山遥哭二小侄》为详。该诗揭示了陈家谱系来源及族支繁衍的状况。诗云："吾家谱系宋南渡，远祖名留永乐年。兄弟中鲜惟一老，八十倚杖看曾元。六孙幸有小宗六，三支不祀何忽然。其余奕叶仅宗祐，岂有瓜瓞生绵绵。每多昆弟四五辈，死亡略尽终单传。"（页482）由此可知，陈祚明所属为宋南渡陈姓一支，族谱可追溯至明永乐年间，也就是距离他出生约两百年前。其远祖辈中现仅存一位八十老翁，身体尚健。孙辈六宗中有三支绝祀，其余三支非早夭即单传。

陈祚明一家身体也颇为孱弱。顺治十年（1656），仲兄陈丽明经旬不食。顺治十五年（1658），陈丽明之子及季弟陈晋明之子相继夭折，均不满4岁。康熙十年九月（1671），陈祚明长子陈曾槐病逝，年方三十。同年，陈丽明之子陈曾梓病殁。陈丽明年近五旬，子嗣无存，"忧患衰甚矣"（页632）。从以上情况来看，笔者推测，陈家普遍寿命不长及陈祚明中寿而卒或与某种家族遗传疾病有关。

至于陈祚明究竟所患何病，说法不一。李金松认为："据此诗（《癸丑七夕潞署作》）第三句：'食不下咽成欸逆'所描述的症状，与胃癌或食道癌的临床症状相同。陈祚明所患当是这两种病之一，因而于第二年春不起而病逝。"①《康熙仁和县志》指出："（陈祚明）为诗文，恒夜以继日。以是得疾。"②

陈祚明在《稽留山人集》中多次提及疾病的困扰。顺治十二年（1655），陈祚明入京不久，作诗七首寄与仲兄、季弟及大侄。其二云："多病休文喜著书，药床茶灶米盐疏。"（页463）顺治十六年（1659），《中秋前二夕赴固庵招慨然有咏但示茂三》云："连朝惟爱寝，无意复加餐。"（页507）顺治十七年（1660）清明后一日，胡兆龙邀陈祚明游城西摩诃寺。陈祚明未能赴约，赋诗云："懒慢谁人识，沉绵肺病侵。"（页513）顺治十八年（1661）春，陈祚明幽忧耽酒，肺干渴水，头晕目眩，肾病难行，脾衰寡味，卧床不起。康熙四年（1665）八月，他精散志昏，夜夜失眠；仲秋并发痢疾，肠痛如割，容颜枯槁，举步维艰，叹息自己死不足惜，却担忧死后无人顾家，忧心如焚。康熙十年（1671）九月，陈祚明应袁懋功之邀为幕僚，病情转重，目眩如盲，无心眠食，形神皆疲。袁懋功延医为其医治。康熙十二年（1673）七月，陈祚明入龚祖锡幕，病情危重，食不下咽，医师束手无策。陈祚明自知时日无多，无望归乡，作《疾》诗。同年七夕，绝望之情更甚。季弟陈晋明将有太行之行，陈祚明病入膏肓，憔悴异常，自知来日无多，或成永别。腊月十八日，陈祚明病危，长兄陈潜夫之子陈曾篁至燕山邸舍探望，陈祚明希望他将自己的骸骨送回家乡。其后，陈祚明"五旬屏水穀"（页668），危在旦夕，作《自挽诗》。除夕夜，含泪而吟"明旦未知能活在，泪垂残烛且哀吟"（页668）。

从上述症状来看，陈祚明患胃癌或食道癌的可能性较大。食道癌是食道发生的恶性肿瘤，发病过程漫长，这一点与陈祚明的症状很相似。但是"食不下

① 李金松、陈建新：《陈祚明〈采菽堂古诗选〉考述》，《中国韵文学刊》，2003年，第2期，第67页。
② （清）赵世安修、顾豹文、邵远平纂：《康熙仁和县志》，《中国地方志集成·浙江府县志辑》，第632页。

咽成欬逆"不足为据，因为胃食管反流、食管贲门失弛缓症、食管炎也能引发上述症状。陈祚明发病过程长达十几年，早期食欲减退，中期消瘦乏力、进食不畅，晚期精神萎靡、多器官衰竭，诸种症状均与胃癌的发病情形吻合。更重要的是，陈祚明所患病症具有家族聚集性，其长子不满三十而卒，季弟之子早夭，仲兄二子夭亡，以致绝嗣。现代医学表明："胃癌遗传因素是胃癌发病的一个重要因素……研究成果表明，大约 10％—15％ 的胃癌患者呈现家族聚集性。通过病例对照研究证实，胃癌患者一级亲属患胃癌的危险性是其他病例的 3 倍。"[1] 此外，不良饮食习惯和长期酗酒也是胃癌发生的重要原因。《康熙仁和县志》认为"（陈祚明）为诗文，恒夜以继日。以是得疾"，有一定的道理。陈祚明长期饮酒，通宵作文，生活习惯极不健康。再加上背负着一家八口的生活重任，独在异乡栖身于权贵之门，精神压抑，导致病情进一步加剧。在病痛的煎熬下，陈祚明 52 岁便带着无尽的遗憾离开了人间。

翻阅《稽留山人集》，不难发现浸润着伤感悲哀情绪的诗篇。如"欲将愁破尽，惟有赋归欤。"（页 620）"华发故人逢市陌，和歌真有泪如麻。"（页 607）"泛滥嗟何及，平生一泪痕"（页 667）等。然而《自挽诗》却表现出了极其豁达乐观的感情："浩然乘化游，勿自戕天和。"（页 668）也许到了临终之时，他突然意识到顺应大化安排，从此进入逍遥之境，反而是对痛苦的解脱。邓之诚先生评曰："《自挽》三章，强作达语，亦可悲矣！"[2] 笔者认为，陈祚明在面对死亡之时以老庄之旨顺应苦难，体现出精神的强度和生命的韧性，"强作达语"虽可悲，却也可敬可佩。

---

① 赵风源、贺圣文：《胃癌危险因素研究进展》，《现代预防医学》，2010 年，第 11 期。
② 邓之诚：《清诗纪事初编》，上海：上海古籍出版社，1965 年，第 668 页。

第二节　忠孝家训与出处选择

　　学界对陈祚明之父所知甚少。李金松、陈建新指出："父亲陈右耕（笔者按：应为陈石耕）为当地'名德宿儒，读书笃行，终老不遇'。但其学'一本之考亭（即朱熹），而私淑于整庵（即罗钦顺）、敬庵（即许孚远），然尤极意于经世。'而其'家庭庭训，悉归指于忠孝。诸子奉其教戒，无敢堕失。'"①李金松、陈建新的描述出自陆嘉淑《稽留山人集序》。序曰：

> 　　钱塘陈石耕先生以名德宿儒，读书笃行，终老不遇而不及闻。于嗣子曰御史退庵，曰总戎贞倩，曰处士胤倩、康侯。先生之学，一本之考亭，而私淑于整庵、敬庵，然尤极意于经世。贯串汉唐以来诸儒之说，辩核其同异得失，著作满家，凡数十万言。而家庭之训，悉归指于忠孝。诸子奉其教戒，无敢堕失。^{（页452）}

陆嘉淑指出陈石耕之学本于朱熹，私淑于罗舜钦、许孚远。罗舜钦为明中期与王阳明分庭抗礼的大学者。《明史》载："钦顺为学，专力于穷理、存心、知

---

① 李金松、陈建新：《陈祚明〈采菽堂古诗选〉考述》，第61页。

性。"① 许孚远亦是当世理学硕儒，"笃信良知"②。陈石耕虽未曾亲自从罗、许二人处受学，却获益极多，有较深的理学根底。

然而，陆嘉淑的记载并不全面。《康熙仁和县志》明确指出陈石耕曾受业于张蔚然，亲承音旨："陈肇，字存之，幼孤寒，能自力向学。从游张蔚然之门，大为所引重。"③ 张蔚然即西泠十子之一张丹的祖父。由于这层关系，陈家与张家结下了极深的渊源，下文将详细论述。陈石耕幼年失怙，家境贫寒，"自力向学""博学能文"。据县志记载，他著有《论语讲义》二十卷、《周易无妄大畜二卦讲义》及杂文九篇。陈祚明认为其父具有先见之明。当长兄陈潜夫仕途亨通、仲兄陈丽明随其治军大梁"食牛之气皆无前"时，父亲却向隅而泣，警告他们应听从规箴，尚平之志不可一蹴而就，否则"眼中花开畏风雨，他日飘摇恐孤只"（页483）。他的担忧在两年后便成为了现实。长兄于山阴化龙桥自沉殉国，仲兄一病不起，陈家由此一蹶不振。陈祚明追忆往昔，由衷感慨："懿哉我父真圣人，早识寒微预悲情。"（页483）

由于终老不闻，著述散佚，我们无从了解陈肇的学问，但他的教育理念可从对陈祚明的庭训及后来陈祚明在出处问题的选择探知一二。

陈祚明回忆早年所受的家庭教育时提到"庭下曾闻礼，求为君子儒。良知从割席，非复圣人徒"。（页667，《偶吟十二首》其八）家庭教育对儿童的成长是非常关键的，而男性家长往往更有权威。孔子教育儿子孔鲤"不学礼，无以立"。陈肇深受儒家思想熏陶，非常注重以"礼"约束和规范陈祚明的行为。古代"礼"涉及到生活的方方面面的细节。《童子礼》中对儿童盥栉、整服、叉手、肃揖、拜起、跪、立、坐、行、言语、视听、饮食、洒扫、进退等生活

---

① （清）张廷玉等撰：《明史》（第24册）卷283，北京：中华书局，1974年，第7236—7238页。

② （清）张廷玉等撰：《明史》（第24册）卷283，第7286页。

③ （清）赵世安修、顾豹文、邵远平纂：《康熙仁和县志》//《中国地方志集成·浙江府县志辑》，第361—362页。

细节都有详细的规定；延伸到对社会行为的规范，有士冠礼、士昏礼、士丧礼、乡饮酒礼、乡射礼等；国家的行政制度也为礼所约束。简而言之，礼不仅是家庭生活的必须，是传统宗法社会的根基，更是为政之根本。陈肇以礼教子，一方面从细节处对陈祚明加以约束和规范，另一方面有助于树立其忠孝的观念。"君子儒"的典故出自《论语·雍也》："子谓子夏曰：'女为君子儒，无为小人儒。'"何晏集解云："孔云：'君子为儒以明道，小人为儒则矜其名。'"邢昺疏曰："此章戒子夏为君子也。言人博学先王之道以润其身者，皆谓之儒。但君子则将以明道，小人则矜其才名。言女当明道，无得矜名也。"① 君子儒与小人儒区别在于学道之目的。若以明道为指归，则为君子儒；若以名利为目的，则沦为小人儒。陈祚明自幼"求为君子儒"，以明道为指归，在家国巨变的关头，忠君之道促使他选择了寂寞而艰苦的隐居之路。

陈祚明 15 岁应学使者试，拔置第一。早年赋诗云："经纶各有千古心，乘风欲破万里浪。灌园抱瓮羞隐沦，区区肯作蓬蒿人。"（页 481）孙治《亡友陈祚明传》云："（祚明）为文章千言立就，出入班、马，扬厉风骚，文以韩、欧大家以下，诗如琅琊、历下诸子，无不爪肓揲俞，搰髓搜肌。至若天官、地理、河渠、兵政、职官诸典故，瞭如指掌，而约其奇胲，若即可起而见诸行事者。"② 他精通文章之道，博闻强识，对天官、地理、河渠、兵政、职官诸种掌故无一不精，按理来说，他以科举入仕，无异于探囊取物。然而明王朝的颠覆与长兄陈潜夫及兄嫂的殉国之恸，将他推向了出处选择的风口浪尖。出意味着走上仕途，一生衣食无忧，但为贰臣、事二姓，为人所不齿，更与君子儒的理想背道而驰；处意味着断绝功名之念，从此隐居乡野，清苦度日，但不失君子之道。当旧时好友纷纷投身新朝，攫取高官爵禄之时，陈祚明毅然选择了后

---

① （魏）何晏注、（宋）邢昺疏：《论语注疏》//（清）阮元校刻：《十三经注疏》，北京：中华书局，1980 年，第 66 页。

② （清）丁丙编：《武林坊巷志》（第 5 册），第 365 页。

者，遵从内心的良知，与追名逐利之徒分道扬镳，奉母携弟隐居河渚。门人翁嵩年云："山人昆弟四人，长故明侍御靖国难。有老母在，山人奉之偕隐河渚，教授生徒以资甘旨之养。一门孝友遗世而独立，四方士林争目之曰：'人伦楷模在是矣！'"① 杭世骏云："侍御（笔者注：陈潜夫）殉国难，后隐居教授，躬甘旨以养其母，贞亮之节，孝友之风，为近代所未有。"②

然而，十年隐居期间，兵乱流离，陈祚明以教授为业，赡养老母、妻儿、孤侄、侄女，生活极其窘迫，时常断炊："昔我河上居，固穷悲屡空。炊突长不火，游鱼生釜中。"（页 494）为抚养一家妻儿老小，陈祚明不得不进行了人生的第二次重大选择——游幕燕京。

袁枚《答某山人书》云："夫君子之道无他，出与处而已。出则有陶冶人才之任，于天下人无所不当见；处则安身藏用，于天下人无所当见。"③ 既然选择了隐居，便应甘于贫困寂寞，抛头露面、栖身于权贵之门，与"君子之道"背道而驰，完全违逆了陈祚明"求为君子儒"的本心。可想而知，他的内心有多么痛苦和无奈。陈祚明的诗文中总是或隐或显地流露着国破家亡之恨与身不由已之愁："不须矜脱粟，吾已厌逢迎。"（《北征杂诗》其五）尚未干谒而厌倦逢迎生涯，无奈之情溢于笔端；"依然扼形胜，风景不胜愁。"（《北征杂诗》其十，页 458）思念故国之情投射于山河之上，无端生出许多愁思；"夹道青峰似画中，先朝列帝敞行宫。……小轩御牓留宸翰，行客徒悲古木空。"（页 460，《咏古·香山》）青峰似画，江山已改，眼见先帝御笔仍只能徒添悲伤；"上已先朝容被禊，曲江花柳聚簪缨。"（页 460，《咏古·海淀》）先朝上已达官贵人齐聚被禊的盛举再也无法重现，不言愁而愁自生；而在《中

---

① （清）陈祚明著、李金松点校：《采菽堂古诗选》，第 1 页。
② （清）陈祚明著、李金松点校：《采菽堂古诗选》，第 1 页。
③ （清）袁枚著、周本淳标校：《小仓山房诗文集》（第 3 册），上海：上海古籍出版社，1988 年，第 1514 页。

秋前二夕赴固庵招慨然有咏但示茂三》中，陈祚明以楚囚南冠的典故暗示自己与周容有如亡国楚囚，无枝可依。诗末，他明确表示若能遂其心意，定要碎长卿之笔，学严君平隐居不出；《题李武曾灌园图》亦反映了释锄逢迎的无奈："我亦悠悠避世人，释锄远逝新丰里。不言时贵有逢迎，实为贫家忧冻馁。"（页 606）他这种惆怅而无奈的心境，顾豹文《稽留山人集序》有详细描绘：

> 胤倩亦欲息机牙，藏声迹，求十亩之居，卜筑耕钓，读书行吟，
> 抱经负瓮，穷老尽气而不悔。此素志也。岁月既往，因循进退，鹿门
> 吴市，踟蹰无所容，乃有燕山之役。……胤倩亦摧刚为柔，刓方为
> 圆，以与世遇。（页 447—448）

陈祚明非常看重骨肉亲情，即使极度厌恶逢迎，一心归隐田园，只有一想到家人，便坚定了滞留京师的决心，即便"摧刚为柔，刓方为圆"亦在所不惜。《春感六首》其六写给亡兄嫂云："不埋知弟拙，久客怨年徂。"（页 473）顺治十五年（1658），惊闻仲兄、季弟之子相继陨殁，陈祚明怀着深深的自责之心，和泪写下《燕山遥哭二小侄》。诗云："椎心泣血夜不寐，念此家门魂屡悸。……长安奇字粪土贱，青钱白镪乞匪易。三春囊底无一文，世与君平久相弃。"（页 483）陈祚明去世的前一年，为营葬长兄、兄嫂及为儿娶妇，竟然舍下脸面，"问友乞朱提"（页 666）。

好友计东认为："至其人性既不慕势利，其才又足以济天下之用，而又不屑仕宦，时时与贤公卿大夫游处，间一出其思维论说，可使贤公卿大夫名重于朝廷，不尸其功，又不洁其迹……我欲谓之隐不可，谓之仕不可，谓之用于世不可，谓之无所济于世又大不可也……庄子所云：'不刻意而高，无功名而治，无江海而闲，不导引而寿，无不忘也，无不有也，淡然无极而众美从之者

乎！'……则惟胤倩陈先生一人。"（《陈胤倩寿诗集序》）① 蒋寅先生认为陈祚明"乃古代士人理想之处士，亦即其理想之人生位置，所谓致君尧舜之帝王师也"②。陈祚明自我评价则非常复杂。《偶吟十二首》其八尾联云："龟灵诚已舍，丧狗一长吁。"（页667）他自幼虽"求为君子儒"，尔后却被迫游食于权贵之门，灵龟已舍，清浊俱妨，尴尬至极。"丧狗"既是陈祚明对贫贱落魄生涯的自况，也是一种极其复杂的心境：旅食京华十九年，他始终在"求为君子儒"之心与"神禪废禹趋"之行的矛盾中煎熬，如孔子周游列国般"累累若丧家之狗"，既对自己的人生际遇有所不甘，又对择善固执有所欣慰。终其一生，无以言表，唯有一声意味深长的长叹。一年后，他卒以穷病客死异乡，"囊无余资，架上唯敝书数十百卷"③。其人生无疑为忠孝观影响下的一出慷慨苍凉的悲剧。

陈肇"悉归忠孝"的家训在其他子嗣身上也有完美体现。据《明史》记载，其长子陈潜夫在明王朝大厦将倾之时舍生取义，义无反顾地投入斗争。兵败后，与妻妾两孟氏沉江殉国，年仅 37 岁。乾隆四十一年，赐忠节，祀忠义祠。陈祚明侧室徐氏入《康熙钱塘县志·节妇》，女陈氏与媳卢氏皆入《贤媛》。幼子陈晋明以授徒游幕为生，所教子弟均掇高位而去，他却始终无意科举，与其兄陈祚明同列入《文苑》。一门之内，忠烈、文学、节妇、贤媛共六人，充分说明陈肇"悉归于忠孝"的庭训对子嗣产生了深远的影响。

---

① （清）计东：《改亭集》//续修四库全书（第1408册），第168页。
② 蒋寅：《金陵生小言》，桂林：广西师范大学出版社，2004年，第54页。
③ （清）陈丽明：《稽留山人集跋》，（清）陈祚明著：《稽留山人集》，国家图书馆藏康熙十五年刻本，第1页。

第三节　人际关系与处世态度

　　陈肇与杭郡甲族张家关系密切，其中张丹为"西泠十子"之一。《蕉廊脞录》云："张丹原名纲孙，字祖望……张氏在前明九世簪缨，号甲族。"①《康熙仁和县志》记载："陈肇，字存之，幼孤寒，能自力向学。从游张蔚然之门，大为所引重。"② 张丹祖父张蔚然为万历丁酉举人，福安知县。其高祖父张应祯为戊戌进士，都察院右佥都御使。陈肇为张蔚然高弟，张蔚然之子张穉青复游陈肇之门，从此"为文日进"③。陈肇之子陈潜夫又拜张穉青门下，因性情疏狂，众人多有微词，而张穉青对之礼敬有加。顺治十三年（1656），陈祚明作《送张宗绪表兄之江南》。诗云："凤城流水狭邪路，君家王谢朱门住。七叶簪缨天上人，十围杞梓阶前树。风尘一起事全非，剩有诸生尽褐衣。故居一旦屯戎马，谋食空劳采蕨薇。……吾家老父师君祖，入室何殊参与鲁。"（页463）张家在前明为世家大族，入清后遭兵祸，故居被侵占，张氏子弟均沦为布衣。康熙元年（1662），陈祚明南归途中，作《谒南镇祠次家表兄张祖望壁间韵》。由此可知，受陈肇影响，陈祚明与张丹结下了近乎亲情的友谊。

---

① （清）吴庆坻撰，张文其、刘德麟点校：《蕉廊脞录》//《清代史料笔记丛刊》，北京：中华书局，1990年，第118页。
② （清）赵世安修，顾豹文、邵远平纂：《康熙仁和县志》，第361—362页。
③ （清）施闰章：《学馀堂文集》//《四库全书》（第1313册），第267页。

然而客观地说，除了与张家的渊源外，终老不遇的父亲并没有为陈祚明营造太多人际关系网络。在交游方面，长兄陈潜夫带给陈祚明的益处显然大得多。陈潜夫曾为崇祯丙子举人，胆识过人。王崇简于崇祯庚辰（1640）省亲武林，与陈潜夫定交，陈祚明时年 17 岁。顾豹文 15 岁与陈潜夫定交，20 岁才认识陈祚明。陈祚明入京之时，他们均已掇得高位，在旧日情谊基础上，往来遂密。连布衣之交计东也明确提及陈家家声由陈潜夫缔造，至陈祚明不减："曾过梁宋询耆旧，侍御精灵尚可招。几向樽前看令弟，家声不泯在云霄。"① 顺治十五年（1658），马昼初太史、冯韡卿进士举行丙子同籍友人诸家子弟集会，陈祚明以陈潜夫之弟的身份参与该会。

有趣的是，陈潜夫个性激烈，曾因大言骇俗、好臧否人物而受陆培兄弟驱逐。《明史》载："陈潜夫……家贫落魄，好大言以骇俗。崇祯九年举于乡，益广交游，为豪举，好臧否人，里中人恶之。友人陆培兄弟为文逐潜夫，潜夫乃避居华亭。"② 陆培行为谨慎，尝却奔女于室，29 岁自缢殉明。虽然陆氏兄弟早年为文驱逐陈潜夫，但陈祚明不计前嫌，多年后仍与他们保持着良好的关系。康熙九年（1670）初，陈祚明听闻陆培之兄陆圻受庄廷钺《明史》案影响披缁远游，有感而赋，末云："望云遥作礼，有待扣禅扉"（页 618）。八月，陆培之弟陆左城至历下。九月朔，陈祚明为之长歌祝寿。康熙十年（1671）七夕，陈祚明为陆左城外母胡母方太君寿。

陈祚明为人慷慨仁义，"岁入修脯可数千金，而性豪爽，一切客游长安者，知与不知，生馆死殡，胥于祚明是赖"③。宾客日进，而陈祚明之贫益剧。他曾自言"得金何所事，随手散易了"（页 666）。此种古道热肠在其女陈氏身上亦有表现。据《康熙钱塘县志·列女贤媛》载："尝午炊不火，陈脱银簪以质米。

① （清）计东：《改亭集》//续修四库全书（第 1408 册），第 68—69 页。
② （清）张廷玉等撰：《明史》（第 24 册），第 7104 页。
③ （清）魏源修、裘琏等纂：《康熙钱塘县志》，第 417 页。

会有友以绝粮告者，即分半给之。左右不可，陈曰：'彼以我为知己，故来请，可拂其意乎？'"①

在与公卿交游时，陈祚明多佯狂处世。孙治《亡友陈祚明传》云："祚明游涉贵人，气雄万夫，为俳、为狂，不可方物，然其忠孝节慨，卓然自立，殆与方朔、太白同风。"②他在京师亦多受公卿照顾，最为典型的是旧友严沆。陈祚明终生与严沆保持着兄弟般密切的友谊。严沆在《稽留山人集序》中对陈祚明给予了极高的评价。序云："其（陈祚明）于世为高介，于家为孝友，于待人接物为至诚和易，于学问修持为博大精微。"（页445）

---

① （清）魏源修、裘琏等纂：《康熙钱塘县志》，第481页。
② （清）孙治撰：《孙宇台集》，《四部禁毁丛刊》（集部第149册），第22页。

第四节　治学方法及批评原则

　　陈祚明的治学方法深受其父影响。《亡友陈祚明传》云："祚明父为存之先生，穷极性命，绍绝学之传，当世称为大儒。祚明嗣其学，搜其义，蕴其于鹅湖、鹿洞之旨，廓如也。"① 孙治此言道出了陈祚明与其父学理上的渊源。虽然从现存资料来看，陈祚明并无理学著作，但其治学方法与其父"贯串汉唐诸儒之说，辩核同异得失"的方法大同小异。

　　陈祚明编选《采菽堂古诗选》的宗旨是"会王李、钟谭，两家之说，通其蔽而折衷"②，意在考镜源流，扩大时人眼界，摒除门户之敝，最终达到调和、综合明七子派和公安、竟陵派的目的。其弟陈晋明的治学方法与之有相似之处。《康熙钱塘志》云："（陈晋明）尝谓：'王李但揭高华，钟谭专搜冷隽，两者失均。'故其选唐也，融二家之旨，而集以大成，称善本云。"③ 这种"融二家之旨，而集以大成"的方法，与其父兄辨核诸人异同得失、调和折中的方法如出一辙。

　　与折衷调和的治学方法相对应，陈祚明在诗学批评中持包容、开放的态度。《采菽堂古诗选·凡例》曰："诗选盖不乏矣，然善者顾希。……今选者多

---

① （清）孙治撰：《孙宇台集》，第 21 页。
② （清）陈祚明著，李金松点校：《采菽堂古诗选》凡例，第 4 页。
③ （清）魏源修，裘琏等纂：《康熙钱塘县志》，第 367 页。

挟持己意，豫有所爱憎，引绳斥斥，用一切之法绳之。合吾意则登，不则置，不足以观变、尽众长。"① 陈祚明认为选家应该在抛弃自身预设原则的基础上，以历史的眼光"观变，尽众长"，重新发现诗歌审美的原则，哪怕因此而需要对预设的审美原则进行批判和反思。这充分表明陈祚明并未固步自封，而是采取开放的、鞭策和鼓励选家进行自我反思的诗歌批评方式。在他那里，选诗不再是某种静态的、封闭的、权威的审美原则的运用，而是选家与诗史进行互动的过程，同时也是开放的反思和重新发现审美原则的过程。在这个过程中，选家应该放弃自己作为审美规则提供者的偏执身份，做到通观变化、博采众长，以使诗道广大。这种极富包容性的批评方式突破了明末清初僵硬局限、矜守门户之见的批评模式，与其父的治学理念一脉相承而在诗学批评领域有所创新，可谓"嗣其学"也。

　　总而言之，陈祚明中寿而卒与家族遗传有关；在贫困潦倒、凄然失意之际，父亲陈肇悉归忠孝的庭训指引他以明道为指归，直面逆境，坚守良知；父亲"贯串汉唐诸儒之说，辩核同异得失"的治学方法引导他突破成见，以包容之心博采众长。

━━━━━━━━━━━━

① （清）陈祚明著，李金松点校：《采菽堂古诗选》凡例，第 1 页。

第四章 《采菽堂古诗选》的命名及成书过程

第一节　原著书名并非《采菽堂古诗选》

　　陈祚明评选的《采菽堂古诗选》是他毕生心血的结晶。据笔者考证，陈祚明手稿书名并非《采菽堂古诗选》，此书名乃其弟子翁嵩年在付梓之时后加的。理由有五：

　　（一）顺治十八年（1661）九月，陈祚明自京南归。康熙元年（1662）七月，费五百金购得三重简陋居所，《卜居吴山之麓漫成六首时壬寅七月》其五云："倘遂诛茅便，堂标采菽名。"（卷八，页536）陈祚明评选古诗至少不晚于顺治十二年（见下文），而康熙元年才有此书室，因此笔者认为，陈祚明在编选之初将该书命名为《采菽堂古诗选》的可能性是值得推敲的。

　　（二）古人有以书室为别集命名的惯例，如张溥的《七录斋集》、杭世骏的《道古堂集》，但总集尤其是古诗选本以书室命名的非常少见，如梅鼎祚的《汉魏诗乘》，冯惟讷的《诗纪》，钟惺、谭元春的《古诗归》，吴淇的《六朝选诗定论》，沈德潜的《古诗源》，王士禛辑、闻人倓笺注的《古诗笺》等。但也有极少数例外，如张琦的《宛邻书屋古诗录》。陈祚明《凡例》云："愧学浅，所观书不多，上不及笺释《三百篇》，下则宋、元、明三朝名家集，无缘蒐采略备。又三唐诗，中、晚无全本，或亦有挂漏。惟古诗用《诗纪》本。北海冯公，博雅君子也，所撰集，不致阙略，敢先以问世。"① 据此可知陈祚明生前计划将该书先于其他著述问世，然而《凡例》竟然无一语提及"采菽堂"。凡称该书或为"是选"，或为"汉魏六朝古诗"，可知他生前并未将该书命名为《采菽堂古诗选》，而是循惯例以"汉魏六朝古诗"作为书名中心词。

（三）《稽留山人集·未刻目录》云："《古诗选》三十八卷"②。《稽留山人集》刊刻于康熙十五年（1676），即陈祚明卒后二年。《采菽堂古诗选》刻于康熙四十五年春（1706），距离陈祚明离世已有三十二年之久。从时间的先期性来看，《稽留山人集》的记载显然更有说服力。《稽留山人集》记载该书书名为"《古诗选》"，说明当时的书名仍非《采菽堂古诗选》。天津图书馆藏康熙版刻本封面为《采菽堂定本——汉魏六朝诗钞》。其中"采菽堂定本"为小字宋体，"汉魏六朝诗钞"为大字楷体。武汉大学藏乾隆十三年版刻本封面镌《陈稽留山人古诗评选》，版心镌"古诗选"。丁立中所编《八千卷楼书目》卷十九载："《古诗选》三十八卷、补遗四卷，国朝陈祚明编，刊本。"③ 直接以《古诗选》作为该书书名。以上现象均可说明《采菽堂古诗选》并非原著书名。

（四）陈祚明别集亦存在一书多名现象。南京图书馆藏陈祚明《采菽堂诗集》二十一卷，清康熙十五年刻本，版心镌"采菽堂敝帚集"。国家图书馆藏《稽留山人集》二十一卷，清康熙十五年刻，《采菽堂诗集》后印本，版心镌"敝帚集"（铲去其上原刻之"采菽堂"三字）。④ 南开大学图书馆藏清雍正刻本《稽留山人集》，版心亦为"敝帚集"。《稽留山人集》一书多名，后印本铲去"采菽堂"三字，说明书名并非由陈祚明生前亲定，而是由刊刻者拟定的。刊刻者不同，书名也就有所不同。

---

① （清）陈祚明著，李金松点校：《采菽堂古诗选》凡例，第 13 页。
② （清）陈祚明：《稽留山人集》，第 456 页。
③ （清）丁立中编：《八千卷楼书目》，国家图书馆出版社，2009 年，第 624 页。
④ 崔建英辑，贾卫民、李晓亚整理：《明别集版本志》，中华书局，2006 年，第 847—848 页。

翁氏《采菽堂古诗选序》云："采菽堂者，稽留山人读书之室也。"① 翁嵩年瓣香陈祚明时不足 9 岁。陈祚明临终之时，"身无余资，架上唯敝书数十百卷。凡其所撰述，次论丹黄甲乙者皆在。墨淋漓，笔纵横，盈箱累箧，多不易卒读。"② 陈祚明临终之前，将原存于胡兆龙宛委书库的手稿"检以付嵩"③。由于该书经过多次改动，不易卒读，因此三十二年后，翁嵩年不仅花费大量时间对书稿进行校订、编辑，出资将其刻版刊布，而且以陈祚明书室为之命名，不掠美、不居功，纯粹是为了表达对先师的拳拳敬仰之心。其尊师之心，亦令后人钦佩。

---

① （清）陈祚明著，李金松点校：《采菽堂古诗选》，第 1 页。
② （清）陈丽明：《稽留山人集跋》，（清）陈祚明著：《稽留山人集》，国家图书馆藏康熙十五年刻本，第 1 页。
③ （清）陈祚明著，李金松点校：《采菽堂古诗选》，第 2 页。

第二节 陈祚明以"采菽"命堂的原因

采菽堂并非陈祚明的私人书室，而为陈氏兄弟共同拥有。陈祚明在《卜居吴山之麓漫成六首时壬寅七月》其五中明确表示："倘遂诛茅便，堂标采菽名。夙兴兄弟共，嗣续子孙成。……高门吾不美，聚族喜和平。"（卷八，页536）陈乃乾所编《室名别号索引》的相关记载印证了这一点。"采菽堂，清钱塘陈丽、清湘乡杜俞、清满蕴璘、清钱塘陈祚明"[1] 和"采菽季子，清钱塘陈晋明"[2]。其中陈丽为陈祚明仲兄，陈晋明为陈祚明季弟。他们或以采菽堂为书室之名，或以之为号，说明该书室的确为兄弟共有，与陈祚明之诗所表达的愿望一致。

陈祚明在采菽堂读书的时间极短。他于康熙元年（1662）七月购得此屋，康熙二年（1663）旋即北上。至于他为何将书室命名为采菽堂，可结合"采菽"的含义与陈祚明的生平经历与心路历程综合考察。"采菽"一词从词源学的角度来看，共有三重含义。

第一重含义源于《诗经·小雅·采菽》："采菽采菽，筐之筥之。君子来朝，何锡予之？虽无予之，路车乘马。又何予之？玄衮及黼。"《毛诗序》云：

---

① 陈乃乾编：《室名别号索引》，北京：中华书局，1982年，第163、163、163、46页。
② 陈乃乾编：《室名别号索引》，第46页。

"采菽，刺幽王也。幽王征会诸侯为合义兵讨伐有罪，既往而无之，是于义事不信也。君子见其如此，知后必有攻伐，将无救也。"① 此诗的写作背景是周幽王烽火戏诸侯，失信于诸侯，君子见微而思古焉。王先谦疏曰："《传》：'兴也。菽，所以芼大牢而待君子也。……《笺》：'菽，大豆也。采之者，采其叶以为芼。三牲牛羊豕，芼以藿。王飨宾客有牛俎，乃用铏羹，故使采之。"②

第二重含义源于《诗·小雅·小宛》"中原有菽，庶民采之"。意思是王位无常，有德者得天下。中原，原中也。菽，藿也。力采者得之。郑玄笺云："藿生原中，非有主也。以喻王位无常家也。勤於德者则得之。"③ 在统治阶级看来，"采菽之人"对统治者构成威胁，有叛乱之心。

第三重含义源于陶渊明的《归园田居》与《有会而作》。《归园田居》其三云："种豆南山下，草盛豆苗稀。……衣沾不足惜，但使愿无违。"《有会而作》云："弱年逢家乏，老至更长饥。菽麦实所羡，孰敢慕甘肥？"意思是采摘豆子以供菽水，以"无过求也、得饱便足"④ 的心情享受躬耕之乐。

笔者认为，第一重含义中"见微而思古"接近陈祚明早年隐居稽留山峰时的心态，但康熙元年他绝不可能以明主的身份"享宾客"，更不可能于此时讥刺先朝君主。因此第一种含义可排除。

第二重含义与陈祚明心境有契合之处，具体可结合陈祚明长兄抗清的壮举及陈祚明的诗文来理解。据《明史·陈潜夫传》记载，崇祯十六年（1643）冬，陈祚明的长兄陈潜夫为开封推官，私募民兵千，请总兵卜从善、徐定国共剿叛将陈永福，皆不肯行。崇祯十七年（1644）正月，陈潜夫奉周王渡河居杞

---

① 《十三经注疏》（附校勘记）上册，北京：中华书局，1979 年，第 489 页。
② （清）王先谦撰，吴格、田吉、崔燕南校点，《诗三家义集疏》，长沙：岳麓书社，2011 年，第 815页。
③ 《十三经注疏》（附校勘记）上册，第 451 页。
④ （清）陈祚明著，李金松点校：《采菽堂古诗选》，第 422 页。

县，领兵三千，与洪起兵万，俘杞伪官，大破贼将陈德于柳园。福王立南京，陈潜夫传露布至，擢为监军御史，建言收复失地之策。因奸相马士英任用私人，寻隙下狱治罪，幸得脱归。鲁王监国绍兴，陈潜夫渡江往谒，复故官，加太仆少卿、监军，自募三百人列营江上。顺治三年（1646）五月晦，江上师尽没，陈潜夫率妻妾两孟氏赴水死。①

陈祚明虽然未参与长兄复明大计，但长兄殉明后他毅然弃诸生，奉母偕弟隐居河渚，以教授生徒为生，并仿陶渊明之例，所作诗文皆以甲子纪年。入京后，陈祚明虽栖身于新朝权贵之门，却对自己未能固守气节羞愧不已，与抗清志士时有往来。康熙七年（1668）正月十三日夕，陈祚明偕张彦若、吴兴公、李条侯及表侄诸骏男邀抗清志士阎尔梅等人集米园，赋诗词各一首。四月至五月，他与阎尔梅等人三次共集西河徐家水亭，拈韵赋诗。在文网罗布之时，他与丁酉顺天科场舞弊案受害者陆庆曾过从甚密。1673年，长兄嫂墓成，陈祚明病重垂危，仍赋《癸丑十月二十有七日作》，念念不忘未曾为其兄勒表忠文。这些行为均表明他对新朝怀有强烈的抵触，因此他将其书室命名为"采菽堂"，与"中原有菽，庶民采之"之意或有一定关联。

当然，第三重含义与陈祚明的心态更为接近。"倘遂诛茅便，堂标采菽名。夙与兄弟共，嗣续子孙成。"（卷八，页536）"诛茅"意为芟除杂草，引申为结庐安居之意。陈祚明希望归隐之时能聚族而居，结庐读书，像陶渊明一样"种豆南山下"，享受田园之乐，"衣沾不足惜，但使愿无违"。对精神生活高于物质生活的人来说，"愿无违"才是生活的真谛，能满足基本的生活所需足矣。与陶渊明乞食于邻的境况相似，陈祚明自况为"百年穷饿客，天地一微身"（卷十九，页648），"得饱便足"的知足心态在其诗文中频繁出现。他逝世前一年病入膏肓，却真心向往归隐之乐。《菊隐诗为陆翼王赋》云："我亦念先

---

① 参考（清）张廷玉等撰：《明史》（第23册），第7104—7106页。

兄，怀沙怨屈离。俱归向东篱，尽艺繁花缀。摘来有盈把，绿罇并陈设。浇酒读《大招》，浩然弃一切。"（卷二十，页 662）详细地描绘了想象中归隐后的细节与"浩然弃一切"的真趣。

陈祚明欲效陶归隐，但他认为"闲适"非陶"本旨"，甚至朱熹的解释亦有失误之处。小传评曰："千秋以陶诗为闲适，乃不知其用意处。朱子亦仅谓《咏荆轲》一篇露本旨。自今观之，《饮酒》《拟古》《贫士》《读山海经》，何非此旨？但稍隐耳！"[1] 饶有意味的是，陈祚明《和陶公饮酒诗十首》小序云："予读陶公饮酒诗，聊复爱之，辄有斯和。"（卷九，页 544）《和陶公饮酒诗十首》亦为表露"本旨"之作。由此可知，即便陈祚明归隐，也会像陶渊明那样难以平复内心的"猛志"。事实上，陈祚明于明亡后归隐了近十年，但他心中始终飞驰着轰轰烈烈的经世之志："弱冠飞腾意，当年跅弛才。学须方管乐，文不让邹枚。"（卷二十，页 667）"经纶各有千古心，乘风欲破万里浪。灌园抱瓮羞隐沦，区区肯作蓬蒿人。"（卷三，页 481）顺治十三年，因家人生计被迫北上燕京，干谒公卿，对此他一直耿耿于怀。《癸卯夏复之燕山辞家作》云："孤身耻干谒，莫道有逢迎。"（卷九，页 539）到了晚年，其《偶吟十二首》云："诗酒陶潜活，江山庾信悲。""遂拟周庾信，谁将诔墓嘲。"（卷二十，页 667）《与舍侄话》又云："子山文一卷，斑驳有啼痕。"（卷二十，页 668）可见他屡屡以被迫仕周的庾信自比。

---

[1]（清）陈祚明著，李金松点校：《采菽堂古诗选》，第 388 页。

第三节 《采菽堂古诗选》的评选时间

考察《采菽堂古诗选》的成书过程，首先应当确定陈祚明评选该书的时间。关于这一点，可参考翁嵩年的《采菽堂古诗选序》。序云："余少曾授经，间亦好为吟咏，见山人手钞古体，自《卿云》《击壤》，以及六朝，凡若干篇，悉自注释，谓及门曰：'作诗不好学古体，犹冥行者之昧昧于途也。'"[①] 翁嵩年生于1647年，幼时从学于陈祚明。顺治十二年（1655）夏，陈祚明离乡北上游幕之时，翁嵩年方9岁。按，古时童子普遍5—7岁入学，翁嵩年从学于陈祚明的时间起点应不晚于1651—1653年，至1655年夏结束，与陈祚明隐居河渚的时间相吻合。翁嵩年雅好诗文，曾亲见陈祚明手抄古体诗，自《卿云》《击壤》（即现存卷37古逸）及六朝，"悉自注释"。此时《采菽堂古诗选》的规模及注释已大体完备，因此该书的编选时间起点不可能晚于顺治十二年（1655）夏，也就是陈祚明23岁之时。

陈祚明在《采菽堂古诗选·凡例》中的回忆也印证了这一说法：

> 己亥初夏，主少宰宛委胡先生家，论列三唐诗。先生多所正定，意莫逆。其明年，就都谏严颢亭馆舍。辛丑秋南归，事中辍。归二

———————

① （清）陈祚明著，李金松点校：《采菽堂古诗选》凡例，第1页。

年，癸卯夏，复走燕山。会胡先生移疾家居，多暇日，以稍差次旧
牍。于是汉、魏、六朝古诗，三唐诗，及明李献吉、何景明、边华
泉、李于鳞、王元美、谢茂秦诸集，即渐评阅并竟。①

宛委胡先生即胡兆龙。陈祚明入京之后，主要依附于旧交严沆和胡兆龙。己亥
年（顺治十六年，1659），他受京师尊唐风气影响，集中精力评选三唐诗，所
选诗作多受胡兆龙正定。自入京至南归，康熙二年复至燕山，方"差次""汉
魏六朝古诗"等"旧牍"。然后以一年的时间完成"汉、魏、六朝古诗，三唐
诗，及明李献吉、何景明、边华泉、李于鳞、王元美、谢茂秦诸集"。由此可
知，陈祚明评阅古诗的时间应远早于论列三唐诗的时间，后期只是进行整理。
这段回忆与翁嵩年序可相印证。

　　李金松于《采菽堂古诗选》前言中引陈祚明所作《凡例》来说明该书的
评选过程和成书年代，这个观点并不准确。实际上，康熙二年（1663）陈
祚明仅完成《采菽堂古诗选》的首轮评阅工作，此后他一直在不遗余力地反
复评阅。康熙四年（1665），陈祚明病中作《赠山阴姜铁夫处士》，道"我
删古诗亦未成，升斗为重笔为轻"。因生计问题，《采菽堂古诗选》迟迟未
能竣工。康熙十一年（1672）冬，陈祚明第三次选录陶渊明诗。康熙十三
年（1674），陈祚明客死燕京旅舍，故交严沆亲见其手稿："点窜乙画，手
泽淋漓，所存者止此耳。"②其仲兄陈丽明《稽留山人集跋》云："（吾弟）死
之日囊无余资，架上唯敝书数十百卷，凡其所撰述，次论丹黄甲乙者皆在。墨
淋漓，笔纵横，盈箱累篋，多不易卒读。"③严沆所云"点窜乙画""手泽淋漓"
与陈丽明所云"墨淋漓，笔纵横"，均表明陈祚明不仅多次反复修改全部书稿，

---

① （清）陈祚明著，李金松点校：《采菽堂古诗选》凡例，第13页。
② （清）严沆：《稽留山人集序》，第442页。
③ （清）陈祚明著：《稽留山人集》，国家图书馆藏康熙十五年刻本，第1页。

且临死之前仍然笔耕不辍。由此可知，《采菽堂古诗选》的评选时间起点应不晚于顺治十二年（1655）夏，止于陈祚明的生命终点，即康熙十三年（1674）春。

第四节　《采菽堂古诗选》的评选过程与心态

　　《采菽堂古诗选》的手稿至少编选过三次。根据翁嵩年《采菽堂古诗选序》可知，陈祚明入京之前自古逸至六朝古诗已抄录完备，且悉自注释，此为手稿的最初版本。据陈祚明自作《凡例》可知，顺治十六年初夏，多暇日，差次旧牍，《汉魏六朝古诗》与其他诸选评阅并竟。此为《采菽堂古诗选》手稿完整版。根据《采菽堂古诗选》总论，陈祚明至少在壬子（康熙十一年，1672）冬，将全书重新检查，进行增补。陶渊明诗总论曰："始选陶诗，捨置十许篇。及后覆阅，又登七首于续集。壬子冬，再览一过。公诗自成千古异观，如古器虽有礱文，不伤其古。无一首可删也。乃尽载正选中，惟《联句》一首不录。阮诗分列正、续，以其声调。公诗不分列，以其神情。"① 陈祚明第一次选录陶诗的时间可以确定为入京之前，当时舍弃了十许篇；第二次选录的时间无法确定，可以知道的是他在续集中补录七首；第三次选录的时间为壬子年冬（康熙十一年，1762），他发现无一首可删，于是除《联句》外，其余部分悉数收录。按照严沆和陈丽明的说法，陈祚明临终之时架上敞书"墨淋漓、笔纵横""点窜乙画""手泽淋漓"，表明他不仅多次反复修改全部书稿，且临死之前仍然笔耕不辍，由此可知，陈祚明生前至少将该书编选过不少于三次。

---

① （清）陈祚明著，李金松点校：《采菽堂古诗选》，第389页。

陈祚明编选次数多，评论的态度也极为认真，大至篇章主旨，细至一字一句均不肯放过。书中评篇章主旨之处甚多，以《西洲曲》评语为例，首段从文体角度溯源，不啻为乐府诗简史；次段从字法、句法、章法角度品评该诗妙处；末段将太白乐府与之关联，贯穿唐诗与汉魏乐府，云"故知此诗诚唐人所心慕手追，而究莫能逮也"①，赋予此诗以极高的诗史地位。虽为单篇评语，实为有大见解、大智慧之诗论。若单独拈出，置于著名诗话之列，亦毫不逊色。

陈祚明对诗中情、理进行品评之后，还会结合诗人的生平进行总体性评价，评论文字情绪饱满而自然。如评《石壁精舍还湖中作》："公笔端无一语实，无一语滞。若此'虑澹'二句，炼意，法、理、语圆好。""惟不能轻物，故须轻之。惟于理易违，故须无违之。知其如此，而未化焉，诚有不能自主者。于是乎即景兴怀，爽然若失。以一时之悟，破昨者之迷。究极相推，用相喻遣，然知之非艰，行之惟艰矣！公之言及此，具见非不卓，其情则可睹矣。使果默而识之，乌有后尤？悲夫！惜哉！"②

其品评字句，亦毫不放松。如《古意赠今人》："'北寒'二句佳，'容华'二句，直逼汉人。初以'不解绖'韵强，'形迫'句未警，故置之，细阅终不能割。"（补遗卷2）③ 有时与古人商略不妥之处，宛如与好友对话，颇为可爱。评《斋中读书》："白璧微瑕，乃在'阁'字凑韵。盖公诗体，对无不工者，何不云'既笑汉阴瓮'乎？缘'苦'字无出处，虚而不典；'阁'字顾不碍也。然安知当日非正读《论语》，有感于沮溺耶？妄欲改之，终嗫嚅不敢发耳。"④ 严沆认为该书"大之自竖义构章之原，细之至单词只字之末，无不辨折推详、穷微极渺，自有诗文以来，并无有阐发及之者"（严沆《稽留山人集序》，页

---

① （清）陈祚明著，李金松点校：《采菽堂古诗选》，第485页。
② （清）陈祚明著，李金松点校：《采菽堂古诗选》，第538页。
③ （清）陈祚明著，李金松点校：《采菽堂古诗选》，第1402页。
④ （清）陈祚明著，李金松点校：《采菽堂古诗选》，第534页。

444—445），可谓知音。

关于陈祚明作诗、评诗的心态，严沆曰："（山人）自佣书见客，稍暇即伸纸和墨，拈弄取自怡……不下数十种，皆出于闲暇。俄倾或半晷、或漏三四下，至多者一二日成矣。乘间即为之。是乐而已尔。人只见其工，不知其游戏纵恣，一至于此也。"（严序，页444—445）严沆认为陈祚明完全是"乐而已尔""游戏纵恣"，抱着享受和愉悦的心态而为之。笔者认为，这恰是陈祚明"游于艺"的表现。

"游于艺"源出《论语》。"子曰：志于道，据于德，依于仁，游于艺。"钱穆先生《论语新解》云："游，游泳。艺，人生所需。孔子时，礼、乐、射、御、书、数谓之六艺。人之习于艺，如鱼在水，忘其为水，斯有游泳自如之乐。故游于艺，不仅可以成才，亦所以进德。"[①] 至清代，"艺"早已超越了"六艺"的古义。举凡诗文、书法、绘画、博弈均已成为"艺"之主体。这些艺术主体均有其内在价值，主体"游"于其中，以获得精神或心灵的享受，以达到自由而超越的境界。陈祚明在现实生活中受到重重束缚，评诗作文之时则完全将这些束缚置之脑后，达到自由和超越之境。时人称其"才大如海，一时作者，无不敛手"[②]，可以想象，当他以充沛的才情翱翔于艺术的天地，"乘物以游心"时，其所达到的极高的精神境界与享受是斤斤计较于字句的选者所难以体会的。

虽以游戏、享受心态为之，陈祚明的辛酸苦楚依然不能忽略。由于为各种应酬所累，他可供自由支配的时间十分有限。故交陆嘉淑云：

> 见胤倩晨晞未起，则坐客已满，谈客酬对，晏夕方罢。夜则篝灯著书，僮仆悉解去。卧榻之厕，烛光熊熊，如禅床佛火。漏下五鼓，

---

① 钱穆：《论语新解》，北京：生活·读书·新知三联书店，2002年，第170—171页。
② 邓之诚：《清诗纪事初编》卷二，第260—262页。

始就枕。晓复对客，以为常。颇以劳苦规之。胤倩慨然云，始顾虑若此，吾一家数百指，待吾以具餔糜，不敢复恤吾身名以忧于此。（陆序，页 453—454）

为应付满门坐客，陈祚明只能牺牲休息时间著书。陆嘉淑劝他不要过于劳苦。陈告之肩负养家糊口之责，无暇亦不敢爱惜自己的身体，只能勉力为之。陈祚明曾多次在诗文中提到佣书京师的无奈，思归之心无时不有："以文卖黄金，乃为八口故……困穷念骨肉，漂泊悲异路。"（卷十一，页 566）一则为家人生计累于俗务，二则思乡多病，《采菽堂古诗选》的编选工作不得不常常中断，但他内心时时牵挂着评选古诗的工作，《赠山阴姜铁夫处士》云："古来著书期不朽，富贵于我何所有？公卿或笑诗书贱，舆台但道布衣丑。"（卷十一，页 570）陈祚明并不期许富贵，就算公卿认为诗书之事至小可笑，他依然坚守"著书期不朽"的传统价值观，至死不渝。康熙十一年冬（1672），陈祚明曾因病不能应楚蜀制府蔡公之聘，作《今年》诗自叹身世。"今年五十称翁可，作赋谈经是事慵。竟恐偏枯风右厥，只便偃卧日高春。饕飧北首饥须给，书记南征病懒从。下榻独依严太仆，酒狂谬误多优容。"（卷十九，页 647）当时，陈祚明身体状况急转直下，"竟恐偏枯风右厥"，缠绵病榻，三餐不继，只能在故友严沆的帮助下勉强度日。在这样的情况下，他依然在寒冬之中将全书再阅一过，增选陶诗。《采菽堂古诗选》补遗四卷，收录诗歌 461 首，均是在类似情况下增选而来。可见《采菽堂古诗选》实为陈祚明呕心沥血之作。

综上所述，陈祚明生前并未将该书命名为《采菽堂古诗选》。他常怀故园之思、归隐之意，其书室命名为"采菽堂"与陶渊明归隐的心态最为接近。《采菽堂古诗选》的评选时间起点不晚于 1655 年夏，终于 1674 年春。该书是陈祚明毕生理想与抱负的结晶。他评选该书态度严谨，历尽艰辛，同时也获得了极大的精神享受。

第五章 《采菽堂古诗选》的版本与收藏

第一节 版本考辨

《采菽堂古诗选》为清初诗论家陈祚明评选的先唐古诗选本。该书编纂时间约为1655—1674年，手抄本最早藏于山阴胡兆龙宛委书库。陈祚明临终时，将手稿交给门生翁嵩年。翁嵩年生于1647年，卒于1728年。陈祚明为其启蒙塾师。陈祚明于顺治十二年（1655）北上旅食京华时，翁嵩年尚为9岁孩童。他临终交付手稿之时，翁嵩年已28岁。

关于翁嵩年，《（乾隆）杭州府志·文苑》载："字康饴，号萝轩，仁和人。生而颖异，年十三即通六经大义。长于百家之言靡不探测，而尤精于左氏，以文章名东南。康熙戊辰成进士，授户部主事，历刑部郎中，督学广东，矢心慎俗，务得真才。"[1] 翁嵩年所作《采菽堂古诗选序》详细记载了该书编辑出版的经过："此编向存于宛委书库，山人考终时，检以付嵩…山颓木坏以来，碌碌尘壒，未遑举以问世。今校士之暇，编辑而刊布之，以为后学津梁。……康熙丙戌春正月，西湖受业翁嵩年顿首谨序。"[2] "校士之暇"，即考评士人的闲暇。翁嵩年将先师手稿付梓时间为康熙丙戌春（康熙四十五年，1706），距陈祚明离世已有三十二年之久。翁嵩年以享誉东南的六旬诗翁身份为童蒙之师刊刻遗

---

[1]（清）邓沄修，邵晋涵纂：《（乾隆）杭州府志》，《续修四库全书》（史部第703册），第418页。

[2]（清）翁嵩年：《采菽堂古诗选序》，（清）陈祚明著，李金松点校：《采菽堂古诗选》，第1—2页。

著，一方面说明他尊师之诚，不负先师所托；另一方面也说明《采菽堂古诗选》的确经得起时间考验。此为康熙版初刻本，第一次印刷。

康熙四十八年（1709），此版重印。《采菽堂古诗选·凡例》末附翁嵩年自注："《凡例》载'丹黄'一条，甚为精当，以有类训诂，于镌板时去之。其字断句逗，有不可读，难于通晓者。深悔其妄为损益，而增刊未易，姑识此，以俟博学稽古之士重为论定耳！乙丑三月，息影山庄改订讹误，嵩年并书。"①"丹黄"见《凡例》："古书无丹黄虞点，次后且讹，难垂久。然无是，无以耸观者，故为圈，分读也；为连点、连圈，标警也。"② 这则小注表明翁嵩年因"丹黄"这一条目，类似训诂，故于初刻本删之。但翁嵩年觉得删后句读不通，有害文意，然而再次镌板不易，于是在乙丑年（1709）年改订讹误重印之时在凡例后加了一条小注，期望日后能加以修正。此为该书第二次印刷。天津图书馆藏清康熙刻本有翁嵩年序及小注，但无杭世骏序，表明康熙版确有重印本。

大约康熙版《采菽堂古诗选》的发行数量不大，至乾隆时，坊间已不易寻得。当湖好古之士屈以伸设法从翁嵩年的萝轩家塾中获得此书，将其重印，并请杭世骏为之作序。《序》云："当湖屈子以伸，工文能诗，稽古情深，得是选于翁学使萝轩不秘之家塾，益传播以永其传。乞余叙言，以发明先生著述之微旨。余素佩先生之学，兼嘉屈子之有志乎古，爰从其请而叙之。"③ 上海古籍出版社版《采菽堂古诗选》杭世骏序无落款，未标明作序时间，笔者据武汉大学图书馆藏善本"乾隆十有三年……仁和杭世骏序"，确定该序作于乾隆十三年（1748 年）。孙殿起《贩书偶记》云："《采菽堂古诗选》三十八卷、补遗四卷，虎林陈祚明编，乾隆十三年刊。"④ 亦可证明此版刊行时间为乾隆十三年。乾隆

---

① （清）陈祚明著，李金松点校：《采菽堂古诗选》，第 13—14 页。
② （清）陈祚明著，李金松点校：《采菽堂古诗选》凡例，第 11 页。
③ （清）杭世骏：《古诗选序》，（清）陈祚明著，李金松点校：《采菽堂古诗选》，第 2 页。
④ 孙殿起：《贩书偶记》，上海：上海古籍出版社，1982 年，第 517 页。

十三年版增添杭世骏序，钤有"堇浦""杭世骏印"。堇浦为杭世骏号。

杭世骏为乾隆时期著名的藏书家、诗人。《武林藏书录》记载："杭世骏，字大宗，号堇浦，仁和人。……所居在大方伯里，藏书之富，甲于武林。"[①] 王昶《蒲褐山房诗话》云："堇浦先生坐拥书城，胸罗四库，入翰林未久即以言事罢归。……既归，益肆力于诗古文词，海涵地负，日光玉洁，实足雄长艺林。两浙文人自黄梨洲先生后，全谢山庶几及先生而已。"[②] 杭世骏为人耿介，曾由浙江总督程元章荐举为翰林编修，后因言事罢归，诗、古文、词造诣精深。李金松先生在《前言》中指出："乾隆刊本《采菽堂古诗选》卷首有主持刊行者杭世骏一序。"[③] 笔者认为《序》中明言"当湖屈子以伸……得是选于翁学使萝轩不秘之家塾，益传播以永其传。乞余叙言，以发明先生著述之微旨"，可知杭世骏只是应邀作序，并非主持刊行者，刊行者应为当湖好古之士屈以伸。复旦大学图书馆藏乾隆十三年屈以伸印本 20 册 1 函，可作此说之根据。此为康熙刻乾隆后印本，第三次印刷。

乾隆二十三年（1758），《采菽堂古诗选》由传万堂刻版发行。据《青岛市图书馆古籍书目》记载，该馆所藏乾隆二十三年（1758）传万堂刻本为十行二十字，小字双行同，白口，左右双边，单黑鱼尾，前有杭世骏、嵩年序。[④] 清华大学图书馆也藏有同样版本。传万堂又称凌氏传万堂，刻有传万堂丛书。傅增湘《藏园图书经眼录》记录了丛书中的《易卦候》（上卷）、《凌氏易林》《读诗拙言》等著述 24 种。[⑤] 此为《采菽堂古诗选》第四次印刷本。

乾隆三十八年（1773），乾隆皇帝下诏搜集江浙地区遗书。次年，浙江巡

---

① （清）丁申著，陈晓兰点校：《武林藏书录》卷下//《经籍会通》外四种，北京：北京燕山出版社，1999 年，第 197 页。

② 转引自（清）叶德辉撰，杨洪升点校：《郎园读书志》，上海：上海古籍出版社，2010 年，第 672 页。

③ 李金松《前言》，（清）陈祚明撰，李金松点校：《采菽堂古诗选》，第 7 页。

④ 冷秀云主编：《青岛市国家古籍书目》，北京：国家图书馆出版社，2009 年，第 366 页。

⑤ 傅增湘撰：《藏园图书经眼录》（第 3 册），北京：中华书局，2009 年，第 810—811 页。

抚三宝云："叠奉明诏，浙人士亦遂踊跃奋兴，竞出所藏以献。……臣董率诸局员，矢勤矢慎，整理篇帙，检别重复及冗琐无当者，以次叙目入告。统计前后自壬辰冬迄甲午夏，凡奏书十二次，为种四千五百二十三，为卷五万六千九百五十五，不分卷者二千九十二册，可谓盛矣。"①《浙江采集遗书总录》辛集载："《采菽堂古诗选》三十八卷，补遗四卷。刊本，国朝仁和陈祚明辑选汉魏迄隋代诗，略加诠释，并采古逸诗谣谚附之。"② 值得注意的是，《四库全书总目提要·稽留山人集》注"浙江巡抚采进本"③，说明《稽留山人集》与《采菽堂古诗选》同时被浙江巡抚采录，但《采菽堂古诗选》未收入《四库全书存目》，因而有底本，但未重印。

张之洞《书目答问》云："《采菽堂古诗选》三十八卷，补遗四卷。陈祚明编。通行本。"④ 张之洞（1837—1909）为晚清名臣，历经道光至宣统五帝。他所言"通行本"未知是何版本。《书目答问·略例》云："多传本者举善本，未见精本者举通行本，未见近刻者举今日见存明本。"⑤ 据《略例》所言，《采菽堂古诗选》既非多传本者、近刻者，亦非精本，笔者认为极有可能是乾隆印本。

2003 年，《续修四库全书》据天津图书馆藏清刻本影印了《采菽堂古诗选》。卷一至卷七收入《续修四库全书》第一五九〇册，卷八至补遗卷四收入第一五九一册。此版有翁嵩年序及小注、无杭世骏序，底本为康熙四十八年重印本。此为第五次印刷。

2008 年，作为全国高等院校古籍整理研究工作委员会直接资助项目，上

---

① （清）丁申著，陈晓兰点校：《武林藏书录》卷下，第 163 页。
② （清）沈初等撰，中国书店出版社编：《浙江采集遗书总录》（辛集），清乾隆三十九年（一七七四）王亶望浙江刻本。《海王邨古籍书目题跋丛刊》（第 2 册），北京：中国书店，2008 年，第 283 页。
③ （清）陈祚明著：《稽留山人集》卷十九，第 677 页。
④ （清）张之洞撰，范希增补正：《书目答问二种》，第 242 页。
⑤ （清）张之洞撰，范希增补正：《书目答问二种》，第 6 页。

海古籍出版社出版了李金松先生点校的《采菽堂古诗选》。该书以康熙本为工作底本，以乾隆本为参照本进行点校，在目录编排方面进行了一些处理，方便读者翻检阅读。《采菽堂古诗选》所选古诗底本为明冯惟讷《诗纪》。关于点校情况，李金松先生《点校凡例》云："篇什正文凡是因传本不同而出现异文，概不出校（逯钦立先生《先秦汉魏南北朝诗》有很详细的校勘记，如再出校，乃多此一举）。何况，评选者自己作了部分校勘，出了校记（源于《诗纪》）。另外，形近易讹之刻误、底本习用之通假字、避讳字、异体字亦概不出校，只据文义或校本径改。"他只针对以下情况出校："（一）底本之讹误缺漏，据校本改正增补者。（二）底本评点文字中之衍文、脱文、据文义或校本改正。（三）凡征引他书文字，核对原文后发现有异文或讹误缺漏，予以校改。"① 此点校本为该书第六次印刷。

简而言之，《采菽堂古诗选》于康熙四十五年（1706）由陈祚明门生翁嵩年编辑评定、首次出版印刷；康熙四十八年（1709）翁嵩年改订讹误，增添小注，第二次印刷；乾隆十三年（1748），在当湖好古之士屈以伸主持下，该书增添杭世骏序，第三次印刷。乾隆二十三年（1759），传万堂重印《采菽堂古诗选》，此为第四次印刷。乾隆三十九年（1774），乾隆皇帝下诏搜集天下遗书，浙江巡抚三宝将《采菽堂古诗选》上贡，录入《浙江采集遗书总录》，而并未重印。2003 年，《续修四库全书》据天津图书馆藏康熙重印版影印《采菽堂古诗选》，此为第五次印刷版。2008 年，上海古籍出版社出版李金松先生点校之《采菽堂古诗选》，此为第六次印刷。截至 2008 年为止，《采菽堂古诗选》有康熙初刻本、重印本和乾隆后印本三个系统，其中康熙本印刷三次，乾隆版印刷二次，以康熙本为底本、乾隆本为参校本印刷一次，共印刷六次。

---

① （清）陈祚明著，李金松点校：《采菽堂古诗选》点校凡例，第 1—2 页。

第二节　收藏现状

　　根据上海古籍出版社《中国古籍善本书目》记载,《采菽堂古诗选》三十八卷,补遗四卷,清陈祚明辑。康熙刻本藏书单位有清华大学图书馆、中国人民大学图书馆、保定市图书馆和西安市文物管理委员会。乾隆刻本有清黎庶昌批校,藏书单位为四川省图书馆。[①] 据笔者考察,《中国古籍善本书目》关于藏书单位的介绍并不全面。

　　据线装书局出版《中国古籍善本总目》记载,清康熙刻本,藏书单位有首都图书馆、中共中央党校图书馆、辽宁省图书馆、南京博物院(残本);康熙刻本乾隆印本藏书单位为上海图书馆;乾隆刻本、黎庶昌批校本藏所有北京图书馆、北京大学图书馆、清华大学图书馆、中国人民大学图书馆、中国社会科学院文学研究所、齐齐哈尔市图书馆、陕西师范大学图书馆、甘肃省图书馆、福建省图书馆、湖北省图书馆。这三个版本均为十行二十字、白口、左右双边。[②]

　　学苑汲古高校古文献资源库[③]显示,康熙版的藏所除上述单位外,还有北

① 《中国古籍善本》编辑委员会编:《中国古籍善本书目》(集部·中册),上海:上海古籍出版社,1996年,第1574页。

② 翁连溪编校:《中国古籍善本总目》,北京:线装书局,2005年,第1723—1797页。

③ http://rbsc. calis. edu. cn/aopac/controler/main。其中香港中文大学"清顺治四十五年"[1758]应改为"清康熙四十五年"。

京师范大学图书馆、河南大学图书馆、吉林大学图书馆、南京师范大学图书馆、四川大学图书馆、苏州大学图书馆、青岛市图书馆和天津图书馆。乾隆本藏所还有华东师范大学图书馆、复旦大学图书馆、香港中文大学图书馆、郑州大学图书馆、南京大学图书馆、山东大学图书馆、武汉大学图书馆、厦门大学图书馆和中山大学图书馆，其中清华大学图书馆同时拥有康熙版和乾隆版。就存世数量而言，乾隆版存本比康熙版多，仅北京大学就藏有四个乾隆十三年刻本。据笔者考察，日本早稻田大学图书馆也藏有乾隆十三年刻本，其他海外藏书情况待考。

康熙版《采菽堂古诗选》的情况可参考《续修四库全书》第 1590—1591 册，该书全文影印了天津图书馆所藏康熙四十八年版本，内封名为《采菽堂定本·汉魏六朝诗钞》，钤"武林翁氏藏板""翼甿堂""李氏兑发"印。右端题"虎林陈胤倩评选"，"胤"字缺首画。版框高一八三毫米，宽二七六毫米。版心镌《采菽堂古诗选》。① 有翁嵩年序，无杭世骏序。"虎林"即"武林"。《西湖志》引《方舆胜览》卷一："武林山在钱塘旧治之北半里，今钱塘门里太一(乙)宫道院土阜是也，元名虎林，避唐朝讳改虎为武。"② 虎林山即武林山，代指杭州。

武汉大学图书馆、早稻田大学图书馆和中山大学图书馆所藏均为乾隆十三年版《采菽堂古诗选》。武汉大学图书馆所藏《采菽堂古诗选》为足本，两函十六册。十行二十字，白口，小字双行同，无批校。内封镌"陈稚留山人古诗评选"。卷首有康熙丙戌春正月翁嵩年序，乾隆十三年杭世骏序。书函封面题识"千帆珍藏"，杭世骏序后钤有"程会昌印"。程会昌即曾任教于武汉大学文学院的程千帆先生。程先生原名逢会，后改名会昌、伯昊。千帆是其笔名之

---

① （清）陈祚明著：《采菽堂古诗选》//《续修四库全书》（第 1590 册），第 575 页。
② 施奠东主编：《西湖志》，上海：上海古籍出版社，1995 年，第 209 页。

一，后通用此名。此书曾为程千帆先生私人藏书。翁嵩年序后有"白沙山樵""嵩季九顿""翁子华饴"等印。翁嵩年字康饴、萝轩，号白沙山樵。以上均为翁嵩年藏书印。杭世骏序后有"堇浦""杭世骏印""珊瑚阁珍藏印"。堇浦为杭世骏别号。"珊瑚阁"的主人为纳兰性德或张百龄。据陈乃乾所编《室名别号索引》："珊瑚阁，清，满，成德"及"清，长白，百龄"①。成德姓纳兰，后改名性德。百龄姓张，字子颐，号菊溪，辽东人，隶汉军正黄旗。乾隆三十七年（1772）进士，选庶吉士，授编修，累官兵部尚书、协办大学士。嘉庆十六年（1811 年）至二十一年（1816 年）官两江总督。杨廷福、杨同甫同编的《清人室名别号字号索引》也将珊瑚阁同时归入纳兰性德和百龄名下。② 据张一民考证，"珊瑚阁"藏书主人当为百龄。③《凡例》后有"武汉大学图书馆印"。每一卷首皆有"虎林陈祚明胤倩父评选"，卷首标明目次。④ 早稻田大学所藏版本为乾隆十三年版，十六册，与武汉大学所藏版本除藏家印外其余完全相同。该书版心镌"古诗选"，《凡例》上方钤"早稻田大学图书"汉字小篆朱印。⑤武汉大学藏本与早稻田大学藏本均无残页、无缺页、无虫蠹，保存状况良好。

中山大学所藏《采菽堂古诗选》为残本，存第一卷至第二十四卷、第二十八卷至三十八卷、补遗四卷。缺第二十五至二十九卷。该版为十行二十字，白口，左右双边。钤有"涵通楼藏书""桂林唐氏仲方珍藏图籍"，有唐岳批点。唐岳（1821—1873），字仲方，原名唐启华，涵通楼主人。《清代广西文人藏书初探》云："临桂唐岳，道光二十年解元。……'家藏善本书至数千卷'。……'所筑雁山园……有层楼巍耸，是为涵通楼，斯园之主楼也……往者藏数万轴

---

① 陈乃乾编：《室名别号索引》，北京：中华书局，1982 年，第 53、170 页。

② 杨廷福、杨同甫：《清人室名别称字号索引》，上海：上海古籍出版社，1988 年，第 330 页。

③ 张一民：《"珊瑚阁"藏书主人是谁?》，《津图学刊》，2003 年，第 4 期，第 56—57 页。

④（清）陈祚明著：《采菽堂古诗选》，武汉大学图书馆藏，清乾隆十三年（1748 年）刻本。

⑤（清）陈祚明著：《采菽堂古诗选》，早稻田大学图书馆藏，清乾隆十三年（1748 年）刻本。

书于此.'唐岳之涵通楼藏书,在唐岳死后,其子不善理财,因此家道中落,'藏书皆售他氏'.……大量藏书,'货之广州',卖归当时两广最高学府广东高师(今中山大学)。"① 该书多处钤有"邹鲁"印。邹鲁先生为中山大学首任校长,曾于任职期间(20世纪30年代)为中山大学图书馆采购大量图书。《采菽堂古诗选》即为当时邹鲁先生于涵通楼采购诸多善本之一种,此书所有权为中山大学图书馆。邹鲁先生喜读古书,所阅之书均钤私印,已成惯例。笔者阅读该书时,发现虫蠹之处比比皆是,《凡例》首页唐岳批阅处亦被虫蠹,难以辨识,部分书页几乎无法正常阅读。除第一册目录及最后两册补遗未曾批阅外,其余如《柏梁诗》《俳歌辞》《安世房中歌》《怨歌行》《上陵》《雁门太守行》等均有圈点批阅。或眉批、或夹批,少则十余字,多则数百字,并随手对原文进行校订。如《安世房中歌》其十二"呜呼考哉",改"考"为"孝";其十五"爱帝之光",改"爱"为"受"。②

据《清华大学图书馆藏善本书目》记载,该馆藏有康熙刻本与乾隆刻本。康熙刻本为"十六册二函,十行二十字,小字双行同,白口,左右双边。乾隆刻本为十二册二函,十行二十字,小字双行同,白口,左右双边。钤'劫余'、'陶氏珍藏'二印"。③ 陶氏或为清末民初藏书家、刻书家陶湘。陶湘受故宫图书馆馆长傅增湘之聘,任该馆编辑,私人藏书达30万卷,对版本极为挑剔。郑伟章《陶氏涉园藏书、刻书纪略》云"陶湘,字兰泉,号涉园,江苏省武进县(今常州市)人。生于清同治九年(1870)七月,卒于1939年12月……关于陶湘的藏书,其子陶祖椿等在《行述》中说他'既博洽群籍,尤邃于刘氏父子目录之学。生平于缥缃外无他嗜。自光、宣交,广事搜罗。初喜明人集,及

---

① 吕立忠、周碧蓉:《清代广西文人藏书初探》,《河池学院学报》,2005年,第3期。
② (清)陈祚明著,唐岳批点:《采菽堂古诗选》(第2册),乾隆十三年印本,中山大学图书馆藏,第10页。
③ 清华大学图书馆编:《清华大学图书馆藏善本书目》,北京:清华大学出版社,2003年,第230页。

胜代野史之属，嗣乃旁及钞校，上溢宋元，遇孤椠善本，恒不计其值．'"①

青岛市图书馆所藏《采菽堂古诗选》为乾隆二十三年再版，书坊为传万堂。"乾隆二十三年（1758）传万堂刻本，20 册（2 函）：26×17cm，10 行 20 字，小字双行同，白口，左右双边，单黑鱼尾。前有杭世骏、嵩年序。"②

中国人民大学图书馆藏书为："清康熙四十五年（1706）刻本，张文祁题识。十册二函，十行二十字，小字双行同，白口，单鱼尾，左右双边。封面镌'武林翁氏藏板'。钤'文祁'等印。"③ 张文祁（1894—?），字仲郊，号宋庵，直隶通州人，精于文物鉴赏与书法，临摹名家书法几可乱真。

香港中文大学藏书为："清康熙四十五年（1706）刻本。十六册。匡高十八．一公分，宽十三．二公分，十行二十字，小字双行同。白口、单鱼尾，左右双边。内封镌'稽留山人评选，武林翁氏评定'。前有康熙四十五年翁嵩年序，钤有'毕忠恕堂许让成基金联同捐赠'印。"④ 许让成先生抗日战争爆发后从广东到香港发展，成为著名的物业发展商。他热衷于保存和发扬传统文化与艺术，成立基金会，支持新亚书院、孔教团体和诸多艺术机构。香港中文大学藏康熙四十五年刻本即为许让成基金所捐赠。

山东大学图书馆藏书为："《采菽堂古诗选》三十八卷、补遗二卷，（明）陈祚明评选，清抄本。十六册二函，十行二十字，小字双行同，无格。玄、弦等缺末笔。"⑤ 该馆所藏为残本，缺补遗二卷。

《湖南省古籍善本书目》载："《采菽堂古诗选》三十八卷、补遗四卷，

① 郑伟章：《陶氏涉园藏书、刻书纪略》，《文献》，1990 年，第 1 期，第 215 页。
② 冷秀云主编：《青岛市国家古籍书目》，国家图书馆出版社，2009 年，第 366 页。
③ 中国人民大学图书馆古籍整理研究所编：《古籍善本书目》，北京：中国人民大学出版社，1991 年，第 158 页。
④ 香港中文大学图书馆系编：《香港中文大学图书馆古籍善本目录》，香港：中文大学出版社，1999 年，第 276 页。
⑤ 山东大学图书馆编撰：《山东大学图书馆古籍善本书目》，济南：齐鲁书社，2007 年，第 265—266 页。

（清）陈祚明辑，清刻本，存十三卷。三至七，十至十七。藏书单位代号：二四〇一。藏书单位：湖南图书馆。"① 湖南图书馆的藏本亦为残本，缺一、二、八、九卷，十八至三十八卷及补遗四卷。

四川省图书馆藏有黎庶昌批点之乾隆刻本。黎庶昌为曾国藩高弟，"曾门四弟子"之一，中国首任外交官，任驻英法德西使馆参赞五年，著有《西洋杂志》。

笔者发现，绝大多数书目编纂者往往肯定陈祚明辑、选《采菽堂古诗选》的工作，但对其"评"的认识不够。例如《中国古籍善本书目》《香港中文大学图书馆古籍善本目录》《湖南省古籍善本书目》均载"清陈祚明辑"，《中国人民大学图书馆古籍善本书目》记载"清陈祚明选"，仅有少数书目载"评选"二字。实际上，乾隆十三年版题名即为《陈稽留山人古诗评选》，强调了陈祚明的"评选"工作。陈祚明在《凡例》中指出："中自分上、次。上者为圈于题首，凡二，皆可诵；次者为圈一，特可阅。如无所论列，即不知何以云工也。"② "古书无丹黄虞点，次后且讹，难垂久。然无是，无以耸观者，故为圈，分读也；为连点、连圈，标警也。"③ 陈祚明对其所选诗歌均用心评注，有很多独到的见解。《书目答问》将该书列入"大雅者"④、"不俗谬者"⑤。朱自清先生在《诗文评的发展》中论及中国对作家和作品的批评的系统著作时，提到大家都忽略了清代的几部书，其中"陈祚明的《古诗选》，对入选作家依次批评，以辞与情为主，很多精到的意思"⑥，对《采菽堂古诗选》的批评给予了很高的评价。李金松指出："陈祚明的《采菽堂古诗选》不但是诗选，而且还附有十

---

① 常书智、李龙如主编：《湖南省古籍善本书目》，长沙：岳麓书社，1998 年，第 359 页。

② （清）陈祚明著，李金松点校：《采菽堂古诗选》凡例，第 9—10 页。

③ （清）陈祚明著，李金松点校：《采菽堂古诗选》凡例，第 11 页。

④ （清）张之洞撰，范希增补正：《书目答问补正》，第 209 页。

⑤ （清）张之洞撰，范希增补正：《书目答问补正》，第 218 页。

⑥ 朱自清：《朱自清全集》卷三，南京；江苏教育出版社，1988 年，第 27 页。

多万字的评点，因此，无论从哪一角度而言，《采菽堂古诗选》都是一部极为重要的诗歌批评理论的文献。"① 直到现在，《采菽堂古诗选》的"评"的价值还有很大的挖掘空间。

---

① （清）陈祚明著，李金松点校：《采菽堂古诗选》前言，第 19 页。

第六章 《采菽堂古诗选》的
结构、主旨和影响

第一节 《采菽堂古诗选》的结构

　　《采菽堂古诗选》是陈祚明最为重要的诗学理论著作，分正集和补遗两部分。为了阐明自己的诗学主张和诗学理论，陈祚明在《采菽堂古诗选》中选取了从先秦至隋代的各类诗歌共 4521 首，体势之大，评注之精，议论之深，令人折服。

　　《采菽堂古诗选》各时代收录篇目数量如下表：

时　代	数　量
汉	265
魏	364
晋	972
宋	447
齐	186
梁	886
陈	252
北朝	417
隋	249
古逸	483

　　以上表数据为依据绘制下图：

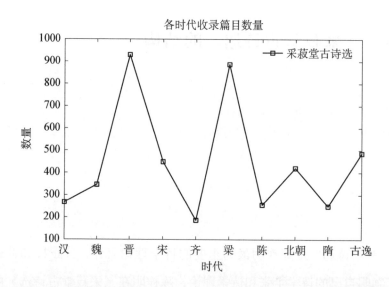

各时代收录篇目数量

上图显示，《采菽堂古诗选》于晋代和梁代选入最多，古逸部分则居第三位。魏、晋、宋三朝入选数量均超过汉代，可知陈祚明对于魏晋古诗新变持有积极的肯定态度。对于齐以后诗，陈祚明一反自《文选》以降迄及明末清初的排斥态度，大量选入，可知其选诗标准已经超迈前人以及时人。逯钦立编选的《先秦汉魏晋南北朝诗》的结构与之颇相类，见下图：

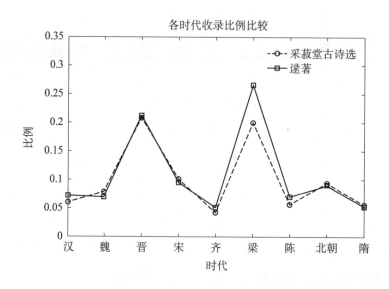

各时代收录比例比较

上图（未包括古逸部分）①显示，《采菽堂古诗选》与《先秦汉魏晋南北朝诗》就各时代收录篇目比例而言，两者的结构和趋势十分相似；《先秦汉魏晋南北朝诗》除梁代比例明显高于《采菽堂古诗选》而外，其他时代两者均大同小异。逯钦立的《先秦汉魏晋南北朝诗》以明人冯惟讷《诗纪》和近人丁福保所辑《全汉三国晋南北朝诗》为底本，在此基础上另谋新篇。冯惟讷《诗纪》重在网罗放佚，而在删汰繁芜上用力甚微，使得全书真伪错杂，时有舛漏抵牾之处。丁福保《全汉三国晋南北朝诗》在《诗纪》的基础上进行增删，依据清人冯舒的《诗纪匡谬》改正了原本的错误，使得它较为出色，但丁福保主要用力于删汰繁芜，不录古逸和歌谣，又对《诗纪匡谬》的按断不加详审，造成了新的错误。逯钦立的《先秦汉魏晋南北朝诗》纠正了两者的偏颇，是目前诗歌最完善的隋前诗歌总集②。《采菽堂古诗选》依凭的底本也是明人冯惟讷的《诗纪》，他在《诗纪》的基础上进行了一些基本的校对工作。《采菽堂古诗选》并非全集，而是诗歌选本。编纂总集需要网罗放逸、删汰繁芜，编纂选集则无这些要求，只要选择符合作者诗学观念的诗歌即可。因此，拿总集来与选集进行比较，似乎并无必要，但笔者认为作这样的比较还是有必要的。从相对值来看，陈祚明在每个时代选取的诗歌多寡，与各时代诗歌的总量基本上呈现出一致性。魏晋宋、齐梁陈是隋前诗歌创作的高峰期，晋代和梁代君主尚文，故而诗歌创作数量明显超过其他历史时期，陈祚明对这个时间段的诗歌作品选录的总量也相应地超出其他时间段，他选录数量的多寡不仅反映了那个时代诗歌创作的总体情况，而且反映了他的推崇六朝诗歌的诗史观。正如李金松所说："陈祚明通过选诗，通过

———————————————

① 图中所用《先秦汉魏晋南北朝诗》数据参见王宏林：《沈德潜诗学思想研究》，北京：人民出版社，2010 年，第 14 页。

② 参考逯钦立辑校：《先秦汉魏晋南北朝诗》出版说明，北京：中华书局，2013 年，第 1—2 页。

对一些诗人的重新发现，建构了他意识中的魏晋南北朝诗歌史。……像这类通过选诗来发现与肯定诗人在诗史中的文学地位的例子，在《采菽堂古诗选》中比比可见。"①

---

① （清）陈祚明著，李金松点校：《采菽堂古诗选》前言，第10—11页。

第二节　《采菽堂古诗选》的主旨

选诗必定有其目的性,《采菽堂古诗选》亦不能出此例。对于评选《采菽堂古诗选》的目的,陈祚明本人是有说明的。他之所以要评选《采菽堂古诗选》,其根本动机是提供一个使学诗者得以抛开门户之见,以一种多元主义和历史主义的审美观游息于全景式的诗史之间,进而达到"诗工"之目的的典范。

陈祚明认为:"诗选盖不乏也,然善者顾希。……今选者多挟持己意,豫有所爱憎,引绳斥斥,用一切之法绳之。合吾意则登,不则置,不足以观变、尽众长。"[1] 正是从摒弃门户之见的观点出发,陈祚明要求选家应该抛弃自身对于诗歌审美的预设,以历史的视域去重新发现诗歌的美。陈祚明的这种选诗原则既是一种开放式的选诗方式,也是一种鞭策和鼓励选家进行自我反思的诗歌批评方式。在陈祚明那里,选诗的过程本身不再是某种静态的、封闭的、权威的审美原则和准绳的运用过程,而是一个选家与诗史进行互动的、动态的、开放的反思和重新发现审美原则的过程。在这个过程中,选家应该放弃自己作为审美规则提供者的偏执身份,不再扮演审美领域里的上帝角色,而以历史主义取代主观主义,以多元主义取代独断论,做到通观变化、博采众长,以使诗道广大。

因此,"无尚旨,有美必录"成为了陈祚明评选《采菽堂古诗选》的主要

---

[1]（清）陈祚明著,李金松点校:《采菽堂古诗选》凡例,第 1 页。

选诗原则。为了贯彻历史主义和多元主义的选诗原则，陈祚明在"凡例"部分从语言学的角度阐明了自己的诗学主张："诗之大旨，惟情与辞"。陈祚明主张以情为主、情辞并茂，反对无情而作。此种主张实质上是刘勰《文心雕龙》文质之辩的延续。陈祚明并非认为辞的方面不重要；他主张若欲辞工应当从情的方面来努力。陈祚明认为："尚辞失之情，犹不失为辞。尚情失之辞，则情并失。"① 在陈祚明看来，辞具有独立于情的意义，而情若不假辞以表出，则情将堕入虚无缥缈之境。由是可知，陈祚明虽主张情为辞之主，却并非主张辞可以废而独有情即可——从陈祚明的观点来说，并无所谓独有情之诗，所谓"独有情"不过辞平弱而已。钱钟书《谈艺录·性情与才学》曰："性情可以为诗，而非诗也。诗者、艺也。艺有规则禁忌，故曰'持'也。'持其情志'可以为诗；而未必成诗也。艺之成败，系乎才也。……虽然，有学而不能者矣，未有能而不学者也。大匠之巧，焉能不出于规矩哉。"② 钱氏所谓"艺"，即陈祚明所谓情辞并举；钱氏所谓"才"，即陈祚明所谓运辞遣律以道情之才；钱氏所谓"学"，即陈祚明所谓"致于工之路"。明末清初，世人皆以为诗之工者莫过于初、盛唐诗；陈祚明评选《采菽堂古诗选》的一大目的，就是要为世人指出初、盛唐诗之渊源由来，"予亟表古诗，示准的，学者游息其中，譬寻河得源，顺流而下至溟渤，盖无难焉"③。

总而言之，陈祚明苦心孤诣评选《采菽堂古诗选》，其意乃在考镜源流，去门户之敝而探古诗真旨。在陈祚明而言《采菽堂古诗选》应该是一座有美必收的历史博物馆，而非某种基于某种主题或原则而策划的专题展览。因此，《采菽堂古诗选》无论从选诗规模的角度来说，还是从选诗尺度的角度来说，均是了不起的巨制。

---

① （清）陈祚明著，李金松点校：《采菽堂古诗选》凡例，第 4 页。
② 参见钱钟书：《谈艺录》，北京：生活·读书·新知三联书店，2008 年，第 107 页。
③ （清）陈祚明著，李金松点校：《采菽堂古诗选》凡例，第 9 页。

第三节　《采菽堂古诗选》的影响

从学界对清代诗学史的研究来看，论者多认为陈祚明的《采菽堂古诗选》对于后世的影响甚少。蒋寅先生指出："陈祚明虽见识精到，但因人微言轻，名不甚著。后人虽有取其书，多不称其名。康熙五十八年沈德潜编选《古诗源》，评语袭用、祖述或改窜陈祚明的评语，就不提他的名字。乾隆间修四库全书也未收《采菽堂古诗选》。当时闻人俊笺注王世禛所辑《古诗选》虽稍称引其说，但后来道光间张琦编《古诗录》，仍然每采其说，而讳其所自，以致长久以来陈祚明及其《采菽堂古诗选》一直未得到与其价值相应的肯定。直到清末名词人谭献推尊此书'气体博大，以情辞为职志，所见既正，说谊多入深微'，才引起世人注意。"① 从陈祚明的接受史来看，蒋寅先生的论述大体是正确的，但个别地方还值得商榷。

首先，陈祚明并非"人微言轻，名不甚著"。陈祚明在世之时，与国初京城诗坛名家均有交往，名重一时。

其次，沈德潜编选《古诗源》并不是没有提及陈祚明其人，沈德潜跟道光间的张琦一样讳其所出，不过沈德潜的隐瞒手法较张琦"高明"。张琦干脆不提陈祚明，沈德潜则以反对的方式提出。沈德潜《说诗晬语》第七十一条评庾

---

① 蒋寅：《一个有待于重新认识的批评家——陈祚明的先唐诗歌批评》，第97页。

信诗曰："子山诗不专造句，而造句亦工……而武林陈允倩谓：'老杜不能青出于蓝，直是亦步亦趋。'未免扬许失实。"① 此条不过挪用改窜《古诗源》总论庾信诗而已。《古诗源》总论庾信诗曰："子山固是一时作手。以造句能新，使事无迹，比何水部似又过之。武陵陈胤倩谓少陵不能青出于蓝，直是亦步亦趋，则又太甚矣。"② 由是可知，沈德潜通过反对的方式提及陈祚明，使人不易察知其诗学之出处。据笔者详加考察，沈德潜《古诗源》得益于陈祚明《采菽堂古诗选》处甚多。如《说诗晬语》第四十八条至第七十二条，十之八九与《古诗源》中论述相同，追本溯源亦多因《采菽堂古诗选》而设语；其所谓"温柔敦厚"之说，其所谓"守乎唐而不能上穷其源"之论，无一能与《采菽堂古诗选》脱离关系。若谓《古诗源》的流行即为《采菽堂古诗选》的流行，亦无不可。

《采菽堂古诗选》的确是被忽视了。其之所以被忽视，主要有两方面的原因。一是《采菽堂古诗选》并非陈祚明在世或谢世当时即出版，而是迟至陈祚明作古三十二年之后方才由翁嵩年出版。以陈祚明当时盛名，所交游者多为当世人杰，若其在世或谢世不久即出版《采菽堂古诗选》，则其影响断不能小。它迟到了三十余年，而这三十余年间文坛变故，诗风屡迁，其欲有所作为亦不能够了。

二是《采菽堂古诗选》的思想观念过于超前。该书对齐、梁以后诗的推崇，与康熙诗坛推崇的以儒家诗教为主的诗风不一致。美国学者雅克·巴尔赞以"品味的陀螺"来说明文化史上对一个人的评价呈现多样性的现象："文化史中一个不断重现的重要现象：不同的时代对于同一个人或作品的评价截然不同。这就是所谓的'品味的陀螺'，这个说法本来就是从莎士比亚的作品中借

---

① 郭绍虞主编：《原诗·一瓢诗话·说诗晬语》，北京：人民文学出版社，1979年，第205页。
② （清）沈德潜著：《古诗源》，北京：中华书局，1963年，第345—346页。

来的……这样的例子数不胜数。"① 古今中外，"品味的陀螺"始终在默默地转动。《采菽堂古诗选》的被边缘化、被雪藏，是"品味的陀螺"造成的结果。陈祚明的思想本身具有超前意识。康熙诗坛儒学诗教观念复兴，沈德潜虽袭用、祖述、改窜陈祚明的评语，但他的诗学观念是以儒家温柔敦厚的诗教观作为底色的，故《古诗源》得以风行。陈祚明对六朝诗歌的推崇思想过于超前，故不受重视。清末在政局大变动的背景下，儒家诗教观念不再成为唯一的主导型思想，陈祚明的诗学观念被词人谭献所推崇，就是自然而然的了。这说明整个时代的审美趣味趋向于儒家诗教观时，陈祚明的诗学思想在当时是难以被接受的。但是当"品味的陀螺"转动到清末这个时间点，陈祚明的思想恰好符合了时代审美品位，就被上层文人和知识分子的领袖人物所接受了。

---

① （美）雅克·巴尔赞著，林华译：《从黎明到衰落：西方生活五百年，1500年至今》，北京：中信出版社，2015年，第145页。

第七章 《采菽堂古诗选》对《文选》的批评

陈祚明评选《采菽堂古诗选》时将昭明《文选》作为参照对象。他非常重视这部总集，指出"古诗颇见于今，稍稍诵习学者之口，以有昭明《文选》"①，且在评语中多次指出《文选》鉴裁得当；另一方面，他认为《文选》存在着若干弊端，于是采取了相应对策，以避免犯类似的错误。

---

① （清）陈祚明著，李金松点校：《采菽堂古诗选》凡例，第9页。

第一节　分类原则

陈祚明以《文选》作为参照对象，首先体现在分类原则上。萧统在《文选·序》中提到的文体有赋、骚、诗、颂、箴、戒、论、铭、诔、赞、诏、诰、教、令、表、奏、笺、记、书、誓、符、檄、吊、祭、悲哀、答客、指事、篇、辞、引、序、碑、志、状。《文选》的实际分类为三十七类，每类下尚有子类，如诗分为补亡、述德等二十三个子类。①《文选·序》自述其分类原则："凡次文之体，各以汇聚，诗赋体既不一，又以类分。类分之中，各以时代相次。"② 可见萧统的分类原则是以文体为大类，在同一文体之中，再以时代为小类。萧统之所以以类区分，有两方面的原因：一是根据南朝总集编纂的惯例。傅刚指出："《文选》在内容上先以文体分类，每一类中再以时代顺序相次。这应该是总集编纂的基本规则，萧统的另一部书《古今诗苑英华》大概也是这样的体例。"③这一体例是由《文章流别集》和《翰林论》奠定下来的，是类书编纂的基本方法，目的是为了解除览者之劳倦，为查找词章典故提供便利；二是由于齐梁时期掀起了一股诗歌创作的高潮，但是当时人们对于文体分类并没有十分清晰的认识："庸音杂体，各各

---

① 刘跃进：《中古文学文献学》，南京：江苏古籍出版社，1997年，第9页。

② （梁）萧统编：《昭明文选》，郑州：中州古籍出版社，1990年，第2页。

③ 傅刚：《〈昭明文选〉研究》，北京：中国社会科学出版社，2000年，第36页。

为容。"①萧统以文体为依据收录作品，有助于学诗者理解和把握各种文体的特点，使创作走上正轨。

这种以类区分的诗歌分类体例到了清代已经变得不是那么适用了。经过千年的诗学传承，清人对于文体已经有了非常清晰的认识，他们对《文选》的分类标准提出质疑。②陈祚明曰："《文选》诗分类，一人作，离为四五，观者苦之。夫诗辩风气以时，辩手笔以人，第各次人代，使学者钻之仰之，融会于心，条贯以手，得其旨趣，纵而挥诸笔，莫不如志，学古之益也。不此之求，而曰以类，是欲某类用某辞，便剽袭，非本计。且类何定之有？夫咏物，或自况；应制，或且述怀。拟乐府古诗，非咏古人，多自咏。必欲格以类，诗之隐甚矣！"③陈祚明认为《文选》将一人之作分而置诸各处，过于支离破碎，不利于观者从阅读中获得完整的诗史观。他认为时代代降，作者纷呈，个性不一。倘若依类强加分拆撮合，则时代乱而作品裂，全无完整性可言。因此，学诗者要获得"学古之益"，就要辨别各个时代的不同"风气"，从对作品的解读中明确其风格。不仅如此，《文选》类聚区分的体例使学诗者忽略诗歌之本旨，转而以剽窃、袭用诗中的华丽辞藻为目的。辞藻并非诗歌之根本，如此则不免使人走上歧途。最后，陈祚明指出咏物并非与自况判然可分，而应制亦不可与述怀悍然强别，这些文体存在着杂糅。"必欲格以类，诗之隐甚矣"。因此，陈祚明不效法《文选》以类区分的分类原则，而在《采菽堂古诗选》中以时代为类，"第各次人代，使学者钻之仰之，融会于心，条贯以手，得其旨趣，纵而挥诸笔，莫不如志"。用现在的理论术语来说，就是以作者论为导向，论诗以情性、情志、情趣为先，强调情辞并举，而情性、情志、情趣均归根于作者、

---

① （南朝梁）钟嵘著，古直笺，曹旭导读，曹旭整理集评：《诗品》，上海：上海古籍出版社，2007年，第2—3页。

② 参见傅刚：《〈昭明文选〉研究》，第185—192页。

③ （清）陈祚明著，李金松点校：《采菽堂古诗选》凡例，第11—12页。

发源于作者。

事实上，关于以文体为导向与以作者为导向孰优孰劣的问题，历来是有争讼的。王瑶说："中国的文学批评，从他的开始起，主要即是沿着两条线发展的——论作者和论文体。一直到后来的诗文评或评点本的集子，也还是这样；一面是'读其文不知其人可乎'的以作者为中心的评语，一面是'体有万殊'而'能之者偏'的各种文体体性风格的辨析。一切的观点和理论，都是通过这两方面来表现或暗示的。"① 当然，以时代为类也有较大弊端。宇文所安在《瓠落的文学史》中指出："我相信所有严肃的学者都已经意识到文学历史和朝代历史并不吻合。……把文学研究放在社会和文化背景下当然非常重要，但是这与把文学史和政治史锁在一起不是一回事。……文学史以文学体裁为基础不是没有道理的，但这个道理不是绝对真理。一种文体相当于由许多文本组成的家庭，如果置之于不顾，那么不可能写出像样的文学史。但同时我们不应该忽视在同一文学史时期内纵跨各个文体的因素。"② 虽然王瑶先生针对的是文学批评，宇文所安针对的是文学史的写作，但他们都提出以朝代或以文体作为分类标准都存在着某种弊端。那么，陈祚明是怎么看待这个问题的呢？他在《凡例》中表明了编选古诗选是为了使学诗者找到进入诗歌殿堂的门径，破除他们从类书中寻章摘句的不良习惯，树立一种较为端正的诗学观："予丞表古诗，示准的，学者游息其中，譬寻河得源，顺流而下至溟渤，盖无难焉。"③ 对于初学者而言，以朝代为类、以作者为中心对古诗进行分类，有助于使他们获得较为完整的诗史观。因此，陈祚明坚持以作者论为导向，他认为从宏观的角度来说，时代不同，诗歌风气随之改变；从微观的角度来说，作者处于不同时期，诗风不同，不同作者的诗风亦有所不同；这两种历史性均需要研究者从一个整

① 王瑶：《中古文学史论》，北京：北京大学出版社，2008 年，第 65 页。

② （美）宇文所安著，田晓菲译：《他山的石头》，南京：江苏人民出版社，2003 年，第 8—9 页。

③ （清）陈祚明著，李金松点校：《采菽堂古诗选》凡例，第 9 页。

体的视角去审视。对陈祚明而言，诗可以选，但诗史和作者是被给予的，这种被给予性构成了研究者发挥其主体性作用的最后界限。一旦研究者试图超出这一界限，单凭其个人艺术好恶抑或道德好恶而对时代及其作者的历史进行任意地删除和挑选，则不仅必然无助诗的客观阐释，而且往往成为恶意或善意误读泛滥的源头。

《采菽堂古诗选》将其选取对象限定于古诗，不收赋、骚、答客、论、檄、吊等体裁，只在古逸部分收录了箴、铭、颂等。该书在编选过程中贯彻了以作者为导向的分类原则，以时代为大类，再以作者为小类。具体来说，共选录三十八卷古诗，附加四卷补遗诗。重点诗人往往选录篇幅较多，譬如北周诗共三卷，而仅庾信一人之作就占据两卷（卷三十三至卷三十四）篇幅，仅在卷末附入李那《奉和适重阳阁》。

当然，这种以时代为大类、以作者为小类的标准也不是绝对的。陈祚明也部分地吸收了《文选》的分类原则。譬如乐府、妇女诗、仙鬼诗、古逸的分类。《凡例》指出："夫乐府创作者必归其部，不以人重厥体也。或亦有未一者，晋以后惟《吴歌》《西曲》，梁有北调，今懵其何调，持此将安归？如《大道曲》《玉树后庭花》《春江花月夜》是也。必如别体，审凡拟《清商》各曲，无前后，悉附本题。然兹事繁，且如拟汉、魏古乐府，题是古题也，然各自为其诗耳，仍当归本人。古乐府既然，即《清商》诸曲，不得独异。妇女诗载卷尾旧矣。然有不宜者，如虞美人和楚王，徐淑答秦嘉，岂宜离列二处？故稍以次相附，其不关时代者，仍载卷尾。仙鬼诗录于诗近者，通附八代后，体故不以代分。古歌谣、琴操、逸诗、铭箴、辞谚，虽前乎汉，于诗固外篇，故别为一卷，载部末。"①

陈祚明对乐府诗的分类方法是：第一，不以人重体，以曲调为类，将乐府

---

① （清）陈祚明著，李金松点校：《采菽堂古诗选》凡例，第12—13页。

诗悉归于乐府体中。譬如汉乐府分为相和曲、吟叹曲、平调曲、清调曲、瑟调曲、楚调歌、大曲、舞曲歌辞、散乐及杂曲歌辞。① 第二，假如不明曲调的，譬如晋代的《吴歌》《西曲》，则单独开辟《吴声歌曲》《西曲歌》两类，列入晋代诗歌中。② 第三，后代拟汉、魏古乐府题为"古题"的，均归入作者诗中。

按照惯例，妇女诗应置于卷末（注：《玉台新咏》中妇女诗不是单独列于卷末的）。陈祚明将戚夫人《春歌》、乌孙公主《悲愁歌》、华容夫人《和歌》、卓文君《白头吟》、班婕妤《怨歌行》置于卷三，将徐淑《答秦嘉诗》、苏伯玉妻《盘中诗》、蔡琰《悲愤诗》置于卷四。除此之外，许多女性诗人的诗作都在相应的年代中收录，并未单独析出。只有与时代无关的如西王母等仙人，陈祚明才将其诗作列入仙诗类。此举充分体现了陈祚明以作者论为中心的导向。

在隋诗之后，陈祚明析出列代仙诗一栏，收入仙诗 40 首，鬼诗 12 首。在补遗卷四中，又收录上元夫人、西王母等人的仙诗共 18 首。古逸部分，陈祚明在按时代分大类之外，再根据文体不同，细分为歌辞、谣辞、古诵、里语、琴操、逸诗、古谚、古铭、古箴、祝辞、谣词和杂辞。

总的来说，对于学诗者及研究者来说，陈祚明以时代为大类、以作者为小类的分类方式能让人更加直观地了解诗歌历史的整体风貌及诗人的风格特征，这实际上是对《文选》以类区分的修正。

---

① 参见目录卷二，（清）陈祚明著，李金松点校：《采菽堂古诗选》，第 1—3 页。
② 参见目录卷十五，（清）陈祚明著，李金松点校：《采菽堂古诗选》，第 24—26 页。

第二节 选诗原则

　　陈祚明以《文选》作为参照对象，对《文选》的选诗原则也有所批评和修正。《文选·序》云："若夫姬公之籍，孔父之书，与日月俱悬，鬼神争奥，孝敬之准式，人伦之师友，岂可重以芟夷，加以剪截？老庄之作，管孟之流，盖以立意为宗，不以能文为本，今之所撰，又以略诸。若贤人之美辞，忠臣之抗直，谋夫之话，辨士之端，冰释泉涌，金相玉振。所谓坐狙丘，议稷下，仲连之退秦军，食其之下齐国，留侯之发八难，曲逆之吐六奇，盖乃事美一时，语流千载。概见坟籍，旁出子史，若斯之流，又亦繁博，虽传之简牍，而事异篇章，今之所集，亦所不取，至于记事之史，系年之书，所以褒贬是非，纪别异同，方之篇翰，亦已不同。若其赞论之综缉辞采，序述之错比文华，事出于沉思，义归乎翰藻，故与夫篇什，杂而集之。远自周室，迄于圣代，都为三十卷，名曰《文选》云耳。"① 萧统在这段文字中较为详尽地阐述了自己为何不选经、子、史而选取附属于史书中的赞论、序述的理由。研究者一般认为"综缉辞采，错比文华，事出于沉思，义归乎翰藻"体现了萧统的选录标准，但傅刚先生认为这两句话只是针对史书中的赞、论、序、述等文体而言，其他的文体

---

① （南朝梁）萧统：《文选·序》，上海：上海古籍出版社，2014 年，第 2—3 页。

如诗、骚、赋等，也许就不是这几句话所能包容的。①他认为应当结合萧统在普通三年的《与湘东王书》中所表述的文学观"夫文典则累野，丽则伤浮。能丽而不浮，典而不野，文质彬彬，有君子之致"来分析《文选》的选录标准。因为这与《文选·序》中提出的"风雅之致，粲然可观"是一致的。②他将萧统的选录标准总结为："《文选》的选录标准在齐梁时期是较有自己的特色的，它不像新变派那样激进，也不像保守派那样落后，而是显示出宽容、中和的君子风度。它既有肯定文学的发展、进步，又强调传统的要求；既追求形式上的美文特征，也坚持思想内容的雅正风范。这一选录标准与萧统的思想、行为，以及由他倡导起来的'雍容'诗风是相统一的。"③这个选录原则无疑是较为严苛的。连萧统自己也承认选诗过程非常困难："自非略其芜秽，集其清英，盖欲兼功，太半难矣。"④萧统之所以采取比较严苛的标准衡量古诗，傅刚先生认为这是因为萧统对之前编纂的《古今诗苑英华》"犹有遗恨"，于是在编纂《文选》时尽力弥补："很明显，《文选》不是一般的选本，而是从周秦以来将近千年的文章中选择出精华文萃，所谓'略其芜秽，集其清英'，这应该是萧统的满意所在，而后人也是从这一点出发，对《文选》或赞扬，或批评。"⑤

陈祚明评选古诗则抱着一种较为宽容的心态，但凡古诗有一点可取之处，即加以选录。《凡例》云："是故于是选，无恒旨，有美必录。"⑥陈祚明之所以采取有美必录原则，是针对明清诗歌选本多门户之见而发。他说："今选者多挟持己意，豫有所爱憎，引绳斥斤，用一切之法绳之。合吾意则登，不则置，

---

① 参见傅刚：《〈昭明文选〉研究》，第 176 页。
② 参见傅刚：《〈昭明文选〉研究》，第 196 页。
③ 傅刚：《〈昭明文选〉研究》，第 196 页。
④ （梁）萧统：《文选·序》，第 2 页。
⑤ 傅刚：《〈昭明文选〉研究》，第 173 页。
⑥ （清）陈祚明著，李金松点校：《采菽堂古诗选》凡例，第 1 页。

不足以观变、尽众长。"① 有美必录与非优不录不同。后者必须是精华，不能容忍任何瑕疵，而前者只要有一点可取之处，即可被录入。用现代的选秀术语来说，有美必录很像是晋级赛，后者则是决赛。严苛的选家会采用非优不录原则，淘汰掉大批略有瑕疵的中上层作品。《文选·序》云："略其芜秽、集其清英"，就是这一标准的体现。因此，从选本结果来说，在非优不录原则指导下产生的选本，只是在有美必录原则指导下产生的选本的子集。因为对于已有公论的优秀作品，两种原则的评选结果常常是一致的或者是相似的；但是对于那些并非杰作亦非无足论者，持非优不录原则的选家通常将其果断抛弃，而持有美必录原则的选家则往往将其选入。因此，从非优不录原则出发，必然导致许多可供后人重新学习、发现的作品湮没无闻。这是极可惜的事情。

陈祚明认为《文选》的选诗标准过于严格："《文选》所取严，无勿佳者。即所摈，各有旨。然已不乏遗璧，独于古乐府斥置多，而不能得元亮诗旨，又讫萧齐，同时诸大家登者少。由梁暨隋，不更昭明，莫为论定……盖《文选》以外，无善本，时时杂见他书者，略不具。若《诗所》《诗纪》，取兼收泛滥。夫以管窥豹，非全豹，固病。"②《文选》删除了许多古乐府，对陶渊明的诗旨阐释得不够，对南朝诸大家的作品也选录过少。这样严格的选诗标准会造成管中窥豹之弊，无法使读者客观地了解古诗的全貌。且《文选》之后，后代没有能与之比肩的诗歌选本。《诗所》《诗纪》虽然广泛收录古诗，却泛滥芜杂，难以成为令学诗者诵习的典范。职是之故，陈祚明在评选《采菽堂古诗选》时，运用有美必录原则以拾《文选》之遗，重新论定诗史的内在结构和特点。陈祚明曰："古乐府无敢有去取。梁、陈而下，尤尽心焉。魏、晋、宋、齐，昭明所收者，间芟百一，未备者补之。于时得一人焉，曰陶元亮，盖昭明未能知其

---

① （清）陈祚明著，李金松点校：《采菽堂古诗选》凡例，第 1 页。
② （清）陈祚明著，李金松点校：《采菽堂古诗选》凡例，第 9 页。

蕴也。于后得五人焉，休文、彦昇、子坚、仲言、子山，斑斑璘璘在简册，於戏盛哉！选取精，然厥欲以大显古人，便后学，载籍多阅莫竟。自《文选》之传也，人不知外此有古诗。今是书成，所不登于牍者，将终湮。是惧即数语诚工，忍置之乎？即语工未甚也，辞情调适可讽览，忍终湮之乎？要无勿佳耳，中自分上、次。上者为圈于题首，凡二，皆可诵；次者为圈一，特可阅。如无所论列，即不知何以云工也。"①

陈祚明不仅将《采菽堂古诗选》异于《文选》之处和盘托出，而且明白阐述了"无勿佳耳"的选诗原则。从其前后文意来看，"无勿佳耳"其实是"无劣耳"。一个"忍置之乎"，又一个"忍终湮之乎"，已足以表明陈祚明有美必录的良苦用心。同时，他将所选录的诗歌分为上、次两等。"可诵"之诗，他在标题之上用两个圈加以标识，读者可加以精读；"可阅"之诗，他在标题上用一个圈标识，读者可泛读。（遗憾的是，笔者所见的武汉大学图书馆藏刊本已将其圈点的标记一律抹去，导致后学者无法从中得知陈祚明评点之用心。上海古籍出版的点校本亦无此类批点）还有一类诗，他没有加任何标识，表明他也不知此诗有何好处，或说不出究竟如何好法，只是觉得弃之可惜，便采取了存而不论、留待后人品评的策略。这正是有美必录的典型做法。

陈祚明在诗歌批评的过程中，对于某些略有瑕疵的诗，也采取了相当宽容的态度。如评庾信《谨赠司寇淮南公》："警切淋漓，回换曲折，不没怀来，使心迹并见，故佳。'三十六水'二句，语不入诗，宜删去。"② 陈祚明虽认为诗中"三十六水"二句以数字为主，不宜入诗，但是他并不以此而弃整首诗，而是激赏其语言警切，情感酣畅，章法迢递，仍然称得上佳作。（笔者按：陈祚明在《采菽堂古诗选》中已删去此句，与明人喜擅自删诗的做法一致。原文为

---

① （清）陈祚明著，李金松点校：《采菽堂古诗选》凡例，第 9 - 10 页。
② （清）陈祚明著，李金松点校：《采菽堂古诗选》卷三十三，第 1089 页。

"三十六水变，四十九条非"。)

评《伤王司徒褒》曰："'四海'二句，为王解仕北之故，亦正以自解。此后一气磅礴，叙述酸楚，句法多为少陵取得。少陵长排固有所本也。'昔为'二句，直用却合，倍觉有神。后即有粗句，岂足伤其浩气？"① 陈祚明认为首段"四海皆流寓，非为独播迁"，既是安慰王褒之语，又是自我宽慰之语。中段叙王褒身世遭际，"昔为人所羡，今为人所怜"，总结上文，提振有力。后段"故人伤此别，留恨满秦川。定名于此定，全德以斯全。唯有山阳笛，悽余《思旧篇》"，虽有粗句，但无损于诗作的磅礴气势，情感的真挚流露，故存而论之。

《文选》选录陶诗辞分别为《始作镇军参军经曲阿作》《辛丑岁七月赴假还江陵夜行涂口》《挽歌诗》《杂诗》二首、《咏贫士诗》一首、《读〈山海经〉》一首、《拟古诗》《归去来》。邹云湖指出："南朝时陶渊明的文学创作一直为人忽略，《宋书·谢灵运传》《南齐书·文学传论》和《文心雕龙》对陶渊明只字不提，《诗品》则只将陶诗列于'中品'，《文选》……入选作品虽不算多，但只要联系到萧统曾编选过《陶渊明集》并专门为其作序，又写过《陶渊明传》，就可知《文选》入选陶诗的并非偶然和难能可贵。……也正是他在《文选》中所体现出来的作为一个批评家的独具慧眼，使陶渊明从此得以作为一个重要作家进入了历代文学家的研究视野。"② 《文选》对陶诗的选录固然体现了萧统作为批评家的眼光，但是这几篇作品显然无法反映陶诗的全貌。陈祚明在《采菽堂古诗选》中除联句一首不录外，将所有陶诗悉数选入。他的理由是："公诗自成千古异观，如古器虽有釁文，不伤其古。无一首可删也。乃尽载正选中，惟《联句》一首不录。"③ 陶诗如古玩，虽有某些因时代限制而导致的缺陷，但"不伤其古"，故将其珍之重之。可见陈祚明选诗首重其实。陶诗因质直、真率

---

① （清）陈祚明著，李金松点校：《采菽堂古诗选》卷三十四，第 1116 页。

② 邹云湖：《中国选本批评》，上海：上海三联书店，2002 年，第 23 页。

③ （清）陈祚明著，李金松点校：《采菽堂古诗选》，第 389 页。

导致的弱句，在他眼中只不过是微小的毛病，若不解诗心所在，则难免挂一漏万，错勘贤愚。这正好印证了鲁迅先生对选家的评价："选本所显示的，往往并非作者的特色，倒是选者的眼光。眼光愈锐利，见识愈深广，选本固然愈准确，但可惜的是大抵眼光如豆，抹杀了作者真相的居多，这才是一个'文人浩劫'。"鲁迅特意举了陶渊明的例子加以说明："又如被选家录取了《归去来辞》和《桃花源记》，被论客赞赏着'采菊东篱下，悠然见南山'的陶潜先生，在后人的心目中，实在飘逸得太久了，但在全集里，他却有时很摩登。……就是诗，除论客所佩服的'悠然见南山'之外，也还有'精卫衔微木，将以填沧海。形天舞干戚，猛志固常在'之类的'金刚怒目'式。在证明着他并非整天整夜的飘飘然。这'猛志固常在'和'悠然见南山'的是一个人，倘有取舍，即非全人，再加抑扬，更离真实。"[①]

《采菽堂古诗选》本着有美必录的原则，将陶渊诗全部录入，一览无余地呈现在读者面前，避免了鲁迅先生所说的以偏概全、"抹杀了作者真相"的毛病，展示了陶渊明的"全人"，体现了陈祚明"眼光锐利""见识深广"的特点。于此也可看出，陈祚明在选诗和评诗过程中表现出对诗人、诗作极大的宽容之心，实践了以诗存人的理念。他意识到选家的审美经验与识力都有局限性，因此宁可不做判断或保留意见以留待后之学者，亦不肯漏过一首有可能被忽略的好诗。

---

① 北京大学北京师范大学中文系，北京大学中文系文学史教研室编：《陶渊明资料汇编》，北京：中华书局，1962年，第285—286页。

第三节　情辞关系

关于诗歌内容与形式的关系，陈祚明将其概括为情与辞。《采菽堂古诗选·凡例》云："诗之大旨，惟情与辞。曰命旨，曰神思，曰理，曰解，曰悟，皆情也；曰声，曰调，曰格律，曰句，曰字，曰典物，曰风华，皆辞也。"[①] 命旨、神思、理、解、悟皆"情"，属于诗歌的思想内容，声、调、格律、句、字、典物、风华皆"辞"，指语言形式。陈祚明认为情为目的（思想内容）而辞（语言形式）为手段，辞是为抒情服务的，断不能喧宾夺主："夫诗者，思也，惟其情之是以。夫无忧者不叹，无欣者不听。己实无情而喋喋焉，繁称多词，支支蔓蔓，是夫何为者？故言诗不准诸情，取靡丽谓修辞，厥要弊，使人矜强记，採撷勦窃古人陈言，徒塗饰字句，怀来郁不吐，志不可见，失其本矣。"[②] 情是诗歌的根本，评鉴诗歌好坏必须以情为最基本的考虑。若以"靡丽"为根本，则"失其本矣"。因此，陈祚明反对"实无情而喋喋""涂饰字句"的诗风。那么，他的观点是否站得住脚呢？我们可以可参看下面一段记载：

《韩诗外传》卷五："孔子学鼓琴于师襄子而不进，师襄子曰：'夫子可以进

---

① （清）陈祚明著，李金松点校：《采菽堂古诗选》凡例，第 1 页。

② （清）陈祚明著，李金松点校：《采菽堂古诗选》凡例，第 1—2 页。

矣。'孔子曰：'丘已得其曲矣，未得其数也。'有间，曰：'夫子可以进矣。'曰：'丘已得其数矣，未得其意也。'有间，复曰：'夫子可以进矣。'曰：'丘已得其意矣，未得其人也。'有间，复曰'丘已得其人矣，未得其类也。'有间，曰：'邈然远望，洋洋乎，翼翼乎，必作此乐也，黯然而黑，几然而长，以王天下，以朝诸侯者，其惟文王乎。'师襄子避席再拜曰：'善。师以为《文王之操》也。'故孔子持文王之声，知文王之为人。"①

孔子学琴不满足于技巧——曲、数，而汲汲于了解其意、其人、其类。可知在古代社会，人们在学习艺术时，最初领悟到的都是技术层面的，而最终指归都是落实于人。陈祚明一再强调情，实际上就是强调学习古诗不仅要学习古诗的艺术形式，更要知人论世，了解作者之用心。

至于《文选》，陈祚明在评郭璞《游仙诗》时说："弘农《游仙诗》十四篇，可诵者十。前七篇昭明所收，每寄有托而逃之之意。后三篇直言游仙，语颇奇迈，但无所寄意，便觉平实。乃知《文选》鉴别颇高，全论旨趣，不取修词。"② 这是对《文选》论诗讲求旨趣的肯定，但总的来说，陈祚明认为《文选》是修辞之学："夫《文选》，修辞之学也。"③ 这句议论是针对杜甫"熟精《文选》理"而发。陈祚明认为杜甫所关注的并不是《文选》的修辞技巧，而是关注其"理"，即他所说的"情"："今少陵所取者，以理而不以辞，盖理精而后辞工，宁可二之乎？俗士不察，闇于大较，欲废理而修辞，及斥修辞而仍失之理。"④ 其实理与修辞是有内在联系的，"夫道一而已矣"⑤。陈祚明并不认为修辞之学可废，昭明《文选》可贬。恰恰相反，他认为修辞是使诗歌归于雅

① （汉）韩婴撰，许维遹校释：《韩诗外传集释》，北京：中华书局，2012 年，第 175—176 页。
② （清）陈祚明著，李金松点校：《采菽堂古诗选》，第 380 页。
③ （清）陈祚明著，李金松点校：《采菽堂古诗选》凡例，第 8 页。
④ （清）陈祚明著，李金松点校：《采菽堂古诗选》凡例，第 8 页。
⑤ （清）陈祚明著，李金松点校：《采菽堂古诗选》凡例，第 8 页。

道的必要条件，但他反对《文选》过于注重修辞，忽视作者之心。他对于《文选》这一弊端的批评，有两个非常突出的例子。

（一）《文选》对阮籍《咏怀》的取舍

阮籍《咏怀》共计85首，昭明《文选》选录17首。陈祚明说："以上十七首，《文选》所收。其风度抑扬，文采工炼，骤而咏之，不必揆其意旨，固已沨沨乎足以感人之心。校之《十九首》，特稍多杰气，未尽浑融耳。诚足高掩应、刘，步丕、植之后尘，嗣汉人之坠响。昭明鉴裁，手眼诚当。然亦仅论其风度文采，而未及推其用心所存。苟一一研求，则当与《小雅》《离骚》并观矣。"①

陈祚明认为昭明所选17首侧重表现阮籍诗的"风度文采"，而对阮籍的"用心所存"有所忽视。邹云湖指出："《文选》的'选'从侧面体现了萧统对作家的评价。对一个作家及其作品来说，选与不选，选多还是选少，'选'这一行为本身就已清楚地表明了选者对作家及其作品的评价，而无须再以文字做直接说明。"②《文选》刻意挑选"风度抑扬、文采工炼"的作品，体现了萧统对辞采的偏爱，对阮籍之用心也就相对地忽视了。因此，陈祚明在《采菽堂古诗选》中将《咏怀》诗正集中增选至52首，后又在补遗中选入25首，以便读者从中推求阮籍用心所在。陈祚明非常清楚从辞采的角度来说，他所增选的诗作或许不如昭明《文选》所选的那17首，但是，从"情"为"辞"之先的诗学理论出发，从有美必录的选诗原则出发，陈祚明很难效法《文选》割舍其余60余首。他说："若此外六十余章，亦间有风度、文采可相仿佛者。或稍不及此之修琢，而气体不卑者。要其用意述怀，自有可取，爰择而附于后。"③

笔者揣度，陈祚明增选《咏怀》乃基于以下三点认识：第一，从"辞"的

---

① （清）陈祚明著，李金松点校：《采菽堂古诗选》卷八，第243页。
② 邹云湖：《中国选本批评》，第22页。
③ （清）陈祚明著，李金松点校：《采菽堂古诗选》卷八，第243页。

角度来说，《咏怀》前 17 首与《古诗十九首》相比较，"稍多杰气，未尽浑融"。后 60 余首与《文选》所选 17 首"可相仿佛"，或虽稍有所不及，但"气体不卑"；第二，也是更为重要的，从"情"的角度来说，前 17 首"不必揆其意旨"，即可感人心，而后 60 余首在风度、文采上稍逊，反而可令人流连其意旨，体会与《小雅》《离骚》类似之用意，有利于读者揣度作者之心；第三，后 60 余首符合《古诗十九首》"取其宛曲者以写之"的言情原则。陈祚明云："《咏怀》之妙，在于不为赋体，比兴意多，诘曲回翔，情旨错出。传世千余年，人犹不得其解。是知用心深隐，不易骤窥在心之愤，既纾尚口之祸，乃免古人居邦不非。大夫立言之体，自应若尔。况直遂之语，无足耽思；隐曲之文，足供绅绎。声歌依永，原与怒詈殊科。使人反覆之而不厌，必非浅露之词可知也。要而评之，旨高思远，气厚调圆，故能远溯汉人，后式百代。浅夫不察，好为尽言。既足贾祸一时，又难垂讽异日。"① 在陈祚明看来，《咏怀》之所以采取比兴的写作方式，有两方面的理由：第一，避免祸从口出；第二，与诗歌本身的审美需求有关。诗歌与怒詈不同，浅露之言失去了诗歌的特有的美感。因此，古人之心往往藏于诗中；以辞采主导的选诗标准将使古人之心不复为后人所知；既不知古人之心，又如何能够客观地阐释古人之诗？

（二）陈祚明批评《文选》忽视作者之心的倾向影响了注家的思维方式，导致注家往往"不究作者之意"而流连于"故实"，以至于读者不仅不关心作者之意，亦不复关心"选者心"："《文选》注虽更六臣，详故实，不究作者之意。如《十九首》、三曹、嗣宗、元亮，及他家咏怀杂诗，言稍微者，旨晦矣，学者习其读，而昧其情，撷其辞而已。且诗所以佳，各有处，如吾前所云致于工之路者。曾不之及，将故实为佳乎？此后人所以不窥选者心，谬题为固陋，

---

① （清）陈祚明著，李金松点校：《采菽堂古诗选》卷八，第 253 页。

谓徒以辞，咎在注也。"①

　　笔者分析，《文选》注之所以详于典故而略于情旨分析，大体有两方面的原因：第一是因为时代相隔太远，作者的旨意过于隐晦，为了保险起见，不妄意揣度。如阮籍《咏怀诗·夜中不能寐》，颜延年、沈约等注云："嗣宗身仕乱朝，常恐罹谤遇祸。因兹发咏，故每有忧生之嗟。虽志在刺讥，而文多隐避。百代之下，难以情测，故粗明大意，略其幽旨也。"② 另一方面是与《文选》学在唐代兴盛的大背景有关。曹道衡先生认为，《文选》在唐代的兴盛与南北文风的融合和唐初君臣的文学爱好与萧统很接近相关。③ 统治者的大力提倡导致《文选》迅速引起了士人的关注。直到唐初编定的《隋书·经籍志》著录，有关的研究著作仅有萧该的《文选音》3 卷。到了唐代，情况就不同了，据《旧唐书·经籍志》所载，旧有李善注 60 卷；公孙罗注 60 卷；萧该《文选音》10卷；公孙罗《文选音》10 卷；释道淹《文选音义》10 卷。此外，像《儒林·曹宪传》载，曹宪也曾撰《文选音义》，'甚为当时所重'，却未被著录；又如迄今尚存的'五臣注'直到《宋史·艺文志》中才见著录；至于日本所藏《文选集注》中保存的陆善经等人的注文更不见于各类书目。可见在唐代，研习《文选》并为注释的人很多，只是留存至今者较少而已。"④ 唐人热衷于注释《文选》还与科举制度以诗赋取士密不可分。孟二冬指出："唐代应试诗题与《文选》正文有直接关系者，共得 88 题，约占今存应试诗题的 25.29％，已足见唐代应试诗所受《文选》的深刻影响。……唐代应试诗题与《文选》李善注有直接关系者，共得 65 题，约占仅存应试诗题的 18.68％，这个比例也是相

---

① （清）陈祚明著，李金松点校：《采菽堂古诗选》凡例，第 10 页。

② （梁）萧统编，（唐）李善注：《文选》卷二十三，第 1067 页。

③ 曹道衡：《南北文风之融合和唐代〈文选〉学的兴盛》//《中古文史丛稿》，保定：河北大学出版社，2003 年，第 1—15 页。

④ 曹道衡：《南北文风之融合和唐代〈文选〉学的兴盛》，第 1 页。

当可观了。以上两项内容相加，共得153题，约占今存诗题的43. 97%。也就是说，在今存唐代应试诗题之中，有将近一半的题目皆可在当时流行的李善注本《文选》中找到其原典出处或相关的知识内容。这一现象说明，唐代科举中所试诗歌的命题，确实存在着这样一个明显的倾向——以李善注本《文选》为重心。那么由此可见，后人关于'《文选》烂，秀才半'的说法，绝非虚语。同时，杜甫'熟精《文选》理'之说，由此也可以得到一个新的启示。"① 统治者的提倡和科举考试的"指挥棒"带动了唐代《文选》学的兴盛。这是《文选》的大幸，也是它的大不幸。它成为了士人求取名利的炙手可热的工具书，同时也沦为了章句之学，变成了没有灵性的学问。

　　唐代以后的注家也往往把《文选》当文献，重点研究其版本、校勘、音韵、考订等方面，对于入选《文选》之篇什诗旨如何，所选之诗的作者之心如何，选者萧统有何用意，均少关心。② 《文选》研究在选本研究中始终占据着非常重要的地位。"清代参与《文选》评点、批校、序跋，或过录他人上述内容及撰有研究著作者达160多人，专著达60多种，可谓盛况空前。"③ 张之洞将其归为两类："选学有征实、课虚两义。考典实、求训诂、校古书，此为学计；摩高格、猎奇采，此为文计。"④ "征实"包括校勘类、音韵训诂类，俗称"小学"；"课虚"包括删注评点类、选藻类、选诗选赋类等。征实之学易使学诗者流连于典故，不易体会作者及选家之用心；课虚之学则为文而猎奇，亦难关注作家之用心。如"'选藻类'，即骆氏所谓'摘类之属'，搜集、编排《文选》中辞藻以备作文及应试者。"⑤ 这类著作相当于现在的高考满分作文等参考资

---

① 孟二冬：《孟二冬文存》下卷，第274、285—286页。
② 参考罗志仲：《〈文选〉诗收录尺度探微》，台湾国立清华大学中国文学系，2008年博士学位论文，第2—3页。
③ 王叔才：《〈昭明文选〉研究发展史》，北京：学习出版社，2008年，第205页。
④ 张之洞：《书目答问二种》，第302页。
⑤ 王叔才：《〈昭明文选〉研究发展史》，第205页。

料，它们的诞生就是为了满足应试者在较短时间内迅速提高文章辞采的功利性需求。陈祚明批评《文选》注不顾作者意、选者心，可谓一语中的。

对于那些诗旨浅直的作品，"故实"之注当然无碍于读者了解作者之意。但是对于那些诗旨深微的作品，则"详故实"不仅无益于读者探究作者之意，反而容易把读者引入以故实为指归的迷途，而于作者之意不仅一无所知，甚至"谬题为固陋"，导致对作者之意的错误阐释。陈祚明有意矫正此一弊端，把阐发作者之意放在首位，将"故实""典物"等则留待他人："作诗有本事，与所引故实，与所用典物，与字虚具能雅者，各有由来，力不能考注，以俟博物好古君子。"①

好的阐释是读者正确体悟作者之意的桥梁。陈祚明对于此有非常清晰的认识。他这样来描述自己在《采菽堂古诗选》中所扮演的角色："予顾不惮辞费，凡独有情者，旨深隐，必索之希微。情生于辞，语嫣然者，自单文只字，屡叹之。间有所旁通广引，举一反三。其诸大家篇章多者，为总论于前，赞其体势，虞浅陋无知，识用多谬误，冀幸后人之赞，神之不豫，虞其非讪之也。"②"索之希微"意为不敢浅率，"旁通广引"意为不敢褊狭，"举一反三"意为不敢独断。陈祚明以此三点告诫自己，足可见其深知阐释之难，而不敢以圣人自居。

小结

选本的产生，往往与当时的诗歌创作和选家的文学思想有着密切的关系。《文选》体现了南朝诗歌创作的盛况，反映了萧统"集其清英"的文学观。清

---

① （清）陈祚明著，李金松点校：《采菽堂古诗选》凡例，第11页。
② （清）陈祚明著，李金松点校：《采菽堂古诗选》凡例，第10页。

初诗论家陈祚明以昭明《文选》为参照，针对清代诗歌评选和创作过程中的实际情况，指出《文选》在分类原则、选录标准和情辞关系上存在的问题，在评选《采菽堂古诗选》时进行了针对性的修正。总的来说，陈祚明的选诗实践与诗学观是高度一致的：以时代为大类、以作者为导向的分类标准体现了构建宏观诗学史的意图；有美必录的选诗标准与其宽容的诗歌批评态度相一致；在选录和评点过程中重视作者之心与其"择辞而归雅，以言情为本"的诗学观一致。作为研究者的我们不能用统一的标准悍然判断《文选》与《采菽堂古诗选》孰优孰劣，只能站在当时的诗歌评选现场去体会选者的用心，对他们为什么这样做而不那样做给予理解之同情。

第八章 《采菽堂古诗选》对 《诗品》的批评（上）

钟嵘《诗品》是五言古诗的最早品第之作。章学诚认为它可与《文心雕龙》并驾齐驱："《诗品》之于论诗，视《文心雕龙》之于论文，皆专门名家勒为成书之初祖也。《文心》体大而虑周，《诗品》思深而意远，盖《文心》笼罩群言，而《诗品》深从六艺溯流别也。"①

自唐代开始，历代皆有专门研究《诗品》的著作。然而研究者一般将《诗品》接受史的对象定位为诗话，不太关注总集和选集中关于《诗品》的批评。实际上，这些总集和选集中的相关批评对研究《诗品》接受史具有重要意义。以清初诗论家陈祚明评选的《采菽堂古诗选》为例。据笔者统计，该书收录了《诗品》的全部上品诗人、92.3％的中品诗人和50％的下品诗人的诗作②，表明陈祚明对诗人的选择总体上与钟嵘是一致的。下品诗人之所以入选率偏低，一方面是因为某些诗人至清代已无存诗，另一方面是因其诗才确实略有欠缺（曹操、徐干等人例外）。除少数诗人只录不评外，陈祚明对钟嵘的大部分评语均有点评，若将这些评论加以系统梳理和总结，可以单独成集。从这个意义上来说，《采菽堂古诗选》可视为清初《诗品》学的一环③。

值得注意的是，陈祚明的评论存在鲜明的异质性。异质性是哲学研究中的基础理论命题，意思是"种类之间的不可通约性，尤其是同一个别事物身上所

① 章学诚著，仓修良编注：《〈文史通义〉新编新注》，杭州：浙江古籍出版社，2005 年，第 290 页。

② 这组数据是笔者将《诗品》中入选的诗人与《采菽堂古诗选》入选的诗人逐条比对得出来的。

③ 遗憾的是，陈祚明对个别作家的评论虽常被引用，但他对《诗品》的研究却总是被人忽视。张伯伟先生在"钟嵘《诗品》集评"中引用了陈祚明的相关评论，但囿于体例，没有将陈祚明的批评视为清代《诗品》学的分支。本章以潘岳、陆机和陶渊明为中心，抛砖引玉，希望引起学者对这一论题的关注。张伯伟：《钟嵘〈诗品〉研究》，南京：南京大学出版社，1999 年，第 57—194 页。

具有的不同种类的属性之间的不可通约性"①。简单地说，就是"一个事物同时拥有多个普遍性质，并且其中许多性质彼此无关甚至相反"②。在《诗品》接受史中，"异质性"是指面对《诗品》的文本，后代批评家以极其强烈的否定意识，在新的诗学语境下建立起自己的批评架构和话语模式，其中既有对《诗品》的解构，也有建设。异质性批评的宗旨在于突破《诗品》的经典框架，打破低层次复制衍生的循环，使陈陈相因的批评文本变得活泼而生动，促使诗学批评富有当代性，从而使经典文本获得新的生命力。

《采菽堂古诗选》中不乏异质性批评。如"《诗品》以为（刘桢）气过其文，此言未允"③；"钟嵘以为（左思）'野于陆机'，悲哉！彼安知太冲之陶乎汉魏，化乎矩度哉"④；"张司空（张华）范古为趋，声情秀逸，盖步趋绳墨之内者，未可以千篇一体少之"⑤；"而《诗品》以为（谢朓）末篇多踬，理所不然"⑥ 等等。本章将以钟嵘和陈祚明对潘岳、陆机、陶渊明的相关评点为中心，探析异质性批评的体现及其诞生的诗学语境。

---

① 徐长福：《异质性的得而复失——柏拉图〈巴曼尼得斯篇〉读解》，《复旦学报》，2008 年，第 2 期，第 59 页。
② 徐长福：《异质性的得而复失——柏拉图〈巴曼尼得斯篇〉读解》，第 68 页。
③ （清）陈祚明著，李金松点校：《采菽堂古诗选》，第 202 页。
④ （清）陈祚明著，李金松点校：《采菽堂古诗选》，第 344 页。
⑤ （清）陈祚明著，李金松点校：《采菽堂古诗选》，第 267 页。
⑥ （清）陈祚明著，李金松点校：《采菽堂古诗选》，第 635 页。

第一节　关于潘安、陆机的品评

陈祚明评选《采菽堂古诗选》时一直把《诗品》当作重要的参考书，因此，其多数批评均有极强的针对性，如潘陆之才孰高孰低、陶渊明的品第与诗旨如何等。

钟嵘将陆机与潘岳同列为上品。"晋黄门郎潘岳诗"条云："其源出于仲宣。《翰林》叹其翩翩然，如翔禽之有羽毛，衣服之有绡縠。犹浅于陆机。谢混云：'潘诗烂若舒锦，无处不佳。陆文如披沙简金，往往见宝。'嵘谓：益寿轻华，故以潘为胜；《翰林》笃论，故叹陆为深。余常言：'陆才如海，潘才如江。'"①

"陆才如海，潘才如江"的评语一直备受争议。江淹《杂体诗序》云："安仁、士衡之评，人立矫抗。"② 金代诗评家元好问则认为潘岳之斗靡夸多与陆机之深而芜杂均无意义，诗歌关键是要能"传心"。如《论诗绝句》："斗靡夸多费览观，陆文犹恨冗于潘。心声只要传心了，布谷澜翻可是难。"③ 钟嵘指出谢混"轻华"，故"以潘为胜"。"华"是指繁缛的语言风格。其言下之意是若谢混不"轻华"，而潘诗"少华"，则自然应当是"以陆为胜"。潘诗"灿若舒锦"

① （梁）钟嵘著，古直笺，曹旭导读、整理集评：《诗品》，上海：上海古籍出版社，2007 年，第 27 页。
② （梁）钟嵘著，古直笺，曹旭导读、整理集评：《诗品》，第 27 页。
③ 姚奠中主编：《元好问全集》，大同：山西古籍出版社，2004 年，第 269 页。

而不华，与其性情和才华有关。如张伯伟先生认为"（潘岳）'文秀'的原因是'情多'而非'才高'，所谓'陆才如海，潘才如江'，因此，陆机'才高词赡'，遂形成繁缛的风格，而潘岳诗的'烂若舒锦'仍是一种清绮。"①

陈祚明则认为，潘、陆之争的实质是"情"与"辞"孰先孰后的问题。他指出："诗之大旨，惟情与辞。曰命旨，曰神思，曰理，曰解，曰悟，皆情也；曰声，曰调，曰格律，曰句，曰字，曰典物，曰风华，皆辞也。"② 陈祚明所谓的"情"是一个内涵十分丰富的诗学概念，命旨、神思、理、解、悟皆"情"，指诗歌的思想内容。声、调、格律、句、字、典物、风华皆"辞"，指语言形式。陈祚明认为好诗应当情为辞先，情辞并举。他承认潘岳有繁冗、下笔不能自休的缺点，但也有"任天真"、少雕琢、快意抒情、自然清新的优点；陆诗"准古法"，才高而言冗，少情感流露。因此，从情为辞先的观念出发，陈祚明认为陆之雕饰不如潘之淋漓："安仁情深之子，每一涉笔，淋漓倾注，宛转侧折，旁写曲诉，刺刺不能自休。夫诗以道情，未有情深而语不佳者。所嫌笔端繁冗，不能裁节，有逊乐府古诗含蓄不尽之妙耳。安仁过情，士衡不及情；安仁任天真，士衡准古法。夫诗以道情，天真既优，而以古法绳之，曰未尽善，可也。盖古人之能用法者，中亦以天真为本也。情则不及，而曰吾能用古法。无实而袭其形，何益乎？故安仁有诗，而士衡无诗。钟嵘惟以声格论诗，曾未窥见诗旨。其所云陆深而芜，潘浅而净，互易评之，恰合不谬矣。不知所见何以颠倒至此？"③

"法"是指创作技巧，此为陆机之长；"天真"是情，为古人用法之本。潘岳"过情"，正是天真之表现。"诗以道情，天真既优，而以古法绳之"，可曰尽善矣。古法恒在，而作者之心于时而异。陈祚明认为钟嵘以声格论诗，没有

---

① 张伯伟：《钟嵘〈诗品〉研究》，南京：南京大学出版社，1999年，第135页。
② （清）陈祚明著，李金松点校：《采菽堂古诗选》凡例，第1页。
③ （清）陈祚明著，李金松点校：《采菽堂古诗选》，第332—333页。

领会诗旨，他的评语与潘、陆创作的实际情形恰恰相反，只有将评论交换，方才恰当。

　　陈祚明虽然没有像钟嵘一样将古诗列出上中下三品，但从相关评论中，我们可以领悟到他心中潜藏着诗歌品第的衡量标准，即情与辞的相对关系。情代表作者之心，辞表示古人之法。两者的不同关系显示了诗的不同品第。在陈祚明看来，上品是既以作者之心为本，又绳之以古法的诗歌；中上品是虽以作者之心为本，却不以古法裁量的诗歌；中下品是虽以古法裁量，却失作者之心的诗歌；下品是既无作者之心，又不以古法裁量的诗歌。依此标准排序，潘岳之诗可列入中上品，而陆机之诗仅能列为中下品。这正是陈祚明所谓"安仁有诗，而士衡无诗"的含义。《世说新语·伤逝》中王戎的名言颇可代表时人对情的态度："圣人忘情，最下不及情。情之所钟，正在我辈。"① 陈祚明以"过情"论潘岳，以"不及情"论陆机，其尊潘抑陆的倾向是非常明显的。

　　关于诗旨的深浅②，陈祚明的观念亦不同于钟嵘。钟嵘认为陆机诗"深"，陈祚明却认为陆诗少情而以古法掩饰，实乃情感浅庸的表现。其评曰："士衡诗束身奉古，亦步亦趋。在法必安，选言亦雅，思无越畔，语无溢幅。造情既浅，抒响不高。拟古乐府稍见萧森，追步《十九首》便伤平浅。至于述志赠答，皆不及情。夫破亡之余，辞家远宦，若以流离为感，则悲有千条；倘怀甄录之欣，亦幸逢一旦。哀乐两柄，易得淋漓。乃敷旨浅庸，性情不出，岂余生之遭难，畏出口以招尤？故抑志就平，意满不叙，若脱纶之鬣，初放微波，囷囷未舒，有怀靳展乎？大较衷情本浅，乏于激昂者矣。"③

---

① 刘义庆著，朱铸禹汇校集注：《〈世说新语〉汇校集注》，上海：上海古籍出版社，2002 年，第 545 页。
② 《世说新语·文学》篇载："孙兴公云：潘文浅而净，陆文深而芜。"注引《晋阳秋》曰："岳善属文，清绮绝世。"引《续文章志》曰："岳为文，选言简章，清绮绝伦。"引自（梁）钟嵘著，古直笺，曹旭导读、整理集注：《诗品》，第 27 页。
③ （清）陈祚明著，李金松点校：《采菽堂古诗选》，第 293—294 页。

陈祚明指出，陆机之诗无论写家破人亡、辞家远宦，还是写获得甄录，都以古法为本，亦步亦趋，从不流露真情。这许是因为他遭过大难，担心因真情流露招致祸患。其人"衷情本浅，乏于激昂"，其诗含情亦浅，无法淋漓。至于辞法，陆机"束身奉古，亦步亦趋"，不过"袭其形"，与前后七子之弊病相同。只不过陆机才高词赡，既能驾驭汉魏古诗之风格，又能恰当把握晋诗多用排偶、善用典故的特点，故给人以其才如海之感。然而他毕竟无法将情感与辞藻完美融合，因而始终未能臻于胜境。陈祚明评其诗如"都邑近郊良家村妇，约黄束素，并仿长安大家，妆饰既无新裁，举止亦多详稳"①，也暗示了陆机舍本逐末，貌似才高如海，实则难成真正大家。

---

① （清）陈祚明著，李金松点校：《采菽堂古诗选》，第294页。

第二节 关于陶渊明的品评

针对《诗品》对陶渊明的评论，陈祚明之批评存在鲜明的异质性：一是关于陶渊明的品第，一是关于陶诗的主旨。下面分别加以分析。

（一）陶诗的品第

自从苏轼大力发掘陶诗的价值之后，陶诗的地位被提到无与伦比的高度，因此，钟嵘《诗品》将陶渊明列为中品，显然与后人对陶渊明的认同有差距。如陈祚明将陶渊明与诗圣杜甫并列，曰："千秋之诗，谓惟陶与杜，可也。"[1]陶诗可与杜诗并驾齐驱，自然是难得的杰作。钟嵘评陶渊明则曰："其源出于应璩，又协左思风力。文体省净，殆无长语。笃意真古，辞兴婉惬。每观其文，想其人德。世叹其质直。至如'欢言酌春酒'，'日暮天无云'，风华清靡，岂直为田家语邪？古今隐逸诗人之宗也。"[2]"世叹其质直"，即世人都认为陶诗"质直"无文。钟嵘对此并不认同："至如'欢言酌春酒'，'日暮天无云'，风华清靡，岂直为田家语邪？"意思是，陶诗不是也有文采斐然、清新华美的诗句吗？难道他的诗都只是田家语吗？世人眼中的"田家语"，主要是指陶渊明的田园诗。江淹《杂体诗三十首》以陶渊明"田居"为模拟对象，也反映了时

---

[1]（清）陈祚明著，李金松点校：《采菽堂古诗选》，第 388 页。
[2]（梁）钟嵘著，古直笺，曹旭导读、整理集评：《诗品》，第 42 页。

人对陶诗的一般看法。在崇尚辞藻的六朝，陶诗确实与时代审美思潮格格不入。钟嵘为了扭转时人对陶诗的看法，特意举出《读山海经》和《拟古》中"风华清靡"的诗句加以反驳，并在《诗品序》中以太史公"互见法"标举历代优秀五言诗时举出"陶公咏贫之制"[①]，表明他非常看重陶渊明，为其争取更大名气。

虽然钟嵘努力寻找陶诗中契合时人审美需求的诗句，以论战者的姿态为陶渊明从王公搢绅之士那里争取话语权，但这样做无异于从陶诗的短处中找优点，吃力不讨好。陶诗的可贵，恰恰在于以平淡冲和的语言表达真挚淳朴的情感，他最美的诗就是那些天然去雕饰的"田家语"，而这正是被时人意识到却并不被看好的。

钟嵘认为陶诗"源出于应璩，又协左思风力"。应璩在《诗品》中位列中品，钟嵘认为他源于魏文帝曹丕[②]，而他对曹丕的评语为"率皆鄙直如偶语"[③]，"偶语"即日常通俗用语。这充分说明钟嵘意识到陶诗具有通俗、淳朴的风格，却断然否认，间接表明陶诗源头"不正"。钟嵘所尊崇的诗人并非曹丕，而是曹植。取法乎上，仅得乎中；取法乎中，仅得乎下。陶渊明的诗源于中品，他又如何能跻身于上品呢？因此，在钟嵘的观念里，就算陶诗"风华清靡"，也不可能达到一流水准。

另一方面，钟嵘指出应璩"善为古语，指事殷勤，雅意深笃，得诗人激刺

---

① 曹旭案语："《诗品序》标举历代优秀五言诗，中有'陶公（陶渊明）咏贫之制'，可知钟嵘用太史公'互见法'。"（梁）钟嵘著，古直笺，曹旭导读、整理集评：《诗品》，第42页。

② （梁）《诗品》"魏侍中应璩"："（应璩）祖袭魏文。善为古语，指事殷勤，雅意深笃，得诗人激刺之旨。"钟嵘著，古直笺，曹旭导读、整理集评：《诗品》，第36页。

③ 《诗品》"魏文帝"："（魏文帝）其源出于李陵，颇有仲宣之体则。新奇百许篇，率皆鄙直如偶语。惟'西北有浮云'十余首，殊美赡可玩，始见其工矣。不然，何以铨衡群彦，对扬厥弟者邪？"（梁）钟嵘著，古直笺，曹旭导读，整理集评：《诗品》，第32页。

之旨"①。张伯伟先生根据断简残片的研究，总结出应璩的《百一诗》在内容上以"讥切时事"为特色②。钟嵘视陶诗的源头为应璩，间接表明陶诗亦以讥刺时事见长。张锡瑜《钟记事诗平》云："今案仲伟之意，直取其古朴相似耳。若以刺在位与否定其优劣，则陶诗之讽刺者亦多矣。"③ 讥切时事是咏史、咏怀诗的特色，不是田园诗的所长。因此，钟嵘认为陶诗的源头是应璩，是值得商榷的。

其二，钟嵘以为陶诗"协左思风力"。许文雨《〈诗品〉讲疏》云："今人游国恩君举左思《杂诗》《咏史》，与渊明《拟古》《咏荆轲》相比，以为左之胸次高旷，笔力雄迈，与陶之音节苍凉激越，辞句挥洒自如者，同其风力。此论甚是。"④ 风力是指"一种贯穿于整个作品之中感染人、鼓舞人的真情意气，是一种内在艺术力量"⑤。陶渊明"协左思之风力"，是指陶诗情理并茂，有着自然动人的艺术感染力。但这并非"豪华落尽见真淳"的田园诗的主要特点。可见钟嵘为了迎合当时的审美思潮，有意忽视了陶诗的主要审美风格。

此外，左思之诗虽位居上品，但钟嵘评其"野于陆机，而深于潘岳"⑥；前述钟嵘之所以认为陆诗胜于潘诗，原因在于陆机才高词赡，步趋古法；反过来，钟嵘认为陶诗"协左思风力"，仍表明陶诗近"野"。

钟嵘品诗，首重文采之华缛，而陈祚明的诗学原则是情为辞先。辞是为抒情服务的，断不能喧宾夺主。陈祚明认为陶诗真正做到了情深旨厚，因此，其诗偶有率易之语，仍不失为上品。"语之暂率易者，时代为之。至于情旨，则

① （梁）钟嵘著，古直笺，曹旭导读、整理集评：《诗品》，第 36 页。

② 张伯伟：《钟嵘〈诗品〉研究》，第 383—387 页。

③ （梁）钟嵘著，古直笺，曹旭导读、整理集评：《诗品》，第 42 页。

④ （梁）钟嵘著，古直笺，曹旭导读、整理集评：《诗品》，第 42 页。

⑤ 李剑锋：《陶渊明及其诗文渊源研究》，济南：山东大学出版社，2005 年，第 373 页。

⑥ （梁）钟嵘著，古直笺，曹旭导读、整理集评：《诗品》，第 29 页。

真《十九首》之遗也，驾晋、宋而独遒，何王、韦之可拟？……陶靖节诗如巫峡高秋……望者但见素色澄明，以为一目可了，不知封岩蔽壑，参差断续，中多灵境。又如终南山色，远睹苍苍；若寻幽探密，则分野殊峰，阴晴异壑，往輒无尽。"① 陈祚明认为陶诗虽偶有"率易"之句，但并不能归咎于他，而应归咎于其所处的时代，且"率意"仅为陶诗表象：其辞虽直，其意却曲；其事虽近，其旨则远；其气虽清，其蕴则厚。"中多灵境"，令人"往輒不尽"，是晋宋诗的巅峰，唐之王维、韦应物亦难以望其项背。

陈祚明对陶诗编选了三次。一开始舍弃了十几首陶诗，再次阅读，又选了七首，最后，他才将陶诗悉数收录。经过再三体认，他发现陶渊明即使有瑕疵的诗，也有值得收录的理由。就像藏家玩古董，即便明知古董上有裂纹，有瑕疵，只要"不伤其古"，便将其珍之重之。从这一点也可看出，陈祚明选诗首重其"实"，与钟嵘对陶诗"风华清靡"的评价恰好相反。

在陈祚明眼中，诗之工拙绝非仅关乎辞。陶诗或拙于辞，然工于情；辞随情发，质而有物，真情流露，简淡高古。"真《十九首》之遗也"，"千秋之诗，谓惟陶与杜，可也"，这些评语表明，陈祚明不仅充分意识到陶诗的源头是以《古诗十九首》为代表的质朴情深的汉代古诗，而且联系了陶诗与杜甫之间的关系，勾勒了汉至唐的诗史，眼光博大，堪为的评。

（二）陶诗的主旨

钟嵘认为陶渊明乃古今隐逸诗人之宗，此论影响至为深远，后世论陶渊明诗者多从闲适切入。如古直认为："六朝人如鲍照、江淹、梁昭明、梁简文、杨休之等，均好陶诗。陶公固不仅为'古今隐逸诗人之宗'。然古今隐逸诗人，则未有不宗陶公者。"② 陈祚明则发掘出陶诗本旨另有深意："千秋以陶诗为闲

① （清）陈祚明著，李金松点校：《采菽堂古诗选》，第388—389页。
② （梁）钟嵘著，古直笺，曹旭导读、整理集评：《诗品》，第42页。

适，乃不知其用意处。朱子亦仅谓《咏荆轲》一篇露本旨。自今观之，《饮酒》《拟古》《贫士》《读山海经》，何非此旨？但稍隐耳！往味其声调，以为法汉人而体稍近。然揆意所存，宛转深曲，何尝不厚？……抑文生于志，志幽故言远。惟其有之，非同泛作。岂不以其人哉！千秋之诗，谓惟陶与杜，可也。"①

朱熹已从《咏荆轲》中揭示出陶诗本旨，陈祚明沿着朱熹的思路进一步指出，陶渊明本有意入世，后为时势所迫，只得隐藏行迹，辞官归隐，躬耕庐山。"隐"非其本愿，因此不宜以隐逸闲适发明其诗，而应探讨他为什么违逆本心而选择隐逸。只有这样，方能真正了解陶诗的主旨。在陈祚明看来，陶渊明所隐者不是其形，而是其心。时世艰难，其心幻灭，虽屡次入世，终因心志抗骄，与世不谐，故屡屡辞官。钟嵘认为陶渊明乃"古今隐逸诗人之宗"，重点在于强调陶诗闲适的特点，没有关注到陶诗所体现的"固穷"气节和对天下苍生的悲悯情怀。陈祚明则指出，辞官之后的陶渊明并没有真正心如止水，他依然眷念着苍生。《饮酒》《拟古》《贫士》《读山海经》皆有此意。《癸卯十二月中作与从弟敬远》云："历览千载书，时时见遗烈。高操非所攀，深得固穷节。"② 陈祚明评曰："公自言甚明。固穷之上，所谓高操者，何也？言'非所攀'，故自解免也。此意仅可寄之言外矣！"③ 陈祚明认为陶渊明在固穷之外还另有所追求，他绝不只是想做个隐士那么简单。虽然陶渊明说"高操非所攀"，把话反着说，但此中有真意，须于言外体味。从实际行动来看，陶渊明入宋名潜，也表明他入宋非不能仕，实不愿仕。

---

① （清）陈祚明著，李金松点校：《采菽堂古诗选》，第 388 页。
② （清）陈祚明著，李金松点校：《采菽堂古诗选》，第 402 页。
③ （清）陈祚明著，李金松点校：《采菽堂古诗选》，第 402 页。

第三节　原因分析

　　钟嵘《诗品》具有开创性意义，对后世影响深远。陈祚明对钟嵘的某些批评却表现出针锋相对的异质性。这不禁令人疑惑，钟嵘是南朝人，陈祚明是明末清初人，两人相隔遥远的历史时空，毫无个人恩怨，为什么会产生此种现象呢？我们回到批评家所处的诗学批评语境，则不难理解个中原因。

　　《诗品·序》透露了钟嵘当时所处的诗歌批评语境："昔曹、刘殆文章之圣，陆、谢为体贰之才。锐精研思，千百年中，而不闻宫商之辨，四声之论。或谓前达偶然不见，岂其然乎？尝试言之，古曰诗颂，皆被之金竹，故非调五音，无以谐会。若'置酒高堂上'，'明月照高楼'，为韵之首。故三祖之词，文或不工，而韵入歌唱。此重音韵之义也，与世之言宫商异矣。今既不被管弦，亦何取于声律邪？……王元长创其首，沈约、谢朓扬其波。三贤或贵公子孙，幼有文辨。士流景慕，务为精密。襞积细微，专相陵驾。故使文多拘忌，伤其真美。余谓文制，本须讽读，不可蹇碍。但令清浊通流，口吻调利，斯足矣。至于平、上、去、入，则余病未能。蜂腰、鹤膝，闾里已具。"①

　　钟嵘在序中表明，他之所以作《诗品》，目的是为了挑战沈约等人提倡的声律论。沈约等人将声律论视为"贵公子孙"的不传之秘，往往将其应用于当

---

① （梁）钟嵘著，古直笺，曹旭导读、整理集评：《诗品》，第13—14页。

时盛行的柔靡香艳的宫体诗。沈约作为文坛翘楚，享有崇高的声望和地位，其迎合皇权所作之香艳诗文带有"异端"色彩，有败坏世风之嫌，对年轻士子极易产生负面影响，因而遭致钟嵘极大的反感。虽然作《诗品》时沈约已作古，但钟嵘仍怀抱"正义之感"，在《诗品·序》中对声律论大肆笔伐，并在品第诗人时对沈约一派的诗人给予较低的评价，甚至对有新变趋势的诗人也给予较多负面评价。正如罗立乾所说："（钟嵘）在诗歌发展的继承与创新的理论上，强调继承，忽视创新，甚至否定创新。这突出的表现在：钟嵘把汉末魏晋六朝众多的五言诗，在其心目中划为三派：一派为正体诗，以建安时期的曹植为首，是五言诗的正宗，陆机最能循规蹈矩创作，所以，虽然'不贵绮错，有伤直致之奇'，仍然置于上品……"①

陆机与潘岳虽然年代早于沈约，但他们分别代表了传统与新变。陆机继承了曹植的五言诗传统，并加以发扬光大，因而受到钟嵘的追捧；潘岳继承的是以王粲代表的楚骚传统，贴近民间，流于险俗，所以不太受到钟嵘欢迎。钟嵘虽然将潘、陆二人同列为上品，但"陆才如海，潘才如江"依然间接表明了其扬陆抑潘之心。

从诗史发展历程来看，声律论是应汉代以来诗歌发展需要而逐渐兴起的，是技巧发展的必然结果。沈约等人倡导的声律论确实开启了盛唐诗的先河，对律诗的发展起了导夫先路的作用。钟嵘抗拒永明体，反对声律论，不啻是历史的倒退。因此，远离了声律论初起时意气之争的陈祚明对钟嵘的看法不可能加以认同。此外，钟嵘尊崇古法的诗学观，与前后七子"诗必盛唐"一致，而这正是陈祚明所深恶痛绝的。

对包括陈祚明在内的清初诗论家而言，他们所面临的不是声律论初起之时的纷争，而是明代七子派与竟陵派留下的诗学遗产。七子主张崇尚盛唐，流风

---

① 罗立乾：《钟嵘诗歌美学》，武汉：武汉大学出版社，1987 年，第 105 页。

所致，使有明一代诗人压抑性情以迁就唐诗格局，致使其诗徒有形式而无真情。《采菽堂古诗选·凡例》云："故言诗者不准诸情，取靡丽谓修辞，厥要弊，使人矜强记，采摭勦窃古人陈言，徒涂饰字句，怀来郁不吐，志不可见，失其本矣。"① 竟陵派矫枉过正，性情虽出而诗味全无，"于是惩噎而辍食，思一矫革，大创之，因崇情刊辞，即卑陋俚下；无所择，不轨于雅正，疾文采如仇雠。"② 在这样的诗学语境下，清初诗论家"不仅略无'影响的焦虑'，反而怀有破落户子弟式的强烈不满。在他们眼中，明代是文学盲目模仿而迷失自我的衰落时代，不争气的上辈作家因不能自树立而使文学传统枯竭中绝。于是当他们重新寻找文学传统之源时，就不能不从反思明代文学创作的流弊开始，弄清文学传统亡失在何处"③。

清初诗论家的反思集中于折中调和七子与竟陵之弊，陈祚明也是如此。他提倡情为辞先，情辞并举："诗之大旨，惟情与辞……古今人之善为诗者，体格不同而同于情，辞不同而同于雅。予之此选，会王李、钟谭两家之说，通其蔽而折衷焉。其所谓择辞而归雅者，大较以言情为本。"④ 他指出学诗者应当在不压制个性的前提下，涵咏悠游于古诗之中，举一反三，从而走上"诗工之路"。而针对潘、陆二人，他指出潘岳乃"情深之子"，而陆机"衷情本浅"，尊潘抑陆，亦可视为他想从根本上矫正尚辞之弊的表现。

不过，陈祚明并非仅仅限于调和王李、钟谭之弊，而是从溯唐诗之源的角度探讨双方的诗学理念，主张从古诗中汲取灵感，避免了陷入后来延续了几十年的唐宋之争，确有先见之明。通过追本溯源，陈祚明认识到南北朝诗尤其是齐梁诗乃初盛唐诗之源。虽然现在学界对齐梁诗已无明确反感，但陈祚明对齐

---

① （清）陈祚明著，李金松点校：《采菽堂古诗选》凡例，第1—2页。

② （清）陈祚明著，李金松点校：《采菽堂古诗选》凡例，第2页。

③ 蒋寅：《清代诗学史》（第一卷），北京：中国社会科学出版社，2012年，第76—77页。

④ （清）陈祚明著，李金松点校：《采菽堂古诗选》，第1—4页。

梁诗的重视和重新发现不仅在明末清初超前绝伦，而且在民国乃至 1990 年代之前，都是诗史研究中的惊人之论。

平心而论，陈祚明对钟嵘的评论并非全盘否定。钟嵘受到当时流传深广的玄学思想影响，崇尚"自然英旨""自然之妙"。《诗品·序》云："'思君如流水'，既是即目；'高台多悲风'，亦惟所见；'清晨登陇台'，羌无故实。'明月照积雪'，讵出经史？观古今胜语，多非补假，皆由直寻。"①"即目""直寻"，就是按照本来的面目去进行描绘，不进行人工斧凿。这与陈祚明推崇情感的自然流露，反对为文造情、无病呻吟的诗学观不谋而合。遗憾的是，钟嵘在具体评论中并未完全贯彻序言中的观念，依然以辞为先，因此，陈祚明针对《诗品》批评的异质性才显得格外突出。

总之，陈祚明虽未专门研究《诗品》，但是他的异质性批评无疑是《诗品》在清初接受史上的不同声音。随着时代审美风潮的改变，诗学批评随之发生复杂的变化，这是非常正常的现象。就像在旷野中，随着行走的目的不同，后人会有意识地偏离前人的脚印，以便寻找到更美的风景。陈祚明敢于挑战权威，且言之成理，表明他的确是一位具有非凡勇气和眼光的批评家。遗憾的是，除蒋寅先生的《清代诗学史》之外，陈祚明至今仍没有被列入任何诗学批评史著作，他的诗学成就还有待学者进一步阐发。

---

① 钟嵘著，古直笺，曹旭导读、整理集评：《诗品》，第 10 页。

第九章 《采菽堂古诗选》对 《诗品》的批评（下）

本章继续以沈约、江淹、任昉为中心，分析钟嵘与陈祚明的相关评点，理解《诗品》接受史中的异质性批评及其来源。

第一节　关于沈约的品评

钟嵘（471—518），出身于士族家庭，44 岁左右著《诗品》，48 岁时为萧纲记室。① 沈约字休文，比钟嵘年长 31 岁。钟嵘《诗品》将沈约列为中品，其评曰：

观休文众制，五言最优。详其文体，察其余论，固知宪章鲍明远也。所以不闲于经纶，而长于清怨。永明相王爱文，王元长等皆宗附之约。于时，谢朓未道，江淹才尽，范云名级故微，故约称独步。虽文不至，其工丽，亦一时之选。见重闾里，诵咏成音。嵘谓：约所著既多，今剪除淫杂，收其精要，允为中品之第矣。故当词密于范，意浅于江也。②

钟嵘对沈约的评价基调是消极的，不过他巧妙地采用了"互见法"加以掩饰，假如不仔细比较钟嵘对其他人的评价，就不容易看出来。"宪章鲍明远"，即源于鲍照。钟嵘对鲍诗的评价是"贵尚巧似，不避危仄，颇伤清雅之调。故

---

① 张伯伟：《钟嵘〈诗品〉研究》，第 15—19 页。
② （梁）钟嵘著，古直笺，曹旭导读、整理集评：《诗品》，第 51 页。

言险俗者，多以附照"①。"宪章鲍明远"，无异于说沈约好"险俗"。"于时谢朓未遒，江淹才尽，范云名级故微，故约称独步"，有"时无英雄，使竖子成名"之意。《南史》记载："时竟陵王招士，约与兰陵萧琛、琅琊王融、陈郡谢朓、南乡范云、乐安任昉等皆游焉。当世号为得人。"② 沈约交游的对象是贵公子孙与文士，时称竟陵八友。钟嵘说"江淹才尽"，在贬低江淹的同时也拉低了沈约的文学水准。"词密于范"貌似嘉许，但从他对范云的评语"当浅于江淹"③，而江淹"诗体总杂，善于摹拟"④ 来看，这句话实际上是批评沈诗无所兴寄。"亦一时之选也"似褒，"文虽不至"却表明其意甚为勉强。钟嵘指出，沈诗需"剪除淫杂，收其精要"，才能将其列为中品。

钟嵘作《诗品》的宗旨是不录存者，因此这一条目应当是在沈约过世之后写的。沈约是当时文坛当之无愧的执牛耳者，其所作的宫体诗虽淫靡清怨，却是当时上流社会审美趣味的体现。但钟嵘崇尚雅音，对此不仅不以为然，甚至极力反对。他的观点是对时下诗歌创作的异质性批评。

陈祚明在沈约小传中引用了《南史》的一段记载，以说明钟嵘对沈约评价甚低的原因："钟嵘尝求誉于约，约拒之。及约卒，嵘品古今诗为评，言其优劣云云。盖追宿憾，以此报之也。"⑤

陈祚明对沈约的评价是怎样的呢？

　　　　休文诗体全宗康乐，以命意为先，以炼气为主。辞随意运，态以
　　　气流。故华而不浮，隽而不靡。《诗品》以为宪章明远，源流既伪，

---

① （梁）钟嵘著，古直笺，曹旭导读、整理集评：《诗品》，第 46 页。

② （唐）李延寿：《南史》第 5 册，北京：中华书局，1975 年，第 1410 页。

③ （梁）钟嵘著，古直笺，曹旭导读、整理集评：《诗品》，第 49 页。

④ （梁）钟嵘著，古直笺，曹旭导读、整理集评：《诗品》，第 48 页。

⑤ （清）陈祚明著，李金松点校：《采菽堂古诗选》，第 720 页。

独谓工丽见长，品题并谬。要其据胜，特在含毫之先。命旨既超，匠心独造，浑沦跌宕，具以神行。句字之间，不妨率直。所未逮康乐者，意虽远而不曲，气虽厚而不幽。意之不曲，非意之咎，乃辞乏于低徊也；气之不幽，非气之故，乃态未要眇也。大抵多发天怀，取自然为诣极；句或不琢，字或不谋，直致出之，易流平弱。远攀汉魏，望尘之步欲前；近比康乐，具体而微是已。夫辞虽乏于低徊，而运以意，则必警；态虽未臻要眇，而流于气者必超。骤而咏之，飒飒可爱；细而味之，悠悠不穷。以其薄响，校彼芜音，他人虽丽不华，休文虽淡有旨，故应高出时手，卓然大家。三复之余，慕思无已。①

陈祚明首先指出沈约之诗源于谢灵运而非鲍照，理由是"以命意为先，以炼气为主。辞随意运，态以气流。故华而不浮，隽而不靡。"这是从情与辞两个角度说的。沈约之诗以立意为先，故其情旨超然物外；以炼气为主，故其辞藻兼具华、隽之风，无浮、靡之弊，如行云流水，自然可爱。

陈祚明继而又指出钟嵘"独谓"沈约"工丽见长""品题既谬"。他引《颜氏家训》说：

    沈隐侯曰："文章当从三易：易见事，一也；易识字，二也；易诵，三也。"邢子才曰："沈侯文章，用事不使人觉，若胸臆语也。"祖孝征亦常谓吾："读沈诗'崖倾护石髓'，此岂似用事耶？"②

沈隐侯即沈约。沈约认为文章应当符合易见事、易识字、易诵的"三易"

---

① （清）陈祚明著，李金松点校：《采菽堂古诗选》，第720—721页。
② （清）陈祚明著，李金松点校：《采菽堂古诗选》，第720页。

原则。邢邵（字子才）认为沈约用事让人无所察觉。祖珽（字孝征）对颜之推说，沈诗"崖倾护石髓"根本不像用了典故的。这些材料充分说明沈约用典手段高明，如出胸臆，而非以工丽见长。

陈祚明认为沈约之诗也有一些弊端。他不喜谋字琢句，往往直致出之，"易流平弱"，仅为"薄响"，与汉魏和谢灵运之诗还有一定的距离。尽管如此，沈诗仍然高出时人。其所以"骤而咏之，飒飒可爱；细而味之，悠悠不穷"者，在于情旨深厚——"虽淡有旨"。"淡"者，"句字之间，不妨率直""辞乏低徊"也；"有旨"，"以命意为先，以炼气为主""要其据胜，特在含毫之先"也。总而言之，沈约之诗以情为主，驾驭丽辞，一派天然风华。"他人"则"虽丽不华"，华而无实，言之无物。

陈祚明在《凡例》中指出，沈约虽好新语，然"独清切，罔事雕刻"①。蒋寅认为"清"作为"六朝诗歌美学的神光所聚"②，"在陈祚明的时代，这一点尚未被人认识到，而人们评价六朝诗歌也未着眼于此，只注意其骈俪藻绘之风。"③ 虽然清人不注意六朝诗"清"的特色，但钟嵘却看到了这一点，只不过他的评论仍带有强烈的贬义。他说沈约"不闲于经纶"，对其赤裸言情极为不满；"长于清怨"，说明他看到了沈诗"清"的特质，但强调的是"怨"，即男子拟闺音，矫揉造作；而陈祚明强调的是"切"，即其诗吻合当时当地的情境。钟嵘和陈祚明的评论有诸多不同，但有一点是相同的，即沈约的诗不是建立在对前人亦步亦趋的模拟之上，而是自出机杼，为当时的诗坛带来了新的审美风尚。

---

① （清）陈祚明著，李金松点校：《采菽堂古诗选》凡例，第3页。
② 蒋寅：《清代诗学史》，第523页。
③ 蒋寅：《清代诗学史》，第524页。

第二节　关于江淹的品评

江淹字文通，比钟嵘年长 28 岁。钟嵘《诗品》将江淹列为中品，其评曰：

> 文通诗体总杂，善于摹拟。筋力于王微，成就于谢朓。初，淹罢宣城郡，遂宿冶亭。梦一美丈夫，自称郭璞，谓淹曰："吾有笔在卿处多年矣，可以见还。"淹探怀中，得五色笔以授之。尔后为诗，不复成语，故世传江淹才尽。①

钟嵘认为江淹之诗糅合各家之长，因此没有用"源出某某"，而是以"诗体总杂"说明其渊源。后代批评家也认为江淹的确以摹拟见长。严羽《沧浪诗话》曰："拟古推江文通最长。拟渊明似渊明，拟康乐似康乐，拟左思似左思，拟郭璞似郭璞。独拟李都尉一首，不似西汉耳。"②

张伯伟将《诗品序》中提到的"五言之警策"者与江淹的《杂体诗三十首》一一对照，发现《诗品序》有七目与江淹《杂体诗》全同，有七目类似，有五目不同而意思相近。此外，钟嵘对具体诗人的评语也有可与江淹《杂体

---

① （梁）钟嵘著，古直笺，曹旭导读、整理集评：《诗品》，第 48 页。
② （梁）钟嵘著，古直笺，曹旭导读、整理集评：《诗品》，第 48 页。

诗》相参照者。① 由此可知，钟嵘对江淹不仅非常欣赏，而且《诗品》的理论渊源之一就是江淹的《杂体诗三十首》。

陈祚明则反对以摹拟为工。他认为诗以言情为主，情乃诗人本心之自然流露。江淹"人工偏至"，虽偶得"苍秀之句"，亦不过辞工而已。他最看重的是抒情之工，辞或有不琢，亦无大碍。其评曰：

> 文通于诗颇加刻画，天分不优，而人工偏至。规古力笃，尤爱嗣宗。偶得苍秀之句，颇亦遒旨。但意乏圆融，调非宏亮。衡其体气，方沈直是小巫。而《诗品》谓休文意浅于江，何其妄论也！
>
> 休文诗若虞永兴书，不择笔墨，此何可及！文通诗则褚河南书，当其意得，亦复遒媚，然不脱临摹之迹。②

江淹"规古力笃"，其诗颇具古人之形貌，但他在着力于模仿古人的同时，往往失去本心，舍己意而迁就古人，周旋于辞令之间，乏生气，少风骨，"意非圆融，调非宏亮"，与沈约相比真是小巫见大巫。钟嵘以为江淹之诗意深于沈约，错把形貌当作风神。风神系乎情而非系乎辞。钟嵘尚辞，陈祚明尚情。钟嵘所谓辞之深者，往往即陈祚明所谓情之浅者；其诗学观与钟嵘差异之大，可见一斑。

陈祚明评江淹《杂体三十首》云：

> 文通拟古诸篇，刻意描摹，分途异轨，六季文家，似斯兼擅者，诚不易得。但规仿百氏，仅得皮肤。至其神旨攸归，曾未细心体味。

---

① 张伯伟：《钟嵘〈诗品〉研究》，第72—76页。
② （清）陈祚明著，李金松点校：《采菽堂古诗选》，第752页。

譬之刍灵象人，略得其貌而已，不足与言优孟衣冠也。①

学者须先辨古人之体，一一参其性情声调，拟古成篇，亦自炼风格之一法也。比诸临摹古帖，首重得神……至如于鳞拟古乐府，涂窜本词，尤其拙劣，不足观矣。②

陈祚明认为拟古诗如临古帖，"首重得神"。江淹拟古诗似"兼擅"，却仅肖其形，未得其神，"规仿百氏，仅得皮肤"。如下葬祭祀用的草人草马，全无生气，连戏子都比不上。由此可知，陈祚明认为江淹诗之胜在形、在辞，其弊则在神、在情。

陈祚明在《凡例》中指出，江淹拟古无新意，不能自成一格："步趋绳尺，间师魏、晋，分镳别轸，非一格。"③ 他心中的拟古诗应当先辨识古人之体，参透其性情声调，融合一己之情感，形成独特的风格。他的《拟〈古诗十九首〉序》特意指出"自士衡、文通之流效而为之，莫臻其妙"（卷一，页464）。他强调拟古一定要有真情："夫情有所止而故作之，非其至也。乃含毫伸纸，竟一日得诗如其数。"（卷一，页464）他读《古诗十九首》，悲从中来，有感而发，一天之内完成《十九首》的拟作。这些拟作如实地反映了他的心境："此陈子古诗，非《十九首》也。"（卷一，页464）王崇简评价陈祚明拟古诗云："吟烈悲酸，融微旨雅，而绵邈清遐。盖多不得志之音矣！"④ 赞美其诗既有悲酸之感，又有雅音余韵，不得志的心境与诗中的情境水乳交融，令人读后百感交集，回味无穷。

江淹虽然善于模拟，但其诗少情韵，无生气，辞愈密而旨愈浅，难致幽远

① （清）陈祚明著，李金松点校：《采菽堂古诗选》，第759页。
② （清）陈祚明著，李金松点校：《采菽堂古诗选》，第759页。
③ （清）陈祚明著，李金松点校：《采菽堂古诗选》凡例，第3页。
④ （清）王崇简：《青箱堂文集》/《清代诗文集汇编》（第17册），第17页。

之境。在陈祚明看来，明代"后七子"的领袖人物李攀龙（字于鳞）拟古乐府所犯的正是江淹的毛病，"涂窜本词，尤其拙劣"。陈继儒《晚香堂小品》曰：

> 唐文皇以兰亭赐欧虞褚薛摹之。四公无一笔似兰亭者，而结法自合。盖纵肖，亦是右军以后第二人耳。李于鳞摹古乐府，至更其句法，以为不被古人所因。然读其《易水》《垓下》二歌，其果与荆卿项王情境合否？余尝谓刻画古人，是后生第一病。武陵桃花惟许渔郎问津一次，再迹之，便成村巷矣。禅家公案亦然，不独诗文也。[①]

一味模拟古人乃诗歌创作之"第一病"，陈继儒的观点与陈祚明不谋而合。以是反观陈祚明谓沈约"虽淡有旨"而"他人虽丽不华"，可以更清楚地明白江淹"方沈直是小巫"之意。从这一点可以看出，陈祚明在批评江淹的同时，间接地提高沈约的地位，与钟嵘对江淹的推崇完全相反。

---

① （明）陈继儒著，施蛰存点校：《晚香堂小品》，上海：上海杂志公司，中华民国廿五年（1936 年），第 441 页。

第三节　关于任昉的品评

任昉字彦升，比钟嵘年长 12 岁。钟嵘《诗品》将其列入中品。即便是中品，钟嵘也是看在其晚年之诗"若诠事理，拓体渊雅，得国士之风"的面子上。

> 彦升少年为诗不工，故世称"沈诗任笔"，昉深恨之。晚节爱好既笃，文亦遒变。若诠事理，拓体渊雅，得国士之风，故擢居中品。但昉既博物，动辄用事，所以诗不得奇。少年士子，效其如此，弊矣！①

陈祚明对钟嵘的评语有两处异议：第一是任昉晚年之诗遒变的原因；第二是用典与诗风之奇。

陈祚明认为任昉晚年始能作诗非因"深恨之"而发奋，而是别有缘故：

> 以彦升之才，而晚节始能作诗。要将深诣于斯，不肯随俗靡靡也。今观其所存，仅二十篇许耳！而思旨之曲，情怀之真，笔调之

---

① （梁）钟嵘著，古直笺，曹旭导读、整理集评：《诗品》，第50页。

苍，章法之异，每一篇如构一迷楼，必也冥心洞神，雕搜无象，然后能作。方将抉《三百篇》《离骚》之蕴，发《十九首》汉魏之覆。云变澜翻，自成一家，而高视四代。此掣巨鳌手也，千秋而下，惟少陵与相竞爽。所造至此，钟嵘胡足以知之？①

陈祚明认为任昉晚年才能作诗，是因为他不肯随靡靡流俗随便作诗，而是花了很长的时间对诗歌创作进行深入研究。这说明任昉不是基于流俗的观点而改变自己的诗风，而是对诗歌艺术有着自觉高尚的追求。陈祚明从仅剩的二十余篇诗作中发现了任昉的诗才，他从主旨、情怀、笔调、章法等角度分析，认为任昉之诗每一篇如构造一座迷楼，是经过"冥心洞神""雕搜无象"之后的呕心沥血之作。这些诗既继承了诗骚传统，有温柔敦厚之致，又有《古诗十九首》质朴苍浑的意味，惟有杜甫能与之匹敌。陈祚明不乏讥讽地说，任昉的造诣与苦心，钟嵘又怎么能领会得到呢？

第二，关于用事与诗风之"奇"。用事即用典。钟嵘认为这是任昉之诗最大的毛病。《诗品·序》云："任昉、王元长等，词不贵奇，竞须新事。尔来作者，寖以成俗。遂乃句无虚语，语无虚字。拘挛补衲，蠹文已甚。但自然英旨，罕值其人。词既失高，则宜加事义。虽谢天才，且表学问，亦一理乎！"②钟嵘反对任昉、王融等人热衷的"新事"，认为这样的文章如同打满补丁的衣服，看起来破破烂烂。所谓"新事"，是指作诗喜用排偶、用典的新风气。南朝骈俪之风兴盛，确有此风。陈延杰说："《南齐书·文学传论》曰：'今之文章，……略有三体，……次则缉事比类，非对不发，博物可嘉，职成拘制。或全借古语，用申今情，崎岖牵引，直为偶说。'此与钟说略同，盖刺当时文弊

---

① （清）陈祚明著，李金松点校：《采菽堂古诗选》，第 783 页。
② （南朝梁）钟嵘著，古直笺，曹旭导读、整理集评：《诗品》，第 11 页。

者。用事过多，形同补衲，是为文之蠹也。"①

陈祚明在总论中说："其诗具在，初亦未尝用事"，是针对钟嵘评任昉"动辄用事"而言。这个说法并不准确，也不客观，陈祚明在具体诗文点评时指出："情事雅切，语语有典，而但觉其质朴。如此俚近题，能写令高古，洵老手也。用典故须极切，切则生动。'扶危'以下，俨见老者偃蹇之态，神情极活。'坐适'四句，转出新意，情随物生，妙固无匹。"② 的确是前后矛盾。不过，他也指出任昉的用典"极切"，因此极为生动。用典的确是诗歌创作的一种较为普遍的手法，并不是诗家大忌。

用典有巧拙之分。宋魏庆之《诗人玉屑》卷七列举了用事的诸多技巧：不可有意用事、使事不为事使、反其意而用之、用事要无迹、事如己出天然浑厚、用其事而隐其语等等。这些用事的技巧虽是魏庆之从各种诗话中摘出来的，但足以表明用事在诗歌创作中具有非常重要的意义。后世对用事的重视也反过来说明钟嵘的批评并不准确。

《南史·任昉传》曰："晚节转好著诗，欲以倾沈。用事过多，属辞不得流便。自尔都下士子慕之，转为穿凿，于是有才尽之谈矣。"③ 任昉晚年喜用事，带动了都下士子用事之风。"于是有才尽之谈矣"，表明这是当时普遍流行的说法。《南史》的作者李延寿是唐朝人。他不可能亲历任昉的时代，这个说法的出处有可能是钟嵘所说的"昉既博物，动辄用事，所以诗不得其奇"。

钟嵘谓任昉晚年诗"不得奇"，陈祚明则从命意、章法、用字、风格等角度对任昉诗进行了极为细致的点评，认为任诗具有真至不泛、结语精警、颂言亦老、命意亦超、景绪并逸、颇有清况、回环无极、遣语苍劲、真切沉挚、词

---

① （南朝梁）钟嵘著，陈延杰注：《诗品注》，北京：人民文学出版社，1980 年，第 12 页。
② （清）陈祚明著，李金松点校：《采菽堂古诗选》，第 788 页。
③ （唐）李延寿：《南史》第 5 册，第 1455 页。

气婉转，温柔敦厚、用意委折、命想极深、典称、高古、生雅、苍浑、矫健、有致、活、新等特点。从这些评语来看，任昉兼具古朴、苍劲、沉郁、敦厚、生雅、质直等风格，融合了诗骚与古诗传统，难怪陈祚明反问："奇孰奇于彦升？"

　　总的来说，钟嵘指出任昉少年之诗不如沈约，而晚年为诗喜用典故，诗不得奇；陈祚明则认为任昉少年之作虽然比不上沈约，但诗艺晚成，"自成一家，而高视四代"，非但沈约莫及，而且可与杜甫竞爽。历来评论任昉晚年诗作，未有如此之高者。陈祚明认为钟嵘的品题完全没有触及任诗的妙处，不啻诗学门外汉，因此很不客气地批评："作此品题，何殊梦语！"

第四节　再论异质性批评产生的原因

陈祚明对钟嵘的批评具有很强的异质性。钟嵘是公元5—6世纪人，陈祚明是17世纪的人，两者并无意气之争。因此，诗学批评异质性的产生，可以归结到他们的诗学观上。钟嵘反对声律论和永明体，崇尚雅音，鼓励拟古。陈祚明则主张情为辞先，反对盲目模拟，主张情感自然流露，鼓励情辞并举；钟嵘认为诗歌的高峰在建安，两晋时期谢灵运尚可，南朝之诗有走火入魔的倾向；陈祚明则认为宋齐梁之诗不可偏废，沈约、鲍照、任昉、庾信等人的诗歌开启了盛唐之音。二者的诗学观有如此之大的差异，不过回溯到当时的诗学语境，其实不难理解。

（一）《诗品》诞生的诗学语境

《诗品》诞生的诗学语境与南朝文学审美风气的转向密不可分。萧子显《南齐书·文学传论》云："若无新变，不能代雄。"[①] 这里的"新变"包括声律、用事、排偶三个方面。南齐武帝永明年间，竟陵王门下的萧衍、沈约、王融等人发起了一场由宫廷贵族延伸至下层士子的文学运动。这股以四声八病为基础，弥漫着柔靡艳情的诗歌创作潮流势不可挡，沈约是其中的领袖人物。任

---

① （梁）萧子显：《南齐书》，北京：中华书局，1972年，第908页。

昉虽然官不及沈约，但他"奖近士友，……故衣冠贵游莫不多与交好"①，其文学才能也受到了统治者的充分肯定。萧绎《金楼子·立言》云："任彦升甲部阙如，才长笔翰，善辑流略，遂有龙门之名，斯亦一时之盛。"② 萧纲《与湘东王书》云："近世谢朓、沈约之诗，任昉、陆倕之笔，斯实文章之冠冕，述作之楷模。"③ 任昉喜用事，其创作风格对少年士子的影响同样深远。

面对着比自己年长，贵为朝廷命官，又是文坛翘楚的沈约、任昉，钟嵘的评价丝毫不敢马虎。更何况他们还有众多倾慕者，哪怕是在他们死后品第其诗，也是与众人为敌。刘勰作《文心雕龙》时对当代文学或避而不谈，或多溢美之词，钟嵘却直面文坛现状，其批评具有很强的现实针对性。他指出沈约、任昉的文风以吟咏艳情为主、以用事为荣，对士子的诗歌创作有非常不利的影响，因此极为严肃地、甚至是有些苛刻地评价二者之诗。

《诗品·序》云："王云长创其首，谢朓、沈约扬其波。三贤咸贵公子孙，幼有文辩。士流景慕，务为精密，襞积细微，专相凌架。故使文多拘忌，伤其真美。……至于平上去入，则余病未能，蜂腰鹤膝，闾里已甚。"④ 王元长即王融。钟嵘明确指出声律论首创于王融而非沈约，且声律论会伤害诗歌的"真美"。张伯伟说："钟嵘这样讲，可以收到两重效果：一是破除沈约所谓'自骚人以来，此秘未睹'（《宋书·谢灵运传论》）的自矜独得；二是将这种见解归于民间俗文学的源流中，排斥于雅文学之外。……因此，就这一方面，钟嵘的评论是有着强烈的主观色彩的。"⑤ 钟嵘有意排抑沈约的声律论，到了故意混淆诗歌声律与音乐律吕的程度。

---

① （唐）李延寿：《南史》，第 1455 页。
② （南朝梁）钟嵘著，古直笺，曹旭导读、整理集评：《诗品》，第 50 页。
③ （南朝梁）钟嵘著，古直笺，曹旭导读、整理集评：《诗品》，第 50 页。
④ （南朝梁）钟嵘著，古直笺，曹旭导读、整理集评：《诗品》，第 13 页。
⑤ 张伯伟：《钟嵘〈诗品〉研究》，第 143 页。

至于任昉，尽管有各种不情愿，钟嵘仍将任昉"擢于"中品，这种心态非常微妙。对此，古直分析得很透彻："当时倾慕彦升者多，仲伟擢昉中品，殆不得已，故抑扬之际，微文寓焉。自序所云：'三品升降，差非定制。方申变裁，请寄知者。'当为此辈发也。"① 假如任昉没有如此之多的倾慕者，钟嵘不是迫于舆论压力，按照他的本心，极有可能将任诗列入下品。不过，钟嵘深知，即便将任诗列入中品，少年士子也是不满意的，因而在自序中他为自己留了一条后路，表明以三品论人是可以商榷的。这条既保留了自己的态度又留有余地的评论，充分体现了钟嵘富有弹性的批评智慧，同时也说明《诗品》原本就是对时俗诗歌主张的异质性批评的产物。

不过，钟嵘对沈约、任昉的批评存在较大争议。最大的问题是，沈约、任昉对后世的影响是否都是消极的？诗史表明，唐诗乃由六朝诗孕育而生，没有六朝诗对繁缛、清丽诗风的雕塑，对声律、用典的自觉追求，唐诗不会呱呱坠地。钟嵘当然不可能预料到身后诗史的发展，不过他分明看到了新变的态势势不可挡，但他不是站在积极肯定的角度来欣赏六朝诗的新变，而是完全误判了新变的重要性，以一种严肃的斗士的心态打压新变的苗头。

有人认为钟嵘之所以持反对态度，与他和沈约之间的个人恩怨有关。②《南史》的记载表明钟嵘的批评有报宿憾的动机。后来不少人为钟嵘辩护。张锡瑜《钟记室诗平》曰："嵘之评约，实非有意贬抑。沈诗具在，后世自有公评。衡以范、江，适得其分。'报憾'之言，所谓以小人之腹，度君子之心耳。"③《四库提要》曰："列约中品，未为排抑。"④ 古直认为钟嵘将沈约列入中品，而迁

---

① （南朝梁）钟嵘著，古直笺，曹旭导读、整理集评：《诗品》，第 50 页。
② 此处可参考曹旭、杨远义：《钟嵘与沈约：齐梁诗学理论的碰撞与展开》，《上海师范大学学报》，2009 年，第 6 期。
③ （南朝梁）钟嵘著，古直笺，曹旭导读、整理集评：《诗品》，第 51 页。
④ （南朝梁）钟嵘著，古直笺，曹旭导读、整理集评：《诗品》，第 51 页。

回曲折地讲了不少坏话，原因是"约身参佐命，劫持文炳，其人虽死，余烈犹存。仲伟纡回曲折，列之中品，盖有苦心焉，非特不排抑而已"①。曹旭则认为："报宿憾之说，虽史料阙如，孤证无援，人多不信。然沈约喜四声八病，倡声律之说，见重闾里。则钟嵘与沈约，不啻诗学仇家。"②无论钟嵘的动机如何，他的诗学主张在当时具有很强的异质性，这一点是毫无疑问的。

（二）《采菽堂古诗选》诞生的诗学语境

进入清代，《诗品》当初与永明体针锋相对的"异质性"的硝烟早已散去，凝定为温吞的诗学批评经典。清代诗论家对它的接受跳脱了六朝的诗学语境，转为对当下诗坛的关注。

《采菽堂古诗选》评选者陈祚明的批评活跃期基本处于清初。经历了亡国之痛的清初诗论家对明七子的模拟之风和竟陵派的空疏无学批评得非常严厉。陈祚明也是如此。他认为以李攀龙为首的明代诗人只知涂窜古诗，剽窃陈言，失去了作诗之根本："故言诗不准诸情，取靡丽谓修辞，厥要弊，使人矜强记，采摭勤窃古人陈言，徒涂饰字句，怀来郁不吐，志不可见，失其本矣。"③竟陵派则矫枉过正，崇情刊词，品格不高："于是惩噎而辍食，思一矫革，大创之，因崇情刊辞，即卑陋俚下；无所择，不轨于雅正，疾文采如仇雠。"④因此，他主张折中调和七子与竟陵之弊，提倡情为辞先，情辞并举："诗之大旨，惟情与辞……古今人之善为诗者，体格不同而同于情，辞不同而同于雅。予之此选，会王李、钟谭，两家之说，通其蔽而折衷焉。其所谓择辞而归雅者，大较

① （南朝梁）钟嵘著，古直笺，曹旭导读、整理集评：《诗品》，第51页。
② （南朝梁）钟嵘著，古直笺，曹旭导读、整理集评：《诗品》，第51页。
③ （清）陈祚明著，李金松点校：《采菽堂古诗选》凡例，第1—2页。
④ （清）陈祚明著，李金松点校：《采菽堂古诗选》凡例，第2页。

以言情为本。"① 他对沈约之诗不吝赞美之词，将任昉之诗提高到前人从未达到的高度，即本于此。

钟嵘在任昉去世后十年离世，无法看到任诗对后世诗史产生的影响。陈祚明晚于任昉一千多年。他非常关注任昉晚年之诗对杜甫产生的影响，从诗史变迁的角度重新认识任昉之诗。其评任昉《答何征君》曰：

> 如"倾壶"二句，何等矫健！真开少陵之先。②

评任昉《出郡传舍哭范仆射》其一曰：

> "结欢"二句，率直哀伤，亦开少陵之先。……其用意委折如此。
> 吾谓开少陵之先，当不诬也。③

评任昉《答到建安饷杖》曰：

> 此诗风味开少陵之先，赏爱不已。④

---

① （清）陈祚明著，李金松点校：《采菽堂古诗选》凡例，第4页。

② 《答何征君》："散诞羁鞿外，拘束名教里。得性千乘同，山林无朝市。勿以耕蚕贵，空笑易农士。宿昔仰高山，超然绝尘轨。倾壶已等乐，命管亦齐喜。无为叹独游，若终方同止。"（清）陈祚明著，李金松点校：《采菽堂古诗选》，第786—787页。

③ 《出郡传舍哭范仆射》其一："平生礼数绝，式瞻在国桢。一朝万化尽，犹我故人情。待时属兴运，王佐俟民英。结欢三十载，生死一交情。携手遁衰孽，接景事休明。运阻衡言革，时泰玉阶平。濬冲得茂彦，夫子值狂生。伊人有泾渭，非余扬浊清。将乖不忍别，欲以遣离情。不忍一辰意，千龄万恨生。"（清）陈祚明著，李金松点校：《采菽堂古诗选》，第788页。

④ 《答到建安饷杖》："故人有所赠，称以冒霜筠。定是湘妃泪，潜洒逐邻彬。扶危复防咽，事归薄暮人。劳君尚齿意，矜此杖乡辰。复资后坐彦，候余方欠伸。献君千里笑，舒我百忧顿。坐适虽有器，卧游苦无津。何由乘此竹，直见平生亲？"（清）陈祚明著，李金松点校：《采菽堂古诗选》，第788页。

以上三例均以"开少陵之先"作结，表明陈祚明充分意识到了任昉对杜甫的影响。陈祚明从南朝诗对唐诗的影响这个角度来评价和阐释任昉诗歌的地位，自然能作出与钟嵘不同的评价。任昉诗能"开少陵之先"，为唐诗的前驱，而钟嵘谓其"不得奇"；任诗用典，钟嵘又谓少年士子不宜学，陈祚明认为这是钟嵘对任昉的污蔑。试想沈约当年，亦一时之雄也；任昉与之齐名，焉能庸才欺世？钱钟书《管锥编》云："观《颜氏家训·文章》篇记邢邵服沈而魏收慕任，'邺下纷纭，各有朋党'，则盛名远布，敌国景崇。"[1]任昉之官（太守）并不足以使人结为朋党，使敌国景崇，全凭其诗才。钟嵘对任昉评价如此之低，难怪陈祚明大动肝火，相隔千年，执意与他打文字官司。

小结

钟嵘冒天下之大不韪，对沈约、任昉的诗歌创作发出挑战，提倡模拟为工，主张恢复雅音，其批评在当时具有强烈的异质性。千年以后，由于诗学语境的差异，陈祚明认为沈约、任昉乃南朝诗坛之翘楚，对唐诗的开创功不可没。其批评相对于钟嵘，同样具有强烈的异质性。值得一提的是，陈沆的《诗比兴笺》和王叔岷的《钟嵘诗品笺证稿》对陈祚明的看法亦表达了强烈的质疑。[2] 陈沆等人关于陈祚明对《诗品》的质疑又构成了新一轮的异质性批评。正是有了这些层出不穷的异质性批评，《诗品》接受史始终充满活力，为我们理解、研究汉魏六朝诗提供新的思考路径。

---

[1] 钱钟书：《管锥篇》，北京：中华书局，1979年，第1406页。

[2] 参考吕光华：《论清人古诗选集对钟嵘〈诗品〉的接受和批评——以王夫之〈古诗评选〉和陈祚明〈采菽堂古诗选〉为例》，第26—27页。

附表：《采菽堂古诗选》与《诗品》入选诗人比较

上品

入选诗人	《采菽堂古诗选》	《诗品》
李陵	P73	P19
班婕妤	P79	P20
古诗十九首	P80	P17
曹植	P154	P21
刘桢	P202	P23
王粲	P189	P24
阮籍	P236	P25
陆机	P293	P26
潘岳	P332	P27
张协	P353	P28
左思	P344	P29
谢灵运	P518	P30

中品

入选诗人	《采菽堂古诗选》	《诗品》
秦嘉、嘉妻徐淑	P109	P31
曹丕	P136	P32
嵇康	P218	P33
张华	P267	P34
何晏、孙楚、王讚、张翰、潘尼	P215、P359、P358、P349、P341	P35
应璩	P208	P36
陆云、石崇、曹摅、何劭	P319、P361、P363、P292	P37
刘琨、卢谌	P369、P373	P38

入选诗人	《采菽堂古诗选》	《诗品》
郭璞	P379	P39
袁宏	P1370	P40
郭泰机、顾恺之、谢世基、顾迈、戴凯	P369、无、P1398、无、无	P41
陶潜	P388	P42
颜延之	P503	P43
谢瞻、谢混、袁淑、王微、王僧达	P555、P436、P606、P607、P608	P44
谢惠连	P558	P45
鲍照	P563	P46
谢朓	P635	P47
江淹	P752	P48
范云、丘迟	P774、P779	P49
任昉	P783	P50
沈约	P720	P51

下品

入选诗人	《采菽堂古诗选》	《诗品》
班固、郦炎、赵壹	P94、P103、P102	P53
魏武帝、魏明帝	P127、P151	P54
魏白马王彪、徐干	无、P199	P55
阮瑀、欧阳建、应璩（应瑒）、嵇含、阮侃、嵇邵、枣据	P210、P365、P206、P367、P235、P235、P288	P56
张载、傅玄、傅咸、缪袭、夏侯湛	P351、P275、P284、P212、P1362	P57
王济、杜预、孙绰、许询	无、无、P384、无	P58
戴逵、殷仲文	无、无	P60
傅亮	P603	P61

入选诗人	《采菽堂古诗选》	《诗品》
何长瑜、羊曜璠（羊睿之）、范晔	无、无、P604	P62
宋孝武帝（刘骏）、宋南平王铄、宋建平王宏	P492、P495、无	P63
谢庄	P515	P64
苏宝生、陵修之、任昙绪、戴法兴	诗俱无存	P65
区惠恭	无	P66
惠休上人、道猷上人、释宝月	P610、P442、无	P67
齐高帝、张永、王俭	P627、无、P628	P69
谢超宗、丘灵鞠、刘祥、檀超、钟宪、颜则、顾则心	无、无、无、无、无、无、P674	P70
毛伯成、吴迈远、许瑶之	无、P605、无	P71
鲍令晖、韩兰英	P602、P676	P72
张融、孔稚珪	P671、P672	P73
王融、刘绘	P629、P670	P74
江祐、江祀	无、无	P75
王巾、卞彬、卞录	无、无、无	P76
袁嘏	无	P77
张欣泰、范缜	无、无	P78
陆厥	P672	P79
庾羲、江洪	无、无	P80
鲍行卿、孙察	无、无	P81

第十章 《采菽堂古诗选》对《古诗源》的影响

王宏林《沈德潜诗学思想研究》单辟一小节论述《古诗源》所受《采菽堂古诗选》之影响，列举沈德潜袭美陈祚明凡六处，分别为评《练时日》、评《有所思》、评《上邪》，评《艳歌行》、评《陇西行》、评《古诗为焦仲卿妻作》。所得结论为："沈德潜对诗篇主旨和风格的分析，多来自陈祚明。有时是改变了叙述方式，但意思和评论重点相同；有时是直接承袭，更多是对陈祚明之评进行精简。"① 王宏林将《采菽堂古诗选》之影响置诸《古今诗删》《古诗归》及《古诗选》之后。这个结论虽然肯定了陈祚明对沈德潜的影响，但是并未充分估计《采菽堂古诗选》对于沈德潜编选《古诗源》的重要意义。本章将阐述陈祚明《采菽堂古诗选》对沈德潜编选《古诗源》的影响。

---

① 王宏林：《沈德潜诗学思想研究》，第 21 页。

第一节 《采菽堂古诗选》的评论对于《古诗源》的影响

    陈祚明编选《采菽堂古诗选》以《诗纪》为底本,先次第时代,后分别作者,所选诗共计 4521 首,规模宏大,体势不凡。沈德潜编选《古诗源》,多取径《采菽堂古诗选》。为概念清晰起见,本章将陈祚明的评论分为两类,第一类为总论,一般置于诗篇正文之前,包括作者传记之类;第二类为评注,一般置于诗篇正文中间或者后面。

一 质的分析

    陈祚明《采菽堂古诗选·凡例》云:"惟古诗用《诗纪》本。"[①] 沈德潜《古诗源·例言》亦云:"《诗纪》备详,兹择其尤雅者。"[②] 两者似乎都以《诗纪》作为底本。不过,《古诗源》时常与《采菽堂古诗选》作对话之体,可见沈德潜在评选过程中以《采菽堂古诗选》为重要参考对象。

    (1)陈祚明评谢灵运《过白岸亭诗》曰:

[①](清)陈祚明著,李金松点校:《采菽堂古诗选》凡例,第 13 页。
[②](清)沈德潜著:《古诗源》例言,第 1 页。

"栖黄""黄"字，终未安妥，不知可作"栖鸟"否？①

沈德潜评是诗则曰：

"止栖黄"，言黄鸟止于栖也。然终未妥。②

（2）陈祚明总论《鸡鸣》云：

此曲前后辞不相属，盖采诗入乐合而成章耶？抑有错简紊误也？③

沈德潜总论是诗则云：

此曲前后辞不相属，盖采诗入乐，合而成章。非有错简紊误也。后多放此。④

（3）陈祚明评陆机《为顾彦先赠妇·其二》云：

此首稍亮，有古意。但似是妇赠，非赠妇，何也？⑤

沈德潜评是诗则云：

---

① （清）陈祚明著，李金松点校：《采菽堂古诗选》卷十七，第541页。
② （清）沈德潜著：《古诗源》卷十，第242页。
③ （清）陈祚明著，李金松点校：《采菽堂古诗选》卷二，第22页。
④ （清）沈德潜著：《古诗源》卷三，第72页。
⑤ （清）陈祚明著，李金松点校：《采菽堂古诗选》卷十，第312页。

上章赠妇，下章妇答。古有此体。①

(4) 陈祚明评鲍照《绍古辞·其二》曰：

易"旌"为"旗"，终是未安，拟改曰"念如悬旌危"。②

沈德潜评是诗则曰：

易"旌"为"旗"，古人亦有此种强押。③

(5) 陈祚明评张正见《秋日别庾正员》曰：

高亮之调。④

沈德潜评是诗则曰：

遇好句不十分卑弱者，亦便收入。钞诗者至此，眼界放下几许矣。⑤

(1) 沈德潜在陈评的基础上对"栩黄"略作解释，(2)、(3)、(4) 沈德潜

① （清）沈德潜著：《古诗源》卷七，第 160 页。
② （清）陈祚明著，李金松点校：《采菽堂古诗选》卷十九，第 595 页。
③ （清）沈德潜著：《古诗源》卷十一，第 262 页。
④ （清）陈祚明著，李金松点校：《采菽堂古诗选》补遗卷三，第 1441 页。
⑤ （清）沈德潜著：《古诗源》卷十四，第 335 页。

将陈祚明的疑问转为陈述，并以"古有此体""古人亦有此种强押"对陈祚明的疑问作答，(5)沈德潜的评论显然是针对陈祚明"有美必录"的选诗原则而发，"钞诗者"的说法将陈祚明贬低了一格，很有些针锋相对的味道。由此可见，沈德潜虽自云其编选《古诗源》以《古诗纪》为底本，但实际操作过程乃以《采菽堂古诗选》为重要参考对象。

沈德潜袭用陈祚明评语的手法，大致说来有三种：其一是或照搬或裁剪后照搬；其二是涂窃数字，以为己用；其三是改头换面，化用引申。

(一)或照搬或裁剪后照搬

(1)谢朓《同王主簿有所思》，陈祚明评曰：

> 即景含情，怨在言外。法同唐绝，而调稍高。①

沈德潜则评曰：

> 即景含情，怨在言外。②

(2)魏文帝《杂诗二首·其二》，陈祚明评曰：

> 二诗独以自然为宗，言外有无穷悲感，若不止故乡之思。寄意不言，深远独绝，诗之上格也。③

沈德潜则曰：

① （清）陈祚明著，李金松点校：《采菽堂古诗选》卷二十，第639页。
② （清）沈德潜著：《古诗源》卷十二，第273—274页。
③ （清）陈祚明著，李金松点校：《采菽堂古诗选》卷五，第148—149页。

二诗以自然为宗，言外有无穷悲感。①

（3）陈祚明评古逸《韩凭妻答夫歌》曰：

康王得书，以问苏贺。贺曰："'雨淫淫'，愁且思也；'河水深'，不得往来也。'日当心'者，死志也。"语奇创。②

沈德潜之评则曰：

王得书，以问苏贺。贺曰："'雨淫淫'，愁且思也；'河水深'，不得往来也。'日当心'，死志也。"语特奇创。③

这三条沈德潜基本上对陈评没有大的改动，只是截取了其中最为精要的评语而已。

（二）涂改字句，以为己用

（1）谢惠连《西陵遇风献康乐五章·其五》，沈德潜与陈祚明的评语仅一字不同。陈祚明评曰：

雅音徘徊，清婉可味。④

沈德潜则评曰：

---

① （清）沈德潜著：《古诗源》卷五，第108页。
② （清）陈祚明著，李金松点校：《采菽堂古诗选》卷三十七，第1251—1252页。
③ （清）沈德潜著：《古诗源》卷一，第20页。
④ （清）陈祚明著，李金松点校：《采菽堂古诗选》卷十八，第561页。

雅音徘徊，清婉可诵。①

（2）《惠帝时洛阳童谣》，陈祚明之评为：

可以为戒。风俗妖淫过甚，必有兵戈之惨。自古类然。此歌自是民间识微者所作，不必荧惑始能为之。②

沈德潜之评则曰：

风俗奢淫过甚，必有兵戈之惨继之。千秋炯戒也。③

（3）陈祚明评刘琨《扶风歌》曰：

酸楚淋漓，亦复不知所云。④

沈德潜之评则曰：

悲凉酸楚，亦复不知所云。⑤

---

① （清）沈德潜著：《古诗源》卷十一，第247页。
② （清）陈祚明著，李金松点校：《采菽堂古诗选》卷三十七，第1283页。
③ （清）沈德潜著：《古诗源》卷九，第220页。
④ （清）陈祚明著，李金松点校：《采菽堂古诗选》卷十二，第373页。
⑤ （清）沈德潜著：《古诗源》卷八，第177页。

（4）陈祚明评江总《哭鲁广达》曰：

"负恩生"不嫌自指，情真可垂。①

沈德潜之评则曰：

不嫌自汙，真情可悯。②

这四条沈德潜或改一字，或改一到两个词，总的来说，改动也不大。

（三）**改头换面，化用引申**

（1）陈祚明评鲍照《代东门行》曰：

其源出于古乐府，而忧壮之音，兼孟德雄风。结句不振。③

沈德潜评鲍照《代出自蓟北门行》则曰：

明远能为抗壮之音，颇似孟德。④

（2）刘琨《重答卢谌》，陈祚明评曰：

拉杂繁会，哀音无次，有《离骚》之情，用《七哀》之意，沉雄

---

① （清）陈祚明著，李金松点校：《采菽堂古诗选》卷三十，第 997 页。

② （清）沈德潜著：《古诗源》卷十四，第 334 页。

③ （清）陈祚明著，李金松点校：《采菽堂古诗选》卷十八，第 564 页。

④ （清）沈德潜著：《古诗源》卷十一，第 252 页。

变宕，自成绝调。"宣尼"二句，名字回环具见，悲愤杂集，不足为累。①

沈德潜之评则曰：

"宣尼"二句，重复言之。与阮籍"多言焉所告，繁辞将诉谁"，同一反覆申言之意。拉杂繁会，自成绝调。②

(3) 谢朓《玉阶怨》，陈祚明评曰：

此首竟是唐绝，其情亦深。长夜缝衣，初悲独守。归期未卜，来日方遥，道一夕之情，馀永久之感。③

沈德潜之评则曰：

竟是唐人绝句，在唐人中为最上者。④

(4) 常景《赞四君·扬雄》，陈祚明评曰：

结有逸韵。五诗皆自寓，用意多风体，是《五君咏》之遗，颇

---

① （清）陈祚明著，李金松点校：《采菽堂古诗选》卷十二，第 372 页。
② （清）沈德潜著：《古诗源》卷八，第 167 页。
③ （清）陈祚明著，李金松点校：《采菽堂古诗选》卷二十，第 639 页。
④ （清）沈德潜著：《古诗源》卷十二，第 273 页。

亦苍警。①

沈德潜之评则曰：

　　不及《五君咏》者，颜作能写性情，此只引得故实也。以气体大方，
收之。②

（5）北魏歌辞《咸阳王歌》，陈祚明之评曰：

　　情致深切，语外多无尽之音。元魏文人甚稀，诗多直率。而后宫
女子，乃能凄婉动人若此。益信诗在情深。③

沈德潜之评则曰：

　　深情出以婉节，自能动人。一时文人诗，浅率无味。愧宫中女子
多矣。④

（6）陈祚明评曹操《步出东门行四篇·龟虽寿》曰：

　　孟德能于《三百篇》外独辟四言声调，故是绝唱。⑤

────────────────

① （清）陈祚明著，李金松点校：《采菽堂古诗选》卷三十一，第 1031 页。
② （清）沈德潜著：《古诗源》卷十四，第 338 页。
③ （清）陈祚明著，李金松点校：《采菽堂古诗选》卷三十七，第 1270 页。
④ （清）沈德潜著：《古诗源》卷十四，第 340 页。
⑤ （清）陈祚明著，李金松点校：《采菽堂古诗选》卷五，第 130 页。

沈德潜之评则曰：

曹公四言，于《三百篇》外，自开奇响。①

(7) 陈祚明总评左思曰：

太冲一代伟人，胸次浩落洒然，流咏似孟德，而加以流丽；仿子建，而独能简贵。创成一体，垂式千秋……钟嵘以为"野于陆机"，悲哉！彼安知太冲之陶乎汉魏，化乎矩度哉？②

沈德潜之总论则曰：

钟嵘评左诗，谓"野于陆机，而深于潘岳"，此不知太冲者也。太冲胸次高旷，而笔力又复雄迈。陶冶汉魏，自制伟词。故是一代作手。岂潘陆辈所能比坿。③

(8) 陈祚明评江总《闺怨篇》曰：

轻隽。字字缀上，极脆，便是填词法。④

沈德潜之评则曰：

① (清) 沈德潜著：《古诗源》卷五，第 105 页。
② (清) 陈祚明著，李金松点校：《采菽堂古诗选》卷十一，第 344 页。
③ (清) 沈德潜著：《古诗源》卷七，第 163 页。
④ (清) 陈祚明著，李金松点校：《采菽堂古诗选》卷三十，第 998 页。

竟似唐律，稍降则为填词矣。学者当防其渐。①

(9) 陈祚明评阮籍《咏怀诗·林中有奇鸟》曰：

可知远引之怀，特为处非其位，度无所济，惟可洁身。②

沈德潜之评则曰：

凤凰本以鸣国家之盛。今九州八荒，无可展翅，而远去昆仑之西。于洁身之道得矣。其如处非其位何？所以怆然心伤也。③

(10)《陌上桑》，陈祚明评曰：

三解。乐府体总以铺陈艳异为工，与古诗确分二种……落落无章法，乃其章法之妙也。④

沈德潜之评则曰：

三解。铺陈秩至，与辛延年《羽林郎》一副笔墨。此乐府体别与

---

① （清）沈德潜著：《古诗源》卷十四，第334页。
② （清）陈祚明著，李金松点校：《采菽堂古诗选》卷八，第253页。
③ （清）沈德潜著：《古诗源》卷六，第141页。
④ （清）陈祚明著，李金松点校：《采菽堂古诗选》卷二，第24页。

古诗者在此……若有章法，若无章法，是古人入神处。①

　　这十条沈德潜对陈祚明的评语改动略大。（1）、（3）、（4）、（5）（6）、（7）、（8）是改变了叙述方式，意思相同；（2）是用不同的例子进行了说明同一个意思；（9）、（10）条则对陈祚明的评语进行了补充。

　　以上所列不过沈德潜《古诗源》评论取径于陈祚明《采菽堂古诗选》评论的冰山一角。更多事例详见附录表1。古人并无著作权概念，引用他人评语加以引申原本极为平常，但如此大规模的"借鉴"实为罕见，沈德潜于《古诗源》例言及序均只字未提对《采菽堂古诗选》的"借鉴"，颇失君子之德。

　　《古诗源》袭用陈祚明《采菽堂古诗选》评语之处虽多，却并非亦步亦趋。由于诗学观念的不同，沈德潜自有其独立于陈祚明的见解。不过他对陈祚明的反对意见并不客观。《古诗源》中唯一一处提及陈祚明的评语是："子山诗固是一时作手……武陵②陈胤倩谓少陵不能青出于蓝，直是亦步亦趋，则又太甚矣。"③ 然而陈祚明对庾信的评语是："子山惊才盖代……浩浩湃湃，成其大家……庾开府诗是少陵前模，非能青出于蓝，直是亦步亦趋，独当以他体之优见异耳！若五言、短律、长排及之为喜，不复可过。"④ 沈德潜把陈祚明评论的前提条件完全抹掉，故意曲解其意，使陈祚明的评语呈现出明显的漏洞。实际上，陈祚明说杜甫未能青出于蓝，只是针对五言、短律、长排这三种文体而言。他的评语完整的表述应该是，杜甫在五言、短律、长排

---

① （清）沈德潜著：《古诗源》卷三，第73页。

② 沈德潜所谓"武陵"当为"武林"，即今杭州。

③ （清）沈德潜著：《古诗源》卷十四，第346页。此一段论说亦出现在沈德潜《说诗晬语》中，只不过调换了一些句子的顺序。参见沈德潜著：《说诗晬语》，第205页。

④ （清）陈祚明著，李金松点校：《采菽堂古诗选》卷三十三，第1080—1081页。

这三种文体上对庾信有所继承，甚至是亦步亦趋（这个表述当然有些过头，但也不是完全没有道理），但在其他文体上开创了新的局面（这一句非常重要，体现出了杜甫的创新性）。从某种意义上来看，沈德潜是故意曲解了陈祚明的意思。沈德潜以否定语气提及陈祚明之见解的原因在于掩盖其袭用陈祚明《采菽堂古诗选》评语的事实。沈德潜《古诗源·序》中提到的"使览者穷本知变，以渐窥风雅之遗意。犹观海者由逆河上之以溯昆仑之源。于诗教未必无少助也夫"①，也是对陈祚明《采菽堂古诗选凡例》所云"予亟表古诗，示准的，学者游息其中，譬寻河得源，顺流而下至溟渤，盖无难焉"②的翻版。

二　量的分析

如前文所述，沈德潜《古诗源》多参考陈祚明《采菽堂古诗选》而落笔，或附议，或涂改，或引申，或反驳，手法多样，不一而足。兹统计《古诗源》与《采菽堂古诗选》相关者如下。

（一）汉诗

沈德潜所选汉诗与陈祚明所选均有总论者，共计 59 篇。沈德潜所拟总论与陈祚明相同者，共计 52 首，不同者仅有 7 首③。相似度④超过 88%。

沈德潜所选汉诗与陈祚明所选均有评注者，共计 90 篇。沈德潜所拟评注与陈祚明相同者，共计 41 首，不同者有 49 首。相似度超过 45%。

---

① （清）沈德潜著：《古诗源》序，第 2 页。

② （清）陈祚明著，李金松点校：《采菽堂古诗选》凡例，第 9 页。

③ 本文所谓"相同"者，指的是沈德潜所附总论或评论与陈祚所附总论或评注存在相同、化用、袭用等关系。反之则谓为"不同"。

④ 相似度 = 相同数/（相同数 + 不同数）。

（二）魏诗

沈德潜所选魏诗与陈祚明所选均有总论者，共计 20 篇。沈德潜所拟总论与陈祚明相同者，共计 13 首，不同者仅有 7 首。相似度达 65％。

沈德潜所选魏诗与陈祚明所选均有评注者，共计 55 篇。沈德潜所拟评注与陈祚明相同者，共计 22 首，不同者有 33 首。相似度达 40％。

（三）晋诗

沈德潜所选晋诗与陈祚明所选均有总论者，共计 26 篇。沈德潜所拟总论与陈祚明相同者，共计 17 首，不同者仅有 9 首。相似度超过 65％。

沈德潜所选晋诗与陈祚明所选均有评注者，共计 97 篇。沈德潜所拟评注与陈祚明相同者，共计 20 首，不同者有 69 首。相似度超过 28％。

（四）宋诗

沈德潜所选宋诗与陈祚明所选均有总论者，共计 17 篇。沈德潜所拟总论与陈祚明相同者，共计 15 首，不同者仅有 2 首。相似度超过 88％。

沈德潜所选宋诗与陈祚明所选均有评注者，共计 70 篇。沈德潜所拟评注与陈祚明相同者，共计 22 首，不同者有 48 首。相似度超过 31％。

（五）齐诗

沈德潜所选齐诗与陈祚明所选均有总论者，共计 6 篇。沈德潜所拟总论与陈祚明相同者，共计 5 首，不同者仅有 1 首。相似度超过 83％。

沈德潜所选齐诗与陈祚明所选均有评注者，共计 14 篇。沈德潜所拟评注与陈祚明相同者，共计 4 首，不同者有 10 首。相似度超过 28％。

（六）梁诗

沈德潜所选梁诗与陈祚明所选均有总论者，共计 11 篇。沈德潜所拟总论与陈祚明相同者，共计 7 首，不同者仅有 4 首。相似度超过 63％。

沈德潜所选梁诗与陈祚明所选均有评注者，共计 44 篇。沈德潜所拟评注与陈祚明相同者，共计 16 首，不同者有 28 首。相似度超过 36％。

（七）陈诗

沈德潜所选陈诗与陈祚明所选均有总论者，共计 1 篇。沈德潜所拟总论与陈祚明相同者，共计 1 首，无不同者。相似度 100％。

沈德潜所选陈诗与陈祚明所选均有评注者，共计 11 篇。沈德潜所拟评注与陈祚明相同者，共计 3 首，不同者有 8 首。相似度超过 27％。

（八）北魏诗

沈德潜所选北魏诗与陈祚明所选均有总论者，共计 6 篇。沈德潜所拟总论与陈祚明相同者，共计 6 首，无不同者。相似度为 100％。

沈德潜所选北魏诗与陈祚明所选均有评注者，共计 7 篇。沈德潜所拟评注与陈祚明相同者，共计 5 首，不同者有 2 首。相似度超过 71％。

（九）北齐诗

沈德潜所选北齐诗与陈祚明所选均有总论者，共计 3 篇。沈德潜所拟总论与陈祚明相同者，共计 2 首，不同者仅有 1 首。相似度超过 65％。

沈德潜所选北齐诗与陈祚明所选均有评注者，共计 4 篇。沈德潜所拟评注与陈祚明相同者，共计 4 首，无不同者。相似度为 100％。

（十）北周诗

沈德潜所选北周诗与陈祚明所选均有总论者，共计 1 篇。沈德潜所拟总论与陈祚明相同者，共计 1 首，无不同者。相似度为 100％。

沈德潜所选北周诗与陈祚明所选均有评注者，共计 10 篇。沈德潜所拟评注与陈祚明相同者，共计 2 首，不同者有 8 首。相似度达 20％。

（十一）隋诗

沈德潜所选隋诗与陈祚明所选均有总论者，共计 5 篇。沈德潜所拟总论与陈祚明相同者，共计 3 首，不同者仅有 2 首。相似度为 60％。

沈德潜所选隋诗与陈祚明所选均有评注者，共计 12 篇。沈德潜所拟评注与陈祚明相同者，共计 5 首，不同者有 7 首。相似度超过 41％。

（十二）古逸诗

沈德潜所选古逸诗与陈祚明所选均有总论者，共计 41 篇。沈德潜所拟总论与陈祚明相同者，共计 39 首，不同者仅有 2 首。相似度超过 95％。

沈德潜所选古逸诗与陈祚明所选均有评注者，共计 56 篇。沈德潜所拟评注与陈祚明相同者，共计 21 首，不同者有 35 首。相似度超过 37％。

将以上数据汇总，以全书而论，《古诗源》与《采菽堂古诗选》均有评论（含总论和评注）者，共计 666 首，其中有 334 首相同，总相似度超过 50％。足可以说明沈德潜编选《古诗源》受陈祚明《采菽堂古诗选》影响之深。

第二节 《采菽堂古诗选》的诗学思想对《古诗源》的影响

通过第一节的统计数据，我们可以确定沈德潜编选《古诗源》时以陈祚明《采菽堂古诗选》为重要参考对象。本节将着重从古诗风貌的构建和温柔敦厚的诗学思想两个方面探讨《采菽堂古诗选》对《古诗源》的影响。

一　对古诗风貌的构建

《古诗源》对古诗风貌的构建主要受到《古今诗删》和《采菽堂古诗选》的影响。表1描述了李攀龙《古今诗删》、沈德潜《古诗源》、陈祚明《采菽堂古诗选》及逯钦立《先秦汉魏晋南北朝诗》（以下称"逯著"）各时代收录篇目数量的基本情况①：

表1

时代	古诗源	古今诗删	采菽堂古诗选	逯著
汉	160	87	265	615
魏	110	66	364	582

① 《古今诗删》及逯著数据来源于王宏林著：《沈德潜诗学思想研究》，第14页。

时代	古诗源	古今诗删	采菽堂古诗选	逯著
晋	192	177	972	1805
宋	125	63	447	810
齐	44	51	186	435
梁	104	92	886	2270
陈	22	17	252	591
北朝	48	14	417	773
隋	36	8	249	443
古逸	134	17	483	213
合计	975	592	4521	8537

根据上表 1 提供的数据（不包括古逸部分）绘制下图：

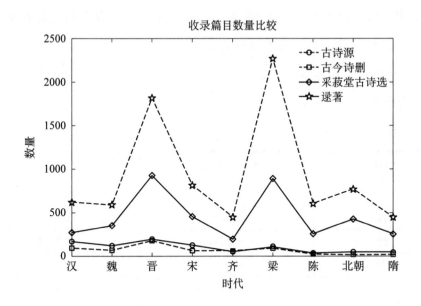

由上图可知，《古诗源》与《古今诗删》彼此差别不大，而《采菽堂古诗选》所描述的古诗风貌则非常接近逯钦立的《先秦汉魏晋南北朝诗》。关于将《采菽堂古诗选》与《先秦汉魏晋南北朝诗》进行比较的意义，参见

第三章第一节的相关论述。古逸部分陈祚明所收录的作品比逯钦立的《先秦汉魏晋南北朝诗》多出 270 首，主要原因是逯钦立并未单列古逸卷，只是单列先秦诗。他在先秦诗卷六中列入逸诗六十三首，其余为歌、谣、杂辞、诗、古谚语。陈祚明则单列古逸二卷，不仅包括先秦诗，也包括汉至北魏的歌辞、先秦至对隋代的谣辞、汉里语、晋里语、琴操、逸诗、古谚、古铭、古箴、祝词等等。由于选入的时代扩充至隋代，再加上选入的文体类型更加丰富，使得陈祚明的古逸部分比逯钦立的先秦卷要多 270 首。通过分析"古逸"的组成，我们发现，陈祚明对于"古"并不在意，选诗的时代并不局限于先秦，他着重的是"逸"，即那些很有可能被选家忽视、抛弃的文本。从选录的内容来看，这些文本中的谚语、里语、谣辞、歌辞等等，很多都是来源于民间，带有底层人民生活的痕迹。祝词、古箴、古铭则是实用文体，这些作品未必精美，但皆有其一二可取之处，陈祚明将其收录其间，与其有美必录的准则有莫大关系。

若以选本自身作为基准，计算《采菽堂古诗选》和逯著各时代收录篇目比例，可得出表 2（不包括古逸部分）：

表 2

时代	采菽堂古诗选	逯著
汉	0.0594	0.0720
魏	0.0776	0.0682
晋	0.2079	0.2114
宋	0.1003	0.0949
齐	0.0417	0.0510
梁	0.1987	0.2659
陈	0.0565	0.0692

时代	采菽堂古诗选	逯著
北朝	0.0935	0.0905
隋	0.0559	0.0519

绘制成下图，以更加直观的方式揭示出《采菽堂古诗选》在古诗史架构方面的现代性：

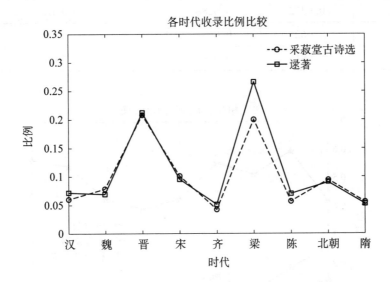

上图显示，《采菽堂古诗选》除梁诗比例明显不同于逯著而外，其他时代与逯著差别均不大，甚至还颇有几处与逯著近几重合。

若以逯著为基准（不包含古逸部分），计算《古诗源》《古今诗删》及《采菽堂古诗选》相对于逯著的各时代收录篇目比例表3如下：

表3

时代	古诗源	古今诗删	采菽堂古诗选
汉	0.2602	0.1415	0.4309

时代	古诗源	古今诗删	采菽堂古诗选
魏	0.1890	0.1134	0.5945
晋	0.1064	0.0981	0.5136
宋	0.1543	0.0778	0.5519
齐	0.1011	0.1172	0.4276
梁	0.0458	0.0405	0.3903
陈	0.0372	0.0288	0.4264
北朝	0.0621	0.0181	0.5395
隋	0.0813	0.0181	0.5621

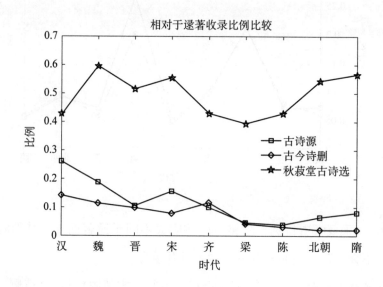

由上述图形可得出以下几个结论：

第一，《古诗源》所描述的古诗风貌在整体上与《古今诗删》类似，均以汉诗比例为最高，其后所有时代的古诗比例均未超过汉诗，因此这两本书勾勒出的诗歌史的整体风貌为"退化"图式。《采菽堂古诗选》虽然推崇汉诗，却不泥于汉诗，除梁诗比例较汉诗为少外，各时代所选比例均超过汉诗，成曲折上升的"进化"图式。

第二，由汉至晋的古诗风貌，《古诗源》主要受《古今诗删》的影响，所选比例呈递减趋势，这一点与沈德潜继承《古今诗删》崇汉、贬魏晋的观点是分不开的；《采菽堂古诗选》则一反《古今诗删》的观点，其所选比例在总体上呈上升趋势，肯定了魏晋诗尤其是魏诗相对于汉诗的新变。

第三，由晋至宋，《古诗源》对古诗风貌的刻画主要承袭了《采菽堂古诗选》的观念。《采菽堂古诗选》所选宋诗比例相对于晋诗有明显提高，这一点与《古今诗删》正好相反。

第四，《古今诗删》所选由宋至齐的古诗比例乃是一个上升过程，而后一直至隋，均为下降趋势。《古诗源》对古诗风貌的描述呈现为一个先抑后扬的凹字形图像，这一点是《古今诗删》所不具备的，而《采菽堂古诗选》则恰好体现出这一特点。可见《古诗源》对于南北朝至隋的古诗风貌的刻画主要再现的是《采菽堂古诗选》的观点。这一点从沈德潜效仿陈祚明而为溯唐诗之源的观念是彼此映照的。

综上可知，《古诗源》对于古诗风貌的构建除得益于《古今诗删》而外，亦得益于《采菽堂古诗选》，正因为其得益于《采菽堂古诗选》，而《采菽堂古诗选》富于超出其时代的现代性，所以《古诗源》才得以超出明代尤其是明七子对于古诗风貌的狭隘见解。

二 对"温柔敦厚"说的解读

沈德潜诗学一大特征即强调诗歌创作的所谓"温柔敦厚"原则。此原则以儒家的诗教观为思想基础，强调委婉含蓄的写作手法。以温柔敦厚包蕴委婉含蓄的思想，并非沈德潜之原创，而是源于陈祚明的诗学思想。

陈祚明在评论《古诗十九首》时，曾明确地将委婉含蓄的表现方式归之于

温柔敦厚。陈祚明评《古诗十九首·其九》("庭中有奇树")曰:

> 古诗之佳,全在语有含蓄……言情不尽,其情乃长。此风雅温柔
> 敦厚之遗。就其言而反思之,乃穷本旨,所谓怨而不怒。浅夫尽言,
> 索然无味矣。①

沈德潜依葫芦画瓢,其评《古诗十九首·其十九》("明月何皎皎")亦曰:

> 反覆低徊,抑扬不尽,使读者悲感无端。油然善入。此国风之遗
> 也。言情不尽,其情乃长。后人患在好尽耳。读《十九首》应有
> 会心。②

王宏林指出:"沈德潜所言的'温柔敦厚'的表现方式与比兴手法有密切
联系。"③ 此一点亦本于陈祚明。陈祚明论阮籍《咏怀》诗曾曰:

> 《咏怀》之妙,在于不为赋体,比兴意多,诘曲回翔,情旨错
> 出……大夫立言之体,自应若尔。况直遂之语,无足耽思;隐曲之
> 文,足供绅绎。声歌依永,原与怒詈殊科。使人反覆之而不厌者,必
> 非浅露之词可知也……浅夫不察,好为尽言。④

通观陈祚明《采菽堂古诗选》,其论述诗歌创作以情为本,而抒情以委婉

---

① (清)陈祚明著,李金松点校:《采菽堂古诗选》卷三,第84页。
② (清)沈德潜著:《古诗源》卷四,第92页。
③ 王宏林著:《沈德潜诗学思想研究》,第168页。
④ (清)陈祚明著,李金松点校:《采菽堂古诗选》卷八,第253页。

含蓄为优者，不下百十次。沈德潜窃得诗旨，秘而不发，讳其所出。其所作《说诗晬语》第四十八条至第七十二条，大多为袭用《古诗源》中已有论述而稍异，追本溯源亦多源自《采菽堂古诗选》。①

三　对唐诗之源的探求

沈德潜诗学的另一大特征即所谓溯唐诗之源的思想。沈德潜《古诗源·序》云："诗至有唐为极盛，然诗之盛非诗之源也""而古诗又唐人之发源也"。殊不知沈德潜所谓溯唐诗之源，乃承袭陈祚明之核心诗学思想。《采菽堂古诗选·凡例》明确指出，陈祚明评选该书的主要目的就是教人从唐诗之源的角度来看待诗歌发展，而未可一味菲薄先唐之诗。他指出：

> 浅学者源流弗考，一往吠声，今徒知推服少陵，而于少陵所推服者，反加诋毁，可乎？予选古诗，虽齐、梁以后，不敢忽略，诚以有唐大家恒多从此取径。虽命体不同，而楚风、汉谣，并成其美；春兰

----

① 《说诗晬语》第四十八至第七十二条，大多为袭用、挪用《古诗源》已有评论增删缀补而成。详列如下。第四十八条：见《古诗源》"例言"第2条。第五十一条：见《古诗源》《古诗十九首》总论及"明月何皎皎"评注。第五十二条：见《古诗源》《古诗为焦仲卿妻作》。第五十三条：见《古诗源》蔡邕《饮马长城窟行》评注。第五十四条：见《古诗源》蔡琰《悲愤诗》评注。第五十五条：见《古诗源》"例言第5条及曹植总论。第五十六条：见《古诗源》曹植《杂诗》评注及谢朓《暂使下都夜发新林至京邑赠西府同僚》评注。第五十七条：见《古诗源》阮籍《咏怀》总论。第五十八条：见《古诗源》"例言"第6条及左思总论。第五十九条：见《古诗源》陆机总论。第六十一条：见《古诗源》陶渊明总论。第六十二条：见《古诗源》陶渊明《时运》评论及《咏贫士》"仲蔚爱穷居"评论。第六十三条：见《古诗源》"例言"第7条。第六十四条：见《古诗源》谢灵运总论。第六十五条：见《古诗源》鲍照总论。第六十六条：见《古诗源》谢朓总论。第六十七条：见《古诗源》"例言"第8条及梁简文帝总论。第六十八条：见《古诗源》阴铿《开善寺》评注及庾肩吾《经陈思王墓》评注。第六十九条：见《古诗源》"例言"第9条。第七十条：见《古诗源》"例言"第10条。第七十一条：见《古诗源》庾信总论。第七十二条：见《古诗源》"例言"第11条。

秋菊，各因其时。采撷流风，咸饶逸韵也。①

又云：

> 后人评览古诗，不详时代，妄欲一切相绳。如读六朝体，漫曰
> "此是五古"，遂欲以汉魏望之，此既不合；及见其渐类唐调，又欲以
> 初盛律拟之，彼又不伦。因妄曰"六朝无诗"，否亦曰六朝之诗自成
> 一体可耳，概以为是卑靡者，未足与于风雅之列。不知时各有体，体
> 各有妙，况六朝介于古、近体之间，风格相承，神爽变换，中有至
> 理。不尽心于此，则作律不由古诗而入，自多俚率凡近，乏于温厚之
> 音。故梁、陈之诗，不可不读。……前此则汉、魏、苏李、三曹、三
> 谢，后此则沈、宋、岑、王、李、杜，凡诸名家，神调本合，各因时
> 异，易地皆然，或素或青。夏造殷因，不可指周文而笑夏质，执夏质
> 以废周文也。②

陈祚明对于溯唐诗之源的思想有着清晰的论述。无论对古诗风貌的整体刻画，
还是以诗歌评论的方式屡屡点出先唐诗篇与唐诗之间的关联，《采菽堂古诗选》
全书即为陈祚明此一思想的实现。沈德潜评语中"少陵往往用之"这类句子实
不过从《采菽堂古诗选》中窃得。

若从《古诗源》对古诗风貌的整体把握来看，沈德潜所描述的"退化"图
示实不能与其窃来的溯唐诗之源的思想相协调。沈德潜一方面深以陈祚明溯唐
诗之源的思想为然，故而偷师之，但另一方面却泥于自己的儒家政教和诗教

---

① （清）陈祚明著，李金松点校：《采菽堂古诗选》卷二十六，第830页。
② （清）陈祚明著，李金松点校：《采菽堂古诗选》卷二十九，第949页。

观，无法不偏不倚地评价南北朝诗尤其是齐、梁以后诗，所以最终只得将陈祚明的溯唐诗之源的思想打个对折，以迁就其与《古今诗删》相类的对南北朝诗的看法。沈德潜评阴铿《开善寺》即是一例。其辞曰：

> 诗至于陈，专工琢句，古诗一线绝矣。少陵绝句云：“颇学阴何苦用心”，又赠太白云：“李侯有佳句，往往似阴铿。”此特赏其句，非取其格也。①

沈德潜所论乃刻意针对陈祚明总论阴铿而言。陈祚明曰：

> 《松石轩诗评》曰：“阴铿体用兼优，神采融彻，辞精意徹，名之弗滔也。少陵以太白比之曰：‘李侯有佳句，往往似阴铿。’”……阴子坚诗声调既亮，无齐、梁晦涩之习，而琢句抽思，务极新隽。寻常景物，亦必摇曳出之，务使穷态极妍，不肯直率。此种清思，更能运以亮笔，一洗《玉台》之陋，顿开沈、宋之风。且觉比《玉台》则特妍，校沈、宋则尤媚。六朝不沦于晚唐者，全赖有此大雅君子振起而维挽之。宜乎太白仰钻，少陵推许。榛途之辟，此功不小也。……读梁、陈之诗，尤当识其正宗，则子坚集其称首也。②

沈德潜以为“诗至于梁、陈，专工琢句，古诗一线绝矣”，而陈祚明却认为即便齐、梁以后诗，亦不可不读，唐诗之萌芽即在于此。沈德潜以为杜甫所赏太白似阴铿者仅为其句，而非其格。此论颇不通。沈德潜关于梁、陈以后诗的观

---

① （清）沈德潜著：《古诗源》卷十四，第330页。
② （清）陈祚明著，李金松点校：《采菽堂古诗选》卷二十九，第949页。

点多与陈祚明相抵牾，其中缘故大都与此相类。

沈德潜调和溯唐诗之源的思想与自身儒家诗教观念的方法就是将陈祚明所谓唐诗之源拦腰截断。陈祚明所谓唐诗之源不仅包括齐、梁以前诗，还包括齐、梁以后诗，后者尤其重要。《采菽堂古诗选·凡例》曰："梁、陈而下，尤尽心也。"① 阴铿总论曰："梁、陈之诗，不可不读。"② 何逊总论曰："予选古诗，虽齐、梁以后，不敢忽略，诚以有唐大家恒多从此取径。虽命体不同，而楚风、汉谣，并成其美。春兰秋菊，各因其时。采撷流风，咸饶逸韵也。"③ 可知陈祚明所谓唐诗之源，主要是指齐、梁以后诗。而沈德潜所谓唐诗之源，仅指前者。至于后者，沈德潜借总评梁简文帝之机，表明了自己的态度："诗至萧梁，君臣上下，惟以艳情为娱，失温柔敦厚之旨，汉魏遗轨，荡然扫地矣。故所选从略。"④ 沈德潜从儒家政教观念出发排斥齐、梁以后诗，只觉其艳、丽而不见其清、雅。其评梁元帝《折杨柳》又曰："古诗之亡，亡于齐、梁之间。唐陈射洪起而廓清之。文得昌黎，诗得射洪，挽回之功不小。"⑤ 亦可知其所谓唐诗之源不包括齐、梁以后诗。沈德潜推崇的是具有"挽回之功"的初唐诗人陈子昂，陈祚明推崇的则是"此功不小"的阴铿。陈祚明认为提振六朝诗风的并不是初唐人而是六朝杰出的诗人。

今人以为沈德潜"不以人废言"。王炜说："这种'人品为先，文章次之'，乃至于以'人'格代替'诗'格的做法，沈德潜是不赞成的……优秀的诗论家必须有敏锐的洞察力和艺术领悟力；必须能够准确地把握作品本身的风格，不以作家的品德性情、政治立场为标准评判作品。沈德潜在编定选本，对作家、

---

① （清）陈祚明著，李金松点校：《采菽堂古诗选》凡例，第9页。
② （清）陈祚明著，李金松点校：《采菽堂古诗选》卷二十九，第949页。
③ （清）陈祚明著，李金松点校：《采菽堂古诗选》卷二十六，第830页。
④ （清）沈德潜著：《古诗源》卷十二，第292页。
⑤ （清）沈德潜著：《古诗源》卷十二，第294页。

作品进行取舍时，强调'以诗存人'，依据的就是作品本身的精神气度，而不是作家的人格品行。"① 以王炜所谓优秀诗论家之条件而言，陈祚明诚足以当之，而沈德潜则未必。《古诗源》总论潘岳云："安仁诗品，又在士衡之下，兹特取《悼亡》二诗。格虽不高，其情自深也。安仁党于贾后，谋杀太子通与有力焉。人品如此，诗安得佳？潘陆诗如剪彩为花，绝少生韵。故所收从略。"②从表面看来，沈德潜之所以于潘岳、陆机诗"所收从略"，乃因其认为潘岳、陆机诗"绝少生韵"。实际上，沈德潜是以人格代替诗格，对潘岳进行评价。他认为潘岳谋杀太子，大逆不道，"人品如此，诗安得佳"，故仅收潘岳《悼亡诗》两首，全然不顾潘岳在晋代诗歌史上的重要性。《文选》以降，潘、陆对立。沈德潜论潘岳亦不出此范围。其总论陆机曰"诗缘情而绮靡，殊非诗人之旨"云云，其意乃在对抗陈祚明总论潘岳时所作诗以道情之论③。由是可见，沈德潜之选诗，于人品道德未必无所措意；而其特斥诗缘情一说，乃不知陈祚明所谓缘情之说非但无碍于太白、少陵，反而有益于太白、少陵之故。陈祚明曰："苟通吾之说，知尚理之为修辞，夫道一而已矣。"④

综上所论，沈德潜《古诗源》乃杂揉、调和《古今诗删》与《采菽堂古诗选》而成。《古诗源》之建树固然离不开沈德潜对康熙朝崇尚儒学的诗学观念的迎合，但在具体诗人的点评上，其荣誉则至少部分当归于《采菽堂古诗选》。惜乎沈德潜讳其所出，以否定陈祚明论庾信之观点的方式巧加掩藏，使得陈祚明《采菽堂古诗选》的重要性被掩盖了。

---

① 王炜：《〈清诗别裁集〉研究》，上海：上海古籍出版社，2010年，第217页。

② （清）沈德潜著：《古诗源》卷七，第162页。

③ （清）陈祚明著，李金松点校：《采菽堂古诗选》卷十一，第332页。

④ （清）陈祚明著，李金松点校：《采菽堂古诗选》凡例，第8页。

第十一章　陈祚明的诗学理论体系

第一节　诗的本体

一　"同有之情"与"本自有诗"

刘勰《文心雕龙·明诗》说："大舜云：'诗言志，歌永言。'圣谟所析，义已明矣。是以'在心为志，发言为诗'，舒文布实，其在兹乎！诗者，持也，持人情性……人禀七情，应物斯感，感物吟志，莫非自然。"[①] 这是对诗之本体为情的最好解说。人之情性有特殊与普遍之分。得失感动系于小我，则情为特殊之情，得失感动系于大我，则情为普遍之情。特殊之情不能将个体内心变化感染他者，可以说是私有之情、自有之情。普遍之情则不同，它不仅能感染自己，亦能引起他人的共鸣，使他人感同身受，把他人变成另一个自己。在陈祚明的诗学观里，诗歌对于人的情感的表达，理应超出作者的私有之情而至人人皆有的普遍之情、同有之情。

在陈祚明看来，表达作者普遍之情、同有之情的典范就是《古诗十九首》：

> 《十九首》所以为千古至文者，以能言人同有之情也。人情莫不

---

① 吴林伯：《〈文心雕龙〉义疏》，武汉：武汉大学出版社，2002年，第77—79页。

思得志，而得志者有几，虽处富贵，慊慊犹有不足，况贫贱乎！志而不可得而年命如流，谁不感慨！人情于所爱莫不欲终身相守，然谁不有别离？以我之怀思，猜彼之见弃，亦其常也。夫终身相守者，不知有愁，亦复不知其乐。乍一别离，则此愁难已。逐臣弃妻，与朋友阔绝，皆同此旨。故《十九首》唯此二意，而低回反复。人人读之，皆若伤我心者。此诗所以为性情之物，而同有之情，人人各具，则人人本自有诗也。①

《古诗十九首》"人人读之，皆若伤我心者"，这正说明《古诗十九首》所道出的并非一人一心之所感，而是千千万万人所共有的感动。这份共有的感动由一人一诗道出，则寄寓在诗中的就绝不是作者营营的小我之得与失，而是人人皆可共感的大我之得与失。"人情莫不思得志""人情于所爱莫不欲终身相守"，陈祚明把这种最为普遍的人类情感作为诗的本体，从而把诗歌当做了一种可以沟通自我与他者的桥梁。通过诗对同有之情、普遍之情的把握和阐释，自我与他者之间的裂缝得以弥合，作者与读者之间达到无间的默契。一个人能够对自己的同时代人的呼告有所回应，今天的读者能够对已然作古的作者有所会心，全仰赖着这种普遍化的得失之心。诗人的首要任务就是要写出这种本体，唤醒其他人的本体意识。因为"同有之情，人人各具"，所以陈祚明进而认为从本性上来说本体之诗是人人皆可以写出的，譬如众生皆有佛性，人人皆可成佛。

从明七子派的角度来说，他们所谓的"诗必盛唐"原则实际上可看作是对盛唐诗表达普遍的同有之情的超凡能力的赞叹和仰慕。也正因为这份赞叹和仰慕，明七子派在自己的时代面前表现得信心不足，走上了盲目、机械地模仿盛唐诗形式的路子，从而陷入了"修辞宁失之理"的窠臼。陈祚明提出"人人本

① （清）陈祚明著，李金松点校：《采菽堂古诗选》卷三，第80—81页。

自有诗"的观念，就是要从理论的高度提振诗人对于自己所处时代的信心，进而达到以自己时代特有的形式和方法表达出普遍的同有之情的境界。而从公安、竟陵派的角度来说，所谓"独抒性灵、不拘格套"可视作对七子派无自信的一种反弹。但是这种自信心的反弹无疑是过了头，以至于他们所表达的情过于特殊化和私人化，"幽深孤峭"，实难以与读者达成默契，唤醒读者的本体意识，引起读者共鸣。陈祚明以"同有之情"矫之，正可以弥补公安、竟陵派诗学的缺失。

黄宗羲在《马雪航诗序》里提出过一种关于诗之情感的分别：

> 诗以道性情，夫人而能言之。然自古以来，诗之美者多矣，而知性情者何其少也。盖有一时之性情，有万古之性情。夫吴歈越唱，怨女逐臣，触景感物，言乎其所不得不言，此一时之性情。孔子删之以合乎兴、观、群、怨、思无邪之旨，此万古之性情也。吾人诵法孔子，苟其言诗，亦必当以孔子之性情为性情。如徒逐逐于怨女逐臣，逮其天机之自露，则一偏一曲，其为性情也亦末。故言诗者不可不知性。①

黄宗羲在这里所建立的"一时之性情"与"万古之性情"的分别实际上是亿兆常人之情与孔圣人一人之情的分别，此论远不如陈祚明的诗歌本体论立论坚实。黄宗羲之立论有三个基础：其一是儒家的道德伦理价值的至上性，其二是儒家道德伦理价值的不变论，其三是以诗艺求事功。就前两点而言，虽然从中国社会的特定时期和特定社会制度来看，这两点有其历史的根源，但是一旦超出了中国社会的特定时期和特定社会制度，超出了中国社会的特定类型，则此

① 沈善洪主编：《黄宗羲全集》（第 10 册），杭州：浙江古籍出版社，1993 年，第 95—96 页。

二者不仅将丧失其历史的合理性，而且将失去其逻辑上的合理性。就第三点而言，以诗艺求事功是一种实用主义的观点，其与诗之为艺而具有超功利之价值追求的根本性质背道而驰。

相比较而言，陈祚明的诗歌本体论就要圆通得多。"同有之情"建立在一种普遍化的思维和逻辑的抽象之上，而非建立在某种特殊的道德观念之上，因而它在道德伦理方面具有黄宗羲"万古之性情"无可比拟的包容性，其逻辑基础也更坚实。陈祚明所谓的"同有之情"乃超越时间、空间、不拘某时某地某人的情感类型，它不仅可包容黄宗羲的"万古之性情"的概念，而且可以容纳其所不能容纳的道德内涵和审美内涵。再者，陈祚明的"同有之情"与"本有之诗"是内在的相互联系的，两者之间有一种动态的互动关系，将这种动态关系阐释为作品的共性与作者的个性之间的辩证关系亦无不可。可以说，陈祚明的"同有之情"论是以作者为中心的诗歌本体论。而从黄宗羲的立论来看，作品的共性与作者的个性完全是外在的单方面的联系着：作者倚其个性"触景感物"，"言乎其所不得不言"，选家则删之以合乎自身的价值观念。可以说，黄宗羲的"万古之性情"论是一种以选家为中心的诗歌本体论。两种诗歌本体论表现在方法论上的差别在于：对黄宗羲而言，作者的诗工之路是不断向选家学习其选诗标准和尺度的外在过程，因而选家具有制定审美尺度、提供审美标准的优先权；对陈祚明而言，作者的诗工之路是作者不断体悟自身与他者同有之情的内在过程，因而选家虽然提供选本以供作者学习，但并不具有制定审美尺度、提供审美标准的权利。其责任是从收集作品入手、从尽可能多的作家的创作实践中去发现业已存在的审美尺度和审美标准。因此，陈祚明的诗歌本体论所能给予作者的创作自由远远大于黄宗羲的诗歌本体论所能给予的，而黄宗羲的诗歌本体论所能给予选家的审美特权则远远多于陈祚明的诗歌本体论所能给予的。从本质上来说，陈祚明关于诗歌审美的观念是一种以审美实践为中心的经验主义观念，而黄宗羲关于诗歌审美的观念则是以一种以儒家道德教化为中心的唯理主义的观念。

二　取其宛曲者以写之

虽然陈祚明从理论的高度肯定了人人皆可以道出普遍的"同有之情"，写出好诗，但是从技术上说，陈祚明基本上否定了对同有之情的直接宣泄。他认为：

> 但人有情而不能言，即能言而言不能尽，故特推《十九首》以为至极。言情能尽者，非尽言之之为尽也，尽言之则一览无遗。惟含蓄不尽，故反言之，乃使人足思。盖人情本曲，思心至不能自已之处，徘徊度量，常作万万不然之想。今若决绝，一言则已矣，不必再思矣！……《十九首》善言情，惟是不使情为径直之物，而必取其宛曲者以写之。故言不尽，而情则无不尽。①
>
> 古诗之佳，全在语有含蓄……言情不尽，其情乃长。此风雅温柔敦厚之遗。就其言而反思之，乃穷本旨，所谓怨而不怒。浅夫尽言，索然无余味矣。②
>
> 愈淋漓，愈含蓄。③
>
> 所谓不尽其情，反思乃得。④

在这里，陈祚明谈到了如何尽言情的问题。为了尽言情，恰恰不能尽言之，这

---

① （清）陈祚明著，李金松点校：《采菽堂古诗选》卷三，第81页。
② （清）陈祚明著，李金松点校：《采菽堂古诗选》卷三，第84页。
③ （清）陈祚明著，李金松点校：《采菽堂古诗选》卷三，第86页。
④ （清）陈祚明著，李金松点校：《采菽堂古诗选》卷三，第88页。

是陈祚明的基本观点。他认为"尽言之则一览无遗",从而干瘪无回响余味,反倒使情无法言尽。相反,为了尽言情,应该反其道而言之,含蓄言之,"取宛曲者以写之",使读者反复思量回味,这样才能到达"情则无不尽"的效果。正所谓君欲尽言情,必先不尽言。钱钟书引陆时雍《诗镜·总论》"知能言之为佳,而不知不言之为妙"条论不尽言之妙,[①]与陈祚明论如何尽言情相通。刘勰《文心雕龙·隐秀》云:"夫隐之为体,义主文外,秘响旁通,伏采潜发,譬爻象之变互体,川渎之蕴珠玉也。"[②]此之谓也。

陈祚明提出不尽言、含蓄言之的主张,可看作是对公安派诗风的反驳。陈文新先生认为,公安派主张"独抒性灵","由于追求本性毕现,遂格外推崇真率"[③],往往"使情成径直之物",陷于"一览无遗"的境地。在陈祚明看来,这种境地恰恰是诗人应该尽量避免的。诗人要写出普遍、同有之情,就必须沉潜下去,"徘徊思量",使那些私人性的情绪和感动沉淀下来,结晶出人人皆可感的普遍化的情感,从而避免肤浅直陋的毛病。很明显,这是陈祚明对公安派浅陋诗风的有力批评。

陈祚明不尽言、含蓄言之的主张直接启发了沈德潜对"温柔敦厚"的解说。据王玉媛研究,沈德潜所谓的"温柔敦厚"说可以从三个方面来剖析。第一是人格品质,第二是诗歌内容,第三是表达方式。其中第三项要求"含蓄蕴藉,渊涵婉曲"。[④]沈德潜《施觉庵考功诗序》云:

　　　诗之为道也,以微言通讽谕,大要援此辟彼,优游婉顺,无放

---

① 参见钱钟书:《谈艺录》,北京:生活·读书·新知三联书店,2008年,第238—239页。
② 吴林伯:《〈文心雕龙〉义疏》,第486页。
③ 陈文新:《明代诗学》,长沙:湖南人民出版社,2000年,第181页。
④ 王玉媛:《沈德潜"温柔敦厚"说的三个层次》,《常熟理工学院学报》(哲学社会科学),2010年,第7期,第65—68页。

情竭论而人徘徊自得于意言之余。《三百》以来，代有升降，旨归则一也。惟夫后之为诗，哀必欲涕，喜必欲狂，则纵放，而戚若有亡，粗厉气胜，而忠厚之道衰。①

所谓"优游婉顺，无放情竭论而人徘徊自得于意言之余"不过是陈祚明"反言之，乃使人足思。……故言不尽，则情则无不尽"的化用。实际上，沈德潜《古诗源》评《古诗十九首》的核心思想，完全承袭于陈祚明对《古诗十九首》的评论。沈德潜云：

《十九首》大率逐臣弃妻朋友阔绝死生新故之感。中间或寓言，或显言，反覆低徊，抑扬不尽，使读者悲感无端，油然善入。此国风之遗也。言情不尽，其情乃长。后人患在好尽耳。读《十九首》应有会心。②

沈德潜"温柔敦厚"说的理论主要来源之一即由翁嵩年主持刊印的康熙版陈祚明《采菽堂古诗选》。单从陈祚明的角度来说，《采菽堂古诗选》并无"一归于温柔敦厚"之意。其门人翁嵩年将是书之旨总括为"三百温柔敦厚之旨"，也只不过是他个人"削足适履"的行为。

---

① 参见（清）沈德潜：《归愚诗钞》，苏州大学图书馆藏，清乾隆教忠堂刻本。
② （清）沈德潜：《古诗源》卷四，第 92 页。

第二节　诗的创造

一　天才论

　　一方面，诗的本体是人人同有的普遍之情，另一方面，这种情感人人又皆可以从自身中发掘而出。这是陈祚明诗学的最为基本的观点。既然如此，是否人人皆可以写出"人人读之，皆若伤我心者"的佳作名篇呢？从本性的层面来说，"人人本自有诗"，陈祚明对此给予了肯定的回答。但是换一个角度，如果从技术的层面来考虑，则陈祚明多半给予否定的回答。之所以如此，原因主要有两个。第一，就表达普遍之情的方式、方法而言，陈祚明认为只有含蓄不尽之言才能尽情，这实际上已经否定了径直道出普遍之情从而引发读者本体意义上的感知和感动的可能性。第二，就个体才性的差异性而言，陈祚明以为天才与"恒人"相对，前者之所能者，后者虽勉力而学亦不能达。从这里，陈祚明提出了他的天才论。

　　何谓天才？"夫才者，能也，其心敏，其笔快，能道人不易道之情，状人不易状之景。左驰右骋，一纵一横，畅达淋漓，俯仰自得，是之谓才。"① 陈

――――――――――

① （清）陈祚明著，李金松点校：《采菽堂古诗选》卷六，第154页。

祚明所谓的天才有两个显著特征。第一个特征是"心敏",天才能够捕捉那些一般人无法感知的美学细节,所以天才"能道人之不易道之情,状人之不易状之境";第二个特征是"笔快",天才能够"左驰右骋,一纵一横,畅达淋漓,俯仰自得",这种神奇的能力绝不是杜甫"读书破万卷,下笔如有神"一句所形容的能力。陈祚明认为天才之才,"得之于天,不可强也。"① 而杜甫所谓的"下笔如有神"之才,不过是一般的能力。"破万卷"而后"如有神","若多识古今,博于故实,此尽人可以及之。"② 这是欧阳修《卖油翁》所谓的"唯手熟尔"。

因此,要明了陈祚明所说的"天才"概念,需从"天"字入手。"得之于天"则不能由人力而致。钱钟书《谈艺录·性情与才学》所引的例子恰好为陈祚明"天才"概念作注解:"才者何?颜黄门《家训》曰:'为学士亦足为人,非天才勿强命笔';杜少陵《送孔巢父》曰:'自是君身有仙骨,世人那得知其故';张九徵《与王阮亭书》曰:'历下诸公皆后天事,明公先天独绝';赵云松《论诗》曰:'此事原知非力取,三分人事七分天';林寿图《榕阴谈屑》记张松寥语曰:'君等作诗,只是修行,非有夙业。'"③ 由于陈祚明所说的天才负有道出人人同有的普遍之情、引发读者本体意识的使命,所以天才得之于天的能力与人人同有的普遍之情之间,是有先天的联系的。这种联系是神秘的,世人仅知天才之诗能道出人人同有之心曲,却无法知晓其中的缘故。"恒人"需努力沉潜,经过"修行"的中间阶段,才能将自己的特殊的情感普遍化;这一过程在天才那里完全消失了。天才"心敏""笔快",似乎是径直面向着普遍之情而写出他自己特殊的心声。而这在天才仅为特殊的心声,在世人那里却可以引起普遍化的回响。仿佛天才之诗把世人变成了无数个自己,使得世人读天

---

① (清)陈祚明著,李金松点校:《采菽堂古诗选》卷六,第154页。
② (清)陈祚明著,李金松点校:《采菽堂古诗选》卷六,第154页。
③ 参见钱钟书:《谈艺录》,第107页。

才之诗犹如读自己的诗，从中能够直接体会到他们那独一无二、同时又极其一般化的情感。

在陈祚明看来，陈思王曹植就是一位能够把读者变成他自己的天才诗人。陈祚明评价曹植之诗"如大成合乐，八音繁会，玉振金声。绎如抽丝，端如贯珠。循声赴节，既谐以和，而有理有伦，有变有转。前趋后艳，徐疾淫裔，缪然之后，犹擅余音。又如天马飞行，翩云凌山，赴波逾阻，靡所不臻，曾无一蹶"①。他指责昭明《文选》不解曹植《吁嗟》之飘荡，《弃妇》之婉约，《七步》之真至，认为《文选》仅收曹植《白马》《名都》《箜篌》《美女》诸篇不过是"昧者不察，震其繁丽"的结果，所以决不能"尽子建天才之极"。故而他将昭明《文选》所遗漏的曹植佳作收入《采菽堂古诗选》，使读者可以对于他之所谓的天才的典范有直接感性的认识。

二 "归雅"论

陈祚明《采菽堂古诗选·凡例》曰："择辞而归雅"。陈祚明所说的"归雅"涉及到两对概念。第一对是质与文，第二对是质与华。

质、文之辨由来以久。《论语·雍也》云："质胜文则野，文胜质则史。文质彬彬，然后君子。"这是就"成人"而言。刘勰《文心雕龙·情采》将其引申为"作文"的文艺原则，云："情者文之经，辞者理之纬；经正而后纬成，理定而后辞畅：此立文之本源也……文不灭质……彬彬君子矣。"参量前文所述可知，陈祚明所谓"情"相当于刘勰所谓"情""质"，陈祚明所谓"辞"则相当于刘勰所谓"辞""文"。而刘勰"文不灭质"然后"彬彬君子"之论，其实正相当于陈祚明谓"过矣于鳞之言曰：'修辞宁失诸理'"。

---

① （清）陈祚明著，李金松点校：《采菽堂古诗选》卷六，第155页。

因此，质、文之辨在陈祚明的理论框架之下就推演而为雅、俗之辨。所谓雅者，不俗之谓也。"质"胜于"文"则粗俗之气毕现，"文"胜于"质"则显得虚假矫浮，去雅之意也远。陈祚明从文、质之辨的角度提出他的归雅论，正可以向历史索取相关的理论资源。陈祚明曰：

> 诗之大旨，惟情与辞。曰命旨，曰神思，曰理，曰解，曰悟，皆情也；曰声，曰调，曰格律，曰句，曰字，曰典物，曰风华，皆辞也。曰神，曰气，曰才，曰法，此居情辞之间，取诸其怀而术宣之，致其工之路也。夫诗者，思也，惟其情之是以。夫无忧者不叹，无欣者不听。己实无情而喋喋焉，繁称多词，支支蔓蔓，是夫何为者？故言诗不准诸情，取靡丽谓修辞，厌要弊，使人矜强记，采撷勤窃古人陈言，徒涂饰字句，怀来郁不吐，志不可见，失其本矣。①
>
> 今过于鳞者，以其修辞，而中、晚唐之是好，若孟郊、贾岛之冥搜，若韩愈、陆龟蒙、皮日休之险僻，其伤理也亦多。故予之论诗也尚理。②

诗包含情与辞两个方面，情为"质"而辞为"文"，"质"为"文"之先，情为辞之主，情相对于辞具有优先地位，这是陈祚明情、辞关系论的一个基本观点。陈祚明批评道："夫无忧者不叹，无欣者不听。己实无情而喋喋焉，繁称多词，支支蔓蔓，是夫何为者？"从质、文之辨的理论历史来看，陈祚明上述情、辞之辨应当看作是刘勰《文心雕龙·情采》论的一个变换延续。另一方面，他也一再强调明前、后七子因尚辞而失诸情，与公安、竟陵派因情废辞的

---

① （清）陈祚明著，李金松点校：《采菽堂古诗选》凡例，第1—2页。
② （清）陈祚明著，李金松点校：《采菽堂古诗选》凡例，第8页。

做法，皆非雅正诗道：两者"各是其所偏，用相矫拂，二者交误"①。陈祚明指出，"崇情刊辞""疾文采如仇雠"必然导致诗格"庳陋俚下"，"不轨于雅正"②，并指出辞有宣泄情感的功能，善言者其情随其辞千载流传，不善言者其情"过三家无相传述者"。他用田夫野老之言与学士大夫之言的差异来比喻辞对雅的重要性：

> 夫辞，所以达情也，情藏不可见，言以宣之。其言善，聿使人歌咏，留连而不能已已。赤子悲则号，喜则笑，情庸渠不真，非其母莫喻者，不善言也。田夫野老，怀抱一言当言，故至言也。抗手而前，植杖而谈，语为竟，而人哑然笑之。即不为人所笑，而过三家无相传述者。吐于学士大夫之口，温文而尔雅，天下诵之，后世称之。言者同，而所以言者，善不善异矣……故雅俗之相去也，远矣。草木之华同，色与香艳者贵；布帛之度同，五采彰经纬密者珍。如必将崇情而斥辞，弊非徒闇古今，昧体格，又以乱雅俗……故言之不文，行之不远。乖于雅者之言情也，则不善言其情者也。③

由此可见，陈祚明所谓的"择辞而归雅"正是刘勰《文心雕龙·情采》所谓的"文质彬彬"之意。所不同的是，刘勰强调文不灭质，而陈祚明强调以文宣质。所谓"乖于雅者之言情也，则不善言其情者也"，亦即是说善言情，必然善使辞，因其辞而归诸雅。所以，在陈祚明而言，情是雅的必要条件，辞则是雅的充分条件。无情必然无雅可言，但仅有情而不善辞，则其情只可类乎田夫野老

① （清）陈祚明著，李金松点校：《采菽堂古诗选》凡例，第8页。
② （清）陈祚明著，李金松点校：《采菽堂古诗选》凡例，第2页。
③ （清）陈祚明著，李金松点校：《采菽堂古诗选》凡例，第3—4页。

之情，与诗之雅道相去亦远。

质华之辨中的"质"不再指"情"，而是指语言质朴、质实、简淡，平和质本身并无不妥，关键在于能否高古。他说："夫华腴亦非细事也，诗质而能古，非老手不能。质而不古，俚率不足观矣！无宁遁而饰于华。"① 陈祚明并非机械地认为"文不灭质"是不可动摇的金科玉律。他认为诗风"质"则需兼高古之意。但是这很难做到，非老手不能。所以如果"情"的方面做不到高古，与其因"质"而显得"俚俗不足观"，不如在"辞"的方面下一番功夫，"饰于华"，以避免"质胜文"而失之于"野"。这个观念可概括为"以文补质"，"文"不可灭"质"却可以补"质"。这可以视为陈祚明对于刘勰"文不灭质"论的一个补充。

然而，"饰于华"超过一定的尺度，就会陷于刘勰《文心雕龙·情采》所云"心非郁陶，苟驰夸饰，鬻声钓世，此为文而造情"② 的境地。在这种情况下，"文"已然"灭质"。无"质"之文即是无"情"之文，无"情"之文若无源之水、无根之木，其诗势必不能久长。因此，"夸饰钓世"是陈祚明所不取的。在陈祚明的理论论域里，"以文补质"尚可称之为"雅饰"，而"以文灭质"、徒饰雕词琢句，则陷入刘勰所诟病的"为文造情"的误区，"淫丽而烦滥……采滥忽真，远弃《风》《雅》，近师辞赋"③，导致"体情之制日疏，逐文之篇日盛"④。

《采菽堂古诗选》卷六评曹植《美女篇》曰："要之立言贵雅。质亦有雅，华亦有不雅。汉魏诗，质而雅者也；温、李诗，华而不雅者也。自然而华，则

① （清）陈祚明著，李金松点校：《采菽堂古诗选》卷六，第166页。
② 吴林伯：《〈文心雕龙〉义疏》，第375页。
③ 吴林伯：《〈文心雕龙〉义疏》，第375—377页。
④ 吴林伯：《〈文心雕龙〉义疏》，第377页。

雅矣。强凑而华，则不雅矣。……夫自然而华，诚不易及也。"① 陈祚明主张立言贵雅。雅与古是相互协调的。"质而能古"是从命意的角度来阐释雅的概念，"自然而华"则是从修辞的角度来阐释雅的概念。前者的质指辞的简淡平和，后者的自然指情的诚真。辞质则应该求之于命意高古，情真则应该以华词表出；两者相互补充，这构成了陈祚明所谓诗中君子的内在含义。为不失诗中君子之仪，陈祚明认为命意不能高古时应该从辞的方面加以补救，而情不真诚时则应该切忌堆砌华词强凑生造，否则其结果只能如《文心雕龙·情采》所说，"繁采寡情，味之必厌"。

---

① （清）陈祚明著、李金松点校：《采菽堂古诗选》卷六，第 166 页。

第三节　诗的演化

关于诗的演化理论是陈祚明诗学思想的重中之重。陈祚明具有一种非凡的诗歌通史的概念。他在《采菽堂古诗选·凡例》中明确说：

> 盖予于诗，非有所知矣，第常虚其心，窥探作者之意，设以身处其时与地，思其所欲言。古今虽远，人虽多情，具可见言；美丑工拙，具可知起。已亥初夏，主少宰宛委胡先生家，论列三唐诗。先生多所正定，意莫逆。其明年，就都谏严颢亭馆舍。辛丑秋南归，事中辍。归二年，癸卯夏，复走燕山。会胡先生移疾家居，多暇日，以稍差次旧牍。于是汉、魏、六朝古诗，三唐诗，及明李献吉、何景明、边华泉、李于鳞、王元美、谢茂秦诸集，即渐评阅并竟。盖先生所教诲予，辅不逮厚矣。愧学浅，所观书不多，上不及笺释《三百篇》，下则宋、元、明三朝名家集，无缘搜采略备。又三唐诗，中、晚无全本，或亦有挂漏。惟古诗用《诗纪》本。①

由此可见，在陈祚明的诗史观中，历史的任何一个环节都没有理由忽略。譬如

---

① （清）陈祚明著、李金松点校：《采菽堂古诗选》凡例，第13页。

自然进化史中的某一物种，其现存状况的决定既有赖于遗传基因，亦有赖于变异。它的整个物种的历史表征着这个物种的潜在的本质。陈祚明主张从通史的角度来认识诗，并从完整的诗史中发掘诗的本质，从而建立诗歌批评的原理和准则。陈祚明对诗歌通史的重视，表明了他的一个基本的治诗方法，即欲对作为共时性范畴的"诗"有所认识和了解，就必须对作为历时性范畴的"诗"进行预先的研究；而且这种历时性研究必须是客观的、完整的，从而要求学者虚其心、诚其意，撇开研究之初即自行预设的门户之见，只有这样，学者才能一窥作为共时性范畴的"诗"的堂奥，而不致流于偏颇和妄断。虽然他因条件所限，最终只完成了汉、魏、六朝、三唐及明前、后七子中数家诗的评选工作，但他所未及或未详备的宋元诗、中晚唐诗及明代其他诗人之作品，无不在其工作计划当中。实际上，他之所以以《诗纪》为底本来编选《采菽堂古诗选》，其原因就在于"《诗纪》取大备，虽只语必录"，从而体现了陈祚明所看重的通史的诗史观。

正是基于这样一种包蕴广大的生物学的通史概念，陈祚明以极大的热情关注了历来不甚受人礼重的南北朝诗，尤其是齐、梁以后诗。陈祚明所编选的《采菽堂古诗选》之有别于明代诸选本及其他清初选本，其关键就在于：陈祚明在该书中以一种广大包容而又富于辨别力的历史精神观照了从汉魏至于隋的诗歌历史，并认为南北朝诗这一段通常为人所忽视的诗歌历史中既包蕴了汉魏以来的余响，也包蕴着初盛唐及以后诗歌演变的胚胎。从这个意义上来说，陈祚明的诗史观是对他所处之时代普遍存在的褊狭的诗史观的一次重大修正。

从总体上来看，陈祚明将自汉魏而初盛唐之间的诗歌历史分为两个阶段：其一是晋宋阶段；其二是齐及齐以后阶段。晋宋阶段代表汉魏古诗传统的绵延、余绪；齐及齐以后阶段则代表唐诗胚胎的萌芽和发育。如果加以细化的话，则可以认为陈祚明是把齐诗和齐以后诗区分对待的：齐诗代表唐诗胚胎的萌芽；齐以后诗则代表了唐诗胚胎的发育。为了阐明南北朝诗尤其是齐以后诗为唐诗之源的观点，陈祚明对汉魏以降的诗歌变化和成就做了细致的分辨和讨论。

一　晋宋阶段

陈祚明对于晋宋阶段诗歌历史的总评是"晋宋以来，古风未泯"①。晋宋之际诗歌演化的总的情势依然延续着汉魏以来古朴醇厚的风貌，是陈祚明对这一阶段诗史的基本判断。陈祚明认为左思、陶渊明、谢灵运、鲍照可以为此一阶段之代表。

（一）左思

陈祚明称左思为"一代伟人"。对于钟嵘《诗品》评左思诗为"野于陆机"，陈祚明表达了自己的不同看法：

> 太冲一代伟人，胸次浩落洒然，流咏似孟德，而加以流丽；仿子建，而独能简贵。创成一体，垂式千秋。其雄在才，而其高在志。……钟嵘以为"野于陆机"，悲哉！彼安知太冲之陶乎汉魏，化乎矩度哉？
>
> 左太冲诗如裴将军之舞剑，运用在手，高下在心，捷疾变宕，不可测识。懦夫为之胆张，常人为之目眩。不知其倾吐神明，熟于击刺之法也。②

在陈祚明看来，左思诗不仅继承了汉魏以来的优良诗歌传统，而且兼有一种"创成一体"的独特之处：一方面"流咏似孟德，而加以流丽"，另一方面则

---

① （清）陈祚明著，李金松点校：《采菽堂古诗选》卷二十二，第694页。
② （清）陈祚明著，李金松点校：《采菽堂古诗选》卷十一，第344页。

"做子建，而独能简贵"。因而陈祚明用"陶乎汉魏，化乎矩度"这样高的评价来形容左思的诗歌成就。

不仅如此，在评左思《咏史》八首时，陈祚明特别强调了左思诗与后来作家之间的关系。其词曰：

> 太冲《咏史》八篇，千秋绝唱。其原出于魏武，明远近师，太白远效。此格壮激悲凉，要以意志高伟，而笔调圆转乃佳。①

陈祚明认为左思诗所建立的风格，其源头在魏武帝曹操，其后受其影响的不仅有较近的鲍照，还有较远的盛唐诗人李太白；并认为左太冲诗具有"壮激悲凉""意志高伟""笔调圆转"的特点，算得上是"千秋绝唱"。正是基于这样宏大的诗史观念，陈祚明一改钟嵘《诗品》中的观念，大力提升左太冲在晋宋诗史上的地位，称其为"一代伟人"。

（二）陶渊明

陶渊明在陈祚明的诗史研究中占有着与杜甫同样甚至更高的地位。《采菽堂古诗选》唯一几乎将作品全选的作家就是陶渊明。陈祚明对陶诗的认识有一个递进的过程，且其对《采菽堂古诗选》的修订和增补自是书始成以来从未停止过，另一方面也说明陈祚明自身的命运对于他偏爱陶诗有一定的影响。

陈祚明认为陶诗之高只有杜诗可以与之相提并论：

> 千秋以陶诗为闲适，乃不知其用意处。朱子亦仅谓《咏荆轲》一篇露本旨。自今观之《饮酒》《拟古》《贫士》《读〈山海经〉》，何非此旨？但稍隐耳！往味其声调，以为法汉人而体稍近。然揆意所存，

---

① （清）陈祚明著，李金松点校：《采菽堂古诗选》卷十一，第344页。

宛转深曲，何尝不厚？语之暂率易者，时代为之。至于情旨，则真
《十九首》之遗也，驾晋、宋而独遒，何王、韦之可拟？抑文生于志，
志幽故言远。惟其有之，非同泛作。岂不以其人哉！千秋之诗，谓惟
陶与杜，可也。

陶靖节诗如巫峡高秋，白云舒卷，木落水清，日寒山皎之中，长空
曳练，萦郁纡回，望者但见素色澄明，以为一目可了，不知封岩蔽壑，
参差断续，中多灵境。又如终南山色，远睹苍苍；若寻幽探密，则分野
殊峰，阴晴异壑，往辄无尽。①

陈祚明认为陶渊明直接继承了《古诗十九首》的传统，具有情真、辞质、韵味
古朴，"志幽言远"的特点，"真十九首之遗也"。钟嵘《诗品》将陶渊明诗列
为中品，认为陶诗"辞兴婉惬……古今隐逸诗人之宗也"。钟嵘的此番议论颇
令陈祚明不满。在陈祚明看来，陶渊明"驾晋、宋而独遒"，是晋宋诗坛第一
人，他的地位应该用杜甫来比拟。再者，陈祚明认为陶诗的真旨并非避世"闲
适"，而有或隐或显的入世之志。"朱子亦仅谓《咏荆轲》一篇露本旨。自今观
之《饮酒》《贫士》《读山海经》，何非此旨？但稍隐耳！……揆意所存，宛转
深曲，何尝不厚？语之暂率易者，时代为之。"在陈祚明而言，陶诗之所以入
世之本旨深曲而"语之率易"，给人避世闲适的印象，是因为陶渊明所处的时
代环境迫使他把入世之志用"率易"之语隐藏起来。从某种意义上来说，陈祚
明对陶诗本旨的发现也即他自身对《采菽堂古诗选》的发现。陶与陈皆身逢乱
世，两人皆选择了"靖节"的道路，从而自我了断入世之欲；然而心中皆有所
不甘，故而或隐或显地以诗明志。

---

① （清）陈祚明著，李金松点校：《采菽堂古诗选》卷十三，第388—389页。

（三）谢灵运

在陈祚明看来，晋宋间仅次于陶渊明的诗人是谢灵运。历来有许多关于谢灵运诗的评论，比较有名的如钟嵘《诗品》、敖陶孙《臞翁诗评》以及陈绎曾《诗谱》等。陈祚明认为陈绎曾《诗谱》关于谢灵运诗的评论最为中肯贴切，他说：

《诗谱》曰："以险为主，以自然为工，李、杜最深处，多取此。"祚按：评谢诗者，惟《诗谱》语最当。

康乐公诗《诗品》儗以初日芙蓉，可谓至矣，而浅夫不识，犹或以声采求之。即识者，谓其声采自然，如"池塘生春草"等句是耳。乃不知其钟情幽深，构旨遥远，以凿山开道之法，施之惨澹经营之间。细为体味，见其冥会洞神，蹈虚而出。结想无象之初，撰语有形之表。孟觊生天，康乐成佛，不虚也。智慧如此，所证岂凡？洵可称诗中之佛。贾岛外道，谬为魔推。吾今当奉康乐佛矣！

详谢诗格调，……然大抵多发天然，少规往则，称性而出，达情务尽。钩深索隐，穷态极妍。陈思、景阳，都非所屑；至于潘、陆，又何足云？千秋而下播其余绪者，少陵一人而已。

谢康乐诗如湛湛江流，源出万山之中。穿岩激石，瀑挂湍回，千转百折，歊为洪涛。及其浩漾澄湖，树影山光，云容草色，涵徹洞深。盖缘派远流长，时或豬为小涧，亦复摇曳澄滢，波荡不定。①

谢诗"以自然为工"，"钟情幽深，构旨遥远，以凿山开道之法，施之以惨澹经营之间"。这是陈祚明对于谢灵运诗歌的总的评价。这个评价一方面肯定谢灵运诗"凿山开道"的创新精神，另一方面也指出谢灵运诗在其自然清新风貌之

---

① （清）陈祚明著，李金松点校：《采菽堂古诗选》卷十七，第518—519页。

下其实包蕴深沉、"构旨遥远"，可谓是"惨澹经营"的结果。在评谢灵运诗《初去郡》时，陈祚明揭示了谢灵运包蕴在其诗歌当中的深沉之旨："然公宦情本深……非真爱隐，故结句未免有怨心焉。"① 因为谢灵运"宦情本深"，意图在政治上有所作为，此心恒难熄灭，所以对于避世隐居的生活方式和态度总是有所隔阂的，"非真爱隐"也。也正由于谢灵运并非真心喜好闲适的隐士生活，所以他周游山水的时候总显得格外铺张、显眼，游行示威一般，周游完毕之后心中仍是不甘。谢灵运的这一心理特点反映到他的山水诗里，就形成了"结句未免有怨心"的惯例。据黄节先生研究，谢灵运的山水诗虽然偶有例外，但大抵模式其实是相当固定的："首多叙事，继言景物，而结之以情理，故末语多感伤。"② 陈祚明知谢灵运"宦情本深……非真爱隐"，所以评谢诗《石壁精舍还湖中作》时云："以一时之悟，破昨者之迷。究极相推，用相喻遣，然知之非艰，行之惟艰矣。公之言及此，具见非不卓，其情则可睹矣。使果默而识之，乌有后尤？悲夫！惜哉！"③

陈祚明奉谢灵运为"康乐佛"，其评价之高可见一斑。对于谢灵运的创新精神和智慧才情，陈祚明给予了很高的评价，谓其诗之格调为"多发天然，少规往则，称性而出，达情务尽。钩深索隐，穷态极妍。陈思、景阳，都非所屑；至于潘、陆，又何足云？千秋而下播其余绪者，少陵一人而已"。陈祚明将谢灵运的成就与杜甫的诗艺联系起来，从而架起了一座晋宋诗与盛唐诗之间的桥梁。如果说陶渊明诗在陈祚明的诗史观里主要体现的是"继往"的精神的话，那么谢灵运诗在陈祚明的诗史观里，主要体现的就是"开来"的精神。

（四）鲍照

鲍照在陈祚明所建构的晋宋诗史中，也是重要的一环。陈祚明认为鲍照

---

① （清）陈祚明著，李金松点校：《采菽堂古诗选》卷十七，第536页。
② 蒋寅：《超越之场：山水对于谢灵运的意义》，《文学评论》，2010年，第2期，第90—97页。
③ （清）陈祚明著，李金松点校：《采菽堂古诗选》卷十七，第538页。

"怀雄浑之姿，复挟沉挚之性"；尽管鲍照诗有"拙率""生涩"的瑕疵，但只要采取"观过知仁、即瑕见美"的态度，则其过人之处亦不可小觑。

陈祚明评鲍照诗曰："鲍参军既怀雄浑之姿，复挟沉挚之性。其性沉挚，故即景命词，必钩深索异，不欲犹人；其姿雄浑，故抗音吐怀，每独成亮节，自得于己。乐府则弘响者多，古诗则幽寻者众。……虽拙率而不近，虽生涩而不凡。音节定道，句调必健，少陵所诣，深悟于兹。"①

对于鲍明远诗的长处和短处，陈祚明是有着清晰的概念的。陈祚明谓其所长在雄浑、沉挚，"音节定道，句调必健"，而谓其短处在"拙率""生涩"。从鲍照诗的长处而言，陈祚明肯定了他与杜甫之间的诗学脉络关系。"少陵所诣，深悟于兹"一句，直接点出杜甫诗气势雄浑、笔力遒健之所自，从而把鲍照诗融入了一个宏观的历史视野。

从鲍照诗的短处来说，陈祚明认为鲍照诗"识解未深、寄托亦浅"："所微嫌者，识解未深，寄托亦浅。感岁华之奄谢，悼遭逢之岑寂。惟此二柄，布在诸篇。纵古人托兴，率亦同然；而百首等情，乌睹殊解。"②在陈祚明看来，鲍照诗的主题一方面过于单一，"百首等情"，几乎全都是围绕着时光易逝、生不逢时而感发的，另一方面则没有对这一持续关注的主题加之以深入透彻的思考，以至于"识解未深"，殊少新解，因而不免有寄兴较浅的毛病。虽然如此，陈祚明依然给予鲍照诗很高的评价，他说："鲍参军诗如惊潮怒飞，回澜倒激，堆埼隔屿，荡潏浸泊，微寻曲到，不作安流，而批击所经，时多触阅，然固不足阻其汹涌之势。"③认为"自宋而后"，鲍照可与庾信并称"人杰"④。

---

① （清）陈祚明著，李金松点校：《采菽堂古诗选》卷十八，第 563 页。
② （清）陈祚明著，李金松点校：《采菽堂古诗选》卷十八，第 563 页。
③ （清）陈祚明著，李金松点校：《采菽堂古诗选》卷十八，第 563—564 页。
④ （清）陈祚明著，李金松点校：《采菽堂古诗选》卷十八，第 563 页。

二 齐及以后阶段

(一) 齐诗

在陈祚明看来，齐代是唐诗胚胎萌芽的阶段。在这一时期，最为重要的诗人是谢朓，陈祚明认为他"希康乐则非伦，在齐梁诚首杰也"，虽然比不上谢灵运，"未云惊代"，但在齐梁间确属一流。陈祚明曰：

> 玄晖去晋渐遥，启唐欲近。天才既隽，宏响斯臻。斐然之姿，宣诸逸韵。轻清和婉，佳句可庚。然佳既在兹，近亦由是古变为律，风始攸归。至外是平调单词，亦必秀琢；按章使字，法密旨工。……大抵运思使事，状物选词，亦雅亦安，无放无累，篇篇可诵，蔚为大家；首首无奇，未云惊代。希康乐则非伦，在齐梁诚首杰也。①

陈祚明认为他所处的诗史时代"去晋渐遥，启唐欲近"。这样的时代特征反映在谢朓诗中就表现为种种居间性现象：一方面，谢朓诗仍可见到晋宋以前诗歌传统的魅影，但另一方面则不时闪现唐代诗歌的音符。

为了凸显出谢朓诗作为唐诗胚胎萌芽的的意义，陈祚明在对谢朓诗的评论中一方面尽力勾勒出其与传统诗歌的关系，另一方面则尽力描绘出其与唐音的关系。试看以下二表。表一勾勒出谢朓诗与传统的关系，表二则勾勒出谢朓诗与唐诗的关系。

---

① （清）陈祚明著，李金松点校：《采菽堂古诗选》卷二十，第635页。

表一 谢朓诗与传统之关系

谢朓诗名	陈祚明评论
《入朝曲》	风调高华，句成浑丽，此子建余风也。①
《蒲生行》	得乐府古情。②
《咏邯郸故才人嫁为厮养卒妇》	清怨细诉，如哀弦低语，六朝有此一种。③
《在郡卧病呈沈尚书》	其风度远溯建安，亦似安仁。惟"秋藕折轻丝"一句太隽，然亦非唐调。④
《别王丞僧孺》	结句极轻，而情自至。六朝人自有此种语，古风已漓，然又非初唐所及。⑤
《和王主簿季哲怨情》	结句轻倩，六朝佳致。⑥
《和刘中书》	极写山川奇峻，语刻画而不拙，此种又稍类康乐。⑦
《和江丞北戍琅琊城》	结四句逸响自然，殊合古调。⑧
《赠王主簿》	六朝秀致，押"食"字韵，有姿。⑨

表二 谢朓诗与唐诗之关系

谢朓诗名	陈祚明评论
《同谢谘议咏铜爵台》	悠扬有情，微开唐响。⑩
《同王主簿有所思》	即景含情，怨在言外。法同唐绝，而调稍高。⑪

---

① （清）陈祚明著，李金松点校：《采菽堂古诗选》卷二十，第 636 页。
② （清）陈祚明著，李金松点校：《采菽堂古诗选》卷二十，第 637 页。
③ （清）陈祚明著，李金松点校：《采菽堂古诗选》卷二十，第 637 页。
④ （清）陈祚明著，李金松点校：《采菽堂古诗选》卷二十，第 648 页。
⑤ （清）陈祚明著，李金松点校：《采菽堂古诗选》卷二十，第 648 页。
⑥ （清）陈祚明著，李金松点校：《采菽堂古诗选》卷二十一，第 661 页。
⑦ （清）陈祚明著，李金松点校：《采菽堂古诗选》卷二十一，第 662 页。
⑧ （清）陈祚明著，李金松点校：《采菽堂古诗选》卷二十一，第 663 页。
⑨ （清）陈祚明著，李金松点校：《采菽堂古诗选》卷二十一，第 665 页。
⑩ （清）陈祚明著，李金松点校：《采菽堂古诗选》卷二十，第 638 页。
⑪ （清）陈祚明著，李金松点校：《采菽堂古诗选》卷二十，第 639 页。

谢朓诗名	陈祚明评论
《玉阶怨》	此首竟是唐绝，其情亦深。长夜缝衣，初悲独守。归期未卜，来日方遥。道一夕之情，馀永久之感。①
《怀故人》	起语流逸，其意欲仿汉人。结语佻薄，其体竟沦唐代。……末语太近故也。②
《之宣城郡出新林浦向板桥》	"天际"二句竟堕唐音。然在《选》体，则渐以轻漓；入唐调，则犹用朴胜。③
《休沐重还丹阳道中》	通体言情楚楚，其旨婉，其辞逸。起语雅称。"汀葭"二句，语亦轻扬。"云端"二句校"天际识归舟"稍琢，弥似唐人。末段言情颇畅。④
《宣城郡内登望》	"寒城"二句渐近唐人。⑤

综合以上二表可知，在陈祚明的诗史观里，谢朓诗是一方面沟通着晋宋以前的诗歌传统，另一方面则播种下了唐诗的种子。唐诗的种子既已种下，它不免就要发育成长起来。在陈祚明的诗史观里，齐以后阶段就是唐诗胚胎发育成长的阶段。

（二）齐以后诗

齐以后诗歌演化的总趋势是更加接近于唐诗，而远于魏晋诗。前有齐阶段作为铺垫，陈祚明在对这一阶段所选诗歌的鉴赏和评论中，全面地阐述了唐诗作为南朝诗嫡裔的观点。这一观点从两个方面展开：其一为玉台体之得为初盛唐诗之源，其二为玉台体之失为中晚唐诗之源。唐诗风有初盛中晚之分。陈祚明以梁简文帝萧纲为分界线，从齐以后诗风变迁中区分了两股支流。其一是清雅，为初盛唐诗风之源；其二为纤丽，为中晚唐诗风之源。

兹分别述之如下。

---

① （清）陈祚明著，李金松点校：《采菽堂古诗选》卷二十，第 639 页。
② （清）陈祚明著，李金松点校：《采菽堂古诗选》卷二十，第 649 页。
③ （清）陈祚明著，李金松点校：《采菽堂古诗选》卷二十，第 650 页。
④ （清）陈祚明著，李金松点校：《采菽堂古诗选》卷二十，第 650 页。
⑤ （清）陈祚明著，李金松点校：《采菽堂古诗选》卷二十一，第 654 页。

1. 玉台体之得为初盛唐诗之源

陈祚明认为玉台体之得在清雅。"人才思各有所寄,就其一时之体,充极分量,亦擅一长,况清丽如六朝者乎?六朝体以清丽兼善,故佳。丽而不清,则板;清而不丽,则俚。人以六朝为丽,吾尤赏其清也。"① 在评庐思道《听蝉鸣篇》诗,陈祚明又云:"此诗为一时所推,而不过赏其词意清切。可见六朝诗惟重有清气,非贵其骈丽也。骈丽中正是清耳。余所选皆以此意为去取,非修词家所知。"② 清丽为六朝诗一大特征,六朝诗以丽为表而以清为里;"人以六朝为丽,吾尤赏其清也","尚其清也,晋、宋以上之清,人犹知也,昭明选以上是也。梁、陈以下,微诸大家,即简文、后主、张正见、江总、王褒无弗清者,人不知也。夫雅者,因俗而命之也,清尤要矣"③。陈祚明认为清是所谓雅的意义核心;晋、宋以前诗所具有的清的特质已经为人所知,但晋、宋以后诗所具有的清的特质,却并不为人所知。此一论断"包含着一个绝大的诗史论断,甚至可以说是批评史上最重要的一个翻案论点之一"④。陈祚明对于六朝诗之清的特质的发现,可谓是前无古人的。而今天,"以'清'为六朝文学的审美理想,乃是古典诗美学的核心范畴,已是学界共识"⑤。

下表所列为陈祚明论断齐以后诗以清雅传之于初盛唐诗风的相关论述。

陈祚明论齐以后诗与初盛唐诗之关系

所选	评论
简文帝《艳歌曲》	"细隙引尘光"句佳。长吉"隟月斜明"方此讵不劣。⑥

---

① (清)陈祚明著,李金松点校:《采菽堂古诗选》卷二十九,第940页。

② (清)陈祚明著,李金松点校:《采菽堂古诗选》卷三十五,第1171页。

③ (清)陈祚明著,李金松点校:《采菽堂古诗选》凡例,第7页。

④ 蒋寅:《一个有待于重新认识的批评家——陈祚明的先唐诗歌批评》,第92页。

⑤ 蒋寅:《一个有待于重新认识的批评家——陈祚明的先唐诗歌批评》,第92页。

⑥ (清)陈祚明著,李金松点校:《采菽堂古诗选》卷二十二,第699页。

所选	评论
任昉·总论	以彦升之才……方将抉《三百篇》《离骚》之蕴，发《十九首》汉魏之覆。云变澜翻，自成一家，而高视四代。此掣巨鳌手也，千秋而下，惟少陵与相竞爽。①
任昉《答到建安饷杖》	此诗风味开少陵之先，赏爱不已。②
任昉《出郡傅舍哭范仆射三首》	其用意委折如此。吾谓开少陵之先，当不诬也。③
柳恽·总评	柳吴兴诗音调高亮，取裁于古而调适自然，全类唐音，无六朝纤靡之习，颇开太白之先。杂入太白五言中，几不可辨。④
柳恽《捣衣诗》其一	居然是以唐响，希古调，故甚类太白。⑤
柳恽《捣衣诗》其二	"亭皋"二句，果是佳句，盛唐之杰构也。⑥
柳恽《捣衣诗》其三	"秋风"二句，岂不与太白类?⑦
庾肩吾·总论	庾子慎诗当其兴会符合，音节顿谐，唐人构思百出，差能津逮。若夫本调俊逸，亦有余妍，校之王兰陵，差为自然矣!⑧
庾肩吾《九日侍宴乐游苑应令》	其声渐类初唐，其气犹似晋、宋。典称足贵，运以清旨。⑨
庾肩吾《从皇太子出玄圃应令》	起四句，盛唐佳作也。"树长"句亦生动。⑩
庾肩吾《奉和泛舟汉水往万山应教》	全是盛唐。岩反在水底，浪反在云端，有作意。⑪

---

① （清）陈祚明著，李金松点校：《采菽堂古诗选》卷二十五，第783页。
② （清）陈祚明著，李金松点校：《采菽堂古诗选》卷二十五，第788页。
③ （清）陈祚明著，李金松点校：《采菽堂古诗选》卷二十五，第789页。
④ （清）陈祚明著，李金松点校：《采菽堂古诗选》卷二十五，第803页。
⑤ （清）陈祚明著，李金松点校：《采菽堂古诗选》卷二十五，第805页。
⑥ （清）陈祚明著，李金松点校：《采菽堂古诗选》卷二十五，第805页。
⑦ （清）陈祚明著，李金松点校：《采菽堂古诗选》卷二十五，第805页。
⑧ （清）陈祚明著，李金松点校：《采菽堂古诗选》卷二十五，第807页。
⑨ （清）陈祚明著，李金松点校：《采菽堂古诗选》卷二十五，第808页。
⑩ （清）陈祚明著，李金松点校：《采菽堂古诗选》卷二十五，第808页。
⑪ （清）陈祚明著，李金松点校：《采菽堂古诗选》卷二十五，第809页。

所选	评论
庾肩吾《山池应令》	"低"字、"出"字、"涌"字、"轻"字、"交"字、"回"字，俱唐人句眼所祖。……初唐五七律佳处全在此等字法。用意新警，非中、晚所及。①
吴均·总论	均文体清拔，有古气。……均诗气非不清，而一往轻率，都无深致。想其才气俊迈，亦太白之流也。②
吴均《渌水曲》	送花言其流，倒日言其静，校唐绝大高。③
吴均《赠王桂阳别》	流逸，似唐人五言。④
吴均《赠别新林》	极似太白。⑤
吴均《别王谦》	与太白神似。⑥
何逊·总论	何仲言诗，……故应前服休文，后钦子美……少陵于仲言之作，甚相爱慕。集中警句，每见规模。风格相承，脉络有本。⑦
何逊《晓发》	"水底"二句大佳。写景取曲，定经少陵百讽。⑧
刘邈《度关山》	"谷深"二句，亮似唐律。⑨
徐君蒨《初春携内人行戏》	中四语，少陵为近。"惜起"句，率。⑩
刘缓《和晚日登楼》	"归鸟"句，初盛唐名手始有之。⑪
陆倕《和昭明太子钟山解讲》	此等诗虽无大佳处，当观其工稳，乃唐人应制所祖。⑫

---

① （清）陈祚明著，李金松点校：《采菽堂古诗选》卷二十五，第 809 页。
② （清）陈祚明著，李金松点校：《采菽堂古诗选》卷二十六，第 817 页。
③ （清）陈祚明著，李金松点校：《采菽堂古诗选》卷二十六，第 819 页。
④ （清）陈祚明著，李金松点校：《采菽堂古诗选》卷二十六，第 823 页。
⑤ （清）陈祚明著，李金松点校：《采菽堂古诗选》卷二十六，第 823 页。
⑥ （清）陈祚明著，李金松点校：《采菽堂古诗选》卷二十六，第 826 页。
⑦ （清）陈祚明著，李金松点校：《采菽堂古诗选》卷二十六，第 829—830 页。
⑧ （清）陈祚明著，李金松点校：《采菽堂古诗选》卷二十六，第 848 页。
⑨ （清）陈祚明著，李金松点校：《采菽堂古诗选》卷二十七，第 880 页。
⑩ （清）陈祚明著，李金松点校：《采菽堂古诗选》卷二十七，第 887 页。
⑪ （清）陈祚明著，李金松点校：《采菽堂古诗选》卷二十七，第 890 页。
⑫ （清）陈祚明著，李金松点校：《采菽堂古诗选》卷二十七，第 892 页。

所选	评论
虞义《咏霍将军北伐》	高壮，开唐人之先，已稍洗尔时纤卑习气矣。①
沈繇《答何郎》	亦近晚唐，作意甚刻。②
《横吹曲辞·紫骝歌词六曲》	真率，直逼汉人。少陵乐府多类此。③
阴铿·总论	阴子坚诗声调既亮，无齐、梁晦涩之习，而琢句抽思，务极新隽。……六朝不沦于晚唐者，全赖有此大雅君子振起而维挽之。宜乎太白仰钻，少陵推许。榛途之闢，此功不小也。④
阴铿《新成安乐宫》	胡元瑞《诗薮》曰："此诗气象庄严，格调鸿整。……实百代近体之祖。"⑤
阴铿《侯司空宅咏妓》	五、六盛唐佳句，流丽自然。⑥
徐陵《陇头水》	句并苍嶒生动，极似少陵。⑦
徐陵《关山月二首》其一	竟是少陵诗之佳者。情旨深，节奏老。⑧
徐陵《洛阳道》	太白亦不能句句如此华亮。⑨
徐陵《山斋》	唐人雅构。⑩
萧愨·总论	萧仁祖之在北朝，可称大家。掩映风华，足以竟爽陈英，振开唐彦。⑪
王褒·总论	王子渊诗淹雅，是南朝作家，辄有好句，足开初唐之风。⑫

---

① （清）陈祚明著，李金松点校：《采菽堂古诗选》卷二十八，第 897 页。
② （清）陈祚明著，李金松点校：《采菽堂古诗选》卷二十八，第 909 页。
③ （清）陈祚明著，李金松点校：《采菽堂古诗选》卷二十八，第 930 页。
④ （清）陈祚明著，李金松点校：《采菽堂古诗选》卷二十九，第 949 页。
⑤ （清）陈祚明著，李金松点校：《采菽堂古诗选》卷二十九，第 950 页。
⑥ （清）陈祚明著，李金松点校：《采菽堂古诗选》卷二十九，第 955 页。
⑦ （清）陈祚明著，李金松点校：《采菽堂古诗选》卷二十九，第 958 页。
⑧ （清）陈祚明著，李金松点校：《采菽堂古诗选》卷二十九，第 959 页。
⑨ （清）陈祚明著，李金松点校：《采菽堂古诗选》卷二十九，第 959 页。
⑩ （清）陈祚明著，李金松点校：《采菽堂古诗选》卷二十九，第 961 页。
⑪ （清）陈祚明著，李金松点校：《采菽堂古诗选》卷三十一，第 1048 页。
⑫ （清）陈祚明著，李金松点校：《采菽堂古诗选》卷三十二，第 1072 页。

所选	评论
庾信·总论	庾开府诗是少陵前模，非能青出于蓝，直是亦趋亦步，独当以他体之优见异耳！若五言、短律、长排及之为喜，不复可过。①
庾信《奉报赵王惠酒》	写得生动如许，千秋非少陵无能竟爽。②
薛道衡《人日思归》	新隽，固唐人所钻仰。③

在上表中，陈祚明极力发掘齐以后诗与初盛唐诗乃至中晚唐诗之间的遗传关系，其间屡屡提及杜甫、李白等盛唐大家，从而不断重申南北朝诗尤其齐以后诗为唐诗之源的观点。表中还包括陈祚明对齐以后诗与唐诗所做的比较，屡屡指出齐以后诗不独为唐诗之源，亦有胜过唐诗之处。

在陈祚明看来，能够代表齐以后诗歌发展成就的主要有三位诗人：其一是何逊，其二是阴铿，其三是庾信；这三位均与初盛唐诗风的形成有莫大的关系。陈祚明在评点这三位诗人的同时，也不忘从中提炼出一般性的诗学批评原则。

（1）何逊

何逊字仲言。陈祚明认为何逊诗"清机自引，天怀独流"，给予他很高的评价。陈祚明云：

何仲言诗，经营匠心，惟取神会。生乎骈丽之时，摆脱填缀之习。清机自引，天怀独流。状景必幽，吐情能尽。故应前服休文，后钦子美。……少陵于仲言之作，甚相爱慕。集中警句，每见规模。风

---

① （清）陈祚明著，李金松点校：《采菽堂古诗选》卷三十三，第1081页。
② （清）陈祚明著，李金松点校：《采菽堂古诗选》卷三十四，第1110页。
③ （清）陈祚明著，李金松点校：《采菽堂古诗选》卷三十五，第1175页。

格相承，脉络有本。……何仲言诗如层岩飞瀑，泚泚下垂，如缕不绝，而清光映徹，毛发可鉴。①

陈祚明认为何逊诗与当时的骈俪之风不相为谋。其诗"惟取神会""摆脱填缀之习"，达到"清光映徹，毛发可鉴"的清倩之境。陈祚明指出杜甫对于何逊诗不仅仅是爱慕——如下表所列——而且时常学习"规模"，可谓是"风格相承，脉络有本"。

陈祚明之选	陈祚明之评
何逊《入西塞示南府同僚》	"薄云"二句佳，杜少陵袭用，稍加变化。②
何逊《与崔録事别兼叙携手》	"是别尽凄清"句法，颇为少陵所爱。③
何逊《夜梦故人》	"开帘"以下四句，梦回之景，并觉旷邈。而"开帘"句尤奇，少陵"屋梁落月"，不足矜美。④
何逊《刘博士江丞朱从事同顾不值作诗云尔》	少陵心慕水曹，当由此等处也。⑤
何逊《赠王左丞》	杜工部"轻燕爱风斜"，虽别有思理，亦应熟诵此句，于胸中不觉流出。⑥
何逊《日夕出富阳浦口和朗公》	气色苍逸，此等并应少陵所赏。"独鹤""双凫"，兴意不觉，往往效之。⑦
何逊《慈姥矶》	五、六一近一远，便是思乡之情，伤己不归，望他舟之归，用意佳，语亦居然盛唐。⑧

---

① （清）陈祚明著，李金松点校：《采菽堂古诗选》卷二十六，第 829—830 页。
② （清）陈祚明著，李金松点校：《采菽堂古诗选》卷二十六，第 834 页。
③ （清）陈祚明著，李金松点校：《采菽堂古诗选》卷二十六，第 837 页。
④ （清）陈祚明著，李金松点校：《采菽堂古诗选》卷二十六，第 842 页。
⑤ （清）陈祚明著，李金松点校：《采菽堂古诗选》卷二十六，第 843 页。
⑥ （清）陈祚明著，李金松点校：《采菽堂古诗选》卷二十六，第 846 页。
⑦ （清）陈祚明著，李金松点校：《采菽堂古诗选》卷二十六，第 847 页。
⑧ （清）陈祚明著，李金松点校：《采菽堂古诗选》卷二十六，第 848 页。

他批评浅学之徒缺乏诗史观——其目标对象当为宗唐派——只知道学慕杜甫，不仅不知杜甫学慕者为谁，而且诋毁杜甫学慕之对象：

> 浅学者源流弗考，一往吠声，今徒知推服少陵，而于少陵所推服者，反加诋毁，可乎？予选古诗，虽齐、梁以后，不敢忽略，诚以有唐大家恒多从此取径。虽命体不同，而楚风、汉谣，并成其美。春兰秋菊，各因其时。采撷流风，咸饶逸韵也。①

职是之故，陈祚明再次声明其选诗标准的多元性。对于古诗哪怕是齐、梁以后的古诗，他也丝毫不敢轻易放过，其原因就在于他认识到"有唐大家恒多从此取径"。言下之意即：齐以后诗为初盛唐诗之优良基因的源泉。设若忽略了这些源泉，对于初盛唐诗之优良基因的认定也将是不完全的，有缺失的。正是基于这样一种多元博大的生物学诗史观，陈祚明认识到了齐以后诗的价值所在，并发现"清"作为齐以后诗的基本特质遗传给了初盛唐诗。

（2）阴铿

阴铿字子坚。陈祚明认为阴铿诗"如春风披扇，时花弄色，……娱目接耳，使人神情洋洋，不觉自乐"②，并认为他对于六朝诗不沦为晚唐体，功莫大焉。其辞曰：

> 阴子坚诗如声调既亮，无齐、梁晦涩之习，而琢句抽思，务极新隽。寻常景物，亦必摇曳出之，务使穷态极妍，不肯直率。此种清思，更能运以亮笔，一洗《玉台》之陋，顿开沈、宋之风。且觉比

---

① （清）陈祚明著，李金松点校：《采菽堂古诗选》卷二十六，第830页。
② （清）陈祚明著，李金松点校：《采菽堂古诗选》卷二十九，第949页。

《玉台》则特妍，校沈、宋则尤媚。六朝不沦于晚唐者，全赖有此大雅君子振起而维挽之。宜乎太白仰钻，少陵推许。榛途之辟，此功不小也。……读梁、陈之诗，尤当识其正宗，则子坚集其称首也。①

陈祚明称阴铿为"大雅君子"，对其推重可见一斑。在陈祚明看来，阴铿诗称得上是以"亮笔"运"清思"，不但"一洗《玉台》之陋"，而且确立了新的标杆，从而避免了六朝诗沦为晚唐体。陈祚明认为阴铿诗乃梁、陈诗之正宗，其诗得到了盛唐李、杜二人的推崇。评《新成安乐宫》诗曰："实百代近体之祖。"② 评《侯司空宅咏妓》曰："五、六盛唐佳句，流丽自然。"③

陈祚明嘲笑时人评览六朝诗的机械与刻板。"后人评览古诗，不详时代，妄欲一切相绳。如读六朝体，漫曰'此是五古'，遂欲以汉魏望之，此既不合；及见其渐类唐调，又欲以初盛律拟之，彼又不伦。因妄曰'六朝无诗'，否亦曰六朝之诗自成一体可耳，概以为是卑靡者，未足与于风雅之列。不知时各有体，体各有妙，况六朝介于古、近体之间，风格相承，神爽变换，中有至理。不尽心于此，则作律不由古诗而入，自多俚率凡近，乏于温厚之音。故梁、陈之诗，不可不读。……前此则汉、魏、苏李、三曹、三谢，后此则沈、宋、岑、王、李、杜，凡诸名家，神调本合，各因时异，易地皆然，或素或青。夏造殷因，不可指周文而笑夏质，执夏质以废周文也。"④ 陈祚明指出世人之所以不看重六朝诗，尤其是梁、陈诗，其原因就在于这些人总是采取一种外在于六朝时代的诗学研究方法，"不详时代，妄欲一切相绳"，凭空地拿其他时代的诗

---

① （清）陈祚明著，李金松点校：《采菽堂古诗选》卷二十九，第949页。
② 此则评语陈祚明引胡应麟《诗薮》。见（清）陈祚明著，李金松点校：《采菽堂古诗选》卷二十九，第950页。
③ （清）陈祚明著，李金松点校：《采菽堂古诗选》卷二十九，第955页。
④ （清）陈祚明著，李金松点校：《采菽堂古诗选》卷二十九，第949页。

学标准和尺度来研读六朝诗：见六朝诗以为其是汉魏"五古"，便拿汉魏的尺度来衡量它、研究它，结果发现此路不通。见六朝诗颇类似于"唐调"，便以初盛唐诗的标准来衡量它、研究它，结果又发现此路不通。没办法了才不得不承认六朝诗自有独特的面貌，但是仍然不肯进入六朝时代本身所设置的历史现场，只是一味地站在这个宏大的历史现场之外以主观偏执的立场去窥探六朝诗；如此一来，便不免得出六朝诗尤其是梁、陈诗不值得读，甚或根本不必读的结论。

陈祚明进一步指出，从历史的完整性出发，六朝诗，尤其是梁、陈诗处在汉魏诗与初盛唐诗之间，是一个非常重要的过渡阶段，"六朝介于古、近体之间，风格相承，神爽变换，中有至理"。六朝诗是汉魏诗变而为初盛唐诗的必要环节，学诗者若缺失了对此一环节的认识和学习，以为古体与近体了无瓜葛，古体是古体，近体是近体，则作律诗时难以掌握古体之法而陷于"俚率"，亦势所不免。陈祚明认为，"时有各体，体各有妙""各因时异"，诗学批评应该立足于时代的具体性和绵延性，从时代本身的独特性以及它与其前、后时代之间的关联性出发，去发掘和提炼诗学批评的原则和原理，并在必要时拓展现有的诗学批评体系，以反映时代的动态变化。而不是本着主观主义和外在旁观的态度，以某时某地之特殊审美趣味去绳准、矫正所有时代之诗，合之则褒则选，不合则贬则删。陈祚明以夏、商、周三代迭代之变来比喻汉魏诗、六朝诗和初盛唐诗三者间的变迁关系，从而得出"夏造殷因，不可指周文而笑夏质，执夏质以废周文"的结论。

（3）庾信

庾信字子山。陈祚明认为庾信诗"如夏云随风，飘忽万变，以高山大泽之气，蒸为奇峰，五采翕皇，不可方物。而其中细象物形，如盖如布，如马如龙，叠如鱼鳞，曳如凤尾，殊姿谲诡，尽态极妍，分其寻丈肤寸，皆足爱赏怡

悦"①。陈祚明评其为大家。其辞曰:

> 北朝羁迹,实有难堪。……子山惊才盖代,身堕殊方,恨恨如
> 忘,忽忽自失。生平歌咏,要皆激楚之音,悲凉之调。情纷纷而繁
> 会,意杂集以无端。兼且学擅多闻,思心委折,使事则古今奔赴,述
> 感则方比抽新。又缘为隐为彰,时不一格,屡出屡变。……浩浩沄
> 沄,成其大家。②

在陈祚明看来,因为庾信"羁迹北朝""身堕殊方",所以其诗作声调从总
体来看有似"激楚之音,悲凉之调";但若从细部详加分析,则庾信诗可以新
奇总而括之。他说:

> 《玉台》以后,作者相仍,所使之事易知,所运之巧相似。亮至
> 阴子坚而极矣,稳至张正见而工矣!惟子山耸异搜奇,迥殊常格,事
> 必远征令切,景必刻写成奇。不独暂尔标新,抑且无言不警。故纷纷
> 藉藉,名句沓来。……汹涌奔腾,杂至并出,陆离光怪,不可名状。③

庾信诗善用物,"明珠、木难、珊瑚、玛瑙,与朽株、败苇、苦雾、酸风"④ 之
属,信手拈来,蔚为壮观,时人目不暇接,倍觉陆离光怪。
庾信诗为初盛唐诗一大渊源。"庾开府诗是少陵前模,非能青出于蓝,直

---

① (清) 陈祚明著,李金松点校:《采菽堂古诗选》卷三十三,第1081页。
② (清) 陈祚明著,李金松点校:《采菽堂古诗选》卷三十三,第1080页。
③ (清) 陈祚明著,李金松点校:《采菽堂古诗选》卷三十三,第1081页。
④ (清) 陈祚明著,李金松点校:《采菽堂古诗选》卷三十三,第1081页。

是亦趋亦步，独当以他体之优见异耳！若五言、短律、长排及之为喜，不复可过。"① 陈祚明指出，庾信乃杜少陵学习模仿的一大名家——如下表所列——在许多方面，杜少陵也只能亦步亦趋，并非每每胜过。

陈祚明之选	陈祚明之评
庾信《有喜致醉》	"杂曲"二句句法，少陵取得，擅场千古，不意子山先有之。②
庾信《奉和永丰殿下言志十首》其一	三、四较少陵"不贪"二句，此为高。③
庾信《奉和永丰殿下言志十首》其八	悲痛语，千古人不解称颂，何也？杜少陵佳诗有几，便复脍炙百世。④
庾信《率尔成咏》	低徊蕴藉，以抒所感，谓少陵能胜此否？⑤
庾信《卫王赠桑落酒奉答》	少陵何酷似也！小夫不知，谓少陵以公拟李，是不满之。悲夫！⑥
庾信《舟中望月》	三、四神到之句，写月光气极活。少陵每钻仰于此。⑦
庾信《喜晴》	拙处率处并见，其老且有致也。少陵神似之，不独仿其工，更仿其拙耳。⑧
庾信《咏画屏风诗二十五首》·总论	少陵《何氏园林诗》刻意效之，能得几篇？篇中又能得几句？当日定北面奉公为著蔡，百世推服少陵，则公诚百世之师也。观止矣！⑨
庾信《咏画屏风诗二十五首》其八	此初盛唐写景上法也。⑩

---

① （清）陈祚明著，李金松点校：《采菽堂古诗选》卷三十三，第 1081 页。
② （清）陈祚明著，李金松点校：《采菽堂古诗选》卷三十三，第 1110 页。
③ （清）陈祚明著，李金松点校：《采菽堂古诗选》卷三十四，第 1120 页。
④ （清）陈祚明著，李金松点校：《采菽堂古诗选》卷三十四，第 1122 页。
⑤ （清）陈祚明著，李金松点校：《采菽堂古诗选》卷三十四，第 1123 页。
⑥ （清）陈祚明著，李金松点校：《采菽堂古诗选》卷三十四，第 1125 页。
⑦ （清）陈祚明著，李金松点校：《采菽堂古诗选》卷三十四，第 1126 页。
⑧ （清）陈祚明著，李金松点校：《采菽堂古诗选》卷三十四，第 1127 页。
⑨ （清）陈祚明著，李金松点校：《采菽堂古诗选》卷三十四，第 1128 页。
⑩ （清）陈祚明著，李金松点校：《采菽堂古诗选》卷三十四，第 1130 页。

陈祚明之选	陈祚明之评
庾信《咏画屏风诗二十五首》其十一	三、四工细，结有余韵。少陵虽百炼，仅能似之。①
庾信《咏画屏风诗二十五首》其十二	"出没""间关"字活，"赴"字老。全为少陵窃得，它家不解用。②
庾信《咏画屏风诗二十五首》其十三	三、四，盛唐名句。③
庾信《咏画屏风诗二十五首》其二十三	五、六极老极幽，千古非少陵能学步，更无人得似之。④
庾信《咏树》	此结岂非少陵得意语？⑤
庾信《寄王琳》	此等方是真诗。"打起黄莺儿"岂能及之？⑥
庾信《重别周尚书二首》其一	唐人纵师其意，不若公处其时，情真语自独绝。⑦
庾信《赋得荷》	一语作两曲，惟少陵能学之。⑧

此等眼界，此种观点绝不是迂于一时一派之见的宗唐诗人——譬如明七子派——所能有的。

2. 玉台体之失为中晚唐诗之源

唐诗风有初盛中晚之分。为了细化明辨初盛唐诗风与中晚唐诗风之间的区别，陈祚明以梁简文帝萧纲为分界线，从齐以后诗风变迁中分出两股支流。其一是清雅，为初盛唐诗风之源；其二是纤丽，为中晚唐诗风之源。陈祚明曰：

晋宋以来，古风未泯。齐梁作者，渐即秾华。然观梁武、昭明，

---

① （清）陈祚明著，李金松点校：《采菽堂古诗选》卷三十四，第 1130 页。
② （清）陈祚明著，李金松点校：《采菽堂古诗选》卷三十四，第 1131 页。
③ （清）陈祚明著，李金松点校：《采菽堂古诗选》卷三十四，第 1131 页。
④ （清）陈祚明著，李金松点校：《采菽堂古诗选》卷三十四，第 1133 页。
⑤ （清）陈祚明著，李金松点校：《采菽堂古诗选》卷三十四，第 1134 页。
⑥ （清）陈祚明著，李金松点校：《采菽堂古诗选》卷三十四，第 1135 页。
⑦ （清）陈祚明著，李金松点校：《采菽堂古诗选》卷三十四，第 1137 页。
⑧ （清）陈祚明著，李金松点校：《采菽堂古诗选》卷三十四，第 1143 页。

尚是雅音，纤丽不极。至于简文，半为闺闼之篇，多写妖淫之意。纵缘情即景，赋物酬人，非刻画莺花，即铺张容服。辞矜藻缋，旨乏清遥。于是汉魏前型，荡然扫地。爰逮陈、隋效仿，狎客承流。六朝之体始分，风雅之林迥异。①

陈祚明指出晋宋以来，古风未泯。齐梁之后渐渐沾染华靡的风气。梁武帝和昭明太子还是崇尚雅音的，而简文帝是六朝诗风一大转折关键。认为自简文帝提倡玉台体后，"汉魏前型，荡然扫地"，由汉而降的古诗传统发生了分裂，以至于"后世高论性情之家，视此若郑声之宜放；即在讲求声律之子，亦以此等郐后之无讥"②。不过，陈祚明并未附和一般学者对于玉台体的讥讽不屑意见，而是别出心裁地将玉台体的得与失加以分辨，进而区别对待。他说：

然要而思之，有足论者。夫咏歌之道，岂必存质去文？《毛诗》托兴，多缘草木；《楚辞》志感，并列香葩。"偕老"之篇，笄珈侈丽；《小戎》之什，车服杨华。但章句间施，运以情旨。未有天怀本薄，缛采徒施者。梁、陈之诗，匪病其辞，病其无意。在篇咸琢，靡句不雕。起结罕独会之情，中间鲜贯串之旨。垛珠积翠，不被玉肤。岂知天帝之容，本贵清扬之貌？此其所失也。又丽采所矜，尚其大雅。夫紫磨之金，烛银之锡，非不灿然也。然商周彝鼎，光色更殊者，年古质高，有浑然之气。即如西京乐府，亦擅风华。子侯妖娆，《庐江小妇》，陆离繁艳，讵不蝉连？而章法因仍，清机徐引。及其措语，黼黻天成，朴在藻中，浑余词外。六朝雕镂，填砌枝骈，摘句揣

---

① （清）陈祚明著，李金松点校：《采菽堂古诗选》卷二十二，第 694 页。
② （清）陈祚明著，李金松点校：《采菽堂古诗选》卷二十二，第 694 页。

音，判殊古调。此气格之异，又其一端也。至于低徊以取媚，纤隽以生姿，则又在属采之先，为经营之本。揆之往古，岂曰不然？"真被周行"，何其深婉？"抑若扬兮"，讵不多姿？但隽而不尖，逸而能雅。今则气佻而益薄，态露而不藏，故巧极拙形，曲极径显。夫温柔敦厚，柔仅一焉。靡靡之音，徒柔不厚之谓也。梁、陈之弊，在舍意问辞，因辞觅态。阙深造之旨，漓穆如之风。……且夫闺闼之篇，古人亦皆托兴；时物之感，君子祇以道怀。今迹其所假，寻于末流，于咏歌之道，亦已失据矣！而又缀无质之华，竭佻露之巧。同声一调，靡靡争趋，从此之焉，填词为近。①

陈祚明认为玉台体之失不在于辞丽藻华："夫咏歌之道，岂必存质去文？"陈祚明把玉台体的得失问题与文、质之辨勾连起来，从而再一次重申了辞本无罪的观点。他认为辞的效用是绝不可盲目否定的，"紫磨之金，烛银之锡，非不灿然也"，只要条件适当，文可以补质，其效果要佳于质胜于文。他认为"梁、陈之诗，匪病其辞，病其无意。……梁、陈之弊，在舍意问辞，因辞觅态。阙深造之旨，漓穆如之风"。玉台体之失在于辞与情的关系不谐和，有其辞而无其意，华其形而泯其神，"以文灭质"，堕为形式主义，"缀无质之华，竭佻露之巧。同声一调，靡靡争趋，从此之焉，填词为近。"陈祚明评论张正见诗为："修词至张见赜，可为工且富矣！然所以不大佳者，多无为而作，中少性情也。又如庙中土偶，塑为宓妃、神女，冠珮衣裾，事事华美，都无神气。"② 将此论移而用之于论玉台体之失，又何尝不可？所谓"无为而作，中少性情"，所谓"事事华美，都无神气"，不正是刘勰"以文灭质"论的典型表现吗？

---

① （清）陈祚明著，李金松点校：《采菽堂古诗选》卷二十二，第 694—695 页。
② （清）陈祚明著，李金松点校：《采菽堂古诗选》卷二十九，第 970 页。

陈祚明在评论了玉台体之失之后，进一步从诗史的角度指出玉台体之失为中晚唐诗风之始作俑者。如下表所列。

陈祚明之选	陈祚明之评
简文帝《东飞伯劳歌二首》其二	轻倩无似，独欲以生硬不熟傲唐人耳！然温飞卿去此远近。每谓梁、陈调本接晚唐，非子昂、太白一振颓流，无复有初盛体。于此益信。①
王僧孺·总评	王诗非但多用新事，乃能多作新语耳！作致至此，始可谓充尽梁、陈体之分量，直接晚唐，与填词相近。然晚唐人固不堪与僧孺为奴，亦以其不能充晚唐之分量也。②
王僧孺《秋日愁居答孔主簿》	别在物僻，孤在语削。此六朝直接晚唐处，存之以见一格。③
王僧孺《为人述梦》	太尖太近，直接晚唐。诗诚尖。能尖至极处，中无勉强处，无平率处，便自成一种，亦可玩，郊、岛不能也。古人用意，何尝不尖？但不近耳！④
王僧孺《秋闺怨》	此郊、岛所尽心焉者，然不能逮。⑤
吴均《有所思》	亦欲沦晚唐，然晚唐讵能及？⑥
沈繇《答何郎》	亦近晚唐，作意甚刻。⑦
张正见《赋得佳期竟不归》	温飞卿亦复近之矣。⑧

在陈祚明看来，晚唐诗沦为填词缀藻之游戏。对于辞过于刻意，以至于"太尖太近"，中少情旨，不能深味。这是以文灭质的典型表现，远离了文质中和、情辞并恰的雅道。他认为诗之雅在于自然而华，而非强凑而华。强凑之华并无性情，却掩之以华辞丽藻，刻意用巧而为柔靡之音，是玉台体的一大

---

① （清）陈祚明著，李金松点校：《采菽堂古诗选》卷二十二，第 701 页。
② （清）陈祚明著，李金松点校：《采菽堂古诗选》卷二十五，第 790 页。
③ （清）陈祚明著，李金松点校：《采菽堂古诗选》卷二十五，第 793 页。
④ （清）陈祚明著，李金松点校：《采菽堂古诗选》卷二十五，第 796 页。
⑤ （清）陈祚明著，李金松点校：《采菽堂古诗选》卷二十五，第 797 页。
⑥ （清）陈祚明著，李金松点校：《采菽堂古诗选》卷二十六，第 818 页。
⑦ （清）陈祚明著，李金松点校：《采菽堂古诗选》卷二十八，第 909 页。
⑧ （清）陈祚明著，李金松点校：《采菽堂古诗选》卷三十，第 984 页。

缺失。

　　玉台体之失复显于中晚唐诗。陈祚明认为温飞卿诗和李义山诗同为华而不雅者。他说："义山、飞卿，啜其余流，时又降于梁、陈，风仍爱其柔脆。"①又说："温、李诗，华而不雅者也。……世有不喜六朝之华，而反喜温、李之华者，何也？非性与人殊也，讳其所不能，而折以就其所能也。……力有所不及，就所见所知，强吾之意以就典物，强古人之一二事，以就我之所言，而不甚合于理，当于情，是温、李之华也矣！况不及温、李者哉！"②六朝之诗自然而华，温、李之诗，华而不雅。梁、陈诗的缺失与其独得清格是密切关联的，而中晚唐诗仅仅是梁、陈诗之缺失的复现，并未于其中包蕴对清韵的追求。陈祚明认为世人学温飞卿诗和李义山诗乃是强吾之意以就典物，强古人之一二事的结果。其辞虽华，其情旨却并不与之相切恰，故而给人以前后不属，辞意不称的感觉。职是之故，在陈祚明眼中，中晚唐诗诚然是梁、陈诗缺失的余绪，但却不及梁、陈诗。从晚明直至清初的诗坛的实际情况来说，陈祚明对中晚唐诗的批评，即是对竟陵派的批评，因为竟陵诗是以中晚唐诗为宗的。

---

① （清）陈祚明著，李金松点校：《采菽堂古诗选》卷二十二，第 696 页。
② （清）陈祚明著，李金松点校：《采菽堂古诗选》卷六，第 166 页。

第十二章　陈祚明的诗学批评方法

陈祚明有自己独特的诗学批评方法。这个方法体系有四个显著特征：其一，强调品诗之人须虚心诚意，进入作者所处的历史时空，进而内在地体悟作者的情感活动和思想活动；其二，强调品诗之人须有大历史的胸怀和视野，能够从源流变迁的角度思考作者及其诗作的时空意义，而不拘泥于某时某地之特权化视角；其三，强调品诗之人须本着生命的立场来品评诗人和诗作，把诗人及其作品视为可互通信息的生命体，而不能把诗当作考古证物，把诗人当墓穴主人；其四，强调品诗之人须从诗艺的角度来观照诗人及其诗作，把诗人及其作品当做艺术品，从审美的角度来品鉴，而不能把诗人当作伦理观念的靶子，把诗作当成作者在伦理法庭上的陈词。以下拟为四节，分别阐述陈祚明诗学批评方法的显著特征。

第一节　设以身处其时与地，思其所欲言

陈祚明在《采菽堂古诗选》凡例中指出，他在编选时总是"设以身处其时与地，思其所欲言"。[①] 陈祚明的总论非常系统，而且章法井然。大部分总论都是从沉思其个体生命之历史开始，接着摘录钟嵘《诗品》的评语或其他评论，再自撰评语，最后以意象批评方法作总结。在陈祚明看来，每一位诗人都有其独特的生命历程，在这个历程中包含了许许多多、大大小小的历史事件。将其所经历的重要事件总括起来，便可以进入诗人所处的历史时空，与之产生思想情感的共鸣，甚至莫逆于心。因此，从诗人心灵内部审视、品鉴诗人的作品，可以杜绝盲目跟风、人云亦云的批评。所谓"设以身处其时与地，思其所欲言"，也是传统诗学批评中"知人论世""以意逆志"的实现。

陈祚明在小传中勾勒出诗人的大致生平，备其要领，以便读者亦能像他一样进入诗人自身的历史过程，为诵读其诗时产生客观、细腻的共鸣奠定基础。即便是那些入选诗作较少的诗人，陈祚明也会略备诗人小传以供读者参详。其所附李陵小传为：

> 李陵，字少卿，广之孙也，为骑都尉。天汉中，将步卒五千击匈

---

① （清）陈祚明著，李金松点校：《采菽堂古诗选》凡例，第 13 页。

奴，转斗矢尽，遂降，单于以女妻之。立为右校王。在匈奴二十余年，卒。①

　　此传虽短小，但已勾勒出李陵心中的忧愁愤懑。李陵身为使匈奴畏服的"飞将军"李广的后人，却不得不在匈奴处为婿二十余载，苟延残喘，客死异乡，其心中的不堪之情实难以言表。钱钟书《管锥篇》引陶元藻《泊鸥山房集》卷一〇《书江淹〈恨赋〉后》云："且所谓恨者，必人宜获吉而反受其殃，事应有成而竟遭其败，衔冤抱愤，为天下古今所共惜，非揣摩一人之私，遂其欲则忻忻，不遂其欲则怏怏也。……李陵之恨，始在五将失道，兵尽矢穷，以致被擒异域，继在误绪为陵，戮其父母妻子，以致无路可归。"② 若读者读过陈祚明所附的李陵传，再读李陵《与苏武诗》中如下诸句："良时不再至，离别在须臾。"③ "风波一失所，各在天一隅。"④ "行人难久留，各言长相思。"⑤ "嘉会难再遇，三载为千秋，临河濯长缨，念子（一作"别"）怅悠悠。远望悲风至，对酒不能酬。行人怀往路，何以慰我愁？"⑥ 则对诗人心中所恨、所怀必然深有体会。

　　陈祚明所附陶渊明小传为：

　　　　陶渊明，字元亮，入宋名潜，浔阳柴桑人，太尉长沙公侃之曾孙。少有高趣，亲老家贫，起为州祭酒。不堪吏职，解归，躬耕自资。隆安中，为镇军参军。义熙元年，迁建威参军。未几，求为彭泽

---

① （清）陈祚明著，李金松点校：《采菽堂古诗选》卷三，第73页。
② 钱钟书著：《管锥篇》（第4册），第1412页。
③ 李陵《与苏武诗三首》其一，（清）陈祚明著，李金松点校：《采菽堂古诗选》卷三，第73页。
④ 李陵《与苏武诗三首》其一，（清）陈祚明著，李金松点校：《采菽堂古诗选》卷三，第73页。
⑤ 李陵《与苏武诗三首》其二，（清）陈祚明著，李金松点校：《采菽堂古诗选》卷三，第73页。
⑥ 李陵《与苏武诗三首》其三，（清）陈祚明著，李金松点校：《采菽堂古诗选》卷三，第74页。

令，在县八十余日，解归。暨入宋，终身不仕。颜延年诔之，谥曰
"靖节征士"。①

此段小传对于陶渊明其为人出处之大节，可谓详矣。陶渊明"少有高趣"，可
见其在思想上亲近老庄，其出世隐逸绝非偶然。观其一生，历任数职，屡屡解
归，更觉其无意于入世。然而，"暨入宋，终身不仕"一句，却是一个大反转。
如果陶渊明真的仅仅因家贫而入世，则难以解释为何他屡屡辞官解归。难道一
个为稻粱谋的人会因为"不堪吏职"而屡屡辞官，一次次使自己及家人堕入贫
困吗？陈祚明在反驳以闲适论陶渊明诗的观念时，揭示了这一问题。陶渊明诗
《饮酒·其十》云："在昔曾远游，直至东海隅。道路迥且长，风波阻中途。此
行谁使然？似为饥所驱。倾身营一饱，少许便有余。恐此非名计，息驾归闲
居。"②陈祚明评曰："欲以此等语，故乱之，使若素无宦情者然。"陈祚明
认为陶渊明虽"亲老"，却并不以出世隐逸为终身职志。"似为饥所驱"，一
个"似"字，已经点明"为饥所驱"不过是自嘲的托词，不可当真，所以陈
祚明强调，解此诗时不应为此句所"乱"，按字面之意直解。否则，"倾身
营一饱"的陶渊明又何来"恐此非名计"的忧虑？这句自相矛盾的诗表明，
陶渊明根本不是因家贫的缘故才为官，而是有意于入世却恨不逢时，只能在
不甘而来、激愤而去的循环之中不断徘徊。正因为如此，诗人小传中"暨入
宋，终身不仕"才不至于堕为空论。否则，陶渊明若非愿仕，又何须仕？何
须自明其志，"入宋名潜"？正如杜牧所说，"处士之名，何哉？潜山隐市，
皆处士也。"③只需心中有隐逸之心，无论身在山林，或身居闹市，皆可称
隐士，不必当真归隐山林。陶渊明"息驾归闲居"，是不得已按捺内心的经

① （清）陈祚明著，李金松点校：《采菽堂古诗选》卷十三，第 388 页。
② （清）陈祚明著，李金松点校：《采菽堂古诗选》卷十三，第 417 页。
③ （唐）杜牧：《送薛处士序》，吴在庆校注：《杜牧集系年校注》，北京：中华书局，2008 年，第 789 页。

世济民之心，摆脱"宦情"，归隐田园。陈祚明仅以"故乱之""使若素无宦情"两句简短的评语，便将陶渊明隐秘的心曲揭示出来。陈祚明直到临死之前才完成对陶渊明诗歌的编选。他对陶渊明其人其诗的重视可见一斑。

陶渊明在《杂诗十二首》中道："忆我少壮时，无乐自忻豫。猛志逸四海，骞翮思远翥。荏苒岁月颓，此心稍已去。值欢无复娱，每每多忧虑。气力渐衰损，转觉日不如。壑舟无须臾，引我不得住。前途当几许？未知止泊处。古人惜寸阴，念此使人惧。"① 其实，陈祚明晚年的心境与陶渊明作《饮酒》时也颇有相似之处。他的《偶吟十二首·其三》透露了这一讯息："弱冠飞腾意，当年跅弛才。学须方管乐，文不让邹枚。莫齿孤身客，他乡一饭哀。奔波三十载，糊口鬓毛催（笔者按：根据上下文意，"催"似"衰"字之误）。"② 陈祚明早年家境颇为殷实，有经世之志，自认为学比管乐、文胜邹枚，意气洋洋，无日不乐，与陶渊明诗中所言"忆我少壮时，无乐自忻豫。猛志逸四海，骞翮思远翥"的境况颇为相似。不意国破家变，陈祚明流连京师二十多年，思归而不可得。这段经历使他对陶渊明"前途当几许？未知止泊处"的忧心更能体会。他在《饮酒·其五》评注中指出："'未知止泊处'，为是犹有冀，为是勉性命之学。"③

陈祚明所谓"性命之学"，与其家庭教育有关。据《康熙仁和志》记载，陈祚明的父亲陈肇"从游张蔚然之门，大为所引重。其学根极性命，原本忠孝。顾穷老不遇，不获发闻于世。……一门之内，忠节孝友，见重当世，皆肇读书力行，有以启之"④。陈祚明入清后在京师二十余年，与诸多朝廷权贵交游，颇受礼重却终身不仕，与他自幼接受忠孝观念的教育而不愿为贰臣有莫大

---

① （清）陈祚明著，李金松点校：《采菽堂古诗选》卷十四，第427页。

② （清）陈祚明著：《稽留山人集》卷十九，第667页。

③ （清）陈祚明著，李金松点校：《采菽堂古诗选》卷十四，第427页。

④ （清）丁丙编：杭州掌故丛书《武林坊巷志》（第5册），第361页。

关系。

陈祚明对于"忠孝"观念的体认与陶渊明的价值取向具有很大的相似性。这种相似性赋予陈祚明不同于一般读者的较有利的阐释地位，他可以深入理解陶渊明诗的核心，发现另一个陶渊明的存在。读者细读陈祚明为陶渊明所附的小传，结合他所做的细致分析，自可突破习见，体认到一个不一样的陶渊明。

从诗人生平入手理解诗作，是陈祚明诗歌批评体系的首要特征。陈祚明把能否"设以身处其时与地"作为能否"思其所欲言"的先决条件，正如"以意逆志"通常是以"知人论世"作为先决条件的。

陈祚明晚年羁留京师，不得南归，对庾信的心境也有深切体会。他于癸丑年（即1673年）腊月所作《与舍侄话》中说："万种伤心事，生平不可言。天亲今聚面，将死一闲论。节弃身何得，衷违迹孰原。子山文一卷，斑驳有啼痕。"① 陈祚明临死之前读庾信诗，感同身受，情不自禁，以致在诗文上留下了斑斑泪痕。他在评庾信诗《送卫王南征》时说："是颂耶？是悲耶？公如有灵，千秋定以我为知己。"② 庾信入北周为官，卫王即将占领自己的家乡，庾信却不得不为其送行。他在诗作中描绘卫王南征前先声夺人的大气魄"风尘马足起，先暗广陵江"，表面上看是对卫王的褒扬，实际上内心却战战兢兢，隐隐透露出对故国百姓生命安全的担忧。此种隐秘的心曲，陈祚明以"是颂耶？是悲耶？"两句反问，揭橥庾信的内心矛盾。"公若有灵，千秋定以我为知己"更表明他对庾信其人其诗的用情之至，体悟之深。

总而言之，能否成为诗人的知己是评论家能否贴切地品鉴诗人作品的第一要素。设若不依此条件而努力，则评论家不过是作者的陌路人。若评论家与作者"不睦"，则读者更无法通过评论家而了解诗人的诗旨了。

---

① （清）陈祚明著：《稽留山人集》卷十九，第668页。
② （清）陈祚明著，李金松点校：《采菽堂古诗选》卷三十四，第1138—1139页。

第二节　寻河得源，顺流而下至溟渤

诗人有历史，诗作有源流。如果把"设以身处其时与地，思其所欲言"看作是历史方法在诗人层面上的运用的话，那么"寻河得源，顺流而下至溟渤"①则可看成是历史方法在作品层面上的运用。在陈祚明看来，诗歌批评不能脱离诗的源流而建立起来。他主张"寻河得源，顺流而下至溟渤"，从诗歌历史的角度阐释诗，从诗的变迁中获得对于诗的洞见。

如前所述，陈祚明对于历史方法的运用可谓是诗学批评的一个典范。他不仅无褊狭地将六朝诗尤其是齐以后诗作为古诗演变的重要环节，而且多番论证六朝诗为唐诗之源的观点。这是从宏观的角度把历史方法运用于诗歌作品。从微观的角度来说，具体到特定的诗人、诗作，陈祚明对于诗史方法的运用也是非常多的。

陈祚明评嵇康，其词为：

> 叔夜婞直，所触即形。集中诸篇，多抒感愤。召祸之故，乃亦缘兹。夫尽言刺讥，一览易识，在平时犹不可，况猜忌如仲达父子者哉！叔夜衷怀既然，文笔亦尔。径遂直陈，有言必尽，无复含吐之

---

① （清）陈祚明著，李金松点校：《采菽堂古诗选》凡例，第9页。

致。故知诗诚关乎性情。婞直之人，必不能为婉转之调，审矣！①

叔夜诗实开晋人之先。四言中饶隽语，以全不似《三百篇》，故佳。五言句法，初不矜琢，乏于秀气。时代所限，不能为汉音之古朴，而复少魏响之鲜妍，所缘渐沦而下也。②

在这里，陈祚明首先指出嵇康诗的主要特点即"径遂直陈，有言必尽，无复含吐之致"。此一特点在人则开罪于司马仲达父子，以是得祸，在诗则韵浅言近，"无复含吐之致"。陈祚明认为嵇康诗的这一特点是由其"衷怀"决定的，诗关乎性情。嵇康气质本"婞直"，所以不能婉转，若其强为婉转之调，则其诗必不能写真。接着，陈祚明从诗史的角度指出嵇康诗"开晋人之先"，其四言诗"不似《三百篇》，故佳"，其五言诗难免为"时代所限"，既不能如汉诗之古朴又不能如魏诗之鲜妍，"所缘渐沦而下也"。

陈祚明评阮籍，其辞曰：

阮公《咏怀》，神至之笔。观其抒写，直取自然。……悲在衷心，乃成楚调。而子昂、太白目为古诗，共相仿效，是犹强取龙门愤激之书，命为国史也。且子昂、太白所处之时，宁有阮公之情而能效其所作也哉！公诗自学《离骚》，而后人以为类《十九首》耳。③

阮公《咏怀》，千秋嘉叹。然未知所咏是何怀也。详味其辞，杂焉无绪。……人之立身，各有怀抱。二端各见，歧路分趋。情见乎辞，在诚难饰。今既脱略荣华，好谈轻举，乃复缱怀亲爱，甚恋绸

---

① （清）陈祚明著，李金松点校：《采菽堂古诗选》卷八，第218页。
② （清）陈祚明著，李金松点校：《采菽堂古诗选》卷八，第218页。
③ （清）陈祚明著，李金松点校：《采菽堂古诗选》卷八，第236页。

缪，非徒旨谬老庄，亦恐卜迷詹尹。是知君平两弃，必匪无因；夷叔长辞，正缘笃感云尔。世累人烦，此情未睹，光禄之注无述，钟嵘之评漫然。昭明所去所存，亦岂能窥本意？爰乃寻其渺绪，探厥微辞，芜累则删，成章必录。辄复略标大意，恐后人疑为曲解，往往摘其难通之旨，特为设难。寻省之下，盖可悟焉。①

在陈祚明看来，以为阮籍《咏怀》诗与《古诗十九首》相类的观念乃出于世人的误读。若以之为与《古诗十九首》相类的作品，则不能正确地理解阮籍"衷心"的"悲"。而要深入理解阮籍"衷心"的"悲"，又必须从"设以身处其时与地，思其所欲言"开始，所以陈祚明所附阮籍小传为：

> 阮籍，字嗣宗，陈留尉氏人，司空记室瑀之子。初辟太尉掾，进散骑常侍。大将军司马昭欲为其子炎求婚，籍大醉六十日，不得言而止。后引为从事中郎。籍闻步兵厨多美酒，乃求为步兵校尉，纵酒昏酣，遗落世事。对人能为青白眼，礼法之士嫉之如仇，赖大将军常保持之。②

陈祚明深知，要阐释阮籍诗尤其是其名作《咏怀》诗的愤激之旨，必须从知人论世入手。若不知阮籍与司马氏之间的关系，则不可能了解阮籍《咏怀》到底所咏为何种情怀。反过来，一旦深入了解了阮籍个体之历史是如何与司马氏之历史相关联的，则读者断不至于轻易以为阮籍《咏怀》诗乃与《古诗十九首》相类之作——即便两者间有如许相似之处，也应从更"历史"的角度来"思其所欲言"，而不能仅仅停留在"酷似"的层面上。在陈祚明看来，阮籍《咏怀》

---

① （清）陈祚明著，李金松点校：《采菽堂古诗选》卷八，第238页。
② （清）陈祚明著，李金松点校：《采菽堂古诗选》卷八，第236页。

诗其源在楚辞《离骚》，为愤激之作，"匪徒旨谬老庄，亦恐卜迷詹尹"。其情类乎屈子，深情于曹魏却无力挽曹魏于既倒。虽屡屡得大将军司马昭"保持之"，其心却终归曹氏。既不能逆司马昭之心招杀身之祸，又不愿为其效力痛失气节。两难之中，无限愤懑，"纵酒昏酣，遗落世事"。陈祚明恐后人被"光禄之注"（笔者按：光禄指颜延之）、"钟嵘之评"所遮蔽不能得阮籍《咏怀》诗深意，特增选了35首为昭明《文选》所遗漏、可揭示阮籍根本诗旨的《咏怀》诗，并加以评注，以备读者体悟阮籍《咏怀》的衷曲。

陈祚明所选阮籍《咏怀》总计52首。他首先评论了昭明《文选》所选的十七首，认为昭明所选"手眼诚当"："《文选》所收，其风度抑扬，文采工炼，……校之《十九首》，特稍多杰气，未尽浑融耳。诚足高掩应、刘，步丕、植之后尘，嗣汉人之坠响。昭明鉴裁，手眼诚当。然亦仅论其风度文采，而未及推其用心所存。苟一一研求，则当与《小雅》《离骚》并观矣。"① 所不足的是这十七首《咏怀》诗不足以窥见阮籍用心本旨所在。陈祚明认为读阮籍《咏怀》诗必须与读《小雅》《离骚》相联系，才得见其"用心所存"。他认为：

> 《咏怀》之妙，在于不为赋体，比兴意多，诘曲回翔，情旨错出。传世千余年，人犹不得其解。是知用心深隐，不易骤窥在心之愤。既纾尚口之祸，乃免古人居邦不非。大夫立言之体，自应若尔。况直遂之语，无足耽思；隐曲之文，足供绅绎。声歌依永，原与怒詈殊科。使人反覆之而不厌者，必非浅露之词可知也。要而评之，旨高思远，气厚调圆，故能远溯汉人，后式百代。浅夫不察，好为尽言。既足贾祸一时，又难垂讽异日。材高识寡，太白所为讥正平者，诚至论也。②

---

① （清）陈祚明著，李金松点校：《采菽堂古诗选》卷八，第243页。
② （清）陈祚明著，李金松点校：《采菽堂古诗选》卷八，第253页。

后世若庾子山之诗，意特显矣，盖是时文网阔疏，文字语言诛求
盖寡。又甚优南士，特重才人。既归命已诚，怨叹之辞，原无系属，
任其出口，不复论之。况惟怀故土以低徊，未始斥北朝而诋议。所为
郊庙诸曲，又复极意推崇，时地、情辞与陶、阮本异。①

阮籍《咏怀》诗"远溯汉人，后式百代"，而其妙则在于深隐足思。陈祚明感
叹其"传世千余年"，而其作者本旨本心"人犹不得其解"。陈祚明认为阮籍
《咏怀》诗之所以具有深隐的特质，其原因就在于阮籍所处时代给予他的诸多
文网限制：一方面阮籍有意入世，另一方面他所欲入之世却为司马氏所把持；
一方面阮籍以为司马氏所用为耻，另一方面又常常得到司马氏的庇护。内心冲
突，无日不有。其歌咏"旨高思远，气厚调圆"，"使人反覆之而不厌"，绝无
浅露招祸之敝。陈祚明指出，后世庾信虽有《拟咏怀》诗，其特质已然大为不
同。比较而言，庾信《拟咏怀》"意特显"；但究其原因则在于庾信所处之时代
"文网阔疏""甚优南士"，即便多有怨叹，也无需如阮籍一般深隐宛转，更何
况庾信所咏者不过是故土之思而已，又有何惧？
　　总而言之，陈祚明眼中之诗绝非仅仅是其自身；在每一首诗的背后都有一
个宏大的历史场景。陈祚明对于诗的阐释和解说，就依附于这个历史场景。在
这个关于诗的历史场景中，诗自身是有生命的，它与其作者一样，具有自己独
立的历史。他认为诗的历史既限制了诗的风神气格，又给予了诗表现出特定风
神气格的文化条件。因此，评论者不解诗则已，但凡解诗，都须从历史而入；
这历史不仅包括了诗人个体的历史，也包括了作品的源流。

---

① （清）陈祚明著，李金松点校：《采菽堂古诗选》卷八，第253页。

第三节　以意象法解诗

意象批评法源远流长，是中国古代艺术批评的传统方法，在诗歌批评中，钟嵘《诗品》屡屡用之，它在散文批评、词评、散曲批评、书法批评等艺术批评门类中也有广泛地运用。张伯伟先生指出："作为'意象批评'法的'意象'，它具有以下特征：首先，就其形成而言，它是由批评家面对作品，透过自己的理解力和想象力而构成的一个或一组意象……其次，就其性质而言，'意象批评'是用具体可感的'意象'表示了抽象的概念。……'意象批评法'的思维特征，是由'目'而'想'，它是一个'具体→抽象→具体'的过程。……其次，'意象批评法'还具有审美经验完整性的特点。意象批评的思维过程决定了这一方法可以避免抽象与支离的缺陷。……这就是'意象批评'法的主要内涵及特征。"[1] 陈祚明深谙此法。他所取之意象因人而不同，必求贴切，文采流丽，神气灿然。

陈祚明用意象法评诗并不以作者入选诗作之多寡为是否着笔之标准，但凡诗作可嘉、饶有兴味，他都有可能使用意象批评，以心会心，以神通神。所选蔡文姬诗不过《悲愤诗》二首，其所附意象题解却足以概其全貌："文姬能写真情，无微不尽。俚语出之则雅，实事状之则活。此史迁手笔也。……蔡文姬

---

[1] 张伯伟：《中国古代文学批评方法研究》，北京：中华书局，2002年，第198—201页。

诗如小李将军画，寸人豆马，莫不奕奕有生气。又如名优演剧，悲欢离合，事事逼真。"① 陈祚明先以小李将军李昭道之画喻蔡琰诗，以揭示其描绘细致、刻画入微的特征。"寸人豆马"何其妙微，换做旁人或有所不逮，但于蔡琰则可运其史迁手笔，俚语归雅，状事具活，栩栩如生，"莫不奕奕有生气"。其情真，其心细，加之身逢离乱，惨遭不幸，所以《悲愤诗》二章声声呼号，字字啼悲，读之令人心碎。陈祚明将其诗比拟为"名优演剧，悲欢离合，事事逼真"，可谓恰极。陈祚明评《悲愤诗》为：

> （上章）《悲愤诗》首章，笔调古宕，情态生动，甚类《庐江小吏》诗。彼所多在藻采细璅，此所多在沉痛惨怛：皆绝构也。……"欲死不能得"，此亦实语，遭此境者方知之。一妇人被掳兵间，欲必行其志，诚不易。俄顷之间，遂已失节，此后虽死何益！此虑之所以贵豫，而亦未可以轻责人也。②

> （下章）此首风致流动。"薄志节"二语，亦它人所不能道。失节自是可惭，业已至此，岂复可讳？居然自述，反见真情。与上章"流离成鄙贱"同旨。"沙漠"数语，写得生动。"登胡殿"一段，气色声响，无时无景不与涕泪并集。③

读者读过陈祚明的以上评论，再读蔡琰《悲愤诗》二章，对于"悲欢离合，事事逼真"必然会有更切己的体会。人各有情性，故诗各有气格。陈祚明以意象法解诗，贵因人而异，讲究以形写形，以色貌色，力求应会感神，神超理得，以创造性的直观方法理解诗歌。陈祚明《采菽堂古诗选》所收诗作四千余首，

① （清）陈祚明著，李金松点校：《采菽堂古诗选》卷四，第114页。
② （清）陈祚明著，李金松点校：《采菽堂古诗选》卷四，第115—116页。
③ （清）陈祚明著，李金松点校：《采菽堂古诗选》卷四，第116页。

诗人数以百计，他所使用的意象无一雷同，无处不有异彩。

陈祚明所使用的意象大体可以分为两大类：人类社会与自然世界。

一 以人类社会为喻体者

这一部分又可细分为（一）以女子之容貌举止为喻体；（二）以男子之容貌举止为喻体；（三）以音乐、武舞、书法等为喻体。

（一）以女人为喻体者

（1）评曹丕诗，以"西子捧心俯首"为喻。

魏文帝诗如西子捧心俯首，不言而回眸动盼，无非可怜之绪。倾国倾城，在绝世佳人本无意于动人，人自不能定情耳。[1]

（2）评颜延之诗，以"大家命妇"的妆容为喻。

颜光禄诗如金张许史大家命妇，本亦有韶令之姿，而命服在躬，华珰饰首，约束矜庄，掩其容态。暂复卸妆，闲燕亦能微露姣妍。[2]

（3）评陆机诗，以"都邑近郊良家村妇"为喻。

陆士衡诗如都邑近郊良家村妇，约黄束素，并仿长安大家，妆饰既无新裁，举止亦多详稳。[3]

---

① （清）陈祚明著，李金松点校：《采菽堂古诗选》卷五，第 136 页。
② （清）陈祚明著，李金松点校：《采菽堂古诗选》卷十六，第 504 页。
③ （清）陈祚明著，李金松点校：《采菽堂古诗选》卷十，第 294 页。

（4）评刘孝威诗，以"妖姬弄姿"为喻。

　　孝威笔致隽逸，无句不雕。雕在生姿，不关使典，如妖姬弄态，安置眉目，亦令百媚。[①]

（5）评王僧孺诗，以"倡姬独坐"为喻。

　　僧孺诗如倡姬独坐，顾影自怜，掠鬓弄裙，动即成态，自非良家举止。[②]

　　此五则本体皆为诗作，喻体是女子的容貌、神态、装束。尽管都是女子，因身份不同，其举止、神态各异。如曹丕诗自然而华，以绝世佳人西施喻之。西施之捧心俯首，本无意于动人，而楚楚可怜，"人自不能定情"。颜延年之诗评与陆机诗评恰可对照。前者是大家命妇，矜持端庄，后者模仿"长安大家"，无新意，但有端庄详稳之态。评刘孝威诗与王僧孺诗则都以"妖姬""倡姬"为喻，刘孝威之诗"笔致隽逸，无句不瑚"，但并不在典故上用力，故有媚态。王僧孺诗则媚态有余，格调不高。

（二）以男子为喻体者

（1）评梁简文帝，以"佻薄公子"为喻。

　　简文帝诗如佻薄公子，斗饰新装，舆马、衣冠，事事雕琢，不复有王谢子弟风味。[③]

---

① （清）陈祚明著，李金松点校：《采菽堂古诗选》卷二十七，第 872 页。
② （清）陈祚明著，李金松点校：《采菽堂古诗选》卷二十五，第 790 页。
③ （清）陈祚明著，李金松点校：《采菽堂古诗选》卷二十二，第 696 页。

(2) 评徐陵诗，以"五陵年少"为喻。

徐孝穆诗其佳者如五陵年少，走马花间，纵送自如，回身流盼，都复可人。①

(3) 评陈后主诗，以"徐生为容"为喻。

陈后主诗如徐生为容，顾步登降，事事修饰，望之嫣然，然未达礼意。②

前两者一以"佻薄公子"，一以"五陵年少"为喻，都是少年公子，事事讲究，有富贵气象。陈祚明所使用的喻体虽然都是少年，但还是有细微的区别。佻薄公子与王谢少年不同，少大家子弟气象，以此比喻简文帝之诗，说明诗歌至简文帝"半为闺闼之篇，多写妖淫之意"。徐陵步武其后，所作之诗铺张、刻画，"旨乏清遥"，但五陵年少之回身流盼，亦有可人之处。
(3) 评"徐生为容"的典故出自《史记·儒林列传》："诸学者多言《礼》，而鲁高堂生最本。《礼》固自孔子时而其经不具，及至秦焚书，书散亡益多，于今独有《士礼》，高堂生能言之。而鲁徐生善为容。孝文帝时，徐生以容为礼官大夫。"③容礼就官吏的威仪容貌而言，是儒学的分支，《陌上桑》"盈盈公府步，冉冉府中趋"中的"公府步""趋"即为当时官吏的步法，属于容礼的范畴。《礼经》自孔子时已不具，秦焚书坑儒之后，独存《士礼》。徐生因

---

① （清）陈祚明著，李金松点校：《采菽堂古诗选》卷二十九，第957页。
② （清）陈祚明著，李金松点校：《采菽堂古诗选》卷二十九，第940页。
③ （汉）司马迁：《史记》卷一百二十一，北京：中华书局，2006年，第703页。

善为容礼而被擢为礼官大夫，但于《礼》已不能通。陈祚明以徐生为容比喻陈后主之诗，比喻其诗善于修饰，但未得诗道雅正之精髓，就情辞关系而言，亦是辞过于情。

（三）以音乐、武舞、书法等为喻体者

艺术之间有着某种相通性，故陈祚明喜以其他艺术门类比拟诗歌的艺术成就。

1. 以音乐为喻体

在诸种艺术形式中，陈祚明最常用的方法是以音乐比拟诗歌。

（1）评曹子建诗，以"大成合乐"为喻。

陈思王诗如大成合乐，八音繁会，玉振金声。绎如抽丝，端如贯珠。循声赴节，既谐以和，而有理有伦，有变有转。前趋后艳，徐疾淫裔，瘳然之后，犹擅余音。又如天马飞行，籋云凌山，赴波逾阻，靡所不臻，曾无一蹶。①

（2）评王粲诗，先以"天宝乐工"喻其"沉切"，后以"耕者言稼，红女言织"喻其"详婉"。

王仲宣诗如天宝乐工，身经播迁之后，作《雨淋铃》曲，发声微吟，觉山川奔迸，风声云气与歌音并至。只缘述亲历之状，故无不沉切。又如耕夫言稼，红女言织，平实详婉，纤悉必尽。②

---

① （清）陈祚明著，李金松点校：《采菽堂古诗选》卷六，第155页。
② （清）陈祚明著，李金松点校：《采菽堂古诗选》卷七，第189页。

（3）评谢朓诗，以"雅歌比竹"为喻。

谢宣城诗如雅歌比竹，音节和愉。当其高调偶扬，不乏裂云之响。闻于邻听，指此为工。不知密坐满堂者，别自赏其谐适。①

（4）评梁武帝诗，以"雅琴微弹"为喻。

梁武诗篇多和易之音，参温厚之旨。知其性情，本邻道境，披文相质，亦复宫羽咸调，帝王之中可称邃诣。梁武帝诗如雅琴微弹，春容可听。②

（5）评刘琨诗，以"金筱成器，本擅商声"为喻。

越石英雄失路，满衷悲愤，即是佳诗。随笔倾吐，如金筱成器，本擅商声，顺风而吹，嘹飁悽戾，足使枥马仰喷，城乌俯咽。③

（6）评张率诗，以"洞箫始奏"为喻。

士简诗天分独高，故敏速易成，而风姿掩映，不作尖隽，略有古风。如洞箫始奏，遇风成声；比丝则此为嘹亮，校肉则不足悠扬。④

① （清）陈祚明著，李金松点校：《采菽堂古诗选》卷二十，第635页。
② （清）陈祚明著，李金松点校：《采菽堂古诗选》卷二十二，第684页。
③ （清）陈祚明著，李金松点校：《采菽堂古诗选》卷十二，第369页。
④ （清）陈祚明著，李金松点校：《采菽堂古诗选》卷二十五，第799页。

（7）评庾肩吾诗，以"车子喉转"为喻。

　　庾义阳诗如车子喉转，不乏幽咽之音，而调叶声谐，自然流畅。①

（8）评潘岳诗，以"孺子慕者"为喻。

　　潘安仁诗如孺子慕者，距踊曲跃，仰啼俯嘘，其音呜呜，力疲不休，声渐益振。所喜本擅车子之喉，故曼声宛转，都无粗响。②

　　（1）是一组意象，其中"大成合乐"是最主要的意象。比较其他的音乐意象，曹植诗歌给人感觉使用的不是某种单一的乐器，而是乐器群，类似于现代的交响乐。这个意象形象地说明了曹植诗歌艺术的多样性与带给人的震撼之感。（2）也是一组意象，其中音乐意象比较突出。"天宝乐工"与其他时代的乐工有着本质性的区别，别的乐工或许精通音乐，但缺乏动乱时代带来的悲哀之感，王粲身处动乱时代，故无意于悲而悲情流露，给人"沉切"之感。（3）、（4）皆强调"雅"字。以"雅歌比竹"为喻写谢朓的闲适之情，自然无有不当；但以"雅音微弹"写梁武帝，则能见出陈祚明的识鉴之力。清初人往往视六朝诗尤其是梁诗为靡靡末调，陈祚明则认为梁诗并不能视为一个整体，梁武帝与简文帝代表两种不同的诗歌艺术倾向。梁武帝时风雅未坠，其诗有"温厚之旨"，故简文帝只能被评为"佻薄公子"，而梁武帝可被视为"雅音"。

　　同是以音乐来比拟诗歌，陈祚明将其分为乐器与人声两种。（5）以"金笳

---

① （清）陈祚明著，李金松点校：《采菽堂古诗选》卷二十五，第807页。
② （清）陈祚明著，李金松点校：《采菽堂古诗选》卷十一，第333页。

成器，本擅商声"写刘琨之诗。商声即五音中的商音，古人以五音和四时和方位相配，商属秋，为西方。商声又被称为秋声。其音悲，陈祚明以此形容刘琨"英雄失路，满衷悲愤"之情，极为准确。(6)评张率诗，化用了《世说新语·识鉴》的典故。"(桓温)又问："听伎，丝不如竹，竹不如肉，何也?(孟嘉)答曰：'渐近自然'。"陈祚明认为张率之诗比"丝"更嘹亮，但与"肉"(入声)相比则不够自然，故以"洞箫始奏"比拟之，强调张率诗歌独特的美感特质。(7)与(8)皆以人声中的车子之喉为喻，庾肩吾之诗如"车子喉转"，而潘岳诗喻体虽为"孺子慕者"，但此孺子具有"车子之喉"，故有艺术上的相似性。喉转是古代一种特殊的发声技艺，相当于现代的口技，能模仿各种乐器的声音。车子是曹魏时擅长喉转技艺的一位童子。繁钦《与魏文帝笺》曰："时都尉薛访车子，年始十四，能喉啭引声，与笳同音。"陈祚明以此比喻庾肩吾与潘岳诗歌艺术表达的宛曲与细致。但庾肩吾诗自然而华，潘岳则如童子，有艺术上的先天禀赋，也有后天的努力，故其"曼声宛转，都无粗响"。

2. 以武舞为喻体

(1)评傅玄诗，以"横槊其舞"为喻。

傅刚侯诗如桓宣武自比处仲，越石横槊起舞。或向殷，或拟刘，意气故自豪，特不堪令越石故婢指摘。[①]

(2)评左思诗，以"裴将军之舞剑"为喻。

左太冲诗如裴将军之舞剑，运用在手，高下在心。捷疾变宕，不

[①] (清)陈祚明著，李金松点校：《采菽堂古诗选》卷九，第275页。

可测识。懦夫为之胆张，常人为之目眩。不知其倾吐神明，熟于击刺

之法也。①

这两者都是以武舞为意象。舞蹈分文舞与武舞两种。"项庄舞剑，意在沛公"是武舞。武舞虽然是艺术表演，但具有杀伤力，故其美感是壮美，呈现的是一种令人"胆张""目眩"的美学效果。以此来比喻傅玄、左思之诗，堪为的评。

3. 以书法为喻体

休文诗若虞永兴书，不择笔墨，此何可及！文通诗则褚河南书，当其意得，亦复遒媚，然不脱临摹之迹。②

江淹是当时诗坛上的摹拟大师，其拟作酷似原作，令人真假莫辨。"拟渊明似渊明，拟康乐似康乐，拟左思似左思，拟郭璞似郭璞。"（严羽《沧浪诗话·诗评》）。江淹《杂体诗三十首》被收入《文选》"杂拟类"。陈祚明以"虞永兴书"喻沈约诗，以"褚河南书"喻江淹诗，以此见出二人之高下。虞永兴即唐代书法家虞世南。他的书法笔势圆融遒逸，外柔内刚，论者以为如裙带飘扬，而束身矩步，有冠剑不可犯之势。沈约"不择笔墨"，有清新飘逸之诗，亦有沉雄典丽之作，与虞世南的刚柔并济、方圆互用的书法相似。褚河南即褚遂良。褚遂良之书法端庄秀丽、流畅而凝重、直率而多姿，早期多取法欧阳询，后自成一体。陈祚明以此喻江淹诗偶有"遒媚"之处，但以摹拟为工，不脱临摹之迹。

---

① （清）陈祚明著，李金松点校：《采菽堂古诗选》卷十一，第344页。
② （清）陈祚明著，李金松点校：《采菽堂古诗选》卷二十四，第752页。

4. 以其他人类活动为喻体

(1) 评阮籍诗，以"白首狂夫歌哭道中，向黄河乱流欲渡"为喻。

嗣宗《咏怀》诗如白首狂夫歌哭道中，辄向黄河乱流欲渡，彼自有所以伤心之故，不可为他人言。而听者不察，争欲按其节奏，谱入弦诗，夫孰能测其心者！①

(2) 评张正见诗，以"馆驿庖人""庙中土偶"为喻。

张见赜诗才气络绎奔赴，使事搴花，应手成来，惜少流逸之致。如馆驿庖人，肴羞兰桂，咄嗟立办，乍可适口，不名珍错。……又如庙中土偶，塑为宓妃、神女，冠珮衣裾，事事华美，都无神气。②

(3) 评张华诗，以吉日郊游为喻。

张茂先诗如吉日平郊，安车有适，驰驱既范，四马并闲。鸾和之音，舒徐合节。③

(4) 评刘孝绰诗，以"匠石经营"为喻。

孝绰诗秀雅优闲，体工才称。如匠石经营，因岩筑基，傍壑疏

---

① (清) 陈祚明著，李金松点校：《采菽堂古诗选》卷八，第 236 页。
② (清) 陈祚明著，李金松点校：《采菽堂古诗选》卷二十九，第 970 页。
③ (清) 陈祚明著，李金松点校：《采菽堂古诗选》卷九，第 267 页。

沼，修廊高馆，回合林峦，自成幽胜。①

（1）评以"白首狂父"为喻体，源自汉乐府《公无渡河》本事。白首狂夫究竟有何不可为他人言之伤心事，竟向黄河乱流欲渡，后人已不可知。阮籍《咏怀》诗之意旨亦无人可知，后人妄自揣测，岂能测其心哉？（2）评以一组意象作为喻体，庖人代表的是张正见具有纯熟的艺术技巧，庙中土偶比喻其诗有华美之形而少"流逸之致"，故"无神气"。这两组意象合起来正好概括了张正见诗有辞而乏情的特点。（3）以郊游评张华诗。张华工于诗赋，诗风雍容闲雅。钟嵘《诗品》评张华"儿女情多，英雄气少"，陈祚明则以吉日平郊、安车驱驰状张华诗，符合张华作为文坛领袖的身份。（4）以匠石经营喻刘孝绰诗。匠石之典源于《庄子·徐无鬼》，意为知音难得。后世以匠石泛指技艺精湛的能工巧匠。刘孝绰工诗，故陈祚明评其诗"秀雅优闲"，无处不佳。

二　以自然世界为喻体者

陈祚明以自然世界为喻体，又可细分为四时、自然景物、植物、动物诸多种类。

（一）以四时为喻体

（1）其评阴铿诗，以"春风披扇"为喻。

> 阴子坚诗，如春风披扇，时花弄色，好鸟斗声，娟秀鲜柔，一景百媚，无非和气之所布。娱目接耳，使人神情洋洋，不觉自乐。②

---

① （清）陈祚明著，李金松点校：《采菽堂古诗选》卷二十七，第 861 页。
② （清）陈祚明著，李金松点校：《采菽堂古诗选》卷二十九，第 949 页。

（2）其评陈后主诗，以"春花始开"为喻。

　　陈后主诗如春花始开，色鲜，故贵纵，揉取片萼，亦自淹蔚。（卷二十九，第 940 页）

（3）其评庾信诗，以"夏云随风，飘忽万变"为喻。

　　庾开府诗如夏云随风，飘忽万变，以高山大泽之气，蒸为奇峰；五采矞皇，不可方物。而其中细象物形，如盖如布，如马如龙，叠如鱼鳞，曳如凤尾，殊姿谲诡，尽态极妍，分其寻丈肤寸，皆足爱赏怡悦。①

（5）其评陶渊明诗，以"巫峡高秋""终南山色"为喻。

　　陶靖节诗如巫峡高秋，白云舒卷，木落水清，日寒山皎之中，长空曳练，萦郁迂回，望者但见素色澄明，以为一目可了，不知封岩蔽壑，参差断续，中多灵境。又如终南山色，远睇苍苍；若寻幽探密，则分野殊峰，阴晴异壑，往辄无尽。②

（6）其评谢瞻诗，以"秋空河汉"为喻，其词曰：

　　谢宣远诗如秋空河汉，光气淡明。③

---

① （清）陈祚明著，李金松点校：《采菽堂古诗选》卷三十三，第 1081 页。
② （清）陈祚明著，李金松点校：《采菽堂古诗选》卷十三，第 388—389 页。
③ （清）陈祚明著，李金松点校：《采菽堂古诗选》卷十八，第 555 页。

以四时之景评诗，并非陈祚明的首创，陈祚明的独特之处在于设置特定的情境，并呈现出特定情境下景物的特定情态。如写春，则春风披扇、春花始开；写夏，则有夏云变幻；写秋，则有秋日之白云舒卷，秋空河汉之光气。以此比喻诗歌，皆生动有致。

（二）以自然景物、植物、动物为喻体者

以物为喻，又分自然景物、植物与动物。

以自然景物为喻体，则有水、山、草、月等意象；以动物为喻体，则有猿、鹤、雁等意象。

1. 以水为喻者

(1) 评嵇康诗，以"独流之泉"为喻。

　　嵇中散诗如独流之泉，临高赴下，其势一往必达，不作曲折潆洄，然固激澈可鉴。①

(2) 其评鲍照诗，以"惊涛怒飞"为喻，其词曰：

　　鲍参军诗如惊潮怒飞，回澜倒激，堆埼隗屿，荡潏浸汩，微寻曲到，不作安流，而批击所经，时多触阂，然固不足阻其洶涌之势。②

(3) 其评沈约诗，以"干将名剑""洞庭山水"为喻，其词曰：

　　沈休文诗如干将名剑，水断蛟龙，陆剚犀兕。铓刃铦利，所触无

① （清）陈祚明著，李金松点校：《采菽堂古诗选》卷八，第218页。
② （清）陈祚明著，李金松点校：《采菽堂古诗选》卷十八，第563—564页。

留，独不似鱼肠匕首，有雕镂之用。又如洞庭山水，穷高极深。嵯峨于霄，濆洞极泉。其迂回秀折，不如武夷九曲之佳，而浩大奇观，固极仁知之乐。①

都是以水为喻体，陈祚明笔下的水有独流之泉，有惊涛怒飞，有洞庭山水，姿态各异。这些喻体与本体（诗人之诗）有着逻辑上的关联。独流之泉写嵇康个性的婞直，惊涛怒飞写鲍照之发唱惊挺，洞庭山水写沈约之浩大奇观，皆有意义上的相通之处。

2. 以山为喻者

(1) 其评郭璞诗，以"赤城标霞，奇峰峻绝"为喻，其词曰：

郭弘农诗如赤城标霞，奇峰峻绝，矗立霄汉，人不易攀。②

(2) 其评谢灵运诗，以"湛湛江流"出"万山"为喻，其词曰：

谢康乐诗如湛湛江流，源出万山之中。穿岩激石，瀑挂湍迴，千转百折，喷为洪涛。及其浩漾澄湖，树影山光，云容草色，涵徹洞深。盖缘派远流长，时或豬为小涧，亦复摇曳澄潆，波荡不定。③

《论语》云："智者乐水，仁者乐山。"此山水并非自然界中客观的存在，而被赋予了仁者、智者眼中之山水，具有人格化的特征。陈祚明笔下的山水亦

---

① （清）陈祚明著，李金松点校：《采菽堂古诗选》卷二十三，第 721 页。
② （清）陈祚明著，李金松点校：《采菽堂古诗选》卷十二，第 379 页。
③ （清）陈祚明著，李金松点校：《采菽堂古诗选》卷十七，第 519 页。

是如此。他以浙江天台山西北的赤城山比喻郭璞之诗，奇峰峻绝，一是写郭璞诗之艺术高度，众人难以攀登，一是写其诗歌的高格。陈祚明本为浙江人，对于浙江山水极为熟悉，故赤城霞标之喻并非率意为之，而是将自身的生活经验艺术化，是对郭璞诗歌艺术的真诚评价。陈祚明评谢灵运诗则将山水并举，言其诗如万山之中的湛湛江流，时有洪涛、亦有小涧、静流。这些多样化的比喻说明谢灵运诗歌风格的多样性。谢灵运以山水诗见长，以山水喻其诗歌的艺术特征，贴切而工稳。

3. 以草为喻者

陈祚明评范云诗，以"靡草"之喻。此喻极为罕见。范云文思敏捷，但格调不高。以靡草喻范云诗，正说明了其诗婉弱之特质。"彦龙笔姿婉弱，不无秀致。而委薾为嫌，如靡草当门，花随风欹，未开先陨。"①

4. 以月为喻者

其评柳恽诗，以"月华既圆"为喻，其词曰：

> 柳吴兴诗如月华既圆，云散相映，光气满足，但是庭馆闲阶，未有江山胜览。②

其评江总诗，以"梧桐秋月"为喻，其词曰：

> 江总持诗如梧桐秋月，金井绿阴之间，自饶凉气。③

同是以秋月为喻，柳恽之诗气象不宏大，但自成一体，故以庭前之月为

---

① （清）陈祚明著，李金松点校：《采菽堂古诗选》卷二十四，第774页。
② （清）陈祚明著，李金松点校：《采菽堂古诗选》卷二十五，第803页。
③ （清）陈祚明著，李金松点校：《采菽堂古诗选》卷三十，第984页。

喻；江总为陈代亡国宰相，宫体诗的代表人物之一。他倾心佛学，晚年诗作多悲凉之气，故以"秋月"喻之，"自饶凉气"喻其诗中自然而然流露出的悲哀之情。

5. 以动物为喻者

（1）其评谢惠连诗，以"秋空唳雁"为喻，其词曰：

> 谢法曹诗如秋空唳雁，风霜凄紧之中，飒沓寒声，偏能嘹亮。①

（2）其评王褒诗，以"夏蝉经秋，独树孤吟"为喻，其词曰：

> 王子渊诗淹雅……伤归北地，如夏蝉经秋，独树孤吟，缠绵不已。②

（3）其评张协诗，以"迅猿腾枝""哀鹤舞空"为喻，其词曰：

> 张景阳诗如迅猿腾枝，哀鹤舞空，回翔纵掣，工捷故迟。要以体轻力健，有自然之乐。③

以动物为喻与以四时为喻有交汇之处。谢惠连诗如霜风凄紧之时的大雁，其叫声凄厉而嘹亮；王褒之诗如临近秋日之蝉，时日无多，其鸣叫之声多有悲哀缠绵之意。张协之诗有自然之乐，故以体力充沛之猿猴腾跃于树枝之间，以翩翩起舞之鹤喻之，充满动感。

---

① （清）陈祚明著，李金松点校：《采菽堂古诗选》卷十八，第 558 页。
② （清）陈祚明著，李金松点校：《采菽堂古诗选》卷三十二，第 1072 页。
③ （清）陈祚明著，李金松点校：《采菽堂古诗选》卷十二，第 354 页。

以上例子仅为陈祚明所用意象之小部分。他的总评部分所使用的全部意象，涉及到人类社会与自然世界的诸多内容。即便同一种类型的意象，他也能细细辨别，使喻体与本体之间达到高度的贴合。他通过直观的解读，使读者对诗人、诗作有完整而清晰的把握。可以说，作为诗人的陈祚明给出的每一个意象批评，都是其想象力与知性力的结合，是一个创造者对另一个创造者的的映照会通，是一个知音对另一个潜在知音的柔性约定。刘勰《文心雕龙·知音》云："凡操千曲而后晓声，观千剑而后识器。故圆照之象，务先博观。阅乔岳以形培塿，酌沧波以喻畎浍，无私于轻、重，不偏于憎、爱，然后能平理若衡，照辞如镜矣。"① 陈祚明《采菽堂古诗选》选诗四千余首，可谓"博观"。其持心尚平，"有美必录"，"无私于轻、重，不偏于憎、爱"，故而其所作意象批评能恰到妙处，使读者得诗境入门之法。

---

① 吴林伯著：《〈文心雕龙〉义疏》，第 625 页。

第四节　悬置礼义道德

悬置礼义道德是陈祚明诗学批评方法的鲜明特色。何谓"悬置礼义道德"？在陈祚明的诗学批评体系中，悬置礼义道德并非认为本无礼义道德的分辨，而是要在诗学批评中消除其作用力，存而不论。它包含两方面的含义：其一是认为在审美判断中应将礼义道德分辨按下不表；其二是认为礼义道德分辨乃读者主权事务，批评家虽可置喙，却无权越俎代庖，替读者作礼义道德之分辨。陈祚明曰：

> 盖此选本言诗，校计工拙，未若讲六经四子书，求论正心诚意，故不敢引绳批根，格之以之礼义。词虽俳笑淫媟，诚工不删。或曰：夫诗系风化，思无邪，可不择乎？曰：圣人之选诗欤？人之选诗也。如曰系风化，将班六经，不敢以若是僭。且夫子删《国风》，存郑卫，善者资，不善者亦师，谓能惩我也，视读者志耳。①

陈祚明认为，诗之选在"校计工拙"，选诗的根本原则就在于衡量其作为艺术品的美丑工拙。因此，陈祚明选诗不"格之以礼义"，不拿所谓"六经四子书"

---

① （清）陈祚明著，李金松点校：《采菽堂古诗选》凡例，第10—11页。

来校准他的选诗尺度和标准。"词虽俳笑淫媟，诚工不删"。即便诗作涉及为"六经四子书"所不容的内容，只要它在审美上是站得住脚的，陈祚明就绝不会使其成为遗珠。

为辩护自己的选诗原则，陈祚明提出了一个"圣人之选"与"人之选"的比较理论。他认为"圣人之选"诚然应该依"六经四子书"所标榜的尺度和标准行事，但以此原则行事的只能是圣人，若一般人依此行事，则不免僭越之嫌。陈祚明不敢以圣人自居，所以表示他的选诗乃是"人之选"。所谓"人之选"，其涵义的核心即选家无需依照圣人立下的原则选诗，从而可以把圣人之则束之高阁，选出被圣人所不容的诗。陈祚明认为即便是"圣人之选"，也并非一定要代替读者作礼义道德之判断，而是"存郑卫"，留待读者便宜行事。从"圣人之选"与"人之选"的比较理论中只能得出一个结果，那就是圣人之则何有于我哉！因此，从选诗之初开始，陈祚明就清楚地界定了自己作为诗歌阐释者与诗歌作者及与诗歌读者之间的关系：陈祚明要求阐释者作为人而非圣人、与同样作为人的诗歌作者和诗歌读者发生观念上的联系。这种联系在人格上是完全平等的。所以，从诗歌作者的角度来说，他们的作品遭到偏执地阐释与误读的风险大大降低了。而从诗歌读者的角度来说，他们从陈祚明处所接收的关于诗歌本身的任何信息，则可视为一种彬彬有礼的邀请，读者不必因为读诗之故而接受到任何道德律令的约束。尽管读者无法避免从陈祚明处接收到某些文艺原则，但从陈祚明的立场来说，经由他所阐发的诗歌原则，乃是他对于欲使诗工的读者所提出的柔性建议，而非刚性命令。因此可以说，陈祚明所提出的悬置礼义道德的主张，不仅仅是一种诗歌批评的方法论，而且也是一种阐释学方法论。对于求解"客观阐释何以可能"这一问题，陈祚明的悬置礼义道德之说可谓是最基本、也最为必要的解答。

之所以说陈祚明所提出的悬置礼义道德之法乃是客观阐释的必要条件和先决条件，其原因就在于阐释行为本身具有两面性。阐释者既可能是一个好的信使，也可能是一个玩弄语言的骗子。正如张伯伟所提到的：

> "诠释学"来源于古希腊文 Hermeneuein，与古希腊神话传说中的
> "赫尔墨斯"（Hermes）有关。赫尔墨斯是众神的使者，正是靠了他，
> 凡人才可能理解神的旨意，同时又更感到神的高深莫测。……如苏格
> 拉底指出："赫尔墨斯，这个发明了语言与演讲的神，可以被称作解
> 释者或信使，也可以被称作贼、骗子或阴谋家。"①

因此，作为诗歌作者与诗歌读者之间的居间人，阐释者的责任既是极为重要
的，也是极为脆弱的。阐释者难免为一己之道德好恶所蒙蔽。一旦发生此种情
况，居间的阐释者就极有可能在扮演一个误读者的角色。虽说阐释者本身或许
并非有意为之，但从客观效果的角度来说，其行径却与有意作"阐释的骗子"
的人无异。陈祚明所提出的悬置礼义道德的方法论主张，恰是应对"阐释的骗
子"的良方。

　　诚然，艺术风格偏好对于阐释者的阐释行为也具有极大的影响，过于偏向
于某种特定艺术风格的作品对于客观阐释同样是不利的。但是，艺术风格偏好
与道德偏好完全是不同概念的两种事物：前者的影响是柔性的，而后者的影响
是刚性的；前者不强求读者在不同风格的诗歌作品中作出非此即彼的选择，后
者则难免要把读者抛入一个必须作出非此即彼之选择的境遇；前者通常不会要
求读者对于诗歌作者的人性有所取舍，后者则几乎无法避免要主导某种特定倾
向的判断和取舍。因此，艺术风格偏好通常不会造成以人废诗的情况——但它
极易造成以诗废人的情况——而道德偏好则不然，它极易造成以人废诗的局
面，使得很多艺术质量上乘的诗歌作品难登大雅之堂。陈祚明倡导悬置礼义道

---

① 张伯伟：《中国古代文学批评方法研究》，第 92—93 页。

德的方法论，其实就是在要求自己切莫以人废诗，把选诗变成了选人，把艺术品评弄成了道德批判，从而抛开关于礼义道德的见解而专注于诗歌本身的艺术性。从《采菽堂古诗选》对于南北朝诗尤其是《玉台新咏》的重视程度来看，陈祚明的确履行了他自己的方法论约定。南北朝时期的诗人及诗作在道德上向来是具有争议的，陈祚明对于此一时期诗歌历史的处理最可表明其悬置礼义道德的方法论主张。《采菽堂古诗选》入选南北朝诗数目之多，堪称历来古诗选本之冠，见下图。

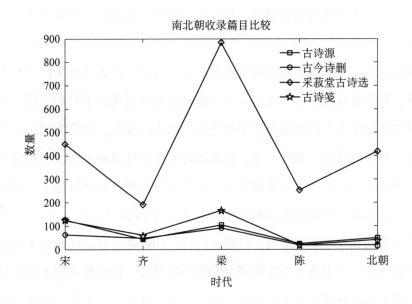

南北朝收录篇目比较

上图显示①：相比较于《采菽堂古诗选》入选南北朝诗的规模，《古今诗删》《古诗笺》和《古诗源》简直只能算是它的极小微缩版本。从数量上来说，标举儒家诗教的《古诗源》虽标榜溯唐诗之源而论者以为大异于之前的选本，然其入选南北朝诗的数量却与明代李于鳞所选《古今诗删》无甚大差别，其于梁代所选甚至比清初《古诗笺》还要少。沈德潜《古诗源》曰：

---

① 图中所涉《古今诗删》数据参见王宏林：《沈德潜诗学思想研究》，第14页。

诗至萧梁，君臣上下，惟以艳情为娱，失温柔敦厚之旨，汉魏遗轨，荡然扫地矣。故所选从略。①

可知《古诗源》从儒家政教观念出发排斥齐、梁以后诗。陈祚明以诗歌艺术性为选诗之唯一重要考量，故而其所品鉴的诗人和诗作亦复最具有包容性。这种广大的包容性使得诗歌阐释得以保持其开放性，避免其堕入"恶的循环"。

所谓阐释的"恶的循环"，其本质是说阐释者对文本所做出的阐释，无非是对其自身先入之见的变相坚持，把礼义道德拖进诗歌批评可以说是一种非常典型的"恶的循环"。阐释者对于自身的道德观念有着某种先在的优越感，其对诗歌的阐释往往只是表现此种优越感的特定方式。设若诗歌主旨不符合其道德口味，则诗歌及其作者不免要成为其彰显道德优越感的工具和手段，而读者则将被告知他手头上的作品乃是不洁之物，须小心提防，切莫为"小人"之诗的艺术性外表所迷惑。如此一来，诗歌批评的开放性就被断送了。不仅阐释者与被阐释者之间的心灵关系被隔膜了，在读者与作者之间也竖起了一道由阐释者的"道德训诫"所筑起的理解之墙。作为一个冒牌"圣人"，阐释者成了作者与读者之间相互理解的障碍。作者、阐释者和读者三者之间的观念的往返流动亦不复存在。读者成了诗歌批评中的被动接受方，而阐释者则不知自量地扮演起诗歌主旨的权威发布人的角色。好的诗歌阐释应当是作者、阐释者及读者三者之间的观念的自由交往、作者是诗的生产者，读者是诗的消费者，而阐释者不过是诗的"中间商"而已。一般而言，商人既不应当以虚假辞令夸大、曲解产品功效，也不应当以叵测之心给产品抹黑，此理同样适用于作为"诗商"的阐释者。

李延年有《歌一首》。陈祚明《采菽堂古诗选》和沈德潜《古诗源》均选

①（清）沈德潜：《古诗源》，第292页。

录了该诗。其词曰：

> 北方有佳人，绝世而独立。一顾倾人城，再顾倾人国。宁不知倾城与倾国，佳人难再得。

陈祚明之评曰：

> 将进女弟，反作是语。言纵使倾城国，犹不能不爱之，况未必遽尔。①

沈德潜之评曰：

> 欲进女弟，而先为此歌。倡优下贱之计也。然写情自深。古来破家亡国，何必皆庸愚主耶？②

对于李延年《歌一首》的艺术批评，沈德潜仅有"写情自深"四个不着边际的字，而对于该诗在他所谓的"礼义道德"面前的"丑陋"表现，则极力铺陈引申：先说该诗乃是"倡优下贱之计"，下笔不可谓不重。接着又说即便圣明君主也难免不被此等"倡优下贱之计"弄成"庸愚主"，以至于"破家亡国"，其说足堪耸听。读者读过沈德潜的批评之后，恐怕已经不复计较《歌一首》在诗歌艺术上的工拙了。与沈德潜完全相反，陈祚明并未表明其任何的道德立场以影响读者对于该诗在艺术上的判断，而是邀请读者跟他一起把注意力放到《歌

---

① （清）陈祚明著，李金松点校：《采菽堂古诗选》卷三，第75页。
② （清）沈德潜：《古诗源》卷二，第49页。

一首》的艺术特征上，指出该诗之所以为千古佳构，就在于其运用了反衬和夸张的手法，达到了远比直接铺陈佳人美貌更好的艺术效果。"纵使倾城国，犹不能不爱之"一句，恰如其分地点出了《歌一首》艺术魅力之所在。

由此可见，能否悬置礼义道德，对于诗学批评而言，绝不是一个可有可无的问题。陈祚明提出这一问题，并以"人之选"的原则来约束自己，从而在客观上挽救了许许多多的诗。

第十三章　陈祚明对陶渊明的相关批评

陶渊明是南朝晋宋之交的著名诗人，其诗以凝重深淳的哲理、生动雅致的情韵和朴素自然的语言引发了无数诗论家的共鸣。不过，从文学批评的历程来看，陶诗的价值有一个被发现和被接受的过程。

　　南北朝时期，诗论家推崇陶渊明的人格，但并未充分认识到陶诗的艺术性。钟嵘仅将陶诗列入中品，今本《文心雕龙》则对陶渊明只字不提。隋唐时期，陶渊明个性与精神的影响逐渐辐射到社会和文化生活。盛唐诗人创造性地模仿陶诗，产生了大量的山水田园诗。中晚唐诗人则在风格方面拟陶、学陶。宋代邵雍开启了理学家评陶的先河。朱熹认为陶诗有豪放处："其露出本相者，是《咏荆轲》一篇，平淡底人，如何说得这样言语出来。"① 苏轼则精辟地揭示出陶诗具有"质而实绮，癯而实腴"②、"外枯而中膏，似澹而实美"③ 的美学价值，将陶诗推向了诗美学的巅峰。南宋以陆游为代表的诗人学习陶诗平淡自然的精神，以辛弃疾为代表的词人则效仿陶诗豪放之风。元明清三代，一些论者将陶渊明视为孔门弟子。如安磐云："予谓汉魏以来，知遵孔子而有志圣贤之学者，渊明也，故表而出之。"④ 黄文焕云："斯则靖节之品位，竟当俎豆于孔庑之间，弥朽而弥高者也。"⑤ 沈德潜称陶渊明为"圣人弟子"："陶公专用

---

① 朱熹：《朱子语类》卷 136，北京大学、北京师范大学中文系、北京大学中文系文学史教研室编《陶渊明资料汇编》上册，第 74—75 页。
② 苏轼：《与苏辙书》，《陶渊明资料汇编》上册，第 35 页。
③ 苏轼：《评韩柳诗》，《陶渊明资料汇编》上册，第 30 页。
④ 安磐：《颐山诗话》，《陶渊明资料汇编》上册，第 152 页。
⑤ 黄文焕：《陶诗析义自序》，《陶渊明资料汇编》上册，第 152 页。

《论语》。汉人以下，宋儒以前，可推圣人弟子者，渊明也。"①

在陶渊明诗歌的接受史中，有一环常常被人忽视，那便是清初诗论家陈祚明的陶渊明批评。即便在《陶渊明资料汇编》这样的资料性文献中，关于陈祚明的陶渊明批评也仅选取了总论中的两段评语，难以体现出陈祚明评陶的特色。实际上，陈祚明将陶诗悉数选入《采菽堂古诗选》（除联句一首不录），在每一首诗的后面都对陶诗的意蕴与艺术特色进行了细致的阐发和富有针对性的批评，其价值有待重估。本章以陈祚明的评语为依据，分析其评点的得失，探究他作出上述评点的原因，以判定其陶渊明批评的价值与意义。

---

① 沈德潜：《古诗源》，第 204 页。

第一节　独立意识

作为诗论家，《采菽堂古诗选》对《文选》与朱子的评论给予了针锋相对的批评，体现了陈祚明不畏权威的独立意识。众所周知，《文选》是权威的古诗选本。徐复观在《西晋文学论略》中指出："因唐代以诗赋取士，《文选》成为一般士人发策决科的重要工具，于是把《文选》的地位，不知不觉的提得特别高。清代乾嘉学派因反桐城古文运动，亦特以《文选》为宗极。"① 陈祚明当然清楚《文选》的"宗极"地位，但他依然指出《文选》对陶诗的阐发存在严重不足："（文选）不乏遗璧……而不能得元亮诗旨。"② "于时得一人焉，曰陶元亮，盖昭明未能知其蕴也。"③ 他认为《文选》注详于典故注解而略于对"陶公之旨"的阐发，导致学诗者撷其辞藻而昧其情旨，因小失大："《文选》注虽更六臣，详故实，不究作者之意。如《十九首》、三曹、嗣宗、元亮，及他家咏怀杂诗，言稍微者，旨晦矣，学者习其读，而昧其情，撷其辞而已。"④

陈祚明认为朱子对陶渊明的评价也过于保守。《采菽堂古诗选》云："千秋以陶诗为闲适，乃不知其用意处。朱子亦仅谓《咏荆轲》一篇露本旨。自今观

---

① 徐复观：《中国文学精神》，上海：上海书店出版社，2004 年，第 374 页。
② （清）陈祚明著，李金松点校：《采菽堂古诗选》凡例，第 9 页。
③ （清）陈祚明著，李金松点校：采菽堂古诗选》凡例，第 10 页。
④ （清）陈祚明著，李金松点校：《采菽堂古诗选》凡例，第 10 页。

之，《饮酒》《拟古》《贫士》《读山海经》，何非此旨？但稍隐耳！"① 陈祚明的评点则非常重视发掘陶公之旨："予顾不惮辞费，凡独有情者，旨深隐，必索之希微。"② 陈祚明对陶"意"的阐发主要体现在《饮酒》《拟古》《杂诗》《咏贫士》《读山海经》等诗篇的评点上。他认为陶渊明并非圣人，在富贵面前动摇与彷徨，是正常人都会有的心理，不必为尊者讳而抹去陶真情流露的瞬间。陈祚明的观念可上溯至苏轼："陶渊明欲仕则仕，不以求之为嫌；欲隐则隐，不以去之为高；饥则叩门而乞食，饱则鸡黍以延客。古今贤之，贵其真也。"③ 苏轼所爱的正是这样一个"真实"的陶渊明。顾炎武也有类似看法："淡然若忘于世，而感愤之怀，有时不能自止而微见其情者，真也。"④ 对"陶公之旨"的探求使陈祚明着重从文本出发，言之有据，避免了人云亦云的弊病，所作评点具有较强的独立意识。

陈评之所以有较强的独立性，与其"人之选"的诗选观密不可分。所谓"人之选"，是选家作为人而非圣人、与同样作为人的诗歌作者发生观念上的联系。这种联系在人格上是完全平等的。陈祚明认为评选诗歌并非讲六经、四子书，不可格之以礼义，更不可以圣人自居。在这种诗选观的指导下，他既不刻意提高亦不故意贬低陶渊明的地位，而把陶渊明当作普通人来研究，使陶诗遭到偏执地阐释与误读的风险大大降低了。他在分析、评价陶渊明时也可摆脱或居高临下、或仰望以至迷失自己的姿态，避免将陶渊明"圣化"或"丑化"，从而客观而公正地评价其人、其诗，为还原陶渊明的真实面目树立了一个良好的前提，也使得他能够坚持较为公正的立场，保持评点的独立性。

---

① （清）陈祚明著，李金松点校：《采菽堂古诗选》卷十三，第388页。
② （清）陈祚明著，李金松点校：《采菽堂古诗选》凡例，第10页。
③ 苏轼：《书李简夫诗集后》，《陶渊明资料汇编》上册，第33页。
④ 引自梁启超：《陶渊明之文艺及其品格》，《陶渊明资料汇编》上册，第273页。

第二节　整体意识

　　作为诗选家，陈祚明以极其可贵的整体意识选录了全部陶诗。他认为陶诗虽然不乏追捧者，但真正能读懂并认同全部陶诗的人并不多："世所爱陶诗，乃自《归园田居》至此十数首耳。徒以中有景物可玩，意又甚明，遂以为佳。他若《饮酒》《贫士》等诗，便已不解。《拟古》《杂诗》，意更难测，忽而莫知。顾此十许首，何足见陶公哉！"[①] 在他看来，大多数论家、选家仅仅通过《归园田居》等十数"名篇"来理解陶渊明，视野狭隘，难免带有局限性。

　　鲁迅的《题未定草》恰好说明了这一点："选本所显示的，往往并非作者的特色，倒是选者的眼光。眼光愈锐利，见识愈深广，选本固然愈准确，但可惜的是大抵眼光如豆，抹杀了作者真相的居多，这才是一个'文人浩劫'。……又如被选家录取了《归去来辞》和《桃花源记》，被论客赞赏着'采菊东篱下，悠然见南山'的陶潜先生，在后人的心目中，实在飘逸得太久了，但在全集里，他却有时很摩登。……就是诗，除论客所佩服的'悠然见南山'之外，也还有'精卫衔微木，将以填沧海。形天舞干戚，猛志固常在'之类的'金刚怒目'式。在证明着他并非整天整夜的飘飘然。这'猛志固常在'和

[①]（清）陈祚明著，李金松点校：陈祚明评《丙辰岁八月中于下潠田舍穫》，《采菽堂古诗选》卷十三，第 415 页。

'悠然见南山'的是一个人，倘有取舍，即非全人，再加抑扬，更离真实。"①《采菽堂古诗选》录入陶渊明的全部诗篇，将陶诗一览无余地呈现在读者面前，避免了鲁迅先生所说的以偏概全、"抹杀了作者真相"的毛病，展示了陶渊明的"全人"，体现了陈祚明"眼光锐利""见识深广"的特点。之所以将陶诗全部选入，陈祚明的理由是："公诗自成千古异观，如古器虽有囊文，不伤其古。无一首可删也。乃尽载正选中，惟《联句》一首不录。"② 陶诗如古玩，虽有某些因时代限制而导致的缺陷，但"不伤其古"，故将其珍之重之。可见陈祚明选诗首重其实。陶诗因质直、真率而导致的弱句，在他眼中只不过是微小的毛病，若不解诗心所在，则难免挂一漏万，错勘贤愚。

尽管如此，陈祚明对陶诗的评价还是有一定差异的。如评《乞食》："后四句稍拙，'韩才'字，亦生"③。陈祚明认为此诗中"感子漂母惠，愧我非韩才。衔戢知何谢，冥报以相贻"四句"稍拙"，"韩才"为"韩信之才"的简写，较"生"。虽然他给出了"拙"与"生"的负面评价，但仍本着"其事可传，诗不容废"的标准，选入此诗，可见他的选诗标准不拘一格。又如评《五月旦作和戴主簿》云："初以'冲'字韵不亮，置之细咏，固无嫌也。"④ 最初，陈祚明认为"居常待其尽，曲肱岂伤冲"的"冲"韵暗弱，但联系上下句，反复细咏过后，认定对陶诗无损，方将该诗置之集中，表明他对陶诗的认识也是经历了一定过程的。

值得注意的是，陈祚明对陶诗并非一次选定，而是对白璧微瑕的部分再三挑选，历经数次才全部录入："始选陶诗，舍置十许篇。及后覆阅，又登七首

---

① 鲁迅：《题未定草（六）》，《陶渊明资料汇编》上册，第 285—286 页。
② （清）陈祚明著，李金松点校：《采菽堂古诗选》卷十三，第 389 页。
③ （清）陈祚明著，李金松点校：《采菽堂古诗选》卷十三，第 411 页。
④ （清）陈祚明著，李金松点校：《采菽堂古诗选》卷十三，第 399 页。

于续集。壬子冬，再览一过。公诗……无一首可删也。"① 陈祚明历时近二十年，以如此精细严谨的态度编选陶诗，一方面说明他对陶诗有着异乎寻常的偏好；另一方面说明他并非一开始就有保留全部陶诗的整体意识，而是在反复实践过程中认识到陶诗或有艺术价值，或有史料价值，或虽有弱句而瑕不掩瑜……通过反复甄选，他方才完全认识到陶诗非同寻常的价值，遂将其全部录入正选，以展示陶渊明的"全人"；而历来选陶、评陶之人往往凭一己之喜好对陶诗加以"取舍""抑扬"，造成了陶渊明"整天整夜的飘飘然"的文学形象，远离真实。

---

① （清）陈祚明著，李金松点校：《采菽堂古诗选》卷十三，第389页。

第三节　诗史意识

　　作为诗评家，陈祚明具有宏观的诗史意识。他在评点时并不"就诗论诗"，而是注重联系前后诗史进行分析。

　　（一）联系前代诗史。陈祚明非常重视《诗经》对陶诗的影响，以及陶渊明对《诗经》的创新。其评《命子十章》曰："前半序述安雅，后半抒写淋漓。安雅为四古常格，其淋漓处笔腾墨飞，非汉魏以来所能拟似。作四言者好为庄，不知《三百篇》乃最刻画新警，未尝痴重。读末二章，极似变《小雅·正月》《雨无正》之流。"①陈祚明指出《命子》前半部分继承了《诗经》"安雅"的"常格"，后半则突破了汉魏以"庄语"拟四言的窠臼，创造性地化用了《正月》《雨无正》的笔法，淋漓高老，独具匠心，全无痴重之弊。这种对《诗经》"刻画新警"风格的领会和创造性化用是陶诗突破前人之处。

　　联系《古诗十九首》分析陶诗，这样的点评在《采菽堂古诗选》中也随处可见。如评《拟古》九章："即其句调，往往邻《十九首》矣""皆《十九首》

---

① （清）陈祚明著，李金松点校：《采菽堂古诗选》卷十三，第394页。

句法""句法全似《十九首》""笔调神似《十九首》。"① 陈祚明认为《拟古》九首中有七首的句法、句调、笔调、命意等与《古诗十九首》密切相关。至于"《十九首》句法",陈祚明是这样认为的:"《十九首》善言情,惟是不使情为径直之物,而必取其宛曲者以写之。故言不尽,而情则无不尽。后人不知,但谓《十九首》以自然为贵,乃其经营惨淡,则莫能寻之矣。"② 经营惨淡而能得自然之趣、忠厚之思,即陈祚明所谓《古诗十九首》的句法特色所在。陶诗亦有似枯而实腴的境界,确与《十九首》相"邻"。

(二)联系后代诗史。陈祚明认为晋人用字胜过唐人:"'郁'字、'养'字,是晋人用字胜三唐处。"(《酬刘柴桑》)③ 他何以这样认为呢?盖"新葵郁北牖,嘉穗养南畴"中郁、养二字虽为常见字,但前者与新葵、北牖的景物、环境相结合,呈现出茂盛的景象,而后者与嘉穗、南畴相映衬,呈现出勃发的生机。郁、养二字更包含着陶潜对自然的特别赏爱。用字似不经意,而往往带来意想不到的效果,正是陶潜的高明之处。陈祚明慧眼识出,同样高明不凡。

陈祚明指出晋人的用语(语言范式)亦胜过唐人:"唐人语近,故熟。晋人语不近,故生。欲得生,而不强生,则古,不强则稳,五古之法如此。"(评《和郭主簿》其一)④ 陈祚明提出的"生、熟"的概念与俄国文论家什克洛夫斯基"陌生化"的概念非常相似。所谓"陌生化",是指打破常规,造成新奇的语言感受。唐人语"熟",晋人语"生",是相对于清人而言,语言范式的难易

---

① 陈祚明评《拟古》其一云:"'初与'二句,'未言'二句,'离隔'句,皆《十九首》句法。"评其二云:"'生有'二句,似《十九首》。"评其三云:"情见乎词,比意命句,直似《十九首》。"评其四云:"句法全似《十九首》。"评其五云:"末段与《十九首》何分今古?"评其八云:"笔调俨是《十九首》。"评其九:"笔调神似《十九首》。其用意曲,固非古人不能有此。"(清)陈祚明著,李金松点校:《采菽堂古诗选》卷十三,第 422—425 页。

② (清)陈祚明著,李金松点校:《采菽堂古诗选》卷三,第 81 页。

③ (清)陈祚明著,李金松点校:《采菽堂古诗选》卷十三,第 400 页。

④ (清)陈祚明著,李金松点校:《采菽堂古诗选》卷十三,第 400 页。

程度不同。对自幼学习创作格律诗的清人而言，唐代近体诗是他们熟悉的语言范式，模仿难度较小，故熟；晋诗总体上不遵循格律和声韵的规范，清人不熟悉他们的语言范式，模仿难度较大，故生。根据文学的一般规律，陌生的语言范式有助于增强语言的张力，恢复人们对诗歌的艺术感受力。然而，若过度求新，则易产生较大阅读障碍，效果适得其反。陈祚明在将晋诗引入诗坛的同时，敏锐地意识到过度求新（"强生"）将导致"不稳"的弊病，因而提出了"不强生"的概念，鼓励学诗者在表达技巧的陌生化和章法工稳的两极中寻求平衡。而他之所以将晋诗与唐诗对比，乃针对清初诗坛的崇唐风气而发。清初崇唐之风日盛，千篇一律，面目可憎。陈祚明编选《采菽堂古诗选》，就是为了直溯唐诗之源，"表古诗，示准的"[①]，以救时弊。这两则评点不仅从诗史上勾连了陶诗与唐诗的关系，凸显了陶诗在清初诗坛的重要性，而且从实用技法的角度，为学诗者掌握五古的写法提供了一盏指路明灯。

　　陈祚明关于陶诗与宋诗的比较亦有新意。其评《形影神·神释》曰："如此理语，矫健不同宋人。公固从汉调中脱化而出，作理语必琢，令健，乃不卑。"[②]"汉调"指的是汉代诗歌的风貌。赵敏俐教授认为汉代诗歌的特征是："从内容上讲，它继承了《诗经·国风》的优良传统，但是又不同于一般的民俗歌谣，而是以抒写文人士子的世俗情怀、表现他们的生命意识为主的创作，是文人士子对自身命运的感叹和另一种思考，具有极其深刻的思想性。"[③]陈祚明认为《形影神》就是从继承了国风传统而又富于思想性的汉诗中化出的，具有真挚质朴、文雅自然、矫健不卑的特点，不同于宋人。那么，宋诗的特点是什么呢？"语患不能异耳，作理语而平平，便卑矣。"（评《还旧居》）[④]原来，

---

① （清）陈祚明著，李金松点校：《采菽堂古诗选》凡例，第9页。
② （清）陈祚明著，李金松点校：《采菽堂古诗选》卷十三，第409页。
③ 赵敏俐：《论汉代文人五言诗的艺术特征》，《文学遗产》，1995年，第2期。
④ （清）陈祚明著，李金松点校：《采菽堂古诗选》卷十三，第413页。

陈祚明并不反对宋人以议论为诗，而是反对以毫无新意的泛泛议论为诗。这便是同为理语而宋诗不能及陶诗之处。

（三）与同时代诗人比较。陈祚明指出，在魏晋时期，作四言不沿袭《三百篇》之调，以晋人常调行之，转能娴雅的，唯有陶、嵇二人。[①] 同样是四言诗，陈祚明指出陶渊明的四言诗比张华的四言诗语言更简洁，情感更丰沛，从"辞"与"情"两方面肯定了陶渊明四言诗的成就。[②]

陈祚明还有一段非常经典的评论。他从情旨之真、志向之幽、发言之远出发，指出陶诗上接《十九首》，下与杜诗并驾，凸显了陶诗的地位："至于情旨，则真《十九首》之遗也，驾晋、宋而独造，何王、韦之可拟？抑文生于志，志幽故言远。惟其有之，非同泛作。岂不以其人哉！千秋之诗，谓惟陶与杜，可也。"[③]

[①] 陈祚明评《时运》："四言袭《三百篇》之调，终不能及其高深，反觉无味。此亦以晋人常调行之，转能娴雅。惟嵇叔夜亦同此致。"（清）陈祚明著，李金松点校：《采菽堂古诗选》卷十三，第390页。

[②] 陈祚明评《荣木》："校茂先《励志》，言简情殷。"（清）陈祚明著，李金松点校：《采菽堂古诗选》卷十三，第391页。

[③] （清）陈祚明著，李金松点校：《采菽堂古诗选》卷十三，第389页。

第四节　审美意识与包容性

　　优秀的诗评家必须具备敏锐细腻的审美味觉、开放包容的审美视野和公允的批评立场。就审美味觉而言，蒋寅教授认为："陈祚明显然是一个审美感觉极其敏锐的诗论家，上述各种细微的比较显示出他品味诗人或作品感觉之细腻。所谓细腻，其实也就是丰富。一个批评家，无论读什么诗人的什么作品，都能发现异于常人的特点，就意味着他总是能感受、体会到诗美的无限丰富性……陈祚明所使用的审美概念是如此丰富，迄今为止我还想不起有哪位诗论家可以相提并论。……他使用的基本审美概念约有如下 135 个……而且，陈祚明评诗并不是只用这些单纯概念，他更多的是将这些单字组成符合概念来使用……将这些评语一整理，就不能不让人惊讶：陈祚明品诗味觉之细腻，表达方式之多彩多姿，即便不敢说是绝后，也可以说是空前的吧？仅此一端，也足见他的批评能力是何等的卓荦不群！"①

　　就陶诗批评而言，陈祚明采用了清、隽、淡、古、旷、真、拙、生、曲、奇、远、健、壮、率、亮等基本审美概念。其中最典型的是清、隽、真。它们可与其他词语组合，构成轻清、清切、抗清、清旨、生隽、隽逸、真率、真素、真致等符合概念，充分显示出陈祚明细腻而丰富的审美味觉。尤其值得注

---

① 蒋寅：《一个有待于重新认识的批评家——陈祚明的先唐诗歌批评》，第 94—95 页。

意的是尖隽、生隽。尖隽是尖新与隽永的合称，生隽是生拙与隽永的合称，这都是陶诗的艺术独创。陈祚明能欣赏这些具有创新性的风格，亦充分体现了其审美的包容性。

　　陈祚明既能欣赏陶渊明较为生僻的创新，同时，他也明确指出陶诗因"率"而导致某些诗歌具有"体弱"的缺点，体现了包容和公允并存的批评特色。陈祚明评陶中，与"率"有关的概念有粗率、浅率、真率、率易等。"率"的对立面是"琢"。相对于创作中的"率"，陈祚明对"琢"更为欣赏。他说："琢句于拙中到老，惟句句用意转宕，故曲而不直，无浅率之诮。"（评《有会而作》）① 通过精雕细琢，诗句能达到似"拙"实"老"的境界，转宕曲致，回环宛转，有温厚之致，避免浅显率意的讥诮。而且，"率"易流于"弱"，导致诗意直白、少回味，从而削弱整首诗的力度。如评《悲从弟仲德》，陈祚明指出此诗虽情感真切、近于自然，但语言不事雕琢，导致"不健""体弱"，而与陶渊明同时代的诗人却能通过"琢"避免这一弊端："其情颇真切，特多弱句。如'悲泪应心零'、'何意尔先倾'、'园林独余情'之类，皆不健。公诗真率，每嫌体弱。是时诸家皆务矜琢，琢则远自然，然自成其古；率则近自然，然每流于弱"② 尽管如此，陈祚明意识到率也有好处。它能使诗句一气呵成，浑然一体，近于汉诗的自然、质朴："真率淋漓。以爽笔抒达旨，此陶公所擅场。如此诗，乃真汉人。"（评《和刘柴桑》）③ 纵有粗率之处，陶渊明亦能以通达之思想掩其累："此三诗甚率，然固不恒，其智有足多者。"（评《形影神》）④ "'人生'句，率达者之言，终不以语率为累。"（评《归园田居》其

---

① （清）陈祚明著，李金松点校：《采菽堂古诗选》卷十三，第 422 页。
② （清）陈祚明著，李金松点校：《采菽堂古诗选》卷十四，第 434 页。
③ （清）陈祚明著，李金松点校：《采菽堂古诗选》卷十三，第 399 页。
④ （清）陈祚明著，李金松点校：《采菽堂古诗选》卷十三，第 409 页。

四)①

　　至于陶诗"语之暂率易者"的原因，陈祚明认为"乃时代为之"②。陶渊明受到晋宋时期好玄思、喜议论的诗风影响，稍变汉代以来宛转、含蓄的笔法，转以淋漓之语出之，"体稍近"。陈祚明认为此乃受特定时期诗歌审美思潮的影响，无损陶诗的伟大，不应苛责。

---

① （清）陈祚明著，李金松点校：《采菽堂古诗选》卷十三，第 410 页。
② （清）陈祚明著，李金松点校：《采菽堂古诗选》卷十三，第 388 页。

第五节　对陶渊明其人的认识

　　关于陶渊明其人，陈祚明欣赏他不随流俗、坚守固穷的气节和委运穷达的豁达情怀；另一方面，他也强调陶渊明不过是一个普通人，在面临富贵、贫穷的抉择时也有犹豫、彷徨，即便在做出了归隐的抉择后，内心依然充满矛盾。

　　陈祚明认为陶渊明早年饱受宦游之苦，确有隐遁之志。其评《赠羊长史》曰："此宋武平关中时作。不铺张武功，不寄思三杰，而独寄怀商山。公隐遁之志早决矣！"[1] 羊长史随宋武帝刘裕出使秦川，陶渊明为其送行时却既不铺张羊长史的武功，亦不将其比拟为汉代名臣萧何、张良、韩信，却郑重其事地提到商山四皓中的绮里季吴实、甪里先生周术，请求羊长史路过该地时"为我稍踟蹰"。陈祚明认为，陶之请求于理不合，于情却可谅。兵者乃国之凶器，与其生灵涂炭换取一己之富贵，不如休兵罢战，隐居肆志。

　　在某种层面上，陈祚明认为陶渊明具有"达者"的胸怀："君子非放士也。迷者不达，故须觉之。"[2]"达者"与"迷者"相对。"达"是觉悟的意思。"迷者"执着于功名富贵，未能觉悟，故不能"放"。"达者"觉悟到人生有更高意义的追求，故能"放"能"远"能有"高致"。《采菽堂古诗选》常以"达旨"

---

[1]（清）陈祚明著，李金松点校：《采菽堂古诗选》卷十三，第 401 页。
[2]（清）陈祚明著，李金松点校：《采菽堂古诗选》卷十四，第 434 页。

"真致""清旨""意超""旷情""高超""高旷之怀"形容陶渊明的精神境界。陶渊明亦有不随流俗的心理特质。陶诗常以"失群鸟""孤云"暗示内心孤独无依之感。陈祚明敏感地意识到了这些意象的象征意义。其评《饮酒》"栖栖失群鸟"云:"介特之节,凛然可见。"① "介特"有孤高、不随流俗之意。

此外,陈祚明非常认同陶渊明之真诚与多情的特质:"殊有款款之情,物新人旧,涉笔便不能忘。"(评《答庞参军》)② 庞参军与陶渊明相交不深,陶以"物新人惟旧,弱毫多所宣"形容两人笔墨往还的情感,无一丝世故气息,款款深情,令人难以忘怀。

如果说陶渊明的高致、达旨是陈祚明对其人的全部认识,那就错了。陈祚明的评点与众不同之处在于,他虽然认同陶渊明的"达者"形象,但更重要的是,他发现陶的"心"与"形"未达到和谐统一,内心处于挣扎之中,具体表现在以下几个方面。

第一,"弃功名""委穷达"不过是陶渊明自我安慰的说辞。"题云饮酒也,而反覆言出处,公宁未能忘情者耶?忘情者,必不言,何缕缕也?"(评《饮酒》)③ 倘若陶渊明已忘情,大可安安静静饮酒,何必屡屡言及出处(仕隐)?此外,他认为陶渊明屡屡提及"遗荣"(抛弃荣华富贵),亦是"自解之语":"夫遗荣者遗之而已,曷为数数言之不置?益知此用强自解耳!"(评《饮酒》其十二)④ 正因为陶渊明未能悟道,方才需要时时提及以自省。

第二,陶渊明为出仕辩解,不过是为了维持自己的孤高形象。《饮酒》其十云:"此行谁使然,似为饥所驱。"陈评曰:"欲以此等语,故乱之,使若素

---

① (清)陈祚明著,李金松点校:《采菽堂古诗选》卷十三,第416页。
② (清)陈祚明著,李金松点校:《采菽堂古诗选》卷十三,第398页。
③ (清)陈祚明著,李金松点校:《采菽堂古诗选》卷十三,第415页。
④ (清)陈祚明著,李金松点校:《采菽堂古诗选》卷十三,第418页。

无宦情者然。"① "宦情"即希望通过做官以获得显达的世俗之情。陶渊明以饥饿为出仕之借口，仿佛是不得已而为之。陈祚明认为并非如此。陶之出仕，乃出于少年时期即已形成的"欲有所成"的心理。"似为饥所驱"不过是陶渊明对读者使的障眼法，"故乱之"，以维持其高洁的隐士形象。

第三，陶渊明对归隐与否仍有挣扎。《饮酒》其九田父劝陶出仕，陶以"禀气寡所谐""吾驾不可回"答之。陈评云："此田父大有远识。'褴褛茅檐下'，何反不足为高栖？将意又不特慕高栖者，已为田父识耶？'禀气'句，截然。'吾驾'句，截然。"② 陈祚明指出，"田父"虽为无知无识的乡野之民，然已识破诗人内心最隐秘的念头，特劝其出仕。陶则坚毅、决绝地表达其隐居之念不可动摇，从反面暴露了内心的挣扎。陈祚明以两"截然"评之，意味深长。与评论相对应，陈祚明的《和陶公饮酒诗》其九也设置了一个与"田父"相似的形象——车马客——劝其出仕，而诗中的主人公正如陶渊明一样，决绝地拒绝了劝告，坚守贫苦的生活。③ 车马客角色的设计，表明陈祚明有与陶渊明同样的苦恼与忧愁。正是基于相似的生存经验和心理斗争，陈祚明方能熟稔地指出陶渊明的内心矛盾，将"田父"识破陶渊明内心不慕高栖之事一语道破，还原其真实的人性。

---

① （清）陈祚明著，李金松点校：《采菽堂古诗选》卷十三，第417页。
② （清）陈祚明著，李金松点校：《采菽堂古诗选》卷十三，第417页。
③ 《和陶公饮酒诗十首》其九："门有车马客，似是平生素。昵昵前致词，绸缪话亲故。旅人古所悲，廓独感霜露。宛洛一以游，金闺可翔步。固穷谅独难，屡空非殆庶。我有盈樽酒，斟酌穷夕暮。四时异消息，成功会须去。迷途稍回驾，圆凿聊改度。大丹不可成，沉吟为谁故。反爵为君倾，怀情未敢诉。本性各有之，将深履冰惧。"（清）陈祚明：《稽留山人集》卷九，第545页。

第六节　陈评的缺失与原因

　　总体来说，陈祚明对陶诗及其人的评点能从诗歌本身出发，突破前人窠臼，别具匠心，但其中也有一些瑕疵，表现在以下几个方面：

　　第一，对诗意的过度解读。以《饮酒》其十六为例。陶诗曰："披褐守长夜，晨鸡不肯鸣。"陈评曰："望鸡鸣，是何旨？宁戚所叹'漫漫'也。"[①] 宁戚《饭牛歌》有"长夜漫漫何时旦"一语。其本事来自《吕氏春秋》："宁戚欲干齐桓公，穷困无以自进。于是为商旅将任车以至齐。暮宿于郭门之外。桓公郊迎客，夜开门，辟任车，爝火甚盛，从者甚众。宁戚饭牛居车下，望桓公而悲，击牛角疾歌。桓公闻之，抚其仆之手曰：'异哉！之歌者非常人也。'命后车载之。"[②] 后世多用"宁戚饭牛"代指怀才不遇，生活穷困，自荐求官。陈祚明将陶渊明"晨鸡不肯鸣"与宁戚《饭牛歌》"长夜漫漫何时旦"联系起来，暗示陶渊明有怀才不遇、自求用世的心态。陶诗此前数联"行行向不惑，淹留遂无成。竟抱固穷节，饥寒饱所更。弊庐交悲风，荒草没前庭"讲述归隐后贫寒交加的生活。"披褐守长夜，晨鸡不肯鸣"显然是对贫寒生活的单纯描述，与宁戚自求用世的心态不相关。而且以"望鸡鸣"写贫寒之态在陶诗中并不鲜

---

① （清）陈祚明著，李金松点校：《采菽堂古诗选》卷十三，第 419 页。
② 吕不韦《举难》，[战国] 吕不韦著，陈奇猷校注：《吕氏春秋新校释》卷十九，上海：上海古籍出版社，2002 年，第 1320 页。

见。《怨诗楚调示庞主簿邓治中》云："夏日长抱饥，寒夜无被眠。造夕思鸡鸣，及晨愿乌迁。"该诗亦提及"思鸡鸣"，然而陈评为"贫士诗，清切"①，并未刻意发掘陶渊明求官的深意。陈祚明自信陶渊明未能对隐居之事超然处之，由此造成了对诗意的过度解读。

第二，断章取义，误解诗意。以评《于王抚军座送客》为例。王抚军是江州刺史王宏，对陶渊明仰慕已久。听说陶要游庐山，王宏特意请陶渊明的朋友庞通之备酒席于路中，趁他们欢饮的时候闯入席间，与陶渊明结识。朱光潜认为"集中《于王抚军座送客》一首大概就是在王宏那里写底"②。陶诗全文为：

> 秋日凄且厉，百卉俱已腓。爰以履霜节，登高饯将归。寒气冒山泽，游云倏无依。洲渚思绵邈，风水互乖违。瞻夕欲良宴，离言聿云悲。晨鸟暮来还，悬车敛余晖。逝止判殊路，旋驾怅迟迟。目送回舟晚，情随万化遗。

陈祚明的评语是："逝止殊路，厥志分明。于情故已欲忘矣。"③ 他认为诗中"逝止判殊路"暗示陶渊明与富贵中人水火不容，虽同在座而欲忘两人交情。单从"逝止判殊路"这一句来看，一人要走而另一人要留，的确容易让人有此联想。但联系前后诗句来看，则并非如此。此诗第一、二联点明时间、地点及离别的主题。三、四联情景交融，以无依之游云、绵邈之洲渚表达分别时内心的痛楚。五、六联写离别的场景，表达难舍难分的惆怅之情。七、八联则以达语化悲情。陈祚明断章取义，认为"逝止殊路"反映了陶渊明的隐者意识，与陶当日和王抚军及座中客其乐融融、依依难舍的实际情形有一定差距。

---

① （清）陈祚明著，李金松点校：《采菽堂古诗选》卷十三，第398页。
② 朱光潜：《陶渊明》，《陶渊明资料汇编》上册，第360页。
③ （清）陈祚明著，李金松点校：《采菽堂古诗选》卷十三，第403页。

他将自己与达官贵人相处时貌合神离、格格不入的尴尬心态投射到陶诗评点中，造成了此种弊病。

第三，对某些诗篇的艺术性分析欠缺。如《饮酒》其五，其评语仅为："'心远地即偏'，公固不蹈东海。采菊见山，此有真境，非言可宣，即所为桃源者，是耶?"①《饮酒》其五是陶诗的经典名篇，"采菊东篱下，悠然见南山"更是经典名句。陈祚明的批评直接指向陶渊明复杂而隐秘的心思，将该诗与《桃花源诗》对比，却只字不提其艺术性，不能不说是一个无法弥补的遗憾。

陈评之所以有上述弊病，与其批评心态有关。"夫同我者，乃能知我也"（评《咏贫士》其一）②是理解其心态的关键。陈祚明认为，唯有与陶渊明经历相似的人，方能感同身受其固穷之志，领会其诗中所蕴藏的刻骨的悲凉。而他与陶渊明相似的人生际遇，使得他肩负着一种"知我者"的使命感，誓将彻底发掘"陶公之旨"，其评论往往别具一格，但也由此造成了某些弊病。回到"同我者"的话题，从人生经历来看，陶、陈二人确有许多相似之处。

首先，他们都身处易代之际，内心充满忧惧。陶渊明生活在晋宋之交，29岁出任江州祭酒，以后在桓玄幕府任职，40岁就任刘裕的镇军参军，41岁时做了八十多天的彭泽令，便挂冠归田，息影山林，度过漫长的归田生涯；陈祚明处在明清交替之际，甲申之变时才22岁。顺治三年五月（1646），兄嫂殉国，陈祚明意识到仕宦之路充满风险，毅然弃诸生，偕母隐居河渚。隐居十年之后，他在沉重的经济压力下被迫游食京师。眼见昔日好友陆庆曾、丁澎等纷纷被卷入文字狱、科场案中，他对仕途充满失望，思归而不得，如履薄冰，只能佯狂度日。

其次，他们都有强烈的家族荣誉感。陶渊明曾祖为长沙公陶侃。作为贵族

---

① （清）陈祚明著，李金松点校：《采菽堂古诗选》卷十三，第416页。
② （清）陈祚明著，李金松点校：《采菽堂古诗选》卷十四，第429页。

的后代，陶渊明肩负振兴家族的重任；陈祚明之父陈肇为理学名儒，家教甚严，对诸子期许很高。陈祚明晚年所作《偶吟十二首》其八云："庭下曾闻礼，求为君子儒。"① 当明王朝风雨飘摇之时，陈祚明的长兄陈潜夫毅然以匹夫担当重任，辗转于南明小朝廷之间，私募民兵，联合土豪抵抗清军，兵败后携妻妾壮烈殉国。家训和长兄的英烈之举对陈祚明影响至深。

最后，两人均无法通过正常途径实现自己的人生价值。古代知识分子唯有通过立德、立功、立言方能实现人生价值。对陶、陈二人而言，立功之路已被堵死，只能通过立德和立言来实现。因此，陶渊明隐居乡间，写了许多具有鲜明对象性的诗歌，潜在阅读者是当时乃至后世的知识分子。陈祚明"蟄蟄缁尘中，从佣书削牍之暇闲，自作小诗文，或评论古文诗集约数十百卷"②，是为了让其诗流芳后世。他们不甘于贫病以终老，始终未曾放下建功立业之心，内心如钟摆般在归隐与仕宦之间摇摆不定。由于拥有相似的人生际遇，陈祚明能充分理解陶诗的意蕴及其人格的复杂性，同时由于过度投射自己的情感，导致其评点有穿凿之嫌。

总而言之，陈祚明结合自己处于易代之际的人生遭际和心路历程，对陶渊明人格的多重性做出了辩证性的评价，并从审美价值、诗史地位等角度对陶诗的价值给予了高度肯定。他的批评独具手眼，尽管偶有穿凿，但为今天的陶渊明批评提供了一个全新的视角。作为陶渊明接受史上重要的一环，陈祚明的评点还有较大的发掘空间，有待学者进行深入研究。

---

① （清）陈祚明：《稽留山人集》卷二十，第667页。
② （清）严沆《稽留山人集序》，（清）陈祚明：《稽留山人集》，第442页。

第十四章　陈祚明诗学与晚明清初诗学之关系

陈祚明一生的前五分之二处于明代晚期，他的诗学思想与晚明诗学的关系是不可忽略的。《采菽堂古诗选·凡例》明言："予之此选，会王李、钟谭两家之说，通其蔽而折衷焉。"① 其中"王李"为明代后七子中的王世贞和李攀龙，"钟谭"为明代竟陵派的钟惺和谭元春。

---

① （清）陈祚明著，李金松点校：《采菽堂古诗选》凡例，第4页。

第一节　李攀龙与王世贞

明后七子是一个提倡文必秦汉，诗必盛唐，主张复古拟古的文学流派，以李攀龙、王世贞为代表。李攀龙字于鳞，号沧溟，为明后七子之首。王世贞字元美，号凤洲，又号弇州山人。《明史·王世贞传》云："一时士大夫及山人、词客、衲子、羽流，莫不奔走门下。片言褒赏，声价骤起。"由此可见其在当时文坛的影响。后七子的文学理论和纲领主要来源于以李梦阳、何景明为代表的明前七子。所不同的是，后七子不仅继承了前七子的文学纲领，更把复古、拟古推向新的高潮，要求严格恪守古格古律。为了伸张自己的文学理念，李攀龙选编了著名的《古今诗删》，并由王世贞作序。"诗必盛唐"观念的根本含义是要确立盛唐诗作为诗中桂冠的典范地位，在学诗者心中树立榜样，在论诗者心中建立准绳。通过选编《古今诗删》，"诗必盛唐"的抽象概念得以具体化，为复古、拟古诗论提供了理论素材和理论依据。据陈国球研究，《古今诗删》选录唐诗共计 740 首，其中盛唐诗比例达到全部唐诗的 60.1%，[①] 颇可以说明盛唐诗在其文学理论中的重要性。由于复古、拟古难免堕入机械模仿的窠臼，束缚诗人的自由创作，所以《古今诗删》虽然引起了不小的正面反响，但它也激起了不少的反对之声，反对最为厉害当属公安派。

---

① 陈国球：《简论唐诗选本与明代复古诗说》，《文学评论》，1993 年，第 2 期，第 117 页。

为与"诗必盛唐"的观念抗衡，公安派推出了"独抒性灵，不拘格套"的文学主张。据陈文新先生的研究，公安派的"性灵……无须经过社会规范的过滤，'事无不可对人言'，即使是风月谈之类，也毫无保留。……无论是反映生活内容，还是表达思想、情绪，都不忌讳私生活——私人的故事、私人的情趣、私人的七情六欲"①。这样的诗学主张无异于视后七子的所谓盛唐典范为无物。从正的方面来说，公安派极大地解放了诗人的创作自由，但从反面来看的话，"性灵"一说也为俚俗堂而皇之地进入诗歌殿堂打开了方便之门。钱钟书《谈艺录·二十九·竟陵诗派》评公安派袁中郎的诗论为"叫嚣浅陋"②，可谓一语中的。

---

① 陈文新：《明代诗学》，第 181 页。
② 钱钟书：《谈艺录》，第 250 页。

第二节　钟惺与谭元春

公安派在解放诗人创作自由的同时，却失之俚俗，不免引人反感。以钟惺和谭元春为代表的竟陵派后来居上，取公安派而代之，与后七子并峙。

钟惺字伯敬，号退谷，公推为竟陵派之首。谭元春字友夏，与钟惺一起选编《古诗归》，一时名声甚赫，世称钟谭。钟谭并推"幽深孤峭"的诗风，其宗旨是在公安派"独抒性灵，不拘格套"的基础上摒除公安派中偏于俚俗浅近的风格。钟谭所选《古诗归》正是这一内在动机的直接体现。虽然钟谭二人极力倡导新的诗风，但是从他们的诗歌实践来看，所谓竟陵诗风无疑是失败的。钱钟书《谈艺录·二十九·竟陵诗派》云："竟陵派钟谭辈自作诗，多不能成语，才情词气，盖远在公安三袁之下。……伯敬欲为简远，每成促窘；友夏颇希隐秀，只得扞格。……公安取法乎中，尚得其下，竟陵取法乎上，并下不得，失之毫厘，而谬以千里。"[①] "竟陵派既反对机械摹拟，又反对俚俗文风，自认为是在矫正七子之偏，补救公安之失，但又陷入出僻险怪的途径。"[②]

虽然如此，竟陵派也并非毫无所获。从诗歌创作来看，竟陵派无疑是失败了，但从诗歌理论的角度来看，则竟陵派已然向前跃进了一步。对此，钱钟书

---

① 钱钟书：《谈艺录》，第 250 页。

② 周振甫、冀勤编著：《〈谈艺录〉读本》，上海：上海教育出版社，1992 年，第 656—657 页。

早有论述。"然以说诗论，则钟谭识趣幽微，非若中郎之叫嚣浅陋。……钟谭论诗皆主'灵'字，实与沧浪、渔阳之主张貌异心同。"尽管钟谭评论诗歌时常有不当不切之语，但是从总体来看，竟陵派的诗论确实是在公安派诗论之上。

第三节　陈祚明的批评思想

　　陈祚明明言《采菽堂古诗选》是按照"会王李、钟谭两家之说，通其蔽而折衷"的思路进行评选。王世贞、李攀龙主"诗必盛唐"，倡复古诗风；钟惺、谭元春是竟陵派的代表，其诗学主张与王、李诗学相对立。一者强调规矩尺度，一者重视性灵自由，似乎两相妨碍。但是，"诗必盛唐"说的弊端在于忽视了诗歌创作的原发性、自由能动性，"独抒性灵"说则忽视了诗歌传统的示范性作用。王李、钟谭可谓各有短长。陈祚明意欲"通其蔽而折衷"，就只能采取综合取舍、兼容并包的理论策略。一方面强调诗歌传统的示范性，另一方面也不忽略诗歌创作的原发性和自由。从《采菽堂古诗选》编选批评实践来看，陈祚明确是努力维持在这一理论策略所开辟的批评路径之上的。

　　他所提出"诗之大旨，惟情与辞"的总纲，即是一个"折衷"的诗学批评纲领。他所谓"情"的方面，正代表着诗歌创作中的原发性的一方，"曰命旨，曰神思，曰理，曰解，曰悟，皆情也"[1]。他所谓"辞"的方面，则代表着诗歌传统的示范性的一方，"曰声，曰调，曰格律，曰句，曰字，曰典物，曰风华，皆辞也"[2]。在陈祚明看来，诗歌传统的示范性和诗歌创作的原发性两者都是不

---

[1] （清）陈祚明著，李金松点校：《采菽堂古诗选》凡例，第1页。
[2] （清）陈祚明著，李金松点校：《采菽堂古诗选》凡例，第1页。

可缺少的，但这并不意味着两者在理论上是并列的。将这个基本观点嵌入王李、钟谭所在的文学史的现场，则可以说陈祚明认为"独抒性灵"说与"诗必盛唐"说是相互补充的，而非相互对立的；"独抒性灵"说的灵动自由恰可救治"诗必盛唐"说的机械呆板，"诗必盛唐"的规矩尺度恰可救治"独抒性灵"的浅近俚俗；两者间的关系恰可用"合则两美，离则两伤"来形容比拟。

在《采菽堂古诗选》所作"凡例"中，陈祚明特别批评了李攀龙"修辞宁失诸理"的观点："过矣于鳞之言：'修辞宁失诸理。'……盖自献吉、景明，莫祛斯弊；而于鳞、元美尤甚。"① 在陈祚明关于诗的理想中，"辞"与"理"进而辞与情是不能两离的。后七子"乐用古人之辞，未常协于己志，徒取相似"，正是犯了盲目模仿、遗失自我真情性的毛病。陈祚明在《采菽堂古诗选》中以"予之论诗也尚理"应之，正是为了救明前、后七子之弊。

但是，陈祚明的《采菽堂古诗选》又不仅仅只是一个折衷的诗学批评纲领。陈祚明的对诗史持续地开放式关注使得他的眼界远远大于明七子派以及公安、竟陵派。明七子派及公安、竟陵派的纲领虽各有侧重不同，但都有一个特点，那就是取径狭窄。陈祚明则强调转益多师，因此他的诗学理论不仅足以包容明七子及公安、竟陵的诗学主张，而且可以远远超出这些人的理论视野，很好地体现了多元主义和历史主义的包容性和开放性。陈祚明认为："浅学者源流弗考……予选古诗，虽齐、梁以后，不敢忽略，诚以有唐大家恒多从此取径。虽命体不同，而楚风、汉谣、并成其美；春兰秋菊，各因其时。採撷流风，咸饶逸韵也。"② 考镜源流、咸饶逸韵，正是陈祚明多元主义和历史主义诗学批评观的直接表现。

---

① （清）陈祚明著，李金松点校：《采菽堂古诗选》凡例，第7—8页。
② （清）陈祚明著，李金松点校：《采菽堂古诗选》，第830页。

第四节　与清初诗学之关系

　　陈祚明一生的后五分之三处于清代初期，他的诗学思想与清初诗学的关系同样是不可忽略的。由晚明而清初，诗风又生一变。此一变化与钱谦益有莫大关系。沈德潜《归愚文钞·与陈耻庵书》描述了这一变化的来龙去脉：

　　　　明初虽沿元季余习，然如刘伯温、高季迪辈飚然自异，亦一时之盛。洪宣以后，疲苶无力，衰矣。李献吉、何大复奋然挽之，边庭实、徐昌谷诸人辅之，古体取法八代，近体取法盛唐，虽未尽得古人之真，而风格遒上，彬彬大盛；后王、李继述，亦称蔚然，而拟议太过，末学同声，冠裳剑佩，等于土偶，盛者渐趋于衰。公安赤胆忠心，有心矫弊，失之于俚。竟陵钟、谭，立意标新，失之于魔，衰极矣。于是钱受之意气挥霍，一空前人，于古体中揭出韩、苏，于近体中揭出剑南，受之学高于众人。而又当钟、谭极衰之后，钱氏之学行于天下，较前此盛矣。

在沈德潜所叙述的由明而清的诗风转变过程中，钱谦益扮演了导夫先路的导师角色①。由于钱谦益的倡导，清初一改晚明对宋诗的鄙薄态度而重新发现了宋诗。虽然迟至 1681 年即康熙二十年前后宗宋诗风方才广泛流行，② 但在此之前宋诗相对于唐诗的地位已然因为钱谦益的支持而大为改观。钱谦益之后，王渔洋成为宗宋诗风的主要倡导者。蒋寅《王渔洋与康熙诗坛》提到："钱谦益确实提倡过宋诗，但他去世太早，康熙朝的宋诗风与他没有直接关系。……只有王渔洋才是康熙诗坛宋诗风的真正领袖。"

康熙版《采菽堂古诗选》翁嵩年序云："山人考终时，检以付嵩曰：'《三百》温柔敦厚之旨，尽于是矣！吾恐今日言诗者俱入宋、元一派，则古音几不可识矣！'是编也，其亦有救时之苦心乎？"③ 如果翁嵩年所言不虚，那么陈祚明于 1674 年即康熙十三年临终之时既已看到宗宋诗风的兴盛而有了所谓"救时之苦心"。但是，这与宗宋诗风迟至 1681 年方兴的历史事实是不相符合的。陈祚明编成《采菽堂古诗选》是在 1663 年，陈祚明作古是在 1674 年，宗宋诗风兴起是在 1681 年，康熙版《采菽堂古诗选》出版于 1706 年，这样的历史事件顺序是绝容不下翁嵩年说陈祚明编《采菽堂古诗选》是为了救宗宋诗风之弊的。蒋寅对此已生疑窦，只是未及深究④。

翁嵩年之说之所以不通，有两个方面的原因。一是因为历史事件发生的时间顺序不能正确匹配，见下表：

---

① 清初宗宋诗风的大盛其实另有一个关键人物即查慎行。据王宏林研究，"查慎行是清代宗宋诗风的关键人物。……之前宗宋者大都是基于尊唐的立场，从宋人得唐人神理的角度来肯定宋诗，基本立场是唐宋兼取的。查慎行主要是通过创作实践而提倡宋诗，影响最为深远。对这样一位创作成就巨大的诗人，《清诗别裁集》入选其诗 19 首，与吴嘉纪、吴雯、顾绍敏并列全书第十四位，其数量与名次虽然不算低，但与其实际的诗坛地位并不相符。……《四库提要》视查氏为清代宗宋诗人的最高代表。"王宏林：《沈德潜诗学思想研究》，第 149—150 页。

② 王炜：《〈清诗别裁集〉研究》，第 118 页。

③（清）翁嵩年：《采菽堂古诗选序》，（清）陈祚明著，李金松点校：《采菽堂古诗选》，第 2 页。

④ 蒋寅：《一个有待于重新认识的批评家——陈祚明的先唐诗歌批评》，第 91 页。

1663 年	1671—1673 年前后	1674 年	1681 年	1706 年
康熙二年	康熙十年至康熙十二年前后	康熙十三年	康熙二十年	康熙四十五年
陈祚明编成《采菽堂古诗选》	陈祚明题词赞扬吴之振编选《宋诗钞》可救盲目宗唐诗风之弊	陈祚明病逝	宗宋诗风兴起	翁嵩年出版陈祚明《采菽堂古诗选》，假托陈祚明遗言，称《采菽堂古诗选》旨在救宗宋诗风之弊

二是因为陈祚明曾经在给吴之振《黄叶村庄诗集》的赠行诗中赞扬他选编《宋诗钞》（康熙十年即 1671 年是书始成）对于提升宋诗地位和价值的"救时"之功。陈祚明在《黄叶村庄赠行诗》中云："论诗莫为昔人囿，中唐以下侪邾后。何代何贤无性情，时哉吴子发其覆。丹黄十载心目劳，南北两宋撰集就。名家大篇各林立，镂板传人百世寿。亦师李杜惨淡成，不与齐梁靡丽斗。……近时浮响日粗疏，矫枉宜将是书救。"① 从题词可知，当时的陈祚明认为中唐之后的唐诗并不值得格外称道，提倡两宋之诗既可以突破"诗必盛唐"的前、后七子的困囿，又可以抵制推崇中、晚唐的竟陵派的浅陋诗风。由此可见，在 1671 年前后，陈祚明心目中的亟待改革的诗风，依然是明前、后七子以及竟陵派遗留下来的诗风。试问此时的陈祚明怎会在宗宋诗风并未兴起之际，将编选《采菽堂古诗选》的目的设定为救宗宋诗风之弊？陈斌从陈祚明的交游情况出发论证陈祚明编选《采菽堂古诗选》是为了对当时的宗宋诗风作出反思的回应。② 笔者认为这个观点值得商榷。虽然陈祚明的交游圈子里不乏雅好宋诗的文人例如周荣、吴之振、王渔洋等，但其时宗宋思想并未流行，不过因为钱谦益的影

① （清）吴之振：《黄叶村庄诗集·黄叶村庄赠行诗》（第 1 册），清光绪四年（1878 年）刻本，第 19页。

② 参见陈斌：《陈祚明交游及〈采菽堂古诗选〉编选意图考论》，《福建师范大学学报》（哲学社会科学版），2007 年，第 3 期，第 152—157 页。

响，对宋诗有新的发现而已。迟至 1676 年，吴之振依然在《黄叶村庄诗集》卷四《次韵答梅里李武曾》里慨叹"世人竟趋三唐，无视两宋"[1]，可见在陈祚明生前并无所谓宗宋之弊需要他编选《采菽堂古诗选》来应对的。

翁嵩年所谓"吾恐今日言诗者俱入宋、元一派，则古音几不可识矣"云云，与陈祚明编《采菽堂古诗选》之初衷实在毫无瓜葛。翁嵩年关于陈祚明"临终托孤"的记述显然是不真实的。他出版《采菽堂古诗选》之时宗宋诗风已然大行其道二十余载，弊端渐显；他捏造陈祚明遗言的目的无非是想借出版《采菽堂古诗选》的机会展开对宗宋诗风的反思和批评。再者，翁嵩年所谓"《三百》温柔敦厚之旨"云云亦非陈祚明编选《采菽堂古诗选》之本旨。陈祚明在《采菽堂古诗选·凡例》中已然说明其评选古诗不依儒家经典，不讲"六经四子书"，不系"风化"，不格"礼义"，只依诗之工拙行事。他说："盖此选本言诗，校计工拙，未若讲六经四子书，求论正心诚意，故不敢引绳批根，格之以礼义。词虽俳笑淫媒，诚工不删。或曰：夫诗系乎风化，思无邪，可不择乎？曰：圣人之选诗欤？人之选诗也。如曰系风化，将班六经，不敢以若是僭。且夫子删《国风》，存郑卫，善者资，不善者亦师，谓能惩我也，视读者志耳。"[2] 在陈祚明看来，选诗并非选诗人中的道德君子，而是选诗工之作。若有人以道德礼义求之于陈祚明，则陈祚明不敢自居"圣人"，作"圣人"之选，而仅以"人"自处，作"人"之选。他认为诗是无所谓礼义廉耻的，夫子存郑卫之音，"善者资，不善者亦师……视读者志耳"。陈祚明认为读者对诗有自主的道德评判权，选者不能先入为主的代替读者行使此项权利，尤其不能喧宾夺主，以是非善恶之选代替工拙美丑之选。否则，就会失去选诗之本旨。

---

① 蒋寅：《王渔洋与康熙诗坛》，北京：中国社会科学出版社，2001 年，第 30 页。
② （清）陈祚明著，李金松点校：《采菽堂古诗选》凡例，第 10—11 页。

参 考 文 献

（以出版年代为序）

一、专著

（一）古代典籍

[1] （明）冯惟讷汇编. 古诗纪 ［M］. 武汉：武汉大学图书馆藏，明万历年间（1573—1619 年）刻本.

[2] （明）钟惺，谭元春选. 古诗归 ［M］. 武汉：武汉大学图书馆藏，明万历四十五年（1617 年）刻本.

[3] （清）陈祚明评选. 采菽堂古诗选 ［M］. 武汉：武汉大学图书馆藏，乾隆十三年（1748 年）刻本.

[4] （清）沈德潜. 归愚诗钞 ［M］. 苏州：苏州大学图书馆藏，清乾隆教忠堂刻本.

[5] （清）沈初等撰. 浙江采集遗书总录（辛集）［M］. 清乾隆三十九年（1774 年）王亶望浙江刻本.

[6] （清）吴振棫辑. 国朝杭郡诗辑 ［M］. 武汉：武汉大学图书馆藏，同治甲戌（1874年）刻本.

[7] 《浙江通志》［M］. 光绪二十年重刊，上海商务印书馆影印，中华民国二十三年（1936 年）.

[8] （明）陈继儒著，施蛰存点校. 晚香堂小品卷二十四（下册）［M］. 上海：上海杂志公司，中华民国廿五年（1936 年）.

[9] （清）朱彝尊. 曝书亭集 ［M］. 上海：世界书局，民国二十六年（1937 年）五月.

[10] （清）沈德潜. 古诗源 ［M］. 北京：中华书局，1963.

[11] （唐）李延寿. 南史 ［M］. 北京：中华书局，1975.

[12] （南朝梁）钟嵘著，陈延杰注：《诗品》注 ［M］. 北京：人民文学出版社，1980.

[13] （清）邵廷采. 中国历史资料研究丛书·东南纪事 ［M］. 上海：上海书局，1982.

[14] （清）周容. 春酒堂诗话，见富寿荪校点. 清诗话续编［M］. 上海：上海古籍出版社，1983.

[15] （清）翁洲老民. 海东逸史（外三种）［M］. 杭州：浙江古籍出版社，1985.

[16] （清）丁丙编. 杭州掌故丛书·武林坊巷志（第5册）［M］. 杭州：浙江人民出版社，1986.

[17] 中国地方志集成·浙江府县志辑［M］. 上海：上海书店出版社，1993.

[18] （清）四库全书存目丛书史部（第194册）·嘉靖仁和县志［M］. 清华大学钱塘丁氏嘉惠堂刻武林掌故丛编本，济南：齐鲁书社影印，1996.

[19] （清）陈祚明. 四库全书存目丛书（第233册）·稽留山人集［M］. 南开大学图书馆藏清雍正刻本，济南：齐鲁书社影印，1997.

[20] （清）邵廷采. 台湾文献史料丛刊（第5辑）·西南纪事·东南纪事合订本［M］. 台北：台湾大通书局，1997.

[21] （南朝宋）范晔著，［唐］李贤等注. 后汉书［M］. 北京：中华书局，1999.

[22] （清）张廷玉等撰. 明史［M］. 北京：中华书局，2000.

[23] （唐）李延寿. 南史［M］. 北京：中华书局，2000.

[24] （清）邓汉仪. 诗观初集［M］. 四库全书存目丛书补编（第39册）［A］. 济南：齐鲁书社，2001.

[25] （清）计东. 改亭集［M］. 续修四库全书（第1408册）［A］. 上海：上海古籍出版社，2002.

[26] （清）朱彝尊编. 明诗综（第7册）［M］. 北京：中华书局，2007.

[27] （清）宋琬著，马祖熙标校. 安雅堂全集［M］. 上海：上海古籍出版社，2007.

[28] （清）陈祚明著，李金松点校. 采菽堂古诗选［M］. 上海：上海古籍出版社，2008年.

[29] （清）万斯同撰. 明史［M］. 上海：上海古籍出版社，2008年.

[30] （清）沈初等撰，中国书店出版社编. 浙江采集遗书总录（辛集）海王村古籍书目题跋丛刊（第2册），北京：中国书店，2008.

[31] （清）张之洞撰，范希增补正. 书目答问补正［M］. 上海：上海古籍出版社，2008.

[32] （清）王士禛选，闻人倓笺. 古诗笺［M］. 上海：上海古籍出版社，2010.

[33] （清）王先谦撰，吴格、田吉、崔燕南校点. 诗三家义集疏［M］. 长沙：岳麓书社，2011.

[34] （清）王崇简撰. 青箱堂文集［M］. 清代诗文集汇编（第17册）［A］. 上海：上海古籍出版社，2011.

（二）今人论著

[1] 北京大学、北京师范大学中文系、北京大学中文系文学史教研室编. 陶渊明资料汇编［M］. 北京：中华书局，1962年.

[2] 邓之诚. 清诗纪事初编［M］. 北京：中华书局，1965.

[3] 郭绍虞. 中国文学批评史［M］. 上海：上海古籍出版社，1979.

[4] 中山大学图书馆编. 中山大学古籍善本书目［M］. 广州：中山大学图书馆，1982.

［5］ 逯钦立辑校. 先秦汉魏晋南北朝诗［M］. 北京：中华书局，1983.

［6］ 叶嘉莹. 钟嵘诗品评诗之理论标准及其实践，中国古典诗歌评论集［M］. 香港：中华书局香港分局，1977.

［7］ 钱仲联主编. 清诗纪事（明遗民卷）［M］. 南京：江苏古籍出版社，1987.

［8］ 朱自清. 朱自清全集［M］. 南京：江苏教育出版社，1988.

［9］ 中国人民大学图书馆古籍整理研究所编. 古籍善本书目［M］. 北京：中国人民大学出版社，1991.

［10］ 周振甫、冀勤编著.《谈艺录》读本［M］. 上海：上海教育出版社，1992.

［11］ 陈田辑撰. 明诗纪事［M］. 上海：上海古籍出版社，1993.

［12］《中国古籍善本》编辑委员会编. 中国古籍善本书目（集部·中册）［M］. 上海：上海古籍出版社，1996.

［13］ 常书智、李龙如主编. 湖南省古籍善本书目［M］. 长沙：岳麓书社，1998.

［14］ 张健. 清代诗学研究［M］. 北京：北京大学出版社，1999.

［15］ 香港中文大学图书馆系统编. 香港中文大学图书馆古籍善本目录·总集类·集部［M］. 中文大学出版社，1999.

［16］ 吴林伯.《文心雕龙》义疏［M］. 武汉：武汉大学出版社，2002.

［17］ 邹云湖. 中国选本批评［M］. 上海：上海三联书店，2002.

［18］《续修四库全书》编纂委员会，复旦大学图书馆古籍部编. 续修四库全书总目录·索引［M］. 上海：上海古籍出版社，2003.

［19］ 蒋寅. 金陵生小言［M］. 桂林：广西师范大学出版社，2004.

［20］ 崔建英订，贾卫民、李晓亚参订. 明别集版本志［M］. 北京：中华书局，2006.

［21］ 钱钟书. 谈艺录［M］. 北京：生活·读书·新知三联书店，2007.

［22］ 山东大学图书馆编撰. 山东大学图书馆古籍善本书目·集部［M］. 济南：齐鲁书社，2007.

［23］ 陈国球. 明代复古派唐诗论研究［M］. 北京：北京大学出版社，2007.

［24］ 黄节注. 黄杰注汉魏六朝诗六种［M］. 北京：人民文学出版社，2008.

［25］ 王宏林. 沈德潜诗学思想［M］. 北京：研究人民出版社，2010.

［26］ 王炜.《清诗别裁集》研究［M］. 上海：上海古籍出版社，2010.

［27］ 孙立. 明末清初诗论研究［M］. 广州：高等教育出版社，2011.

［28］ 陈岸峰. 沈德潜诗学思想研究［M］. 济南：齐鲁书社，2011.

［29］ 蒋寅. 清代诗学史（第一卷）［M］ 北京：中国社会科学出版社，2012.

［30］ 宋雪玲. 陈祚明《采菽堂古诗选》研究［M］. 北京：社会科学出版社，2016.

二、论文

［1］ 陈国球. 简论唐诗选本与明代复古诗说［J］. 文学评论，1993，（2）.

［2］ 李金松、陈建新. 陈祚明《采菽堂古诗选》考述［J］. 中国韵文学刊，2003，（2）.

［3］ 冯保善. 山人小史——兼论明清山人知识群体的生成［J］. 寻根，2005，（4）.

［4］ 陈斌. 论清初陈祚明对《古诗十九首》抒情艺术的发微［J］. 中国韵文学刊，2006，

　　（4）.

［5］　陈斌. 清初诗文选家陈祚明及其《采菽堂古诗选》［J］. 古典文学知识, 2007, （2）.

［6］　陈斌. 陈祚明交游及《采菽堂古诗选》编选意图考论 ［J］. 福建师范大学学报（哲学社会科学版）, 2007, （3）.

［7］　景献力. 陈祚明诗论的"泛情化"倾向 ［J］. 福州大学学报（哲学社会科学版）, 2007, （4）.

［8］　陈长文. 简评明代进士同年录 ［J］. 延安大学学报（社会科学版）, 2007, （4）.

［9］　［中国台湾］罗志仲.《文选》诗收录尺度探微 ［D］. 台湾国立清华大学博士学位论文, 2008.

［10］　蒋寅.《宋诗钞》编纂经过及其诗学史意义 ［J］. 清代文学研究集刊（第二辑）, 2009.

［11］　蒋寅. 超越之场：山水对于谢灵运的意义 ［J］. 文学评论, 2010, （2）.

［12］　王玉媛. 沈德潜"温柔敦厚"说的三个层次 ［J］. 常熟理工学院学报（哲学社会科学）, 2010, （7）.

［13］　蒋寅. 一个有待于重新认识的批评家——陈祚明的先唐诗歌批评 ［J］. 中国社会科学院研究生院学报, 2011, （3）.

［14］　曾毅. 陈祚明西晋诗歌批评论略 ［J］. 绵阳师范学院学报, 2011, （10）.

［15］　张欢. 陈祚明与《采菽堂古诗选》研究论略 ［D］. 漳州师范学院硕士学位论文, 2012.

［16］　张伟.《采菽堂古诗选》研究 ［D］. 武汉大学博士学位论文, 2012.

［17］　江增华. "燕台七子"考辨 ［J］. 贵州大学学报, 2013, （6）.

［18］　黄妍、徐国荣. 论《采菽堂古诗选》对庾信的推崇 ［J］. 安徽大学学报（哲社版）, 2014, （1）.

附录一 陈祚明诗文辑佚

一 《国门集初选·序》

自序。

　　近诗自济南竟陵分镳异驱，沿袭以来，互相讥弹。甚或共源殊委，亦如水火不复相入。缘其始，各师所是，见稍不相类，便若伤我者。展转割弃，径道窄狭，几不自容，亦可嗤矣。设使言诗唯取一途，则自河梁十九首，下视曹谢，已为异物。何许沈宋高岑，辄强作解事语。杜陵早朝诸什，凌王铄贾。一时诸公，亦相为推许。至若春陵五言，正是靡靡末调耳。而工部捧颂服膺，形之篇咏。且如萧梁文选，后人侪之小儿解事。工部则云，熟精文选理。足明古人恢恢，取径旷远。所谓沧海泰山，不辞细流寸壤，故能成其高大也。余匿影山中，时作为诗文以自愉悦。斥鹦拘嘘，自以为至。及游燕山，重与韩子圣秋篝灯浮白，抗论得失。圣秋出其年岁差次诸名公卿诗稿，及凡客游过长安道上者投赠篇什，共选为《国门集》，得诗千馀首，示余，属以雠较之役。余见其集无体不备，无径不该。争工斗异，诚大观已。既而圣秋啣使节，过章贡、白门、秦淮、洞庭、彭蠡之间，汗漫溯洄，伤余褐衣羁滞，不得同此游也。圣秋归至武林，且梓是选以问世。予乃酌酒遥祝，为文以序之。要之此编所登，必皆本情选义，披风则雅。即或悲喜殊感，谨肆异法。东西南北，声韵趣尚。亦或文质互显，究如鲁廷合乐。风雅三颂，穫夏韶箾，齐聆毕举。又如开元以前，高岑美秀，王孟冲澹，李杜恢奇，虽各标胜概，同为盛世之音。予尝谓诗之靡者，当进以情。野者当观以雅，雅则不问何家，不拘何格，曼声协律，可并存于天地间。济南竟陵，俱无归宿。得是意而读圣秋是选，于丹铅本怀，定当不至河汉。不然即杜陵一集，易险工拙，句较字比，已不啻以矛刺盾，岂唯是《国门集》哉。

西湖陈祚明书于燕山客舍。①

笔者按：《国门集初选》载陈祚明诗 17 首及自序 1 篇。该书刊刻时间为顺治十四年（1657）。关于陈祚明与《国门集》的关系，参见本书第二章第三节。该序针对诗坛囿于门户之见，"言诗唯取一途""径道狭窄"的诗学风气进行了批评，强调应效法古人"取径旷远"。这一诗学原则在《采菽堂古诗选》中也有所体现。

二　《且园近诗·序》

武陵陈祚明撰

山长诗工于自言其情，哀伤愤懑不能自已而有言，多识博闻，才雄自恣，不能名为何代何家，然固《离骚》之遗意也。古人畏富贵而逃之，若巢许务成之流，尚已！若恒人之情，得志则仕宦，失职则隐遁，各因时以成其行。今山长以三十余年前孝廉，屡上公车不第，免就一瓒。薄禄不足以代耕马，队非讲肆、非仕、非隐之身，出处语默，一不遂其意。悲夫！杜工部深伤郑广文。然当日之广文不过贫耳，未使不嚣然自得也。居名山水间，吟诗作画，轻世而肆志，闭门坐大，无一事营其心。故人时时乞与酒钱，兀然一醉，不知有天地万物，何不泰之有？山长才远过郑虔而官同，所遇之时独有不同者，安得不哀伤悲懑？以斯人有斯遇，而恶能自已于其言夫？尚友古人者，诵其诗，读其书，而见其志。是以贵论世之识也。山长之诗，传千秋而下，必有深伤之者。且如祚明放废物外之日，久客燕山几二十年。蹩躠公卿之门，趋走风尘之内。头须如雪，来日短而还山无期。其不成隐与山长无以异。同声者相感，慕类者以悲。对山长终日泫然，不知涕之何从。乃为之序，以明作者之志。倘祚明得附

---

①《国门集初选》今存于中国社会科学院图书馆，国家图书馆藏有该书的微缩胶卷。

山长以传，祚之情将于是乎并可见。①

笔者按：该文见于《四库全书存目丛书补编》第52册《且园近集》。陈祚明于顺治十二年夏（1655）入都，卒于康熙十三年春（1674），滞留京师几二十年。《且园近诗序》中提及"且如祚明放废物外之日，久客燕山几二十年"，说明陈祚明作此文的时间应为康熙十三年（1674）左右。此时陈祚明知自己命不久矣，而无还乡之资，因有"来日短而还山无期"之叹。

序中所言山长乃王岱之字。《四库全书存目丛书提要》云："国朝王岱撰，岱字山长，湘潭人。前明崇祯己卯举人。入国朝官随州学正。康熙己未尝荐举博学鸿词。"且园乃王岱于康熙丙午年（1666）年任随州黉宫山长时所修建，因有隙地，明之且园，因以名其集。《且园集》乃王岱之侄王楚书为之编校。《四库全书存目提要》指出："其杂文题曰近集，盖以别于近诗。然集非文之专名。古例具存分隶，殊未允也。近诗之末有楚书侄编校《且园集》。竣一首则两编，皆岱所自定。其名且园者，近集中有《且园记》，称康熙丙午七月就随州任黉宫，有隙地，宅而园之曰且园，故以名其集云。"

王岱才高名重。《晚晴簃诗话》卷二十一云："山长能诗文，兼工书画。以气节自命。少客金陵，即有时名，及与王阮亭、施愚山、高念东诸老游，文誉亦大起。诗不假绳削，脱去前人畦町。"

然而，甲申之变给诗人们的生活、命运带来翻天覆地的变化。崇祯己卯年的举人王岱到了新朝，屡上公车不第，栖身于黉宫。陈祚明于京师授馆卖文几二十年，仍无力归隐，王岱亦沉沦下僚。陈祚明与王岱均为才高而不得志者。拙于谋生使得他们的身份地位极其尴尬，"薄禄不足以代耕马，队非讲肆、非仕、非隐之身，出处语默，一不遂其意。悲夫！"陈祚明甚至羡慕其被杜甫怜悯的郑广文（郑虔）。因为郑广文至少还有资本去隐，隐居期间无琐事萦绕于

---

① （清）王岱撰：《且园近诗五卷且园近集四卷》，《四库全书存目丛书补编》（第52册），第3页。

心，还有亲友接济，能够比较舒畅、滋润。

王晫《今世说》卷八："王山长尝让杜于皇傲慢不求友。杜云：'某岂敢如此，只是一味好闲无用，但得一觉好睡，纵有司马迁、韩昌黎在隔舍，亦不及相访也。'王名岱，湖广湘潭人。能诗文，兼工书画。嶔崎磊落，以气节自命。发甫燥，名满海内。己卯孝廉，官学博。"因此陈祚明在写给王岱的序文中没有虚头巴脑的客套，只有一片惺惺相惜的赤诚哀伤。

陈祚明此序大体可分为四个方面：

一、简述王岱文风渊源以离骚为主，多哀伤愤懑之情。

二、阐述王岱文风多哀伤愤懑之情的理由。

三、联系自己的身世，伤己亦不能归隐，同声相感，慕类以悲。

四、表达自己的希望，愿借此文以传己之心志。

从这篇序文当中可以看出，陈祚明对于归隐抱着极其强烈的渴慕和向往，这也是他晚年重病之中最大的希望。他对于王岱的《且园集近诗》最基本的态度是哀伤愤懑，之所以如此，就是因为王岱上书三十年而不得，由于经济基础不牢固，谋隐不成，非仕、非隐，身份尴尬，因而多哀伤愤懑之情。而哀伤愤懑，正是《离骚》的基本特色。

陈祚明的诗学观念是情为辞先，情辞并举。他的文章与他的观念是一致的，此文情感真挚充沛，气随文转，宛转多姿。

三　陈祚明佚诗六首

金山寺

江声万里赴朝宗，水面嶙峋插翠峰。断石崩波蹲虎豹，惊涛劈硤斗蛟龙。钲笳缥缈帆樯转，金碧参差殿阁重，绝顶风烟悲极目，夕阳漂泊倚孤筇。

同螺浮登金山和王阮亭壁间韵

其一

巉岩峭石割江流，高阁凌空瞰十洲。客过定须携彩笔，我来乍喜附仙舟。云山瓢衲虚招隐，壁垒旌旗未放愁。日暮潮音鸣两岸，乾坤浩荡一沙鸥。

其二

九州词客千秋赋，殿壁廊崖石画磨。滚滚人随流水去，飘飘帆竞夕阳多。来游并许青云彦，寡和真成白云歌。独上妙高山顶望，澄江如练起曾波。

夏日九仙兄招同螺浮暨诸子泛邗沟望平山堂漫赋八绝句

其一

广陵城下古邗沟，亭榭莺花绕碧流。日暮维舟看柳色，不知何处是迷楼。

其二

千秋佳丽羡江都，百战孤城近又芜。稍喜亭台仍绕郭，风光得似昔时无。

其三

绿岸虹桥放小船，荷花拂水柳含烟。飘然遂欲乘风去，见说同舟客是仙。

（备注：南开大学图书馆藏清雍正刻本《稽留山人集》被收入《四库全书存目丛书》集233册。原书缺卷九第六页。自《金山寺》自"惊"字至《夏日九仙兄招同螺浮暨诸子泛邗沟望平山堂漫赋八绝句》其三皆无。此据国家图书馆藏康熙十五年刻本补录。）

附录二 陈祚明年谱

明天启三年　癸亥　1623 年出生

十月二十五日，陈祚明生于浙江仁和县，原籍山阴小赫村。

陈祚明外祖父姓曾，娴于经术，工于词赋，诸孙皆不能及。其父名陈肇（？—1644 年），字存之，号石耕，名德宿儒，读书笃行，终老不遇。其母"服义良有素"，育有四子。陈祚明长兄为明末名臣陈潜夫（1610—1646），字符情，退庵，又字振祖；仲兄陈丽明（1622—？），字贞情（又名陈丽）；陈祚明排行第三，字胤情、允情；季弟陈晋明（1629—？），字康侯。

天启七年　丁卯　1627 年五岁（以下皆为虚岁）

作《咏兔诗》，颇叶宫商。习读诗书，出口成章。

崇祯二年　乙巳　1629 年七岁

季弟陈晋明出生。

崇祯三年　庚午　1630 年八岁

通九经训诂。稍大赋鹊，文采斐然。

崇祯九年　丙子　1636 年十四岁

长兄陈潜夫中举。同时中举的还有马昼初、冯革卿。此时陈祚明受老庄思想影响，有隐居之志。《和陶公饮酒诗十首》其十云："弱龄爱闲寂，忘己师古人。齐物赞庄周，抗志怀隐沦。"

崇祯十年　丁丑　1637 年十五岁

陈祚明就童子试，学使者阅其文大惊，以为倩人代笔。当场面试，拔置第一。于是声名鹊起，世称"江夏黄童"。

陈祚明颇有经世之志。《送舍弟康侯归八首》其五云："畴昔侍大兄，道广气亦振。岂能问田舍，志欲树经纶。"

陈祚明作于辛丑年（1661）的《潞河舟中寄固庵言别》中提到与韩诗昔日定交经过："昔我友君时，壮岁力方刚。同臭八九人，兄弟如雁行。张元老嗜学，严渤少飞扬。先兄激烈徒，贱子独清狂。论文意不逆，把酒形俱忘。记忆若畴昔，二纪更星霜。"

崇祯十二年　己卯　1639 年十七岁

陈祚明随长兄陈潜夫读书灵隐寺，临院所住为严质人、严宸臣、严览民兄弟三人。后宸臣中进士，览民为中书舍人。三十四年后，陈祚明作《严质人明经应举入都，于其归也，赋以赠别》。诗序中追忆了少年时期读书灵隐寺的情形。

崇祯十三年　庚辰　1640 年十八岁

王崇简回宛平省亲。途经杭州，与杭州名士、诗人多有唱和。王崇简同李乔之、陈祚明至嘉兴访钱嘉征，泛舟烟雨楼。离别之时，王崇简作《归途赠别陈玄倩并令弟胤倩》称赞陈祚明的文采："君家季弟方年少，雄文奇句神鬼惊。"王崇简于《陈胤倩拟古诗序》追忆陈祚明当年的才识风华："时胤倩甫弱冠而意气泓深，发言恢瞻，予敬而惮之。……曩日之胤倩，才识茂硕，方将摄云衢、驾蚬汉，垂嘉名于竹帛。"

崇祯十四年　辛巳　1641 年十九岁

陈祚明住东城（杭州城东），衣食无忧，与潘新弹、柴虎臣交，以读书论史为人生一大快事。

崇祯十五年　壬午　1642 年二十岁

陈祚明与吴无称定交。两人后于燕京相见，交情益笃。

崇祯十六年　癸未　1643 年二十一岁

长兄陈潜夫入京都赶考，结识黄商侯。冬，陈潜夫（1610—1646）授为开封推官。河南为贼据，陈潜夫私募民兵千，请总兵卜从善、徐定国共剿叛将陈永福，皆不肯行。

陈祚明与钱澄之定交，同时定交之人还有严沆、方文、陆庆曾。

方文三十岁，与陈潜夫交善，因而结识了陈祚明。俩人谈古论今，诗酒唱和，羞于隐沦。后方文《方佘山诗集》有《武林行赠陈胤倩处士》《正月晦日同谈长益、吴六益、陈胤倩集报恩寺松下为四布衣饮分得馀字》《喜晤陈胤倩处士兼怀陆丽京梯霞》《过陈玄倩陆鲲庭旧居有感》。

崇祯十七年（顺治元年）　甲申　1644 年二十二岁

正月，陈潜夫奉周王渡河居杞县，领兵三千，与洪起兵万，俘杞伪官，大破贼将陈德于柳园。李自成败走山西，南阳贼乘间犯西平，洪起引兵还，陈潜夫随而南。

福王立南京。九月，陈潜夫传露布至，擢为监军御史，建言收复失地之策。便道省亲，五日后驰赴河南。所建言皆不用，马士英任用私人。冬，召潜夫还，潜夫遭外艰归。

清顺治二年　乙酉　1645 年二十三岁

三月，马士英寻隙下狱治陈潜夫罪。南都不守，陈潜夫得脱归。鲁王监国绍兴，陈潜夫渡江往谒，复故官，加太仆少卿、监军，自募三百人列营江上。

清顺治三年　丙戌　1646 年二十四岁

五月，江上师尽溃，陈潜夫兵败，与妻妾于山阴化龙桥赴水死。年三十七。陈祚明只身携椟以归。弃诸生，与仲兄、季弟奉母迁居至钱塘县西溪河诸隐居，于兵乱中居无定所，长达十年。陈祚明隐居西溪之时，与翁永叔比邻而居。戊戌年（1658），陈祚明作《送翁永叔归西溪二首即简叔夏公伟》。其一云："为约西溪水，明年泛舟还。"其二云："异地欣同聚，山中旧德邻。"

陈祚明弃诸生隐居原因见《投赠李庚生大司马》："诸生求隐亦辛勤，岂休请告辞纷纭。掉头归去竟不顾，诛求或恐多深文。"

《己亥暮春颢亭请假葬亲余不得偕遣舍弟附舟南下赋别》追忆隐居贫苦无闻的生活："昔我河上居，固穷悲屡空。炊突长不火，游鱼生釜中。有时发商歌，徙倚临秋风。其声出金石，无人知我工。"《冬日喜逢宋荔裳先生招饮寓园漫赋》（辛亥 1671 年）追忆云："昔者贫家馀破壁，十年匿影卧空村。孤吟若个怜哀响，《九辩》虚教溅泪痕。""屈指人间招七子，同心别路忆王孙。"

隐居期间，陈祚明与复社成员陆阶及西泠十子中的柴绍炳、孙治、陈廷会等交游。顺治十六年，《送王仲昭归里兼寄丽京、梯霞、虎臣、宇台、际叔、世臣、甸华、驰黄诸子》云："词赋甘泉贱，烟霞郑谷迷。因君寄诸子，泪作数行啼。"

清顺治五年　丁亥　1648 年二十六岁

陈祚明于雪夜泛舟西湖。丁未年，陈祚明为邵子与作《题王石谷画册》时，于其四序中写道："二十年前雪夕，泛舟西湖，四山堆玉，令人魂魄俱莹。此幅拟素成《雪景》，森寒之境，极目高深，便欲置身其中，涤去面上尘一石。余益思归矣！"

顺治十年—顺治十二年　壬辰-乙未　1653—1655 年，二十一—二十三岁

陈祚明隐居西溪，以教书授业为生。门生翁嵩年亲见陈祚明手抄古诗及注释。陈祚明与其谈及古诗，云："作诗不好学古体，犹冥行者之昧昧于途也。"在此阶段，《采菽堂古诗选》古诗编选及注释基本完成。

顺治十二年　乙未　1655 年三十三岁

陈祚明居于西湖附近之凤山里，与吴山涛相距甚近，一为巷南、一为巷北。《稽留山人集》卷七《辛丑八月将出燕山留别邸中知交》其四："凤山故里背西湖，蹑屐青山遍绿芜。"

陈祚明始编诗集《敝帚集》（即《稽留山人集》）。五月，故友严沆任侍从，寄书招陈祚明赴京，陈匆匆治装。六月经山东。七月至燕山。途中作《北征杂诗十首》。

入京后，陈祚明馆于严沆宅，为严沆之子方贻塾师。陈祚明与严沆情同兄弟："当君官侍从，方读中秘书。晨朝骑马出，薄暮归旅庐。剪烛各成诗，漏下三鼓余。四顾僮仆静，皎月临前除。鹿鸣呼野草，兄弟亦不如。"

陈祚明作多首诗干谒公卿。《赠朱遂初都谏》中描写其干谒之窘状："祚也奔走冲泥途，曳裾却望公门驱。短衣至骭寒踯躅，负墙落日胡为乎？愿分末席陈区区，天下谁人识龙剑，握中敢说有灵珠？"

作《投赠李庚生大司马》。李庚生为陈祚明座主，后陈祚明因长兄之故弃诸生。此诗之后，陈祚明与李庚生再无交往。

《宋其武太史寓斋燕又仲舒颢亭同集偶作》。颢亭即严沆，陈祚明与宋其武后交情甚好。诗云："青山不厌忘京阙，华发相逢总故人。"

陈祚明入京后，悲时伤世，不愿与公卿为伍。作于壬子年的《酬周鄚山倒叠来韵》云："当时来洛市，赴载托吴船。嫉俗人休近，悲时意未销。……偏与过炉饮，坚辞折简邀。"

农历九月初十，严沆召集同人小集，陈祚明和柴虎臣作六韵。诗末云："飘零欣聚会，休忆故山河。羁客易成王粲赋，侍臣谁似马卿贫。"

作《赠马觐杨太史》。

作《张华故宅》。诗云："士衡入洛谁相识，不见当年博物人。"陈祚明常以陆士衡或陆士龙自居。

作《咏古八首》，分别吟咏黄金台、易水、楼桑村、郦亭、贾岛峪、中山将台、香山、海淀，借吟咏古迹抒发国破家亡之幽思。

作《金鱼池上偶得》，流露出隐逸之念："何当纵逸性，掉尾百川浔。"

《送伯后归里寄怀子问兼讯天仪乡先左名淇上嘉客诸子》。诗中用到"羊求""依刘"、王粲"登楼"之典，这些典故后来在陈祚明诗歌中反复出现，表达其隐逸之思。

作《投赠霍鲁斋少司马》《赠张谯明给谏》。张谯明为"燕台七子"之一。陈祚明于投赠诗中将自己贬低，抬高张谯明。

作《燕山杂兴八首》。其七云："银汉疏星隐凤城，市门屠狗爱荆卿。……繁华李赵经过少，日暮惟闻击筑声。"陈祚明后常用屠狗、击筑典。

陈晋明喜得一子，陈祚明作《接家书知舍弟康侯举子，喜而有赋，时康侯舅张曼石在座》。

作《送曼石之广陵》。诗中表达了他自顾不暇，无法为张曼石提供衣食的遗憾："饥难供尔食，寒难制尔衣。但知意厚薄，不解情是非。"

《施尚白比部招同官锦帆端木长真飞涛暨虎臣六益二处士小集有作》。时年陈祚明三十三岁，与施愚山同在京师，与严沆等七人号燕台七子。诗云："正值都官联大雅，布衣得似谢山人。"

顺治十三年　丙申　1656 年三十四岁

正月初七，陈祚明作《新正燕邸杂诗四首》。诗中状其狂饮之态："万里不知身在客，百壶尽醉酒如泉。"提及其妻："燕歌细细聊娱耳，春日迟迟总断肠。书与老妻成一笑，十年几案有糟糠。"述其清狂无事之态："我自清狂多暇日，谁看白眼送长年。小梅细柳偷春度，万里冰开不上船。"

正月十四日，王崇简邀同诸子同饮。陈祚明即席赋诗二首。

正月十五日，陈祚明思乡之情倍增，作《上元灯词五首》。其三："闻说前朝歌舞地，武侯车骑翠楼多。"其四："相逢半是他乡客，若个犹能忆故乡？"

作《与颢亭、季赋同席赋诗兼呈诸子及弓玉书留仙诸太史》。

作《送张宗绪表兄之江南》。张宗绪之祖乃陈祚明父之师。明亡之前，张宗绪家底殷实："凤城流水狭邪路，君家王谢朱门住。七叶簪缨天上人，十围杞梓阶前住。"明亡之后，张家沦为屯兵之所，张宗绪一家尽为褐衣，四散飘零，谋食艰辛。陈祚明与张宗绪相逢："相逢燕市同挥泪，夜烛衔杯宵共被。我亦萍游托友朋，对君且复输心事。"论及卖文谋生之难："肯将辞赋令人荐，此日文章不值钱。"

秋，作《寄家兄贞情弟康侯兼讯大侄伯长》。伯长为其长兄陈潜夫之子。其一状其离家时不忍不舍之心态："销魂别路西桥北，明月秋空落雁群。"其二云："多病休文喜着书，药床茶灶米盐疏。漫劳校计秋瓜熟，菊老葵荒自把锄。"此时，陈祚明仲兄陈丽明隐居在家，以诗自娱，从诗中所写情形来看，应在从事校雠之事。

作《老友周茂三（周容）手札枉存却寄》。陈祚明与周容感情极其深厚："当君别我时，十步三回头。"陈对周亦惺惺相惜，无话不谈："月照白屋梁，凉风起天末。……但有书来往，如何心饥渴。"

作《送剑威之楚州》。诗云："燕市三春同贳酒，悲歌击筑可能忘。"

夏，韩诗招同诸子集慈仁寺下，陈祚明作《慈仁寺下固庵招同岱观方涟凫盟右舟翼苍颢亭雅集漫赋》，描述友朋欢聚之态："招游藉高朋，杯酒肆欢谑。"

作《燕中见李中悦有赠》。李中悦为陈祚明故友，十二年前于江南分别之后，终于再次相见。陈祚明述及现状云："悲凉庾信赋，惨淡嵇绍血。怀沙魂已谢，乞食谋屡拙。"

中夏，陈祚明端忧遘疾，衷情无聊，取《古诗十九首》读之，悲不能自止。陈云："古今人不相远，独以其情耳。"乃拟《古诗十九首》，竟一日得之。作序叙其作诗之缘由。

陈作《后拟古诗十九首》，于序中述古诗精妙之处："世徒知汉魏古诗，不知其体有二。其淡而永，隽而多思；言有尽而意无穷者，古诗也；缠绵太息、低昂以尽情，曲折以尽变者，乐府也。"王崇简作《陈胤倩拟古诗序》。

陈祚明身患痼疾，卧病在床，又生"依刘"之叹："依刘感聊厚，攀吕终独便。沉忧岂难老，颓景悲流迁。"

丁澎由比部（刑部）改官客曹（礼部），陈祚明作诗相赠。

作《天袯弟自比部调祠部赋赠》。

仲兄贞倩卧病，陈祚明作《寄讯家贞倩二兄二首》。提及其妻："闻知中闱拙，应知事嫂疏。"

作《送岱观赴清溪广文长歌》。岱观即吴山涛，陈祚明旧日好友。入京后居于陈祚明邸舍，一同消夏。二人日日雄谈痛饮，交游公卿。"出门谒客入门卧，忘形尔汝人非他。"

作《送李山颜还西浙》。诗云："角巾漉酒孤松下，倘念萍游枉素书。"

作《寿严太君》。严太君为严沆之母。陈祚明与子同里，情同手足："在昔与贤子，同里如弟昆。"陈祚明昔日携母居住于西溪河渚："小人亦有母，河渚一水间。"

宣城梅氏之母赵氏居室起火，惊起欲出，顾二婢子寝勿觉，趋呼之。后不得出，遂以殒。诸名流多为诗挽之，陈祚明应施闰章之约，为其作挽诗。

作《酬刘石生兼送其游山左》。刘石生西秦人，为陈祚明旧友，两人生平遭遇相似："昔年西子湖头水，与君恸哭秋草里。重逢燕市容貌衰，把君悲歌朔风起。尔我何心走乞食，面目黧黑皮肉死。布衣卖文人不识，国子谭经众所耻。"

顺治十四年　丁酉　1657 年三十五岁

春，陈祚明卧病，心中惦念兄嫂未安葬之事，深感不安。作《春感六首》。其五云："病已疏诗卷，春须昵酒人。……近午仍高卧，知余懒是真。"其六云："不埋知弟拙，久客怨年徂。"

作《瘦马行》，以瘦马喻己之命运偃蹇。

作《燕市春歌十首》，诗云："汉臣逢禁酒，车马几人来。"

作《皇姑行》，以叙事诗的方式描写明亡后南明王妃入京为清王妃，后出宫为尼之事，有补充史料之用。

作《送吴方涟司李浔洲二首》《送叶苍眉司李荆州三首》。

作《忆昔行赠黄商侯金宪》。黄商侯，太和人，癸未年，曾与陈祚明长兄一同上京赴考。

作《送芝麓先生以上林簿使岭南二首》。其一云："亚相忠诚恋阙心，违时未敢便抽簪。虎圈不惮迁卑亢，象郡何须苦毒淫。"其二云："惟有风流属谢安，京华骑马耐微官。"时龚鼎孳因言事涉及满汉关系，被贬官外放至岭南，陈祚明以谢安比之。

作《送圣秋奉使章贡即席成三首》。圣秋即韩诗，编有《国门集》，陈祚明应韩诗之邀，校雠其书。该书收录陈祚明诗十七首。后韩诗于武林刊行此书，陈祚明于燕山遥祝，并为之作序。陈韩二人相交甚久，陈入京都后，多承韩诗照顾。其二云："潦倒燕游客，饔餐托故人。"其三云："十年知己梦，五夜故人舟。"

老友周茂三（周容）自中州归四明，陈祚明遥寄赠别。

裘信甫赠西凉绿葡萄，陈祚明赋诗言谢，兼及简大文、张昆玉。

作《吉云侄三十初度》。吉云为其同宗之侄，乃隐逸之士。诗云："萝薜莫将轩冕易，同归正有竹林期。"

八月二十三日，故友严沆典试山东，招陈祚明与之同游。出卢沟桥，陈祚明口占一诗。

在山东期间，陈祚明睹古迹、游名胜，感怀今惜，先后写下了《行次涿鹿》《琉璃河》《古郑州二首》《晓发齐河至历下》《到历下阅颢亭所取士文为赋二十四韵》《同颢亭游历下亭读杜工部古诗追和二首》《大名湖泛舟》《北极祠二鬼歌》《九日游趵突泉》《白云楼》（李沧溟故居）、《经故德王宫遗址作》《署斋独树轩小饮有赋》《余线泉》《杜康泉》。

施闰章招严沆及李溉林枢部、陆石斋兵宪同游华不注山，以柬邀陈祚明，陈未能赴约，赋诗言谢。

作《历山》《不果登岱遥咏十八韵》。

陈祚明自济南至清渊时，以兵部尚书衔出任河道中督的朱之锡招其入幕，陈祚明因与严沆相交之故，却朱尚书之招。以诗代启。诗云："不得从军幕，之都为故人。"

陈祚明返回京师，颇为愉悦。《复到燕山作》："朔气满燕山，征人去复还。向阳鸿雁早，随意绿波间。"此次山左之行，陈祚明的心境与庚戌秋（1670年）迥异。

顺治十五年　戊戌　1658 年　三十六岁

元日，陈祚明假馆设帐于北京琉璃厂吕仙祠，作《戊戌元日》，诗云"一卷终吾老，三阳换不知"，似有以塾师终老之意。

晦日，陈祚明与布衣处士谈长益、方尔止、吴六益集慈仁寺松下。赵友沂载酒过从，陈祚明即席分得庚韵，兴致酣畅，作诗二首。其一云："此日何知是帝京，松风涤耳旧溪声。远追晦日三唐节，敢拟当时四皓名。"以己与三位处士自比"四皓"。

春夏，方文作《武林行赠陈胤倩处士》。陈祚明作《酬明农山人方尔止》。方文与陈祚明为旧交。十五年前，两人在西子湖谈古论今。十五年后再次相见，方文赠与陈祚明新诗，"跋扈飞扬气尚存……隐者却较王侯尊"。陈祚明述及现状："乞食更作京华游，面目黎黑色枯槁……买山无钱归未得，素衣为缁泪沾臆。往来去住依他人，卖赋更愁人不识。"

暮春之月，陈祚明饮于西河酒肆，口占四首绝句。其二云："三千里外燕山客，独立苍茫故国遥。"当日与旧友王白虹把酒言诗，意极酣畅，颇有名士风度。

作《曾庭闻孝廉计偕来都于其下第有赠》。曾庭闻好古之士，十余年未曾归家。

京城教坊第一名妓赵文姬致吴六益处士。吴六益大喜过望，作诗四十首，称美不置。有客挥千金买取赵文姬。陈祚明作《嘲吴六益六绝句》。

仲兄贞倩、季弟康侯之子（四岁）相继殒，陈祚明作《燕山遥哭二小侄》祭奠。诗中自述其家谱系宋南渡，其父少孤，述"我缘乞食走京华，丧家之狗迷所向"的凄怆悲伤。

故交陈昌箕孝廉下第归闽中，陈祚明作诗赠别。

端午节，陈祚明作《戊戌五日》，伤己之不遇，悲生民之多艰。诗云："醉来荷锸年虚续，赋得《怀沙》死孰怜。江上贫家长不火，应无粘黍奠灵筵。"

《吴兴公有诗见投率尔奉答四首》。从诗中所写内容来看，此为吴兴公与陈祚明相交之始。此后二人交往日频，诗歌酬唱颇多。

马昼初与陈祚明长兄陈潜夫同为丙子年举人。马昼初参加翰林院庶吉士考试，陈祚明作《马昼初馆选》。

陈祚明从弟俞以除馆选，与俞殿书同捷南宫。陈祚明作诗庆贺。

作《朱汝平登第》《庐鲲飏登第》《送张谯明都谏分巡贵池四首》《寿宋既庭孝廉尊人子坚先生》。

作《送吴锦雯司李吴门二首》。诗曰："投谒交游杂，逢迎礼法疏。一官非所好，犹胜食无鱼。"

夏，酷热难当。陈祚明懒于投刺，卧床摊书。《大暑京邸述怀》云："谒客慵怀刺，摊书恋偃床。谁能仍乞食，吾特爱羲皇。"

作《马昼初太史冯韡卿进士邸舍招集丙子全籍友人诸家子弟赋诗言志二首》。马昼初、冯韡卿进士与陈祚明长兄陈潜夫同为丙子举人。

作《题亡友俞三企延小像》。

作《题方尔止苦吟图》。陈祚明微讽老友苦吟之举："即今诗律谁人细，敏捷何须效苦吟。"不过陈祚明作诗虽快，但伤于粗率，禁不起细读。

六月望日，韩圣秋、方尔止、靳茶坡、许天玉、白仲调、徐次履、吴六益、张友鸿、程周量、吴园次、赵友沂、朱绍九、陈祚明集陈阶六给谏双槐轩。陈祚明分得删韵、咸韵。其二云："痛饮岂知身独贱，尊前上客半朝衫。"

作《田翯渊孝廉游西山归将买舟南下长歌赠别》。诗云："我留京邸四载余，乘兴欲往还停车。褐衣偏惹尘土黑，情性岂与山水疏。"

《刘石生以明经谒选停年待补却归秦中赠别五首》。刘石生与陈祚明虽中年相识，却相知颇深。其二云："色沮羞投刺，身闲忆荷蓑。着书何日事，衰鬓日蹉跎。"其三云："只求八口活，随意一丘中。作我真成拙，干人未易工。"其四曰："流俗堪谁语，惟君嗜我真。"

作《章澹公孝廉下第谒选待补还里以诗留别率然奉答》。章澹公与陈潜夫同籍，同出海岸黄先生之门。后与陈祚明相交至深。

作《送归西溪二首即简叔夏公伟》。翁永叔为陈祚明隐居西溪时旧邻。陈祚明对其归里充满了羡慕之情："春明真妒尔，溪上竟投纶。"

七夕，陈祚明作词《大酺》。送王白虹南归，重饮西河酒肆，再作《大酺》。

八月，陈祚明赠诗送刘清馀请假归里。刘清馀钱塘人，别业位于西溪北山。陈祚明希望有朝一日亦能买山归隐。诗云："我爱湖山作逸民，远游却践洛阳尘。不如一脱金闺籍，便已为渔向富春。"

送黄向先司李端州，即席赋长诗。诗之开端说明了自己不能归家的理由："岂不念家室，行李羞空囊。"

得知季弟康侯入京干谒，陈祚明作《得舍弟康侯耗知定来燕山喜作六首》。陈祚明极不愿意康侯步干谒之后尘。其二云："去里吾成悔，之燕尔更非。穷途应对泣，何日定同归。"其五云："过闸儒偏贱，空囊客倍羞。"

《赠季沧苇侍御十六韵》多阿谀之词，诗末"褐衣容下客，莫厌往来频"流露乞怜之态。

重阳节，季弟康侯入京。龚鼎孳、赵友沂同诸君集于兴诚槐下，陈祚明因康侯始至，未赴约，作诗四首遥和。赵友沂尊人洞门先生亦不赴约，作诗示之，索和。陈祚明复赋四首。

陈康侯携新诗入京。尽管陈祚明之诗在当时索价颇昂，但仍告之干谒之苦，作《与舍弟夜话二首》："愁中非病餐频减，归去无家铗自长。讵有买山资卖赋，新诗知尔满奚囊。"

宋其武太史招陈祚明兄弟与韩诗、严沆看菊，陈祚明口占一诗。宋豫章，字其武。

十月朔日，陈祚明携弟于慈仁寺看松兼观庙市。诗中描写了清初庙市之景："每月三市估客来，倾筐列肆何喧豗。月之朔望及下五，冠盖鳞集飞尘埃。佣奴炊黍忍熏灼，狡童上树百千回。"

放鹤亭原为宋代隐逸诗人林和靖所建，张少司空将其整饬一新，士人赋诗勒碑。陈祚明感其重视隐逸之士，作《放鹤亭为张少司空赋》。诗曰："我本西湖钓鱼者，四载京华悲旅食。清时自分布衣贱，耕凿岂知帝尧力。……追为此诗泪沾臆，吾生安得措一椽，南山之南北山北。"

作《越吟篇为宛委胡学士母张太夫人寿》。此诗千余字，详细描述了张太夫人的一生。胡宛委即胡兆龙，顺治三年进士。选庶吉士，授弘文院编修，顺治十三年署吏部尚书事，官京察。胡兆龙与陈祚明既有同梓之谊，又对其有知遇之恩，故而陈祚明作长歌为其母寿。

作《同谈长益赠纪伯紫次韵》。此二人均为处士。诗云："苦调王风诗一首，交情今雨酒千杯。相逢我亦怜漂泊，未种孤山处士梅。"

作《夜久》，以被迫入洛的陆云自比。诗云："作我周旋久，依人去住猜。士龙虚入洛，幞被为谁来。"

顺治十六年　己亥　1659 年　三十七岁

陈祚明作《己亥元日示舍弟》，抒发"翻为穷愁失著书"的牢骚。

作《总宪洞门赵公夫人挽章二首》。

正月十五日，作《上元口号十首次米紫来进士韵》。以男欢女爱为主题，情调轻快，热闹喜庆。

作《送谈长益之卫源》，体现了处士的心态："公卿却傍羞言隐，去住相思总不归。"

中春，张少司空招同诸子宴集梁园，因雨，陈祚明未能赴约，次日，追步席间元韵简谢。

作《赠永嘉韩叔夜明府初度》。

暮春，严沆请假葬亲，陈祚明遣其弟康侯附舟南下，赋诗赠别。诗中追忆了昔日隐居的情形及入京后严沆对陈祚明及家人的照顾："疏狂恕我直，脱略嗜我真。上座忘我贱，无家知我贫。雪色白铤重，司农颁俸薪。惠我远寄将，食我家中人。"

陈祚明作《送严方贻归里五首》，流露出不能自已之悲。其三曰："客舍悲长铗，居庐忆素衣。"

康侯南归，陈祚明作《送舍弟康侯归八首》。陈祚明力劝其弟南归。其四曰："本性各有谐，混俗难可适。为佞我所工，子来复何益。"其六曰："我当长作客，子当早还乡。"

策马送严沆及弟南归，复入都门，陈祚明想到干谒之苦，怃然成咏。诗云："怀刺谒高第，曳裾趋下陈。盱衡候颜色，一言难遽申。……每为僮仆笑，多谢兄弟怜。衷肠不可语，饮泣入城关。"

入京后下榻顾豹文（字季蔚，号且庵）宅，受到顾豹文的热情接待。陈祚明作《下榻且庵寓斋有赋》："洒扫池上屋，几席陈纵横。木榻设中央，虚室窅以清……白饭饱我肚，旨酒盈金罍。……言谑无所忌，情亲若弟兄。"

作《猿》："寸肠谁系得，历乱故山思。"

作《鸟》："但飞因攫食，空里吓鹓雏。"

住少宰胡兆龙家。有《移馆宗伯学士家作》。宗伯学士即胡兆龙。诗云："如何爱寒士，录此薄劣躯。开馆启朱邸，下榻高堂隅。"陈祚明与胡兆龙论列三唐诗。胡兆龙对其评选之作多所正定，两人结为莫逆之交。

作《天被弟迁长沙太守有诗留别赋答兼勉其行》。诗云："尔作长沙守，南荒正用兵。"当时南方战乱似仍未平息。

暮春，陈祚明与纪伯紫、韩诗、叔夜、张祖望、陈子寿、沈友圣、徐存永、吴茵、程伯建、谢尔元、黄仲丹、方孟甲、宋牧仲、铁帆上人共集柳湖萧寺，有兰亭修禊之盛。其时，伯紫将之闽粤，叔夜将之永嘉，存永将之中州，仲丹将之莱阳，孟甲将之晋阳，人赋诗一章赠别，座有李校书侑觞。陈祚明诗云："南北东西诸子去，风流云散不胜情。"同时赋词《望海潮》，序云："柳湖雅集赠李姬。"

作《送纪伯紫赴闽粤抚军幕二首》《同朱铁庵明府陪机石封公宛委先生振音翙羽两孝廉后院看花六首》《重陪胡太翁步后圃花间旋过慈仁寺看海棠小憩松下再成六首》《丁香》《陪机石封公载酒慈仁花下饮》。

作《登毗卢阁》："平看帝阙侵云里，俯瞰长安坐日边。……关河南首江乡隔，作赋空悲王仲宣。"

作《慈仁寺看花饮醉月出翙羽孝廉重邀松下沽酒更酌口占三绝句》。突发奇想："酒人坐树今谁在，月下能来醉不妨。"

闰三月立夏，同人集谢尔元寓楼，续柳湖之会。龚鼎孳命驾同饮，即席拈春归二字，各赋诗二首。诗云："盛筵偏已再，痛饮莫辞频。细数兰亭客，今朝换几人。"

陈祚明再作《望海潮》赠李姬。序云："柳湖再集，又赠李姬，即以嘲之，次前韵。"

长夏无事，陈祚明阅玉川子《月蚀诗》、郁离子《二鬼歌》，戏效其体，作《荧惑不见歌》。诗中以火星荧惑自比，叙说生平际遇。该诗极长，而写作时间极短——"自卯至巳"，艺术价值极高，孙治在《亡友陈祚明传》中引用了该诗文字，以说明陈祚明疏狂不羁的性格由来。小序对俳的源流进行了考证。

沈友圣家贫，旧日与陈祚明相交："昔时扁舟到君里，三江水涨茸城春……酒酣弹剑气无敌，自言喜怒多任真。"陈祚明入京后与沈交往日疏："病卧少过公与侯"。沈友圣来见，陈祚明作《贫交行赠沈友圣》。

作《赠铁帆上人》。诗云："有经皆说法，无计可安禅。请问虚空外，心灯底许传。"

四月八日，同龚鼎孳及韩诗于长春寺观忏礼，瞻金塔，作三十韵。

1658年，东汉隗嚣墓被发。山阴学士得其墓中二瓷杯，行酒往往以此娱嘉宾。陈祚明见之先惊复悲，作《隗嚣墓中古瓷杯歌》。诗云："英雄割据安足论，功业角逐徒尔为。"

《赠张碧山明府宰仁和》。描写了战乱之后民不聊生的境况："供亿元无额，疮痍况未舒。岂知勤保障，偏自纳牛车。"

作《闻蝉》，寓身世之感。诗曰："稍依朱邸阁，不是碧山岑。未息缠绵响，微生托苦心。"

作《赠宋京仲明府之任吉阳五十三韵》。宋京仲之兄与陈祚明之长兄同时中举，后均殉戎兵。陈祚明入京后，与之交好。赠别之时，希望他日能与之共同归隐。

六月中伏，宣武门外，三十三头大象排成行，在"蛮奴"的引导下走向玉河洗浴。观者如堵。陈祚明作《洗象行》，以抒发河山易主之悲。诗云："混一此乃是天命，尔今宁复思桂林。"象犹如此，人何以堪！次年作《酬茂三燕邸喜晤见赠二首》其二云："风景河山都似昔，不闻洗象有悲歌。"

作《上宛委先生寿》，称其："衡平三代佐，器铸孔门徒。"

夏，老友周茂三（周容）再至都门，陈祚明喜不自胜，与之同过韩诗宅，醉后赠诗。

周茂三过陈祚明邸舍，赠诗二首，陈祚明酬诗。其一云："渐老飘零喜故人，将凭短咏话酸辛。"其二云："游梁亦爱求羊密，卧邸仍嫌赵李过。"不失隐逸情怀。

作《和茂三同过固庵酌》。诗云："愁风愁雨客欲起，不袜不衣主任真。"宾主相过尽欢。

作《蝴蝶》，诗云："微生任漂泊，斜日不知归。"寓己客居京飘零之感。

作《送章澹公司李鄱阳》。章澹公为陈祚明长兄陈潜夫同籍，陈以兄事之："见君如见兄，邸舍联衣裾。"对之抱有殷切希望："沧江郡凋残，兵革方载途。行矣策高足，使我安田居。"

作《贺杨自西考选黄门》《贺顾且庵考选侍郎》《贺张螺浮改授黄门》。张螺浮后与陈祚明过从较密。

农历八月十三，韩诗招同坦公司空、真源侍御、茂三处士、云雏孝廉于报国寺饮酒。张缙彦有咏，陈祚明和诗四首。龚鼎孳后至，陈祚明先辞归。

同日，陈祚明作《中秋前二夕赴固庵招慨然有咏但示茂三》。此诗流露出厌倦干谒生活、渴望归隐田园的迫切心绪："酬答言辞懒，疏狂礼法宽。……为客情多苦，端忧泪不干。连朝惟爱寝，无意复加餐。……欲碎长卿笔，宜抛严子竿。"

中秋夜，张缙彦招同铁帆上人及诸同人于梁园看月，拈十五删韵，人赋二首。陈祚明之诗"桂子何方落，迢迢忆故山"流露出乡关之思。时王士禛在座，撰《中秋坦公先生招同铁帆大师、韩圣秋、吴园次、陈胤倩、周茂山诸子集梁园分韵》二首。

中秋前后，陈祚明作《奉和宛委先生玩月之作》《丰酬宛委先生醉后见赠之作》。

农历八月十六日夜，龚鼎孳招同诸子集慈仁寺松下。陈祚明赋诗二首。"潦倒杯难驻，婆娑舞不齐。误疑松是影，莫惜醉如泥"显穷酸之态。

作《酬关槎度下第南归兼问尊公蕉鹿明府》。其二"忝窃求羊侣，凄凉梁宋游"再次用到汉代隐士求仲与羊仲的典故。

作《寿张螺浮给谏》，赞颂张惟赤（号螺浮）"之子崇大体，矫矫与俗异"，耿直不阿，敢于直陈弊政。

作《送王仲昭归里兼寄丽京、梯霞、虎臣、宇台、际叔、世臣、甸华、驰黄诸子》。

九月五日，陈祚明宿周容慈仁寓舍。

九月六日，与之同访颍川刘公勇进士宅，饮酒赋诗。胡兆龙飞骑招游黑窑厂高冈，重醉。归途漫赋一诗。

九月，陈祚明送俞子政归里，赠诗流露出无可奈何的思乡情怀："我岂遂无家，离居五六载。欲归乃无日，郁郁聊相望。"是时王士禛应缉侍御之邀，作《为武林俞子政题像》，见《渔洋集外诗》卷二。

九月十八日，陈祚明陪机石封翁游放生池禅院，作长歌。

《登法藏古寺七级浮屠作》云："乡关何处是，万里暮云浮。"

作《祝朱铁庵明府六十》。

顺治十七年　庚子　1660 年　三十八岁

陈祚明作《醮院感怀八首》，寓山河变迁之感。其三云："门外昆池仍汉凿，劫灰不必问鸿蒙。"其五云："从来往迹悲兴废，临眺于今眼倦开。"

作《送丘龙标登第归省》。诗云："我今放废乐肥遁，长往严耕真不返。"

作《程奕先孝廉作伤秋赋为咏其事》，代言程妻之心声。

春，陈祚明送周容南征，依依不舍，赋诗四章。其二云："惜别成篇章，使我心徒痗。"其三云："一体有分乖，能不赠恻伤？"其四云："依人难久居，吾亦思言旋。……耦耕如可期，同买南山田。"

作《重别茂三》："离情与归梦，相逐到杭州。"

清明后一日，胡兆龙招陈祚明游城西摩诃寺，陈祚明因病未能赴约。

作《胡振音初度》。胡振音与陈祚明后为至交，对陈照顾有加。

五月，陈祚明寄诗徐邈思，兼哀沈闻大。徐邈思与沈闻大皆为查继佐"十二翁"人物，自为风气，衣冠不同俗。

旧友胡介寄书介绍陈祚明与胡敬懋认识。胡敬懋为胡兆龙从侄，同为处士。陈祚明知其名十年，至今方识面。作《酬胡敬懋三首》。其三解释自己极少与人交接的原因："懒慢谁人识，沉绵肺病侵。"

作《送同里卢文梦之滇南赴大中丞九述袁公幕》《送陆墅修太史谪贵池司李》《胡机石太翁诞辰赋祝》。

秋末冬初，严沆之燕山，陈祚明赋《庚子秋杪喜颢亭来都作》，真情流露："失君如失左右手，郢人丧质日已久。从君下马走入门，便向黄花酌大斗。……即今形影且相共，向来哀乐何其多。"

初冬，陈祚明改馆严沆家中，作《庚子初冬改馆颢亭家留别宛委学士二十八韵》，后仍与胡兆龙保持密切往来。诗中提及"文家分汉志，诗选辨唐人"，似可说明陈祚明编唐诗选的时间。

农历十月初二及月末，胡兆龙喜得二子，陈祚明作《宛委学士十月哉生明举一丈夫子后二十八日复举一丈夫子歌以贺之》。

陈祚明赴胡兆龙汤饼会，饮醉，复索歌者出席传觞，自哂其狂，作诗二首解嘲。

作《酬王备五兼讯茂三》。王备五为陈祚明乡关兄弟，旧日好友。诗云："栗里荒园疏把酒，兰亭胜集忆联裾。"窃谓王备五可能就是王白虹、王子箕。

仲冬望日夜，严沆倾家酿饮子箕及陈祚明。陈祚明答子箕诗一首。

胡兆龙随顺治皇帝扈驾巡幸近畿，天寒且劳苦，遂得疾。（计东《胡宛委先生传》）

腊月朔，汪介公自杭州来燕山，过陈祚明寓，赠以雅玩。陈祚明试吴去尘墨，浓酽不忍洗去，遂裂宣纸为卷，信笔疾书四章赠之。

作《口号》二首，为咏已故前朝画师之作。

作《赠王维文》。王维文乃"三吴异士"，擅丹青。王画形神兼备地描绘了三类人的不同气质："贵人颐指气体殊，文士逸格多萧疏。写我山林貌清瘦，懒慢爱静方闲居。"

顺治十八年　辛丑　1661年　三十九岁

是年正月初六，顺治帝驾崩，陈祚明对此事无一字提及。

严津合刻《燕台七子诗刻》，包括宋琬《安雅堂诗选》一卷、施闰章《愚山诗选》一卷、赵宾《学易庵诗选》一卷、丁澎《信美轩诗选》一卷、严沆《颢亭诗选》一卷、张文光《斗斋诗选》一卷、陈祚明《稽留诗选》一卷。

春，陈祚明与胡振音至天宁寺访申涵光，不遇，遂于慈仁寺松下小憩，作诗五首。诗中描写佛寺景物时自然而然地流露出超然物外的隐逸之情。其三曰："吾生耽寂寞，税驾欲长休。"其四作于慈仁寺松下小憩之时，诗曰："每来看未足，悔失碧山栖。"时机石先生于隆安寺饭僧，陈与胡二人未从。

春寒料峭，陈祚明幽忧耽酒，一卧不起，肺干目眩（其一曰："肺干甘水厄，头眩恋床栖"），肾病脾衰（其六曰："病肾艰徒步，无车苦独行"。其十："脾衰忘食味，无意忆蓴鲈"），起故国之思（其二："未能忘故国，实已厌迷津。"其十："岂不怀乡里，他时西子湖"）。陈祚明自认作诗虽不及龚葛之工，却能及袁虎之捷。其为人作诗作文处处力求尽如人意，故病中卖文，苦不堪言（其五："龚葛工岂敢，袁虎捷无难。文欲如人意，诗争字字安。奉金扶杖起，积牍委床看。定使头风愈，翻悲骨髓干。"）病体羸瘵，虽有公卿折柬相招，却懒于逢迎（其六："近来眠食减，羸瘵怯逢迎。"其七："折柬虚频招，清樽久未同。不成真避世，衰朽卧墙东。"）

作《送包水部枢臣奉使之鸠兹》。包枢臣为其同乡、酒友。诗云："七年燕市称狂客，同里仙郎爱酒徒。"

严沆之子方贻落第，回杭州归省大母，陈祚明赋诗勉之。后凭记忆图画西湖山水，题诗再送方贻。诗中流露出对故乡难忍的相思："依稀记得是西湖，水影山光入画图。京洛风尘淹七载，汝归泛楫一愁无。"又题陈洪绶《渊明采菊图》送方贻。陈洪绶亦浙江人，为人性格诞僻，喜为不得志人作画。

陈祚明作《送姚乐臣明府之任海昌》。诗中描写民间疾苦之处颇多："年来战伐供输急，下濑戈船去不息。丁夫刍粟烦里正，府帖下乡鸡犬匿。交通胥吏间里豪，忍剥农民虎生翼。诛求岂尽公税额，敲朴不顾贫家力。"陈祚明借赠诗之机，以自身隐居农村的体验劝说姚明府体恤民情，与民休息，体现了强烈的社会责任感。

秋，作《龚太君挽词》四首。

立夏后二日与友人饮于郊外芦林酒肆，和王子箕诗一首。诗云："醉馀齐物意，濠上羡鱼轻。"

作《送翁用公之任思恩》。思恩辖境约为今广西武鸣、宾阳、上林、马山、田东、平果、都安等县。诗中描写了广西彪悍的民风与迥异于中原的民俗，具有很强的异域性。诗云："居人患气仗槟榔，腊月无霜服絺纷。倚岩柴砦皆獠民，闻说清时尚不臣。酷有狼心知斗力，难通鸟语总文身。"

作《赠同里顾秀升》。顾亦干谒京师者，陈祚明对之寄予了深切同情。

作《送宋其武分守南昌》四首。陈祚明初入京时，曾作诗投刺宋其武。后两人交情匪浅。其四曰："忘分交非薄，他乡聚倍欢。"其一写出了位卑京官外放的情景："岂厌承明地，南州始一麾。贫官嗟索米，瘠土试褰帷。观察诸侯重，谦泰外吏悲。"

作《挽胡太夫人六首》。其四云："竟辞多寿祝，去慰九原心。"陈祚明于戊戌年作《越吟篇为宛委胡学士大母张太夫人寿》。或疑此胡太夫人即胡兆龙之母。

陈祚明绘洞庭湖，作题画诗三首，慰王山长下第。其二云："即去扁舟兴不孤，为君图作洞庭湖。君山一点曾波上，芳草萋萋遍绿芜。"

秋，查声止因先人坟墓被恶少所掘，贼逃逸，狱不决，控诉无门，遂入京告状，无果，南归。陈祚明作赠行诗，又题画赠查声止。

作《赠汪采臣》。汪为介公之叔，能诗善画。陈祚明以阮籍比之，曰："嗣宗惟作达，长爱竹林贤。……因偶青云器，无将白眼嫌。"

预备回乡，作《燕市》，喜不自胜，然因田园井税增额之故，注定难以隐居，势必将再返燕山。因诗曰："扁舟偶尔来游洛，故里归欤且在陈。……田园井税逢新额，难学躬耕郑子真。"

作《酬王子箕留别四首》。诗中又用求羊典："即归纪谌仍趋侍，自有求羊最往还。"

作《送严宸臣进士南归》，与之相约于故乡共度重阳佳节："九日茱萸应泛酒，双湖杨柳更登船。"

八月将出燕山，作诗四首留别邸中知交。其一流露出近乡情更怯的心情："紫陌逢迎驱马惯，乡园委巷恐翻迷。"其四交代了其故里所在及未了之心愿："凤城故里背西湖，蹑屐青山遍绿芜。垂老亲朋怜贱子，未埋兄嫂哭遗孤。"

八月，陈祚明将归故里，胡克生以素笺索书，陈祚明兴致颇高，走笔成一律，云："六桥烟水相迟投纶此欢真不浅也。"胡克生武林人，治印名家。

陈祚明与金范若同客金台，陈祚明即将南归，范若羁滞未行。临岐握手，情不可忍，遂成一律，情见乎词。诗云："即归非竟隐，怜子尚迷方。"

走笔再别胡克生。诗云："木落燕山候，舟船始欲归。不知胡彦国，何日到渔矶。"

作诗《留别庶华》，打算归故乡后于冬日读书："无尽三冬漏，应须读百篇。"

作诗《留别子政》。与之相约他日共同于西溪隐居："何时同结茅，西溪水清处。"

陈祚明与吴雁市交游甚善。吴秋，字雁市，钱塘人。游京师，贵人招之不往。好为大言。陈祚明应吴雁市之邀，为其尊人吴君才先生寿。

陈祚明作《为袁尊素寿》。诗中提及往日知己："昔我定交不草草，韩子倦游张公老。名流江左友三秦，圣秋每说袁安好。南来把臂西子湖，里中孙生严与吴。相看落落有真意，倾许然诺惟吾徒。"

作《赠朱秋茹兼订买山之约》。该诗提及陈祚明二十岁时的旧交：吴无称、王大（白虹）、王二（箕子）、南村兄弟（姓名不详）及朱四（秋茹）。王白虹为当时的知府，施愚山有《江浦留别王白虹明府》。

八月二十七日，龚鼎孳于慈仁寺松下置酒为陈祚明送行。座中有吴无称、韩诗、严沆、仲调、晋度。陈祚明醉后，即事赋诗一首。诗云："沉醉莫辞仍满引，忘形何处得群贤。"

陈祚明即将南行，吴长庚太史登门为之赋诗赠行，陈祚明酬诗四首。其二云："朱陌垂鞭寻下客，无人知向子云家。"

九月三日，陈祚明乘船至张湾，与自天和尚、胡翙羽、又申寻找前朝旧物，故游城北废寺。张湾即张家湾，处于京杭大运河北段要津，由于水宽而浅，漕运至此改为陆运，因此明代该地商业活动异常发达。陈祚明所见前朝铁锚即为停泊船只之用。陈祚明见明朝所遗铁锚后睹物而思旧朝之事，感慨万千，作诗二首。其一云："千钧成不易，百炼久宁柔。弃置何须惜，风霜数百秋。"其二云："成毁知何极，金坚亦未牢。"

作《张湾城中观故巡漕大中丞李公三才牌坊》。李三才，万历二年进士。与东林党人顾宪成交善。天启元年，努尔哈赤攻占辽阳，御史请启用李三才为辽东经略，遭到反对作罢。陈祚明诗中记载了当日之事："磊落中丞重，当年冠党人。盛名才不小，物望气难驯。国柄争同臭，清流倚要津。……庙社悲他日，颠危忆大臣。甘陵南北部，若个扫黄巾。"

陈祚明南归，雨中将之潞河，值槎度、杜峰，作《梦扬州》惜别。

陈祚明返乡途中，作数诗赠与相交至今之友朋，如韩诗、胡兆龙、严沆等。《潞河舟中寄固庵言别》写情至深。时韩诗已年逾五旬，宦途偃蹇，将息形役。陈祚明虽未四十，却已满头白发，此番离别相距七千里，追踪乏羽。陈祚明将行之际，韩诗置酒为之赠行，尽一日之欢："行矣难停轮，且为一日留。殷勤挈榼至，旨酒和且柔……回身抱君臂，泪下安能收。此夜不极欢，来日难相求。"陈祚明此行并非还乡隐居："我归岂终隐，乞食仍蓬游。居无二顷田，妻孥不自谋。亦知高卧难，俯仰行道周。"诗中流露出浓烈的思念与无栖身之地、漂泊不定的悲伤之感。

同时，作《潞河舟中奉寄宛委先生言别》。胡兆龙与陈祚明身份悬殊，但胡兆龙嗜陈祚明为人真诚，怜其弃家失路，下榻延之。胡母去世，灵柩南归故乡，胡兆龙许陈祚明附舟南归，并赠与买山之资。将行之时，胡兆龙叮咛与陈祚明约再见之期。陈祚明希冀返京之时，可携妻孥同行，寄居胡兆龙家中。

"更与还山资，卜筑或可冀。……更乞一廛可容膝，却来或定将妻孥。"

作《潞河舟中寄颢亭言别八首》。严沆与陈祚明情同兄弟。其一云："别君诗就晚，情至语偏稀。"其七与之相约他日偕隐。诗云："凤山吾里在，苕水有湖清。偕隐人生乐，深逃世上名。定能轻解组，翻恐失躬耕。"

与诗友赠别。九月初离京返乡，是年腊月至扬州。因故滞留至次年春。

康熙元年　壬寅　1662 年　四十岁

正月，陈祚明于邗上遇见十年之前的好友吴苍浮。时苍浮已遁入空门。"邗沟君且浣缁衣。"陈祚明与之订还山之约。

陈祚明将发邗关，王士祯招同雅集，陈祚明即事赋谢，作《将发邗关前一夕王贻上司李招同雅集即事赋谢》。时王士祯司理扬州。

陈祚明于邗沟遇见老友赵石寅，赋诗云："万里河淮合，当年浦上游。别来头尽白，思尔归梦求。"

正月二十二日，陈祚明与周茂三、吴苍浮、斯与泛舟广陵城隅，即事赋诗四首。有小记记录雨中饮酒本末，文有苏轼《赤壁赋》之风。其四云："雨岂妨吾辈，狂应笑圣人。淋漓知饮酒，攲侧任沾巾。水竹何家宅，风花不定身。留传与来者，兹是葛天民。"

陈祚明南归途中，作《谒南镇祠次家表兄张祖望壁间韵》。

是年七月，陈祚明在友朋资助之下，费"五百金"购得三重屋，命名为"采菽堂"，与兄弟子嗣共居。迁居钱塘，卜居吴山之麓，作《卜居吴山之麓漫成六首时壬寅七月》。陈祚明原想购得僻静之处以便隐居，又担心居所过于偏僻有兵匪相侵袭。但此次回乡并非隐逸，他打算不多久又要北上乞食。其五云："倘遂诛茅便，堂标采菽名。"其六："乞食吾仍出，何能遂此栖。"

作《寄怀施愚山》，有"七子今时多寂寞，三年异地总离愁"之语，可视作陈祚明为"燕台七子"之一的直接证据。诗末言"懒慢幸能文选定，何时却寄待删修"之语，表明南归之时陈祚明仍在编选《采菽堂古诗选》。后施愚山有《怀陈胤倩》，诗云："长怀肥遁客，颐性栖层阿。"当作于此时。

九月八日长兄诞辰之际，与康侯夜话。后送康侯之鄱阳，作诗六首赠行。

秋，胡兆龙获准卸任养病。

康熙二年　癸卯　1663 年　四十一岁

作《寿青霞大兄》。时张青霞隐居田园，陈祚明以陶渊明视之。诗云："临川筑衡门，乐水恒忘饥。知足以为贵，缓步聊当车。幸有种秫田，可废责子诗。"

作《寿周圮公进士尊人绳翁先生》。陈祚明与俞泰比邻而居，性情相投。俞泰，字开文，号收云，善画兰竹。俞泰壁上有周圮公诗。陈祚明称周为"达者"，"在晋慕陶潜，在唐爱王维"。

作《寿洪母》。洪母生平不详，从陈祚明之寿文来看，此母知书达理、教子有方。

作《贺孙德州海门先生举子》。禹航孙海门五十得子，陈祚明作诗庆贺。

作《癸卯春漫咏四首》。徜徉故园山水之间，陈祚明时时为美景所动："绿岸初舒柳，清波欲曳尊。""水光明隔树，柳色暗藏舟"，"江南佳丽地，无比是杭州。"但已有再归燕山之意："可怜招隐父，难尼好游人。……蓟门终策马，风卷落花尘。"

夏，陈祚明迫于生计，再次赴京游馆。《癸卯夏复之燕山辞家作》云："别憎儿女泪，诗苦弟兄情……孤身耻干谒，莫道有逢迎。"

陈祚明搭乘张惟赤之船入京，船迟迟未至，陈祚明访问旧交陈子木、尧夫，无消息。作《嘉禾迟张螺浮黄门舟未至访陈子木孝廉兼与长公尧夫》。

作《北发有感》，将自己喻为孟尝君的门客冯谖，诗云："冯谖老去尚无家，漂泊依人托后车。到处更倾燕市酒，客星那逐汉臣槎。"对于行程中的安排，陈祚明拟将此次入京当作游山玩水之旅："此去不因游五岳，予心可是爱烟霞。"

张汉宾为贵公子，以其画像，向陈祚明索诗。作《张汉宾小像索题》。

路过枫桥，拜访自天和尚和瑞光方丈。作《欲泊枫桥还访自天和尚、瑞光方丈》。

作《过绣虎吴门寓园留赠》。"绣虎"意为文采优美、才华横溢之士。此人亦饱经患难，对陈祚明颇为同情。诗云："失路翻怜我，凄凉弹铗歌。"

陈祚明趁机游览山水名胜之地，借古讽今，先后写作《百花洲》《虎丘》《真娘墓》。真娘为唐代苏州名妓，为自保贞洁而死。《百花洲》云："城阴野木百花洲，翠柳依依碧草柔。旋筑园亭迷故址，不堪麋鹿更来游。"今夕对比，感慨沧桑。

作《和张螺浮黄门登虎丘山寺作即次原韵》《再叠前韵》。此二诗皆为仄声韵，第一首诗押韵虽工稳，然诗境不开阔，余味不足，次诗虽超越前诗，但不脱逞才之嫌。

作《惠山泉亭》《金山寺》。

作咏扬州诗八首，吟咏邗沟、平山堂、隋苑、廿四桥等处。心情颇为轻快。

作《重泛邗沟八绝句兼赠武昔》。邗沟是连接长江与淮河的古运河。南起扬州以南的长江，北至淮安以北的淮河。陈祚明吟咏了沿河古迹，其中扬州红桥为达官贵人、风流才子寻欢作乐的场所。陈祚明云："岸上垂杨水上花，东家亭馆接西家。依然风景红桥外，傍树偏增钓艇斜。"

陈祚明北上之时正值严沆补官家居南下。陈祚明担心北上之后无枝可依，自此北行诗再无闲情逸致。作《淮阴舟次遇颢亭假归赋赠四首》。其四云："亦知还里乐，此去傍谁亲？……升卿需几载，或恐尚迷津。"

作《钓台》。过严子陵钓台，忆及古来帝王将相鸟尽弓藏之事，感慨万千："逝水长淮处，荒墩剩钓台。艰难投主分，挥斥将相才。齿剑雄名忌，藏弓帝业开。富春江水碧，垂白客星回。"

作《漂母祠》。对韩信以王孙之身份乞食于漂母感到不满。诗云："古来堪将相，不必给饔飧。"

即将渡过黄河，风急难渡，愁于生计，作《自公路浦渡黄河》。诗风凄怆苍凉："悲风急挟河声走，落日徐将帆影来。崩岸蛟龙眠自稳，荒原兕虎去仍哀。维舟杖策愁生事，苦恨鸡鸣五夜催。"公路浦，位于江苏省淮阴城西，因袁术（字公路）而得名，《水经注·淮水》云："淮阴城西二里有公路浦，昔袁术向九江，将东奔袁谭。路出斯浦，因以为名焉。"

作《车遥遥同螺浮黄家营道中作》。黄家营位于山东青岛。陈祚明已弃船登车，在烈日下赶路多日。然道遇大雨，惊雷飞雹，羸马人立，苦不堪言。至村舍中避雨，身上无一干处，狼藉而卧。盗贼横行，行人惴惴。陈祚明对此行的目的产生了怀疑："君今游宦轻关山，我独何为在泥滓？"

至蒙阴，作《蒙阴道上》，吟咏山东古迹：齐长城十二关、凫峄（二山名）、具敖（山名）。悲管子，诗云："大才悲管子，霸业为谁劳。"

作《经泰山下作》。用大量典故描写泰山葳蕤之态，唤起强烈的隐居之情，不忍离去。然而生计所迫，不得不离开。自从得知严沆回乡之后，他始终惴惴不安，担心此去燕山无处可依，又担心流连美景同伴色作，不得已驱赶着疲倦的马儿继续远行。"谷汲谬微尚，峡卧乖宿诺。营道疲骖騑，谋食侪燕雀。已嗟归安适，恐昧色斯作。"

六月，至燕山。风尘仆仆，时遇倾盆大雨，狼狈不堪，投奔胡兆龙。胡兆龙对其殷勤备至，照顾有加。陈祚明感激不已，作《到燕山投宛委先生家值初度赋赠》。临行之前，胡兆龙嘱其携妻孥同行，此番再问，陈祚明答曰："妻子携来此事难，蒯侯随去兹行果。"遗憾的是，陈祚明自此至死，再未与其妻妾谋面。《采菽堂古诗选·凡例》云："会胡先生移疾家居，多暇日，以稍差次旧牍。于是汉、魏、六朝古诗，三唐诗，及明李献吉、何景明、边华泉、李于鳞、王元美、谢茂秦诸集，即渐评阅并竟。"实际上，陈祚明此时并未完全将

《采菽堂古诗选》评选完毕。

龚鼎孳受到康熙皇帝重用，从岭南调回京师，重拜御使大夫，陈祚明赋诗四首庆贺。两者地位悬殊，陈祚明不知是否应当登门拜谒。多有踌躇，诗云："即恐自公无暇日，长裾欲曳重逡巡。"

陈祚明此时方得知丁澎被贬之事，作《怀丁药园二首》，表达对他冤枉贬谪的同情，希望他早日回京，与之共删己诗。其一云："谪戍真无罪，穷愁合着书。关山音信隔，休讶古人疏。"其二云："戍徒知最枉，逐客尽先还。莫竟投荒老，吾诗孰与删。"

七月十六日，陈祚明陪胡兆龙、吴赓庵游长春寺，登瑞光阁，眺望西山，生故园之思，赋诗一首。诗云："莫教明月上，搅我望乡愁。"

胡兆龙从侄胡敬懋之应黔南节度使之招黔中，陈祚明赋诗践行，赞扬胡敬懋有扬雄、贾谊、司马相如等人之才，而遭遇可悲："三十年来还挟策，八千里外复将车。……沦落终然遭遇迟，简练非因说力寡。乡园欲归不得归，悼亡况复泪沾衣。黔南节度偏相召，便逐秋蓬旅雁飞。"

王崇简招陈祚明饮，酒后置车送归，陈祚明赋诗二首致谢。王崇简与之相交十年，对其少年才情赞颂有加，如今陈祚明身为落魄寒士，心中自有几许惭愧。其一云："十载公门曾托乘，重来更许和新诗。"其二云："老病风尘终作客，穷愁岁月未成书。……酒罢更开朱邸送，布衣偃蹇竟登车。"

作《送龚祖锡出宰安西》。龚佳育，字祖锡，钱塘人。陈祚明后随之作幕。

作《为汪苕文赋》。汪琬，字苕文，号钝翁。

读《饮酒》诗，有感而作《和陶公饮酒诗十首》，小序云："予读陶公饮酒诗，聊复爱之，辄有斯和。"陈祚明于陶渊明小传中明言："千秋以陶诗为闲适，乃不知其用意处。朱子亦仅谓《咏荆轲》一篇露本旨。自今观之，《饮酒》《拟古》《贫士》《读山海经》，何非此旨？"于此可知，《和陶公饮酒诗十首》亦为表露"本旨"之作。

作《送俞子政佐牂牁长官司》。牂牁郡位于今贵州省黄平县境内。

陈祚明悟古人作叙事之法，故反其意而作《戏作焦仲卿诗补》，详其所略，略其所详。

作《赠熊雪堂少司马移疾归里》。熊文举，字公选，号雪堂。陈祚明作此长诗赠别，赞颂熊文举与民休息的文治武功，遥想其致仕归里类似隐居的悠闲生活，用语有夸饰，但仍得体。

是年夏，吴之振始编《宋诗钞》。

十二月，胡兆龙卒，年三十七。

康熙三年　甲辰　1664 年　四十二岁

陈祚明于元日作《甲辰元日》悼念胡兆龙。胡兆龙与陈祚明不仅是同乡，且胡对陈多有关照，有知遇之恩。陈祚明作《甲辰元日》。诗云："自哭胡宗伯，茫然欲废诗。"

严沆之子、陈祚明门人严方贻登第。陈祚明作《喜方贻登第》庆贺。

作《程迩鸿寓天庆禅房诗以怀之》。陈祚明与之皆为乞食京师之人，但往来甚疏。诗云："过从吾懒甚，似隔武陵溪。"

作《方贻寓斋种竹漫成一律》。陈祚明借此抒发对方贻的勉励与自己的怀乡之思。

作《酬吴次公》。吴次公为陈祚明故人，该诗抒发了"失职志不平"之感。

立秋日，陈祚明于京师怀念在天津作幕的康侯，期待与康侯共同归里，又期待康侯来燕京看望自己。《立秋日怀舍弟天津十二首》其三回忆当年在凤凰山麓西湖边度过的美好时光。是年秋，康侯离开天津，赴豫章为幕府，陈祚明作《舍弟将之豫章慨然成咏》。

女儿陈氏出嫁，夫家为章士斐之子章藻功。陈祚明留滞燕京，无法出席女儿的婚礼，作《已知》云："已知应嫁女，身但滞京华。"陈氏为人通晓大义，举止有大家风范，《康熙钱塘县志》有传。

作《甲辰九日芝麓先生招同吴园次水部朱鹤门太行纪伯紫处士白仲调孝廉集黑窑厂登高拈龙山二韵赋诗纪游抚今追昔情见乎词》。

《甲辰初冬燕邸感怀五首》云：“槛外西湖如屋里，可怜家在凤凰山。”由此可推知，陈祚明曾寓居西湖凤凰山。

作《题查匡来小像兼怀云中陆大》。陆大为陆自选。时栖泊于辽东。

仲冬，陈祚明与同人庆祝龚鼎孳五十岁生日，作《甲辰冬仲龚芝麓总宪五十初度》《再祝芝麓先生应吴卧山太史之命》《三祝芝麓先生应白仲调孝廉之命》。这组诗展现了陈祚明敏捷的诗才。

陈祚明与施润章曾于历下相见，时隔七年后再次重逢。施润章宦情潦倒，诗律苍茫。可惜很快又要离别，陈祚明作《喜施愚山少参来都有赠》。

章澹公与陈祚明先兄陈潜夫为同郡同年友，因此对陈家兄弟多有照顾。康侯曾于己亥随章澹公入鄱阳，后又随之入天津。陈祚明作《酬河间章郡丞澹公寄怀十首次韵》。

作《酬张齐仲》。张齐仲与康侯同在章澹公幕府，为康侯拜把子的兄弟。

甲辰仲冬，陈祚明应章澹公之邀前往津门，时康侯已南下豫章。陈祚明至津门后，受到章澹公及其家人、幕僚张齐仲的欢迎，与之共同游览津门名胜，多有诗歌唱和。张齐仲作诗三十首，陈祚明即席和诗三十首。《自津门旋燕山留别澹公兼示齐仲、长玉》云：“与君酬唱事已惯，摇笔云烟飞烂漫。吾老都无角逐能，吟苦或成憔悴患。”虽是自谦，但也说明了陈祚明不惯苦吟、不耐苦吟的缘由。旅食京师的经历使得他无暇在诗律上下苦功夫，所以其诗多酬唱之作，且主题、意象、结构等多有重复之处。这自然是为了方便其在短时间内完成酬唱，但也限制了其诗歌艺术的成就。

陈祚明回燕京后，寓居严沆之子方贻寓所。时将岁暮，陈祚明疲病交加，作《旋方贻寓斋作》。陈祚明于方贻寓所度过除夕，心绪不佳，《除夕方贻邸舍偕子箕广成庶华饮岁口占》有“独余潦倒王生客，吟醉徘徊夜未眠”之语，显示了"多余人"的心态。

康熙四年　乙巳　1665年　四十三岁

章澹公入京师朝觐，寓居西郭门外。时陈祚明足皲裂，狼狈不堪，因阙访而赋诗一首。章澹公后准许入郭，陈祚明亦勉强能走，遂有往还。章澹公还乡之日，陈祚明作《送澹公还津门作》，诗末云："予若得还山，劳君给粗粝。"流露出欲乞金还乡之意。

陈祚明作《题王文长兼葭园》，咏经锄轩、夕佳庭、笃喜庵、先农词、冽泉、白露园四处景致，各赋诗一首。

庶华归里，陈祚明以长者身份对其多有规劝，言为人应谦、慎、和、俭。

陈祚明为胡兆龙作挽诗十五首，叙述胡的功业，情见乎词。

张螺浮招陈祚明与其他同人饮寓楼梨花下，陈祚明赋诗一首。

陈祚明向本郡官雪湄司李投刺，应无回音。

韩英为陈祚明故交之子，入京投谒，陈祚明作《韩英其来燕山有感赋赠》。

陈祚明送陆左城赴袁大中丞幕府，后陈祚明亦入袁幕。

吴锦雯司李端州，陈祚明赋诗祝贺。

陈祚明与昔日好友朱人远于燕京重逢。黄宗羲有《朱人远墓志铭》。陈祚明于《赠朱人远》中叙述了陈与之定交时的情形。陈祚明十七岁时于稽留峰闭关读书，朱人远设馆授徒，两人颇有交往。三十年后重逢，聚散悲浮萍。诗中细数了陈祚明旧友的现状："吾党五六人，我心为之倾倒。"这些旧友有申涵光、施润章、宋琬、严沆、丁澎、汪琬、合淝（不知何人）、胡兆龙、高念祖。

陈祚明送别张牖如，兼讯其师计东。

作闺怨诗《无题》十四首。

作《八月病中作》，述其再次入京之后，身体每况愈下。之所以不能离京归家，乃是"以文卖黄金，乃为八口故"。

吴次公将游山东即墨，陈祚明病中为其送行。作《送子箕归禹航》。

病中送别岱观。"卑栖小邑官仍谪，密挂文网逮可伤"言清初文网之密，即使官职卑微亦难逃被贬谪的命运。

作龚鼎孳招集黑窑厂，陈祚明缠绵病榻，无法赴约，遥和席上原韵。

作《赠山阴姜铁夫处士》，道"我删古诗亦未成，升斗为重笔为轻"，可见此时他仍在修订编选《采菽堂古诗选》。

作《寿龚鼎孳大司寇》，分别吟咏了龚鼎孳柏台、过岭、慈仁听松和秦淮、西子湖、密奏、绣佛阁雪眺、槐阴藉草、三十二芙蓉斋、长椿丈室、晨风郁北林、春帆玉树十二个生活片段，淋漓尽致地体现了龚鼎孳生活的各个方面，极富才情。次曹尔堪韵作《贺新凉》词三阕为龚鼎孳献寿。

康熙五年　丙午　1666 年　四十四岁

于胡振音寓斋度过元日。《元日振音斋中作》表现了多病思乡，前途茫茫的怅惘之感。

正月，于亡友胡兆龙后园散步，睹物思人，有感而作《步故山阴少宰后园作》。

作《酬章澹公石桥送别》。小序云："甲辰冬，策马津门，留十日。还京。澹公饯予石桥。别后成诗五章。已腊，寄我燕邸，午春漫和。"

作《祝严都谏母江太孺人七秩》二首，此诗是为严沆之母七十大寿所作，从其二"四座且勿喧，我歌声未已。请言昔日劳，莫言今日喜"来看，此诗当为即席而作。"我与令子交，同心相汝尔"引用孔融与祢衡忘年交之典，可见陈祚明与严沆实乃超越身份、地位等世俗障碍的至交。

作《寿邹端木尊人》。邹端木为陈祚明旧邻。"昔我方授徒，偃蹇担书囊。到君吴山下，相国旧草堂。"陈祚明在京师为其遥祝寿辰。

作《祝机石封翁钱老夫人六旬双寿》，诗中提及"山阴少宰致身早，能以经术扶升平"，机石封翁当为胡兆龙之父。

作《题海昌李媛水墨花卉图》。海昌为地名，位于浙江海宁，清代周春著有地方掌故《海昌胜览》《海昌拾遗》。陈祚明共为李媛题画八幅，分别为牡丹、竹雀、苋花、红豆小鸟、苋草螳螂、芙蓉白头翁、菊、梅。陈祚明在诗中提及的地名有：钱塘古荡、西溪，均为其从前居住之所。李媛与陈祚明应是故交，《梅》云："西溪花发万家春，山麓平分水竹匀。及到燕中苦相忆，画图幸有李夫人。"

作《燕邸寄询康侯弟豫章因成一首》。陈晋明至豫章已三年。陈祚明寄书遥问，泪成千行。盼望将来与之同归故里吴山草堂，隐居躬耕。陈祚明后收到家信，知康侯已归里，作《知舍弟归里喜赋》。

王迈人之任山右，陈祚明赋诗四首。王庭，名迈人，字言远，浙江嘉兴人。其人拙宦，有清节："不改惟清节，萧萧所改之。"其出使之地文教有唐魏之风。恰值旱灾，民不聊生，陈祚明为民请命，其三诗云："生聚夸强国，凋残旱可怜。税蠲仍苦役，子鬻尚无饘。车挟催犁雨，村其看爨烟。田租如独领，更请贷今年。"

陈祚明得胡振音所赠折枝芍药，供于瓶中喜玩连宵，赋诗一首。

作《四月十八日风雨将暝振音呼酒对花共醉赋解语花长调有余纸成此绝句》。

作《读陈眉公先生读书镜作》，有序："往见云间陈眉公诗文书画，意未嗛，谓是噉名客。世多耳食者，浮慕之已耳。丙午初夏，试批秘笈，善其读书镜一帙。政如太史公云：'有以也，不虚耳。'乃赋此绝，十八日也。"陈继儒（1558—1639），字仲醇，号眉公、麋公，编有《读书镜》等警世小语。

五月，风沙扑面。陈祚明作《画王备五扇》（有姜廷干画梅）。

胡卫公请陈祚明为之书无题诗十四首，陈祚明引黄庭坚"五月挥汗，老人不堪也"，为之仅题《画胡卫公扇》一绝。

作《寿姜绮季处士》。陈祚明与姜绮季同为处士，作客燕山。陈祚明称姜"老去看君真跋扈"，自己则白发苍苍，"众中形我倍龙钟。"陈与之相约他日隐居若耶溪畔。

作《至月》。陈祚明患脾病，无心饮食读书。"脾衰总废餐""不关蒲柳质，时令本艰难。"

作《送范性华之晋中》。范性华钱塘名士，才华出众，入京游食，与名妓陈小怜笃爱。后小怜被有势者强劫以去，终无果。此番晋中入幕，陈祚明劝其将来隐居富春江。汪超宏《明清浙籍曲家考》嘉兴籍曲家对其有考证。

家人买宅仁和县威乙巷，书信告之。陈祚明作《知予家买宅威乙巷当迁赋以志喜》。此前陈祚明一家居无定所，数次搬迁。诗云："攘攘居无定，江山数十迁。"此宅为位于河边之小楼，陈祚明希望他日能与兄弟子侄共居此屋，度过残年。

作《题画》，表达还山归隐之志："雨中便忆还山好，西堰桥西竹耐看。"

作《赠石埭令姚六康许为姜铁夫成二十一史删本诗以美之》。姚子庄，字六康，石埭知县。从"佣书难脱稿，乞食误亲编"可知，处士编书受到经济条件制约，进程缓慢，若非有力者相助，难以刊刻。

作《送姜铁夫》。姜梗南归，陈祚明艳羡不已，赋诗二首赠行。诗云："羡尔飘然思不群，扁舟秋浦夜猿闻。酒酣若念燕山客，北首应悲日暮云。"

四弟陈晋明（康侯）未遣书通报，径来燕山，陈祚明喜出望外，然而又因为不能久留而伤感，作《舍弟至》。诗云："到家难可驻，营道亦何为？"

作《酬龚升璐》。时遂有晋中之行。龚容安，字升璐，毗陵人。

作《送升璐到梗杨》《简练》《止酒》《茉莉》《咏庭中榆》《秋兰》《佛手柑》《折枝兰》《送吴赓庵少司寇省亲旋里》。

重阳节前，四弟陈晋明来京。陈祚明作《康侯弟复来燕山僦舍斜街有赋辄和》《九日饮康侯弟寓醉后率成口占》四首。

计东来京。陈祚明作《甫草自天中来燕山赋赠》，并题画相赠，作《题画竹赠甫草》。

作《寿陈定庵封公六秩初度》《祝伯良史君七十有一君婿邵大行与先兄同乡举》《汪农部钝庵席上追和送隐岩上人之五台山三首》。汪钝庵，即汪琬。

作《题画赠友》《送李劬庵补任廉州司李》。

作《题王元同画梅》。有跋。为其徒王楚林先祖王元同画梅而作。

作《除夕短歌》。有序云："丙午除夕同舍弟康侯、胡子卫公集柱峰寓斋，醉后漫作。讽胡买妾青楼，兼用自砺。"该诗流露出及时行乐思想，诗云："近妇人、饮醇酒，少年狂态无不有。未死宁知得几春，世间万事难回首。"诗序则云"讽胡买妾青楼，兼用自砺"。陈祚明也曾讽吴六益对青楼女子痴心妄想。远离妻妾，孤苦伶仃的他何曾不想痛快淋漓地活一场，潇潇洒洒地尽人事之欢，但认为太过荒唐，于是反过来嘲讽他人。可悲可叹。

康熙六年　丁未　1667 年　四十五岁

丁未腊月，陈祚明和陆嘉淑燕山立春之作，用渭南韵，作《汉宫春》。

作《送胡敬懋之总河幕府》。胡敬懋为胡兆龙从侄，同为处士。陈祚明与之相交八年。胡敬懋玉貌仙骨，向陈祚明传授炼丹秘诀。诗云："仙骨看君饶玉貌，真经授我说金丹。功成何日追松子，百日凌霄贞羽翰。"

作《家孟超兄寿》。陈祚明引《世说新语》季方之典说明孟超兄弟才德兼备，不相上下。两人既为同宗，又在燕京重逢，感情笃厚。诗云："吾宗重耆旧，里社忆春觞。"

作《沈膳部云中典试顺天旋有八闽学宪之命赋别》，此诗典故堆砌，符合所谓"雅诗"标准，然情感不足，读来寡味。

暮春三月，沈绎堂招同阎古古、纪伯紫、计东、陈祚明、叶燮等处士雅集，有兰亭修禊之风雅。陈祚明作《丁未三月沈臬副绎堂招同诸子雅集漫赋》四首。松陵计甫草为诗人至交，即席作《沈绎堂副宪招同诸公宴集即席和陈胤倩十四首》。陈祚明再作《和甫草赠绎堂座上客十二首》。此十二人为沛县阎古古、白下纪伯紫、梁溪钱楚日、檇李俞右吉、黄州刘千里、广陵陶季深、娄东周子俶、寿州戴务旃、汾湖叶星期、华亭计子山、松陵计甫草、主人茸城沈绎堂。其中沛县阎古古为著名抗清志士，书画名家。汾湖叶星期即清代著名诗评家叶燮，为陈祚明故友来甫从子。陈祚明预恐他日风流云散，不胜悲情。

作《刘象升祖母七秩》。刘象升生平不详，安丘人。著有《易翼与能》。山东省博物馆有钞本。从陈祚明之诗来看，刘幼年丧父，由其母独立抚养成人。

作《张步青舅氏母忻太君七秩》。张步青，名坛。庚子孝廉。此诗符合"以诗系史"风格，详细记述了张家在前明至清军入关的家国巨变，以及入清后张家人的生活。陈祚明与张家的关系并非亲属关系，而是通过私淑建立起来的私交。笔者揣测，可能跟其父与张丹（祖望）祖父的师徒关系有关。诗云："祚明生亦晚，私淑谊不忘。"

作《慈仁花下作念圣秋常饮我于此，慨然悲之》。韩诗字圣秋，三秦诗人。陈祚明初入燕山时，与之多有唱和。诗云："我到燕山十载余，每来宴赏立踟蹰。……忆昔仙郎偏爱客，凤池高步初通籍。招邀名士曳华裾，结撰良辰浮大白。"

张步青客死燕京，陈祚明作《哭张步青表舅》，后作《长歌寿张宗绪表兄》。

作《拟汉横吹双角曲》二十首（有序）、《拟汉铙歌》四首。

九月七日，长人挈榼邀陆嘉淑、卫公、柱峰丰台寻菊，赋诗四首。

重阳节，作《丁未九日》。

作《题画》诗。

老友计甫草归松陵，陈祚明作《古意》四首赠别。诗中流露出愤懑不平之感。其三云："束发受诗书，期为廊庙珍。声名起京国，鼓瑟宴嘉宾。……乡里诸少年，捷足据要津。而我独何为，坎坷长贱贫。寂寞归故园，四十犹负薪。"

老友陆嘉淑至燕山，陈祚明作《携手行燕山旅舍冰修至有赠》。诗云："凄凉悔别西湖水，怅望空愁日暮云。"

作《赠吴应侯》。吴应侯为陈祚明少年故交，二十年后于燕山重逢，忆及少年之事"西湖画舫柳边行，吴山草堂花下宴，少年颜色美如玉，才子声名人所羡。华馆笙歌百不忧，由来只道黄金贱"。可知陈祚明少时居住在杭州西湖附近，家境优渥，诗名大振，与此时卖文为生、穷愁潦倒之状形成鲜明对比。

申涵光绝意篇什，九月来燕山，执持如故，陈祚明讶其立意之坚，诗以问之。

作《言怀》。这是陈祚明晚年典型的咏怀诗，叹息自己艰难的一生，哀伤无法返乡。诗云："韩生艰一饭，高敞万家拓。旅哭身不归，西山莽寥廓。"

冬，老友周茂三（周容）从史立庵太史复来燕山，陈祚明伤同人星散，韩诗早逝，客子飘零何极，漫成四韵，情见乎辞。

作《送沈绛堂副宪之任潞河》。

冬，邵子与自吴门来，出王石谷仿古十二页。请陈祚明于每幅画题绝句一首，兼评论数句。"顾石谷画不易得，子与自归吴门，从之游处者累月始获此十二页纸，深嗜笃好若是，诚雅人韵事，足传千古，数百年后观者，不惟叹石谷名迹之妙，且以知子与非寻常士，可追想其风流兴趣也。"遂成十二韵，兼有序及题识。该序可资陈祚明题画诗理论。

撰《丁未腊月二十三日立春作》，此诗饶有趣味："今日东风至，燕中又见春。五旬将近岁，六载未归人。北地柳芽晚，西山梅萼新。客身忘节序，潦倒阅芳辰。"五、六、北、西对仗工整。客里感节候，偏言忘节序，正话反说。

滇池虞虞山、吴门邵子与及杨郑两君同图一轴，邵子与乞陈祚明为之题《存殁口号题像》。

作《送周都谏菊人内擢清卿候补归里》。周曾镛，字菊人，有《晚香集》。

康熙七年　戊申　1668 年　四十六岁

腊月立春，陈祚明和陆嘉淑《汉宫春》用渭南韵。陆有和六岸诗，殊见叹赏，陈祚明再填前阕之作，依韵又和。

元日，陈祚明于燕山邸舍病中作《琐窗寒》。

人日，龚鼎孳招名士同饮，陈祚明因病未能赴约。

正月十三日夕，陈祚明偕张彦若、吴兴公、李条侯及表侄诸骏男邀阎古古等人集米园，赋诗一首，并作词《潇湘逢故人慢》。阎古古亦赋诗《灯节前三日集饮米园，吴兴公、李条侯、张彦若、陈允倩、诸骏男五君作主》，收入《白苧山人诗集》卷六。

正月十九日，毗陵蒋驭鹿、吴门邵兰雪作主集饮于武林会馆。阎古古作《灯节后四日集饮武林会馆，蒋驭鹿、邵兰雪作主》，陈祚明作《十九日毗陵蒋御六、吴门邵子与招同诸君宴集》。

陆嘉淑有十香词赠郭校书，陈祚明依韵属和，作《蓦山溪》，又作香十绝句。以药名作韵，再咏前题，嘲卫公狎郭姬。此为"以诗为戏"（游戏诗）之典型作品。

四月四日，阎尔梅作主，邀集同人共饮西河徐家水亭，限涛字、亭字。陈祚明即席赋诗二首，诗题曰《四月四日同人剧饮西河徐家水亭阎古古先生拈涛字亭字要客共赋七言二章不耻滥竽辄有斯作》。

陈祚明作《赠螺浮》示宁却千金之聘，不为幕僚之志。螺浮为给谏张惟赤。诗云："分陕移重臣，开府莅邦域……长揖谢军吏，冥鸿不可弋。"

陈祚明送表侄诸骏男之蜀干谒，提及其外家曾大父娴于经术，工于词赋。诸孙皆不能及。其母"服义良有素"。

四月七日阎古古招同诸人再集徐家水亭，陈祚明分得东字。

陈祚明作《赠屈翁山》四首，将屈大均引为同道中人。诗云："把臂逢吾党，悲歌共酒人"，小序云："翁山岭南人，能诗。初隐于缁衣。其后长发，娶于代州。有老母在家。"

五月初三，同人重集西河水亭。时屈大均欲归岭南，陈祚明赋诗赠别。

作《邵子与以宣德牋索赠句书长歌与之》。邵兰雪，字子与，画家。陈祚明与之私交颇深。

夏，燕中大旱，江南久雨，山东赤蝗成灾，陈祚明作《戊申五日》，忧心忡忡："民生已自活计少，复值凶荒愁奈何。"

六月十七日，陈祚明作《六月望后一日被酒作》，诗云："生事飘零已如此，家声凌替当如何。"《再咏一绝句》云："遗名了无慕，悟道亦何益。"表明其于久客飘零的生活已万分失望，偶生幻灭之感。

初秋，送严沆之子严方贻归里。

陆嘉淑附柱峰舟南归，陈祚明作诗四首赠别。

七月，陈祚明移居胡振音寓斋。

老友陆子玄（陆庆曾，字子玄，明礼部尚书陆树声之孙。因丁酉顺天科场舞弊案被流配尚阳堡）自辽阳诣陈祚明燕山邸舍，留饮感赋。时陆子玄已被发配辽阳十年，年逾六旬，长子被发配至滇南，至此方被编民。陈祚明惭愧当年无钱将其赎回。

李良年，字武曾。武曾将南归，请陈祚明为其《灌园图》题诗。陈作《题李武曾〈灌园图〉》，自哀己因冻馁之故滞留燕山，羡慕其有园可灌，劝其早日挂冠归。他日可相访话桑麻，更绘扁舟碧波里。灌园图为文点所绘，汪琬、王士禛、王崇简、刘体仁等人均有题跋，为当时文坛盛事之一。

吴兴公还下邳，陈祚明题画赠行。

陈祚明于燕山道上逢吴磊斋之子季容先生。吴磊斋为陈潜夫座主、黄海岸之师，明亡时从容就义。陈祚明感而作赋。

作《有述》，念及却分陕亲臣聘之事，曰："谋食愁难餍，成章恋取裁。问奇耽载酒，不是孔璋才。"

冬日，逢故人董约之，有诗见赠，率然和之。

除夕，与老友陆子玄小饮送年，赋诗一首。

康熙八年　己酉　1669 年　四十七岁

元日，陈祚明作《己酉元日同子玄赋》。

正月初四，立春，祝庚庵少司空生日，陈祚明献诗一首。

正月，所植盆中水仙、绿萼梅始放，陈祚明邀陆子玄、胡振音、胡翔羽饮酒赏花。和陆子玄五绝句。

人日，置酒与陆子玄、胡振音、胡翔羽饮，兴致颇高。诗云："一任阴晴飘暮雪，聊为主客趁芳辰。"

正月十一日，赴柯岸初都谏之招，饮酒赋诗。

作诗六首，送老友陆子玄复归辽左。其四云："飘零莫问人间世，跳入壶中喜避名。"

作《赠关中王山史太学》。诗云："可怜零落三秦客，韩九（诗）云亡刘八（汉客）贫。"王山史即王弘撰，号复庵。明亡后高隐不仕，曾与顾炎武结交。

上巳，龚鼎孳先生招饮慈仁松下。

初夏，王崇简招集丰台别业看花有赋。

《赠毕庵上人南旋》流露出世之思："何时住庐阜，莲社许追随。"

《赠彭汝翼太学》体现了尊盛唐、黜晚唐的诗学思想："万卷读书要领得，千首吟诗体制新。休学刘沧与许浑，邻后靡靡气不振。兴酣则似杜工部，格律细密风调醇。"

八月，胡振音南归，陈祚明作诗四首，与之赠别。其二云："既翕如弟昆，有初保厚终。"其三云："不逐利与名，闲闲陇亩旁。兹乐倘有时，百年以为常。"

中秋前后，陈祚明迁居宣武门外南大道菜市以西。作《燕邸偬居有述》《择里五首示汇嘉、子可》。

姚长亨赠墨，陈祚明赋诗答谢，附讯程奕先。诗云："凭君寄语程夫子，自写新词几百篇。"

禹航孙海门六十岁连得四子，陈祚明赋诗寄贺。

秋，作《独旅》诗，述孤苦无依之状。诗云："独旅静无依，高秋但掩扉。摊书灯下读，欹枕梦中归。"

重阳节，龚鼎孳邀陈祚明于黑窑厂登高。陈祚明即席次韵。诗云："酒酣摇笔诗先就，幸不为文诮酒狂。"

作《送包枢臣出守岳州》《黄燮候仪部寓斋雅集》《许道闰进士寓斋泥饮》《龚升璐招饮座有纪伯紫、黄原虚、令侄彦吉，即次前一日彦吉寿升璐元韵》，四诗均提及与同人论诗痛饮之事。同人纪伯紫先醉告归，陈祚明诗以嘲之。

除夕，独自一人于邸舍守岁。内心寂寞孤苦，作述怀诗。诗云："不眠支瘦骨，罢饮怯孤身。……远游仍汗漫，生计益酸辛。同气饥寒哭，先灵暴露嗔。无资堪卒岁，卜葬俟何辰。……百感中宵集，三辛献岁新。吟诗迟明发，旅馆倍伤神。"

康熙九年　庚戌　1670 年　四十八岁

元日，陈祚明作诗四首，诉说久客忧贫之苦，无力为兄嫂安葬之痛，期待有生之年能完成著述："老逼新增岁，贫憎久客身"；"千古湘江泪，年年哭大兄"；"不朽先儒业，名山著述藏"。

元日，祝子坚投赠。陈祚明作诗赠答。

陈祚明听闻轰动一时的庄廷鑨《明史》案受害者陆圻披缁远游，有感而赋，末云："望云遥作礼，有待扣禅扉"。

张广平为仁庵和尚之弟，披缁高蹈，后因家境窘迫，远游至燕京糊口。投诗于陈祚明，陈窃有同悲，赋诗二首赠答。其一云："客里何堪悲落魄，人间未许学无生。"其二云："卖赋多君才未易，谋生似我计何疏。方袍圆顶真须羡，一钵千山恣所如。"

作《赠曾庭闻》。曾畹，原名传灯，字庭闻。陈祚明与曾庭闻早年相识，陈嗜其真："各负盛年喜同调。"两人均有爱国之志："刘琨祖狄何如人，丈夫未肯安屠钓。"明亡后曾庭闻家门破碎，百死一生："君更兵间逃百死，章贡孤城如血水。生灵百万一朝屠，事急潜身窜狱底。"清初曾庭闻多次应试，未果，遂生隐居之志。陈祚明诗云："此愿倘遂真可喜，莫复首鼠多踌躇。"

沈敬修之父冠东先生挂于文网，沈进京为父申冤，拜于陈祚明门下，执弟子礼。陈祚明谢不敢居，作《答沈敬修》。

韩诗之子韩英葬父毕，无力赡养母亲，远游燕山干谒。赖龚鼎孳赠金，始能还乡。诗云："幸有春卿能感旧，不教留滞哭秦云。"

春，作《寿广陵冒辟疆》。诗云："见推京洛今才子，莫问甘陵旧党人。便欲携家鹿门住，桑间共语接芳邻。"

仲春，陈祚明季弟康侯携其长子曾槐来京，陈祚明欲将妻儿接至燕山，其意未决。其三云："儿来传母病，兄老欲畴依。况复怜宗子，离居益苦饥。"

作《程农部招集慈仁寺松下奉次元韵》。

作《次广陵女子秦影娘店壁元韵即叹其体》二首。其一云："辽海崇关驿路斜，被驱悲甚女辞家。"其二云："关门一出永无归，冻发梳残鬓影稀。"此广陵女子恐为文字狱受害者之家人，被流配关外。陈祚明对其身世充满同情，故而见店壁题诗后次韵，其二尾联云："死便当埋何处冢，情知不及汉明妃。"

作《送沈云中视学粤东》。诗云："论文择雅驯，得士皆英妙。"虽未为奉承之语，却也表现了当时普遍的论文标准："雅驯"。

作《牧吉弟捷辛丑南宫，今年始来对策，释褐旋里，有赠》。

作《贺徐原一探花及第》。徐原一即徐健庵。诗序云："原一仲弟彦和乙酉孝廉，季弟立斋为己亥状元。"

好友柴虎臣去世。陈祚明作《哀柴虎臣处士》。其二云："四声雠古韵，五字练新诗。"

故人吴锦雯客死京师，孙治为之扶柩还乡。陈祚明《哀吴南和锦雯》其一云："一行为吏苦，百里小官卑。饮水清难及，寻山去已迟。"《晚晴簃诗话》卷二十二云："吴百朋，字锦雯，钱塘人。明举人，官南和知县。有《朴庵集》。"

四月朔，俞汇嘉、王子可、楚林、刘岸先、象升邀淇上老友、陆子玄、陈祚明、康侯及曾槐于丰台看花，小憩王崇简园亭。陈祚明醉赋一诗。诗云："古来名士为黄土，日暮悲风卷白沙。何处乡山休引领，醉眠芳草忘天涯。"章士斐为陈祚明儿女亲家，陈氏嫁与章藻功为妻，同时，章士斐也是陈祚明的好友。

作《送庐西林太史假旋》，尾联云："朱邸如怜留滞客，并河一为问贫家。"请其代为问候家人。

作《寄怀生一分宪移驻通州》："可念京华独留滞，时时取酒饷狂生。"

作《送钱葆酚内翰请假旋里》四首。钱之寓所与陈祚明相距甚近，而与陈过从甚疏。陈诗其二云："同学多高步，斯文失细论。"其四云："乞诗忘我拙，掷卷畏君看。……慷慨题桥日，遥怜下客寒。"

寓舍盆中石榴树雨后新蕊蓓蕾，陈祚明顾而乐之，作十八韵。

潘新弹之母李太君八十大寿，陈祚明献诗祝寿。忆及自己十八九岁时于东城读书，与潘新弹读书论史之事。

夏，祝子坚重指闽山，陈祚明作《送祝子坚先生南征》，诗云："溪边七十躬耕叟，能文壮岁知名久。……祚也五旬头发白，弱龄把臂呼小友。黄金台畔乍相逢，契阔绸缪意良厚。向人道我许我贤，愧我虚声鸣瓦缶。"

作《送徐敬庵侍御巡蹉两淮》。诗云："见愁民力东南敝，此去官廉淮海清。"

作《淇上廷试后南归，时祚明亦有山左之行，枉诗见赠，率然奉答》。诗中流露出对淇上年老始就经的叹惋，认为当世之人已无古人守己之志。"古人矜守己，所志一何旷。"

陈祚明应山东巡抚袁九叙之邀赴济南作幕。袁懋功（1612—1671），字九叙，顺天府香河（今河北省香河县）人。顺治三年进士，历任礼科给事中、刑科给事中、太常寺少卿、通政司通政使、刑部侍郎、吏部侍郎、光禄寺少卿、都察院左副都御史、户部右侍郎、云南巡抚、山东巡抚等职。陈祚明将行之时，龚鼎孳作诗赠行，用辛丑岁南归留别四诗元韵。陈祚明再叠前韵却寄。

陈祚明作《追酬朱五全古赠别之作》。朱全古为抗清志士。诗中提及同人现状："皋比方说经，着书独闭户。当年黄口儿，彩笔娴词赋。严卿宦已达，石径卧烟雾。章生晚始贡，彤庭试章句。我已鬓发苍，失路饥所驱。"

作《追酬严存庵太史赠别三首》《追酬沈绎堂副宪赠别之作，兼闻承恩还秩志喜》《追酬钱葆酚内翰赠别四首》《追酬张士至孝廉赠别之作》。其中钱葆酚即钱芳标，原名鼎瑞，字宝汾，一字葆酚，江南华亭人。康熙丙午举人，官内阁中书。己未举博学鸿词。钱芳标是云间词派后期代表人物之一，与董俞齐名，人称"钱董"。

其中《追酬张士至孝廉赠别之作》表达了对世风的不满和至济南后的生活。诗云："风尘污人天地窄，南北东西何所适。……青齐七十有二城，并包邹鲁常用兵。即今习俗更夸诈，何时天下真升平。我来簿书堆几案，从昏批阅至夜半。圣人皆言东南枯，夫君莫怨南山灿。"

秋夜，作《将之济南，张子广平寓言辱教，不忘于心，幕斋秋夜赋寄》。

作《署斋和张子振》。诗云："我亦佯狂聊混俗，惊心苦调德才闻。"

中秋之夜，作《中秋对月不寐漫成》四首。其三云："失计携长铗，何如挂一瓢。清光怜独对，顾影愧由巢。"其四云："惨惨怀兄弟，茫茫度岁时。……栖鸟无遽起，羡尔得安枝。"

作《和张子振偕陆左城、袁楚白园林散步之作》。

八月，陆圻之弟陆左城至历下，九月朔，陈祚明为之长歌祝寿。

陈祚明好友胡振音去世。

康熙十年　辛亥　1671年　四十九岁

陈祚明作《上元奉陪开府西园池亭有感》。诗云："清池密溅珍珠起，蹑履偏宜上客同。"

作《上元和张子振》，伤春之感溢于言表。诗云："众中知己难多得，客里逢春易独悲。烛短云昏歌舞散，不堪更读《咏怀诗》。"

长子曾槐去世。陈祚明作《哭亡儿曾槐八首》。陈曾槐素有幽忧疾，卒年三十，死后有诗稿，然未刊刻。留有子嗣。

初夏，严方贻赴京，枉道历下看望陈祚明。陈祚明赠诗四首。其四云："却聘当时事，逡巡不可论。"似悔其不该却严沆之聘。

夏日，袁九叙司空构幔亭于泉上，陈祚明晨起陪游，赋诗一首。诗中颈联颇为秀丽："雨过凉云依翠幕，月明细浪濯冰壶。"

伏前三日，陈祚明陪袁九叙司空于泉池泛舟，作诗一首。该诗借赞颂袁九叙之功，表达了陈祚明崇尚宽厚仁爱的政治理想与施政主张："治理贵清静，化俗用和协。尚德使风淳，缓刑惩火烈。"

康侯寄书，言将南征广陵。陈祚明不得近耗，心中焦急，作诗一首。诗云："去住无凭消息少，梦魂且莫向芜城。"

陈祚明仲兄之子曾梓去世。陈祚明作《哭兄子曾梓》。诗云："我兄有室晚，先嫂归蒿里。继室云好合，梦熊亦艰止。……兄年今五十，忧患衰甚矣。"陈祚明仲兄原配早已过世，继室虽育二儿，却早夭一子，如今曾梓亦逝。陈祚明悲痛之余，只能以庄老之旷旨慰己及兄："持将语老兄，庄老有旷旨。任诞长逍遥，闻道于此始。"

陈祚明庚戌秋至历下后（七月），意忽忽不自得，触感兴咏，至辛亥六月，作《历山官署杂咏三十四首》。此乃为己之作，情深意切，于寻常景物中寓身世之悲，颇类柳宗元被贬永州之作。

七月七日，为陆左城外母胡母方太君寿。

初秋，袁九叙司空病疽，自春来滴酒未沾，然而病情严重，陈祚明赋诗一首，寄其兄袁同卿（六完太常）。诗曰："幕中下客空多感，作赋难回起色新。"

九月上旬，陈祚明卧病，目眩如盲，无心眠食，形神皆疲。袁九叙请其医为陈祚明医治。陈祚明既感动又羞愧，口占一诗："寝疾嗟贤主，求医共我曹。药囊取次检，刀笔更谁操。"

九月，光禄大夫司空大中丞袁九叙病逝，陈祚明作挽诗六首。其六云："恩重心空赤，衣寒泪并沾。"

十月，陈祚明将之燕中，适逢严沆北上。严沆过约偕行，陈祚明大喜过望，为诗纪之。时两人阔别已九年，陈祚明已成一髭须皆白之龙钟老叟，念及昔日却严沆之聘，心中多有愧疚："我昔弃子逝，念之良愧负。"陈愿在严沆致仕之后，两人入山采芝，耦耕田间，行园剪韭。

陈祚明至燕山，悲喜交加，醉后漫赋三首。其一曰："优俳垂老业，辛苦困穷身。"其二曰："休言渭川起，鬓发已萧骚。"其三曰："溷俗仍漂泊，悲风卷白沙。"

王崇简七十大寿，陈祚明作《敬哉先生七旬初度赋祝》。

王崇简第六子王子静初补博士弟子员，陈祚明作《赠王子静》。

冬日，宋琬招陈祚明饮于寓斋，陈祚明喜而赋诗，诗中提及当年七子文酒之会："屈指人间招七子，同心别路忆王孙……白云征歌惭唱和，青云一附得飞骞。腐儒不可侪枚叟，狂客多应诮谢鲲。"

沈绎堂太史新任侍读，招陈祚明饮酒，陈赋诗二首。

作《送周雪客归金陵，省视栎园先生，次徐方虎先生元韵》二首。

穷愁无奈之中，作《除夕》诗："燕中重至逢除夕，生计浮生愿屡违。分饷真金挥易尽，提携空囊漫无归。"

康熙十一年　壬子　1672年　五十岁

元旦，老病于异乡，穷愁潦倒，归家无望，含泪作《元日》，诗云："平明元日泪沾巾，落魄无成五十春。……饮多实怕肠应腐，使尽虚知钱有神。楚老独醒汉老俭，趣归更得几芳辰。"

春，吴之振南归，陈祚明作《黄叶村庄赠行诗》，小序云："吴孟举有《宋诗选》行世。"

却楚蜀制府蔡公之聘，作《今年》。

作《题王止庵先生画册》四首。

作《无尽》，指出自己以佯狂处世。"使酒谁能制，佯狂未可瞋。百年穷饿客，天地一微身。"

作《三月送庶华归里》。陈祚明与庶华八年后才重逢，转眼又分别。陈祚明已老态龙钟。诗云："欣看跋扈真难敌，谓我龙钟已不辞。"

作《三月晦前二日，眉山太史招同颢亭太仆、岱岳太史、子长明府慈仁寺看海棠，集字为诗，值徐健庵、孟端士两太史同饮花下》。陈祚明大醉。诗云："况有高朋来不速，任教酩酊未言归。"

作《送王子厚给谏请急归里》，典雅得体，然情感流露不足。

作《禁城春晓拟初唐体》。"山欲迎曙容如笑，水敛非烟色倍明"堪称秀句。

作《四月五日，偕陈阶六、邓叔奇、将维章、杜湘草、陈纬云、胡妙山，邀芝麓先生、伯紫、甫草，饮慈仁海棠花下》，诗二首。

作《大司空王胥庭邀集青箱堂看牡丹赋呈》。由诗句"食客频来头似雪，酒筵羞映色如霞"来看，陈祚明与王崇简保持着密切的关系。

作《广陵程穆倩以祚明偶有讥弹，缄诗辩白，聊赋用答》，称赞程穆倩"书画兼诗句，多能傲古人。代耕刀笔用，考识鼎碑遵。……妙手矜殊绝，何人敢乱真。"程邃，字穆倩。

十月二十五日，陈祚明五十诞辰。燕京同人皆来祝贺。在此之前，诸人皆有贺寿之诗，计东为《陈胤倩寿诗集序》，称陈祚明为"其人性既不慕势利，其才又足以济天下之用，其思惟论说可使贤公卿大夫名重于朝廷，不尸其功，又不洁其迹"，为"盖公""王生"之辈，极具济世之才。当日，陈祚明作《壬子十月下浣五十贱诞邸门诸先生四方高贤乡里同学赠贻为寿漫成志谢》。诗中述家境艰辛。

冬，第三次重读陶渊明诗，将陶诗视作千古异观，除联句一首不录外，其余悉数录于《采菽堂古诗选》。

作《酬钱饮光》。钱澄之，字幼光，更字饮光。

《酬周郧山倒叠来韵》。写初入都时悲愤无聊的情绪："疾俗人休近，悲时意未销。闭门闲坐大，广座默无聊。……偏与过垆饮，坚辞折柬邀。"

秋分，康侯返故乡。腊月，至燕山。陈祚明作《舍弟至》。

除夕，陈祚明访王山长，久话。诗云："与君谭向夕，落魄一沾巾。"

邓汉仪评《诗观初集》，收入陈祚明之诗十八首，均有评论。现存《四库全书存目丛书补编》（第39册），南京图书馆藏清康熙慎墨堂刻本。

康熙十二年　癸丑　1673 年　五十一岁

元旦之夜，陈祚明于严沆家中度过，把酒赋诗，呈严太仆。宾主相得甚为欢洽，唯独见月思乡，幸得低迷不醒。诗云："依君那似客，有弟亦忘形。醉不须元夕，狂偏信暮龄……见月乡愁发，低迷幸不醒。"

为陆翼王赋《菊隐诗》。诗中发抒了郁郁不得志，愿与之一同还乡归隐田园，"尽艺繁花缀""浇酒读《大招》"的愿望："余衷久乖左，微尚聊比窈。……芝术饵未能，稻粱谋已拙。抱冰乃无春，因人非附热。……我亦念先兄，怀沙怨仳别。愿归向东篱，尽艺繁花缀。摘来有盈把，绿罇并陈设。浇酒读《大招》，浩然弃一切。"

何京左孝廉之母七十大寿，陈祚明作二诗为寿。有小序云："太君为辀，亦先生元配。六钤先生女兄。曩交之谊，颂德有由，恭祝眉寿。盖非虚语。"

青霞兄七十大寿，陈祚明作二诗献寿。

延邕兄下第还乡，陈祚明慨然赠别。

作《酬山长赠别》，劝其息功名之念："同调细推嵇阮异，劝君埋照学沈冥。"

作《怀张俊升副宪》。时张俊升分宪淮扬。

作《寄张螺浮给谏》。诗中将张螺浮刻画为享受盛名而掩扉高卧的隐士。

作《为王涓来太史寿》。诗歌用典很多，但缺乏真情。

翁康饴落第，陈祚明赋诗赠别。

四月六日，王崇简邀集钱饮光、毛子霞、陆翼王、严荪友、马耿明、计甫草、朱锡鬯、陈祚明于丰台别业看芍药。陈祚明作诗和毛子霞。诗云："道术论异同，俯仰感今昔。"

七月，龚祖锡分巡通永，陈祚明应龚祖锡之邀，入潞河为幕。

不久，病情复发，情绪低落。诗云："活来知几日，归去信无辰。"

七夕，食不下咽，未能饮酒。《癸丑七夕潞河署作》云："食不下咽成欬逆，死谁埋骨合归休。"

严沆擢至御史中丞，陈祚明重归燕山，寓于严宅。

十月，康侯、蘖音将有太行之行，陈祚明赠诗云："顷来谢病还邸舍，顾我憔悴非昔容"；"即愁死别无见期，遄归或可收吾骨。"可知其时，陈祚明已自知病入膏肓，来日无多，此别或成永别。

十月二十七日，陈祚明知长兄嫂坟成，喜而有作。然该碑无字，陈祚明期待来日为长兄建祠，勒表忠文。

作《偶吟十二首》，总结毕生得失。其三追叙少年时情景曰："弱冠飞腾意，当年跅弛才。学须方管乐，文不让邹枚。"

诗集《敝帚集》即《稽留山人集》始成，其中诗篇不题清代年号，只题甲子，表陶渊明遗志。

腊月十八日，陈祚明病危，长兄之子伯长至燕山邸舍探望，陈祚明感而有赋，曰："生平湖上宅，晨出暮须回。"希望伯长将其死后骸骨送回家乡。后作《与舍侄话》，曰："子山文一卷，斑驳有啼痕"。

作《自挽诗》三首，时已"五旬屏水谷"，危在旦夕。

除夕，陈祚明作《除夕燕山旅舍示大侄伯长》，有"明旦未知能活在，泪垂残烛且哀吟"之句。

陈祚明为王岱作《且园近集序》。序云："山长之诗，传千秋而下，必有深伤之者。且如祚明放废物外之日，久客燕山几二十年。"陈祚明自 1655 年入京，至 1673 年为十八年，接近二十年。此序也有可能作于康熙十三年，考虑到陈祚明二月即病逝，姑且系于本年。

康熙十三年　甲寅　1674 年　五十二岁　逝世

是年春，陈祚明与王崇简、朱彝尊、钱澄之、毛会建、陆元辅、严绳孙、计东宴集丰台药圃。

陈祚明考终之时，将其原藏于胡兆龙宛委书库的《采菽堂古诗选》交付门生翁嵩年。

二月，陈祚明因病客死北京游馆中。大侄阿咸（字伯长）为其治丧。旧友严沆为之打理后事。详见钱澄之《哭陈胤倩》。按：陈祚明死于甲寅年春天，该诗应排入卷二十。

纪映钟作《二哀诗》其一（陈处士祚明字胤倩仁和人）悼念陈祚明。

王崇简作《挽陈胤倩》。

康熙十五年　丙辰　1676 年

同人镌金为陈祚明出版诗词集《稽留山人集》，又名《敝帚集》。该书收入诗二十卷，词一卷。五月，顾豹文为之作序；仲秋，严沆为该书作序。季秋，应康侯之邀，王崇简为之作序。陆嘉淑亦为之作序。

康熙四十五年　丙戌　1706 年

翁嵩年编辑评定《采菽堂古诗选》，将此刊刻出版。翁擅自删去《凡例》"丹黄"条。

康熙四十八年　己丑　1708 年

《采菽堂古诗选》重新印刷，新增《凡例》"丹黄"条。

《采菽堂评选战国策》刊行。

《沧溟诗选》由陈丽主持刊行。该书确切刊刻时间不详，只能确定是在陈祚明去世，《稽留山人集》已刊刻之后，姑且系之本年。

乾隆十三年　戊辰　1748 年

当湖好古之士屈以伸从翁嵩年萝轩家塾中获得《采菽堂古诗选》，将其再版，请藏书家杭世骏为之作序。

乾隆三十八年　癸巳　1773 年

乾隆皇帝下令搜集江浙地区遗书。

乾隆三十九年　甲午　1774 年

浙江巡抚三宝上呈《采菽堂古诗选》《稽留山人集》，即浙江巡抚采进本。

乾隆四十一年　丙申　1776 年

陈潜夫赐忠节，祀忠义祠。

附录三　陈祚明资料汇编

一 王崇简《稽留山人集序》

余衰季抱疾，每思平生故交，不胜今昔之感。武林陈康侯以其兄胤倩遗诗目录过余，云："先处士兄诗业已编辑成集，辱在相知最深且久，宁无一言以序之乎？"余方以离别感怆，于夙所读书，概不能观，或一涉目，悲凉岑寂之怀触之而兴，于诗尤甚。偶一属思，即懻恍失次。虽欲勉为而未能也。迟之又久，康侯数谆促之，因览其目录，多余昔所诵法者。夫三百篇之有小序，原以述作者之指。观目录所载，其指已著，忧何以序为？且其格力之雅健雄高，气韵之高丽深眇，昔人所谓"状难写之景如在目前，含不尽之意常在言外"，读其诗自能得之。余之不能已于言者，忆昔省亲武林，与其兄玄倩定交，胤倩方髫龄，余亦未及壮时，明之崇祯庚辰仲夏也。继而玄倩以节死，胤倩抱经术之业以嘉惠后学，来游都下。虽未履仕籍，而筹时之略，实多讦谟。士大夫争下榻焉。余与之续旧欢，往来益密。常见其抚良辰而选胜，送牢愁以抒怀，彷徨徙倚，慨叹咨嗟，一发于吟咏，倡予和汝，时与余偕，今篇什中亦数见焉。余虽恍惚失次，惟念血气之伦，过其故处，必翔回踯躅，乃能去之。即燕雀之微，犹有啁噍之顷。余读胤倩诗，俛仰今昔，四十季来变迁存殁之慨，何以为怀？所以悲凉忧深，不能自已于翔回者也。

时康熙丙辰季秋望宛平友弟王崇简撰

[（清）陈祚明著：《稽留山人集》卷首，《四库全书存目丛书》集部（第233册），南开大学图书馆藏清雍正刻本，齐鲁书社，1997年版，第436—440页]

二 严沆《稽留山人集序》

盖二十年以前，余与稽留山人交，弗论矣！自索米长安，山人来就邸居，共朝夕。余一再返里间，山人则留邸门不肯归，卒殁于京师。其知山人者，皆曰山人非不肯归，盖不能归也。呜呼！山人负才博学，贯穿经史百家九流之文，会之于心，发之于腕，无所不工擅。而又目摄四座，口对宾客，手挥笔墨，心计古今，刘穆之五官并用，世多不信有其人，自有山人为之左证矣。以山人之才，顾老于卖文，又不得恒饱计归休，潦倒蹉跎，竟以客死。呜呼！此江生《恨赋》所未载者也！岂不痛哉？而今已矣！上不得成其学道著书之愿，以发明其家学；下亦不克遂其长林丰草之思，博一日之徜徉。蝃蝀缁尘中，从佣书削牍之暇闲，自作小诗文，或评论古文诗集约数十百卷。点窜乙画，手泽淋漓，所存者止此耳。嗟乎！山人竟以此自传耶？然山人平生于诗、古文辞，操衡尺议论，引绳切墨于古来作者。近代如二李、何王，不足当一哂。迹其所持论，散见于评选秦汉古文、古、唐诗暨近代诸家集说。大之自竖义构章之原，细之至单词只字之末，无不辨析推详，穷微极眇。自有诗文以来，并无有阐发及之者。诚哉为风雅大成。圣人复起，吾言不易也。今其书具在，方且与天下后世共见之，而一时同仁遂镂金为授梓。人俾流布而其所自撰诗文集刻先成，亦且悬之如日星，而传之为乔岱。嗟乎！山人亦足以雄矣！雕虫末技，庸讵不足征精思大力，著山人不世才哉？余与山人交，手足相维持，形影相依傍，盖始终如一日。习见其才思沛乎其汪濊，驱手腕如风轮，肠中辘轳如珠走盘，不能以暂停。自佣书见客，稍暇即伸纸和墨，拈弄取自怡。如集中所载《前后十九首》《荧惑不见歌》《山左幕府官署杂咏》数十篇，放而之于歌、曲、小说，其所自别为《掷米集》者，不下数十种，皆出于闲暇。俄倾或半晷、或漏三四下，至多者一二日成矣。乘间即为之。是乐而已尔。人只见其工，不知其游戏纵恣，一至于此也。精神才思流而不竭，运而不底，如双丸百川，时刻旋运而不可间辍。《传》曰："知者动"，又曰："知者乐水"。山人诚天生智慧挺钟而间出者欤？又其于世为高介，于家为孝友，于待人接物为至诚和易，于学问修持为博大精微。山人之为人，不更易仆颂。今且为其集作序，即以其肆力于诗文者序之。虽然，山人既间世之人，余何幸得与生同里、久要而事之，且于其集之成，又窃为之序，附之而不朽也？山人洵余益友哉！

康熙十有五年丙辰仲秋之朔禹航同学友兄严沆顿首拜撰

［（清）陈祚明著：《稽留山人集》卷首，第440—446页］

三　顾豹文《稽留山人集序》

余年十五与退庵交，二十始识胤倩。当是时，海内方苦黄巾赤眉之乱，腥浊遍天下，岌岌然惧砥柱之无人。退庵锐身出，思为儒林眉目。危言深论以匡救方张之焰。胤倩年甚少，风棱岳岳，咳唾裁核，不肯稍自贬损以绳墨当世。世或疑之。已而侍御致身千古，天下始信其气岸有在，非玉外珉中、栀言蜡貌者所可及。而胤倩亦欲息机牙、藏声迹，求十亩之居，卜筑耕钓，读书行吟，抱经负瓮，窭老尽气而不悔。此素志也。岁月既往，因循进退，鹿门吴市，踯躅无所容，乃有燕山之役。贵游拭目倒屣，咸交胤倩为重。片纸只字，如珠林璧海。胤倩亦摧刚为柔、刓方为圆，以与世遇。二十年来，京邸之有胤倩，如君乡之于汉，淳于之于齐，隐然为世所瞻仰。其才敏思捷，霜檐星驭，酒阑灯炧，指画无不当。才气坌涌，词色激扬，顿十指而应之，无不属厌人意。胤倩虽壮游乎，意不自聊、每斗杓东移、砂砾西发，辄欲倦归。杯勺宾朋，柴扉儿女，未尝顷刻去诸怀也。尝就其一身而计之，方其贯穴经史，糟粕章句，东都之马郑也。及慷慨发抒，诋诃称量，汉季之岑张也。世故流离，荏苒昏旦，其卖饼酒佣之亚乎。壮年以往，留滞不归，惜白日之已驰，验朱颜之非故，是岂所欲哉？天街禁钥，并马长言，各以少年相许为愧。余南归，勉胤倩："子且留，稍具买山资，白发青毡，东阡西陌，行待子。"未几而讣至。嗟乎！人世之不可把玩如此！胤倩体气高妙，声律谐畅，不事郢削，巧若自然。无叫嚣之音，无规模之迹，欲驾嘉靖诸公而上之。吾党操觚之士，追踪古昔，语多奇挺，说者谓胤倩如九霄秋鹤，引吭悲鸣，风露俱清，声响皆息。呜呼，其近之矣！而自名曰《敝帚》，何也？昔叶梦得编奏牍，曰《志愧集》。其言曰："天下岂无大安危？民生岂无大休戚？而身遭不世之主，横受非常之知，所言仅如是而已。名曰'志愧'，盖悲言之不能行也。"胤倩以才地受邀，致日作万余言，随口散去，乃检而存之，其自鸣者几何。所谓"家有敝帚，享之千金"，犹叶之志欤？而语则加哀矣！余读其末卷，苍凉哽咽，念兄嫂、惜弟侄，落月屋梁，清光松际，追号于青枫白杨之间，盖几几遇之矣！

康熙丙辰夏五同邑弟顾豹文顿首序

[（清）陈祚明著：《稽留山人集》卷首，第446—451页]

四　陆嘉淑《稽留山人集序》①

钱塘陈石耕先生以名德宿儒，读书笃行，终老不遇而不及闻。于嗣子曰御史退庵，曰总戎贞倩，曰处士胤倩、康侯。先生之学，一本之考亭，而私淑于整庵、敬庵，然尤极意于经世。贯串汉唐以来诸儒之说，辩核其同异得失，著作满家，凡数十万言。而家庭之训，悉归指于忠孝。诸子奉其教戒，无敢堕失，退庵急（事）游，厉名行，引义慷慨，年未强仕而劲誓死殉生之节。贞倩退而腰镰倚杖，布袍草笠，为芸夫圃人以老。胤倩、康侯则更以文章为一时推重。胤倩应同学故人之招，旅次燕台者二十年。自托于浩然，之于右丞。问字之屦，丐文之使，错遝于庭。户津（二事）之祖，送哀荣之屏障，不得胤倩片言，为索然无色。而胤倩又以酬酢之暇，综核考订上下古今，为书数十种。甲寅之春，竟易箦于燕邸。于是康侯与胤倩之子淑毅排纂其遗书，而先梓其诗。

---

① 陆嘉淑的序文为行草，诸字难以辨识。有疑义的部分，笔者据字形写出，以括号标记，以俟有识之士。

诗曰《敝帚集》者，二十卷，合小词一卷以行。淑毅奉贞倩之命，过属余为叙（志）。以胤倩之才，（言）论风采之下，乐得而诵读之。当世名士大夫宿（与）胤倩（交）而愿为之叙者，当不下数十百家。贞倩顾以属余，何也？余尝北游幽、青，采辑年来遗事，回就胤倩于邸舍，见胤倩晨晞未起，则坐客已满，（说）客酬对，晏夕方罢。夜则篝灯著书，仆童悉解去。卧榻之厕，烛光熊熊，如禅床佛火。漏下五鼓始就枕。晓复对客，以为常。颇以劳苦规之。胤倩慨然云，始顾（虑）若此，吾一家数百指，待吾以具餔糜，不敢复恤吾身名以处于此。夜气之息，吾惧其（言之）也。养之以诗书，（捄存）之以勤苦，足下知（象）者。（吾）两人孰后死，交相质。而今胤倩不幸先予逝。（虽然）辞贞倩，（然念）畴昔，胤倩之（缒）逯乎书，曰"诗言志"。无论九歌之所叙，（云）胄子之所（略）也，小雅三百之篇，比门之忧贫，小（明）之悔仕，皆志也。（若）乃（尤）徒之骚赋，始有不敢言志者，喻之以婵媛、之美人，颂之以窈窕之山鬼。其为言志，已可哀矣！至于胤倩（数）度言（高），词为黼黻，蔼如春云，穆如清风。读其诗，殆无不以为游光扬声，成名大人之间，而不知其根抵于石耕先生之家学，为劳人，为志士（矣）。才愈高，其名愈著，其心则益愈（苦），并不得（与）景差、唐勒之流同矣。寄托鸣（意），此非他人不知。贞倩所为，深有属于余，而异有以表襮其（表里）也。（犹）记丙戌之夏，退庵毕命江上，西陵烽火，白日照耀，甲骑充斥，（众）盗贼闻至，胤倩独身栖其旁。数日，竟携其榇出，险以归。其在渔阳，客以困厄去，倾囊应之，或过其所望。夫古之诗人，其志洁、其行芳，源极之于忠孝，而博推之为泛爱，为悱恻，隐（名）感（叹）。读胤倩之诗者，（回）余之言，而进求其志。诚有外极其象而内极其意者，斯可以序胤倩之诗矣！（若）其作诗之指，大概见于《诗选·例》及《诗家直说（辨）》两书。其瑰丽驰骋，撷齐梁之藻而放（事），合之三唐。凡爱胤倩之诗者，皆能言之，固无籍于予说也。

　　[（清）陈祚明著：《稽留山人集》卷首，第452—456页]

五 《武林坊巷志》《康熙仁和志·陈肇》

陈肇，字存之，幼孤寒，能自力向学。从游张蔚然之门，大为所引重。其学根极性命，原本忠孝。顾穷老不遇，不获发闻于世。子四人：长曰潜夫，以御史殉国难。次丽明、祚明、晋明，博学能文，以兄故，执节不仕。一门之内，忠节孝友，见重当世，皆肇读书力行，有以启之。所著有《论语讲义》二十卷，《周易无妄大畜二卦讲义》及杂文九篇。

[（清）丁丙编：杭州掌故丛书《武林坊巷志》（第 5 册），浙江人民出版社，1986 年版，第 361—362 页]

六 《康熙府志·陈潜夫》

陈潜夫，字元倩，初名朱明，仁和人。崇祯丙子，举于乡。三试南宫不利，改今名。谒选，授开封府推官，是为崇祯十六年。闯贼已据关中，且窥晋，河南诸州骎骎瓦解矣。潜夫至开封，上奏请重兵守覃怀，御贼勿南下，而身渡汴，联络号召，复开封通郡地。时河南村落豪杰结土寨自固，无所属，贼以数十伪官镇抚之，亦未能服从也。会巡抚麾下降将陈德叛，缚巡按御史苏京以去。诏逮巡抚都御史秦所式。于是河北将士溃而南，潜夫乃奉周王渡河，入居杞县。贼将伪安抚梁启隆据开封，势张甚，而开封东西土寨数百，互相杀掠不已。潜夫在锋镝中，或居杞，或居陈留。兵役多恐惧逃亡者，潜夫立斩之，谓左右曰："事如不可知，汝斩吾头以去。吾受国恩，不敢爱死也。"皆感激，愿效死。遂诏降汝宁副总兵刘洪起，诸土寨皆响应。十七年五月五日，率洪起军万人复开封，梁启隆潜逃。潜夫渡河而北，邀击贼将陈德于柳园，大破之。时弘光南渡，姜曰广当国，论恢复功，即擢巡按河南监军御史。潜夫欲陛见，率将士而南。已而曰广去国，马士英恶之，所请多中格，以私人越其杰为河南巡抚牵制之。潜夫归河南，诸土寨闻潜夫至，则大喜，遂泌阳、桐柏诸县。潜夫威望素著，所过土寨，咸跪拜鼓吹以迎潜夫，以牛酒劳之，欢声如雷。而其杰性溪刻，失士心，所过土寨闭垒不出。其杰惭恚，谓潜夫实使之，日夜媒蘖其短，且阴格之。潜夫孤立少助。已而有许定国杀高杰之变，事详国史。定国既杀高杰来降，则急召潜夫还。潜夫还而河南失矣。旋丁外艰，归里。士英终憾之，以童氏狱牵连潜夫，遣缇骑逮系诏狱。而王师下江南，士英出走，事已。鲁王监国，加太仆寺少卿，监军浙西。已加大理寺少卿，擢佥都御史。命甫下，而王师下桐庐，鲁王出亡。潜夫归山阴，抵小赭村。江上虚无人，潜夫长恸曰："天乎？事不可为矣！致身报国，此吾事也。"谓其妻孟氏曰："勉之！吾为忠臣，而为烈女。"孟氏笑曰："此吾心也。"与其女弟栉发更服以待。女弟者，潜夫妾也。潜夫整衣服，拜祖父像已，拜别其母与弟，携二夫人至化龙桥，皆沉于河。潜夫倜傥持高节，而负义敢前。性孝友，与诸弟共居，为婚娶。三弟：严明、祚明、晋明。严明，字贞倩，从潜夫为总兵官，单骑冲贼垒，敢决有气。潜夫死，退隐，四十年而卒。祚明自有传，见《文苑》。

[（清）丁丙编：杭州掌故丛书《武林坊巷志》（第 5 册），第 362—363 页]

七　《清一统志·陈潜夫》

陈潜夫，字元倩，钱塘人，崇祯举人。十六年，除开封推官。时属邑多从贼。潜夫结副将刘洪起，大破贼将陈德于柳园。福王立，擢监军御史，巡按河南。寻入朝，陈中兴之策甚悉。马士英佯应之，而阴绌其言。南都陷，从鲁王于绍兴，计恢复。及江上师溃，走山阴化龙桥，偕妾二孟氏赴水死。又同县同知翁之琪。并于本朝乾隆四十一年赐谥忠节。

[（清）丁丙编：杭州掌故丛书《武林坊巷志》（第 5 册），第 363 页]

八 《康熙府志·孟氏》、雍正《浙江通志·孟氏》

孟氏，钱塘都御史陈潜夫妾。丁亥夏，潜夫在越沉渊死。妻慨然从之。妾孟氏亦俱沉于河。

[（清）丁丙编：杭州掌故丛书《武林坊巷志》（第 5 册），第 363 页]

九 《康熙钱塘志·陈祚明》

陈祚明，字胤倩，金都御史潜夫之弟。年十五就试，学使者阅其文，惊异之，曰："汝倩人耶？"祚明曰："奈何倩人？当面试。"面试拔置第一，时有江夏黄童之目。未弱冠，隐居不出。行文如长江大河，一泻千里，笔不加点。诗律工细，在岑、楼、沈、宋间。京师巨公闻其名，争礼聘之。山阴胡兆龙、宛平王崇简引为布衣昆弟交，命子若侄俱北面受业焉。凡条奏中外利弊时政得失，祚明为属草，明畅剀切，辄报可，以故朝贵促迫，暨丐笔墨者，户外屦常满。刘穆之目览手答、耳行听受、口并酬应，世多不信有其人，得祚明其左证已。岁入修脯可数千金，而性豪爽，一切客游长安者，知与不知，生馆死殡，胥于祚明是赖。家故贫，营葬兄嫂及抚遗孤侄及孤侄子女，各各婚娶，食指凡五百余，势不能息肩归里，卒客死京师。所著有《采菽堂诗集》二十卷，词一卷，又《采菽堂古诗选》《评选战国策》行世。未刻有《采菽堂文集》三十卷、《床头集》十六卷。子曾蘩能读父书，年十五作《灵鹫赋》，颇似《三都》《两京》格调，著有《斫冰诗集》十二卷。（笔者按：此句原文为"颇似《三京》《两都》，格调著有《斫冰诗集》十二卷。"根据上下文意，笔者修改了逗号的位置。）

[（清）丁丙编：杭州掌故丛书《武林坊巷志》（第 5 册），第 363—364 页]

十 《杭郡诗辑·陈祚明》

陈祚明，字允倩，钱塘人，有《稽留山人集》二十卷。允倩为耆儒石耕先生子，侍御元倩、总戎贞倩弟。丙戌夏，侍御毕命江上，允倩一身间关携槿以归。弃诸生，与兄贞倩、弟康侯（名晋明）奉母居河渚久之。故人严侍御颢亭初官中秘，以书招之至京，与宋荔裳、赵锦帆、丁药园诸公唱和，号燕台七子。严公子少司马方贻曾絷实受业焉。方贻登第，允倩思归，因循不果。康熙壬寅，卜居吴山之麓。后其家迁威乙巷。武林先雅云：允倩长髯如戟，双眸若电，博学通方。诸公倩作奏章言事，辄报可，以故贵游倒屣，号为白衣台省。年止五十，可哀也已。

[（清）丁丙编：杭州掌故丛书《武林坊巷志》（第 5 册），第 364 页]

十一 《康熙仁和志·陈祚明》

陈祚明，字允倩，御史潜夫弟。为郡庠生，隐居河渚。已贫甚，走燕山，客游诸名公卿间，与张谯明、赵锦帆、宋荔裳、严颢亭、丁药园为诗歌，号燕台七子。然非祚明所好也。居长安中，卖文为活。所得颇厚，辄以济故交之客游而贫者，囊无余资。馆于少宰胡兆龙家，间为诸要人作奏章，言事辄报可。知交日益广，长安中称白衣台省。尝一应大中丞袁公辟，已而仍走京师。为诗文，恒夜以继日。以是得疾。年五十卒。有集若干卷行世。

[（清）丁丙编：杭州掌故丛书《武林坊巷志》（第 5 册），第 364—365 页]

十二 《康熙府志·陈祚明》《浙江通志·陈祚明》《乾隆府志·陈祚明》

陈祚明，字胤倩，潜夫弟也。博学善属文。以贫，游京师，客诸贵人所。留心天下大计，拟诸草疏，有藉以入告者，往往得谕旨报闻，以是诸公益重之。而侍郎沆尤相爱，不甚舍去。祚明虽客京师，顾时时思归葬兄嫂。所得酬劳之资，亦随手散去。宾客日进，而贫如故。卒死于京师。所著有《敝帚集》。

[（清）丁丙编：杭州掌故丛书《武林坊巷志》（第5册），第367页]

陈祚明，字胤倩，钱塘人，潜夫弟。博学，善属文。贫游京师，乞文者口占授之，语率奇严。填门迫促，至废寝食。长髯若戟，双眸如岩下电。所著诗二十卷，词一卷，古文尤富。

[（清）丁丙编：杭州掌故丛书《武林坊巷志》（第5册），第368页]

十三 《康熙钱塘志·陈晋明》

陈晋明，字康侯。侍御潜夫既以节死，晋明偕兄丽明、祚明奉母隐河渚不出。幼时偶以嬉戏失母欢，将挞之，晋明随伏地受责，曰："母无伤手。"后博极群书，尤耽于诗学，造沈、宋、王、岑之室，而要归于杜陵。间或授徒，效为制艺。受其业者，皆掇高第去。所著有《诗留拾缨》《采菽堂》等集。所选有《八代诗钞》《初盛唐诗》。尝谓："王李但揭高华，钟谭专搜冷隽，两者失均。"故其选唐也，融二家之旨，而集以大成，称善本云。

[（清）丁丙编：杭州掌故丛书《武林坊巷志》（第5册），第367页]

十四　《康熙钱塘志·陈氏》

陈氏，庶常章藻功妻，处士陈祚明之女也。少娴内则，举止有大家风范。年二十二，归章。奉两世老姑，俱得欢心。藻功故贫士，陈勤织作，以供菽水，辨色而起，漏下四鼓不少休。服饰典质殆尽，严寒衣不絮。藻功馆于外，勿知也。太夫人言之，为黯然动色。陈笑曰："春风将至，暖矣。君行且富贵，何戚戚妇人女子为？"尝午炊不火，陈脱银簪以质米。会有友以绝粮告者，即分半给之。左右不可，陈曰："彼以我为知己，故来请，可拂其意乎？"体素羸，一夕呕血数升。而藻功次日适宴宾客，陈强起，执爨，亲刀匕终日，不言倦。竟以勤苦而卒，年三十有二。易箦之顷，执藻功手曰："事君十年，郁郁辛苦，所不敢言，言亦未能尽也。愿异日毋相忘！"藻功有《悼亡文》，载《思绮堂集》，人竞传之。

〔（清）丁丙编：杭州掌故丛书《武林坊巷志》（第 5 册），第 367—368 页〕

十五　《康熙钱塘志·徐氏》

徐氏，处士陈祚明侧室也。自幼来，陈正室储夫人性严，不假词色。徐事之惟谨。年二十，祚明纳焉（原文作"明祚纳焉"）。甫入阅月，而祚明远出，徐方妊，生男曾蔼。后十二年，祚明客死京邸，徐才三十余。左右将遣之，徐恸哭曰："妾侍箕帚久，无大过，且幸已生男，愿为夫人扫室布席，以终余年。奈何我逐也？"遂脱去簪笄，提瓮执爨如初来时状。后嫡子曾薮丧偶远游，遗两诸孤，方在孩提褓褓中。时储已物故，而徐保抚育，俾两孤各有成就。四十年来，不知绮罗膏粱为何物。今七十有六矣，食贫操作晏如也。

［（清）丁丙编：杭州掌故丛书《武林坊巷志》（第5册），第368页］

十六　　《乾隆府志·徐氏》

陈祚明妾徐氏。《钱塘县志》：自幼来，陈正室储性严，不假词色，徐事之谨。年二十，祚明纳焉。甫入阅月，而祚明远出。徐方妊，生男曾蘉。后祚明客死。徐脱去簪笄，提瓮执爨，苦守四十余年。

［（清）丁丙编：杭州掌故丛书《武林坊巷志》（第5册），第368页］

十七　　《乾隆府志·〈采菽堂集〉》

《采菽堂集》二十四卷、《敝帚集》二十卷，诸生钱塘陈祚明允倩撰。一作《采菽堂诗集》二十卷，文集三十卷。

［（清）丁丙编：杭州掌故丛书《武林坊巷志》（第5册），第368—369页］

十八　　《康熙府志·〈采菽堂诗文集〉》

《采菽堂诗文集》，共五十卷，俱陈祚明著。

［（清）丁丙编：杭州掌故丛书《武林坊巷志》（第5册），第369页］

十九　　《康熙钱塘志·〈采菽堂集〉》

《采菽堂集》十四卷、《敝帚集》二十卷，并陈祚明著。字颖倩。

［（清）丁丙编：杭州掌故丛书《武林坊巷志》（第5册），第369页］

二十 《乾隆府志·〈采菽堂季子诗留〉》

《采菽堂季子诗留》，诸生钱塘陈晋明康侯撰。

[（清）丁丙编：杭州掌故丛书《武林坊巷志》（第 5 册），第 369 页]

二十一 《乾隆府志·〈斫冰诗〉》

《斫冰诗》十二卷，钱塘陈曾薮撰。

[（清）丁丙编：杭州掌故丛书《武林坊巷志》（第 5 册），第 369 页]

二十二 《康熙钱塘志·陈潜夫》

陈潜夫，字振祖。《紫薇稿》，桂衡著，字孟平。仁和。

[（清）丁丙编：杭州掌故丛书《武林坊巷志》（第 5 册），第 369 页]

二十三 《嘉庆山阴县志·化龙桥》

（山阴）县北十里曰文应桥，曰昌坊桥，曰高门桥，十五里曰富陵桥，二十里曰六山桥，二十五里曰登瀛桥（即古荷湖），三十三里曰荷湖渡，四十里曰化龙桥（明太仆陈忠襄潜夫并妻妾两孟氏殉节处），七十里曰张湖渡。

[（清）嘉庆八年徐元梅等修、朱文翰等辑：《嘉庆山阴县志》（一）卷五/中国地方志丛书（第 581 号），绍兴县修志委员会校刊铅印本影印，民国二十五年，第 82 页]

二十四 《嘉庆山阴县志·陈潜夫》

　　陈潜夫，字元倩，家贫落魄，大言骇俗。崇祯九年举于乡。好臧否人，里人恶之。十六年冬授开封推官，大河南五郡尽为贼据。开封被河灌，城虚无人。有泉潜夫弗往者，不听，驰之封邱。乃以十七年正月奉周王渡河，居杞县。檄召旁近长史设高皇帝位，歃血，誓固守。闻西平寨副将刘洪起勇而好义，躬往说之。五月五日方誓师，而都城失守，报至恸哭，令其下缟素，洪起兵万，潜夫兵三千，俘杞伪官，遂渡河而北，大破贼将陈德于柳园。福王立南京，潜夫传露布至，朝中大喜。即擢监军御史，巡按河南。潜夫乃入朝言："汴梁一路，臣联络素定，旬日可集十万余人。诚稍给糗粮，容臣自将，当荷戈前驱，诸藩镇为后劲，河南五郡可尽复。画河为固，南连荆楚，西控秦关，北邻赵卫，上之则恢复可望，下之则江淮永安，此至计也。"当是时，开封汝宁间列寨百，数洪起最大，欲效忠潜夫，请予挂印为将军。马士英不听，而用其姻娅越其杰巡抚河南。潜夫过，诸寨皆铙吹迎送。其杰间过之，诸寨皆闭门不出。其杰谮潜夫于士英。士英怒，召潜夫还。明年三月，给事中林有本劾御史彭遇飒并及潜夫。士英独令议潜夫罪，逮下狱治之。未几，南都不守，潜夫脱归。闻鲁王监国绍兴，渡江往谒。命复故官，加太仆少卿监国。乃自募三百人，列营江上。寻进大理寺少卿，兼御史如故。顺治三年五月晦，江上师尽溃。潜夫走至山阴化龙桥，偕妻妾二孟氏同赴水死，年三十七（《明史》）。国朝乾隆四十一年赐忠节，祀忠义祠。（《府志》《府志忠节》案：《明史》及《越殉义传》俱云潜夫会稽人，崇祯丙子同年录潜夫仁和人，原籍山阴小赭。）

　　［（清）嘉庆八年徐元梅等修、朱文翰等辑：《嘉庆山阴县志》（一）卷十四，第488—489页］

二十五 《明史·陈潜夫传》

陈潜夫,字元倩,钱塘人。家贫落魄,好大言以骇俗。崇祯九年举于乡,益广交游,为豪举,好臧否人,里中人恶之。友人陆培兄弟为文逐潜夫,潜夫乃避居华亭。

十六年冬,授开封推官。大河南五郡尽为贼据,开封被河灌,城虚无人,长吏皆寄居封丘。有劝潜夫弗往者,不听,驰之封丘。会叛将陈永福率贼兵出山西,其子德为巡抚秦所式部将,缚巡按御史苏京去。潜夫募民兵千,请于所式及总兵卜从善、许定国,令共剿,皆不肯行。

潜夫乃以十七年正月奉周王渡河居杞县,檄召旁近长史,设高皇帝位,歃血誓固守。贼所设伪巡抚梁启隆居开封,他伪官散布郡邑间甚众,而开封东西诸土寨剽掠公行,相攻杀无已。潜夫转侧杞、陈留间,朝夕不自保。闻西平寨副将刘洪起勇而好义,屡杀贼有功,躬往说之。五月五日方誓师,而都城失守。报至,乃恸哭,令其下缟素。洪起兵万,号五万,潜夫兵三千,俘杞伪官,启隆闻风遁去。遂渡河而北,大破贼将陈德于柳园。时李自成已败走山西,而南阳贼乘间犯西平,洪起引还,潜夫亦随而南。

福王立南京,潜夫传露布至,朝中大喜,即擢监军御史,巡按河南。潜夫乃入朝言:"中兴在进取,王业不偏安。山东、河南地,尺寸不可弃。豪杰结寨自固者,引领待官军。诚分命藩镇,以一军出颍、寿,一军出淮、徐,则众心竞奋,争为我用。更颁爵赏鼓舞,计远近,画城堡俾自守,而我督抚将帅屯锐师要害以策应之。宽则耕屯为食,急则披甲乘墉,一方有警,前后救援,长河不足守也。汴梁一路,臣联络素定,旬日可集十余万人。诚稍给糗粮,容臣自将,臣当荷戈先驱,诸藩镇为后劲,河南五郡可尽复。五郡既复,画河为固,南连荆楚,西控秦关,北临赵、卫,上之则恢复可望,下之则江淮永安,此今日至计也。两淮之上，何事多兵，督抚纷纭，并为虚设。若不思外拒，专事退守，举土地甲兵之众致之他人，臣恐江淮亦未可保也。"

当是时，开封、汝宁间列寨百数，洪起最大；南阳列寨数十，萧应训最大；洛阳列寨亦数十，李际遇最大。诸帅中独洪起欲效忠，潜夫请予挂印为将军。马士英不听，而用其姻娅越其杰巡抚河南。潜夫自九月入觐，便道省亲，甫五日即驰赴河上。所建白皆不用，诸镇兵无至者。其杰老惫不知兵。兵部尚书张缙彦总督河南、山东军务，止提空名，不能驭诸将。其冬，应训复南阳及泌阳、舞阳、桐柏，遣子三杰献捷。潜夫授告身，饮之酒，鼓吹旌旗前导出。三杰喜过望，往谒其杰。其杰故为尊严，厉辞诘责，诋为贼。三杰泣而出，萌异心。潜夫过诸寨，皆铙吹送迎；其杰间过之，诸寨皆闭门不出。其杰恚，谮潜夫于士英。士英怒，冬尽，召潜夫还，以凌駉代。潜夫亦遭外艰归。

明年三月，给事中林有本疏劾御史彭遇颿，并及潜夫。士英以遇颿已私人，置不问，独令议潜夫罪。先是，有童氏者，自言福王继妃，广昌刘良佐具礼送之。潜夫至寿州，见车马驺从传呼皇后来，亦称臣朝谒。及童氏入都，王以为假冒，下之狱。遂责潜夫私谒妖妇，逮下狱治之。

未几，南都不守，潜夫得脱归。闻鲁王监国绍兴，渡江往谒，命复故官，加太仆少卿，监军，乃自募三百人列营江上。寻进大理寺少卿，兼御史如故。顺治三年五月晦，江上师尽溃，潜夫走至山阴化龙桥，偕妻妾二孟氏同赴水死，年三十七。

始为文逐潜夫者陆培，字鲲庭，举进士，为行人，奉使事竣归省。南京既覆，闻潞王又降，以绳授二仆，从容就缢而死，年二十九。培少负俊才，有文名，行谊修谨，客华亭，尝却奔女于室云。

[（清）张廷玉等撰：《明史》第 23 册，卷 277，列传 165，北京：中华书局，1974 年，第 7104—7106 页]

二十六 《明史·罗舜钦传》

罗钦顺，字允升，泰和人。弘治六年进士及第，授编修。迁南京国子监司业，与祭酒章懋以实行教士。未几，奉亲归，因乞终养。刘瑾怒，夺职为民。瑾诛，复官，迁南京太常少卿，再迁南京吏部右侍郎，入为吏部左侍郎。世宗即位，命摄尚书事。上疏言久任、超迁，法当疏通，不报。大礼议起，钦顺请慎大礼以全圣孝，不报。迁南京吏部尚书，省亲乞归。改礼部尚书，会居忧未及拜。再起礼部尚书，辞。又改吏部尚书，下诏敦促，再辞。许致仕，有司给禄米。时张璁、桂萼以议礼骤贵，秉政树党，屏逐正人。钦顺耻与同列，故屡诏不起。

里居二十余年，足不入城市，潜心格物致知之学。王守仁以心学立教，才知之士翕然师之。钦顺致书守仁，略曰："圣门设教，文行兼资，博学于文，厥有明训。如谓学不资于外求，但当反观内省，则'正心诚意'四字亦何所不尽，必于入门之际，加以格物工夫哉？"守仁得书，亦以书报，大略谓："理无内外，性无内外，故学无内外。讲习讨论，未尝非内也。反观内省，未尝遗外也。"反复二千余言。钦顺再以书辨曰："执事云：'格物者，格其心之物也，格其意之物也，格其知之物也。正心者，正其物之心也。诚意者，诚其物之意也。致知者，致其物之知也。'自有《大学》以来，未有此论。夫谓格其心之物，格其意之物，格其知之物，凡为物也三。谓正其物之心，诚其物之意，致其物之知，其为物也一而已矣。就三而论，以程子格物之训推之，犹可通也。以执事格物之训推之，不可通也。就一物而论，则所谓物，果何物耶？如必以为意之用，虽极安排之巧，终无可通之日也。又执事论学书有云：'吾心之良知，即所谓天理。致吾心良知之天理于事物，则事事物物皆得其理矣。致吾心之良知者，致知也。事事物物各得其理者，格物也。'审如所言，则《大学》

当云'格物在致知'，不当云'致知在格物'，与'物格而后知至'矣。"书未及达，守仁已殁。

钦顺为学，专力于穷理、存心、知性。初由释氏入，既悟其非，乃力排之，谓："释氏之明心见性，与吾儒之尽心知性相似，而实不同。释氏之学，大抵有见于心，无见于性。今人明心之说，混于禅学，而不知有千里毫厘之谬。道之不明，将由于此，钦顺有忧焉。"为著《困知记》，自号整庵。年八十三卒，赠太子太保，谥文庄。

[（清）张廷玉等撰：《明史·儒林一》第 24 册，卷 282，列传 170，第7236—7238 页]

《明儒学案》评曰："先生家居，每平旦，正衣冠，升学古楼。群从人，揖叙毕，危坐观书。虽独处，无惰容。食恒二簋，居无台榭，燕集无声乐"。

二十七 《明史·许孚远传》

许孚远，字孟中，德清人，受学同郡唐枢。嘉靖四十一年成进士，授南京工部主事，就改吏部。已，调北部。尚书杨博恶孚远讲学，会大计京朝官，黜浙人几半，博乡山西无一焉。孚远有后言，博不悦，孚远遂移疾去。隆庆初，高拱荐起考功主事，出为广东佥事，招大盗李茂、许俊美擒倭党七十余辈以降，录功，赍银币。旋移福建。

神宗立，拱罢政，张居正议逐拱党，复大计京官。王篆为考功，诬孚远党拱，谪两淮盐运司判官。历兵部郎中，出知建昌府，暇辄集诸生讲学，引贡士邓元锡、刘元卿为友。寻以给事中邹元标荐，擢陕西提学副使，敬礼贡士王之士，移书当路，并元卿、元锡荐之。后三人并得征，由孚远倡也。迁应天府丞，坐为李材讼冤，贬二秩，由广东佥事再迁右通政。

二十年擢右佥都御史，巡抚福建。倭陷朝鲜，议封贡，孚远请敕谕日本擒斩平秀吉，不从。吕宋国酋子讼商人袭杀其父，孚远以闻，诏戮罪人，厚犒其使。福州饥，民掠官府，孚远擒倡首者，乱稍定，而给事中耿随龙、御史甘士价等劾孚远宜斥，帝不问。所部多僧田，孚远入其六于官。又募民垦海坛地八万三千有奇，筑城建营舍，聚兵以守，因请推行于南日、彭湖及浙中陈钱、金塘、玉环、南麂诸岛，皆报可。居三年，入为南京大理卿，就迁兵部右侍郎，改左，调北部。甫半道，被论。乞休，疏屡上，乃许。又数年，卒于家，赠南京工部尚书，后谥恭简。

孚远笃信良知，而恶夫援良知以入佛者。知建昌，与郡人罗汝芳讲学不合。及官南京，与汝芳门人礼部侍郎杨起元、尚宝司卿周汝登，并主讲席。汝登以无善无恶为宗，孚远作《九谛》以难之，言："文成宗旨，原与圣门不异，以性无不善，故知无不良。良知即是未发之中，立论至为明析。无善无恶心之体一语，盖指其未发时，廓然寂然者而言之，止形容得一静字，合下三语，始为无病。今以心意知物，俱无善恶可言者，非文成之正传也。"彼此论益龃龉。而孚远抚福建，与巡按御史陈子贞不相得，子贞督学南畿，遂密讽同列拾遗劾之。从孚远游者，冯从吾、刘宗周、丁元荐，皆为名儒。

［（清）张廷玉等撰：《明史·儒林二》第 24 册，卷 283，列传 171，第 7285—7286 页］

二十八　《蕉廊脞录·鲁春秋》

《鲁春秋》，不著撰人姓名，记鲁王监国时事。其《监国纪》有云："弘光元年乙酉夏五月，南京不守，江南及浙西郡咸望风下，杭诸绅奉皇太后命，敦请潞王翊镠监国。甫三日，因原任都督陈洪范籍士马钱粮北款，钱塘知县顾咸建不从弃去，诸生沈乘建守城之策，百姓瞎王慈，立杀乘。原任兵部主事王道煜、行人司行人陆培不应召自杀。"云云。按：王、陆二公死节，见于纪载綦详，独沈乘被杀，知之者鲜。《杭州府志·忠义》亦不载其人。称［乘］字孚中，仁和诸生。武林且款，乘独大言谁主降议可斩，请留方、郑二总兵合守，空武林门外民廛宿师。猝死，论者追惜之。《鲁春秋》只传钞本，特表而出之，以补志传之缺。

[（清）吴庆坻撰：《蕉廊脞录》卷五/历代史料笔记丛刊，第 134 页]

二十九　《蕉廊脞录·陆圻》

陆圻字丽京，一字景宣，号讲山，钱塘人，崇祯年选贡。与弟培、阶，高文异采，号为三陆。乙酉，培以行人殉国，缢死桐坞。讲山奉母隐居河渚，而卖药于苕、霅间，月一归省。庄廷钺私史狱起，无妄被收，久之得释。故［居］被烬，乃携一老仆采药名山。老仆归，讲山不返。或云在岭南为僧，名今龙；或云入武当为道士，竟不知所终。少时诗名籍甚，渔洋山人推为西泠十子之冠；有《威凤堂集》。黄书垕《武林先雅》载其轶事尤详。

[（清）吴庆坻撰：《蕉廊脞录》卷五，第 113 页]

三十　《蕉廊脞录·丁文策》

丁文策字叔范，号固庵，钱塘人。貌瘦削而面黑，人目为黑丁。少为诸生，有声。甲乙后，遂弃去，偕母妻避居骆家庄。巡抚张存仁闻其才，迹所在而说之，嘿不应承之，以威不动，曰铁石人也。幅巾单衣，蹩躠风雪中。既哭二人痛不能尽养，鞠育两弟，周恤有无。家贫，授徒以给朝夕，学者称为江樵先生。

[（清）吴庆坻撰：《蕉廊脞录》卷五，第 114 页]

三十一 《蕉廊脞录·柴绍炳》

柴先生绍炳，字虎臣，号省轩，又号翼望山人，仁和人。少奇敏，为文宏博典丽。父应权，官莆田教谕。故事，学官子弟许随任赴试，因试补莆田诸生；移牒本籍，浙学使不可。复归应试，自县府以至学道三试，皆第一。弘光时，马士英欲引进之，以翰林官诰命中使驰召，先生不为动。马怒曰："渺小丈夫矜高乃尔耶？"先生叹曰："吾深恨夫七尺躯以败乃国事者。"盖先生素羸弱，躯短且瘠也。其后布衣幅巾，键户南屏，一以著述为事。凡天文、地理、礼乐、田赋、水利、兵制，莫不穷竟原委，勒为一书。康熙己酉诏举隐逸，巡抚范忠贞公以先生应，力辞乃已。家城东，老屋数楹，厕于坏垣废圃间，枯桑败竹，三径荒寂。一夕梦黄公道周、刘公宗周、倪公元璐、吴公麟征合一刺召，先生遂没，没有传其为冥官者。

[（清）吴庆坻撰：《蕉廊脞录》卷五，第115—116页]

三十二 《蕉廊脞录·柴绍炳殁后为神》

江西太学生罗含，康熙甲辰客京师，馆于真定梁氏。一日感暴疾，有二卒引至冥司殿下，甫入门，冥官传呼乘舆出，仪从甚盛。罗视冥官貌清癯，弱不胜衣，而丰度端整，心知为正神，不辨为谁。有执卷而随者，乃罗亡友钱塘洪贞孙也，因诣揖问无恙外，即叩舆中人。洪微哂曰："此吾乡柴公虎臣，尔岂未之闻耶？"罗故闻柴名，趋向长跪，以功名请，不应。叩至再，乃曰："此非吾职。汝但体天地好生一念，自能致之。"言讫而趦。时严司农沇、施侍讲闰章闻其事，同诣罗，罗述其年貌举止，皆与柴合。此事见天津沈文和兆澐《篷窗杂录》。柴先生名绍炳，仁和诸生，生平笃守宋学，孝友为乡里矜式，殁而为神，宜哉！

［（清）吴庆坻撰：《蕉廊脞录》卷八，第 244 页］

三十三　《蕉廊脞录·孙治》

孙治字宇台，号鉴庵，仁和人。幼与毛稚黄游闻子将之门，子将称为二俊。乙酉后，不应试，自称武林西山樵者。笃于友谊。有魏姓友逮系，以爱女为托，及友被法卒，娶为子妇。陆骧武死，亦以一女托之，为择吴检讨任臣妻之，又为立嗣，以己甥女嫁焉。吴百朋令南和，卒于官，囊无遗赀，为经纪其丧以归。既老，贫甚，以父殡未有葬地，不得已出游，遂殁于泽州。所著有《孙宇台集》四十卷。

［（清）吴庆坻撰：《蕉廊脞录》卷五，第 117 页］

三十四　《蕉廊脞录·张丹》

张丹原名纲孙，字祖望，号秦亭，钱塘布衣。张氏在前明九世簪缨，号甲族。祖望为都御史濂之玄孙。旧时第宅，国初圈入驻防营城。播迁无定，后徙居西马塍，有从野堂。又居秦亭山村，因以为号。年三十二丧妻，不再娶。晚梦神人，更名丹，讲服气导引之术。诗名在十子之列，及门著籍甚众。少时游京师，尝冒大风雪，从老宫监至天寿，遍历明代诸陵，识其道里远近，寝隧规制，而详为之记，亦振奇之士也。

［（清）吴庆坻撰：《蕉廊脞录》卷五，第 118 页］

三十五　《蕉廊脞录·陈丽》

陈丽字贞倩，号正庵，钱塘人。尝从兄元倩治军大梁，为总兵官，所规画阴与孙吴兵法合。当其时，诸营累累如儿戏，独贞倩军屹不可动。迨沧桑改易，乃韬晦，恣意为诗，孙宇台亟称之。贞倩弟晋明，亦隐居不出。

[（清）吴庆坻撰：《蕉廊脞录》卷五，第120页]

三十六　《蕉廊脞录·胡介》

胡介初名士登，字彦远，号旅堂，钱塘诸生。故居在河渚，人迹罕至。及江上兵起，入城僦居一亩田，遂更其名，以示盅上履二之志。尝一游京师，梅村、芝麓诸公皆折节纳交，而彦远意气嶷兀，亦莫能笼绊之也。

[（清）吴庆坻撰：《蕉廊脞录》卷五，第120—121页]

三十七　《蕉廊脞录·杭世骏山水册》

杭大宗先生画山水册，凡十二帧，每帧有题记。第一帧、第六帧各七绝句一首，亦《道古堂集》外诗文也，录之。

尘缘害马谅成虚，结习雕虫尚未除，愿得乞身长扫地，秋风黄叶胜雠书。西隐禅房。

欧冶池，环棘墙之外，广袤数亩，居人占其渔利。露桃呈颊，风柳夸腰，凡所以荡客心而凄游子之魄者，以是为览胜之奥区焉。

三品石，何竦特？兄崒峨，弟岌嶪。仰若跂，俯犹挈。碧鸡神，各分裂。荆树花，互荣瘁。讵若兹，俨成列。支中分，尻相接。羞祕薛，永无极。铭词古奥，当置飞梯百尺，镌勒山背。仁和杭世骏。

过□岭有廿八都，见邮舍壁上题记"一官已脱虺蜮窟，九度空过虎豹关"，末署"西湖十九松居士董浦世骏"。

建宁亦有净慈寺，寺濒溪结宇，前为放生池，僧房蜂缀，林木窈窕，亦一大选佛场也。

上水艰难千里多，柴枝米粒易消磨，今朝到岸多欢喜，小武当山一笑过。

崔殿生十三能诗，自号西竺村童，相传有"渡头扶伞一僧归"句，雅近长吉，真可传也。大宗并记。

青衣郑兰子以"月明黄叶路，花隐赤栏桥"句得名。董浦。

艚篷船，廷（延）、建人呼为鸭母，栎园《闽茶曲》"鸭母船开朱□（此字被虫蚀）到"是也。

青湖临江，有小江郎祠，在石崖上，林木亏蔽，下罩江水，过客多染翰墙壁间。董浦。

张德南为南大理，署中有奇竹，竹产檐下，已乃屈曲循檐出。德南援笔为《瑞竹赋》，诸郎竞传咏之。

五显岭祠，山僧施茶结客，多吾乡人，操土音，慰劳一路。密树深篁，绿上衣带，诗家唯大、小二谢堪以图状。按：此帧当是应聘分校闽闱时作。

沈乙庵比部藏，余尝为题二绝句。

[（清）吴庆坻撰：《蕉廊脞录》卷七，第204页]

三十八　《国朝杭郡诗辑·陈丽》

陈丽字贞倩，号正庵，钱塘人，有《采菽堂诗集》。

贞倩少失学，长始读书。从兄元倩治军大梁，所筹画暗与孙吴合。当其时，诸营累累如儿戏耳，独贞倩军屹不可动。既而沧桑改易，恣意讴吟。孙宇台称其一为诗而横绝一时，且谓钟嵘所当第一标置，盖甚重之也。

《五月三十日为先兄讳日泣赋》："一气乾坤大，三秋日月寒。归云凌剑舄，阴雨拜衣冠。国破魂难稳，家危庙未安。江流终不返，怀旧几悲酸。"

《国朝杭郡诗辑》收录陈丽《放言》《五月三十日为先兄讳日泣赋》《杂诗》《杂咏》《喜康侯弟归》《扶病同康侯弟登后园假山》《九日》《赠梁仲木》。

[（清）吴振棫辑：《国朝杭郡诗辑》卷三，同治甲戌（1874）年刻本，武汉大学图书馆藏，第17页—19页]

三十九　《国朝杭郡诗辑·陈祚明》

陈祚明字允倩，钱唐人，有《稽留山人集》二十卷。

允倩为耆儒石耕先生子，侍御元倩、总戎贞倩弟。丙戌夏，侍御毕命江上，允倩一身间关，携槜以归。弃诸生，与兄贞倩、弟康侯（名晋明）奉母居河渚久之。故人严侍御颢亭初官中秘，以书招之至京，与宋荔裳、赵锦帆、丁药园诸公唱和，号"燕台七子"。严公子少司马方贻曾絷实受业焉。方贻登第，允倩思归，因循不果。康熙壬寅，卜居吴山之麓。偶一返杭，旋即北上。后其家迁威乙巷，但遥闻而纪以诗，不返矣。《武林先雅》云："允倩长髯如戟，双眸若电，博学通方。诸公倩作奏章言事，辄报可，以故贵游倒屣，号为'白衣台省'。其才思敏给，每当霜檐星驭，灯炧酒阑，顿十指而应之，无不属厌人意。二十年名满长安。坐无车，公不乐。乃竟以卖文客死，年止五十。乌乎！可哀也！己未刻诗文有《床头集》三十卷、《拟李长吉诗》三卷，《前集》十卷。又评选古诗文为《骈拇集》，效元人杂剧为《掷米集》。其《稽留山人集》亦名《敝帚集》，自顺治乙未至康熙癸丑凡十九年之作。府志入《文苑传》。

（吴振棫）按："《敝帚集》有《酬同里吴雁市五古》，盛称其才藻。孙宇台《与吴雁市书》有'《闽游作》如柳子厚柳州诸记'语。顾雁市诗不传，附识俟考。"

《国朝杭郡诗辑》收陈祚明诗《送曼石之广陵》《送刘清余民部请假归里》《携手行燕山旅舍冰修至有赠》《送陆左城赴袁大中丞幕府》《送吴锦雯司李端州》《今年》（时方却楚蜀制府蔡公之聘）。《携手行燕山旅舍冰修至有赠》中提到："可怜八口阙衣食，干人驰走金台侧。""凄凉悔别西湖水，怅望空愁日暮云。"

《今年》（时方却楚蜀制府蔡公之聘）："今年五十称翁可，作赋谈经是事慵。竟恐偏枯风右厥，只便偃卧日高春。饔飧北首饥须给，书记南征病懒从。下榻独依严太仆，酒狂谬误多优容。"

[（清）吴振棫辑：《国朝杭郡诗辑》卷三，第 19—21 页]

四十　《国朝杭郡诗辑·陈晋明》

陈晋明字康侯，号德公，钱唐人，有《采菽季子诗留》。

康侯于鼎革之后，与兄贞倩、允倩诛茅偕隐，不复干进。其论诗，谓王、李但揭高华，钟、谭专搜冷隽，两者均失之。选有《八代诗钞》《初盛唐诗》，世称善本云。

《国朝杭郡诗辑》收陈晋明《至正年间诗》《蓼花》《邹大孝直同被劫质在盗中伪与余为兄弟称请先出办赎卒就兵间营救得归未能偿金赋诗言谢》。

《邹大孝直同被劫质在盗中伪与余为兄弟称请先出办赎卒就兵间营救得归未能偿金赋诗言谢》："豺虎巢中那长策，脊令原上赖深谋。无钱欲乞朱家买，让死未关赵礼留。竟自黄金酬部将，遂令黑索免累囚。执勤但可身居作，庑下从君学饭牛。"（按孝直为孤山慵隐仲锡之长子，西溪泊庵者，其庄也。)

[（清）吴振棫辑：《国朝杭郡诗辑》卷三，第 21 页]

四十一　《明诗综·陈祚明》

陈祚明二首。祚明字嗣倩，仁和人。有《稽留山人集》。

《北征杂诗》

秦邮湖曲路，夜半独行舟。月出光如水，虫鸣响似秋。荻芦明远岸，城阙漾中流。更照蓬窗里，萧萧映白头。

《送刘石生归秦中》

送尔难为别，迢迢惜远征。君言不得意，匹马返西京。冰雪辞燕市，烟花入渭城。计程逢改岁，千里客装轻。

[（清）朱彝尊选编：《明诗综》（第七册），北京：中华书局，2007 年，第 4037—4038 页]

四十二　谭献《复堂日记·〈采菽堂古诗选〉》

阅《采菽堂古诗选》，门径博大，真识渐出，然言情言辞尚隔一尘，以禅喻之，未是上乘。

阅陈氏《采菽堂古诗选》，气体博大，以情辞为职志，所见既正，说谊多入深微。

按检《采菽堂古诗选》，论陆士衡语稍苛，后来包慎伯又称之太过。

[（清）谭献著，范旭仑、牟晓朋整理，《复堂日记》，石家庄：河北教育出版社，2001 年，第 8、158、296 页]

四十三　《春酒堂诗话·陈胤倩诗》

陈胤倩诗，主风神而次气骨，主婉畅而次宏壮。尝指摘少陵诗，目为枯句，如"乾坤"、"万里"诸语。余笑曰："君奈何又有'乾坤一布鞋'之句耶？"相与大笑。忆此在己亥春慈仁寺雪松下，今成畴昔矣。录及为之潸然。

［（清）周容：《春酒堂诗话》/《清诗话续编》，上海：上海古籍出版社，1983 年，第 108 页］

《春酒堂诗话·容少时咏古律诗》

容少时有咏古律诗二十首，其咏《相如璧》起句云："楚璧能归赵，无城亦可秦。"家君见之笑曰："议论可喜。然他日能不录此诗，则进矣。"容至辛卯始悟曰，正嫌议论入诗耳。遂尽焚之。

［（清）周容：《春酒堂诗话》，第 109 页］

四十四　《安雅堂全集·赵雍客诗序》

往在京师，与施愚山诸君子以诗学相切劘，因有《燕台七子》之刻。严给谏颢亭、丁仪部飞涛、陈布衣胤倩，皆杭人也。三人者尝为余言："禹航有赵雍客者，工为诗，其取材也博，其立格也严，自贞观、大历以后之诗，落落然不屑以为。其雄深锐往之气，吾辈当逡巡避之。惜乎子之未见其人也！"去年客武林，始得交雍客而读其诗，于是慨然太息，服三子之知言。

夫诗之有初、盛、中、晚也，犹风、雅之有正变也，运会迁流，作者初不自知，而其畛域判然如寒暑黑白之不可淆。自虞山之诗选出，而学者无所折其衷。其言曰："诗一而已，无所为初、盛、中、晚也。"于是心耳浅薄之士，往往奉为蓍蔡，以平肤汗漫为容，以便儇粗率为简易，以稗官俚说、里巷卑琐之音为要典，率天下而出于是，岂复有诗也哉！夫季札，吴之贤公子也。适鲁观乐，知列国之兴亡，而自邶以下无讥焉。非以其音寒节促，与清明广大者异耶？今《三百篇》之次第具在也，韩婴、申公之训传。毛苌、衡弘之笺叙，若网在纲，秩然不紊。试取"牂羊坟首"以配"鲂鱼赪尾"，《蜉蝣》《鸨羽》以配《驺虞》《鹊巢》《十月之交》，与夫《民劳》《板》《荡》以配《生民》《旱麓》《卷阿》《泂酌》，曰："此亦风也雅也，何正变之有？虽三尺之子，亦且知其不可也。假令起贞元以后之人，使与陈、张、沈、宋、高、岑、储、孟之徒，操觚而校其优劣，吾固知其瞿然而避席矣。

雍客以盛年负俊才，生当国家昌明之运，其持论与余合也，故为是言以告之。虽然，凡说之新且异者，往往足以移人，吾党之士或有不免者矣。惧余与雍客之不坚也，则相与勉之而已。

［（清）宋琬著，马祖熙标校：《安雅堂全集》，上海：上海古籍出版社，2007 年，第 378—379 页］

四十五　《安雅堂全集·严母江太孺人七秩寿序》

余自束发之年，即与严给谏颢亭以诗文相切劘。既先后通籍，得与海内贤豪文章之士游，大梁则张子文光、赵子宾，宣城则施子闰章，钱塘则丁子澎、陈子祚明，并颢亭与余而七，仿王、李、宗、梁之遗事，有燕台七子诗行世。七人者以名节行谊自砥，有过失则规之。因而叙述家庭，往往抱瓶罍岵屺之感。惟丁、严两太夫人，岿然享令子寿考之报。吾侪雁行鹊序，修登堂拜母之礼，甚乐也。

（下略）

［（清）宋琬著，马祖熙标校：《安雅堂全集》，第 480—482 页］

四十六　陈祚明《黄叶村庄诗集·赠行诗》

论诗莫为昔人囿，中唐以下侪郐后（《稽留山人集》作"同郐后"）。何代何贤无性情，时哉吴子发其覆。丹黄十载心目劳，南北两宋撰集就。名家大篇各林立，镂板传人百世寿。亦师李杜惨淡成，不与齐梁靡丽斗。任真胸臆自倾吐，得意才华故奔凑。莫拘格调嫌薄弱，难得篇章安结构。近时浮响日粗疏（《稽留山人集》作"日粗芜"），矫枉宜将是书救。我开卷帙三叹息，目多未见惭固陋。大雅何当正始闻，斯文实恐歧途谬。布衣羸马在风尘，卖田刻书四壁贫。独有声名长不朽，表章先哲惠来人（《稽留山人集》作"俟来人"）。

[（清）吴之振：《黄叶村庄诗集》（第一册），武汉大学图书馆藏，清光绪四年（1878 年）刻本，第 19 页。该诗作于壬子年（1672），又名《赠吴孟举》，诗题下有小序："孟举有宋诗选行世。"见（清）陈祚明：《稽留山人集》，第 647 页]

四十七　《龚鼎孳诗》（诗歌酬唱）

（一）送陈康侯返武林和圣秋韵

其一

客愁准拟逢春减，天气殊佳汝却回。那忍玉河无柳折，生憎潞河已冰开。鸿飞江海孤云路，龙跃风尘二陆才。红烛早梅才昨日，深宵醉许接篱陪。

其二

长安大道青丝系，过眼纷纷项领成。一榻喜连才子话，五湖相逐故人情。轻风沙苑看回猎，圆月高楼问炙笙。尚有闲心存寂寞，和歌音较玉琴清。（君和余方答方贻诗。）

其三

曾传九日巾车至，山雨翻飞木叶凉。谁遣菊华虚对酒，可怜风笛又回肠。沙晴归雁千行近，帆落层湖万顷光。不分西秦韩库部，扁舟先系草庐傍。（谓圣秋也。）

其四

清门忠孝兼文藻，法护僧弥几弟兄。此去烟霞开倦眼，勿从京雒数狂生。归心并急春江水，末俗终尊处士名。最记绿流乘素舸，短箫亲傍画桥行。

[（清）龚鼎孳著，陈敏杰点校：《龚鼎孳诗》，广陵书社，2006 年，第 880—881 页]（顺治丙申使粤，迄康熙辛丑，《邸舍稿》）

（二）《陈胤倩将返西泠録别》

龚鼎孳

其一

吹笛谁家夜色凄，故人乡思满前溪。孤蓬久客头俱白，万事狂歌手并携。霜动清砧催菊放，月斜人影过阶齐。（诸子集圣秋斋，歌呼竟夜。）风尘南忘停车鼓，竹屿茅堂径未迷。

其二

行行挥手复牵裾，河水东流西上鱼。别后素书那易得，愁中木叶已全疏。新丰酒债看囊日，旧国烟波伏枕余。过眼五陵衣马事，一枰朝暮几盈虚。

其三

家残乱后橐装轻，开府祠堂古柏清。佣保已能归李爕，狗屠聊复爱荆卿。登楼四海仍怀土，筑屋三间待耦耕。最忆春星难弟别，玉壶银烛绕花行。（为康侯也。）

其四

京雒朋游渐五湖，虚堂瑶瑟冷青芜。九秋枫叶啼猿湿，一夕兰桡去雁孤。

病客梦先萦远水，美人赋已重名都。吴山笋厥能相待，肯向西风羡脍鲈。（第968页。）

[（清）龚鼎孳著，陈敏杰点校：《龚鼎孳诗》，第967—968页]顺治丙申使粤，迄康熙辛丑，《邸舍稿》）

（三）《集慈仁松下送无称、胤倩同圣秋、灏亭、伯紫、峻度，和胤倩韵》

龚鼎孳

消忧地僻兼秋暇，杂坐松根又一年。风定石栏偏永日，霜催老伴总离筵。难禁别路看孤月，却遣飞觞逼暮烟。（胤倩后至。）托兴共言埋照好，竹林吾独愧前贤。（宾主七人。）

[（清）龚鼎孳著，陈敏杰点校：《龚鼎孳诗》，第968页]

（四）《八月二十七日，芝麓先生置酒慈仁松下宠行。座有无称、固庵、仲调、颢亭、晋度，醉后口占即事》

陈祚明

人间此树千秋内，见我来游已七年。挥手自兹孤客去，攀条重列上公筵。即归杳杳投青岫，长忆苍苍亘远烟。沉醉莫辞仍满引，忘形何处得群贤。

[（清）陈祚明著：《稽留山人集》卷七，第524页]

（五）《胤倩偕袁中丞之山左用往岁送归武林四诗韵为别》

龚鼎孳

频年聚集改暄凄，乘兴翩然胜剡溪。蓬迹总难分去住，花时何计快招携。牵衣垂柳心堪折，看世浮云态已齐。回忆虎坊桥畔别，一阶残月影全迷。（昔诗有"月斜人影过阶齐"之句。）

其二（约过小饮，因冗不克，至第二联及之）

京华滚滚斗冠裾，游戏谁同纵壑鱼。此去偏怜秋月近，将离却遣酒杯疏。诸侯礼重笙簧外，名士亭留鼓角馀。榻倚油幢冰雪满，焚香终日对清虚。

其三

二东风俗渐心轻，本计全觇揽辔清。盗侠探丸遮斥堠，流入投甀累公卿。石壕啼哭难逃吏，坤轴飘摇几劝耕。草檄飞书劳阮瑀，借筹先采道州行。

其四

倦游心事托江湖，长日空斋长绿芜。却扫犹欣群彦至，临分乍觉一身孤。星河合并人将劳，车骑雍容子甚都。归舸早能过沇济，羡鱼何必四腮鲈。

（［（清）龚鼎孳著，陈敏杰点校：《龚鼎孳诗》，第 1068—1069 页］（康熙庚戌秋冬，《存笥近稿》）

陈祚明《送袁九叙大司空出抚山左》（略）

（六）《将之山左，芝麓先生以诗宠行，仍用辛丑岁祚明南归留别四诗元韵，到济再叠前韵却寄》

陈祚明

其一

灞桥回首复凄凄，不及当年返钓溪。后乘依人车已驾，新诗好我卷重携。陪游才子长留邺，属和巴人远适齐。老去何堪哀记室，飘零歧路向全迷。

其二

芙蓉幕里盛连裾，载笔清池赋跃鱼。为客孤身羞士贱，投人千里分交疏。凉风萧瑟三秋候，落月徘徊五月余。遥想慈仁松下饮，即今左席为谁虚。

其三

青社分矛寄不轻，高名济水似人清。地荒何以供群客，秩贵由来视六卿。下士无能虚馆谷，古人肆志只岩耕。燕中忆傍鸣钟食，齐国真须接淅行。

其四

莫拟扁舟问五湖，茅田一顷未全芜。传人自信文章在，正已从知德不孤。觞咏何妨依魏阙，簿书无暇赋齐都。晨朝且食鱼殽美，不异沧江八月鲈。

［（清）陈祚明著：《稽留山人集》卷十七，第 624 页］

（七）《九日黑窑厂登高，同方虎、国子、康侯、青藜、纬云、毂梁、仲调、伯紫、湘草，次康侯西山韵》

龚鼎孳

彭泽卑栖也弃官，肯因马栈负烟峦。天连野色浮空阔，人坐秋阴爱薄寒。餐菊饱应骄五斗，振衣轻不让千盘。兰皋延伫游将退，讵必高予岌岌冠。

其二

只有黄花共绿尊，无人不受九秋恩。百年朋好馀双鬓，一夜江山似故园。玉塞吹笳回白雁，金沟落叶到青门。当风欲结幽兰佩，公子何思未敢言。

其三

年年步屟此登台，今夕秋花喜尽开。自是欢多延暮景，那愁风急卷飞埃。篮舆敢借群贤拥，锦瑟偏逢烂醉哀。高会无钱须赊酒，狂呼不望白衣来。

其四

江声万里滚岷峨，淮海鱼龙白日过。尽遣金尊消日月，几时璧马奠江河。寝园佳气千山转，宫井哀蝉一曲多。大有奏囊驰水旱，望中逸足倚明驼。

其五

茱萸细把蕊重重，摇落秋心晚倍逢。梦去荆花双泪堕，秋来药裹六时供。归与狂简凭歌凤，老矣风波倦战龙。清夜唧杯还秉烛，小山丛桂肯吾容。

［（清）龚鼎孳著，陈敏杰点校：《龚鼎孳诗》，第 1074—1076 页］

四十八　《改亭集》（诗文）

（一）《宴故少宰胡公谷园即席歌和胤倩》

良辰高会怀畴昔，六载之前当此日。平津开阁坐春风，为许升堂赐颜色。亭台杜曲始经营，长杨细柳遥凝碧。墙角桃花看半遮，疏帘隐几摊书帙。心力空将丘壑成，悲缠黄鸟嗟何及。只今仲李继风流，割鲜置醴娱宾客。跋履重窥金谷园，伤心几叩西州策。稠花乱蕊艳晴丝，曲沼游鱼自俦匹。对酒沉吟送夕阳，相看意气无萧瑟。五侯七贵等浮云，憔悴繁华同瞬息。谁能长借鲁阳戈，永为苍生驻安石。诸公酒盏莫教干，聊复为欢尽今夕。座中处士最深情，长吟一篇头半白。

[（清）计东：《改亭集》卷七，《续修四库全书·集部·别集类》第1408册，第36页]

（二）《宋蓼天太史移罇故少宰园亭，招同子俶、冰修，奉陪振音、翔羽看花小饮。冰修有赋，慨然和之。》

陈祚明

其一

星归箕野去，庄剩午桥留。十载林阴长，三春花事稠。空园巡仲叔，旧阁坐羊求。花向新知笑，苔迷故客愁。

其二

载酒看花饮，哀师宋大夫。聊为竹林会，应忆杏坛趋。邺客余陈橡，周侯亦孔徒。吞声陪杂座，红萼点平芜。

其三

不敢仍为赋，惊心又一春。高歌中坐起，溅泪四筵人。洛下来何晚，东山迹已陈。当年桃杏短，花外露朱轮。

其四

博物张公在，应须爱陆机。即看悬一榻，久已闭双扉。留宿灯空照，同游酒共挥。闻歌花尽落，烂熳扑鹑衣。

[（清）陈祚明著：《稽留山人集》卷十五，第601页]

（三）《沈绛堂宪副招同诸公宴集即席和陈胤倩十四首》

计东

燕市悲歌复暮春，夕阳花下未归人。风流剩有休文在，折简招寻不厌频。

坐客谁非第一流，谭经说剑总销忧。逢人莫怪偏憔悴，十载京华避贵游。

袞袞诸贤半少微，曳裾到处有光辉。怜予歧路空更辙，依旧长安一布衣。

岁岁攀条泣柳枝，长吟杜老怕春诗。灯红月黑人俱醉，我独伤心对酒卮。

皓首朱颜望若仙，双瞳岩电照当筵。那堪醇酒三升后，话尽风流四十年。

（沛县阎古古）

悠悠深惧负师门，楚客相逢每断魂。与问黄冈身后事，春星当户已黄昏。

（楚黄刘千里）

病起消中近若何，青精大药未蹉跎。停杯不饮缘何事，此酒相传易水多。

（白门纪伯紫）

执友于今有几人，喜逢帝里侍纶巾。鸳鸯河畔春风急，应忆晴天理钓缗。

（嘉禾俞右吉）

曾过梁宋询耆旧，侍御精灵尚可招。几向樽前看令弟，家声不忝在云霄。

（西泠陈胤倩）

短褐淮南得小山，金门大隐试追攀。何殊远驾陶元亮，东海归来蚤闭关。

（宝应陶深季）

哭癖名高同学中，期期丹灶话朦胧。生年已过朱翁子，怀绶何时得自雄。

（娄东周子俶）

午梦堂前荒草长，能诗家婢散何方。八龙独有慈明在，摇落京华泪数行。

（汾湖叶星期）

海燕窥帘柳絮飞，凤凰池上望春晖。何当三载趋朝日，再听朝元昼漏稀。

（绛堂宪副）

阿兄莲幕久留燕，小弟蓬飘更可怜。携手高梁桥上坐，探春花谢又今年。

（家兄子山）

［（清）计东：《改亭集》卷七，第68—69页］

陈祚明及其诗学思想研究

（四）《丁未三月沈臬副绎堂招同诸子雅集漫赋》

陈祚明

其一

暮春三月会群贤，南客相逢在北燕。莫更樽前论往事，风尘合散动经年。

其二

客中把酒送残春，景物何如曲水滨。饮罢更书修禊序，千秋得似永和人。

其三

柳色参差映玉河，衔杯天末共悲歌。如何胜集开朱邸，白发萧萧处士多。

其四

莫教上客顾金羁，授简须为纪事诗。预恐他年思此日，风流云散不胜悲。

［（清）陈祚明著：《稽留山人集》卷十三，第582页］

（五）《和甫草赠绎堂座上客十二首》

陈祚明

何人不识采芝翁，皓首庞眉顾盼雄。箧里素书谁得授，未将踪迹付冥鸿。
（沛县阎古古）

十年人读故宫诗，白下耆英鬓似丝。愁绝燕山长作客，消中不独为脾衰。
（白下纪伯紫）

隐几应须戴鹖冠，治装底事入长安。卖文不异为佣活，肯让当年梁伯鸾。
（梁溪钱磏日）

鸳湖才子久知名，老去逃名白发生。万里云中随幕府，喜逢燕市酒同倾。
（檇李俞右吉）

吟风弄月想濂溪，象表何如葱岭西。共我长斋非佞佛，不分何肉与周妻。
（黄州刘千里）

不知栗里在芜城，烟雨平山泉水清。乍挽篮舆来洛下，门前五柳为谁荣。
（广陵陶季深）

北阙上书不见收，三江船去剩乌裘。诸君莫笑烧丹悮，但得金多可散愁。（娄东周子俶）

外台使者号知人，下榻能留幸舍宾。客里因君传夏正，鸣鸠戴胜总伤神。（寿州戴务旃）

尽道慈明冠八龙，金台携册喜重逢。竹林当日黄垆酒，宿草余杭哭嗣宗。（汾湖叶星期〈故友来甫从子〉）

笠泽苍茫水接天，计然亦泛五湖船。依刘莫叹长为客，乍喜诗成示惠连。（华亭计子山）

多君才是贾长沙，放废江湖莫怨嗟。但有五湖三亩宅，不妨绕屋种桑麻。（松陵计甫草）

西园开宴集群宾，入座俱为失意人。可道平原公子贵，凤池迁客亦沉沦。（主人茸城沈绎堂）

[（清）陈祚明著：《稽留山人集》卷十三，第582—583页]

（六）《改亭集·陈胤倩寿诗集序》

计东

夫世之所谓处士者，我知之矣！有性不慕势利，才不耐世事，乐寂静以养生，就闲旷以适意者，其人即生圣人之世，去轩冕若敝屣然。此唐虞伯成、子高、汉谷口郑子真、成都严君平之流也。当吾世，或有其人，我未之见也。有迫于事会，有激于志节，毅然入深山不顾，若汉末栗融、禽庆、苏章、曹竟、宋谢翱、郑思肖之流。其志意诚可哀，其行谊诚可传。我见其人而心焉愧之矣。至其人性既不慕势利，其才又足以济天下之用，而又不屑仕宦，时时与贤公卿大夫游，间一出其思惟论说，可使贤公卿大夫名重于朝廷，不尸其功，又不洁其迹，若召平布衣之客萧文终矣，胶西盖公之于曹丞相，王生老人之于张廷尉释之者。此其人我欲谓之隐不可，谓之仕不可，谓之用于世不可，谓之无所济于世又大不可也。其易之所谓不易乎世，不成乎名者乎？其庄子所云"不刻意而高，无功名而治，无江海而闲，不导引而寿，无不忘也，无不有也，淡然无极而众美从之者"乎？此其人果贤于伯成、子高、子真、君平之徒乎？抑尚有所系于世，亚于禽庆、栗融、谢翱、郑思肖之徒乎？此其人当吾世而幸见之、习之、久而悦之深，则惟胤倩陈先生一人。人欲知先生者，盖观盖公教曹丞相治齐，王生老人命张廷尉结袜事可以得其济世之大概。若其著述行谊，雄富而超卓，世未有不知先生者矣。夫爱人者必愿其人之延年多寿，长存乎天地之间，使得益就而事焉。有以捄予之过而掖予之不逮。又乐其人之方富于春秋，若曹孟德所称壮盛智慧者。今月之二十五日先生方举五十之觞，予且喜且祝，将集同人为寿之诗，以前进于先生，而予先为之序如左。

[（清）计东：《改亭集》卷七，第 167—168 页]

（七）《邺城吊谢茂秦山人》

邺中怀古止秋风，辞赋深惭谢氏工。生欲移家辞白雪（白雪楼李于鳞居也。于鳞与茂秦中绝，茂秦自临清移家邺中），殁随疑冢对青枫。诸王礼数何尝绝，七子交期竟不终。自是贵游多薄幸，布衣未必叹飘蓬。

[（清）计东：《改亭集》卷五，第 58 页]

四十九　《田间诗集·客隐集》

（起壬子冬止癸丑）

钱澄之

《哭陈胤倩》

二十年来客帝畿，空余灵旐返山扉。游于垂老真宜倦，病到临危不及归。河路间关移榇远，交亲寂寞助丧稀。哭君还自伤迟暮，江国今存几布衣。

未衰早见发全新，酒后挥毫彻夜频。卖赋举家皆待哺，谋生半世只成贫。

帷前哭踊嗟犹子（适阿咸至为治丧），身后经营仗故人（后事皆颢亭为经理）。检点遗篇增涕泪，总由此道损心神。

[（清）钱澄之：《田间诗集》卷十九，《四库全书禁毁丛刊》集部第145册，第370页]

五十 纪映钟《戆叟诗钞》

《二哀诗·陈处士祚明字胤倩，仁和人》（其一）

处士负奇气，有怀固山泽。蔚然霞表姿，偶留尘世迹。读书识大义，慷慨夺前席。当其落笔时，万夫应辟易。京华齐鲁间，矻矻岁月揶。终宵爱焚膏，心精耗铅尺。敏若夙构成，严不事刻画。宛转谐泳游，铿鍧著典策。家门陈仲弓，经纶谢安石。

雠雠三雅杯，落落东山屐。折阅任钱刀，友朋注胸膈。五斗方卓然，眼光四隅射。归马复操觚，拥襆益综核。方卜金石龄，遽意龙蛇厄。君年三十时，须髯强半白。道力弛端凝，群芬靡中液。不朽惟文章，名山重宝惜。哀哉斯人亡，薄海同悲喷。交君既廿载，情话方畴昔。荒荒酬对间，瞬息幽明隔。丹旐出春明，骨肉容惛瘠。二月春已深，雪花乱行陌。魂气无不之，珍重慎归宅。

[（清）纪映钟：《戆叟诗钞》卷四，《清代诗文集汇编》第30册，第39页]

五十一 王崇简《青箱堂诗集》

（一）《陈玄倩严子岸约同胡思皇雨游金园余将别归》

夏已入季好雨时，良友引我踏幽奇。曲径城隅人迹少，门开千竹隔疏篱。穿廊林路石矶小，堂从桥去势坦夷。老梅百年化作石，大枝小枝如虬螭。来非花时叶亦好，百枝叶叶香风吹。登登更上层楼去，楼边幽阁临清漪。漪波着雨影点点，河风澹滟濒入酒卮。举卮欲言情正多，雨兮雨兮奈别何。

[（清）王崇简撰：《青箱堂诗集》卷二十三，《清代诗文集汇编》第16册，第368页]

（二）《至嘉兴访钱孚于约同李乔之陈胤倩泛舟烟雨楼》

千里登堂快此生，放舟湖阁欲移情。晴添树影层层日，水发帘光片片明。偶至幸过经想地，相逢半是旧知名。感君二十年来意，携我风烟说凤盟。

[（清）王崇简撰：《青箱堂诗集》卷二十三，第368页]

（三）《归途赠别陈玄倩并令弟胤倩》

仲夏湖水乱纵横，落日照人肝肠明。我思陈子如饥渴，相见意气高峥嵘。感慨万事不能言，举手但觉心难平。异母之弟幼失养，远方归来出至情。丈夫立身自有本，能孝能友百行生。君家季弟年方少，雄文奇句神鬼惊。一朝同往山东去，我亦偕行归帝京。图书满船病而返，联桡接舫方雨程。烟荒水渺相告归，梦君兄弟月依稀。

[（清）王崇简撰：《青箱堂诗集》卷二十三，第369页]

（四）《挽陈胤倩》

哭君莫怪屡声吞，四十年来老弟昆。恰展书函新札在，偶过邻巷寓门存。半生几洒思乡泪，晤语旋成隔世言。肠断不堪惆怅处，春风习习月黄昏。

其二

陨涕非惟念凤盟，文章行义重平生。人伦师表椎陈实，词赋宗工属长卿。高蹈何妨谐世法，素心自不羡时名。最怜易竭凭棺泪，昔哭难兄已尽倾。

[（清）王崇简撰：《青箱堂诗集》卷二十九（甲寅），第599页]

（五）《陈胤倩拟古诗序》

诗以言志也，不得于志托之于咏歌，以道其悲郁无聊之思。然所谓不得志者，岂独贫贱之故哉？顾有才可以为世用，时可以为荣遇，而甘处寂寞以吟咏自娱，徒以寄思千古，得古人之意而仿佛其言。言虽不足以尽，而要其意之所存，则有古人实获我心者。若吾友陈胤倩有之矣！胤倩以渊雅之才，好沉雄之学。十五年前其伯氏元倩计偕来京师，与予以道义相亲重。继而予浪游西湖，日与啸傲湖山之间，因得交胤倩。尔时胤倩甫弱冠而意气泓深，发言恢瞻，予敬而惮之。亡何张天如、宋尚木诸君子迟予于金阊，而元倩亦赴山左，成宝慈之约。偕胤倩与予联樯而北过檇李，钱孚于留饮烟雨楼。信宿始行。元倩适遘疾，返棹，遂与胤倩别。曾几何时，而海内云扰，元倩赋绝命词而死。求胤倩音问不可得。又数年，乃来燕市，遨游卿大夫之间。久之，有拟古之作。吟烈悲酸，融微旨雅，而绵邈清遐。盖多不得志之音矣！呜呼，曩日之胤倩，才识茂硕，方将摄云衢、驾蜿汉，垂嘉名于竹帛。今乃寄怀于古人，郁声于穷巷。人生之出处显晦岂能预料哉？予非能知诗者，读拟古之篇而悲其志，念昔故人半属物化，而胤倩复托兴于感慨无聊，夫岂以贫贱为怀乎？

[（清）王崇简撰：《青箱堂文集》卷四，第17—18页]

五十二　孙治《孙宇台集·沧溟诗选序》

魏文《典论》称"文人相轻，自古而然"，余以为非也。夫一人之作，备有利病。一篇之内，具见瑕瑜。若必避季绪之诋诃，因循众喙，统无区别，是岂可为立教之首哉？故明镜诚悬，不可欺以妍媸。玉衡在握，不可爽以铢两。此陈子胤倩评诗遗书，实古今诗家之龟鉴也。有明作者前称北地为首，后以历下为宗。人尊所见，家秉一编，总无解于雷同，而有讥于大雅。胤倩天才卓发，学力深湛，肆力于诗者三十有余稔。间以暇日取李何王李诸家一一辨定。众所曹好，有丑者必摘；众所曹恶，有美者必扬。辨味于淄渑之间，衡相于灭没之外。考部辨体，析微论宗，开千古生面，起九原以厌心。此非余之私言矣！其兄仲子先取沧溟一编行世。夫沧溟众制皆有可观，但以才愧若人，不能标其疵陋。今观其易字以成篇，篇无重滞；删句以就意，意有贯穿。词则黜其形似，调必诣其自然。凡所论列，具载篇内。固无假于辞费，唯是七律脍炙一时，独步千载。山中桂树、江上梅花，秋色弧子之篇、落日□□之句，众著者以为标准，向慕者以为美谭。□属引绳便同□□□□府之。佳者不过胡宽营丰，劣者已同乌孙造屋，移甲就乙，截凫续鹄，实可哂矣。斯为笃论。五排七绝，压倒群辈。众体称尊，于鳞亦不意其所至。而平情而论，实无间然。此其可得而概者也。夬自昔诗人不能无病。平原有直致之诮，康乐有芜累之讥。光禄以错彩镂金为病，宣城以玉石不分为其憾。岂有某某之为上驷而无中下，某某之为全璧而无类累哉？然则有胤倩之评，而于鳞可以相笑于地下也。其为匠人之斫不既多乎？嗟乎，上官妇人徒有轩轾，记室庸流妄为题目。胤倩诗人之冠冕，文苑之渊海，即以此书单行，亦足不朽。余故得扬榷而言之。

[（清）孙治撰：《孙宇台集》卷四，《四部禁毁丛刊》第 148 册，第 700—701 页]

五十三 《孙宇台集·亡友陈祚明传》

夫倜傥非常之人，其降生也，离奇恍惚，而鄙儒多拘执一先生之言，以为六籍所不载姗笑之。异哉！若殷相说自箕，汉相国何乘昴，何以称焉。以余所闻，汉有东方朔先生曰岁星也。又千有余年，而唐有李太白先生曰金星也。又千有余年，而明末有吾友陈祚明先生曰火星也。夫五星者，天之贵臣也，千年一生，即三公孤卿岂足道哉？而朔在汉，仅执戟为郎，至以一囊粟与侏儒较饥饱，可哀也。白在唐，受知明皇，坐七宝床，调御羹赐食，可谓荣矣；然以永王璘事长流夜郎，前后游历燕、赵、齐、鲁、吴、越、江淮，又何穷也。祚明生遭百六阳九之厄，被褐怀玉，秉节守义，然在燕三十余年，公卿载酒论文，黄金满床头，缘手辄尽，究以旅死，其穷异甚。呜呼！岂可谓非天乎哉？祚明父为存之先生，穷极性命，绍绝学之传，当世称为大儒。祚明嗣其学，搜其义蕴，其于鹅湖、鹿洞之旨，廓如也。为文章千言立就，出入班、马，扬厉风骚，文以韩、欧大家以下，诗如琅琊、历下诸子，无不爪肓搎俞，搣髓搜肌。至若天官、地理、河渠、兵政、职官诸典故，了如指掌，而约其奇胲，若即可起而见诸行事者。当确庵先生之殉节江上，与二夫人俱。祚明一家数口，糠核不厌棺敛者三。抚其遗孤，偕兄及弟，流离兵间，傲处一椽，甚矣其惫。居丧，水浆不入口。士大夫之观礼者，于陈子焉。吾闻荧惑所舍，为丧、为饥、为兵，而又为天之执法，于五德为礼。今祚明父为大儒，兄为忠臣，秉执礼法，盈吾阳节，倘所谓荧惑不其然耶？祚明既已不得意游燕，逡巡三十年，无论严侍郎父子、顾侍御诸故人，皆出肺腑慰劳，即如胡宛委、龚芝麓之流，其欲为戴安道之营宅者何限，而卒不得还山为菟裘以终老，火之出入无常，此其征也。祚明三十七岁，作《荧惑不见歌》，其略曰："大帝却念荧惑除去朝籍，谪落文身之国。三日啼呱呱，七日卧索乳。五岁诗书略上口，八岁九经通训诂。小时咏兔叶宫商，大来赋鹊成篆组。从来谴谪无荣华，备极艰难尝险阻。邦国崩摧感劫灰，室家破碎惊风雨。月下独弹剸缑剑，雪中五指无底履。性情娴雅颂，道术综三五。载籍揽极博，作歌思太古。"又曰："兄事木帝精，弟畜蚀昴客。作剧生拔苍龙角，使气直骑参虎脊。当年天上携手人，岂念吾生此迍厄。泪下如缏縻，鼻涕长一尺。空啼杜宇血，徒衔精卫石。从来物化本无常，嗟尔悲啼亦何益。"又曰："天帝刑法不整饬，五星缺一难为治。好语召荧惑，叱叱行来来。荧惑伸腰再拜跪，附书报谢天帝知。小臣无状性懒惰，世上龌龊诚不卑。在生既有兄与弟，讵忍与之长相辞。骨肉共离里，白首情依依。蓼虫避葵堇，习苦不言悲。所忧独贫贱，亦或冻与饥。亮哉此固命，甘之乃如饴。"呜呼，此其自谱也。祚明有兄丽明，为将军，有诗名。弟晋明，博洽好古，为布衣，有古人风。子曾薿，笃学，能继其志，述其父行实数万言，可泣也。余哀其伯兄沉湘已为旅人，因其所作《荧惑歌》而推言之。夫方朔类俳，然其力谏孝武，数董偃斩罪，可谓遗直。太白类狂，然识郭子仪于侪人中，气压刑余，讥讪妃子，其行谊岂止谪仙人耶？祚明游涉贵人，气雄万夫，夫为徘、为狂，不可方物，然其忠节孝慨，卓然自立，殆与方朔、太白同风，所谓兄事弟畜者益信。孙治曰：吾观神宗末年，樟亭多火，岂荧惑之生固有兆耶？语曰"火为水妃。"故先生以亥年生，五行中火乐木，故今以寅年终。又自称稽留山人，世传许由避尧之所。然不可信。然要之，武林山也。上有塔，为北高峰。往时塔出火飞，至六和塔而歼焉。先生年三十余，北高峰塔崩。又十余年，先生旋亦应之。信耶，否耶？下士闻道大笑，固未可为俗人道也。

［（清）丁丙编：杭州掌故丛书《武林坊巷志》（第5册），第365—367页］

五十四　阎尔梅《白耷山人诗集》（诗歌酬唱）

（一）《灯节前三日集饮米园吴兴公、李条侯、张彦若、陈孕倩、诸骏男五君作主》

阎尔梅

神骏坊西铁鹳东，池环百亩破桥通。枌榆结社名堪续，杵臼论交事可风。画阁烟浮青漆上，停云影现绿冰中。元宵节近传柑早，箫鼓阗街火树丛。

［（清）阎尔梅撰：《白耷山人诗集》卷六上，续修四库全书集部第1394册，第346页］

（二）《十三日夕偕张彦若、吴兴公、李条侯、诸骏男邀江浙同人米园小集漫赋》

陈祚明

华灯五夜笙歌始，清酒三升臭味醇。客子聊为今日主，名园偶聚一时人。已多华发嗟逢岁，喜接青云共一春。来者悠悠千载后，可将高会记良辰。

［（清）陈祚明著：《稽留山人集》卷十五，第600页］

（三）《灯节后四日集饮武林会馆蒋驭鹿、邵兰雪作主》

阎尔梅

西湖别墅扫冰苔，灯补元宵五色绡。吴越佳人连袂唱，幽燕老将褐裘来。梨花带雪初春放，玉树临风半夜开。应笑梁园宾客陋，当筵辞赋仅邹枚。

［（清）阎尔梅撰：《白耷山人诗集》卷六上，第346页］

（四）《十九日毗陵蒋御六、吴门邵子与招同诸君宴集》

陈祚明

京华已过悬灯夕，邸舍仍开置酒筵。上客半同前夜集，主人独让二君贤。百壶细泻移清漏，万烛高烧吐绛烟。此夕和歌无泪下，燕中落魄不知年。

［（清）陈祚明著：《稽留山人集》卷十五，第600页］

（五）《河亭结社限涛亭两韵分赋是日余作酒主》

阎尔梅

宫沟漾出玉泉膏，十里垂杨绾碧条。粉蝶交绥青薜荔，金罍新泛绿蒲桃。花飞庙市兼灯市，歌奏吴骚变楚骚。名下殊多贫贱士，五君诗里削戎涛。

［（清）阎尔梅撰：《白耷山人诗集》卷六上，第346页］

（六）《四月四日同人剧饮西河徐家水亭阎古古先生拈涛字亭字要客共赋七言二章不耻滥竽辄有斯作》

陈祚明

毵毵柳色凤池高，水漫金潭泻碧涛。客子殊方同选胜，佳辰赍酒一忘劳。众中枚叟先探韵，酷有刘伶爱餔糟。醉去但令僮荷锸，不须临水赋离骚。

其二

城西遥见暮山青，此地偏宜辟水亭。马蹴轻尘穿暗柳，鱼吹细浪泛新萍。群贤授简才无敌，上客飞觞酒莫停。潦倒巴人休共笑，长斋此日讵能醒。

［（清）陈祚明著：《稽留山人集》卷十五，第601—602页］

五十五　《施闰章诗》（诗歌酬唱）

（一）《怀陈胤倩》

施润章

习苦从物役，未敢言烦疴。心结不能已，但为离思多。与子同曲宴，永夕悲且歌。相期松与柏，不愿为女萝。德音谁不瑕，阳景委颓波。英华亦云美，当如零落何。长怀肥遁客，颐性栖层阿。

[（清）施闰章著，吴家驹点校：《施闰章诗》，《清名家诗丛刊初集》，扬州：广陵书社，2006 年，第 307 页。又见施润章撰，何庆善、杨应芹点校：《施愚山集》，黄山书社，2014 年，第 136 页]

（二）《历下集严颢亭马宛斯陈胤倩》

施润章

小饮论文细，开轩见月明。荒台延月色，古木动秋声。潦倒人间事，虚无身后名。莫将《白雪调》，苦问济南生。

[（清）施润章撰，何庆善、杨应芹点校：《施愚山集》，第 136 页]

（三）《寄怀施愚山》

陈祚明

沧江薄宦且淹留，玉笥名山揽辔游。七子今时多寂寞，三年异地总离愁。相思遣弟随飞盖，失路怜予只敝裘。懒慢幸能文选定，何时却寄待删修。

[（清）陈祚明著：《稽留山人集》卷八，第 535 页]

五十六　邓汉仪《诗观初集》（评注陈诗）

陈祚明，胤倩，浙江仁和人。《采菽堂古诗选》

（一）《于金鱼池上偶成》

陈祚明

郊林乍澄爽，素商披我襟。循坂憩乔木，揽衣散曾阴。平沙既逶迤，苍然见西岑。复此池上乐，坐获濠梁心。陂塘相灌注，密藻翳浮沉。锦鳞耀日华，朱鬣披丹金。群泳同所适，独逝冥幽寻。有多狎众玩，虽伏乖潜深。何当纵逸兴，掉尾百川浔。（邓汉仪注："笔墨不多，正符囊体。"）

（二）《瘦马行》

春风渐绿沙苑草，尘埃日暗长安道。蹄高尾秃走逡巡，瘦马空留皮骨老。双驴曳车毂转急，狭邪路隘踟蹰立。嚼勒无声负日寒，障泥改色临流泣。忆昨齐毛（邓汉仪注："此说当时"）上林苑，十二天闲校猎返。绿鬐摇曳践青郊，朱汗流满骤兰坂。是时天子重神骏，飞黄騄耳争相趁。七萃旌旗锦作营，五侯骑从花为阵。饱食常供太仆刍，黄金饰辔云模糊。一出横门志千里，跑跳欲与凡马殊。时移物换（邓汉仪注："此说今日"）厩早改，西来大宛夸龙驹。后宫教舞但蹄躞，前驱吏驾甘羁孤。平原萧瑟白草长，涧西放牧依菰蒋。神衰不觉眼低迷，肉尽谁怜骨骯髒。鬣疏疮破鸟啄皮，负薪陇阪（邓汉仪注："形容得十分可怜"）山猿欺。野烧乍疑獠火作，秋雨独畏阴风吹。君不见天驷无光伯乐化，服早乘舆材亦下。肯恋栈豆侪驽骀，白老荒坰爱萧洒。但留骏骨在人间，倘筑金台有知者。（邓汉仪注："作者其有所托乎？何言之沉痛悲激也！"）

（三）《北征杂诗》

百年多攘攘，跋涉意如何？京口归潮大，丹阳落日孤。转漕千舸拥，过闸万人呼。泛水扁舟影，萧条短发疏。（邓汉仪注："气壮思猛，固为杰构！"）

不识清河口，金龙烈士祠。惊涛吞日月，崩岸走蛟螭。金碧前朝殿，莓苔万古碑。生存惭拜手，破浪石尤迟。（邓汉仪注："此首饶有感慨！"）

地脊凭南北，中流一道分。帆樯欢客子，钟鼓报龙君。（邓汉仪注："警句。"）日没邠徐野，天寒岱岳云。归舟泲下水，从此息劳筋。

帆转天津口，清流界浊流。鱼盐来海上，舟楫聚城头。（邓汉仪注："切天津。"）万里人为市，重关铁作楼。依然扼形胜，风景不胜愁。（邓汉仪注："《北征》凡十一首，特录其尤矫异者。"）

（四）《中秋长安对月》

双阙暮青青，西山倚画屏。更悬明月照，何处翠华停。桂子飘仙苑，霓裳奏广庭。白头宫监在，箫管夜深听。（邓汉仪注："纸上有泪。"）

（五）《送曹秋岳少司农分藩粤东》

才大容何易，官迁远未妨。声名留北阙，瘴疠且南荒。雨湿桄榔暗，山空薜荔香。倘能怀五柳，松菊故苍苍。（邓汉仪注："唐人送行，意多规箴。语无忌讳。不只词令之工。胤倩殊得其旨。"）

（六）《送韩固庵斋捧之章贡》

潦倒燕游客，饔餐托故人。一行临岭峤，孤月望江津。马度蒸林赤，槎廻水驿春。只同今夜酒，莫厌数沾唇。（邓汉仪注："风调翩跹。"）

（七）《燕山杂咏》

汉家宫阙郁相望，省署迢遥绕建章。三殿旌旗松霭霭，千门剑佩柳苍苍。炉烟细转青云合，榜字高悬白日光。秋色回中接南苑，更衣亦在旧长杨。（邓汉仪注："一结含情无限。"）

西望青山积翠凝，松楸黯黯汉诸陵。太平尽识垂衣久，失势谁悲带剑升。坏道悲风嘶石马，荒岑凉月闪金镫。下津想像明禋日，凫雁秋多碧海澄。（邓汉仪注："沉郁哀凉，难为卒读。"）

（八）《中山将台》

龙旗七萃羽林间，大将长城饮马还。飞骑熊罴屯上谷，真王带砺启中山。谁标铜柱青冥外，长耸云台紫极间。闻道大风思猛士，抚髀万里惜朝班。（邓汉仪注："雄风健笔，如劲鹘摩空。"）

（九）《香山》

夹道青山似画中，先朝列帝敞行宫。莺花仍度三春日，松柏长吟万壑风。锦石亲承銮辂转，玄媛犹说翠华东。小轩御牓留宸翰，行客徒悲古木空。（邓汉仪注："俯仰悲感，偏多潇逸。"）

（十）《海淀》

千溪赴壑碧流清，青甸因高少海名。自有鲛宫凌岸出，曾牵龙舸信风行。波含莲勺成秋色，云去兰台作雨声。上巳先朝容祓禊，曲江花柳聚簪缨。（邓汉仪注："文采流宕。"）

（十一）《燕市春歌》

长安古狭邪，道隘不容车。沟水春泥拥，愁君白鼻骀。

呵殿簇鞍行，金鞭手自擎。稍携宫扇出，指点识官名。

宣室通长乐，斋宫起露台。尽随将作监，十万梓人来。

寒日郊坛路，香车队队逢。玉肌宫袖窄，青鬓挽盘龙。（邓汉仪注："数首纪事偏觉隽胜。"）

（十二）《元夕灯词》

翠甸珠襦竞新妆，社鼓灯毬月似霜。闻说鳌山衔火树，宫中依旧舞霓裳。

正阳门外玉河桥，角觗鱼龙乐事饶。羯鼓催为鸲鹆舞，琵琶细逐凤凰箫。（邓汉仪注："神似青莲而用意则别。"）

（十三）《报国寺松歌》

曲铁虬枝翠叶齐，秋阴古殿夕阳低。人间亦有千秋物，不必烟霞锁碧溪。（邓汉仪注："别有感兴。"）

（十四）《送吴方涟司李浔州》

岭峤春风洞壑幽，郁林城下水争流。官衙吏散无烽火，荔子低垂翡翠游。（邓汉仪注："风神绝世。"）

（十五）《宫中行乐词》

平明鱼钥九重开，共待长杨夜猎回。马后齐悬双白鹿，武皇元有射蛟才。（邓汉仪注："情深而色丽。"）

［（清）邓汉仪辑：《诗观初集》，《四库全书存目丛书补编》第39册，南京图书馆藏清康熙慎墨堂刻本，第120—122页］

五十七　邓汉仪《诗观初集》（评注陈祚明表侄诸骏男诗）

（一）《鸡头关》

诸九鼎，骏男，惕庵，浙江钱塘人。（笔者注：诸骏男为陈祚明表侄）

鸡头何昂然，似向云中鸣。阳乌隐未出，催促戒晨征。雄关半天上，仰视不分明。下视坤舆底（邓汉仪注："善写"），如见江流倾。石路未盈尺，坎陷复拄撑。踰此北栈毕，险尽始得平。下坂行旷野，清江绕褒城（邓汉仪注："老"）。女子间汲井，农夫事耦耕。水边花百朵，柳下莺一鸣。暂得出艰阻，稍慰行役情。（邓汉仪注："从险道写入坦境，指端井井。"）

（二）《宽川埠》

泥滓滑道途，夜行无正路。策骑不能前，往往溪中渡。面触树梢云（邓汉仪注："奇语"），衣洒花上露。月黑饥虎叫，松密苍鹰怒。缁尘易染人，恐失平生素。蹇子泉石姿，东躬自修婍。遇坎思安止，临深懔危惧。寄语区中人，毋为远游误。（邓汉仪注："笔锋警利。"）

（三）《秋林》

半夜客渡河，天河树梢挂。落月烧金盆，明星灿若画。每苦秋阳烈，暂喜凉露快。五更天反黑（邓汉仪注："真景"），拨树方入寨。断石同埋臼，丛枝若聚万。草岩苦雾迷，泥路哀湍坏。蟾泉水气毒，木客萝衣怪（邓汉仪注："骚肠赋笔"。）须知在穷途，岂得乐行迈？（邓汉仪注："境地固既幽险而笔力亦能传写。"）

（四）《华阴西岳庙望岳》

到此烟霞境，深怜薜荔衣。坐松逢月出，望岳爱云飞。（邓汉仪注："佳境"）铁鹤庭前舞，金芝溪上肥。同行莫相促，吾意澹忘归。

（五）《咸阳》

萋萋芳草古咸阳，自昔雄风忆始皇。十二金人环殿阙，三千秦女卷衣裳。离宫跨渭南山下，鞭石成桥大海傍。却恨沙丘车不返，鱼灯风冷路茫茫。（邓汉仪注："工致而章法矫绝。"）

（六）《往事》

往事苍茫叹劫灰，风前独立自徘徊。嵩山剩有登封迹，许下徒留受禅台。罗绮西陵空鼓吹，干戈南渡半蒿莱。道人解得尘区事，笑对梅花浊酒杯。（邓汉仪注："如此看来真觉万念灰冷。"）

[（清）邓汉仪辑：《诗观初集》，第 393—394 页]

五十八 《明遗民诗》

（一）陈祚明《北征杂诗》

陈祚明，嗣倩，浙江仁和人。有《稽留山人集》。

秦邮湖曲路，夜半独行舟。月出光如水，虫鸣响似秋。荻芦明远岸，城阙漾中流。更照蓬窗里，萧萧映白头。

[（清）卓尔堪选辑：《明遗民诗》卷十四（下册），北京：中华书局，1961年，第 567 页]

（二）宋荦《遗民诗序》

是则古今所称遗民，大抵皆在凶荒丧乱亡国之余，而忠义牢骚者多出于其中。其歌也有思，其哭也有怀。孔子删诗，未尝尽存风雅之正而逸其变。又岂能使狂童怨女、放士鲜民，皆奏清庙之音，而不为黍离板荡之咏也哉？是故人不一境，境不一诗，各自道其志之所感已尔！

[（清）卓尔堪选辑：《明遗民诗》卷十四（第 2 册），第 2 页]

五十九　《明诗纪事》

祚明字胤倩，仁和人。有《稽留山人集》。

（一）《北征》

百年多攘攘，跋涉意如何？京口归潮大，丹阳落日孤。转漕千舸拥，过闸万人呼。泛水扁舟影，萧条短发疏。

（二）《香山》

夹道青山似画中，先朝列帝敞行宫。莺花仍度三春日，松柏长吟万壑风。锦石亲承銮辂转，玄媛犹说翠华东。小轩御榜留宸翰，行客徒悲古木空。

（三）《燕市》

长安古狭邪，道隘不容车。沟水春泥拥，愁君白鼻䯄。

（陈田辑撰：《明诗纪事》，上海：上海古籍出版社，1993 年，第 3506—3507 页）

六十　《清诗纪事初编》

陈祚明，《稽留山人集》二十一卷。

陈祚明，字胤倩，仁和人。布衣敦高尚之节。家贫卖文以给食。顺治十三年入都，以诗酒遨游公卿间。龚鼎孳、王崇简皆甚礼重之。其诗取径三唐，格律精整。《前后十九首》《荧惑不见歌》《戏作焦仲卿诗补》，才大如海，一时作者，无不敛手。卒以穷死。自挽三章，强作达语，亦可悲矣。其没在康熙十三年。年五十二。撰《稽留山人集》二十一卷。诗起顺治十二年，本名《敝帚集》。前于此者，有《拟李长吉诗》三卷，《前集》十卷及《床头集》文二十卷、诗十卷。皆未刻。

(一)《皇姑行》

隆准王孙数不亿，时移姓改耕田食。楚王之后三户身，东海为渔使人识。将妻织屦夜黄昏，火鼓追呼吏到门。龙颜歃血委黄土，被驱玉貌生啼痕。双颊惨桃花，双眉羞柳叶。昔日郡王妃，今朝俘虏妾。司农署里日纷纷，没入姬人千百群。赐予功臣为从婢，给将荒塞配边军。隐忍未随孤剑尽，凄凉心折莫茄闻。长秋手持黄纸檄，才人诏选填宫掖。汉宫闻说爱南装，馆娃尽向南人索。螺子之黛供画眉，燕支生红粉作白。广袖轻衫恰称身，文锦吴罗尚衣借。请临妆镜更梳头，蝉鬓低垂翠影浮。不劳编发蟠倭堕，别有珠珰缀紫镠。六人共选昭阳殿，各自飘零泣娇面。就中截发故王姬，含愁独掩秋风扇。殿前长跽见君王，未语酸辛泪百行。薄命已拼歌寡鹄，多情不忍绣鸳鸯。蒙头更脱罗巾看，剪残短鬓秋云乱。一心寂灭向空王，诏许清斋闭仙观。城西山色万峰深，皇姑庵子春山阴。红泉洗钵朝烟起，清磬焚香夕月沉。朝烟夕月年年似，洗尽铅华弄云水。当日深宫纵不言，细腰亦市君王喜。(《稽留山人集二》)

(二)《北极祠二鬼歌》

大名湖北北极祠，红墙石凳高且危。松柏郁郁云雾黑，下临湖水清涟漪。祠中大帝冕旒肃，侧立二鬼何权奇。筋骨怒张毛发竖，臂如屈铁蟠蛟螭。回眸攫身腰欲转，目光烂烂岩下电。足踏怪物五指撑，力蹴昆仑百骸战。是何妙塑远擅场，吴生画手师初唐。五采剥落金碧尽，神气飞动何洋洋。年移物改汝独在，冥漠森然护真宰。燕雀不敢污肩背，虫蚁何曾穿甲铠？鬼乎鬼乎如有灵，天阴月黑风泠泠。香烟芯茀男女拜，歌舞刑牲血肉腥。山河已易三四姓，人生那得一百龄？日出平湖杳杳白，云起岱岳濛濛青。安得无情学土木，寿命迫人如转烛。君不见济南城破白骨多，门外啾啾真鬼哭。(《稽留山人集二》)

（三）《老友陆子元自辽阳诣燕山见访旅舍留饮感赋》

六旬老叟华亭客，中原宿许文章伯。十年谪戍赴辽阳，形容枯槁须鬓白。生平三妇艳如花，麻衣犯雪从风沙。长男万里滇南去，父子飘零何处家。近育小男一双玉，七岁扶床书解读。争问茸城春若为，朝朝偏指南云哭。今年诏许齿编民，不属将军自在身。短衣匹马关山道，才到燕中见故人。我昔举家迫奔窜，兵戈未起逢家难。辟疆园内一枝栖，饱食坐看花烂漫。释纷解斗情依依，没齿衔恩誓不违。仓猝惊看严谴及，惭无货赂赎君归。君来翻道辽东乐，生事萧条惟卖药。绝塞仍书户籍名，北海之滨天漠漠。幼安昔日此严耕，华表仙归空月明。古今谁系白日驻，富贵岂直浮云轻？留君且沽燕市酒，酒酣起舞为君寿。不论七十古来稀，小弟彊年已衰朽。朋交屈指异存亡，共是狂夫老更狂。容辉得见非当日，行乐何须在故乡。风尘顅洞无南北，初月不光庭树黑。醉眠各自拥秋衾，旋别销魂泪沾臆。（《稽留山人集十五》）

（邓之诚著：《清诗纪事初编》卷二，北京：中华书局，1965 年，第 260——262 页）

六十一　《清诗纪事·明遗民卷》

陈祚明字胤倩，浙江仁和人。有《稽留山人集》二十一卷。

宋琬《赵雍客诗序》："往在京师与施愚山诸君子以诗学相切劘，因而有《燕台七子》之刻。严给谏颢亭、丁仪部飞涛、陈布衣允倩皆杭人也。"

《四库全书总目》："《浙江通志》称其博学善属文，以贫佣书京师，殁于客邸。所著有诗二十卷，词一卷，古文尤富。其古文与词今皆未见。此编乃其诗集也，亦名《敝帚集》，自顺治乙未至康熙癸丑凡十九年之作，编年排次。"

阮元《两浙輶轩录补遗》引《云蠖斋诗话》："允倩明侍御潜夫弟。侍御既殉难，允倩偕弟康侯住家河渚。贫甚走京师，卖文为活，为'燕台七子'之一。"

又："俞宝华曰：'允倩《通志》有传，称其博学善属文，乞文者口占授之，语率奇丽，填门迫促，至废寝食。所著诗二十卷，为《稽留山人集》，陆嘉淑、顾豹文序之，入《钦定四库全书》存目中。'""汪嘉穀曰：'允倩所著尚有《采菽堂》《敝帚》等集。'按赵雍客《安雅堂集序》云：'往在京师，与施愚山诸君子以诗学相切劘，因有《燕台七子》之刻。如严给谏颢亭、丁仪部飞涛、陈布衣允倩辈，皆杭人也。'"

吴振棫《国朝杭郡诗辑》："允倩其才思敏给，每当霜檐星驭，灯炧酒阑，顿十指而应之，无不属厌人意。二十年名满长安，坐无车，公不乐，乃竟以卖文客死，年止五十。乌乎，可哀也！"

谭献《复堂日记》："阅陈氏《采菽堂古诗选》，气体博大，以情辞为职志，所见既正，说谊多入深微。"

邓之诚《清诗纪事初编》："布衣敦高尚之节，家贫卖文以给食。顺治十三年入都，以诗酒遨游公卿间。龚鼎孳、王崇简皆甚礼重之。其诗取径三唐，格律精整。《前后十九首》《荧惑不见歌》《戏作焦仲卿诗补》，才大如海，一时作者，无不敛手。卒以穷死。自挽三章，强作达语，亦可悲已。"

（一）《皇姑行》

隆准王孙数不亿，时移姓改耕田食。楚王之后三户身，东海为渔使人识。将妻织屦夜黄昏。火鼓追呼吏到门。龙颜歃血委黄土，被驱玉貌生啼痕。双颊惨桃花，双眉羞柳叶。昔日郡王妃，今朝俘虏妾。司农署里日纷纷，没入姬人千百群。赐予功臣为从婢，给将荒塞配边军。隐忍未随孤剑尽，凄凉心折莫茄闻。长秋手持黄纸檄，才人诏选填宫掖。汉宫闻说爱南装，馆娃尽向南人索。螺子之黛供画眉，燕支生红粉作白。广袖轻衫恰称身，文锦吴罗尚衣借。请临妆镜更梳头，蝉鬓低垂翠影浮。不劳编发蟠倭堕，别有珠珰缀紫镠。含愁独掩秋风扇，殿前长跽见君王，未语酸辛泪百行。薄命已拼歌寡鹄，多情不忍绣鸳鸯。蒙头更脱罗巾看，剪残灯鬓秋云乱。一心寂灭向空王，诏许清斋闭仙观。

城西山色万峰深，皇姑庵子春山阴。红泉洗钵朝烟起，情磬焚香夕月沉。朝烟夕月年年似，洗尽铅华弄云水。当日深宫纵不言，细腰亦市君王喜。

钱仲联《梦苕盦诗话》："此咏入清之明皇姑，疑是宁德公主。吴伟业《萧史清门曲》，程穆衡《编年诗笺》云：'按《明史公主传》，但云宁德公主光宗女，下嫁刘有福，无薨卒年月，亦无事实。意有福当变国后，必有不可问者，故削而不书，此诗真堪补史。'陈氏此诗，则写皇姑被取入清宫为才人，后又被放出家。此真'不可问'之事，史家'故削而不书'者，是陈诗更可以补吴诗之不足矣。然事总出于传闻，未必真如乐昌破镜之为事实也。诗中'龙泉'句明指崇祯女长平公主之被崇祯剑伤及光宗女乐安公主在李自成破北京时，驸马鞏永固举剑自刎阖宅自焚死之事，以与宁德之'被驱玉貌生啼痕'之偷生者对照。事之所以不可信，尤甚于董小宛入宫之谰言。意者宁德虽被取入宫，后经陈明皇妃身份后，即'诏许清斋闭仙观'乎？"

（笔者按："含愁独掩秋风扇"之前还有"六人共选昭阳殿，各自飘零泣娇面。就中截发故王姬，含愁独掩秋风扇。""剪残灯鬓秋云乱"应为"剪残短鬓秋云乱"。以上据《稽留山人集》第 474 页改）

（二）《瘦马行》

春风渐绿沙苑草，尘埃日暗长安道。蹄高尾秃走逡巡（笔者按："走逡巡"《稽留山人集》作"行不前"），瘦马空留皮骨老。双驴曳车毂转急，狭邪路隘踯躅立。绝勒（笔者按："绝勒"《稽留山人集》作"嚼勒"）无声负日寒，障泥改色临流泣。忆昨齐毛上林苑，十二天闲校猎返。绿鬃摇曳践青郊，朱汗流满（笔者按："流满"《稽留山人集》作"漓渐"）骤兰坂。是时天子重神骏，飞黄绿耳争相趁。七萃旌旗锦作营，五侯骑从花为阵。饱食常供太仆蒭（"蒭"字《稽留山人集》作"芻"），黄金饰辔云模糊（此句《稽留山人集》作"雕鞍金错红氍毹"）。一出横门志千里，跑跳欲与凡马殊（此句《稽留山人集》作"电没无影空中徂"）。时移物换厩早改，西来大宛夸龙驹。后宫教舞但蹴蹄，前驱愍驾甘羁孤。(此二句《稽留山人集》作"教舞谁知但蹴踏，愍驾已不胜驰驱")。平原萧瑟白草长，涧西放牧依菰蒋。神衰不觉眼低述(低述《稽留山人集》作"低迷")，肉尽谁怜骨骯髒。鬣疏疮破鸟啄皮，负薪陇阪山猿欺(此句《稽留山人集》作"兰筋拳曲形厄赢")。野烧乍疑獠火作，秋雨独畏阴风吹。君不见天驷无光伯乐化，服卓乘舆材亦下。肯恋栈豆侪驽骀，白老荒埛爱潇洒。但留骏骨在人间，倘筑金台有知者(此句《稽留山人集》作"倘买千金有知者")。

邓汉仪《诗初观集》："作者其有所托乎？何言之沉痛悲激也！"

[钱仲联主编：《清诗纪事》(明遗民卷第 2 册)，南京：江苏古籍出版社，1987 年，第 736—739 页]

六十二 袁行云《清人诗集叙録》

《稽留山人集》二十一卷，康熙间刻本，陈祚明撰。祚明字胤倩，浙江仁和人。布衣。博学，工文词。顺治十三年入都，为龚鼎孳、王崇简推重，与宋实颖、张文光、计东交友，为"金台十子"之一。康熙十三年，赍志以殁，年五十二。纪映钟有《二哀诗》，悼祚明与施匪莪端教，诗云："君年三十时，须髯强半白。交君既廿载，情话方畴昔。"(见《赣叟诗钞》)是集一名《敝帚集》，凡二十卷，诗一千五百二十一首，有严沆、王崇简、顾豹文、陆嘉淑序。卷二十一为词。《四库存目》著录本，无词。据书中《未刻目录》，尚有《拟李长吉诗》《床头集诗文》《评选战国策》《古诗选》《明诗选》《元人杂剧选》，俱无力梓行。其诗才情洋溢，意境深阔。古乐府五七言歌行意到笔随，如有宿构。前后《拟古诗十九首》《瘦马行》《皇姑行》《北极阁二鬼歌》《荧惑不见歌》，均为杰作。《戏作焦仲卿妻补》，大胆尝试，并世诗人，恐不能办此。《隗嚣墓中古瓷杯歌》《洗象行》《趵突泉》《金线泉》《谒李卓吾墓》《题陈章侯渊明采菊图》《送谈长益之卫源》，放浪以歌，跌宕有致。《和甫草赠绎堂坐上客十二首》，知阎尔梅、纪映钟、陶季澄等移民，均为沈荃宾客。又与周容交厚，有《赠周茂三》诗多首。集中诗起顺治十二年，佳作指不胜屈。传本绝少，沈德潜编《别裁》犹未及见之。至邓之诚先生撰《清诗纪事初编》始为之扬诩云。

[袁行云著：《清人诗集叙録》卷七（第 1 册），文化艺术出版社，1994 年，第 212 页]

《戏作焦仲卿诗补·有序》

古人作诗叙事，实意有所专，辞不无或详或略，良得其理矣。藉第令详其所略，略其所详，庸讵不能成章。余读《古诗为焦仲卿妻作》，悟其工故反其意，连类成篇，验为文。何常思心所之蹈虚入冥，言人所不言，亦各有取尔。（《稽留山人集》卷九）（笔者按：正文略）

[袁行云著：《清人诗集叙録》卷七（第 1 册），第 213—216 页]

六十三　《渔洋集外诗》（陈祚明与王士禛的唱和）

（一）《中秋坦公先生招同铁帆大师、韩圣秋、吴园次、陈胤倩、周茂山诸子集梁园分韵》

王士禛

今夜南楼月，迢遥双阙间。携来梁苑客，复此庾公闲。芳树朱弦寂，胡床青桂攀。不知三五夕，犹对古人颜。

五载钱塘水，千重吴越山。秋风催雁羽，客梦满江关。高会怜清夜，归心寄白鹇。最宜玉潭里，流影照潺潺。

[（清）王士禛撰：《渔洋集外诗》卷二/《王士禛全集》（诗文集之三），齐鲁书社，2007 年，第 588 页]

（二）《为武林俞子政题像》

千秋嵇阮自吾徒，巾舄萧然一鹤孤。归去两峰黄叶里，击琴煮茗卧西湖。梁公新写杜陵人，十日题诗岸角巾。复见俞生开美度，西溪隐处即东屯。

［（清）王士禛撰：《渔洋集外诗》卷二／《王士禛全集》（诗文集之三），第588页］

（三）《送俞子政归里》

陈祚明

秋风雁南发，送子还故乡。扁舟潞河曲，烟水何苍茫。到家孟冬月，田间禾黍黄。修竹应更密，槐柳春已长。宾朋相慰藉，昆弟相携将。所乐在欢宴，亦不羞空囊。寝庙拜先人，神灵固已康。或画山数叠，或赋诗一章。好鸟鸣树枝，春草生池塘。我岂遂无家，离居五六霜。欲归乃无日，郁郁聊相望。

［（清）陈祚明著：《稽留山人集》卷五，第509页］

（笔者按：相对于王渔洋的清丽飘渺诗风，陈祚明的诗带有"体己"性质，更能体会到俞子政还家后对家园一草一木变化的情感涟漪。从诗风来看，陈祚明的诗带有较强的古风性质，类似陶渊明的诗，归家后的情形描写得有点像杜甫的《北征》诗。结尾处联想到自己有家而不能回的境遇，十分伤感）

（四）《将发邗关前一夕王贻上司李招同雅集即事赋谢》

陈祚明

佐郡何劳第一流，官梅东阁是扬州。萧然坐对平山雨，有暇时登文选楼。月夕张灯吹凤管，樽前揖客被羊裘。重留归棹缘高会，觞咏欣同逸少游。

［（清）陈祚明著：《稽留山人集》卷八，第530页］

（五）同螺浮登金山和王阮亭壁间韵

陈祚明

其一

巉岩峭石割江流，高阁凌空瞰十洲。客过定须携彩笔，我来乍喜附仙舟。

云山瓢衲虚招隐。壁垒旌旗未放愁，日暮潮音鸣两岸，乾坤浩荡一沙鸥。

其二

九州词客千秋赋，殿壁廊崖石画磨。滚滚人随流水去，飘飘帆竞夕阳多。来游并许青云彦，寡和真成白云歌。独上妙高山顶望，澄江如练起曾波。

[（清）陈祚明著：《稽留山人集》卷九，据国家图书馆藏清康熙十五年刻本补]

六十四 王士祯《古夫于亭杂录》

（一）《汉乐府》

汉乐府"鼓吹"二十二曲，今所存《朱鹭》以下是也。魏缪袭、吴韦昭、晋傅玄皆拟之，率浅俗无复古意，其词尤多狂悖。如昭之《关背德》，袭之《平南荆》，玄之《受宣命》《惟庸蜀》等篇，猖猖狂吠，读之发指。而左克明、郭茂倩皆取以附汉曲之后，何其谬也！无己，宁取柳宗元、谢翱耳。

[（清）王士祯撰：《古夫于亭杂录》卷三第164条/历代史料笔记丛刊，中华书局，1997年，第62—63页]

（二）《古夫于亭杂录·刘体仁》

故友刘史部公勇（体仁）尺牍、题跋，风味不减苏黄。与余往复最多，今并佚失。偶从蠹简中得其小札一通，书法、言语皆可宝玩，因付大儿涑藏弄，别录于此：

略。

公勇为诗，矫矫有奇气。尝寄予五言诗云："离居才几日，兰叶春风生。门外即流水，布帆东下轻。野处寡新友，良辰多远情。思君如草色，迢递向芜城。"

[（清）王士祯撰：《古夫于亭杂录》卷四第199条，第80页]

（三）《古夫于亭杂录·方文诗》

桐城方盦山（文），少有才华，后学白乐天，遂流为俚鄙浅俗，如所谓打油、钉铰者。予常问其族子邵邨（亨咸）曰："君家盦山诗，果是乐天否？"邵邨笑曰："未敢具结状，须再行查。"

［（清）王士祯撰：《古夫于亭杂录》卷四第 244 条，第 97—98 页］

（四）《古夫于亭杂录·诗品舛谬》

钟嵘《诗品》，余少时深喜之，今始知其舛谬不少。嵘以三品铨叙作者，自譬诸"九品论人，七略裁士"，乃以刘桢与陈思并称，以为文章之圣。夫桢之视植，岂但斥鷃之与鲲鹏邪！又置曹孟德下品，而桢与王粲反居上品。他如上品之陆机、潘岳，宜在中品；中品之刘琨、郭璞、陶潜、鲍照、谢朓、江淹，下品之魏武，宜在上品；下品之徐干、谢庄、王融、帛道猷、汤惠休，宜在中品。而位置颠错，黑白淆讹，千秋定论，谓之何哉？建安诸子，伟长实胜公干，而嵘讥其"以莛扣钟"，乖反弥甚。至以陶潜出于应璩，郭璞出于潘岳，鲍照出于二张，尤陋矣，又不足深辩也。

（［（清）王士祯撰：《古夫于亭杂录》卷五第 255 条，第 102 页］

（五）《古夫于亭杂录·钟惺早朝诗》

竟陵钟伯敬集中《早朝》诗一联云："残雪在帘如落月，轻烟半树信柔风。"阅之不觉失笑。如此措大寒乞相，乃欲周旋金华殿中，将易千门万户为茅茨土阶邪？

［（清）王士祯撰：《古夫于亭杂录》卷五第 263 条，第 105 页］

（六）《古夫于亭杂录·古乐》

沈约云："乐人以音声相传，训诂不复可解。凡古乐录，大字是辞，细字是声，声、辞合写，故致然尔。"此言甚明白，故今人强拟汉《铙歌》等篇，必不可也。

［（清）王士祯撰：《古夫于亭杂录》卷六第 331 条，第 136 页］

六十五　王士禛《分甘余话》

（一）《施闰章诗高妙不减潘阆》

"久客见华发，孤棹桐庐归。新月无朗照，落日有余晖。渔浦风水急，龙山烟火微。时闻沙上雁，一一皆南飞。"右宋初潘阆诗也，高妙不减岑嘉州。又"夜凉疑有雨，院静若无僧"，亦佳句。故友施侍读愚山（闰章）《宿越州天衣寺》云："月照竹林早，露从衣袂生。"亦不减阆语。

[（清）王士禛撰：《分甘余话》卷一第27条，历代史料笔记丛刊，中华书局，1997年，第11页]

（二）《诗文词曲贵有节制》

凡为诗文，贵有节制，即词曲亦然。正调至秦少游、李易安为极致，若柳耆卿则靡矣。变调至东坡为极致，辛稼轩豪于东坡而不免稍过，若刘改之则恶道矣。学者不可以不辨。

[（清）王士禛撰：《分甘余话》卷二第75条，第28页]

（三）《沈诗任笔》

六朝人谓文为笔。齐梁间江左有"沈诗任笔"之语，谓沈约之诗，任昉之文也。然余观彦升之诗，实胜休文远甚；当时惟玄晖足相匹敌耳，休文不足道也。

[（清）王士禛撰：《分甘余话》卷二第85条，第31页]

（四）《冯班诋諆严羽》

严沧浪论诗，特拈"妙悟"二字，及所云"不涉理路，不落言筌"，又"镜中之象，水中之月，羚羊挂角，无迹可寻"云云，皆发前人未发之秘。而常熟冯班诋諆之不遗余力，如周兴、来俊臣之流，文致士大夫，锻炼罗织，无所不至，不谓风雅中乃有此《罗织经》也。昔胡元瑞作《正杨》，识者非之。近吴殳修龄作《正钱》，余在京师亦尝面规之。若冯君雌黄之口，又甚于胡、吴辈矣。此等谬论，为害于诗教非小，明眼人自当辨之。至敢詈沧浪为"一窍不通，一字不识"，则尤似醉人骂坐，闻之唯掩耳走避而已。

[（清）王士祯撰：《分甘余话》卷二第102条，第37页]

（五）《唐诗格韵》

许彦周谓张籍、王建乐府、宫词皆杰出，所不能追踪李杜者，气不胜耳。余以为非也，正坐格不高耳。不但李杜，盛唐诸诗人所以超出初唐、中、晚者，只是格韵高妙。

[（清）王士祯撰：《分甘余话》卷三第179条，第66页]

（六）《文点画汪琬诗》

长州文点，衡山裔孙，画有家法。常为鄢陵梁曰缉（熙）作《江村读书图》，汪苕文（琬）题诗云："鄢陵野色平如掌，也有江南此景无。"余见之曰："吴子乃尔轻薄耶？"苕文笑曰："子勿多言，行且及子。"乃赋一绝云："仿佛春江绿树阴，几回掩卷几沉吟。江南与汝干何事，赋得愁心尔许深。"以余诗有"江花江鸟不相识，写向丹青俱眼明"之句云。余又题《苕文读书图》云："朱门鼎鼎厌粱肉，忍饥诵经无此人。娜如山中好泉石，他年真作孟家邻。"娜如即雅宜山也。

[（清）王士祯撰：《分甘余话》卷三第195条，第71页]

（七）《计东献诗》

昔在郎署时，与刘公勇、汪苕文、董玉虬、梁曰缉、程周量辈，无旬日不过从倡和，吴江计孝廉甫草（东）亦与焉。公勇自刑部改吏部郎中，例应关防，一日甫草诣之，阍者拒弗与通。甫草退而献诗，云"隔墙空望马缨花"，公勇寓邸有夜合一株，最高大，花时常集饮于此，故云。长安传以为笑。

[（清）王士祯撰：《分甘余话》卷三第196条，第72页]

（八）《胡应麟论歌行》

胡元瑞论歌行，自李、杜、高、岑、王、李而下，颇知留眼宋人，然于苏、黄妙处，尚未窥见堂奥。在嘉隆后，可称具眼。

［（清）王士禛撰：《分甘余话》卷三第218条，第79页］

（笔者注：明人诗话中论歌行体时涉及宋人，可见尊宋不独盛于清。）

（九）《评邓汉仪诗》

邓汉仪字孝威，泰州人。常同合肥龚端毅（鼎孳）使粤，过梅岭有句云："人马盘空细，烟岚返照浓。"写景逼真，尤似秦蜀间栈道景物，梅岭差卑，未足当此。

［（清）王士禛撰：《分甘余话》卷四第245条，第92页。邓汉仪著《诗观初集》录入并对陈祚明之诗给予高度评价。从王士禛的评价来看，邓汉仪本人应该也是一位具有一定诗才的诗人］

（十）《吴嘉纪》

吴嘉纪字野人，家泰州之安丰盐场。地滨海，无交游，而独喜为诗，其诗孤冷，亦自成一家。其友某，家江都，往来海上，因见其诗，称之于周栎园先生，招之来广陵，遂与四方之士交游唱和，渐失本色。余笑谓人曰："一个冰冷底吴野人，被君辈弄做火热，可惜。"然其诗亦渐落，不终其为魏野、杨朴。始信余前言非尽戏论也。

［（清）王士禛撰：《分甘余话》卷四第245条，第95—96页］

六十六 《施愚山先生年谱》

顺治十二年乙未先生年三十八岁

春服阙补刑部广西司员外郎，次子彦恪生，侧室蒋孺人出。

《高公愚山行状》云："暇则与同舍郎及词英数公相倡为古文歌诗，称'燕台七子'，自是益有声。"《公卿间行述》云："官京师，与谯明张公、菊溪许公、锦帆赵公、颛亭严公、飞涛丁公、胤倩陈公有燕台七子诗。"

顺治十三年丙申年三十九岁。

在刑部秋奉使督学山东。

又九日集金鱼池，余将视学齐鲁留别诸同舍诗。

[（清）施念曾编:《施愚山先生年谱》卷二/北京图书馆藏珍本年谱丛书，清末活字本，第366页]

六十七　陈祚明与“燕台七子”其余成员的诗歌唱和

(一)《赠张谯明给谏》

退食从容出省垣，禁臣补阙正承恩。桃花仙令初行县，桂树幽人亦在门。谏草但留三史秘，图书只有五车存。新传健笔凌云赋，临睨邹枚擅兔园。

[（清）陈祚明著:《稽留山人集》卷一，第460页]

(二)《施尚白比部招同官锦帆、耑木、长真、飞涛暨虎臣、六益二处士小集有作》

宛陵才子倦游身，索米长安不厌贫。屋宇无多居郡邸，宾朋长日聚车轮。衔杯河朔凉风入，拄笏西山爽气新。正值都官联大雅，布衣得似谢山人。

[（清）陈祚明著:《稽留山人集》卷一，第464页]

(三)《丁飞涛比部改官客曹有赠》

金马才名比部高，调官正似孔仪曹。曲台自可笺三礼，郎署何嗟欲二毛。爽气青山来拄笏，新诗白雪更挥毫。昭容册立多文物，汉关看君扈从劳。

[（清）陈祚明著:《稽留山人集》卷一，第470页]

(四)《怀丁药园二首》

严谴怜才子，辽东不可居。归难随塞燕，食可得江鱼。谪戍真无罪，穷愁合著书。关山音信隔，休讶故交疏。

可能逢雨露，生入玉门关。薏苡宁充腹，人参倘驻颜。戍徒知最枉，逐客尽（上声）先还。莫竟投荒老，吾诗孰与删。

[（清）陈祚明著：《稽留山人集》卷九，第543页]

（笔者注：陈祚明与丁澎相关时日虽短，感情却非常真挚。丁谪戍辽东，陈祚明于此诗中表达了对他的同情、关切，心知其所受冤屈，希望他有朝一日能回到关内，与之共论新诗）

（六）《寿严太君》

宾客何喧阗，车马各在门。登堂捧霞卮，寿母择令言。在昔与贤子，同里如弟昆。追从四千里，风雨偕晨昏。信知壶德尊，方古得细论。鹿车桓少君，避世甘灌园。耕耨依彭泽，肃客供鸡豚。遂成士行名，感激湛母恩。作诔识柳下，比邻托花源。小人亦有母，河渚一水间。流离走赵礼，到处经关山。凌冬羡松柏，保此岁寒颜。金闺策高足，青琐鸣珮还。絺绣作莱衣，起舞何斑斓。冠盖敫相过，雅颂编春絃。众人荣福泽，宝此孝德全。所期策令名，濡迹匡时艰。徘徊娱爱日，金石庶不刊。

[（清）陈祚明著：《稽留山人集》卷一，第471页]

（笔者注："小人亦有母，河渚一水间。"陈祚明原居住地内证。宋琬《安雅堂集》亦有《寿严太君》）

（七）《梅母挽诗》

宣城梅氏。阆子子先、世臣、子翱、雨吉述其母赵氏壶德最贤。会所居室火，惊起欲出，顾二婢子寝勿觉。趋呼之。火燠不得出。遂以殒。诸名流多为诗挽之。施比部尚白乞余言，为成一章。

（注：根据小序所言，这首诗是施闰章给陈祚明的命题诗，而且当时名流均有所作。若能于施闰章集中找到此诗，可作为陈祚明卖文的明证。）

陵阳郁青葱，宛溪静如练。潭水流桃花，孤峰敬亭见。昔有梅都官，吟诗爱游宴。代异留古风，才多秀群彦。帘帏月玲珑，机杼母圣善。风烟怨縻竺，仓卒光景乱。燔灼上朱楼，熇煹绕飞电。挛衣已徜徉，呼婢转留恋。岂待伯姬节，徒殉介山熖。悲哉天运微，持躬择所便。天属缀人心，艰难每孤散。青衣亦人子，徘徊廛顾盼。用慈甘殒身，如何此蒙难。怀古吊余风，抚时发悲叹。

[（清）陈祚明著：《稽留山人集》卷一，第 471 页]

（八）《梅母歌》

东溪水清浅，水流石不转。石边冬青树，霜落青如故。冬青树高母手栽，扶疏百尺清风来。莫言黄鹄悲独宿，将雏绕树飞徘徊。

[（清）施闰章著；吴家驹点校：《施闰章诗》，第 307 页]

（九）《送张谯明给谏分巡贵池四首》

其一

大纛高牙领上游，亲持龙节古诸侯。江声采石褰帷转，山色铜陵立马秋。练达主因封事识，从客谁为直言留。宦情不易沧州兴，出牧何当恕散投。

其二

开府当年庚子山，白头阅历遍间关。倦游笔是梁园健，遣兴官从勾漏还。谏猎有书传国史，乘骢合意出朝班。君恩特简纡南顾，卧理江城案牍闲。

其三

走马看山左掖回，相如词赋傲邹枚。秋风稍觉承明厌，春水遥从银汉来。仗下三年穿苑柳，笛中五月落江梅。此乡饶有鲈鱼鲙，吏隐偏宜浊酒杯。

（笔者按：“邹枚”：汉邹阳、枚乘的并称。北魏郦道元《水经注 · 睢水》：“梁王与邹、枚、司马相如之徒极游于其上。”两人皆以才辩著名当时。后因以“邹枚”借指富于才辩之士。陈祚明给张谯明的诗中屡屡以邹枚自比，示不如谯明之意。）

其四

湖山花县到龙门，重向京华侍酒尊。不浅高楼庾亮兴，难忘幸舍孟尝恩。客中忍见登车去，病里真销送别魂。楚山燕水四千里，新诗何日更同论。

（从其四来看，陈祚明曾到张谯明家中饮酒赋诗。送别诗写得很有感情。

我之前认为他们之间没有什么交集的想法是错误的。他们之间应该是有过谈论诗词，尤其是新诗互赏的）

［（清）陈祚明著：《稽留山人集》卷二，第484—485页］

（十）《喜施愚山少参来都有赠》

不见愚山已七年，每怀历下坐清泉。宦情潦倒浑闲事，诗律苍茫合自然。蹔喜投笺来日下，重逢烧烛话霜前。可堪明发还离别，万里扁舟彭泽烟。

［（清）陈祚明著：《稽留山人集》卷十，第554页］

六十八　陈祚明所作序言

（一）《拟古诗十九首序）》

丙申中夏，祚明弃家远游，期已久矣。端忧遘疾，衷情无聊，试取《古诗十九首》读之。悲不能自止。古今人不相远，独以其情耳。自士衡、文通之流效而为之，莫臻其妙。夫情有所止而故作之，非其至也。乃含毫伸纸，竟一日得诗如其数。此陈子古诗，非《十九首》也。嗟夫，《十九首》不可及矣。

（备注：此则序有三点值得注意：1、陈祚明拟作乃有感而发，并非"情有所止而故作之"，故一日能得诗十九首；2、他认为士衡、文通之流的拟作未得十九首妙处；3、陈祚明之拟作为"陈子古诗，非《十九首》"。齐白石曰："学我者生，似我者死。"）

［（清）陈祚明著：《稽留山人集》卷一，第464页］

（二）《后拟古诗十九首序》

世徒知汉魏古诗，不知其体有二。其淡而永，隽而多思，言有尽而意无穷者，古诗也；缠绵太息，低昂以尽情，曲折以尽变者，乐府也。盖汉之乐府，沿袭楚风、苏李五言，溯源《三百》，其所由来，尚矣！魏晋以后，古诗之法不传。自嗣宗、太冲之流，激昂忼爽，穷变极妍。浸淫至于少陵，率以乐府为古诗，声繁而调杂，两京之风荡如矣！数百年来，惟渊明差为近古。惜其体弱不足以起其文。康乐虽复蕴藉，自矜而渐趋排偶，又其别派。不更孔公，谁知风雅者？予既仿《古诗十九首》，稍效其意，情不能自已，更以乐府之体广之。夫变风变雅之君子，非不能为平中之音，其所激者然也。揽是诗，备知其人，论其世哉！

[（清）陈祚明著：《稽留山人集》卷二，第 467 页]

（笔者注：陈祚明于此序中简述了古诗与乐府在文体上的区别，及各朝各代诗人所做古诗概况）

（三）《荧惑不见歌序》

玉川子有《月蚀诗》，郁离子有《二鬼歌》，皆出古乐府俳歌《康老胡》之遗。词繁而不杀，阅之使人笑不能止。夫言出于俳，虽稗史百家皆可采取。若自我为之，彊作而无据已。俳而复出于俚，其去村伶盲姬有几，故不可也。俳之言不得文，文则大小雅也，不为俳。韵不得彊属滑稽者，贵其不穷也。穷于韵而强词以属之，期期然使人疑夫郭舍人者，无乃有周昌之疾乎？不称俳。旅邸长夏无事，阅庐、刘二诗，戏效其体为《荧惑不见歌》一篇，自卯至己成。

[（清）陈祚明著：《稽留山人集》卷四，第 500 页]

（笔者注：陈祚明于此序中界定了俳的文体学意义，区分了俳与滑稽、俚语的区别，并介绍了写作该诗的缘起）

（四）《戏作焦仲卿诗补有序》

古人作诗叙事，实意有所专。辞不无或详或略，良得其理矣。藉第令详其所略，略其所详，庸渠不能成章。余读《古诗为焦仲卿妻作》，悟其工，故反其意，连类成篇，验为文。何尝思心所之蹈虚入冥，言人所不言，亦各有所取尔也。

[（清）陈祚明著：《稽留山人集》卷九，第 545 页]

（陈祚明认为"反其意"而为文，亦为文之道也）

（五）《读陈眉公先生读书镜作序》

往见云间陈眉公诗文书画，意未喋。谓是啖名客。世多耳食者，浮慕之已耳。丙午初夏，试披秘笈，善其读书镜一帙。政如太史公云"有以也"，"不虚耳"，乃赋此绝，十八日也。

无轻高士泖湖滨，诗句才如休上人。今日始知铭座右，嘉言直可当书绅。

[（清）陈祚明著：《稽留山人集》卷十二，第575页]

（六）《书胡卫公扇序》

卫公要余书无题十四首，山谷云："五月挥汗，老人不堪也。"赋此塞责。

尘起东华十丈红，自障小箑面熏风。休歌哀怨无题曲，情在新成绝句中。（诗有本事，既狡狯且有情趣！）

[（清）陈祚明著：《稽留山人集》卷十二，第575页]

（七）《除夕短歌序》

丙午除夕，同舍弟康侯、胡子卫公集柱峰寓斋，醉后漫作。讽胡买妾青楼，兼用自砺。

吾生四十四年未闻道，频年作客风尘老。重逢除夕滞燕山，喜同吾弟开怀抱。况有胡子忘形交，醉眠共被晓不醒。相看俱是老成辈，鬓发已白空飘零。近妇人、饮醇酒，少年狂态无不有。未死宁知得几春，世间万事难回首。

[（清）陈祚明著：《稽留山人集》卷十二，第580页]

（八）《拟汉横吹双角曲序》

汉横吹双角曲，古词并亡，六朝人拟作为五言八句，乖厥调矣。燕邸暇日，辄补其词，固戏弄笔墨，纵意所至，淋漓驰骋，取快意耳。视铙歌不能大类。稍不欲似太白以下，未知于三曹何如也。

[（清）陈祚明著：《稽留山人集》卷十四，第589页]

（笔者注：陈祚明模拟汉乐府，极有自信。虽游戏之作，亦自视不在太白

以下也)

(九)《苍浮招同周茂三、斯与公泛舟广陵城隅，即事四首序》

辛丑冬，予自燕山还里，至广陵，留滞不归。壬寅正月二十有二日，吴子苍浮买小舟，供伊蒲馔，偕若耶斯先生坐城隅水曲。余偕周子茂三躧履往。先一日，天晴和，约共泛舟河上，登平山堂，游大明寺。因窥蜀井。晨起，云四合。已而，天稍开霁，行遂果。苍浮取酒一大瓮置船头。两岸河庄朱甍碧槛相鳞次，往往有疏梅、修竹、柳芽欲吐，因读斯先生所为《秋柳诗》，涤小卮，命酒，且饮且行。度红桥，出水关，望前津。柳色杳霭无际。茂三曰："此何异恒山绿柳长廊耶？"斯先生呼五木以柳为觥。政顷，天风大作，声如虎啸。出郭百武，雨盆注，舟不可前。乃假程氏小园避沾湿。园有堂，前临清池，列乱石梧数株，梅两树，嫋嫋向人。命童子急煮酒罍，为令泥首痛饮。兴缠绵不可休。雨亦助人喧哗。午迄未不止。苍浮曰："自有此河来，园亭迭兴迭废，十年前荒榛瓦砾耳。今稍稍有短垣拳石，屋数椽，花柳皆新植。柔条翻风，若三岁儿子学语时。然郡人往往以晴明泛舟达平山，袨服笙歌为乐。未有雨行者。于千百年有今日，于今日有我四人，晦冥萧条，饮乃益豪。夫苍凉岑寂之境，乃有真游。今广陵平原曼衍，平山迤逦一坂耳，独以都会繁华，擅胜千古，四方人闻二十四桥名，辄作佳丽想。顾非有高山大川，幽岩古洞，足供登览也。游何必至平山，天何必不雨？饮不择地、不择时，卒风暴雨，中途而坐荒园，竹哀吟、柳悲泣，颓洞高寒，翻若在高山之巅，大川之浨，幽岩之下，古洞之间。谡谡似闻松风涼涼，如有石濑，生千秋之感。鼓百壶之兴，吾知隋炀纨绔天子未常有我等今日之乐，沉璪璪者乎！茂三以为然。因相与剧醉，登舟而返。

[（清）陈祚明著：《稽留山人集》卷八，第530—531页]

(十)《题王石谷画册序》

余在燕中，亦闻石谷山人名。偶见一二小画，钦为绝构。丁未冬，子与邵先生自吴门来，出其仿古十二页见示。结构、命笔，皆以心入古人之意而默会。其自得之趣，（故）沛然出之，如古人之身为，非后人摹古人于一笔二笔间，争似不似也。至其天机流行，匠心独运，别有神气。在皴染、楮墨之外。余亦不能言之。子与欲余每幅题绝句一首，兼评论数句。余非知画者，何敢强作解事？顾石谷画不易得。子与自归吴门，从之游处者，累月始获此十二纸，深笃好若是，诚雅人韵事，足传千古，数百年后观者，不惟叹石谷名迹之妙，且以知子与非寻常士，可追想其风流兴趣也。遂曲徇其意，僭为题识，兼跋于后，而归之。子与其善为收藏，勿更令手笔滥恶如余者妄加涂抹，损此珍玩也。

[（清）陈祚明著：《稽留山人集》卷十四，第 597 页]

其一

仿赵松雪。夏木垂阴，林气山容，皆有淹润，意想石谷大暑中作此，引领油云，冀以翻盆，解兹烁石。不觉潇洒之致，拂拂从十指出也。

其二

郭忠恕《柳溪待渡图》，景色森秀，笔意遒紧，尤喜其抹水波数笔，腕力圆转有法，阅之如对此茫茫，百端交集矣，岂复思蹇裳濡足乎？

其三

高房山《大娃村图》，烟雾迷漫，笔墨醋怒。所谓元气淋漓，鬼神入也。

其四

二十年前雪夕，泛舟西湖，四山堆玉，令人魂魄俱莹。此幅拟素成《雪景》，森寒之境，极目高深，便欲置身其中，涤去面上尘一石。余益思归矣！

其五

大痴《富春山图》意，严岭郁盘而笔势飞舞，正如王右军书，龙跳天门，虎卧凤阁，不以行间茂密为工。

其六

范华原《山川出云图》，气势磅礴，所不能俟言，写云色馥郁，飘动有如游龙。寓目之顷，见其欲舒欲卷。此非今人所能耳。

其七

巨然茂林叠嶂，莽苍中更饶深秀之致。小桥曲涧，一带便作百折纡回。石谷胸中丘壑无尽，不似他人以粗疏数笔效董家皮毛也。

其八

赵大年《水田蒲柳》，绘水有声，意到水随，汪洋一泻，技近乎神矣！

其九

画写色与写形者已殊。色非朱碧之谓，水墨中具有色耳。又进而写声，声不在笔墨中，亦不在笔墨外。画者与阅者惝悦相遇，各不自知。觉往在人，可以耳视，以目听，于此喻矣。此临王蒙《松风飞瀑》，不识有溪山林木，唯闻萧飒之声。其中云气蓊然，隔断山岚泉脉，非人意想所及，是为万山松泉之响。与一丘一壑盘桓抚树者不同矣。

其十

仿荆浩笔，丘壑深邃，而布置自然。枯木数树，稠叠有法，若不经意，故佳。

其十一

承旨《春山图》，林影水姿，融和有态。波色近浓而淡冶，如笑之态，超然可会。固不仅以位置深曲，景象密丽为擅场也。

其十二

仿梅花道人，老笔无敌，余诗略能道之。

［（清）陈祚明著：《稽留山人集》卷十四，第597—598页］

（笔者注：可作题画诗序读，亦可作文读。从中可见出陈祚明对于绘画的审美观念）

（十一）《历山官署杂咏三十四首序》

余来历山，意忽忽不自得，触感兴咏，始自境物，复寓意于草木，先后成，不一时，竟于辛亥六月，按部就班，遂不差次云。

［（清）陈祚明著:《稽留山人集》卷十八，第 632 页］

（有寓意而作。时间跨度较大，杂凑而成，没有统一的思想，但情绪则一，均以寂寥为主。）

（十二）《题王止庵先生画册》

其一

眠琴绿阴，上有飞瀑。

其二

坐中佳士，左右修竹。

其三

脱巾独步，时闻鸟声。

其四

晴雪满汀，隔溪渔舟。

［（清）陈祚明著:《稽留山人集》卷十九，第 647 页］

（十三）《严质人明经应举入都，于其归也，赋以赠别序》

往崇祯已卯中，祚明随先大兄读书灵隐寺。会质人偕令弟进士宸臣、中书舍人览民亦在邻院。晨夕考业，屈指三十有四年矣！伤宸臣、览民俱就长夜。恻怆悲之，情见乎词。

［（清）陈祚明著:《稽留山人集》卷十九，第 650 页］

（十四）《浪淘沙序》

正月十一日，于天锡招同看花小饮，坐有王校书、陆冰修，赋小令三阕，依韵奉和，因以恼之。

《蓦山溪序》

冰修有《十香诗》赠郭校书，香童、伯旃赋小令纪之。依韵属和。

《碧芙蓉序》

吊会稽女子。

《雪梅香序》

吊会稽女子。

《汉宫春序》

丁未腊月，和冰修燕山立春，用渭南韵。

《又》

冰修有和六岸诗，殊见赏叹，再填前阕之作，依韵又和。

《梦扬州序》

雨中将之潞河，值槎度、柱峰、予正南归，留此惜别。

《琐窗寒序》

戊申元日，燕山旅社病中作。

《潇湘逢故人序》

正月十三夕，招同人米园雅集。

《望海潮序》

柳湖雅集赠李姬。

《又》

柳湖再集，又赠李姬，即以嘲之，次前韵。

《多丽序》

岁杪，闻客有品题青楼者，偕冰修、方贻同赋，即用冰修韵。

［（清）陈祚明著：《稽留山人集》卷二十一，第670—677页］

六十九　施闰章《学余堂文集·前孝廉张穉青先生墓志铭》

往岁辛丑，识武林张子望于湖墅。告余曰："先子久弃，不孝孤愿有铭以葬。"会予赴官豫章，不果作。丁巳秋，再过武林，张子亟以状请。盖别去十七年矣。张子以文辞称，又所游多贤豪能言者，顾独迟十许年，惟予是征，於乎，余何敢不铭？

公讳光球，字穉青，别号志林，明万历丁酉举人，福安知县讳蔚然之子。戊戌进士都察院右佥都御使讳应祯之孙也。兄弟凡无人。公于次居三。力学善文辞。杭之士莫能先焉。补山阴县学弟子员。山阴之士亦莫能先也。顾自奋曰："此不足为学也。"时有福定公高弟陈存之从事理学，复游其门而为文日进。崇祯癸酉举浙江乡试第五。人以数奇。连上公车，中副榜，终以不第，年四十三崇祯壬午九月二日卒。

公为人孝友，忼爽有智略。始昏，从父官福安。署后樟树大数十围，其土神灵异，犯者辄死。母夫人偶过树下，暴病卒。人皆谓树祟也。公大号哭，褫神衣冠而数之。欲毁其祠。人皆为公惧。公扶榇历险度仙霞岭归，竟无事。福安公晚病肺，彻曙坐，公侍侧常数十夕不倦。及居父丧，庐墓孤山，卧起衰绖。是时，伯兄壎已登乡荐，仲兄垎拔明经，而埈、坛两弱弟方在襁褓。公遽请于兄，以父田宅尽归之两弟，且匿其不逮。一时兄弟之子如络孙、弘孙辈，公手口指画，使工为文章。从弟中发贫甚，公强致之授馆餐，遂举于乡。由是人人奋起，诸弟子无论售不售，炳炳被立，用张一军，皆公力也。

公既领袖后进，士多依以成声。门人陈潜夫者，公所师存之先生子也，疏狂略细行，群从皆不悦，公独礼遇之。后卒殉国难于越。又数拯人困厄，皆不避强御不惜货财。公始生有力，能挽强命中。诸父谓当受兵家言。公掉头不屑。然颇怀戡乱。为诸生时，好锦衣褶袖，与诸子校射，冀可得一试。及计偕。北行渡江，登金山，浮淮泗，慨然赋诗，有誓清中原之志，而卒不遇。又不屑折节为州县，故卒老田间。其壮心未尝一日忘也。

福安公用治闽有闻，其后，闽数苦倭。有章某者令福安问治所，由公报书，叙其山川要害战守便宜，策如指掌，试之皆验。说者谓公才略于此书具见焉。公娶沈氏，淑慎俭慈，妇德咸备，生子三人，长纲孙，即所谓祖望也；次麟孙，仁和学生；振孙，钱塘学生。孙六人，郿曾、沐曾、演曾、法曾、洪曾、福曾，孙女四人，孙一人。於乎，张氏之先，河南人，来迁杭四世而显不可胜书。然世世清白又好客，亡余财。今葬于某山某原，以沈孺人祔盖。礼科都给谏山阴姜公希辄为之经纪其费云。铭曰："张氏累叶，显用文辞。公奋而登，崛为人师。将伸载屈，云谁则尸。有伟哲嗣，声以永垂。"

[（清）施闰章撰：《学余堂文集》，文渊阁《四库全书》集部第1313册，卷二十一，第266—267页]

七十　田雯《古欢堂集杂著·许浑》

杨慎曰："唐诗至许浑浅陋极矣，而俗喜传之。高棅编《唐诗品汇》，取至百余首，甚矣棅之无目也！棅不足言，而杨仲弘选《唐音》，自谓详于盛唐而略于晚唐，不知浑乃晚唐之尤下者，而取之极多。仲弘之赏鉴，亦羊质而虎皮乎？陈后山云：'近世无高学，举俗爱许浑。'又《凌歊台》一篇，谓浑目不观书，徒弄声律，以侥幸一第如此。"予谓声律之熟，无如浑者，七言拗句如"岭猿群宿夜山静，沙鸟独飞秋水来"，"孤舟移棹一江月，高阁卷帘千树风"，"一声溪鸟暗云散，万片野花流水香"，"刘伶台下稻花晚，韩信庙前枫叶秋"，"两岩花落夜风急，一径苇荒秋雨多"，拗字声律极自然可爱。又如"兰叶露光秋月上，芦花风起夜潮来"，"村径绕山松叶暗，柴门临水稻花香"，"花盛庾园携酒客，草深颜巷读书人"，"舟横野渡寒风急，门掩荒山夜雪深"，"寒云晓散千峰雪，暖雨晴开一径花"，"牛羊晚食铺平地，雕鹗晴飞摩远天"，"暖眠鸂鶒晴滩草，高挂猢猴暮涧松"，"对岸水花霜后浅，傍檐山果雨来低"，亦自挺拔，兼饶风致，似不可过诋丁卯也。

[（清）田雯著：《古欢堂集》杂著卷三//郭绍虞编选，富寿荪校点：《清诗话续编》，上海古籍出版社，2016年，第689—690页]

（陈祚明在《稽留山人集》中所说的学唐诗不可学许浑诗，可能是他认为

许浑诗有辞无情）

七十一　袁枚《小仓山房诗文集》

（一）**《答某生书》**

古之人无自镌其文者。今所传诸集，皆当时之门生故吏尊师其人，而代为镌传之，非夫人之所自为也。晋相和凝镂集百卷，人多非之。

［（清）袁枚著，周本淳标校：《小仓山房诗文集》三，卷十九，上海古籍出版社，第1554页］

（二）**《答某山人书》**

夫君子之道无他，出与处而已。出则有陶冶人才之任，于天下人无所不当见；处则安身藏用，于天下人无所当见。……虽然，处者亦未尝无忧也。有长沮必有桀溺，有张、邴必有羊、求。论其徒，大率处者流也。处者多，其足友者少。

［（清）袁枚著，周本淳标校：《小仓山房诗文集》三，第1514页］

七十二　丁澎《扶荔堂文集选》

丁澎，字飞涛，号药园，浙江仁和（今属杭州）人。生于明天启二年（1622），卒于清康熙二十五年（1686）后。顺治十二年（1655）进士，历官刑部主事、礼部郎中。坐事谪塞上，居五载始归。素有诗名，少即与弟景鸿、潆并称浙中三丁，与同里陆圻、毛先舒诸名士称西泠十子。通籍后，又与宋琬、施闰章等唱酬京师，称燕台七子。有《扶荔堂诗集选》《扶荔堂文集选》《扶荔词》。

（参考文献：《清史稿》卷四八四、《清史列传》卷七〇、《（民国）杭州府

志》卷一四五、《清人诗集总目提要》卷七）

七十三　《（民国）杭州府志·丁澎》

丁澎，字药园，仁和人。顺治十二年进士。礼部郎中。少短视，有隽才。家郡城盐桥。与弟景鸿、潆并称三丁。早岁有《八燕楼诗》流传。吴下士女争书衫袖。初与同郡陆圻、柴绍炳、毛先舒、孙治、张丹、吴百朋、沈谦、虞黄昊、陈廷会称西泠十子。既通籍，名振京师，又与余杭严沆并预燕台七子。侍郎李爽棠出东直门，澎从中入，适相值，瞠目相视，既而趋谢。爽棠曰："知公短视，何为谢？"旋典试河南，得庐阳李天馥。海内仰为人宗。初官法曹，时将册东宫。以澎谙典礼，为主客。琉球、朝鲜使至译馆，问吏人曰："此能诗丁郎中耶？"持紫貂玉犀易其诗归国。坐事谪塞外五年。东至靖安，卜筑于东冈，躬饭牛，与牧竖同卧起。暇辄为诗。音益和，无迁谪语。手《周易》，乘牛车读之。尤侗为作象赞，朱一是称澎风义高举，雄视艺林。

景鸿字弋云。顺治五年举人。嗜酒善工诗书，有求者设酒款之。酒酣落笔，素立尽。或以诗跋尾得者称三绝。就选吏部，至金阊病死。潆最少，诗名如两兄。尝集鹫山十六子，跌荡两峰间。《今世说》钱林文献征存录。

七十四　《（民国）杭州府志·张坛》

张坛字步青，仁和人。顺治十七年举人，倜傥负奇气。博闻强记。文有根柢。古诗法建安，参阮谢。歌行多规模少陵，近体出入高岑王李。《武林耆旧续集》

［《（民国）杭州府志》卷一百四十五文苑二第 460 页］

七十五 《（民国）杭州府志·章士斐》

　　章士斐字淇上，钱塘诸生。早丧父母，居贫苦。读经史百家，靡弗淹贯。明知县顾咸建会课诸生，手两卷不能镇定甲乙。适临川陈际泰至杭，出示之。际泰曰："某卷清庙明堂之器，可取科第如芥。某卷奇陗幽折，殆昌黎所谓凿孔构立者，断为古文作手。然鸿飞冥冥，非网罗中物也。"咸建曰："吾固拔其必传者。"遂取士斐为首，以姚元瑛次之。后元瑛成进士，士斐以明经终。其诗淡泊明净，有陶音。（《乾隆志》）子藻功字岂绩，与兄戬功、抚功并承父学，以诗文擅名于诗。时藻功尤工骈俪，康熙四十二年进士。入翰林才五、六月，引疾归奉母杜门著述以老。

　　（《（民国）杭州府志》卷一百四十五文苑二第 458 页。）

　　（笔者注：章士斐即淇上大人，其子章藻功取陈祚明之女，章士斐即陈祚明亲家。两人多有诗歌唱和）

七十六 《（民国）杭州府志·陈祚明》

　　陈祚明字引倩，潜夫弟。博学善属文。以贫游京师，有乞文者口占授之，语率奇丽。填门迫促，至废寝食。长髯如戟，双眸如电。著诗古文辞甚富。子蕘能读父书，与秀水朱彝尊、商丘宋荦相唱和。（《乾隆志》参《杭郡诗续集》）

　　（《（民国）杭州府志》卷一百四十五文苑二第 458 页）

七十七 徐世昌《晚晴簃诗话》

　　杨端本，字树滋，号函东，潼关人。顺治壬辰进士，官临淄知县。有《潼水阁集》。诗话："函东生明季，值岁饥兵起，诗多忧时悯祸之言。其印促数，其辞质直，所谓乱世之音。入国朝，登第入官，诗亦渐归和雅。"

[（清）徐世昌撰，傅卜棠编校：《晚晴簃诗话》卷二十六，华东师范大学出版社，2009年，第139页]

（笔者注：沈德潜《古诗源序》提及树滋，不知道是不是此人）

七十八　方文《方嵞山诗集》

（一）《过陈玄倩陆鲲庭旧居有感》

两贤相庀自当时，此日精灵共所之。但使天人无愧怍，何论意见有参差。沉渊志决真移孝，（玄倩性至孝，至是拜辞父而沉于江。）嫉恶名成不负师。（鲲庭之师王昭平先一日死，鲲庭闻之遂自缢。）回首昔年觞咏处，秋飙凄紧岳公祠。

[（清）方文撰，胡金望、张则桐校点：《方嵞山诗集》卷七，黄山书社，2010年，第255页]

（二）《武林行赠陈胤倩处士》

我年三十游武林，与君伯氏交最深。（前侍御玄倩先生）是时君年甫二十，许身已比双南金。蹉跎一别十余载，日月迁流陵谷改。贤兄衣绣怀国恩，合室捐躯蹈东海。雁行中断不胜情，甘隐湖山绝世荣。乾坤我亦同心者，千里相思空月明。去冬偶游至畿甸，闻君在此寻不见。岂意元宵灯火残，太仆堂中共欢燕。当年君尚未生髭，只今于思复于思。我长十年更忧患，那能双鬓不成丝。来朝策蹇访我寓，手持一卷都门句。泪眼愁看北海（一作阙）云，伤心多咏西山树。因忆贤兄使大梁，回车见枉花盩冈（金陵予旧居也）。龙江（一作阙）又寄一书札，至今展看犹飞扬。彭咸灵均自千古，褚渊江总何足数。匹夫有志名以传，况兼风雅才如许。所愧先朝老遗民，无端奔走溷风尘。桃花水起合归去，湖海烟波作比邻。

［（清）方文撰，胡金望、张则桐校点：《方嵞山诗集》卷七，第 434 页］

（三）《正月十九日龚孝升都宪社集观灯》

（同集者赵洞门鸿胪、严子餐都谏、吴岱观孝廉、谈长益、陈胤倩二处士、吴园次、赵友沂二中秘、吴苍浮山人）

京师胜日夸燕九，远近黄冠会白云。（是日，白云观仙凡毕集）何事诗人偏聚此，如今仙长合归君。酒斟玉斝葡萄色，烛晃银屏翡翠文。漫道马牛尘埃里，尚容鸾鹤自为群。

［（清）方文撰，胡金望、张则桐校点：《方嵞山诗集》卷七，第 460 页］

（四）《正月晦日同谈长益吴六益陈胤倩集报国寺松下为四布衣饮分得余字》

（次日余将之北平）

南归未买寻源棹，北走仍驰出塞车。只有高松情缱绻，况兼良友意萦纡。金罍且憩重阴下，铁干曾经百战余。回首蒋山多涕泪，不知天寿近何如？

霜根传自金人种，阅尽年华四百春。几见疏狂如我辈，频来觞咏属春初。风沙扑面休辞坐，冰雪同心合与居。悔不从前长寓此，朝昏相对一床书。

［（清）方文撰，胡金望、张则桐校点：《方嵞山诗集》卷七，第 460—461页］

（五）《喜晤陈胤倩处士兼怀陆丽京梯霞》

庐陵自古山溪好，尚有梅花冷暖殊。争似钱塘陈与陆，枝枝叶叶是林逋。

［（清）方文撰，胡金望、张则桐校点：《方嵞山诗集》卷七，第 477 页］

七十九 《国门集》（陈祚明诗）

卷一 乐府

（一）燕市春歌

长安古狭邪，道隘不容车。沟水春泥壅，愁君白鼻䯄。

尽废平原饮，春酺禁从官。退朝齐却扫，花柳曲江寒。

垂杨隐玉河，小卫跨青娥。曲院平明入，春风薄绮罗。

呵殿簇鞍行，金鞭手自擎。稍移宫扇出，指点识官名。

宣室过长乐，斋宫起露台。尽随将作监，十万梓人来。

寒食郊坛路，香车队队逢。玉肌宫袖窄，青鬟绾盘龙。

[（清）陈祚明、韩诗辑：《国门集》，清顺治刻本，国家图书馆藏，第6页]

卷四　五言律

（二）醉后作

客游多寂寞，吾醉本萧疏。紫蟹如乡国，黄花笑索居。

宾朋谁古道，兄弟少来书。日晏伤孤独，天涯忆敝庐。

卖赋何能活，为儒况未尊。得金聊取酒，拟《易》且关门。

风急衣增薄，沙高日易昏。但能裁《九辨》，多有未招魂。

故里孤山下，凄清水石佳。如此辞隐逸，作客傍优俳。

饮食羁长铗，乾坤一布鞋。谁人知恸哭，歧路向天街。

[（清）陈祚明、韩诗辑：《国门集》，第79页]

（三）春感

寒食江南路，风花上下飞。蓟门春色晚，绿叶柳条稀。流水知寒减，平沙有雁归。凤尘骑马过，尘起暗斜晖。

辇道春云覆，宫壕细草生。稍看腾浴马，不见语流莺。溪漾桥阴碧，霞标塔影明。出门聊怅望，莫起故园情。

家破身何有，归迟客未妨。相从僮渐长，忆薇菊应荒。玉涧流仍碧，宫埤树欲苍。无嗟春兴满，不拟恋江乡。

[（清）陈祚明、韩诗辑：《国门集》，第79—80页]

（四）知石生定归秦中送别

丧乱家相失，关山地一隅。未亡啼二嫂，好在喜诸孤。井邑犹堪驻，田园未尽芜。此行移帑决，相向慰穷途。

《大招》不可赋，魂魄未归来。惨淡全家活，艰难乞食才。穷冬归裋褐，献岁奠羹杯。我亦怀孤子，无能跋履回。

求官稀薄禄，代食为家门。未给三升酒，深伤万里魂。秋风期杖笈，挟策更追奔。道我能留滞，燕山迟绿樽。

［（清）陈祚明、韩诗辑：《国门集》，第80—81页］

卷五　七言律

（五）九日固庵招同剑威子餐集毗卢寺

长安宫阙画图浓，西北青山一万重。作客孤身看戏马，登高九日乍扶笻。翠楼笳鼓喧新月，萧寺烟花隐夕春。多幸故人成吏隐，每逢佳节定招从。

近看南内接昭阳，碧瓦参差禁籥长。日落煤山疑驻跸，秋生宫树故分行。殊方客子红茱会，胜地郊坛翠柏傍。万里关河悲寓目，白云黄叶暮苍苍。

［（清）陈祚明、韩诗辑：《国门集》，第5页］

八十　《稽留山人集跋》

陈丽明

嗟乎！吾弟已矣乎！生平所抱负，一不见于世。悒郁旅居三四千里外，谋八口衣食，历二十年之久。再出不归。竟以客死。嗟乎，已矣！死之日囊无余资，架上唯有敝书数十百卷，凡其所撰述，次论丹黄甲乙者皆在。墨淋漓，笔纵横，盈箱累箧，多不易卒读。同人见者遂镂金先梓其自撰集。而顾且庵侍御为之鸠工庀材，校雠而论定。嗟乎，吾弟即以此传，千秋定不朽，庸讵非知己之力哉？顾吾弟如是已矣！三不朽，立言最下，而诗、古文、词尤其小焉者也。曩吾家兄弟抱志节，祈有所树立于天下。穷愁不遇，而后乃今托兴于文章。即吾弟二十年以前其所为诗、古文，已无虑数千首。客京华，用卖文为活，所作日万言，随手辄散去。十不存一二。床头稿尚盈尺，又况其他？今所梓诗文，才二十四卷耳。而文三卷犹未刻成。剞劂工不易竣。顾迫于就正之怀，先以此问世。吾弟所传者不第诗而诗亦不止此。藉第令四方君子更镌金俾尽梓其文，以渐及其凡所撰述，论次丹黄甲乙之书，洋洋洒洒几数十百卷。哀然成大观，岂顾不幸独吾弟生平所抱负终已不获见于世为可惜耳！集初成，既问序于诸公，而重伤吾弟之志，因跋于后如此。执笔涕零，不自知其言之无择也。

康熙丙辰仲伙望日丽明跋

[（清）陈祚明著：《稽留山人集》，国家图书馆藏康熙十五年刻本，第1页]

后记

　　六月的某一天，骄阳将每一片触手可及的树叶打上高光，图书馆内的空调却冻得人起一身鸡皮疙瘩。与书本、电脑"缠绵"了一天的我，刚走出图书馆大门，镜片上立刻蒙上一层白雾，冰凉的身体在酷暑高温中自动转换为汗蒸模式。经过长长的台阶，走到夹道的凤凰木下，下意识地抬头，这才发现红艳艳的凤凰花已不知何时凋谢，只留下树叶在暖风中婆娑。这南国的、伴随着毕业的离歌而开花的奇异植物，仿佛预知最后的离别时光已经到来，让毕业的孩子们占据主角，自己悄悄退出人们的视线。转弯，到逸仙大道，实施了新的管理条例的草坪已经不再允许游人践踏，损失了傍晚看老人遛狗、孩子在上面追逐嬉戏的风景。幸好没有了"天敌"的小草，开始疯狂地生长，所到之处，皆是浓得化不开的绿，弥补了这一遗憾。路过熙熙攘攘的学一食堂，回到小西门口的宿舍。紫荆花在树顶上热热闹闹地开着，叫我想起自己没心没肺傻笑的样子。回到宿舍，吃饭，冲凉，写文章，蚊香袅袅，但猖獗的蚊子时刻"恭候"，我与其斗智斗勇，再次赢得一口气打死四个的殊荣……这，就是我在中山大学的平凡而充实的一天。我曾以为这样的日子很长很长，到了写后记的时候，才发觉已经进入了倒计时，我的心也随之变得惶恐而略带感伤。不过，在这里的两年，快乐才是主旋律，它们时常溢满我的心头。

　　在中山大学做博士后，名义上是工作，实际上过的是纯粹的学生生活。每天打开电脑面壁写论文，买菜下厨，做简单的饭菜，偶尔和同门一起练太极，去小北门吃酸辣粉，去小西门吃肠粉，再加上随心所欲、海阔天空的各种阅读，令我觉得读书并不像人们所想的那么枯燥，倒是很开心。当然，庄子也说得没错："吾生也有涯，而知也无涯，以有涯随无涯，殆矣!"越是读书，我越觉得书根本看不完，书上见过的、生活周围的高人、牛人太多了，一提笔就想，我这样表述会不会有误，或犯了硬伤。不过庄子太聪明，看待世事太通透，我这样的笨人，还是将"殆"就"殆"吧!

在中大，除了读书，更快乐地是遇到了对的老师。中文系古代文学四大博导：吴承学教授、张海鸥教授、孙立教授，还有我的合作导师彭玉平教授，他们都是在各自的学术领域里成果卓著、令人钦佩的专家学者，可他们又是如此幽默、风趣，常常在微信朋友圈、文体网上彼此打趣，令人捧腹不已。

写到这里，我一定不能忘了感谢合作导师彭玉平先生。他是我钦佩和敬慕好老师。我去重庆面试时，有一位来应聘"百人计划"的副教授，得知我是彭老师的学生，立刻大加赞誉，虽然不是夸我，可听了之后，我也有一些飘飘然。老师常说，他没有"名师出高徒"的福气，希望将来能沾学生的光，"高徒出名师"吧!我听了这话，额前立刻现出冷汗，像老师这样充满灵性的学者都不能成名，那愚钝的我是更没希望了。但愿将来，其他同门能让老师沾光吧!虽然官方在导师前冠上了"合作"两字，但我实在羞愧得很。老师的事情，我一丁点儿力都没出过，连校对、买书、借书这样的粗活，也都让师弟师妹们担当。他总是让我做好自己的研究，别瞎耽误功夫。而那样忙碌的他，却一丝不苟地修改、批注我的论文。修改一篇论文，往往要耗费他几天宝贵的时间。他的批注，我都认真读过，每每有所启发。生活上的大事小情，老师也非常关心。老师常常看到我容易焦虑，再三告诉我："焦虑无法解决问题，解决问题要靠智慧和方法。"虽然我的智慧实在有限，但我一定拿着"智慧与方法"这柄"尚方宝剑"，去解决将来工作和生活中遇到的问题。

我还要感谢我的博士导师，武汉大学文学院的陈顺智教授。我的博士论文题目，就是他一直想写而没有写的。他对我寄予了重托。真的辛苦了他为我做那么多的批改工作。我一定要说一声谢谢！陈老师也是一个乐观的人，常常告诉我们，不要把学习变成苦差事，一定要用一颗快乐的心来对待它。

　　我对硕士导师、湖南大学的郭建勋教授充满了感激和敬畏。我在念本科时热衷于外国文学，读了许多国外的经典小说，后来之所以走上研究古代文学道路，完全是由于郭老师的人格魅力。我相信一位对学生如此负责的老师，一定是一位好老师。郭老师对学生的好，并不会因为毕业而停止。前不久，他还打电话问我是否已找到工作。对此，我应当由衷地说一声感谢！

　　亲人中，最容忍我任性脾气的是爸爸。可惜直到他生病后我才知道父爱的可贵。幸好老天爷眷顾，爸爸很快恢复了健康。我的醒悟还不算太晚。姐姐比我大五岁，可是早已在心理上，占据了母亲的位置。她对我的无微不至的关心，弥补了缺失的母爱，是我毕生的精神财富。

　　有人说，与什么样的人在一起，你就容易成为什么样的人。我在中大认识了一群快乐、真诚、善良、热心肠的师兄师姐、师弟师妹，大家都那么积极乐观、彼此互帮互助，这让我觉得自己也变得很容易开心，心中充满幸福。还有，武汉大学的同门丁红丽，经常与我联系，彼此加油，共勉，也是难得的良师益友。

　　以上是我的出站报告后记中的大部分内容。在以上记录中，有一个非常重要的人被我"遗漏"了，那就是我的男朋友、现在的丈夫。他不准我把他写进后记，所以当时的出站报告后记里没有他的身影。实际上，我们在一起的十五年时光，有那么多时候都是他在包容、支持和鼓励着我。现在我们俩有了快三岁的宝贝——胖胖。虽然我一孕傻三年，但孩子也给我带来了许多意想不到的快乐。小家伙教会我如何把碎玻璃片当作钻石，把一根棍子当成金属探测器寻找宝藏。我们一起探讨各种问题，天天都能收获到许多小小的快乐。我还要感谢我的婆婆。她默默地承担了很多家务，没有她的日子，我总是手忙脚乱。

这本书是在我的博士论文和博士后报告的基础上完成的。该书经过了我的博士导师陈顺智教授、博士后合作导师彭玉平教授的指导。为了不给老师们添麻烦，我没有请他们写序，但我对老师们的教导永怀感恩之心。2017 年，我来到中山大学珠海校区中文系做副研究员。系主任朱崇科教授为年轻教师提供了非常自由、宽松的学术平台，组织各种形式的活动，帮助我们快速成长。正是有了他牵头，还有杜鹃编辑细致而负责的工作，这本小书才得以顺利出版。

　　本书的若干章节在期刊杂志上发表，《论〈古诗源〉对〈采菽堂古诗选〉诗学思想的承袭》发表在《中国韵文学刊》2013 年第 5 期；《〈采菽堂古诗选〉的命名及成书过程研究》发表在《汕头大学学报》2014 年第 1 期；《〈采菽堂古诗选〉对〈文选〉的修正与批评》发表在《汕头大学学报》2014 年第 6 期；《论清初〈诗品〉接受史的"异质性"——以陈祚明对潘岳、陆机、陶渊明的批评为中心》发表在《中南大学学报》（社会科学版）2014 年第 3 期；《从情辞关系看〈采菽堂古诗选〉的诗学思想》发表在《中南大学学报》（社会科学版）2016 年第 3 期；《清初诗论家陈祚明考述》发表在《中国诗学》第 18 辑；《"同我者，乃能知我也"——论陈祚明的陶渊明批评》发表在《中国诗学》第 23 辑。在此向这些杂志社和编辑一并表示感谢。

　　导师彭玉平先生说，中文是有温度的学问，希望我们做有温度的中文人。我想，这温度一定不是炽热的，它应该是一种让人很舒服的温度，既不狂热，也不冰冷。我们对待学问、对待生命亦是如此，既要努力，也要幸福。生命中尽管有如影随形的压力、有种种不如意，但能从事自己喜欢的工作，已经是很幸运的事。我希望自己能努力前行，快乐成长。

张伟

2019 年 3 月 27 日

图书在版编目（CIP）数据

陈祚明及其诗学思想研究/张伟著. —上海：上海三联
书店，2019.9
ISBN 978 - 7 - 5426 - 6701 - 4

Ⅰ．①陈⋯　Ⅱ．①张⋯　Ⅲ．①陈祚明-诗学观-研究
Ⅳ．①I207.22

中国版本图书馆 CIP 数据核字（2019）第 110421 号

陈祚明及其诗学思想研究

著　　者 / 张　伟

责任编辑 / 杜　鹃
装帧设计 / 一本好书
监　　制 / 姚　军
责任校对 / 张大伟

出版发行 / 上海三联书店
　　　　（200030）中国上海市漕溪北路 331 号 A 座 6 楼
邮购电话 / 021 - 22895540
印　　刷 / 上海肖华印务有限公司

版　　次 / 2019 年 9 月第 1 版
印　　次 / 2019 年 9 月第 1 次印刷
开　　本 / 710 × 1000　1/16
字　　数 / 460 千字
印　　张 / 31
书　　号 / ISBN 978 - 7 - 5426 - 6701 - 4/I · 1522
定　　价 / 98.00 元

敬启读者，如发现本书有印装质量问题，请与印刷厂联系 021 - 66012351